MINGUO TONGSU XIAOSHUO
DIANCANG WENKU

民国通俗小说典藏文库·冯玉奇卷

舞宫春艳

小红楼
春云疑雨

冯玉奇◎著

中国文史出版社

目　　录

舞宫春艳

小 红 楼

春云疑雨

3

舞宫春艳

第一回

花落水流前尘等一梦
情深意蜜好事化成烟

　　泪珠生自浮沉宦海，息隐家园，过着逍遥的岁月，光阴忽忽，不觉已二十年多了。他瞧着一年年的花开花落，啼鸟惊心，逝水东去。每每对花痴立，口中却念着"感时花溅泪，恨别鸟惊心"的句子，好像过去生命中二十年的痛史，陡上心头，不住地在他的脑海里盘旋。

　　抚着绿叶中的美丽花朵，他又渐渐地想到束发时最伤心、最断肠的一段往事。他的眼眶里便满满地贮着两包热泪，喉间息息地早已颤巍巍地抽咽，发出了无限酸楚的饮泣之声。一个人到了无聊郁闷的时候，他的精神不期然地会得颓唐，虽欲稍事振作，那脑海里便好像自己瞧着电影一样，一幕一幕地在眼前开演。他的心里很想叫它不要放映，可是思潮起伏，好像浪花的一般，前面一浪过去了，后面的一浪又起来了。正在这时，忽然一阵风过，把那花瓣都吹得纷纷乱飘乱飞。泪珠生瞧了这个情景，他心头更激起了无限的感触，不觉口中又喃喃地念道：

　　　　水流花谢两无情，送尽东风过楚城。
　　　　蝴蝶梦中家万里，子规枝上月三更。

　　念到这里，便再也念不下去。他颊上的泪水愈流愈多，他心中的悲哀也愈想愈甚。想到后来，精神愈加颓唐，几乎懒怠得支撑不住。他泪眼模糊地望着被狂风吹凋谢的花朵，长长地叹了一口气，不由自主地移步入室，倒头便睡。恍惚间即见有一个二八女郎，满堆笑脸，娉娉婷婷地走到床边，一见泪珠生，早就两眼盈盈地瞧着叫道："我的好哥哥，你快给我想个法子吧！"女郎一面说着，一面已倒入泪珠生的怀里，两人正在无限温存，那女郎又指着腹中凸起像西瓜似的肚子，说道："哥哥！你瞧吧！

这不是就要落地来的样子了吗？妹妹的名誉倒不要紧，但这是哥哥的一滴骨肉，万一早晚坠地了，叫妹妹到哪里去抚养好呢？"泪珠生听了这话，捧着女郎的脸颊，心里虽是无限焦急，但面部上尚显出喜悦模样，正欲找话安慰，耳中忽然听得有人喊道："老爷醒醒！太太等着你吃饭哩！"泪珠生睁眼一瞧，见叫他的乃是个自己家里的婢子小红。一面揉着眼睛，一面又忆着梦境，方才恍然。原来自己一心想着慧娟，那慧娟的芳魂，便入到梦里来了。这时室中电炬通明，早已黄昏时分。泪珠生慢慢坐起床来，凝眸望着小红，娇小玲珑，好像小鸟依人地站在面前，纤手抹着嘴儿只是哧哧地笑，仿佛在笑自己好睡模样，一时把梦中慧娟的景象，也渐渐淡然忘了，问小红道："太太是多早晚回来的？"小红划着脚尖儿在地上点着，答道："从李公馆回来已好多时候了。因见老爷躺着，恐怕惊醒，所以没叫老爷，谁知直到现在，老爷还不肯醒哩。老爷，快去吃晚饭吧！"小红说到这里，嫣然一笑，便转身先出去了。泪珠生觉得这孩子说得有趣，忍不住暗自好笑，也就慢步地到上房里来。

原来这泪珠生姓秦名可玉，原籍苏州，最近寄居上海。夫人唐若花，自嫁给可玉，从未生育一男半女。可玉在山东政务厅当科长，虽然碌碌半生，倒也宦囊充足。两人今年都已四十岁相近的人了，可玉因膝下久虚，不免时时记念他少年时一个情人李慧娟。当时慧娟的住宅，就在可玉家花园的左首。慧娟的爸爸是个开豆腐店的营生，对于可玉，当然是十二分的仰攀。但可玉的爸妈都存着门户之见，因此好事多磨。可玉虽一心地爱着慧娟，而婚姻终难望成就。谁知两小无猜，由爱生怜，由怜生情，在十六岁那年，可玉、慧娟便发生了肉体关系，只瞒着两家父母。后来慧娟有了身孕，十月满足后，竟产下一个女孩。慧娟于产下后，便给孩子取名鹃儿。又把破花絮裹着小孩身体，一面将自己积下的二十元洋钿用纸包好，并写纸条一张，谓有人把这孩子收养，那二十块洋钿即作收养之费，又写明这孩子名叫鹃儿。遂托人把鹃儿偷偷地抛弃到田野间。后来鹃儿果然给一个农人李三子抱去，抚养在家。慧娟为什么忍心把可玉和自己的结晶抛弃呢？原来她知道可玉已被他的爸妈看守在家，绝对不许他出门一步。自知这私生的事，只有妈妈知道，爸爸也瞒着他。可玉既然没法到自己这儿来，这孩子他当然是不管账了。那么慧娟她还是个待字闺中的女儿，名誉不是要扫地了吗？所以忍痛只好把鹃儿抛弃了。慧娟自从生产之后，既痛惜鹃儿硬生生的离别，又悲伤着可玉不能来和婴孩见面，且产后失调，受

4

着些儿风寒，谁知不到一月，竟然香消玉殒了。这事传到秦家可玉的耳中，便无限沉痛地大哭了一场。可玉的爸妈以为从此可以绝了可玉的痴心，倒反而暗暗欢喜，一面竭力安慰，一面代可玉另定一头亲事，便是现在的夫人唐若花。等到若花娶过门来，不料若花的容貌恰和慧娟差不多，因此可玉睹了若花，便当她慧娟不曾死一样，把所有爱着慧娟的心理，慢慢地移到若花身上去。但想着慧娟抛弃的女孩，究竟是死是活？倘然还活在世上的话，现在差不多也有二十岁了。可惜在这二十年中，我竟一些儿都探听不出她半点消息。不然我有了她的一点骨血，我的膝下就不会这样寂寞了。因此他又自号泪珠生，原是泪滴掌珠的意思。他又常念着"蝴蝶梦中家万里，子规枝上月三更"的诗句，也无非是纪念慧娟为他而身死的一种心病。因此今天他白天里对花发了一回呆，黄昏时候又恍惚地做了一回梦。

若花见可玉没精打采地进来，遂笑脸相迎，同他在桌边坐下。一面执着酒壶，满满地亲自给他筛了一杯，劝着道："你也别再忧愁了，一个人到了晚年，儿女确实是不可少的。好在你的身子尚还强健。我在前月里，早托人到乡间去，预备觅一个性格稳重的女子，意欲做你的侧室，将后能够生有一男二女，那你我的膝下，还怕它没有孩子来娱乐吗？"可玉突然听到若花这几句话儿，好像是瞧见了自己的肺腑一般，心里着实感激，一面接杯道谢，一面很柔和地答道："难得你一片美意，但是良田虽有，以我多病多愁的身体，恐怕已没有散播种子的能力。那时不是辜负着你的盛情，而且更糟蹋人家的少女吗？"可玉说到这里，握起杯子，喝了一口，同时望着她微微一笑。若花见他这样虚怀，倒不觉心里一怔，因又含了笑容，瞅着他道："你别当我醋坛子，你也别再假惺惺的了，你的心里既羡慕着人家的儿女，却又不愿自己娶妾，这不是明明自相矛盾吗？既不愿娶妾，难道叫儿子从天上掉下来、地上长出来不成？"可玉给她这样一说，不禁呵呵地大笑，从若花手中取过酒壶，也替她筛上一杯。一面把自己面前半杯喝干，再斟上杯，笑嘻嘻地望着若花道："这个你是错怪我了。我不管你是醋坛子，是醋钵儿，我若是有儿女的话，那二十年悠久的时期中，你为什么仅懒着不替我生育一个半个呢？可知我的命中，实在是没有儿女的希望，所以我也再不做娶妾的梦想了。"若花听了这话，粉颊一阵阵地红晕起来，眼儿向他一瞟，忍不住噗地一笑，但忽然不知有了怎么一个感触，又微微叹口气。可玉已理会她的意思，因为和若花二十年夫妻以来，彼此感情很好，且她性情又温柔，所以不忍伤她心，把杯子向她一举，笑着道："我们别谈这些，也许并非你懒着，却是我自己没用呢！"若花听他这样慰着自己，心中非常感激，忍不住抿着嘴儿又咪地笑了。

两人正在说笑，忽见小红匆匆奔来叫道："太太！表少爷来了。"随着小红的话声，这就见屏门里转出一个少年，身穿着笔挺条子花呢西服，头上掠着菲律宾式的乌发，亮得光可鉴人。他还没有走到面前，早有一阵香风吹到可玉、若花的鼻子里。两人抬头望去，果然是自己的内侄唐小棣。可玉慌忙招呼，若花也移过一把椅儿，嚷着道："棣儿，你是好久没来了，快一道坐下来用酒吧！"小棣一面喊姑爹姑妈，一面嚷着摇手道："侄儿已先用过饭了。这几天因校中放着春假，同学都旅行去，我和妹妹友华却没同去。本想回家去见爸和妈，因为假期无多，也就不必多此一举了。今天想起了两位老人家，所以特地来拜望的。"若花笑道："倒也难为了你，棣儿现在怎么益发漂亮了？"小棣微红了脸儿，正没回答，见小红已倒着一玻璃杯的玫瑰茶，双手捧到小棣面前叫道："表少爷用茶。"小棣因为被姑妈取笑了，有些难为情，再见小红这一副脸蛋儿，心中骤然又想起了一人，因此两眼尽管呆呆地瞧着出神，也就忘记了去接她杯子。小红被他这一阵子呆瞧，倒颇觉有些儿不好意思，瞟着他一眼，把杯子自放到桌上，身子躲过一旁，忍不住又抿嘴好笑起来。可玉用筷子夹着一只油炸虾，向嘴里吃着，一面向小红道："小红，表少爷既然用过饭了，你就陪着他到书房里去坐，我们饭完了就来的。"小红听了，遂重又捧着茶杯，笑向小棣道："表少爷随我来宽坐吧。"说着，便向前出上房了。

小棣巴不得姑爹这一句话，心里很是喜欢，点了点头，便跟在小红后面细细地打量。只见她腰肢细瘦，好像杨柳摆风，脸儿红润，又赛过芙蓉出水。这样的好人儿，若把她置在我们的校里，我必定尊她为校后。若把她送在桃花宫里去，恐怕舞后卷耳也要不能专美于前了。这也真是个怪事，她的脸蛋儿、身材儿，真活像是卷耳第二，可惜她竟埋没在姑爹家里做一个婢女，这也真委屈她长得如此好模样儿。小棣心里悠然地遐想，身子早已走进了书房间。小红把一杯茶摆在几上，轻声道："表少爷请坐。"说完了话，身子已向外面走。小棣再也忍不住，便伸手将她衣袖一扯道："小红你慢些儿走，我有话问你。"小红听了，便又回过身子，见他已坐在沙发上面，两眼目不转睛向自己望着，却是并没一句问话。小红真给他瞧得害羞万分，便低头噗地一笑。但是这样大家呆着，觉得更不对，因抬起头来，眸珠在长睫毛里一转，搭讪笑道："表少爷，你有什么话，可不是要抽支烟吗？"说着，便在烟罐子里抽出一支，用两个纤指夹着，递到小棣面前。小棣连忙站起接在手里，却并不衔到嘴里去。那小红早又划着火柴给他点燃。偏是这痴公子好像失了魂似的，连小红划着火柴，已将燃及到手指了，他都还不觉得，仍是凝眸呆瞧小红脸蛋儿。因为两人是相对立着，面部的相差只不过三四寸光景，小棣当然是更看得清楚，觉得小红是太像桃花宫的舞后卷耳了，简直是脱了一个胎子。小红见表少爷真个地这样爱瞧自己，芳心又羞又喜，不知不觉微抬蛾首，用那水盈盈的秋波，偷偷地向他瞟了一眼。这就成了四目相接，好像电流一般地直灌注到各人的心房里去，小红真是娇羞得了不得。就在这个时候，忽听小红娇声地叫道："喔唷！"小棣方才惊觉，原来小红芳心中也对着小棣，连自己手中拿着的火柴都忘记了。两个人虽然是含情脉脉，偏是那火柴是无情的，它见他们不理睬，就老实不客气地直燃烧到小红的指上来。小棣见小红的纤指上果然顿时起了一个焦点，心中代她非常疼痛，而且是担着一万分抱歉，也就不顾一切，伸手把她纤指握来，衔在自己的嘴里亲口给她吮着。他手中拿着那支烟卷，也不知给它掷到什么地方去了。小红冷不防被他嘴儿将自己手指吮着，顿时全身感到了异样的感觉。虽然他那份儿温柔多情，自己是非常感激，但到底又觉非常羞涩，连忙把手缩回，盈盈向他一笑。小棣忙又问道："你现在可还痛吗？"小红把身子倒退了两步，摇头笑着谢道："表少爷，我没有痛呀！"小棣听她说到痛字，好像是春天里百啭黄莺，一时心中又想入非非，小红的声调这样清脆，若教她唱起歌来，准是更加流利动听了。那时小红又走上前来，又要给他划火柴，一面"啊呀"笑道："表少爷的烟卷呢？"小棣摇手道："我倒忘了，我是不吸烟的。刚才累你烫痛手指，我心中一急，不知给我丢到哪儿去了。"小棣说着，脸上表示万分怜惜的意思。小红今年也有十六岁了，正在情窦初开，见表少爷这样多情地爱她，那一寸芳心也不免荡漾了一下。只碍着名分，不敢过于亲昵，恐怕被人笑自己轻狂，遂也并不回答，只微微地报以浅笑。这一笑在小棣眼中瞧来，更觉妩媚动人，便轻声问道："小红，你的家在哪里？家中爸妈都在吗？"小红听他问起了妈，便把眉儿紧蹙，好像有万分的沉痛，同时把身子直退到桌边，手中火柴丢在桌上，望着小棣轻轻答道："我姓叶，妈妈因为爸爸死了，才把我领到老爷家里来。妈妈是个有胃气痛的人，自爸死后，常要发作，所以又吸上了一口鸦片。我记得妈妈把我卖的时候，妈妈真哭得死去活来。唉！我想着妈妈，我想着自己身世，表少爷，我的命真好苦啊！"小红说到这里，那眼眶儿真的红了。小棣见她如此楚楚可怜模样，深悔自己不该触动她心事，因安慰她道："你别伤心，我明儿对太太去说，叫你回家去望望妈可好？"小红听了这话，把眼珠转了转，表示非常感谢。小棣走上前去，意欲拉她手儿说话，不料这时一阵咳嗽的声音从外面响进来。小红一听，故意高声道："表少爷！你坐会儿，回头老爷太太就来了。"话还未完，只见可玉、若花早已移步进来。小红便悄悄地溜到外面去吃饭了。

可玉、若花在沙发上坐定，问问小棣校中学业情形，又问问家中的事情。若花忽想着一件心事道："你妹子友华，前次和龚家的联姻事情，现在到底说得怎样了？"小棣道："龚家的亲事，爸爸倒很赞成，妈妈却嫌他家里太清苦，问妹妹自己，她也不肯说一句儿真心话，因此也没有定实。"若花道："儿女终身大事，只要儿女自己合意，家里贫富，倒还在其次。否则家道虽然殷实，人才并不出色，恐怕做儿女的心里，绝不会十分地赞成。棣儿，姑妈的话可对吗？"小棣笑道："姑妈的话，哪儿会错。"若花噗地一笑道："所以我上次对你妈说，叫你妈别瞎操心思，凡事都要和华儿自己商量才对。我猜准你妈的意思，一定是不赞成我话。"小棣点着头儿，瞧手表已九点半钟，因站起告别。可玉道："这几天既然放着春假，校中自然没有事，你外面别乱逛，明天和你妹子只管到我家来玩玩好了。"若花道："你姑爹这话不错，姑母家和你自己家是一样的。今晚时候真已不早，怕你妹子寂寞，就早些回校吧。"两人说时，已送小棣到客室。见小红匆匆从厨下出来，若花遂喊她替表少爷叫车子，小红答应，便先奔出大门去了。

小棣阻住姑妈姑爹留步，他便跟着跨出大门。大门外是一条很长的弄堂，当然是没有车子。小棣见小红娇小身子犹在前面走着，因奔上去，拉住她的手道："小红，车子我自己会叫的。我们大家再谈一会儿吧！"小红骤然被他紧紧握住了手儿，又听他说出这样体己的话儿，只觉小棣手心上有股热辣辣的电气，直透传到自己掌心，顿时全身感到了一阵说不出快感的滋味，这也许是生理上变化作用，需要异性的慰藉了。小棣见她水盈盈眼儿瞟着自己，好像无限温柔驯服的模样，因问她道："你的家里是住在什么地方，明天我先代你去瞧瞧你妈，然后再给你回话好吗？"小红道："我妈住在虹口桃叶坊十二号亭子间里，她自己在丝厂里工作，路远得很，而且很难碰到她，我瞧表少爷还是别去吧。"小棣沉吟一会儿，笑道："我理会得，我明儿一清早就去，那你妈妈一定还没上厂里去做工了。"小红道："表少爷这样热心，叫我如何对得住呢？"小棣见已走到弄口铁门边，因停住了步，轻轻把小红手心捅了一下，望着她道："不用你和我客气，我是当你自己人一样，我是很爱着你……"说到这里，又觉得太以亲热，很是难为情，要想把话缩住，哪儿还来得及，只好红着脸儿哧哧地笑。小红骤然听到这一句话，真的要喜欢得跳起来，同时感激得要淌下泪来。因为像自己这样身份，竟被表少爷爱着，这未免要受宠若惊，反而一句话都说不出了，只把自己手儿更加捏紧着小棣的手。两人默默地温存一回，因时已许久，不便再说，只好恋恋不舍地别去。小棣瞧小红快快进去，方才跳上街车，叫他直接到校中去。在车中犹念念不忘地忖着小红，她的容貌是怎样美，性情是怎样好，身世又怎样可怜。最奇怪的和桃花宫里的舞后卷耳，竟是一模一样的娇小可爱。这样好人才儿，若嫁给一个村夫俗子，实在可惜，我得一定把她提拔出来才是。小棣一面想，一面又向怀内取出一张半身相片，里面站着一个亭亭玉立的女郎，眉不画而翠，唇不点而红，盈盈秋水，脉脉含情，好像呼之欲出，真活像是个小红。但她衣饰华丽，装束入时，若和小红相较，一个好像天仙化人，一个是乱头粗服，真有天渊之别。因两人环境不同，小棣遂愈加爱怜小红。车到校中，小棣踏进卧室，谁知妹妹友华却还没回来呢！

再说若花见小红给小棣叫车子去，她便和可玉仍回书房，心中重又想起方才自己劝可玉纳妾的事，同时又忆及婢子小红。她自到我家后，现在也有五年光景，自旧岁起，我瞧她身子已高大了不少，而且出落得身材苗条、容貌丰腴。这两天里她胸部臀部也发育得很高很胖，方才我瞧她的走路，前有两乳耸凸，后有臀波颤动，实在是个已成熟的少女了。看她平日性情很是温和，而且我的话，她亦很是听从。现在她正在青春，大有宜男征象，我若劝可玉把她纳作小星，说不定便有一男半女生育下来。若花想到这里，她便走到可玉身旁，笑盈盈地附耳向他轻轻说了自己意思。可玉连忙把头摇了几摇，向若花笑道："夫人美意，很是感激。但这事是断断使不得，我方才不是已和你说过了吗？"若花见他不允，便瞅一眼道："人家正经地给你办事，你倒装正经了。这个事儿，我想起来，有好几层的利益：第一，她是个完全良好的处女；第二，她平日和我的性情很合；第三，她的人品，既是好模样儿，且又不轻狂，做事也还小心。你年纪虽然老了些，但老爷看中了婢女，婢女自然喜欢都来不及，她也绝不会推却的。现在我的意思是决定了，但你为什么还要推三阻四地装出不乐意模样，怪不得人家要说你伪君子哩！"可玉听她说自己伪君子，心中便急起来，脸儿涨红了道："你的话我晓得你是句句真心话，但我的意思，完全就是你的意思：第一，我也因为她是个良好的处女，若叫她屈做老夫少妾，我心实有未忍；第二，果然能够生下一男半女，倒也罢了，万一仍然没有生育，那时既不好把她脱离，又不能再把她改嫁，这样错过她的青春，我心里实更有不忍；第三，她的心究竟不是你的心，倘然她心里非常勉强，那这句话说起来，底下就很不好听。你瞧世上有几个是贞节的好女子，万一她半途上变了心，闹出帷薄不修的笑话，那时不是我自寻烦恼，兼之是你污我的清名了。这也并不是我过分议论，实在是应该防到的。"若花一片好意，竟给可玉说出这一番议论来，一时倒也犹豫不决了，但心中想来，终觉得可玉的话是多虑的。你我既然要想一个儿子，放着现成的小红不讨，过了一年半年，若向外面去娶一个别人家女子进来，性格温和的还好，假使是个悍泼妒忌的女子，那家里不是给她要吵得六神不安了吗？他天天忧愁着没有子息，那娶妾当然是件逃不过的事，现在他只不过嘴里说得好些儿罢了。我终信不过他会真的不愿娶妾。我明天还是准定择一个好日子，暗暗给他灌得半醉，然后叫小红服侍他睡到一床里去，瞧他怎样？如果他把小红收作了小星，明儿我还要问他假惺惺不假惺惺哩！若花这样前后地暗暗盘算，这时也就不再向可玉多缠，只望他发出很神秘的微笑。这时小红已从门外进来叫道："太太，表少爷已自己坐车回校里去了。"若花把头点了点，三人便到上房里去。

第二回

舞罢且溜冰及时行乐
奔波惊噩耗吊胆提心

　　龚半农是唐小棣、唐友华兄妹的强民中学同学，而且是同乡。半农学问渊博，家道贫寒，本学期的学费尚求助于友朋凑集而成。但天资聪敏，过目不忘，以故校中考试，半农每居第一。平日与小棣、友华兄妹极其投机，友华试题有答不出的时候，半农每为之捉刀，所以友华对半农尤视为唯一知己。友华好音乐、舞蹈、唱歌、美术各科，所以这四科的总平均，全校以友华为最佳。同学们以友华的美而艳，因之多有心妒忌，造作蜚语，背地里都叫她为"棠姜"。因友华姓唐，而性好交际，故以春秋时申公巫臣之棠姜目之，并取为绰号，预料其虽为美人，终必是个祸水。友华闻之，心中大不快乐，只有半农私相安慰。所以友华对半农的感情，当然较其他同学，更为密切。现在正值校中放春假，同学分好几组，有的往雁荡旅行，有的约雪山远足。半农不愿往外埠多耗金钱，遂在校中自修。齐巧小棣、友华也不回家，大家同住宿舍，倒也不觉寂寞。半农对于友华固然表示特别好感，百依百顺地对待友华，一面又致函妈妈，嘱央人向唐家求婚。小棣爸爸吟棣，知半农是个好学子弟，心中也有九分愿意。唯因友华妈妈卜氏，嫌憎半农家里贫寒，怕友华吃不惯苦，所以坚持不允。今日若花遇见小棣，对他说的婚姻大事终要问过儿女自己的一篇议论，若花没有儿女，她的思想倒比舅氏来得新哩！

　　小棣回到宿舍里，见妹妹还没回来，知道一定又和半农出去的。小棣的猜想不错，这晚友华和半农果然正在桃花宫舞场里跳舞。友华既然爱好交际，所以跳舞好像是个日常的功课。半农要取悦友华，所以也只好夜夜陪伴同往，习惯移人，久而久之，友华、半农便成为跳舞健将，甚至于校中随时同舞，所以妒忌两人的同学，也就一天一天地更加多了。小棣因为心中有事，明天一早还要往虹口去找小红的妈去，所以也不等友华回来，

11

他便先自脱衣安寝。谁知这一晚夜里，友华、半农在外竟闯了一个大祸。阅者不要性急，且待作书的一支秃笔，慢慢地把它写在下面吧。

友华、半农在桃花宫舞场里狂跳了三个钟点，半农遂劝她早些儿回校去。友华正跳得兴奋头上，哪肯半途中止，况且明天又不上课，因便偎着半农身子，白他一眼道："农哥，你真是个老农。这两天又不要你上课，就是今晚宴了一些，你明天不是照样地好睡一整天吗？"半农抚着她美发，忙赔笑脸道："友妹，你又要这样说了。一个人夜间是不能太宴的，夜里睡不足，日里睡着，心中终好像记记挂挂地不安枕。况且这两天余寒未退，春雨又多，过于夜深，无论冷热不定，就是路上，也有许多不便。"友华坐正了身子，在桌上拿起玻璃杯，喝了一口咖啡，回过头来，耸着肩儿咻的一声笑道："你我有多大的身家，绑票不见得就看中了你，你害怕，我却不害怕哩！"半农见她乌圆眸珠向自己瞟着，听她话中尚带着嘲笑的意思，本待向她责罚几句，继而回思一想，友华究竟年纪还轻，而且她平日什么话都说惯的，我何苦和她生气？再说她现在到底还不是我的未婚妻，我又怎样可以得罪她？因此也只好忍耐着，低头不语了。友华见他忽然显出纳闷的样子，心里也自知失言，不免使他感到有些儿难堪，因把纤手又扑到半农肩上，望着笑叫道："农哥，我知道你并不是要回校，实在是这儿有些玩厌了吧，你要不要到新鲜地方去玩一会儿呢？"半农忽见她又这样柔媚和悦，向自己亲密地说话，心里愈加觉得她刚才的话完全是出于无心，因忙又握着她手儿，诚恳地答道："好妹妹，你喜欢到哪儿去玩呀？我是没有不奉陪你的！"友华眉儿一扬，咯咯地笑道："我们溜冰去，你可赞成吗？"半农点头道："妹妹喜欢怎样，我都赞成。不过至多再玩半个钟点，我是一定要回校的。"友华拍着他肩儿笑道："农哥，你别这样胆小，回头终不叫你少半根汗毛儿回去是了。"说到这里，又咯咯地笑了一阵。半农见她这样娇憨天真模样，握起她手儿，在鼻上闻着，也咻地笑了。

这时场上的灯光正黯沉沉的，瞧不清人面，台上的爵士音乐是奏得那样兴奋热狂。友华付去了茶资，挽着半农的臂儿，走出了舞场，便从右首穿过去，顿觉眼前大放光明，接着便听有一阵嘻嘻哈哈的男女笑声从场内发出，同时又听得似雷响的声音，这大概就是溜冰鞋擦在地上的声音了。两人走进里面，只见那溜冰场的布置和跳舞厅的设备，又是另一境界。场内正有许多情人一对对携手同溜，或则面对面地溜去。两人先在圈子外瞧了一会儿，早已心痒起来，遂也套上冰鞋，加入同溜。先由东西分开，后再由南北合拢，好像身在冰地，不翼而飞，旋转都能如意。溜了一会儿，果觉周身血脉流通，香汗频添。半农这时已觉渐渐地支撑不住，瞧瞧手表，已指在十二点光景，因通知友华。友华到此，也颇乏力，大家便尽兴而返。友华尚欲到广东馆子去消夜，半农说："刚才我吃了一客云腿吐司，倒并不饥饿，妹妹如饿，就去吃些儿好了。"两人一壁走，一壁已出了桃花宫舞厅的大门。那时马路上虽然停着许多汽车，可是转了一个弯，早就没有半个行人，透现着夜色是已深沉得久了。

友华挽着半农的臂膀，正在绿叶飞舞的树荫下蹀着步子，深情蜜意地情话喁喁，很得意地向前迈进。不料在短墙的角子上，突然奔出一个西服壮汉，手中擎着一块尖棱棱三角大石，猛然向半农的脸上迎头痛击。半农大叫一声"啊呀"，身子便向后斜倒。友华万不料斜岔里有人狙击，心中大吃一惊，不期然地也大声狂叫。但时在午夜，这儿并没有巡捕，两人虽然竭声地呼喊，却是并不见有一人走来。友华以为那西服壮汉是劫财而来的，谁知他一击之后，早把身子窜入树荫底下，向西狂奔逃去。友华见不是劫财的人，心中好生奇怪，急忙向前仔细瞧去，虽在月光之下，却是瞧不清楚那人是什么样儿，况且心中惊怕，更没有理会到了。慌忙俯下身去，扶起半农，向半农脸上一瞧，顿时吓得花容失色，竭声地叫起来。原来半农的脸上，鲜血直淌，为状至惨，且口中又不住呻吟喊痛。友华吓得魂不附体，心中又别别跳个不住，诚恐伤及脑体，这这……他性命就完了。想到这里，几乎急得哭出来，附耳大叫道："半农！半农！你到底怎么样了？"只见半农双眼紧闭，脸色灰白，半晌始低低哼道："我真……痛……死……了。"友华一面把他身子紧搂在怀，因为半农他已痛得站不住，一面把自己的手帕，给他拭去血渍，按住创口。但那血还不住地流出，把那按着的手帕，竟全块变成了红色，早已渗透了鲜血。友华正在双泪直流，无可奈何的当儿，耳中忽听得一声汽车的喇叭，友华慌忙大喊救命。汽车上人听有女子喊声，连忙把车停住，跳下一男一女，年纪也是很轻。友华不及告诉详情，先央求把伤人送往医院。男女青年两人，当即一口答应，并相帮扶着半农上车，吩咐车夫立刻开到医院去。友华见两人这样热心，心中实在感激得了不得，因向他们叩问姓名，方知男的叫苏雨田，女的叫辛石英，他们原是姨表兄妹，也是方从舞场里出来回家的。辛石英也还问了两人姓名，并问道："唐小姐，这位龚先生怎样受伤的呀？"友华慌张着道："我们也刚从溜冰场内出来，意欲穿过一条马路去叫汽车。不料正在这时，突然从斜岔里奔出一个强徒，掷来一块大石，把他击伤了，倒并不是枪弹伤的。"雨田奇怪道："这强徒既不是劫财，他目的难道就在击伤龚先生吗？"友华被他一提，也觉稀罕，心中纳闷道："我们还都在校中求学时代，哪儿来的仇人呢……"雨田心想，这也许是有酸素作用，但嘴中却不便说。一会儿汽车早到密达医院，辛石英和雨田又帮着扶下车厢。大家到了诊治室，雨田和辛石英方始握手别去，友华连连道谢不止。这时便有值班医生，替半农洗去血渍。只见他额旁有很深的一个创口，视察之下知尚未伤及脑骨，遂向友华道："这位先生真好幸运，若再偏一些儿，就是太阳穴的致命伤。现在这个伤是并不妨害生命，只需住院三四天，创口就可平复。"友华听了，方始安心。但瞧了这个深深创洞，心里又十分悲伤。当即陪半农到头等病房，先付了二十元医费。半农自经石块一击，当时神经麻木，毫不觉得。后被友华用手帕给他掩住创口，他倒反觉得脑门痛如刀劈，一刻都忍耐不得。这时经医生诊治，服药止痛，神志顿觉清醒，疼痛也比较好些儿。他见自己睡在这么清洁一间个人病房里，又见友华坐在床边，脸上尚挂着丝丝泪痕，心中非常酸痛，伸过手去，拉了友华的玉手，低唤道："妹妹，你别急，我此刻痛已好了许多，大概是不要紧的了。只不过劳苦了妹妹，我心里实在很对不起你。"友华见他受了这样痛苦，反来安慰自己，心中真是无限感激，倒不觉又淌下泪来。半农又道："妹妹怎么哭啦……友妹，怎的把我睡到头等病房来呢？那不是太花费了吗？"友华听了这话，心知他是个俭朴青年，因低下头去，吻在他的颊边安慰道："农哥，你这些别管它，我已给你付好一切费用了。农哥你怎么反而对我不起呢？这完全是我的不好，当时我若肯听从你的话，早些儿回校去，哪里有这个祸事？现在哥哥受此飞灾，我的心里倒真的万分不安呢！"半农忽然被她樱嘴吻住，只觉得细香扑鼻，甜入心房，不免荡漾了一下，哪儿还感到痛苦，真是受宠若惊，喜上眉梢，忍不住伸手抚着她的美发，微微地笑了。友华纤手抚着他的面颊，明眸凝视着半农，表示无限的柔情蜜意。这时半农忽又触动了心事，便对友华问道："刚才那人用石块打我的时候，妹妹可瞧清楚他的容貌？"友华道："我见哥哥受伤，一心只顾哥哥，哪有工夫瞧他？况且树荫暗淡，连他穿的衣服是什么颜色都没瞧清楚哩！"半农道："我跌倒在地，还听得出狂奔的脚步，是个嗒嗒的穿皮鞋声音，过后我就糊涂不省得了。但他既不是为了劫财，当然并非强

14

盗。这样瞧来，那人竟是和我有很深的怨仇，否则何以无故地要害我。不过我自想平日没有和人过不去，这事倒透着有些儿稀奇……"友华听半农这样说，一心又想着苏雨田的话，自己想想，也觉疑惑不定，不过这事也有不对地方，若是有怨仇的话，他为什么不在白天里前来报复？再说他又何以知道我们是走这条马路，他就预先伏在那边？倘然我们不向那边走，他不是白费了许多心思吗？想来想去，倒实在想不出究竟是怎么一回事。忽然"哦"了一声，理会般地道："是了是了！农哥，我想这不一定是出于误会的，他也许并非和我们有仇，黑夜里不是认错了人吧？"半农听她这样解释，倒也颇觉有理，不过仔细想来，这人绝不会如此鲁莽，因摇头道："这话也并不尽然，我说他也不是专门寻仇来的，因为他行凶的器具不是手枪和刺刀，却是块石头。可知这人一定和我们在溜冰场上遇见的，他便预先伏在那里，因身边并没带着凶器，就在地上随便拾起一块锋利的大石，向我们猛击了。但那人究竟是谁？和我们有何怨仇？我却始终想不出来了。"友华道："这人是谁呢？我想来想去，和哥哥有怨仇的人，实在没有一个呀！"两人研究一回，仍是想不出哪个，人倒疲倦极了。半农见她连打呵欠，因含笑道："今夜妹妹怎样呢？权且一床上睡一宵吧！"友华听了，红晕着颊儿，嫣然一笑，就和衣倒身睡在半农一头了。半农心里非常兴奋，心想：最好将来果然有和她同衾共枕的一天，这我是多么幸福啊！因忙又柔和道："妹妹，现在虽然春天里，夜上到底还冷，你别着了寒，还是我分一些被儿你盖吧！"友华不答，只望他憨憨笑。半农知她害羞，但只需自己并无恶意，那是不要紧的。因把被儿掀了一半过去，盖到友华身上，同时自己转了个侧，把背向着她。友华见他如此多情，芳心一动，愈加感激，倒反而伸过纤手，去抚他的脸颊。半农觉得柔若无骨，被她热烘烘地按着，心里真有一阵说不出快意的滋味。但不到五分钟后，两人却都已沉沉入梦乡去了。

第二天早晨，看护来给半农换药膏，见两人并头还睡得很香甜，忍不住噗地一笑，伸手把友华身子轻轻推醒。友华微睁明眸，见床前立着一个手捧药水的女看护，向着自己微笑，顿时羞得满颊红晕，慌忙掀被下床，伸出两臂，打了一个呵欠，瞧着窗子外的太阳，早已晒到对面马路上的洋房，差不多已有半墙头多高了。心知时已不早，生怕哥哥出去，因回头去向半农说话，见看护正给他裹扎的绷带解散，调换药膏。半农则紧闭两眼，眉毛皱起，似乎感到很痛的模样，因也不和他说知，就匆匆自到电话

15

间里去打电话给小棣。谁知校中茶役回电，说唐先生一早已出门去了。友华以为哥哥昨夜不见我回校，心里着急，出外去找寻自己，谁知小棣是乘电车到虹口找小红的妈妈去了。

这是一个虹口的工厂区，四周是静得一丝儿声息都没有，天空暗沉沉的，怕还没十分发白。桃叶坊十二号的后门口，有一个西装少年，正在探头探脑地询问叶小红的妈妈是不是住在这里亭子间里。那时灶披间里即有一个头发蓬松，两眼高低，脸色黄瘦，身穿蓝布衫裤，好像工人模样的人来，向小棣问道："你找谁呀？"小棣见那人一脸横肉，五官不正的脸儿，心中倒是一跳，因忙叫声老哥道："我是找叶小红的妈妈，她可不是住在这儿亭子间里的吗？"那人听了，直了脖子，沉吟一会儿道："你问的是不是在秦公馆当使女的小红妈？"小棣道："正是！正是！"那人"哦哦"的两声，把小棣上下又细细打量一会儿道："先生贵姓？不知找她可有什么贵干呀？"小棣见他盘问得如此详细，还道他是小红家的什么人了，因忙道："我叫唐小棣，秦公馆里太太，是我的姑妈，我见小红的妈，有话面谈。"那人一听，早忙堆着哭里带笑地叫道："原来是唐少爷，失敬得很！请你里面坐一会儿吧！这地方实在肮脏得很，里面不方便，我们还是到门外谈两句吧。小红的娘是已上工厂里做工去了，她要到晚上九时才回家，这两天厂里忙得了不得。唐少爷有什么话，只管对我说好了，我可以给你传话的。"小棣听了，暗想：我这样早赶来，她却已进厂去了，这真是不凑巧得很！因忙道："你这位叫什么？是不是小红家里人？"那人又笑道："我叫李三子，和小红妈是同在一厂里做工，不过我是专管送货的，和她天天有得见面，你有话我可以告诉她。"小棣道："也没有什么要紧事，因为小红记挂她妈，托我特地来望望她，不晓得她近日身子好吗？"李三子听到这里，不禁一笑。小棣这才理会，自己是个爷们的身份，却给一个婢女当差使，这就无怪他要笑了，因又道："既然她已到工厂去，下次再来吧！"说着，便和他点了一下头，回身就走。李三子还打着哈哈道："唐少爷是贵人，倒叫你老远替小红来望她妈，真对不起得很！晚上我和她说吧！"小棣并没回答，步伐是相当地跨得很快，因为他觉得李三子这话，颇觉有些儿刺耳。

小棣一路走，一路想，这李三子三分像人，倒有七分像鬼，这人真可恶得很。但想着了妹妹，昨夜她竟不曾回来，那么她和半农定在外面开旅馆了。唉！妹妹这人似乎也太不知廉耻了。这时候不知有没有回校，若还

16

没有回来，那姑妈今天叫我和妹子到她家里去，这叫我哪儿去找她？假使姑妈问我妹子为何不同来，我怎样对答好呢？若从实告诉了，这不但妹子名誉扫地，就是我自己也要受姑妈埋怨，万一再给爸妈知道，那更是了不得……小棣想到这里，心中别别乱跳，急急坐车回校。谁知到校一瞧，不但妹子和半农仍没回来，连校役都跑得一个都没有了。全校鸦雀无声，寂静得了不得。小棣没法，只好自己坐车到姑妈家去，坐在车中，暗暗地思忖，姑妈她若问起来，我是只得圆一个谎了。这时差不多已十点光景，街上车马不绝，来去行人很是拥挤。不多一会儿，早到门前，小棣付去车钱，敲门进内。只见姑妈和小红正坐在书房里聊天，见小棣进来，便开口问道："你妹子为什么没有同来呀？"小棣听果然姑妈问起妹子了，因忙答道："妹妹和一个同学有事约出去了，大概下午要来的。"若花笑道："我猜你妹子是一定约着龚家的孩子出去了是吗？"小棣倒料不到姑妈一猜便着，不禁红了红脸，微微一笑，却没回答。小红早已端上一杯茶来，小棣连忙接过道谢。小红对他盈盈一笑，便拿着揩布抹桌上的灰去了。若花指着写字台上报纸道："棣儿，你姑爹也出去了，你嫌寂寞，你瞧会儿报解闷吧。陈妈请了两天假，我是要到厨下去料理料理哩！"说毕便站起走了。

小棣见室中没人，且不瞧报，伸手将小红身子拉来，向她耳边低声道："小红，今天一早，我是已到桃叶坊去瞧过你妈了。不料你妈已上工去，遇见一个眼睛高低的男子，他说叫李三子，问我有什么事，我说来望望她妈，他告诉我你妈身体很好，叫你不用记挂的。"小红听他真的去过，心中真有说不出的感激，同时又有无限喜欢，把脚儿跳两跳，满堆笑容谢道："表少爷！你真是个好人，我妈妈若知道了，她心中不知要怎样感谢你哩！"小红说着，握了他手儿紧紧不放，秋波望着他脸儿只是咻咻地笑。小棣见她这份儿娇憨模样，可见她内心一定是有无限的快乐。愈瞧愈美，愈美愈爱，忍不住把手儿握到鼻上去闻着，同时又搭讪道："小红，你这个李三子可认识他吗？"小红并不挣脱，柔顺地尽让他闻了一回，因怕太太进来，便忙挣脱了，退后一步，向他瞟了一眼，抿嘴道："这个李三子吗？他本是苏州种田的，因为他好赌成性，背了一屁股的印子钱，连种田的牛都被人牵走了，家里棉被衣服也当光吃光。在乡下真正度不下去，只好携着女儿，偷偷地到上海来了。说也奇怪，李三子自己生了这么一副鬼脸，他的女儿倒是个挺漂亮的模样，半点儿也不像她的爸爸。但是可惜得很，听说她在十六岁那年，竟被李三子押到堂子里去了。"小红说到这里，长长叹了一口气，好像代他女儿抱不平的样子。

小棣正欲再问，忽听若花的咳嗽声，小红连忙执着一把扫帚，到客室里去打扫了。小棣遂也翻着戏报瞧，见姑妈进来拿着一方火腿，又匆匆到厨下去。小棣因忙又站起来，探首到客室，向小红招手。小红一见，便又笑盈盈地走到小棣面前。小棣见她小巧玲珑，像黄莺儿那样地跳来，一心爱极欲狂，便伸开两手，把她拥到怀里，把嘴凑到她的唇上，正待亲亲密密地接一个吻，不料天井里又听一阵脚步声。小红心中大吃一惊，慌忙把他推开，退在旁边，故意高声地喊道："表少爷！你的茶恐怕冷了，我给你换上一杯吧！"小棣望着她噗地一笑，连忙也退到写字台边，把报纸翻开，装作看报的神气。就在这个时候，外面走进一人，正是姑爹。小棣暗暗叫声好险，心中犹忐忑不定，一面忙站起，喊道："姑爹回来了。"谁知可玉见了小棣，劈头地就说道："你们年轻的人，真是荒唐……"小棣、小红一听这话，顿时脸儿失色，一阵红一阵白起来。可玉接着道："棣儿，你这件事总也该知道，你妹妹和半农到底是怎样一回事啦？"小棣、小红到此，方知并非自己的事。小红芳心略安，就悄悄地溜走了。小棣惊魂稍定，但妹妹到底又和半农怎样了？难道两人在外面开房间，被姑爹撞见了不成？因忙道："妹妹怎么样？我实在并没知道呀！"可玉立刻翻开报纸，指着一则新闻给小棣瞧道："你瞧吧！我在朋友家里，翻翻报纸，不料竟翻出这个新闻来。你妹妹真也荒唐透顶了，怎么深更半夜地同男子在马路上走，倘使给你爸妈知道，这还了得！"小棣随着他指着的地方瞧去，不禁也"哟"了一声叫起来。你道这个新闻是登在哪版，原来是登载在《舞国春秋》里。小棣忙低头细瞧，那若花却又笑盈盈地进来，心中还只顾说道："小红这妮子，你也一天一天大了，烧菜也该注意些，这个火腿炖童子鸡是要越烂越有滋味呢！"

18

第三回

针锋相对笑啖童子鸡
密约暗通偏逢雌老虎

舞客浴血记

青年学生龚半农，携着女同学唐友华，昨晚十二时，刚从桃花宫溜冰场出来。经过麦克路，不料突有不知姓名的狂徒，从斜岔里窜出，手捧三角尖石一大块，猛向龚氏迎头痛击。龚氏当即踣地，浴血满头，不省人事。幸有某舞客汽车驶过，唐即大喊救命，当将龚氏车送密达医院救治。微闻此事既非劫财，想狙击者定含有桃色酸化意味。龚氏死活如何？容再探悉续志。

小棣瞧完这一段新闻，方知妹妹和半农并没苟且行为，实被歹人狙击受伤，脸上早由红转白，由白转青，站起来叫道："姑爹，妹妹和半农出去，我是知道的。他们闯下这个大祸，我实在一些儿没知道。我因一早曾到虹口去一次，回来没见他们两人，还道他们又走出去了，谁知他们却在医院里。那么我此刻是非去瞧瞧他们不可了。"小棣说着，身子已向外奔。可玉送到客室门口，大叫道："棣儿！你到了医院，先打个电话给我，你妹子不知也受着伤吗？"小棣答应一声，早已飞一般地到弄口坐车去了。

"唉！现在的青年，真愈闹愈不成样了。"可玉回到书房，低垂着头轻轻叹着。若花亦已瞧过报，听可玉这样说，因也应着道："有了儿女不长进，没了儿女想煞人，这真是个难了。即如小棣和友华这两孩子，我哥哥嫂嫂是怎样地疼爱他们，花了多少金钱，栽培他们读书，叫他们到上海来。你想父母得是费了多少心血，眼巴巴地希望他们学业上得到成就。谁知做儿女的哪里肯把做父母的一片心放在心上，掮着文明自由的招牌，夜夜到舞场里去交朋友，度着浪漫的生活。不幸闯出祸事来，自身的名誉不要说了，连做父母的名誉，都要给他们丧尽。你想，这样的儿女，还不是像我的没有来得干净吗?"若花说到这里，却又长长地叹了一口气，说声"唉! 真是可怕极了"。说完，又把眼睛望着可玉。可玉听她说出这一大套的话来，哪有不明白的道理，她是暗暗指着我自己，可以不必羡慕人家有儿女的意思，因摇头道:"你这又发着什么牢骚，天底下有儿女的人多哩! 哪里有个个的儿女都不肖的吗?"

若花胸中亦是个雪亮的人，听可玉回答出这两句话，知道他是驳着自己的话。那明明他又想儿子，想儿子就是想娶妾，可见男子都是口硬骨头酥的，亏他昨天还是一面孔的正经哩! 两人正在静思，忽见小红又向厨下进来道:"老爷、太太，要不要用饭了?"若花回头道:"童鸡可有烂熟了吗?"小红道:"童鸡嫩得很，是早已熟透了。再炖下去，恐怕火腿也要剩一根骨头了。"可玉听了，笑着点头道:"你把酒饭快开上来，我们就吃饭是了。"小红听老爷吩咐，遂转身又到厨下去开饭了。可玉弯着腰咯咯笑道:"夫人，小红的话，你可听见了没有? 昨晚上承你的情儿，再三又劝我收她做个小星，说枯杨生枝，她好比是只童子鸡，收了她不特有生儿子的希望，且你的身心也很有益处。现在她说童鸡太嫩了，再炖下去，火腿也要只剩一根骨头了。我此刻想来，觉得她的话，和你的话恰恰成了个反比例。我所以怕的就怕只剩一根骨头呀!"可玉说着，又弯着腰呵呵地大笑。若花听他竟说出这样话来，一时想起昨夜自己在枕边劝他的话，也不禁忍俊不住，红晕着两颊，瞅了他一眼。那时小红已捧着一盘热气腾腾的菜来，盘内还摆着一壶郁金香的酒。她把盘放在一张小圆桌上，先把杯筷分好，又把四盆荤素小菜摆在四角，再把一大碗绝嫩的童鸡炖火腿放在中央，又替可玉、若花斟上两杯酒，把盘放过一旁，叫声"老爷太太用酒"，自己却垂手立在一旁。

可玉、若花对面坐下，可玉还没有喝酒，却先把匙儿到碗内掏起一勺鸡汤，尝尝觉得鲜美无比，遂不禁向若花谢道:"你的手段真不错，这鸡汤真好鲜呀!"若花见他这样赞美，便把筷尖儿向一方火腿上直入，觉得火腿的火工尚差些儿，骨和肉还不肯脱离。因把筷儿指着火腿，也对可玉哧哧笑道:"你瞧它哪儿有露出骨来呢?"说了这句话，只把眼儿瞟着他。若花的意思，又是带着双关，暗暗驳他刚才只剩一根骨头的话。可玉早已理会，也忍不住哧哧地笑。若花喝了一口酒，又笑问可玉道:"你既然说怕，你就不该说鲜了。我知道你的心里实在是很喜欢吃这童子鸡，听你嘴里说的话，就很可以知道了。可见你刚才说怕的话，全是假的。"可玉摇手笑道:"你别说了,还是正经喝酒吧!"小红见太太这样说着,还道她嫌火腿不烂,因走上来道:"太太,那么这火腿要不再去炖一会儿呢?"可玉道:"不用了,也还可以吃,这时你太太要下酒哩!小红,你饿了没有,这儿不用侍候,你也吃饭去吧。"小红听老爷这样疼她,因也客气道:"我不饿,待老爷太太用完了再吃,还不迟哩!"若花笑道:"你听这妮子说的话,真是惹人怪怜爱的,你为什么倒不爱着她呢?"小红听了这话,觉得太太这是什么意思,她今天这话殊令人好生难解,心里疑惑着,身子也慢慢向后退。可玉瞧她突然沉思模样,便瞅了若花一眼,意思是怪她不该说这话。若花却不以为然,正欲再说,忽听里房电话铃丁零零响起来。可玉忙道:"这一定是小棣从医院里打来的了。"小红不等老爷吩咐,她便急急到里房接电话去。只听对方问道:"这儿可是秦家,你是谁?"小红听出是小棣声音,因忙柔声含笑道:"我是小红,你可不是表少爷吗?"小棣在那边答道:"正是!我告诉你,我此刻在医院里,你和太太说一声,华小姐和龚少爷昨晚给强人掷了一下石子,伤势很轻,大约两三天就可出院的,请老爷太太不要记挂好了,午后四点钟光景,我也许要到公馆里来一趟,我是特地来瞧你的……"小红听到这里,心中不知是喜悦还是害怕,那一颗芳心忐忑乱跳。接着又听小棣很亲热地叫了一声小红,说道:"你千万别忘记,要在门口等着我的,你知道吗?"小红忙答道:"我都听到了,我给表少爷告诉老爷太太是了。表少爷,你可还有什么话吗?"只听小棣逼紧一句道:"别的没有了,只是你千万别失约,知道吗?"小红"唔"了一声,又故意高声道:"表少爷,别的话没有了是吗?那么再见。"说完,便即把听筒搁起,匆匆走到外间,遂把小棣说的两人伤势很轻的话告诉一遍。若花、可玉点头,两人又谈了些别的家事,就匆匆用饭完毕,两人自到上房去梳洗去。

这儿小红把碗盏收拾到厨下去自己吃饭,一面又细细地思忖,小棣这人的脸蛋儿是那么英俊,性情儿又这样温和,但是他虽然是十分地爱着我,可惜自己的身份是万万够不上和他讲爱情的,这真是令人感到懊恼的事。不过现在恋爱自由,阶级打倒,方才他在电话里约我预先到门外等着他,就可见他是并没嫌我是个下人哩!他今天真的会到虹口去瞧我妈,可惜妈没有见到他,否则妈妈真要喜欢得了不得呢!这个李三子不知和他又说了些什么话,我知道小棣他一定是还有许多话要跟我说,我若不去等着他,不是辜负了他的一片好意吗?人家是一个少爷,且又这样儿年轻,当

21

着老爷太太的面前，自然是不便和我亲昵，说出体己的话儿……小红到这里，遂决计等到四点敲过，预先就到里门口去等小棣。因匆匆吃完饭，收拾清洁，先到上房去一转，只见太太老爷都躺在床上打盹。原来可玉、若花每天吃过中饭，是要打一回中觉的。小红见室中静悄悄的鸦雀无声，她因心中有事，好像坐立都觉不安，暗想：趁着老爷太太没醒，我何不早些儿去等他，也许他四点以前来看我，也未可知。小红因蹑手蹑脚地步出上房，到弄口外去等候。瞧马路上行人来去不绝，个个都用神秘的眼光，向自己瞟了一眼，小红觉得自己这样呆站着，似乎很受人注意。小棣还不见来，不要他失信了吗？但仔细一想，这是绝不会的，他在电话里既说得这样认真，当然是不会谎我了。小红正在反复地思忖，忽然瞥见对面马路走来一个人，向她叫道："咦！小红，你正出来得好。"小红一听，连忙抬头瞧去，见叫自己的却是李三子。他见了小红，好像得着了活宝似的。小红见李三子头上的一颗颗汗珠，差不多有黄豆那般大，好像非常要紧模样，心中倒是一跳，忙急急问道："李大叔！你打哪儿来，干什么啦，跑得这样急？可有什么要紧的事儿吗？"李三子见小红问他，便把一高一低的眼睛睁大，眉毛儿一扬，得意地笑道："小红，你的幸运儿来了，你妈妈等着你，你的唐少爷也等着你，你快快跟我一道去吧！"小红一听"唐少爷"三字，同时又听幸运来了，难道小棣真的已和我妈妈说好，要娶我做妻……想到这里，再也想不下去，不禁眉飞色舞，直把她乐得心花儿都朵朵开了。因忙问道："什么？唐少爷？是不是秦家的表少爷呀？"李三子见小红手舞足蹈的神情，因连点头道："正是！正是！他昨天曾经和我也见过面的。"小红听他的话很是接头，想来绝不骗我，那脸上笑容始终不曾平复，走上一步道："那么唐少爷现在哪儿呢？"李三子伸手拉了她的衣袖道："你且别问，到了那边，自会知道。快跟我跑呀！唐少爷和你妈可要等得心焦了呢！"

小红这时心中只想立刻见到小棣，同时脑海中就映出他英俊的脸，和日中电话里对自己说的话："我是特地来望你的，你千万别失信。"小红想到这里，她亦顾不到去回一声太太，就身不由主地两脚跟随李三子跑。小红心中是兴奋极了，她从来也没有这样快乐过，糊里糊涂地跟李三子跳上电车，也不知是到了什么站头，又跟李三子跳下。小红急问道："妈妈和唐少爷在哪儿呢？到底还需多少路呀？"李三子向对过马路的一个弄堂指去道："就在对面，你别性急，早晚终叫你乐得笑逐颜开是了。"小红听了这话，芳心无限荡漾，拉开了小嘴儿只是哧哧地笑，一面早已跟他走进弄堂。里面有三十幢很高大的石库门房子，李三子走到十五号门前，手撳电铃，即有一个老妈子出来开门，见了两人，便微笑着叫道："李大哥，你陪她来了吗？"李三子含笑点头，拉了小红的手，暗嘱她切勿声张，一面跟老妈子到西厢房。老妈子道："你们坐吧。"李三子回头叫小红坐在沙发上道："你且息一息，他们就出来了。"小红点头，打量房中摆设，都一色的红木，大橱、梳妆台、面汤台、紫檀大床。梳妆台上还陈列一对银子花瓶，四壁又有西洋油画，配着金银镜框，看过去实和老爷家里一样富丽堂皇，十分阔绰。小红还道这儿就是表少爷的公馆，那么我将来和表少爷结婚，我就是少奶，这儿屋子就是我主人，一切物件都由我享受。啊！这真是多么幸福呀！

小红正在喜极欲狂的当儿，忽见门帘掀处，即有一个半老徐娘的妇人，身穿元色绉纱旗袍，手膀上戴着一双灿烂夺目的金钏臂，满脸堆笑地走进来。李三子便向小红道："这位就是奶奶。"小红听了，心中好生奇怪，既然是表少爷的公馆，哪里来的奶奶呢？但她是穿得那样豪富，自己究竟还像是个婢女，这事终得待见了小棣再说了。小红想着，但站起身来，向那妇人鞠了一躬，就叫声"奶奶"。这个妇人把那双带着凶相的眼睛，向小红的脸蛋儿、身材儿上上下下细细地打量一回，便点头含笑，将手一摆道："你请坐吧。"李三子见她很是满意模样，心中大乐，便附耳向小红道："你且坐会儿，我就去请唐少爷出来。"说着，便随那妇人匆匆到后房去了。

小红等了十分钟模样，却不见李三子和唐少爷出来，心中很是焦急。这时室中甚静，耳中只听后房有人窃窃私语，好像就是李三子和那奶奶的声音，一个道："这样好模样的雌儿，准你可以发财……"一个道："为了模样好，才出你三百元……"以后的话，就轻微得听不出。小红好不纳闷，便高声喊道："李大叔！我要回去哩！"喊声未完，就见才儿开门的老妈子进来道："小姐，你别喊，跟我到楼上去吧！"小红忽听她喊自己小姐，心中倒又一喜，也许表少爷真的要娶我做妻，在结婚以前，他们下人当然是喊我小姐了。因站起身子，眉儿一扬，眸珠在长睫毛里一转，笑问道："李大叔呢？我妈妈和唐家少爷都在楼上吗？"老妈子笑道："对呀，他们是等候小姐好多时候了。"小红听她又是一个小姐，这一喜欢，直把她心花儿都乐开了。因此毫不迟疑，就一跳跳地跟她走上楼去。不料走到楼上，依然不见妈妈和表少爷，连李三子都并不见了，心中吃了一惊，连忙问道："咦！他们人呢？"老妈子憨憨笑道："别急，喏喏，你的妈妈来了。"小红随着她手指，回身瞧去，哪儿有什么妈妈，却是刚才那穿元色旗袍的奶奶。心中好生奇怪，脸儿顿时一怔，急急向老妈子道："这是什么话呀！我妈妈是很苦的……哟！这儿到底是不是我表少爷的公馆呀？我只要见妈妈和表少爷，还有李大叔呢？这位奶奶怎么说是我妈，这真叫我太不明白了……"老妈子见她这份儿惊慌模样，便走近她身子，悄悄笑着告诉道："小姐，你不要活见鬼了，这里是叫贝叶里十五号，你要姊姊妹妹，倒有许多在这里，你要妈妈的话，是只有这一个，哪里还找得出第二个呢？"小红一听她的话，是越说越不对了，一时心中又惊又吓，花容失色，几乎要哭出声来，拉着老妈子衣袖，慌张着道："咦！李大叔这人真好糊涂，我的家是在桃叶坊十二号，并不叫什么贝叶里呀！况且我妈妈李大叔他也认识的，哪里有像这位奶奶嫩面呢？"小红说到这里，回头向那妇人望了一眼。那妇人和老妈子听她说出这几句话，倒忍不住扑哧地笑出来了。

小红见此情景，更加弄得莫名其妙，她便回身要走，却被那妇人伸手拉住，向她问道："你今年可不是十六岁了？你的名字可叫小红吗？"小红道："不错，你问我干什么呀？"妇人道："那么方才那个姓李的说你是他妍头养的女儿，他因为要钱使用，不得已把你卖到我这里来。你可也知道我这个地方，并不是什么野鸡堂子，你如好好地听我话儿，我便把你当作自己亲生女儿一般。你不要害怕，我决不待你不好的，你得知道，我也花了三百元洋钿哩。"小红一听这话，方才知道自己是完全给李三子骗来的，心里又气又怒，不觉柳眉一竖，睁了杏眼道："呸！这话简直是放屁，我妈哪儿会和这小鬼轧妍头吗？"妇人哼了一声道："那么你怎么会跟他来呢？"小红一时心中又觉无限悲酸，不禁滚滚掉下泪来，央求道："我的好奶奶，你这话是完全不对的，我妈妈是在工厂里做工，这个姓李的，不过和我妈是个同居罢了。我是在秦公馆做使女，他故意骗我出来的，好奶奶，你快放我回去吧！"妇人一听这话，顿时竖起浓眉，圆睁鼠眼，把小红一把拖进里面些，显出很凶恶的面孔，大声骂道："呸！你这妮子才是放屁哩！这儿是个什么地方，由得你来吵闹！上海人好听些话叫同居，你们是什么身份，也学着这个腔调，同居就是妍头。你若恨他把你卖了，你娘就不该和人家轧妍头，既然你的娘有妍头，她女儿身体自然是妍头所有的了！哼！你还要到我面前倔强吗？那姓李的你既不承认是你的晚爹，你为什么要跟他乱跑呢？你既到这里，就休想出去哩！"小红见她好像雌老虎似的一只，几乎要把自己吞吃下去的样子，心中又怕又急，怎么她硬派我妈和李三子是姘头呢？羞恶之心，人皆有之。小红到此，也不管利害，就理直气壮地大声道："你误会我的话了，我说的同居就是大家住一幢房屋里的邻舍，你怎么一定说我妈轧姘头……"小红话还未完，那妇人好像火上添油，更加咆哮如雷，拍桌跳脚地指着骂道："我不管你娘有姘头没姘头，你如不愿在这儿，你就把你晚爹拿去的三百元钱还来。"小红觉得这晚爹两字刺耳，两颊羞得绯红，正想再辩白，只见妇人又向老妈子吩咐道："快帮我将这妮子关到亭子间去，如果再强，晚上请她吃板子。"老妈子答应一声，也不像先前那样客气，立刻伸手把小红似狼似虎地拉扯到亭子间去。

原来这个妇人，名叫阿金姐，绰号是皮条阿金，先本是开堂子出身，现在手中有了钱，姘一个白相人赵阿龙，绰号叫赵大块头。赵阿龙是天不怕地不怕的无赖，因为他见现在舞场营业非常发达，所以嘱阿金姐专门收罗乡下姑娘，雇人教她们跳舞。倘然有聪敏活泼的少女，一教就会，成功了一个舞女，便立刻喊她们到各舞场去做供人搂抱的生活。所以每个月的收入，倒也着实可观。李三子他自己本有一个女儿，名叫李鹃儿，自从乡村到上海后，李三子因穷得无钱过活，便将鹃儿卖给阿金姐初开的堂子里，现在改名卷耳，也在舞场上做舞女。她已成为鼎鼎大名没有一个舞客不爱的舞后哩！阿金姐因在卷耳身上着实赚了不少的金钱，所以对于李三子很是信用。可惜这李三子是个不成材的东西，一有了钱，不是赌博，就是吸鸦片，现在依然一双空手。昨天早晨，齐巧碰到小棣来找叶老妈，他想起叶老妈果然有个女儿小红在秦家做使女，而且是出落得非常美丽。这两天自己正苦"瘪的生司"，所以想出拐骗小红的法子。但用什么方法呢？他想了半天，以为小棣和小红一定很是蜜爱，假使用小棣名义来找她，她一定是会跟我走的。谁知在那天齐巧小棣打电话给小红，约她在弄口相等，因此更成全了李三子的计划，而小红也绝不疑惑了。这好像李三子的骗她，小棣也是个同党模样，你想天下的事儿，巧起来竟有这样的巧法。小红暗中被李三子骗去，不但小红娘不知道，就是小棣、可玉、若花都也不晓得小红是被李三子拐走的。

小棣在下午四点钟的时候，他便匆匆到秦公馆来，见弄口并无小红等

25

着，遂急急到屋子来。那时可玉、若花已中觉醒来，坐在上房吸烟。小棣遂告诉妹子和半农的事情，谅不紧要的话。若花遂喊小红倒茶，喊了许久，竟不见影子进房。小棣道："我进门时，大门是掩上着，也许是买东西去了。"小棣口中虽这样说，心里就暗想，莫不是她等在外面候我吗？但是刚才我进来，如何不曾碰到？因此那颗心就忐忑得厉害。直到天色已黑，还不见小红回来，这把可玉、若花都焦急得了不得。小棣心里更有说不出的苦楚，遂便站起道："我去替姑妈找一回吧。如果有着落，就来电话通知你们是了。"若花道："那么晚饭吃了去吧？"小棣道："我回头还要瞧半农去，不吃饭了。"小棣话还未完，人早已出了秦家。这一夜他整整在马路上找了大半夜，直到马路上一个人没有了，才只好怏怏回校里去。心里真是非常难过，因为我叫她等在弄口，现在连人都不见了，这不是明明我害了她吗？因此小棣睡在床上足有一夜不曾合眼。

这样一天一天地过去，不知不觉地已过去了半月光景。可玉也曾登报招寻，但始终如石沉大海，一些没有下落。可玉心中就起了疑惑，他想小红必是知道若花要把她给自己收房，她心中不愿，所以便跟着人逃出去了。因此他便时常埋怨若花，不该有这个主意。这天他对若花道："你说将小红叫我收下，现在我还没有给她圆房，她竟背地地逃去了。我若真的听你话儿，你想不是要更加地气人吗？幸亏她还没有卷逃些什么去，这还是她的好良心呢！唉！可见少女的心理……其实我原不要她……"若花也万不料小红会逃走，心中也暗暗佩服可玉有见识，因此也只好随他埋怨几句。从此若花又雇了一个小大姐佩文，给可玉和自己使唤，把小红的事，也就慢慢地淡然忘去了。

半农自给医生敷药，因有硬伤，只要收口就无事了，所以半农在第二天下午就要出院，说回校也好休养，省得多费金钱。友华却劝他再养息两天，直到第四天上，那创口已结成一痂，半农遂决计回宿舍去。友华遂向医生又要了药膏药水，预备回校自去调换。两人到了宿舍，友华又日夜服侍半农，两人感情是愈加地浓厚了。这时小棣正为着小红失踪的事，心中闷闷不乐。友华见哥哥成天愁眉不展，还以为是为了自己和半农的事儿登在报上，以致哥哥不快乐，因叫着他道："哥哥，我和半农不过是到舞场去玩了几次，也没有干出什么不名誉的事儿，哥哥为什么成天地唉声叹气。你要知道我和半农是个纯洁的友爱，哥哥难道还不明白妹子的心吗？"小棣听了友华的话，心知妹妹是误会了自己，但是自己对于小红的一回事儿，又怎好意思告诉你呢？因忙解释道："妹妹，你这哪儿话？我也知道妹妹是个洁身自好的女子，岂肯干不正的事儿。但半农的被人狙击，实在是很可研究的事。妹妹，你们以后还得时时留心才是，不要再弄出比狙击更厉害的事来。否则在乡下的爸和妈，不是要十分地记挂不安了吗？"友华听小棣这样说，也颇觉有理，从此便不常出外去玩，且对于同学中时时用冷眼加以侦探手段，来探听这次行凶，究是谁人所做。原来光阴易逝，那春假的假期已满，校中业已开课读书了。半农虽没有什么重伤，但额角上却早已结成一个大大的疤痕，好像留一个终身的纪念。

第四回

窥浴扪胸偷香传笑话
寻仇切齿设计报前冤

　　当当……敲了几记下课的钟，这是强民中学春假后开课的第一天，各课室里的同学，都纷纷地出了教室，聚集到草场上去，三三两两散步的散步，踢球的踢球，寂静的运动场顿时又热闹起来。那球场的尽头有一株野梧桐，碧油油的绿叶，好像张着天然的一顶伞盖，遮掩在第三教室的窗子上。那时树下的铁脚长空眼板椅上，正坐着两个学生，一个身材略高，脸儿有几点白麻，名叫袁士安，人家叫别了，都喊他"圆四开"了；一个名叫张伯平，他和袁士安都是校中著名的人物，自然免不了也有个绰号，大家都叫张伯平就喊作"摆不平"了。讲到这个"摆不平"的绰号，倒实在是个名副其实很有意义的，这为什么呢？原来伯平的两腿有些儿长短，走起路来，差不多没有一刻摆得平的，所以大家便都叫他摆不平了。"摆不平"和"圆四开"同病相怜，两人惺惺相惜，意气倒是很相投，但这两个人说也好笑，一个麻皮，一个跛脚，他们都自不量力，却也要想去追求校花"棠姜"。你想唐友华的眼界是多么高，校中同学共有三百多个，俊俏白嫩的青年同学尽多，凭什么要来垂青到这残废院里的人物呢？所以两人虽然不时地向唐友华献殷勤，所得到的回礼却是几个白眼，因此两人恼羞成怒，怀恨在心。不过他们心中怀恨的并不是这个美而艳的校后"棠姜"，却转恨到校后最要好同学半农身上去。半农他是非常用功，考试常常第一，人家和他客气些，都叫他一声"老农"。这老农两字意思，倒也是双关的。半农平日为人既然是非常俭朴诚实，而且又很知辛苦，每夜灯下温习功课，孜孜不倦。现在叫他"老农"，这"老"字固然是尊称，"农"字就是乡下的种田人。种田的农人，俭朴当然不要说了，一年到头插秧灌田，自然是非常辛苦。因辛苦而得到很好的收获，这和半农每学期考试第一，又是非常切贴，仔细想来，倒是一些不错。可见学校里种种淘气的新闻，真是无奇不有哩！要和友华交际的，第一要先有会跳舞的技能。"摆不平"别的也许还能够来一下子，只有对于跳舞一道，却是万万跳不来。一高一低走起路来都感吃力，若要跳舞，实比做活狲戏还难看。而"圆四开"虽然会跳舞，那副尊容实在是太不美丽了。讲到面皮倒也雪白粉嫩，很是漂亮，但这不知道是不是老天妒忌他太美丽的缘故，特别地密密加上一圈圈麻点？还是他的爸妈制造他的时候，忘记了一部分的工作？因此出品虽好，未免有些儿欠缺。这样大煞风景的事，您想，他怎不要恨天怨地，同时还要埋怨他的爸爸妈妈呢？

这天放课，两个失恋人碰到了一堆，因大家在椅上坐下，大谈而特谈起来。"摆不平"一手抓着头发，一面叫着道："圆四开，她不喜欢我倒也罢了，但像你这样漂亮的人儿，而且袋袋里的袁世凯又是'麦克麦克'，哪一件比不上这个老农呢？她这个妮子，竟理也不理的……这真叫我代你抱不平呀！"袁士安冷笑一声道："摆不平，你动不动就要提这些，你嘲笑我吗？可是你自己也是个落选的人呢！"张伯平正经道："我嘲笑你干吗？我的落选是为着两只腿儿不争气。但像你不过是几点小圈圈白麻，也算不了满脸地印着许多袁世凯啦！再说在跳舞场里暗绿灯光下瞧来，完全是个雪嫩的小白脸，哪个敢说你不漂亮呢！不要说我们男子，就是舞场里几个舞伎，有几点白麻的也不知有多少，可是断命这些舞客，还拼命地贴着偎着跳得热狂呢！"士安听他这几句话，真是说到自己心坎上，脸儿红了红，握着拳头，向他一扬道："你敢再取笑我，我就捶你。"伯平忙道："这我是真话，你别误会我吧！我们是两个同病相怜的人，还会再来取笑你吗？"士安听他这样说，便笑了一笑道："既然你我是个同病人，那我就告诉你一件事，叫你心中也好痛快一痛快哩！"伯平心中一动，忙问道："你快说吧！到底怎么一回事啦？"士安笑道："你不知道吗？这个吃豆腐的老农，面上也加了特别的商标哩！"伯平不懂，急迫问道："你说的什么？他加上了一个什么特别商标呢？到底谁给他加上的，你快说给我听呀！"士安很得意地哈哈笑道："你别急，他出来，你终可以瞧得到的。今天我还要给他上一个徽号，叫他'脓小开'呢！"伯平愈加不明白了，推着他道："这三个字算什么意思？"士安笑道："人家叫我袁世凯，因为脸上有疤。他现在也有疤了，活像是我生的。我是老开，他不是小开吗？况且他是个没用的东西，好像一包脓，不是变成了脓小开吗？"伯平笑着摇头道："这个绰号并不好，那么到底是谁给他……"说到这里，士安向他丢个眼色，低声儿道："别响了，老农来了。"伯平听了，连忙回过头去，只见半农齐巧从两人面前走过，匆匆到前面去了。士安问道："你可瞧见了吗？"伯平笑起来道："哈哈！痛快！怎么竟添出这样的一个大疤？实在比你的圈圈还难看。我想棠姜恐怕也要不爱他了，但是他的疤到底是哪里来的呢？"士安听了，哈哈地大笑了一阵，轻轻地说道："这个事儿只有我晓得详细，第二个人恐怕一定不知道的。"伯平道："那么你快说呀！别再卖关子了。"士安一听，早把大拇指儿一跷，说道："不是我给他加上商标，还有谁敢这样大胆……"说到这里，又把声音放低，凑过脸去，附着伯平的耳朵，轻轻说了一阵。伯平皱了眉毛，连连叫好，等到听完，不禁乐得直跳起来，大声道："痛快！痛快！是要这样，以后问他还敢目无余子吗？"不料两人这样地高谈阔论，哪知道隔墙有耳，所有说话，句句都给第三教室窗口内两个女生听了去。这两个女生一个叫方巧仙，一个就是鼎鼎大名的校后唐友华。这时外面已敲上课钟了，友华和巧仙遂各归座位，只见半农、伯平、士安和众同学都拥入教室来。一会儿教师前来上课，友华坐在案头上，却只管暗暗地思忖：哦！原来拿石块击半农的就是这个混蛋"圆四开"。"圆四开"，你真是个狼心狗肺的人了。这事我一定告诉给半农知道，大家来想一个报复的办法，方消我们心头之恨呢……但既而回思一想，半农是个文弱的老实人，恐怕不是他的敌手，万一再吃些眼前亏，那不是我又害了他吗？不过不告诉他知道吧，又恐再发生什么别的意外花样，这究竟如何报复他？想到这里，反觉委决不下。友华心中既然是这样的痴想，因此身子虽在课堂听着讲，那教师讲的功课，她的两耳却绝对也一些没有听到。直等第二次的下课钟响了，她才忽然计上心来，暗暗自语道："准定就这样办，也叫他见见我友华的手段厉害哩！目前且准定不告诉半农知道。待我计划成功，半农自然会知道了。"友华自想到此，脸上便浮现了一丝笑意。

　　自从那日以后，友华如碰到了士安，她总向士安盈盈地嫣然一笑，同时把秋波脉脉含情地向他瞟。士安当初不觉得，后来见友华向他秋波送情不止一次，哪里还按捺得住，以为这个"棠姜"果然移爱于自己了，顿时乐得心花怒放，就也大献殷勤。友华见他果然入彀，更加装出娇憨模样，若有情若无情地和他说笑。士安以为友华真已爱上自己一个麻皮的人，竟被校后爱上，这是何等光荣的事，不免受宠若惊，士安几乎要拜倒在旗袍角下了。一天两天地过去，显见友华和士安在形式上是亲密了许多，在校

30

园里常可瞧到两人在一块儿喁喁地说话。各人的心中都暗暗欢喜，但虽是同一欢喜，不过却有两种的目的——在士安的心里，最好彼此友谊由握手而至拥抱，再由拥抱而至接吻……在友华心中呢？却想等时机一到，来了一个痛快的报复！说起这报复的手段，真也令人笑痛肚子，这位校后唐小姐真是淘气得可爱哩！

榴花吐着血一般红的娇靥，池塘里的荷叶，张着的好像绿绸般小伞，卷着的又好像一支支的笔尖。天气是渐渐地热了起来，寒暑表已升到九十度相近。散课后的时光，也一天天地放长，人们没有一个不挥汗呼热，真所谓是"困人天气，长日如年"了。强民中学里有一个女教员，名叫岳箫凤，年纪已三十上下，她教的科目是美术。箫凤原是校长李鹤书的夫人，鹤书和箫凤情笃，不欲离开他的夫人，所以把她荐在本校里当这美术教员。那也并没十分稀奇的事。但箫凤却是个近视眼极深的人，而鹤书又是赋性风流的人，平日之间，箫凤往往把别个教员错认当作鹤书，有时还把年长的学生也错认了，所以校中就平添了许多笑话和新闻了。强民中学的卫生设备，倒是很为讲究，男女本有两间浴室。箫凤不但是个近视眼，而且又是个玉环一样的肥胖，每年一到夏天，便即香汗盈盈。校中既有浴室，箫凤又特别好洁，因此浴室里箫凤就变成了一个老主顾，差不多一天到晚要洗三回浴。第一次，是早晨到校，因为她在路上已出了一身大汗，所以是非洗浴不可。第二次，是两点钟光景，别人有课，她却没有教科。别人没有教科的也要坐着改卷子簿子，但是她却没有这些麻烦，这一个钟点，乐得浸在浴缸里去阴凉，好像是玩了一个钟点的游泳，所以又要洗一个浴。第三次，是在四点钟放晚学后，因为她要回家，在这儿洗了浴后，到家便不消再洗，或者到外面公园里去吹吹风，这是多么爽快，既省时间，又不用麻烦。这三次的洗浴，早已变成她的照例文章。鹤书也晓得她的脾气，有时瞧着校中没人，他便偷偷地到浴室里，和他夫人调笑一回，果然觉得这滋味比在家里有趣，日久倒好像成了习惯。但这个事，若要人不知，除非己莫为。谁知有一天，恰巧给友华瞧在眼里，她已好久存着要向士安报一击之仇。现在仇倒不曾报，而士安向她追求得热烈，差不多要变成弄假成真了。有时自己和士安亲热的情形被半农撞见，虽然没有十分吃醋，到底有些酸溜溜的不受用。现在看看暑假又要到了，还是想不出一个妥当的报复。那天中饭吃后，她坐在校园里的树荫下，一块大石上来乘凉，手托着香腮，凝眸沉思。约有一刻多钟，竟被她想出一个法子来了，不觉噗地一笑。正在这时，忽见士安急急从前面奔来，口中还连喊道："我的皇后，你原来在这儿，累得我真好找啊！"友华连忙站起，笑道："你找我有什么事？"士安把她手儿握住，嘻嘻笑道："没有什么大事，只不过心中记挂罢了。"友华瞟他一眼，哧哧地笑。两人并肩遂在树荫下踱着，喁喁地谈了一回。最后友华把脚抵起，咬着士安耳朵，低低地说了一阵。只见士安的脸上顿时显出一万分的得意，连忙笑答道："好皇后，亲皇后，你的吩咐，我怎敢有违，一定遵时到来的。"友华眉儿一扬，瞟了他一眼笑道："你不能失约的……否则我……"士安不等说完，立刻眉花眼笑地点头道："失约凭你罚是了。"友华露齿粲然一笑，两人方始各自走开。

天空笼罩着黑云，气候的郁闷，已达九十五六度之间。但这个热却是非常不爽快，一些儿风都没有。大家都盼望着下一场大雨，那么这天气也许能凉快些儿。谁知那天的气候，也好生奇怪，自从三点钟聚拢着一天的黑云，飞着满空的蜻蜓，直到四点钟散课，还没有下一滴雨水。同学们深恐这雨不落则已，一落下来，实在是个了不得的雷雨，走在路上，就是坐车，也有许多不便。所以大家早已鸟飞兽散似的走得一个都不剩了。箫凤这天的汗，是比往日还要流得多，只觉浑身黏黏的，实在腌臜极了。她想，这是非洗一个浴不可了，遂向鹤书叮嘱道："你等我一会儿，我先去洗一个浴，回头大家一块儿走。"鹤书见她今天还要洗了浴再走，因急道："你瞧瞧天色，那倾盆似的大雨，怕立刻就要落下来了。你就忍耐一下，回家去洗浴不是一样的吗？"箫凤听了，把圆眼儿一瞪，噘着嘴儿，不快乐道："洗浴又不消多少时光，也值得阻我吗？我偏偏要这儿洗了去，你怕下雨，你就先走好了"。鹤书见夫人动怒，怎敢再一味违拗，因便满堆笑容赔不是道："我并不是恶意，你要洗只管去洗好了。我的意思，是怕雨淋了你。回家去洗澡，你若怕麻烦，浴水我给你提，我给你倒都可以，这倒不成问题。现在也不用说了，你快去洗吧，我在这儿等着你是了。"箫凤听他说得这样体贴多情，早把怒气消了，便回眸一笑，急急到浴室里去。她因为被鹤书催过，心中不免有些儿急匆，走进浴室，就忘记关上了门，刚才把浴水放满，脱去衣衫，坐下浴盆，即有一人推门进来。箫凤赤裸地坐在盆中，那脸儿齐巧向着里面窗口，况且她是近视眼，洗浴时候，又不得不把眼镜除去。她耳中忽听有人进来，还以为又是鹤书，遂也不回过头去瞧，只随口地说道："我叫你等一等，你怎么又这般心急呀！"箫凤

"这般心急呀"一句话还没说完，那进来的人早像老虎抓山羊似的扑到箫凤身上，两手紧紧从她身背后搂过去，到箫凤的胸前两乳摸住，同时他的脸儿也贴到箫凤的脖子上去。箫凤经此一吓，口中忙连声地道："你不要这样子呀！给人撞见了，可怎么好意思呢？"那人一听娇滴滴的话声，更加乐得心花怒放，肆无忌惮地把两手搂得更紧，又把箫凤的脸上、唇上、肩上到处吻着，只听"啧啧"的一阵声音，吻得一个痛快。箫凤冷不防给他这样狂吻，顿时全身感到了痒不可当，一面咯咯地笑，一面抬起头来，向他仔细地瞧。谁知这一瞧后，箫凤立刻"喔哟"了一声，勃然大怒，伸起掌来，拍拍地就是两记耳光。那人着了箫凤的掌颊，犹不肯放手，口中仍连喊道："我的好妹妹！不是你自己叫我来的吗？我真想煞你了，我实在爱你，你就是打死我，我也乐意的，好妹妹！你别假惺惺地和我开玩笑了，我们快来一个……"说到这里，声音有些儿带哼，同时把一手直伸到水底里去摸索。箫凤心中又羞又急，这一气直把她恼得怪跳如雷，大喊"反了反了"，接着就兜嘴巴地向那人一拳敲去。这一下子可不轻，直将那人打得满口鲜血。那人顿时大吃一惊，立刻把箫凤细细一认。这一吓非同小可，也就不管嘴痛，大叫一声"啊哟"，慌忙反身夺门而逃。不料事有凑巧，门外齐巧又有一人轻轻走来，两人猝不及防，顿时撞了一个满怀，那来人几乎撞倒。正欲向前狂奔，身子早被来人抓住，只听啪啪的数响，早又很清脆地着了来人几个耳刮子。同时又听大骂道："你这个浑蛋，衣冠败类，青天白日之下，竟大胆敢做出如此勾当，那还了得！"外面骂着，里面箫凤也拼命大骂。来人听箫凤也大骂，心中怒火高燃，早已拳脚交加，把那人狠命乱打一阵。那人被打得一声都不敢哼出来。正在闹得不得开交，那前面又走来两个女学生，向那发怒的人很恭敬地喊了一声"李先生"。诸位，你道那李先生是谁？原来就是李鹤书，被他痛打的就是袁士安。这两个学生呢？一个是方巧仙，一个就是唐友华。士安因中饭后在校园里碰到友华，友华附耳地和他低说一阵，就是叫他放学后到女浴室来幽会。士安当时得到这个喜出望外的密约，真是乐得一团高兴。所以单等四点敲后，待众同学走完，他便偷偷地不分青红皂白地掩进浴室。一见浴盆内，果然坐有一个精赤身子的女人，当然是把她当作友华无疑的了。你想，他原是个色情狂的少年，所以把箫凤紧紧搂住，任意抚摸，做出种种丑态来了。友华处心积虑地摆布得长久，这时才算出了一口怨气，故意又约巧仙同来瞧个热闹。那时浴缸里的箫凤，正是羞惭交进，一面大骂，一面浴也不洗了，连忙抹干身子，穿好衣服出来。一见鹤书已把士安扭住殴打，又见友华、巧仙站在旁边，更羞得两颊血红，大声道："这个东西非把他开除不可，女子浴室里怎么不瞧瞧清楚，就这样地瞎撞，真岂有此理。"鹤书本待还要再打，听箫凤这样说，便也把他饶过。友华恐久站引起鹤书的恼羞成怒，遂轻轻一扯巧仙，走了开去。士安见鹤书放手，早已抱头鼠窜地奔出，见友华和巧仙立在门边，嘻嘻哈哈地笑谈着，一时心中万分悲苦，意欲把自己为她受累的话告诉，又碍着巧仙在旁，眼瞧着情人，却说不得一句知心的话儿，只好自管奔出。心中的怨恨，真比刀刺还要难受。老天也真会寻他开心，他才奔出外面，齐巧一阵倾盆似的大雨，直把士安淋得落汤鸡一般。士安虽然吃着这样难堪的苦楚，但心中却还一些儿不晓得是友华有意地捉弄他呢！那时校中住宿的学生，个个已都晓得这桩新闻，有的还故甚其词，说校长夫人被学生奸污了。鹤书当时携着箫凤，回到校长室，向她埋怨道："我劝你回家去洗澡，你偏不肯听，现在闹出这个笑话，真好不羞人！"箫凤心中也正在怨恨士安无礼，把自己奶峰乱摸，脸儿嘴唇狂吻，甚至还伸手到下面去……越想越气，越气越愤，恨不得把他咬了几口才好。今听鹤书还要抱怨自己，愈加大怒，把桌子一拍，大声道："放屁！你教出这样的好学生，我不责你，你倒反来说我。我给学生侮辱，就是你给学生侮辱，你还不出个布告，开除他的学籍吗？"鹤书给她骂得没声口开，眼睛向她眨了两眨，遂坐到写字台边，出了一张揭示：

　　学生袁士安，行止不端，有玷校风，应即开除学籍。特此揭示。

校长李鹤书　六月十二日

　　箫凤见他写好布告，心中方才略平愤恨。但这时的大雨，又好像瀑布一般地倒泻而下，打得玻璃窗子嗒嗒作响。鹤书好不纳闷，又抱怨着道："若早走一步，此刻不是已早到家里了吗？"箫凤在对面坐下道："不见得吧，恐怕车子还只拉在半路上，倒还是坐在这儿好。"鹤书不语，沉思一会儿，忽向箫凤问道："这个畜生，他在浴室中可有什么别的动作？你为什么不大声地喊呢？"箫凤听他问起这话，想着士安穷凶极恶的丑态，好像要把自己让他吞吃的样子，一时羞惭交迸，涨红着脸，半晌说不出一句话来。鹤书瞧此情景，心中愈加疑惑，一时羞恶心和妒忌心勃发，紧紧追问道："你……难道……真个地给他……吗？"箫凤啐他一口，忍不住骂声"放屁"道："这都是你的不好……"鹤书气上加气，也就抢着嚷道："你才是放屁！难道我是叫他来的不成？我喜欢戴绿帽子吗？我问你到底给他占去……"箫凤把桌子一拍道："我是什么人，肯轻易……唉！你这人还要怄我气吗？假使你不催我的话，我哪儿会心急？心不急，也不会忘了下键，他这士安畜生又怎会掩进来呢？"鹤书急道："那么他掩进后怎样呢？你快说呀！"箫凤红了脸道："这说起来又是你不好，假使平日你不常来缠我，我早回身向他细瞧了。他进来时候，我正背坐着在浴缸里，以为又是你了。所以他扑到我身上，我也没回脸瞧他，只说'你怎么如此性急'，不料他竟……"说到这里，便说不下去了。鹤书脸儿变色道："快说下去，快说下去……"箫凤羞答答道："他紧搂我胸口，还连吻我脖子，幸而我发觉早，才给他吃了两个耳刮子……"鹤书听到此，便直跳起来大骂道："浑蛋浑蛋！这畜生真不是人，这我简直要把他打个半死……"两人起初说得很轻，后来说到气愤头上，竟是直嚷起来。不料又被半农完全听了去，心中暗暗好笑，待吃过晚膳，便匆匆到小棣房里来告知。齐巧友华也在，两人听半农说到士安把箫凤紧紧搂住的话，大家都忍不住咯咯地拍手大笑，几乎透不过气来。三人说笑了一回，半农遂告别出来，回到自己卧室。不料才跨进房门，后面友华就蹑手蹑脚地跟来，见他一些不觉得，便忍不住噗的一声笑出来。半农回头瞧去，连忙握住她手笑道："友妹，你吓我干吗？"友华咯咯笑弯了腰，乌溜晔珠在长睫毛里一转，微掀着笑眼儿道："农哥，你知道'圆四开'的耳光是谁送给他吃的？"半农一怔道："不是他自己讨吃吗？他不偷偷摸摸到女浴室去胡调女人，他怎么会给校长和校长夫人打耳光呢？"友华拉他到桌边坐下，秋波盈盈向他一瞟，哧哧笑着摇头道："不对不对，他是个报应呀！农哥，你晓得你这额上的疤是谁给你加上的商标吗？"半农不懂道："妹妹，你这是什么话？他的报应是要想胡调女人，和我这创疤，难道有什么关系吗？我自被击到现在，还没探听出这究竟是谁和我作对。依你说来，莫不是就是他干的不成？"友华抿嘴道："不错，你额上的商标，就是他给你挂上的。但他的耳光，也是我送给他吃的，这不是个报应吗？"半农愈加不明白了，因央求着道："我的好妹妹，你别吞吞吐吐地只说一半了，还是爽爽快快地告诉我吧！"友华听了，这才附耳把自己怎样听伯平、士安的谈话，因而知道农哥被击真相，后来又怎样知道箫凤先生喜欢洗澡，所以故意约士安前去，叫他得到一个教训，也是我们出了一口怨气的话，告诉半农一遍。半农不禁拍手大笑道："妹妹真不愧是个女诸葛，真好计策，真好痛快呀！怪不得这几月来，妹妹似乎和他很亲热的样子，原来是为我复仇，这真令我感激不尽了。但是妹妹为何事前不告诉我知道呢?"友华听了这话，不禁咻咻一笑，瞟他一眼，憨憨地娇媚道："我知道农哥这两月里来，心中一定很有些不受用吧，但是现在一定又十分快乐欢喜了吧？农哥，对不对?"半农被她说到心坎里，一时又喜悦又敬爱，忍不住握住她手到鼻上一闻，两人四目相视，脸颊上同时浮现了一丝会心的微笑。

第五回

特地觅红名花逢艳舞
伫门待影寒雨疗相思

　　"妹妹，这样说来，他的用石块打我，其实他恨的还是妹妹。他的所以下此毒手，完全是妒忌我会被妹妹相爱，他却不能得到妹妹的垂青，所以气极了。这个我倒也不恨他。就是那额上虽然有了一个疤痕，但我见了这个疤，我便可以随时有了戒心。妹妹，你说他给我留上一个特别的纪念，这疤倒是真的不错。"友华听他这样说法，觉得半农这人，真是个心平气和的老实青年。但他既然不恨士安，难道还恨我不成？这个我倒要问问明白。因为他在"这个我倒不恨他"下面，似乎意有未尽，虽没说出，想来终还恨一个人的，因微笑道："那么你的心里到底是恨哪一个呢？"半农见她瞅着自己憨憨笑，心知是她误会了，慌忙辩道："妹妹，你这话你疑心我恨你吗？要是我恨你的话，我一定不会好……"友华听到这儿，急忙纤手把他嘴儿一扪道："我哪里有这个意思，你快别说下去了吧！"半农见她如此多情，心中感激得无可形容，握住她手儿，温和抚着道："妹妹的情义，我是始终不敢忘的。你道我心中恨谁，实在是恨报馆的主笔呀！怎么把我们的事就当作了新闻资料，很触目地登在《舞国春秋》里，使人见了，都要议论着我们。记得我们在医院里那天，小棣不是已埋怨过妹妹和我吗？他说妹妹的姑爹姑妈连小棣也埋怨在内了，不是还说我们太荒唐吗？"友华也记起了，心里也觉很是，因点头道："农哥这是不错，这班人专好弄这么胡调笔墨，整个不是人一样的……"半农见她鼓起了小腮，噘着小嘴儿愤愤不平的神气，反而又安慰她道："妹妹，现在这事已是过去几月了，好在当时正在春假里，校中同学还并没有人知道，外界人士也注意不了许多，不过以后我们实在是不能再有此等事发生了。"友华点头含笑，眸珠一转道："现在我不是没有常缠你陪我去玩吗？我一个人是老躲在宿舍里瞧书哩！"半农笑道："知过能改，妹妹所以才配得上做校后，做现代的新女性呢！只是小棣近来行动不对，他常常背着我们出去，终要到半夜回来。我想妹妹也得劝劝他，不要再看我的样儿，那才是个大笑话哩！"友华听他还有这许多深意在后，心中又喜又敬，便答道："对啦！农哥真是个模范少年，上次这事全是我累你的，我真对不起你……"半农听到这里，也慌忙把她身子一扎，用手去扪她嘴，不料太急促些儿，友华站脚不住，竟整个身子倒向半农怀里了。友华并不起来，索性柔顺地很着半农，抬头望着半农，憨憨地笑。半农见她如此娇媚不胜，真有些儿情不自禁，慢慢低下头去，凑到友华的唇上，甜甜蜜蜜接了一个长吻。良久，半农抬起头来，两人都又嫣然笑了。友华忽然站起，拉了半农手道："我们找哥哥去，大家劝劝他好了。"半农点头，便随她又到小棣那儿。谁知小棣已并不在房了。半农笑道："你瞧吧，小棣一定有情人的，他瞒着我们，不然怎么要夜夜出去一趟呢？"友华点了点头，两人又携手出来。这时雷雨已停，地上还有些儿润湿，天空万里无云，碧蓝一色。想不到日中如此闷热，晚上竟是凉风拂拂，遍天皆爽。半农、友华在校园中并肩散步，情话喁喁，直到时已十下，方始各道晚安，分手回房里去。

原来小棣自从小红失踪，他便茶饭都没有心思吃，天天在外面各处探听。他想，小红一定是被人拐走了，但她的走失，实在是我害了她，我那天在电话里若不叫她等在门外，她不见了，这事与我就不相干了。现在她的失踪，明明是我害她，我不但良心上对不住她，她假使被人拐卖而在受苦，这叫我精神上又怎能对得住她呢？我非得想法把她找回来不可。不过上海地方是这么大，姑父已经登报找寻，也没有影响，我各处都也已经找遍了，终是不见她的影儿，这叫我再到什么地方去找好呢？想到这儿，忍不住又对灯长叹了一声。凝眸沉思良久，忽然自己埋怨自己道："我也真糊涂得可怜，她妈那里怎么不再去问问呢？上次我去得太晚了，碰不见她。现在我索性到夜里等她出厂的时候去找她，这就不怕再碰不到她了。"今晚半农拉着友华二次来瞧小棣，小棣已经不在，原来就是他去找小红妈的缘故。

桃叶坊十二号是小棣的熟路，这次去比较上次，当然更来得容易。他坐在车中，暗暗地细想：李三子是住在后门内灶披间，小红妈是住在楼上的亭子间，亭子间我没有去过，小红妈我也不曾碰到过，我还是先向灶披间的李三子问一声，那李三子当然会代我去叫她下来的。小棣想定主意，跳下电车，就直往桃叶坊十二号后门进去，只见自来水龙头前有一个老妈子，年约四十左右，弯着腰正在洗碗。小棣因开口问道："这位老太太，这里可有个李三子吗？"那妇人听了，抬起头来，向小棣望了一眼道："先生，你问他哩！李三子真不是人，他借了我十元钱，又借方奶奶五块钱，还有王小妹三元钱，都是我做的保。现在他竟逃走了，真害得我好苦，他真不是人！先生，你还问他哩！"说到这里，长叹了一声，又好像要哭的神气，一面收拾碗筷，一面便自顾自地走进里面去。小棣忙又叫住道："老太太，你且慢些儿走，我再问你一声，那么这里楼上亭子间里还有一个叶小红的妈，你可知道她在不在吗？"那妇人立刻回身过来，两眼向小棣身子上下细细打量一周，很怀疑地道："先生贵姓？你找小红的妈可有些儿什么事呀？"小棣忙道："我姓唐，是秦家的表亲，我见小红妈，有话和她面谈。"妇人听了，瘦黄的脸儿立时涌现一丝笑意，"哦"了一声道："原来唐先生就是小红的表少爷吗？我正是小红的妈。啊呀！表少爷可用过饭没有？我的小红没有什么事吧？这儿地方不成样的，表少爷如不嫌龌龊，就请你到亭子间来坐会儿吧。"小棣也不同她客气，跟着她到楼上，她口中犹连喊"走好"。两人到了亭子间，小棣见房中壁上，糊着已带黄苍苍颜色的新闻纸，东一块，西一块；一张小小板桌，上面摆着一盏暗沉沉的美孚油灯，一张板铺上摊着一条破席；台子一只都没。境况是凄惨极了，恍若置身在活地狱中一般了。小棣正在出神，小红妈已把碗筷放到桌上，回身道："表少爷，你请坐……但是地方太肮脏，怎样叫您坐得下呢！"说着，忙又开了一方口的窗子，一面倒了一杯茶，但是她并不交给小棣，只放在桌上，因她自己也晓得这茶叶是人家喝不下的，只不过应个景儿罢了。小棣见她这样局促不安神气，因在板铺上坐下道："你别客气，我问你一声，上次我在早晨也曾来望过你，这是小红托我来的，不料你已上厂去，碰着的就是李三子，我叫他和你说一声，不知他曾关照过你吗？"小棣为什么要问这样详细呢？原来他一听李三子逃走，想起小红的失踪，莫非两人有连带关系不成？因此又问了一遍。叶老妈听了，目定了一会儿道："表少爷已来过一次了吗？这个狼心狗肺的李三子，他竟一些儿也没和我说起呢！这真对不起得很，倒叫表少爷劳驾了好多次。我们小红，现在身子长得怎样？我是有三年不见了……"她提起了爱女，心中似乎又伤心又欢喜，脸上浮现了苦笑。小棣方知她是并没知道小红失踪，小红也不曾来过，心里很是懊恼，想不把这事告诉她，但又觉不对，终是说了好，大家留意找寻，也许会碰得到，因轻轻叹道："你女儿是长得很不错了，但是打那天早晨，我来望过你后，下午小红突然就失踪了，这事透着有些儿奇怪。我现在听您说李三子也逃了的话，我心中就有些疑惑呢！"小红妈一听这话，顿时大吃一惊，好像全身如浇冷水，"啊呀"大叫道："这是什么话，小红失踪了吗？啊！那怎样好呢？小红她虽然给我卖给秦家做婢子，那人终是活着的。现在不见了，那我女儿就好像是死的一般了。这李三子杂种，他骗了我钱，又拐了我女儿，表少爷，你……千万要给我想个法子呀！"说到这里，早已涕泗交流。小棣见她这样情景，也不觉眼皮儿一红，险些掉下泪来道："我为了小红，真不知跑了多少路，找了多少地方，却始终不见她的影儿。不过你别伤心，我终得想法把她找回来才是……"说到此，那额上的汗似雨点般地淌下来。室中是闷热极了，他再也坐不下去，便站起来道："你……你……别急，将来终能找到的。"小红妈见他要走，当然这种地方，也不便留他，一面连声道谢，一面送着下来，口中犹念着"阿弥陀佛，天保佑表少爷把我小红找回来吧"。小棣听她话声，有些哽咽，虽已走出后门，不免又回过头来瞧她一眼。只见她撩起衣角拭泪，那衣襟已是破得不能再补，心中有了一阵酸楚和同情。他不由自主地走上来，摸出一张十元钞票，塞给小红的妈道："你快别伤心了，这一些儿我给你做零星用吧，小红我终给你寻去。"小红妈突见小棣给她十元钞票，心中又惊又喜，连声地叫道："表少爷，你真是个好人，谢谢你！叫我怎样过意得去呢？"同时猛又想起李三子骗去自己十元钱，那世界上人的好坏，真有天壤之别，不禁又骂了一声："李三子这天杀的，终没好结果的，表少爷真是个菩萨心肠的好人……"小棣见她这个模样，显见神经有些儿衰弱，也许是环境把她造成这样的，不禁长叹一声，怏怏地作别乘电车去了。

　　一个人是不好忖心事的，尤其是走在路上，或者乘在车上，否则便会发生意外的事情。小棣心中既一心记挂小红，又想着小红的妈可怜和李三子的可恶，小红到底是不是被李三子骗去……他这样神魂颠倒地痴想，竟错过了下车的站头。等到查票来问他在何处上车，他才理会过来，只好买了一张补票，就在停下的一站下车。不料正在这时，突然耳中听到一阵嘀溜溜的巡捕叫声，这就见前面拥来许多行人，说后面又捕捉强盗。小棣听了一惊，只得随众人向前走了一程，猛可抬头瞥见一家大门，上面灿红灯光，红颜六色，编出朵朵桃花，中间嵌着六字，正是"桃花宫跳舞厅"。小棣暗想，难得无意中避到这里，我就进去瞧瞧。小棣进了舞厅，只见四周漆黑，只有舞池中灯炬通明，音乐台上正奏出兴奋的歌曲，台前亭亭玉立着一个少女，露着两腿两臂，全身除去胸前两个亮晶晶的乳罩，和下部围着一条亮晶晶珍珠编成的短裙外，其余肌肉，一概全裸着。小棣由两腿而瞧到腰间，由腰间而瞧到两乳，只觉她身段的苗条、肌肉的白嫩，真没有一处不现着最合艺术化的曲线美。她向众宾粲然一笑，便飘然舞蹈起来，原来还只有刚才表演起呢！小棣暗想，我的眼福真不浅。这时全场来宾，个个眼珠好像定住着一般，几百道目光都注意在那少女的身上。只见她好像蛱蝶穿花一般，一会儿东一会儿西，一会儿又把身子仰在地上，一会儿又把腿跳过头顶，但这个动作是非常迅速。就为了愈迅速，因此愈令人有些儿想入非非，神魂飘荡起来。小棣正在这时，忽被一人扯了一下，因回头瞧去，只见侍者笑道："先生，我给你找个前面些座位吧。"小棣方知自己还是站在门口，遂跟他到音乐台前相近桌位上坐下。这就瞧清楚了许多，那少女的容貌儿整个暴露在眼底。他顿时"呀哟"起来，这真是踏破铁鞋无觅处，得来全不费工夫，原来小红真个在这儿当舞女了。一时心中又奇怪又高兴，遂把两眼盯住着她的脸儿，只见她明眸虽然是不住地向众人瞟，颊上只是满堆着笑，可是对于自己，却并不十分注意，心中不免又有些儿疑惑了，这也许不是小红吧？若真的小红，她灵活眼珠瞧到了我，应当有个相当的表示，为什么好像不认识一样呢？再瞧她的舞艺，不但纯熟，且亦态度闲雅，那肉的诱惑，真令人心头乱跳，好像置身在云端里，瞧着天女散花一般，也不知人世间有一切的烦恼了。小棣心想，小红虽然是很聪敏，但她原是小家碧玉，对于舞蹈本是不会，就是好学，进步也绝没有这样快速……正在满腹狐疑，忽然瞥见东面柱上贴有一张白纸，纸上写着挺大的红字：

今晚特请本厅红星李卷耳小姐，表演《人生快乐》，欢迎嘉宾。

小棣瞧了这几个红字，心中不禁哑然失笑，原来这个表演的少女，并不是小红，却是舞后李卷耳。自己真也糊涂透顶了，怪不得她的舞艺有这样美满。正想时，耳中忽听一阵"噼啪"的掌声，原来《人生快乐》已经表演完了，卷耳早已退进里去。台上爵士音乐又悠扬而起，众舞客便都纷纷下海去舞蹈了。小棣喝了一口茶，他心中又憧憬过去四月前的一幕了。

记得这一天下午，自己没有事，曾到这儿来跳茶舞，齐巧台上播音歌唱的就是卷耳。她声音的曼妙动听，实比黄莺儿还清脆；容貌的美丽，实可称西子再生了。因此对于卷耳的倩影，在他心中就有一个不可磨灭的印象。等她歌罢归座，正欲起身伴舞，不料早有舞客捷足先得。后来有人索性叫她坐台子，开香槟，把几个舞客气得目定口呆，第二天又争先恐后买舞票，五十元也有，一百元也有，要带卷耳出去。小棣见此情景，心知自己爸爸是个顽固性子，他经济掌得很紧，自己虽然爱她，可是没有能力交际她，因此也只好死了这条心。后来不知怎样在一家照相店里，给他发现了一张卷耳的照相，他便购买下来，藏在身边，聊慰自己痴情。后来在姑妈家中见到小红，觉小红虽是乱头粗服，若和卷耳相较，实是同样美丽可爱。因此把爱卷耳的情，就转移到小红身上去。因为小红究竟是自己姑爹家中一个婢子，表少爷能爱她，她哪儿会不乐意？果然小红是非常柔顺地服从小棣了，但是天心太不从人愿，小棣正欲进一步向她求爱，不料小红会失踪了。你想，这小棣心中是多么懊恼，真无怪他要神魂颠倒，好像落了魂魄一样了。今天无意中又到这里，齐巧瞧到卷耳的表演，且又瞧到卷耳神秘的肉体，真令人心神若醉。他便伸手摸出卷耳的照相，只见她明眸皓齿、娇笑美妙，实在叫人爱不胜爱。小棣不禁微叹一声，低低自语道："卷耳！卷耳！你也知道世界上有我这样一个人是真正地爱着你吗？"小棣当初因见了卷耳，而想到小红，因小红失踪，只想到卷耳，他觉得自己生命中，是少不得这两个人。卷耳是个极红的舞后，本来我追求不上，不料小红又失踪了，这好像挖去了我的心。一个人没有心，便不能活，我虽有些自不量力，但我非把卷耳来代替小红的心不可了。小棣既存了这个决心，他便一心地恋恋在卷耳身上去。

大凡一个人，对于情是最最不可思议的，尤其是青年男女，一入了情网，便把世界上所有一切统统丢在脑后。古今来有许多忠臣孝子、节妇贞女，他们所以能够牺牲一切，绝对地不肯改变操守，也无非是一个"情"字的作用。所以"情"之一字，小则在方寸之内，大即塞天地之间，海可枯，石可烂，此情不可渝，那便是情的真相。小棣既钟情于小红，用尽了千方百计，而小红终于找不到。今夜一见卷耳，不觉旧情复发，把他没处安放的情，统统要寄托到卷耳的身上去。但在卷耳的心中，却根本不知道有小棣这样的一个人。所以小棣的用情，不但是痴，实在是已由痴而转入于苦了。诸君，你道小棣是怎样用情呢？原来他自从那夜瞧过卷耳的表演，从此便天天在晚上七点以前，跑到桃花宫舞厅门口等着，好像戏院子里的案目一样，站在门口，瞧一个个伴晚舞的舞女进场去。他为什么不到舞场里坐呢？他自有他的道理，他来得很早，心里是比妇女们往庙里去烧香还虔心，他之所以等在门口，唯一的目的，就是等卷耳到来。卷耳一到，他便紧紧地跟在后面，方才到场子里来，预先拣在卷耳座位的背后桌上，泡了一杯茶，抽支卷烟，很自在地坐着。他并不和卷耳跳舞，也不和卷耳搭讪，却眼巴巴地瞧卷耳和别个舞客舞蹈。只见舞客连接不完地前来求舞，一次都不曾间断，有时甚至三四个舞客一齐到来，结果当然还让最先到的拥抱了去。这样红的舞星，真也是创见了。卷耳有时回过头来拿她们的白开水喝，瞥眼瞧着小棣目不转睛地痴瞧自己，却一次不来跳舞，心以为他一定有舞伴约好来的，否则何以既不跳舞，连别个也不跳一支呢？后来见他直坐到场终，不但没有舞伴同来，且连一支舞也不曾跳，心想这人也许是受过刺激的人。因为舞场里常有这一种人，倒也不以为奇。第一夜里，侍者和各舞客都不甚注意，后来见他是天天这样地等在门口，非卷耳入门时他是不进场的，好像保护一样地跟到卷耳后面坐下。直等卷耳出舞厅，他又紧紧地跟出，直待她上车，方才才去。这样一个月来，虽然是狂风大雨，他终没有间断过，全舞场中侍役，差不多也都认识了，见他夜夜泡一杯茶，给一元钞票，除去茶资三角，七角即作小账，所以虽然他并不跳舞，倒还不曾有恶的影像。就是一班捧卷耳的舞客，见他天天这样，当初以为是卷耳拖车，后来一问卷耳，知并不认识，心里虽都有些讨厌，但小棣并不占着卷耳跳舞，虽然是在卷耳身后，倒也不十分嫌其可憎。这时众舞女都把小棣面目瞧得熟而又熟了，见他天天这样行动，都向卷耳取笑。卷耳起初以为他是偶然高兴来玩玩的，后来见他天天跟自己进，又跟自己出，话又没有一句，不过有时四目相触，他必向卷耳微微一笑。因此卷耳心中，日久便起了感触，觉得非常奇怪，而又非常害怕，深恐他这样盯着，将来必有意外的事情发生。不过瞧他服饰，却是相当华贵，笔挺西服，时常调换，英俊的脸蛋儿，具有中西合璧之美，兼之是一些儿没有阴险的恶意，瞧过去方面大耳、唇红齿白，态度中是蕴含着无限些多情温文模样，而且还是个学校的学生样子。不过他既然到跳舞场来，为什么不同舞女合跳？说他不喜欢跳舞吧，却为什么又天天来？那么说他是专门爱着自己吧，则他又并不和我跳，而且亦没和自己交谈过一句话儿，也许他的笑，较之说话还多情吗？这个人倒真是匪夷所思，奇怪极了。

直到两个月以后，侍者方才晓得他是强民中学的高才生，名叫唐小棣。侍者因卷耳非常怀疑，遂偷偷告诉了卷耳。卷耳到此，方知小棣实是个情痴，果然并没有恶意，舞伴小姊妹便说卷耳有这样多情少年相爱，真是终身幸福了。卷耳听了这话，芳心一动，当夜回家，睡在床上，就细细地思忖。想起自己的身世，从小就没人怜爱，妈妈在自己六岁时死了，爸爸是好赌成性的。他不好赌，也不会把我卖给阿金姐。不到阿金姐那里，我又怎么会到舞场来供人做搂抱的生活？虽然有许多阔客捧着我爱着我，穿得好，吃得好，但一个人终究有个着落。俗语道："树高千丈，叶落归根。"我的归根，将来到底是归到哪儿去呢？虽然这班舞客都拿金钱引诱，甜言骗我，要讨我回去。不过我瞧这班纨绔子弟，哪有一个真心地爱我，只不过朝秦暮楚，玩弄女性罢了。像唐小棣这样地痴恋，倒真是难得极了。前天夜里，风狂雨骤，场中舞客少了一半，他却仍不间断地等在门口。我跳下车时，见他身上虽穿雨衣，但两只西服裤脚，给雨已漂得湿透，可是他还一些不觉得。这样多情的种子，不要说全上海找不出，就是整个的世界上，恐怕再也找不出第二个人了。我若要归结我的终身，实非嫁他不可。况且舞女生活，夜夜要到十二时方得休息，有时还要到天亮，这样不安定生活，哪儿能够好好地睡？阿金姐是只认得金钱的，并不会想到我的苦楚，自己要是个轻浮没有理智的人，也不知早已失身多少次数了。我现在举目无亲，只有他天天跟着我一些不肯离开，我想他的内心一定也很苦闷。我明天倘有机会，倒要详细地问问他，他天天地跟着我，究竟是个什么意思？

卷耳既存了这个心，到了第二天的夜里，恰巧又是个斜风细雨，落得密密不停。卷耳心里以为今夜他也许是不见得来了，谁知一到桃花宫舞厅门口，灯影雨丝底下，依然立着一个少年，正是小棣。卷耳跳下车来，再也忍不住了，便笑盈盈跑到小棣面前，很温和地叫一声唐先生，一面立刻伸出纤手，和小棣握了一阵。小棣骤然见卷耳和自己握手，且很亲热地叫着，心中倒不禁一怔，也不知是喜悦呢，还是惊异，反而呆呆地一句话都说不出来了。卷耳见他这份儿呆若木鸡的神情，早又抿嘴笑道："唐先生，你是多早晚来的，雨下得这样大，你怎么不到里面坐呢？"小棣这才醒来似的，只觉手里捏着的纤手，其软若绵，心中不免荡漾了一下，眉毛儿一扬，忙问道："李小姐，你怎么知道我是姓唐的呀？"卷耳听了，却并不回答，只报之以露齿嫣然一笑。在这一笑中，是包含着数月来无限神秘、真挚、多情、蜜意的会心笑。在小棣眼中瞧来，更觉千娇百媚，艳丽极了。卷耳挽了小棣的手臂，并不到桃花宫里去，沿着屋檐走了一截路。小棣奇怪极了，忍不住也开口问道："李小姐，你到哪儿去呀？"卷耳瞟他一眼，笑道："你别问，回头就知道了。"不多一会儿，卷耳却挽着小棣到一家门口进去。小棣抬头一瞧，见是白宫舞厅，心中还以为她是换了地方，仔细一想，这才恍然大悟，一时真感激得不知如何是好。两人在场角边暗沉地方坐下，侍者泡上茶。小棣这就诚恳地道："李小姐，你为了我，难道今夜牺牲一夜了吗？那么回头怎样……"卷耳听到这里，忙把他嘴扪住道："一天怕什么，我因为要和你谈谈，那是怕被人家注意，说不痛快，所以特地到这里。以后你仍到那边去好了，现在我去打电话向舞女大班请假去。"小棣见她这样说，把她手儿猛可握住，两眼柔和地望着她道："李小姐这样情分待我，真叫我到死都不敢忘了。"卷耳听了，瞅他一眼，意思是怪他不该说"死"字，但她立刻又娇媚笑起来，姗姗地到电话间请假去。

第六回

老蚌产珠春暖芙蓉帐
母鸡孵卵心疼豆蔻钱

舞池的旁边，斜坐着小棣和卷耳，他们两人虽然从未开口，但彼此会心已久，此刻谈起来，好像大家是已经有过长时期的友谊，已达到了情人阶段似的，絮絮地谈个不了，真是亲热得了不得。爵士音乐奏着动人的妙曲，这调子是多么令人兴奋，听到男女恋人的耳际，心里的热情会像火般地燃烧起来。

卷耳殷红的嘴唇凑在玻杯口边，露出雪白的银齿，慢慢地喝着茶，秋波样的明眸向他一瞟，便微微笑道："唐先生，你大概是不喜欢跳舞吧？"小棣听她说完，又哧哧一笑，这话显然是矛盾，这笑也显然有些神秘。小棣红着脸儿，倒觉不好意思了，因忙答道："不，我很喜欢跳舞。"卷耳抿嘴道："那么我见你天天到桃花宫来，为什么却没见到你和舞女跳过一次呀？"卷耳边说边笑，肩儿是不住地耸着，显见她是还十足带着孩子的成分。小棣被她问住了，但是自己不好意思说是一心爱你来的，只好默默地凝视着她，报之以微笑。卷耳见他不答，虽然心中明知是为了自己，却故意又问一句道："我猜你一定是没有拣到了一个意中人吧？"小棣听了这话，知道她要自己向她表示相爱，心里非常感激，便含笑道："不，二月前我是早……不！不！也许是半年前吧！但是我怕资格够不上……"卷耳听了这话，心中好生奇怪，半年前并不见他到来，这是从哪儿说起呢？因又笑盈盈追问道："那么您的……是哪一个呢？"小棣见她又憨憨地笑，因从袋内摸出一张照片，递给她道："这是半年前我从照相店里得来，在这半年中简直没有一天离开我的身。"卷耳接来一瞧，顿时脸颊绯红，原来照片上正是自己的小影。卷耳拿着照片，竟是呆住了，世界上真有这样痴情的人，终算可称是我卷耳的知心了，一时无限感激，秋波凝视着小棣，很温和地道："多承您这样地爱我……实在叫我不知……"说到"爱我"

两字，她羞得娇媚无比，以下的话儿几乎听不出。小棣见此情景，心中的快乐真非作者一支秃笔所能形容其万一了，不自主地把她手儿紧紧握住，反而说不出话来。卷耳知道他是内心喜悦和感激的表示，遂很快地取下一支自来水笔，在相片后面簌簌写了几行字，还给小棣道："我给您题上这几个字，您心中快乐吗？"小棣一瞧，见写着的是："请你始终如一地爱护着她！小棣惠存，卷耳敬赠。"这几个字突然瞧在小棣眼中，他几乎乐得直跳起来，立刻把相片藏在贴身的衣袋内，拉开了嘴笑道："我不但始终如一地爱她，我到死都爱她！"卷耳眉儿一扬，眼珠在长睫毛里滴溜溜地一转，鲜红的樱唇里，露出一排雪白的洁齿，嫣然地一笑。她突然站起，向小棣弯了一下腰道："我要求你去舞一回，不晓得你愿意吗？"小棣兴奋极了，立刻挽着她腰道："你这是哪儿话，今天我觉得光荣极了。"

两人遂到舞池里，齐巧音乐台上奏的是快华而斯，两人翩然飞舞，像蝶儿回环在花丛间，像燕儿追逐在白云里。等台上音乐停止，卷耳早已香汗盈盈，嫣然一笑，携手归座，极口称赞道："唐先生的舞技实在是好得了不得，真令我佩服得甘拜下风。"小棣正在回忆刚才卷耳的舞姿，酥胸起伏，柳腰轻摆，口脂微度，细香扑鼻，令人心神欲醉。今听她这样赞美自己，不觉无限得意地道："小姐，你这样夸奖，不是叫我反难为情吗？"卷耳憨憨笑道："那也没有什么难为情，唐先生脸皮儿很嫩的呢！"说到此，便把两臂伏在桌沿上，低了头咯咯地笑。小棣觉得她的稚气可爱实在很像小红，一时又想小红到底是被人骗到哪儿去了，也许她在受苦，她在痛哭，她恨我不早赶到，以致她被人骗了。怎么我现在见了卷耳，就把她完全忘了呢？不是成为世间的薄幸人，只见新人笑，不顾旧人哭了吗？想到这里，不禁又长叹了一声。

卷耳见他好好儿的突然又叹气了，心中很是惊异，遂也收了笑容，凝眸问道："唐先生干么叹气，你心中有什么不得意的事吗？我们彼此既交了朋友，你就不妨告诉我知道，也许大家有互助的地方。"小棣被她一语道破，也可见她的心细如发了。听她说得这样委婉多情，真不愧是个天下第一有情人了，因不得不倾心实告道："李小姐，你问起这事，说来话长……"卷耳听了，态度非常镇静，很关切地道："假使你以为可以给我知道的话，我很愿意听听。"小棣道："这是半年前的事吧。我在桃花宫里碰到了你，我的心中脑里就深深印上了一个情影。我记得那时候，你正在播音，等你回座后，我想来求舞，但被别人先我而去了。我没法只好静等看，不料你又被人坐台子，一连数天，你又被人一同带出去了……我觉得失望极了，那时我也曾流过许多泪。后来我见到你的照相，于是我把你照相买了来，成天地瞧，聊慰我的痴情。谁知那天我又碰到一个女子，是在我姑妈的家里，我呆住了，我忍不住要喊李小姐，因为她是太像你了，简直一式无二，不过她的名儿叫叶小红呀。于是我把没处安放的一缕情丝，就寄托在小红身上了，因为我爱小红，和爱李小姐是一样的。可怜得很，谁料得到小红在四月前，竟被人拐骗了，至今音信全无。我见了李小姐，我想小红；当初见了小红，又想李小姐。唉！"说到这里，又叹了一声。卷耳这才知道他是早爱上了我，因我而引出她小红，又因小红而再引出我。这小红不知是怎样一个人呢？小棣的用情真可谓痴而又苦了。一时不但不妒他记挂小红，反而深叹他有真性情真血心，遂柔和地安慰道："哦！原来唐先生还有这么一回事。但一个人的聚散原没一定，叶小姐虽然不见，假使她和您有缘的话，我想日后终能见面的。况且你曾对我说，你还有爸妈在乡下呢，自己又在求学时代，凡事终要看破些儿。不像我的身世，说起来，唐先生，你真要代我伤心哩！"卷耳说着，眼眶儿真已红了。小棣一听，也很关心地问道："哦？李小姐的身世，难道也有无限的伤心吗？恕我冒昧，能否详细告诉我知道？"卷耳低声道："我家里本住在苏州山塘，妈妈是早死了，爸爸又是个好赌的人。有人说我不是爸爸妈妈生的，我因为妈妈早没有了，当然也无从知道。爸爸累了一身债，在乡下站不住脚，只好带我到上海来，就把我卖给了人。现在爸爸生死未卜，我是孤零零的一个漂泊上海弱女子，你想，我的身世不是比你更可怜吗？唉！想着两年前的我，还是个黄毛丫头，也许跟着他们身后讨一个铜子，他们都不会向我望一眼呢。可是现在不同了……"说到这里，长叹一声，眼泪滚滚掉下来，好像触动了无限的今昔之感。小棣听了，心中一酸，眼泪也不禁夺眶而出。卷耳见他也代自己滴泪，倒反而拭去自己的泪水，轻轻叹道："天下伤心的人多哩！像您唐先生爸妈双全，又在求学，真是有福气的人。我劝你千万别再作无谓的闷闷不乐吧！您年轻啦，前途不可限量，不像我生成是个薄命人哩……"小棣听到这里，直感到心头，泪水更是泉涌，紧握她手，诚恳地道："不！李小姐是个有福气人，我希望和您站在一条战线上，共同打出一条光明大道，向前迈进！你以为怎样？"卷耳破涕笑道："谢谢你！但愿应了你这话才好！"说着，递过帕儿，亲自替小棣拭泪。小棣道："李小姐，你太使我感动了，我始终忘不了你啊！现在我们不谈伤心事吧。今天我心觉得非常痛快，想喝些儿酒，不知你可赞成?"
卷耳频频点头。两人遂吩咐侍者开两瓶啤酒。卷耳因不惯喝酒，两颊早已
绯红，扬着眉儿笑道："两年来见到美貌的少年真不少，他们都爱我，我
心中不但不爱，而且觉得非常憎厌。可是今天呀，我已得真正的知音了!
来! 我们来欢舞吧!"说着，遂起身挽了小棣的手，同到舞池去了。小棣
觉她脸色红润，芳心可可，娇艳好像桃花，腰肢纤弱，又像柔软无力，一
时更加爱怜。卷耳见小棣丰姿英挺，步伐整齐，轩昂气概，逼人眉宇，芳
心自愈加倾心，情话喁喁，两人直把肺腑也说了出来。这晚两人在白宫舞
厅中，直舞到子夜已过，方始携手出外，约定明日桃花宫再见，遂各自登
车分别。

　　袁士安自给鹤书打了一顿，就抱头窜出校门，一路上暗暗地想着，箫
凤叫鹤书把我开除，虽然是这样一句话，但到底开除不开除，还不能晓
得。不过我已闯出这个笑话，就是他不开除，我自己也觉得没趣再在这儿
求学了。但我受了这样一个委屈，友华那儿还不曾告诉她，我当然不好不
别而行。我怨友华为什么不早一步去洗浴，倒被箫凤先占了去。友华若早
在浴室里等着我，那不是一个大好的机会吗? 说不定我俩如许的饥渴，都
得到了慰藉。现在硬生生地被她打断，这真是多么令人伤心啊! 但我虽没
有会到友华，毕竟也得着了许多好处。真想不到她已四十相近的人，那乳
房的丰富、肌肉的肥嫩，竟和一般少女差不多，怪不得鹤书这厮爱得她像
活宝似的。但这件事我仔细想来，也觉得非常奇怪，箫凤既不是友华，她
何以不把浴室门关上，而且我扑到她身上去时，她又何以对我说什么这般
心急? 我听了这话，自然要当她是真的友华了。现在她吻也给我吻过了，
摸也给我摸过了，而我呢? 打也给她打过了，骂也给她骂过了。只有她一
身的曲线美，因浸在水里，不曾仔细瞧到，虽然略有小憾，但也可算得到
打的代价了。现在这事我也不用去想它，且待明天一早，先到揭示牌上去
瞧。倘然果已开除，我便把它条子撕去，自己也就从此不来校了。不过友
华那儿，我是要去通知她一声，也好叫她知道我是完全为了她而牺牲的。

　　士安这样胡思乱想地忖着，早已到了他的寄寓处。一宿无话，到了次
早醒来，他竟连面也不抹，点心也不吃，就急匆匆到校来。谁知时候实在
还早，校中铁门都没有开。士安没法，只好到对面咖啡店去喝了一杯，这
才校门开了。士安悄悄地进来，刚到揭示牌相近，谁知冤家狭路相逢，那
天半农也因要瞧这个布告，起得很早，已在揭示牌面前徘徊。士安眼快，

一见半农，慌忙把身子缩住，尚恐给他瞧见，却暗暗躲在一旁偷瞧。不多一会儿，忽见友华也走来了，她回头向四周打量一遍，见没有别的同学，便向半农悄悄问道："'圆四开'的揭示，教务处可有来贴了吗?"只听半农答道："就要来了，大概终是请他回家了吧!"友华听了，咯咯地笑道："这个癞蛤蟆，他竟想吃天鹅肉了。谁知倒吃着了几个耳刮子，我真高兴呀!"半农道："妹妹，你轻声儿吧，防给人听了去。"友华嘴儿一噘道："听了去，有什么要紧，我是报复他一块三角大石的怨仇呀!只要出了这一口气，怎么我都不怕。"正在说时，教务处果然把袁士安的开除条子贴上，半农、友华又朗朗地读了一遍，还骂声"该死的东西"，两人就携手进教室去。从晨风中远远传来一阵嬉笑声，送进士安的耳鼓，更觉刺心。他呆了一会儿，方才明白自己是完全中了友华的圈套，一时恨得咬牙切齿，顿脚握拳地骂道："我只当你是好人，原来却是个口是心非的烂货。你捉弄我，哼!好好，我不叫你看看我的手段，你们也不知我厉害了。"士安说完，也不再瞧揭示，因为半农已朗朗读过了。他回身飞步，早已奔出校门，预备到别个学校转学去。

半农、友华自士安开除，心里非常痛快，彼此两人相亲相爱，不是瞧戏，就是跳舞，夜夜度着他们甜蜜的生活。所以对于小棣天天到桃花宫去，也不加以劝阻。兄妹各行其是，你不来说我，我也没有工夫管你，因此大家也相安无事。

这天夜里，若花浴罢兰汤，小大姐佩文给她掇了一把藤椅，摆在天井里。若花披着一件毛巾浴衣，摇着一柄葵扇，仰面地睡在藤椅上。只见天空一片片的云儿，冉冉地飞来飞去，云端里钻满着粒粒星光。她便悠然远思，口中不觉念着"明星荧荧，嘒彼小星"的句子，因小星而又想起了小红，她自从失踪到现在，竟已有好几个月了。虽然登报找寻，却始终没有音信，可见人心难料，我真白疼了她一场。上月我也曾写信给哥哥，托他代为觅一个小家姑娘，作为可玉的偏房，不知为什么却到现在还没有回信。今晚可玉回来，我便同他商量商量，明天我亲自到苏州去一趟，一则望望哥嫂，二则问问这事，究竟是办得怎样了?若花正在想着，可玉已从外面进来，若花慌忙站起相迎。可玉指着她道："你也太贪凉了，天时还不十分热，怎么就像大伏天似的坐到庭心来了。"可玉边说边走进厢房，若花也跟着进来，佩文已倒上一盆脸水。可玉脱衣，若花接过挂好。可玉擦了一把脸，若花回过身来，一面给他擦背，一面说道："明天午车，我

50

想到苏州去一趟，大概后天便回来的。"若花说着，若有意若无意地向他一笑，又瞟他一眼。可玉却并不理会，望着她道："论理我该同你一道去望望，可是我去了，家里又没有人看守。喏，这一点，就感到没有儿息的苦楚了，连走一步路都受着拘束的。"可玉说到这里，也向若花微微一笑。若花把手巾丢向盆内，在罐内取出两支烟卷，一支递给可玉，一支自己吸着，却是默然不答。佩文把盆水倒去，又来倒两杯香茗，便悄悄退出房去。可玉见若花不快乐模样，因搭讪说道："你既然明天要到苏州去，晚上比白天里凉快得多，我们不如早些儿睡吧，免得你明天坐在车上喊乏力。"若花抬头道："我本来早要睡了，都因等着你，房里气闷，所以睡到庭心里候你了。"说着，喝了一口茶，把烟尾丢在痰盂内，就自躺到床上去。可玉见她先睡了，因站起关上房门，脱了鞋袜，也跨上床去，并头躺了下来。若花随手关灭电灯，脸儿朝里睡着，只觉可玉睡在身边，却是翻来覆去地不安静，好像有什么心事似的，因回过身子，在他耳边低说道："你晓得明天我是为什么到苏州去的?"可玉听她突然问出这几句话，哪有不知道的，因假意不明白道："咦! 你不是去望望你的哥嫂吗?"若花撩过手去，打他一下，"呸"了一声笑道："罢呀，别装木人吧! 我是给你找人来看守家的呀! 你嘴里说得好听，心里不知是多么地难过呢。一会儿叹气了，一会儿又说寂寞了，一会儿又说没人看家，动不来步了。你想，我天天听了你这些话，我心里不烦恼吗? 终怪我自己肚子不争气，所以我明天决意给你找一个人来，那你终可以不怨我了。"可玉忙把她手接住，笑起来道："你真也好记性，我说的话，你竟都把它背书般地念熟了。其实我说的都是实话，谁知你却时时在多心，这个真是难了。现在你也别多心了，我们本来有个良田，又不是没有希望了，世间上老蚌生珠的也很多。你瞧李家的嫂子，她不是也四十岁上下才养了一个小宝宝吗? 可知天下的事情，是说不一定的，况且你还不到四十岁呢。"可玉说着，把若花手心轻轻一抓，逗着她咯咯地笑。若花听了这话，芳心一动，把身子更移近可玉，一面也笑着道："我又没怨你躲懒，不肯播种。只是这一块石田，凭你怎样勤恳，终是抽不出一颗秧针来。这也真叫我没有法想呀!"说罢，两人便又咯咯地大笑起来。接着便听可玉和若花的哼哼声，同时又听得铁床擦着壁上的响声，好像是合着节拍一般地调匀。

第二天两人直到九点敲过才醒来，若花见可玉好像尚有些疲乏神气，因抿嘴对他笑道："你多睡一会儿吧!"说着，遂自下床梳洗，整理一只手提皮箧，用过早点，又到稻香村去买了许多罐头什物，预备带到苏州送哥哥去。等她回来，差不多已午时相近，可玉亦早起身，佩文开上中饭。可玉叫若花一同喝些葡萄酒，若花听了，思起昨夜欢情，两人忍不住会心笑出来。饭后若花对镜重新梳妆，可玉站在旁边，见她打扮得和慧娟年轻时一样美丽，风韵真不减当年，心中又无限感触。眼前好像显出慧娟凸肚时的情景，可怜她竟死了，产下的孩子也丢了，顿时无限伤心，陡上心头，眼皮一红，不禁掉下泪来。若花回眸瞧去，以为自己到苏州去，而引起他伤心，倒忍不住好笑道："你这人真是越老越孩子气了，我到苏州去，不到两天就要回来的，你伤心什么？你如不愿离开，那么你就和我一块儿去吧。"可玉一听，知她误会了，因忙收束泪痕，破涕笑道："我哪儿伤心，你别瞎说。时候不早了，我送你上车站吧。"若花摇头道："不用了，我自己会去的。"可玉道："哪儿话！我又没有事，刚才我喊佩文早在弄口大方汽车行叫这时开一辆来。"正说时，佩文果然嚷进来道："老爷，汽车来了。"若花望他一笑，两人便坐车到北火车站去了。

若花的哥哥，就是小棣、友华的爸爸，名叫吟棣；嫂子韦氏，年纪都已五十相近，性情非常古怪。吟棣视钱若命；韦氏对于儿女，却是非常溺爱。小棣、友华在上海读书，吟棣只供给他们十元一月的零用；韦氏暗中，却要贴上三百多元。友华有时不够使用，还要写信去汇。吟棣在乡下除了吸旱烟、睡中觉外，简直没有第三样消遣。他报也不要看，说看了报要气破肚子，还是一些不知道好。对于小棣、友华在上海什么学校读书，他都不问不闻，只要两人不向自己讨钱，他一切都不管，随他们怎样去胡闹。

这天吟棣和韦氏正在房中闲谈，见仆妇进来报道："老爷太太，上海的姑太太来了。"吟棣一听妹子来了，在人家心里，兄妹好久不见，心中多半是非常快乐，独是这个吟棣，他便立刻皱起眉头。他的意思，是深恐妹子久住，家中养着的孵蛋鸡娘，又要多杀几只，心里很是肉疼。只此一点，就可见他的性格了。倒是韦氏，一见若花，反而非常起劲地招待，这其中原也有个缘故：因为友华、小棣写信回家，每每说是在姑母家吃饭住宿，姑母待他们非常亲热。韦氏因此只知小棣、友华是常在若花家里，并没常到外面去游逛，哪里晓得这原是友华、小棣编的谎，所以一见若花，便命仆妇杀鸡相待。吟棣瞧了，心里非常肉痛，但又不好阻止，只好哑子吃黄连似的不响了。饭后，姑嫂两人到房里来谈心，若花问道："上次我

52

来信托哥哥代为觅一个姑娘，嫂嫂，不知可有觅到了吗?"韦氏听了，噗地一笑，向房外努嘴道："姑妈，你托他去办这个事，他哪儿肯去代觅。他说儿子女儿都是没用的，只怕没有钱，哪怕没有儿子。儿子又不好当饭吃，又不好当衣穿，要他什么用呢? 姑妈，你听这话，真是要气煞了人。我想姑妈是托了他一场空，所以我便暗地给你想法。现在有倒有一个，可是脸蛋儿难看些，我怕姑丈不中意，所以没有托人写信来。"若花忙道："嫂子，你说的那个姑娘，和我脸蛋儿比起来，谁漂亮呢?"韦氏道："姑妈现在虽然年纪老了些，但到底是个美人胎子。她哪里及得来你长得俊俏呢? 我是代您也打算过，若拣得太美了，姑丈也许会专爱她，不肯再来爱你。那时我又恐怕你要抱怨我不好，弄来了白虎精、狐狸精，害得姑丈姑妈倒要不和睦了。"若花倒给她说得笑起来道："这个姑娘脸蛋儿若太难看，这也不对的，不但可玉不中意，就是我也不喜欢。况且可玉的朋友又多，见了这样不上台面的人，也不好意思。我在苏州是不能多耽搁的，因为可玉在上海一个人，他实在寂寞不过，时常曾嘱我早日回去，所以我明天就动身到上海去。对于这个事，我现在也不托哥哥了，就专托你嫂子吧。只要五官端整、头面白皙、手足干净就得了，若像西施那般美丽，也不相配的。"韦氏听了，连连答应道："我理会得，我终给你竭力去找是了。如果一有相当人才，我马上就会来信通知的。"若花听了，又连声道谢，那晚若花便睡在客房里。第二天，若花便要告辞，韦氏再三留她多住几天，若花执意不肯。吟棣见妹子匆匆要走，心中暗暗欢喜，但表面上不得不客气道："妹子到自己家里，怎么竟好像做客人一般，一宿两餐，就动身了，给妹夫心中忖着，不是要怪做哥哥的冷淡了妹妹吗?"若花忙道："哥哥怎么说起这话来，妹子实在因家中没人，不能多住呀!"吟棣道："一宿就走，你还是不来的好。你来去的火车钱、黄包车钱也是花上不少呢!"照理吟棣应该给妹子买张火车票，送送她到火车站，今若花听他这样爱惜金钱的口吻，也知道哥哥的老脾气是一钱如命，所以不等他们送到门口，就连连阻止道："天恐怕要下雨，车夫回头又要敲竹杠。哥哥嫂嫂千万别送我了，倒累妹子不放心，我们就此告别了吧!"吟棣一听，便老实不客气地和韦氏送到门外。韦氏尚欲客气几句，却被吟棣衣袖一扯阻住。韦氏也就只好不言语了，大家匆匆作别，若花便又回上海去了。

吟棣、韦氏回到里面，仆妇已开午饭，两人用过。韦氏见他呆坐椅上，嘴里气呼气呼只管吸旱烟，好像不快乐样子，因问他什么事。吟棣一听，便白她一眼，埋怨着道："你这妇人真不肯勤俭持家，昨天又硬生生地给你杀了一只母鸡。这只母鸡，它一天生了一个蛋，一个月就是三十个蛋。养到年底，以七个月计算，一共有二百十个蛋。每个蛋的价格，照市上要十个铜子，二百十个蛋就要值到二十一千铜子。还有母鸡本身也要值到四千铜子。若明年再连养下去，它生的蛋，又要添上三百六十个，这我也不和你算了。单就拿这二十五千铜子讲，这已是了不得了。况且妹子昨天并没吃了几筷子。你想，吃了只有两餐饭，就得花我这许多钱，那你真是个不肯爱惜物力的败家精了。"韦氏倒想不到他噜噜苏苏地说出这样一大套话来，一时不耐烦极了，便抢白他道："姑娘是你的妹子，又不是我母家身上的亲眷，人家难得来的。况且小棣和友华也在上海常叨扰人家。我不过杀了一只鸡，你便唠唠叨叨地说了这许多话。难道姑娘吃的，是吃你的肉吗？"吟棣见韦氏大声地比自己还凶，且脸儿涨得血红，由红转青，几乎要气得跳起来的神气，本来还要说几句，后来深恐她气出病来，又要买砂仁豆蔻来医治了。药店的伙计又是个坏蛋，三十铜子只有三四粒好买。为了要她做家省钱，不料倒反而为了她又要花钱，这未免太不合算。吟棣这样一想，不但不敢应嘴，反而向她赔笑叫道："友华娘，你不要生气，我只不过这样说两句，哪儿是安心地气你。快抽会儿烟吧防饭后受气，消化不良，那真不是玩的事。"说着，便把自己旱烟管递过去，一面又呵呵地自笑道，"我的好太太，你真有趣了，几句玩话儿，怎么当认真了呢？哈……"韦氏忽然又见他改了好像小丑脸儿，真是又好气又好笑，因把旱烟管一推道："谁要吸这种烟，好像一根什么似的。"说着，遂自取一支卷烟吸。正在这时，忽见外面仆人喊进来道："老爷，有一封挂号信来了，邮差是等着要打印子的。"

第七回

痛到心头声明登驱逐
感深骨髓生死结同盟

吟棣赶紧接来一瞧，见封面上写着的是上海强民中学校长李鹤书寄的。吟棣知是小棣的校长写来，一面向书桌抽屉内找出一颗图章，一面把信后的回单纸条扯下，盖了一个印，交给仆人拿出去。他便把信拆开，戴上老花眼镜。韦氏早急急问道："小棣校长到底说些什么话呢？"吟棣道："你倒性急，我还没有瞧过，怎么知道说些什么呢？"说着，遂把信笺抽出展开，低头读道：

吟棣先生尊鉴：

　　提笔不叙，令郎小棣、令爱友华，在校读书，累经训诫，奈终日事游荡。春假时，同学都回里去，友华竟约着男生龚半农，夜夜同逛舞场。今寄上报纸一张，内《舞国春秋》所登一节，即是令爱闹的笑话。当时本欲将她除名，后经令郎令爱再三悔过，弟以阁下一生名誉攸关，只好赦其初犯。两人现在所作所为，竟然不顾廉耻，甚有和人同开旅馆。如此害群之马，不但有辱校风，言之实堪痛心！质诸龚生，又谓令爱已配他为妻，同事游戏，并不为过。今特具函请阁下来校，将令郎令爱亲自陪同回籍，嘱他们悔过悛改，再行来校受课。弟格外留情，一切还希鉴宥，并请台安！

　　　　　　　　　　　　　　　　　　　　　　弟李鹤书上言

吟棣读完来信，直把他气得手足冰阴，脸儿铁青，半晌说不出话来。韦氏见他目定口呆，两手拿着信笺，竟是瑟瑟抖起来，心中吃了一惊，他怎么气得这个模样，忍不住又急问道："这信……是说些什么话，你快说给我听呀！"吟棣把信向桌上一掷，向她呸了一声，恨恨地说道："都是你养的好儿子好女儿，一对好宝贝做的好事，真把我气死了……"韦氏不等说完，立刻大声道："我的儿子女儿，当然是我的好宝贝，他们既做了好事，你这老头子还气什么啦！"吟棣听她瞎七搭八地缠着，顿时火上添油，不禁把桌子一拍，大骂道："你这老糊涂，真在热昏了。他们两个畜生，在外面荒唐得无天无地，现在校长叫我去陪他们回来。我是不愿意再瞧这两个坏种，我决不承认有这两个儿女，你要是承认的话，我情愿死！我情愿死！这浑蛋，真岂有此理，气死我了……"韦氏见他暴跳如雷，气急败坏地说出这些话来，心中倒也大吃一惊，以为两个孩子在外面一定是闯了什么大祸。因站起身来，走到书桌旁边，把信儿拿在手里，瞧了一会儿，却是不懂信里的话，遂又把附来的报纸拿起，向吟棣问道："说不说给我听，就这样瞎跳什么？弄得我莫名其妙，孩子到底闯了什么祸？还有这张报是寄来做什么？你瞧过了没有？"吟棣一见报纸，这才记得，原来自己热昏了，因忙一把夺过去，只见报上《舞国春秋》篇幅下一则新闻，用红墨水团团圈着。他细细一读，就是《舞客浴血记》，内载龚半农、唐友华由桃花宫溜冰场出来，因时在深夜，途遇强徒，击破头脑流血等话。一时气上加气，更加大怒，向韦氏恨恨道："你要听吗？我就告诉你，只怕你听了，也要气破肚子了呢！"说着，遂一五一十地把详细的事告诉一遍。韦氏虽然非常溺爱儿女，今听了这话，觉得实在也太浪漫了，不好意思再来庇护他们。一时想着友华每次来信索钱使用，心中倒也激起了愤恨，不觉冲口地骂道："这两人实在太不顾脸面了，怪不得我给他们三百元一月零用，他们还尽闹着不够使用。原来他们都给男友女友瞎花，这真岂有此理！混账！"韦氏每月给三百元，原是瞒着吟棣一人，这时因为气急，无意脱口说出。不料一听到吟棣的耳中，这一吃惊，真非同小可，立刻站起身来，两眼大睁，手指点着韦氏追问道："什么？什么？你说的什么话？哦！原来你当我是木人吗？"韦氏见一步一步逼过来，来势汹汹，一时深悔自己失言，倒也不敢发脾气了，只好退到旁边，低头无语。吟棣见她不响，知道这事是实，心中好比割肉剜心还痛，胸中只盘旋着三百元一月，两人是六百元，这还了得。越想越气，越气越跳，大声骂道："唉！你这个老不贤，娇养惯了他们……两个小孩子，每月竟要花到我家里一年用度。他用了一年，我有十二年可以过生活，这样地花下去，简直不要我的老命了。这个我怎能答应，亏你还说出来，你真在发昏……"韦氏见他好像要和自己拼命模样，不禁也气急了，猛可地把茶几上一只茶杯掷到地上，大声地回骂道："事情是已这样了，你难道还把我处死不成？儿子女儿不好，原该做父母的教导，你差不多像死人一般，平日见女儿比朋友还客气，所以闹出这个事情来，你要责骂我吗？我先要和你拼命。"韦氏说着，头向吟棣撞来。吟棣原是银样镴枪头，一见太太发脾气，竟把茶杯敲碎，这样闹下去，还是自己倒霉，因此把气只好往屁股里出。这时仆妇们见老爷太太吵闹，遂也都来劝开。这一晚，吟棣哪儿睡得着，骂小棣，骂友华，骂韦氏，骂半农，骂校长，骂学校，骂上海地方，整整闹了一夜。韦氏只不理他，后来再也耐不住，便对他道："你什么都骂到了，为什么不骂你自己呀？儿子女儿到底不是我一个人养的，你也有一半的责任呀！"吟棣听了这话，终算不响了。第二天一早，他也不告诉韦氏，便悄悄地到上海去。他到上海并不是去陪小棣、友华回家，却是亲身到报馆里登了一则驱逐劣子劣女的广告。本想再到妹子家里去走一趟，后来因想自己儿女这样不肖，也没有脸面去见人，遂又乘夜车回到苏州。韦氏早起，见他不别而行，倒整整担了一天心事。起初还道他是到亲友家去，后来直等到夜，还不见回家，韦氏又道，是出了什么岔子，心中真急得像热锅上蚂蚁一般，好容易到十点敲过，方才回家。韦氏一见，急急问道："你这人越老越糊涂了，为什么一声儿不响地就出去，直到这时才回家？你到底在哪儿？我瞧你还是不要回来了吧！"吟棣心知若实说了，她一定不依，因圆谎道："你跳什么？我心里烦闷，是在城里吴苑吃茶听书。"韦氏道："你倒好安闲，那么校长既然有信给你，那你理应自己去走一趟，不然也该写封回信去，什么反到吴苑去吃茶，你不图做人了吗？儿子女儿到底是自己养的，你也不许过分责骂他们。你不见你的妹子为了没有儿女，来去地奔波要找个姑娘，他们到底为的什么呢？"吟棣听了，颇觉格格不入耳，但也不和她强辩，点头道："我想明儿写封信去恳求校长，再饶赦他们一次。不过你以后三百元一月，千万别寄给他们了。因为他们没有钱花，自然只好用功读书了。你若再不断地寄去，那你不是爱他们，简直是害了他们呢！"韦氏听了这话，也颇觉有理，遂点头答应。从此小棣、友华的经济来源断绝，因此演出下面曲折离奇、凄绝人寰的故事来。

小棣自从与卷耳饮酒谈情，心心相印，两人遂订为生死鸳盟。卷耳非小棣不嫁，小棣也非卷耳不娶。这天夜里，小棣又到桃花宫舞厅来。平日都是小棣先到，不料那天竟是卷耳先到。卷耳也像小棣一般地站在门口，一见小棣，便先"喂"了一声，从阶上一跳一跳地跑到小棣面前。小棣突见卷耳似黄莺儿般地跳来，心中倒是一怔，只见卷耳笑盈盈地伸出纤手，和自己紧紧握住，好像有三五年不曾见面似的亲热，眉儿一扬，噗地笑道："我晓得你这时要来了，你真像我手腕上的标准表一般，一秒一分都不会错。今天我们不用进场里去。场里人多，闹得人头脑涨痛，我和你说的话多哩！我们还是拣个清静些地方去坐会儿，这离法国公园很近，我想和你到那边玩去。棣哥，不晓得你可能同行？"小棣骤然听她叫自己哥哥，这还是数月来的第一次，心中这一快乐，直把他心花儿都朵朵开了。且又约自己到公园去谈心，这真是做梦都想不到的事，立刻把她手儿摇撼了一阵，笑叫道："妹妹！妹妹！你的话我敢不听从吗？"因为是太兴奋的缘故，不免把手握得太紧些儿，倒使卷耳跳了跳脚，笑起来道："轻些儿，我痛呢！"小棣这才意识到，忙把她纤手放在鼻上温柔地闻着。卷耳笑了，小棣也笑了。两人并了肩儿，好像商量好似的同步到一家汽车行，说明地点，两人便跳上车厢。那车夫就拨动机盘，向前直开了。小棣偎着卷耳，嘴巴凑到她耳边，低声道："这样快一些，并不是路远走不动。"卷耳听了，噗地一笑，瞟他一眼，把整个娇躯倚偎到小棣身上，微抬蟠首道："你的心就是我的心，那还用说的吗？"小棣只觉得她说话时，一阵阵细香，从樱口中送出，令人心神欲醉。时正盛夏，卷耳只穿绝薄纱衫，两人的腿儿并排贴着，却不嫌其热燥。卷耳觉小棣的腿上发出神秘的电流，小棣也觉卷耳的腿上通来很肉感的滋味，两人都感到无限的适意。直到汽车在公园门口停止，两人的腿儿身儿还是胶着似的不肯分开。车夫把车门开了，小棣这才理会过来，连忙付了车资，先跳下车厢，因为卷耳穿着天蓝色高跟革履，足有五寸多高，恐她绊跌，连忙小心扶下。一面又到公园门前，在小洞口放入两个镍币，下面就落下两张票子，让卷耳先走进去，自己随后跟入。因为门口是用铁盘转的，所以待小棣进园，卷耳已走在七八步前了。小棣瞧着她的后影，在依稀月光之下，只见卷耳窄窄的腰身、肥圆的臀儿，配着嫩黄乔其纱旗袍，里衬白纺绸长马夹，式样恰恰合着她的身子，背上亮纱眼里露着椭圆形的雪白肌肉，走一步，摇一摇，好像洛妃出水，仙子凌波，真把小棣瞧得爱无可爱。他的灵魂儿几乎也被她直勾摄去了，正在目不转睛地出神，卷耳回过头来，向他招呼。小棣这才清醒，立刻抢步上前，挽着她的臂儿，缓缓地向树叶荫下踱过去。卷耳静了好一会儿，方轻轻叹口气道："这几天来，我真被他们缠得脑昏极了，今天若不和您到这儿来散心，那真要把我闷死了。"卷耳说着，回眸望他一眼。两人已走到一株大树下面站住，小棣手儿托着树干，凝视卷耳的娇靥，诚恳地道："你的环境我都已明白了，但是我要尽我的能力，想改变你一下子。你现在的生活，在外表瞧来，虽然是享用着过人的物质，但内心的郁抑，和精神上的痛苦，恐怕也比别人要更深一层吧？像你这样娇花般的一朵，处身在这四周巨爪下的境遇中，能够自己爱惜着自己身体，抵抗着每个魔鬼的引诱，保持着您固有的纯洁，这真令我敬佩极了。卷妹，但是您若长处在这恶劣的环境中，那终不是个事吧，我代你想，我可怜你，同时我也可惜你。"卷耳自从厕身舞女，从来不曾听到这样体己的话儿。平日舞客待她的，都是好妹妹亲姊姊地叫得怪响，底下的便是我和你吃大餐好吗？开房间肯吗？这些在耳管里早已听得滚瓜烂熟。他们的目的完全是个两白主义：一个是爱我的脸儿白，一个是要向我的身体上白揩些儿油。等他们的欲望满足了，转眼哪里还认得人？他们是具着兽性而来，却把我们纯洁的女儿心，也当作是个兽类中的野猫野狗一般。需要了，摇尾摆头地追求；不需要了，你死也好，你活也好，还干他们什么事！卷耳此刻想起一般舞客的对待自己，和刚才小棣的话儿相较，显见得小棣实是自己的第一个知心人。他们是不关痛痒地只想把我身儿供给他们蹂躏，和小棣的主义是不同的啊！但想起前日小棣告诉我的那个小红，小红是他的朋友，进一步说，也就是他的情人。小红是怎样的一个品貌呢？这我虽然没有见过，但小棣既然是个学校中优秀分子，他的女友，当然也是个学校的姑娘。小红的失踪，引起小棣万分的懊恼，好像若有所失的情景，那小棣痴情可见，小红品貌也可想，而且她的身份和我的身份相比，我当然是及不来小红。现在他没有了小红，我虽然要安慰他，但他又怎能委屈迁就我呢？想到这里，自己心中虽然要向他感谢和安慰，一倾吐自己胸怀的衷情，但一时却无从说起。他的深情，我是感激的，但小红回来了，我又将怎样呢？因此更觉伤心，那眼眶儿一阵阵地红起来，明眸里含满了晶莹莹的泪水，无限温柔而又无限哀怨地凝视着小棣，竟真的滚下泪来。小棣见她听了自己话，呆呆地出了一会儿神，这时好好儿的忽又淌起泪来，以为是触动了她的身世，心中不觉深悔孟浪，不该引起她的伤心。因伸手把她柔荑握来，轻轻摇撼一阵说道："我们到那边椅上去坐会儿吧。"卷耳把头点了点，小棣便半抱她身子，扶到椅上并肩坐下。小棣拿帕儿，亲自给她拭去泪痕，低声问道："你怨着我刚才不该说这些话吗？"卷耳听他误会自己意思，因慌忙摇头道："不！不！你的话是不错的，我很感谢你。我和你的认识，虽然没多几天，但你风雨不更地跟着我，差不多已有三四个月，你的心我还不知道吗？我自恨身堕孽海，没有一件够得上和你相配。我知道你是个情场的失意人，我心里要想安慰你几句，使你减少着痛苦，但我终想不出半句话来。我是越想越恨自己的知识不足，所以虽有这一条心，可是竟不能告诉人。我自知是个舞女，我怕自己不能使你像你的小红帮助你那样进步吧！"小棣听卷耳这样说，真感激到根根汗毛孔里都嵌满着卷耳的深情蜜意，同时又误会卷耳刚才听了自己的话，以为有看轻舞女的地方。因把卷耳纤手牵到自己膝上，自己的手又轻轻地抚着，他真挚地道："舞女是一个人，学生也是一个人。你不要把舞女的生活当作孽海，舞女也有人格高尚的，也有冷若冰霜的。只要心地光明，那孽海就是天堂。所以我劝你不必自视太低，社会上的人，形形色色的多着哩！尽有上等的人，他的心比妓女送旧迎新、朝秦暮楚还来得卑鄙龌龊呢！我说的是舞女境遇恶劣，容易受魔鬼诱惑，堕落陷阱，将来感到痛苦，已是来不及了。你只要心地洁白，那做舞女又有什么自惭？我是最喜欢纯洁的人，也是最喜欢你……同时也只有纯洁的人，能接受我的爱，因为我不多万能的金钱啊！"卷耳一听这话，心里直喜欢得跳起来，嚷着道："真的吗？真的吗？哥哥！我的心歪到你的心上来了，你快给我抢着吧！"卷耳兴奋得把身子真的斜倒在小棣怀中，两手钩住小棣的颈项。小棣俯下头去，紧紧偎着卷耳雪白的脖子，两人没有说话，默默地温存了一会儿。约十分钟后，卷耳抬起头来，望着小棣道："供人搂抱的舞女，究竟是非人的生活，我再不愿在这火山上活受罪，我要挣扎我新的生命，我要重新做一个人！哥哥！哥哥！我不要你物质上的援助，我只要你精神上提拔、知识上灌溉！哥哥，你能可怜我帮助我吧！"小棣感动极了，毅然道："你放心！我不是刚才早说要改造你的生活和环境吗？我如没有这个能力，我宁愿死！"卷耳听到"死"字，一颗芳心早也血淋淋地交给他，猛可地把自己胸口直贴到小棣胸口，两臂挽着他脖子急道："你死我愿跟你一块儿死！"小棣冷不防她有此一着，心中乐得不知如何是好，偎着她颊儿，在她耳边说道："你不能说这话，我是说着玩的。"卷耳道："我不死，那你也不许死，大家终要挣扎着死里求生！"卷耳说完这话，两人都会心笑了，好像两个人的身体，真的已并成一个身体了。

碧天如洗，万里无云，只有半轮皓月，放发出缕缕柔光，照在两人的脸颊，是都红润润得可爱。小棣、卷耳抬头望天，小棣忽然指着月儿笑道："你瞧这个月儿不是就要圆了吗？这好像是象征着我俩未来的生命，也有个团圆在后头呢！"卷耳笑道："你说得真好！不过我说我们俩人现在人虽还未团圆，我们的心是早已团圆良久了……"说到这里，回过脸儿，向小棣嫣然一笑。在这一笑中，小棣瞧着，真觉是千娇百媚，艳丽极了，这就情不自禁，两人的唇儿凑在一处，甜甜蜜蜜地吻住了。卷耳虽是个舞女，自尊性很重，身上一切，轻易不肯给舞客占些便宜。所谓艳若桃李、冷如冰霜，就是卷耳的写照了。今天和小棣接吻，实在自落娘胎，还只破题儿第一遭。嘴唇是全身知觉最灵敏的一部分，男女两性的嘴唇相触，这是多么惊喜而神秘的一件事。何况在卷耳处女的心理，从来不曾经过这样亲热的吮吻，因此全身顿时感到一阵不可思议的肉麻，血液似火样地沸腾，每个细胞都紧张得了不得，她浑身都软得一些儿力没有，在小棣的怀里柔顺得比一头驯服的羔羊还和善。她只觉得整个身子已被爱之火融化了。小棣是已忘了世界上一切的烦恼，他更不知自己是已置身在何处了。夜漏已残，园中游人都向北面退出去。两人方才回过心来，卷耳离开小棣的怀抱，在月光下绕过无限媚意的俏眼，向他一瞟，立刻又别转头去，嫣然笑了。三分是羞意，倒有七分是喜悦。"卷妹，我们走吧。"小棣牵着她的手，卷耳并不回答，默默地随着他出了园门。

　　第二天早晨，小棣睡在床上，心中暗暗打算，本学期暑假结束，我回到家里，第一件事，就是和妈妈说明我和卷耳的事。想妈妈是非常溺爱儿女的，爸爸虽然古板，但只要妈妈答应，爸爸他是不敢不赞成的。卷耳她并不要我物质上的援助，可见她是赤裸裸地真心爱我。她说这话，她当然有相当把握，但我也不肯一些不铺张而和她结合，这成个什么样呢？一时又想起小红，自己本来理想中爱人是小红，但可怜小红她竟失踪了，小红终身真令人伤心！小红境遇也真令人痛哭！可是我把爱小红的心，又移到卷耳身上去，这并非我负心，实在是小红太命苦了啊！小红！小红！你现在哪儿？你心中怨恨我吗？正想到这里，忽见门外推进两人，一个是半农，一个是妹妹友华。妹妹手中拿着一张报纸，脸色灰白，嚷着道："哥哥，哥哥，你瞧爸爸要驱逐我们了。"小棣骤然得此恶报，顿时大吃一惊，好像晴天一声霹雳，"啊呀"一声，立刻从床上跳起，接过报纸，只见封面上有一行大字：

唐吟棣驱逐劣子小棣劣女友华启事

兹有劣子小棣、劣女友华，本年在上海强民中学肄业，因不务上进，结交匪类，终日游荡，鄙人深悔教养不善，有辱祖先，为此登报声明：自即日起，脱离父子父女关系，所有小棣、友华在外，如向诸亲好友招摇撞骗银洋钱钞等情，鄙人概不负责，特此声明。

廿六年六月十六日

小棣瞧完报纸，顿时两手颤抖，面色灰白，牙齿亦咯咯作响，可是却一句话都说不出。半农搓手道："这个突如其来的声明，内中必有蹊跷，我们须得好好研究一下，千万别中奸人圈套。"小棣眼皮一红道："说我结交匪类，这是打从哪儿说起呢？"友华的脸儿已由白转红，恨恨道："爸爸他恨我，无非是我爱着半农，恨你是要你自己想的，你到底有没有结交匪徒，你自己心里终明白的。"小棣急道："你想我怎会去结交匪徒，我只不过爱着一个舞女罢了。她叫李卷耳，原是个有知识有人格的好人家女儿，照我自己想来，就是这一点。至于招摇撞骗，不但我没有，就是妹子也决不会，这半农在这儿，你当然也明白。半农说的爸爸是受了人骗，这话倒是真的，但我们又不曾和人结深怨仇，又何苦要向我爸那儿播弄是非呢？我想爸爸性格虽是拗执，但父子到底是有天性的，也许他一时气愤，所以出此下策。我们虽然不想爸爸再收回这个启事，但我们做儿女的应该去陈述一番理由。"半农忙道："小棣这话不错，你们两人还是今天请个假，立刻动身回去一趟吧！"友华听了，冷笑一声，不禁泪下如雨道："农哥不知爸爸性格，难道哥哥也不晓得吗？你还要去陈述什么理由，我痛恨，我可笑，世界上竟有这种为人儿女的爸爸。就是儿女不肖，也该打听打听，是不肖到如何程度，难道就这样狠心地毅然脱离关系了？当他登这个报时，可见父子父女恩情已绝，这还有什么话呢？到暑假，我是决不回去，做乞丐也凭我这个命……"说到这里，已是痛哭起来。小棣心知妹妹一生好胜，骄傲非常。但仔细想来，也非常气愤，爸爸拥有产业四五十万，既没有三男四女，就仅仅只有我兄妹两人，他都驱逐了，那么他还想什么人来亲他呢？唉！这他到底安着什么心？妹妹话是对的，我们就是做乞丐，也凭我这命。譬如别人没有爸妈的，那么怎样办呢？难道不要做人了吗？欧美有许多青年，父亲家产百万，儿子做侍役的很多，我们何不也自打开

62

一条血路来谋生存呢?想到此,跳起来道:"我们要活,我们非挣扎不可!"正在这时,忽见茶役进来道:"唐先生!唐小姐!校长先生在校长室等着你们有话哩!"小棣、友华一听,心知是为了此事,但既存了不怕心理,当然毫不迟疑地收束泪痕,一同到校长室来。鹤书见了两人,便开口问道:"今天报上登着的启事,你们可都瞧到了没有?"友华道:"瞧到的。"鹤书道:"这到底是怎样一回事呢?"友华道:"我和哥哥心里也正在奇怪呀!我们在校读书,却并没有这个事情,你不信可问别的同学。想必爸爸被人愚弄,一时竟登起这个报来了。"鹤书见兄妹两人脸上,泪痕犹在,心中也好生不解,因道:"无论这事有无,但你们应得回家去问个明白,不然连我们学校名誉也受影响了。"友华、小棣听了,并不回答。鹤书又道:"你们上海不是有个姑父住着吗?"小棣点头道:"不错!"鹤书道:"那么你们不妨先到姑父家去问一声,也许你姑父有些明白你爸意思了。"两人听鹤书很和平地反替自己设法,心里很是感激,因也说道:"我们自信绝无此事,李先生你放心,我们绝不涉及母校,好在这学期已完,下学期我们也不来了。"说毕,泪如泉涌,一面鞠躬,一面退出校长室。半农候在门外,见两人出来,因上前问道:"李先生对你们怎样说呢?"小棣道:"李先生的话很不错,他叫我们回家去询问详情,或者到姑母家去探听消息。"友华道:"家中我决不去,姑母家里去也没意思,只不过去问一声缘由罢了。"小棣点头道:"妹妹说得是,你到姑母家去问一声也好,回来告诉我,我到宿舍去了。"半农皱眉道:"你们为什么不一道去呢?"小棣道:"探听缘由,一个人也够了。妹妹,我身子支撑不住呢。"正说时,上课钟敲了,半农只好回教室去。友华自到可玉那里去,小棣也垂头丧气地一步挨一步地到宿舍去。

　　小棣为什么不愿到可玉家去呢?他原也有他说不出的苦衷。因为他一到姑妈家里,心中便想着了小红,胸中不自然地起了一阵无限感触。他所以不愿去,就是怕触动伤心。现在因找寻小红,而又遇到卷耳,因卷耳对他刻骨深情,正欲回家告母,不料又骤睹报上被爸爸驱逐的启事,心中便大受刺激。这时无论见了什么人,他不愿有所分辩,他心中早已存着了两条路:一条是生路,一条是死路。走生路情愿抛弃家庭,自己去挣扎;走死路一切都不视不闻。这两条路,当然是前者难,而后者容易。不过走死路,我又怎能丢得下卷耳,但我所以要走死路,也正为了卷耳啊!因为卷耳虽然真心爱我,但她身子是她的假母所有啊!现在我是成了上海的流浪者，一个人的生活，尚要去设法，哪儿来意外的一笔钱呢！唉！爱情固然是神圣真挚的，但究竟还需要金钱做后盾呀！天下有多少青年情侣，为了金钱，而妨碍了爱情的进展。唉！我为世界上被恶环境所摧残的有情人同一哭哩！我为了减少卷耳的痛苦，别因我而累她同入悲惨之境，我应该自走死路。但卷耳曾说我死她也跟我死，这叫我又怎样死得下呢？妹妹说，做乞丐也凭我的命，是的，我们还年轻啦，应该努力挣扎的，光明还未到完全绝望之前，我决不走这一条死路。小棣神魂颠倒地一路向前走，迎面来了许多同学都上课去。小棣不愿见他们，他向走廊下弯过去。他不愿见人的意思，是否是为了羞辱问题，抑是为了其他别种问题，就是问他自己，一时恐怕也对答不来。因为一个人没有受过极度刺激，当然不晓得受刺激人心中的痛苦和难堪！

半农坐在教室里，哪有心思上课，心中暗自思忖，友华为了自己给士安一击，以致引出报上登载新闻，而又引出友华的代自己复仇，因又引出士安的开除。现在吟棣的驱逐友华，恐怕也是士安使的报复。前因后果，使友华不能安于家庭，实在是自己累她的，这叫我怎能对得她住？半农这样地想着，身子虽在教室，而一颗心早记挂到友华身上去了。这时同学当中，虽在上课，却个个都交头接耳地把校后"棠姜"和小棣的事儿当作新闻谈，有的说是该死，有的说是冤枉。半农身后坐着的巧是"摆不平"，他的议论最多。伯平因为是校后落选的一个，心中妒着半农，所以冷讥热嘲地只和别个同学搭讪，其原意是说给半农听，使他心里难过。半农既不好难为他，又不好阻止他不说，也只好转心忍耐，但又疑心伯平也许是本案嫌疑的人。所以半农对于伯平行动，暗地里加以注意。

时钟嘀嗒嘀嗒地走着，一天光阴，又悄悄地给夕阳带走了。半农放好书本，到小棣那儿去瞧，却不在宿舍里，友华也没有回来。半农心中暗暗纳闷，一人无聊，便在校中各处散步，谁知走到教务室门前，却见伯平从校长室里出来，脸上好像很得意的神气，向半农一笑，便自走开。半农心中好不疑讶，但又探听不出什么消息，想着友华此后生活，真觉前途茫茫，不禁代友华起了无穷的感慨。同时又想着自己的穷途潦倒，竟无一些能力，可以互助友华，心中一阵辛酸，不禁临风滚滚掉下泪来。

第八回

如见肺肝瞧出声明点
情非手足最难惜别时

　　这是一个窗明几净的室，室中几案亭亭，靠窗列着两架花盆：一盆是开满着白芝兰，一盆是九穗的建兰，发出一阵阵的幽香，蕴藏在这清静的室中。窗外下着沉沉的湘帘，一半却卷起在第二格的玻窗上，这就见窗内靠桌旁坐着两个女子：一个徐娘未老，风韵犹存；一个年才破瓜，娇艳无比。桌上又列着两盘果品：一盘是新上市的枇杷，一盘是海外来的芒果。那妇人递过两只枇杷，让少女剥着，一面又劝道："这个事你终放心着，管在姑妈身上，替你去辩明，你今天且住在这里，凡事都有我呢！别再愁眉苦脸了，叫人看着也难过。"少女听了，微抬螓首，明眸向那妇人凝望着，点了点头，但她粉颊上已沾满了两串泪珠，滚滚掉了下来。妇人把剥好的枇杷，放到她面前，又递过一方绢帕道："你别哭呀！大热的天，怪腌臜的。你爸爸真也是个怪脾气，这启事是今天才瞧到吗？唉……"少女把帕儿拭着泪水，叹道："要是我和哥哥真有结交匪类、招摇撞骗事情，那倒也罢了。现在根本没有这一回事，不晓得爸爸是听了谁的谗言呢？"

　　这两个人是谁？阅者当然明白，一个是若花，一个是友华了。友华在校中别了小棣和半农，匆匆坐车到若花家里。若花见了友华，心里非常喜欢，忙叫佩文端着两盘点心出来。友华见了姑妈，好像见了妈似的，无限辛酸，陡上心头，就把爸爸启事，向若花告诉一遍。若花听了，不胜骇异，慌忙问道："这是打从哪儿说起，我才到苏州家里去过一趟，你爸爸怎的并没和我说起呢？"若花说着，一面把手指儿扳着，一面又接着道："我从苏州回来，也不过只有三天，这也奇怪极了。我到你家只宿了一夜，原是为着你姑爹要一个姑娘去的。你妈妈还特地杀一只鸡，我本待多住几天，因你姑爹在上海没人照应，所以就回来了。那时你爸妈并没和我说起有这么一回事呀!"友华听了,便忙又带泪问道:"姑妈,你在我家时候,爸和妈可有问起我和半农的事吗?"若花听她口气,好像有些疑心我搬嘴模样,因忙正色道:"你爸妈这个是一些儿也不知道的,我也绝对不曾给你提起。你这事都由你哥哥告诉我的。打那天起,偏偏小红又失踪了,我心里又急着小红,又记挂你。后来你哥哥告诉我说你并没受伤,半农也只有些儿微伤,我这才安心。这种什么《舞国春秋》《舞国风光》的副刊,专喜欢小题大做。其实他们是缺乏资料,所以一有小事发生,他便拿做绝好新闻载,也不顾人家的利害关系。我说这种人是伤阴骘的。幸亏这种报纸,外埠是没有的,你爸妈当然没知道。就是知道了,姑妈代替瞒着还来不及,哪儿还会告诉吗?华儿,这个你终明白姑妈是疼爱你的。我想来,这一定是我到上海后,才有人向你爸爸搬弄是非的。不过这人真也太空闲了,什么事都好干,怎的伤人家骨肉的事情也去干了呢?"友华本来疑心姑妈无意中和爸爸说出的,今听她如此郑重声明,也觉姑妈是不会的。她别人的事根本不喜欢瞎管,况且姑妈平日很疼我,说好话还来不及,哪里会说我的不好呢?但这事当然是另有其人,在和爸爸说我们许多不好听的话儿了。现在姑妈劝我住一天,等姑爹晚上回来,设法去劝爸爸,这虽然是水底里想捞月,不过姑妈既这份儿好意,当然也只好住下了。这时佩文开上午饭,若花就在上房里陪友华吃饭。饭后两人又到书室里坐,若花又把芒果、枇杷拿给友华吃。友华哪儿吃得下,想起爸爸竟真有如此硬心肠,今后光阴究竟如何去过,那泪禁不住滚滚又掉下来。

这天可玉四点敲过就回来了,见了友华,便笑道:"华儿今天怎的有空呀?"友华忙站起叫声"姑爹,回来了"。若花正欲告诉吟棣启事脱离的事,忽然电话铃响了。可玉也没脱长衫,就先去接听。若花、友华也静静怔着,猜想这电话是哪个打来。只听可玉唔唔两声道:"好的,我立刻就来。"说着,便搁了听筒,若花早忍不住问道:"是谁啦?"可玉道:"这真奇怪了,是华儿的校长李鹤书,说请我立刻去一次。"友华听了,心知是为了这事,因低头无语。若花着慌道:"对了,难道他为了这事,就把他们开除了不成?"可玉不明白道:"怎么啦?敢是又出了什么乱子了吗?"若花因把吟棣的启事,约略向可玉说一遍。可玉一听,顿脚道:"你的哥哥真发昏了,我想煞一个儿子和女儿,偏为了这一些儿事,他竟大闹其脱离关系了,这真是笑话……华儿,你别伤心,待我见了你校长,回来大家再作商量吧。"说着,便自匆匆走了。若花道:"华儿,你听见没有?你姑爹也代你抱不平呢。你放心好了，我们终给你竭力向你去说吧。"友华十分感激，含泪点头，心中又暗自思忖，鹤书来叫姑爹，当然是为了我和哥哥的读书问题，万一他要开除，我们当然只好退学。但退学后怎样办呢？住在姑妈家吗？这是不好意思的。回家去吗？爸爸答应不答应尚是个问题，但我也决计不愿回家。乡下人眼孔多小，少见多怪，本来我是很清白很高尚的姑娘，被爸爸这样一来，那我名誉大受影响。若回乡下去活受罪，倒不如在上海死了甘心。但是死是个懦弱的表示，而且因了我的死，恐怕还要引起一个人的死，至少也要变成一个精神病，这我固然不忍，而且也觉不是青年的志气。我应该在上海找一个职业，打开一条血路，来谋自立生存。倚他人固然被轻视，就是靠赖父母，何尝不是受着束缚？那目前的情形，就很可见一斑了。友华既打定了这个思想，也不愿姑爹姑妈去说情，她便毅然地存心和家庭脱离了。若花见她低头沉思，心中也暗自感叹，儿女长大，单怕就是这一件，俗语道："廿岁儿子不由爹，廿岁女儿不由娘。"现在他们还都不到廿岁，已经闹得天翻地覆，这一半虽由哥哥过分些儿，但他们兄妹也未免太以浪漫了。不过话又得说回来，浪漫虽是他们不好，但一半也由上海社会造成，所以这事怪不得老，也怪不得小，实在是万恶的金钱害人。他们兄妹若不生长在哥哥家里，上海读书的学生也很多，哪里个个都像他们闹出事来吗？哥哥看金钱太重，做儿女的又看得太轻，所以一闻他们浪费，就有这稀奇百怪的登报启事了。若花想到这里，长长叹口气。

室中是静悄悄的，两人默默地想着，也不知是过了多少时候，那可玉又匆匆地回来了。若花、友华一见，慌忙站起，同声问道："李先生说些什么呀？"可玉一面脱衣，给佩文拿去挂好，一面挥着扇子道："别的没有说，只告诉我小棣在外面迷恋着桃花宫一个舞女，他嘱我警诫他切勿再和这种女人交友。"若花忙道："哦，原来小棣是常在跳舞场里游逛。华儿，你这事可知道吗？"友华凝眸一会儿道："是的，不过这事我还只有今天知道。哥哥因见了爸爸启事，说他结交匪徒、招摇撞骗，他才发急说出来的。姑爹，李先生这事他怎样知道啊？"可玉道："据李先生说，是一个同学名叫伯平的告诉他的。"友华一听伯平，心想，莫非登报启事和他有连带关系吗？既而仔细一想，恍然悟道，这就对了，士安和伯平两个狼狈为奸，前时半农被击之事，我也是在他们两人口中听来。现在士安被开除，他也许亦知道是我作弄他，所以叫伯平来使报复的。这样想来，那爸爸面前播弄是非的，一定是他们两人无疑了。想到这里，暗咬银齿，伯平可恨，士安可杀。这时若花又追问道："那么今天小棣可在校吗？李先生对于启事，有何表示呢？"可玉道："小棣这时也许在宿舍，我却不曾找他。李先生说，小棣兄妹两人真可惜，他们的天赋聪敏，可是不肯把聪敏用到正经书本上去。对于登报启事，他觉得也有些言过其实。不过两人每夜出外游逛，未免太以浪漫。他说本学期书只顾去读，对于家庭的事，当然叫我做姑爹的去说情。他又说小棣简直夜夜到桃花宫去，几时还要约我同去瞧瞧这个舞女，到底是长得怎样天仙化人，竟能勾引得小棣这样爱她。这位李先生倒也有趣，不过他所以这样热心，也完全因为棣儿和华儿是很可造就的人才。我希望华儿去劝劝你哥哥，别辜负了人家一片厚望呢！"若花道："一个年轻的人，喜欢娱乐，我倒也并不反对，不过终不要入迷才好。这些事也不必说它了，现在最要紧的，就是哥哥方面，怎样可以使他取消这个启事呢？"可玉道："刚才我在校中已瞧过报，仔细研究他所着重点，并不在前半段，却是着重在后半段。今天我们报呢？"若花听了，忙在书架上取过报夹，交给可玉。可玉翻出那个启事，指给若花、友华瞧道："你们想，他如果要真心地驱逐，他的启事，登到'自即日起，脱离父子父女关系，特此声明'这样不是就可完了吗？他现在还要添上'所有小棣、友华在外，如向诸亲好友招摇撞骗银洋钱钞等情，鄙人概不负责，特此声明'这一段，你们就可以见到他的心肝，是专门注重这'概不负责'四个字。他的意思，即是小棣、友华有正经用途，向我们亲戚那里挪移的话，他也归到招摇撞骗名下去了。他自己又不是老骗子，为什么他自己生的儿女，却防他们专门会向人家骗钱花呢？况且既然声明脱离，以后儿女行为，当然不负责任，也更何消说得？我知道他所以要郑重声明，就是完全为了肉疼金钱。所以这个启事，上面登的驱逐，和结交匪类、终日游荡，都是不成问题。只是不舍得金钱，这倒是真的。"可玉说到这里，又向若花问一句道："你想我的话儿，可有挖苦你的哥哥吗？"若花给他细细一解释，觉得这话倒是不错。哥哥平日的行为，说也可笑，连买大饼油条，他都不舍得吃，宁可饿着肚子，口里咽清水。做家的人原也有，但像哥哥这样身份的人，竟做家到如此地步，那全世界恐怕也找不出一个吧！一时又想起这次回母家，见哥哥头上那顶西瓜皮小帽，差不多还是讨亲那年买来的，直到现在算起来，整整已有三十个年头，帽子变为古董，他的人也要变成老古董哩！我前星期瞧一部小说，里面描写守财奴的鄙吝，真是形容毕肖。我以为作书的写写罢了，谁知世上竟果有其人，且又是自己的哥哥，这真也可笑可叹……想到这里，便点头笑道："照你这样说来，这个事儿，现在且暂时不用和他说去。我若和他去说了，倒好像是我不放心棣儿、华儿挪移我款子模样，要向他问着落负责任去了。"可玉点了点头，又向友华说道："我想这是你爸爸怕你们浪费得太厉害，所以才登这个报。哪里自己至亲骨肉，真的会驱逐吗？华儿，你放心回校好好去读书，你如要钱使用，也只管到我这里来取，将来我自会和你爸爸算账。我是他的妹夫，他是我的舅子，还怕他赖到哪儿去？就是他不承认，我也没有儿女，银钱多了什么用，内侄儿女和自己子女，没有什么两样。只是结交匪类的罪名，不但你爸爸受不住，就是我做姑爹的也担待不起。请你要好好关照棣儿，叫他千万注意。别的都不要紧，我也知道你们不会坏到怎样地步。唉！这种事也只有你爸爸想得出、做得出。"友华听姑爹这样恳切的话，直把她感激得淌下泪来，回答道："姑爹姑妈放心。侄女儿自当通知哥哥。但侄女是个女孩子，哪里来什么匪人做朋友。就是哥哥，他也很谨慎。我平日瞧他也并没有不三不四的人轧在一道。对于这一层，姑爹尽可以放心，不用担忧，您瞧着吧！侄女是决不连累人的……"友华说罢，便起身要走模样。若花忙道："你慢着走，晚饭吃了去。本来也得住两天，现在暑假近了，想你要预备功课，我也不来留你了。将后放了假，你就住在我家。我也正寂寞，就给我做个伴。你爸爸现在正是火头上，我也不去说情了，迨后气平了，自然一说便没事了，也许他自己也会懊悔哩！"友华道："姑妈的恩情，我是非常感激，并不是我不肯在这儿吃饭，因为哥哥虽没同来，哥哥的心里也非常难过，我想早些儿回去，使哥哥也好放心了。"可玉点头道："华儿的话也不错，那么也不同你客气。佩文，给华小姐讨车去。"佩文答应自去讨车，这里友华向两人鞠了一躬，作别出来。见佩文把车讨好，友华遂跳上车子，让他拉回校去。

小棣回到宿舍，向床上一躺，心里便好像有许多把尖刀在戳，还要痛苦难受。他想，我和卷耳的爱情，昨天夜里，已是很明显地暴露出沸点以上的程度，这是多么令人兴奋的一件事。我的第一步计划，就是暑假回里，先和妈妈说，再叫妈妈和爸爸说。现在冷不防晴天一个霹雳，竟把我粉红色的梦想打破。这第一步计划，是再也没有实现的希望了。卷耳虽然不要我经济上的援助，但她思想可自由，而身子却不可自由呀！我应用怎样的办法，来完成我俩爱情圆满的结果。我明白我俩的前后左右，必有伸张巨爪的魔鬼，阻碍我们爱情的进展，但我们不能因此而屈服，我们须抱着大无畏的精神，来向四周恶劣的环境奋斗吧、挣扎吧！小棣想到此，眼前放出了一道光明。他猛可地站起，他最好这时立刻见了卷耳，让他拥抱在怀，痛痛快快地诉一诉自己胸中的哀怨、境遇的惨变。他知道卷耳绝不因自己被爸驱逐而转变了爱的方针。他知道卷耳一定会安慰他空虚的心灵，鼓励他颓唐的精神，振作他坚强的意志。他脑中只映着卷耳含了浅笑的倩影，他已不顾一切地到卷耳家里去了。卷耳住的是贝叶里十五号，小棣虽然早已知道，却是从未去过。今日突来这个不速之客，不但贝叶里的阿金姐心里所想不到，就是那和小棣订鸳盟的卷耳，也是做梦都不见得思忖的。

　　这时阿金姐和卷耳并众姊妹，正在客堂楼上大家满满坐了一桌吃午饭，忽见女仆匆匆奔上来叫道："李小姐，楼下有一位西服少年，他说姓唐，和小姐是个亲戚，他特来拜望小姐，可要叫他上来吗？"阿金姐听了，心想：卷耳从来不听见有什么亲戚，现在怎么倒弄出西服少年的亲戚来了？因怔怔向卷耳望着，是看卷耳怎样回答。卷耳一听，心中也觉奇怪，自己只有舞客熟悉，哪里有什么亲戚，凝眸沉思一会儿，忽然想起姓唐，莫不就是小棣吗？顿时喜上眉梢，又见阿金姐怀疑神气，遂眸珠一转，这就有了主意，自语道："不是我表哥吧？"说时，早已放下饭碗，跑到厢房间窗口，低头望到客堂里一个少年，果然正是小棣。因招手唤道："表哥！真的有几年不见了，你怎么会到这里来，快到楼上来坐吧！"阿金姐听卷耳这样称呼，且这样认真神气，倒也信以为真，便站起来，走到扶梯口。齐巧卷耳从厢房出来，跳着脚儿笑道："妈妈，真的是我表哥来了。"阿金姐见她这样孩子脾气，愈加不疑她说谎，因道："你表哥一向是在哪儿做事？此刻怕还不曾用过饭吧？如要吃饭，可叫老妈子到厨下搬去。"阿金姐为什么对于卷耳竟这样优待呢？这当然有个理由，卷耳已成为一个舞女中的红星，且各舞报上都捧她为舞国皇后。阿金姐在她的手里，亦早已获到十倍的代价，所以当她是个活元宝看待。平日固然一点不肯得罪她，但却也一点不肯放松她，原因当然是怕她逃走。所以对于她结交的人物，是非常加以注意。卷耳为了要避免她的注意，小棣既冒亲戚而来，所以她圆个谎，便说是自己的表哥。这等急中生智，卷耳的聪敏也可见了。卷耳听阿金姐还要追问，正欲回答，那仆妇却已带领小棣上来。卷耳且不回答，先笑盈盈地替两人介绍道："表哥，这位是我的妈妈。"小棣见卷耳这样

70

说，早已会意，遂向阿金姐行了一个四十五度的标准礼，温和地叫了一声妈。阿金姐细细向小棣上下一打量，觉得服饰固然是很漂亮，容貌更是风流潇洒，这样一表人才的小白脸，向自己喊一声妈，这实在还是破题儿第一遭，心中这一欢喜，全身骨头就轻得没有四两重，嘻嘻笑道："这儿地方脏得很，快请里面坐吧！"卷耳假意不理会，又笑问小棣道："表哥，你在汉口也有五六年了吧？那年我到上海来，和你还只有这么高，后来姨爹就带你到汉口去了。现在姨爹身体好吗？几时到上海的？你可有毕业了？"小棣听她滔滔不绝地问出这许多谎话来，心知她是要瞒众人耳目，又好笑，又佩服她口才伶俐，因也照着卷耳的问话，一一回答了。卷耳瞟他一眼，哧哧地一笑，又向阿金姐叫道："妈妈，我这个表哥，他的妈和我妈是嫡亲的姊妹，可惜我的姨妈是早年就殁了，所以我们这一门亲往来就生疏了。"小棣道："表妹，那倒也不然，这都因我们住到汉口去的缘故，若不是这样老远地住开，我早已来瞧你了。"卷耳听到这里，早已接着道："啊呀！我这人真要发昏了，表哥这样远来，饭也忘记叫你吃了。"小棣道："我已用过饭了，你别客气。"阿金姐听他们琐琐屑屑地谈着，料想都是真话，因向卷耳道："你陪表哥还是到你房中去坐会儿吧。人家老远地来瞧你，也是他的一片心。"说到这里，又向小棣笑了笑，便回身到西厢房去。卷耳知道阿金姐是要吸鸦片烟去了，因也很亲密地喊道："妈妈，你自己请便吧。宴息我再叫表哥来请安。"阿金姐听她这样说，乐得根根骨节酥麻起来，回头向小棣又说声"少陪"，便狗颠屁股似的自到房中去过瘾了。

卷耳回眸向小棣嫣然一笑，遂携着手儿到自己房里。卷耳的卧房是在东厢房，她随手把门帘放下。小棣见房内陈设，全是最新式克罗米骨子的西式木器，上有一张灿烂的铜床，上悬紫罗纱蚁帐，下首一张红木炕榻，壁上都挂满卷耳各种跳舞姿势的相片：有化妆扮着黑猫的，有古装扮天女的，有半裸舞若蛱蝶，有全裸披着草裙。舞态各各不同，装束张张美妙。中间玻璃圆台一只，傍围单人沙发三张。卷耳见他站在壁旁，抬头赏玩不已，遂向梳妆台抽屉内取出一叠照片，一面把绿亮纱的窗幔移拢，一面拉着小棣在靠窗的长沙发上并肩坐下，笑对小棣道："哥哥，你喜欢舞照我给你这里瞧好了。这里一共十二张，是我最近摄的，有几张我嫌它光线不透。哥哥，你藏着回去瞧吧。最好每一张里请你给我题上几句诗，你能答应吗？"说着，便把一叠照片，都给他藏在西服袋内。小棣见她真的亲亲密密叫自己哥哥，真是欢喜得心花儿都开了，因握着她玉手儿笑道："妹妹，这我哪里会不答应呢？"说到这里，又放低声音道："妹妹，你真好聪敏，我真佩服你的口才呀。"卷耳听了，粲然一笑，望着他道："你今天这时候怎么有空呀？"小棣听了这话，脸上顿时失了笑容，无限心事陡上心头，不觉叹口气道："妹妹，昨夜我和你别后，我心中是多么兴奋。我本想暑假回里，和妈妈商量，进行我们的婚礼，不料今天报上一瞧，这好像是个狂涛，竟把我的理想打得粉碎，现在……"说到这里，眼皮儿慢慢红起来，两眼凝视卷耳，却嗫嚅着说不下去。卷耳听了这话，大吃一惊，摇着他肩儿紧紧追问道："你报上瞧到了什么呀？现在又怎样呢？你快说下去呀！"小棣轻轻地又叫道："妹妹，现在真对不起你，我俩的婚姻，只好略为从缓一步，你可能再苦一年半载吗？"卷耳没头没脑地听不懂他是什么意思，心中焦急，便捧过他脸儿，把嘴凑到小棣耳边，连忙问道："你的话真好难懂，你说得明白些儿，缓一步原不要紧，但为什么要对不住我呢？"小棣红着脸道："这事说来非常惭愧，我觉得今后更没有能力和妹妹……"卷耳听到这里，也绯红了脸儿，急道："哥哥！你这是哪儿话？莫不是哥哥家里已给你定了亲吗？还是哥哥已找着了小红，故意拿这些话来搪塞我吗？……"卷耳说急了，眼泪已夺眶而出。小棣一听，急将她嘴扪住道："不不！妹妹，你别挖苦我，妹妹恩情，我虽死亦不敢忘的。"小棣说到此，也淌下泪来。卷耳瞧此情景，稀奇极了，这是为了什么呢？因把纤手抿着小棣颊上的泪水，又温和地道："哥哥，你怨我冒昧，但是你到底为了什么呢？别闷着我了。"小棣方道："我今天翻报，见报上登着我爸爸一个启事，说我和妹妹友华在上海游荡，不肯务正，他竟把我们驱逐，不承认有父子关系了。妹妹，你想，这个晴天霹雳，叫我怎不惊心呢？"卷耳听了这样不幸消息，直呆得半晌说不出一句话来。小棣见她发怔，因又安慰她："妹妹，你放心，爸爸虽不承认父子，但我亦有自立能力，不过我不愿妹妹为了我，而同受苦楚，所以妹妹假使……我决不怨恨妹妹无情，来阻您的自由。"卷耳一听这话猛可把小棣脖子搂住，吻着他脸颊哭道："哥哥！你把我当作了朝秦暮楚的人看待不成？妹妹既和哥哥订有白头之约，哥哥就是行乞，我亦必跟在后面。我早说过，你死我亦死，你活我亦活。你今说这话，叫我听了是太心痛了。"小棣见卷耳这样说，真是感激涕零，就伏在卷耳膝上淌泪道："妹妹，你别误会，我心里实在很对不起你。"卷耳哭道："你若再说这话，我就先死在哥哥面前了。"

小棣忙又道："妹妹恩情至死难忘，我后必重新做一个人，向社会努力奋斗！我必不使妹妹失望，我一定要达到我俩圆满的目的。不过这事是非缓一步不可了。"卷耳听了这话，方才破涕笑道："哥哥这话不错，别怕死，别畏缩，只怕世人灰心在半途。哥哥，你说对不对？"小棣忽然见她挂着眼泪会笑起来，这种天真稚气的神情，真是妩媚极了，因不住地点头道："妹妹是我的灵魂，是我的一颗心，你真是我心坎里的爱人呀！"两人到此，便紧紧地搂住了，正在无限柔情蜜意，忽听一阵脚步声，卷耳忙又推开小棣，各拭泪痕。只见门帘掀处，走进一个仆妇，手捧两盆西点，含笑道："小姐，太太叫我送来给表少爷用些儿。"卷耳叫她摆在沙发的茶几上，一面问道："太太烟吸好了不曾？"仆妇道："太太刚才被隔壁三太太叫去抹牌哩！"说着便自退出。卷耳拿起一块奶油蛋糕，自己先咬了一口，笑向小棣道："这蛋糕很新鲜，哥哥，你尝尝滋味。"说着，把手中咬过的一块，递到小棣嘴边。小棣开口来接，卷耳忽又缩回了手，嫣然笑道："啊呀！我这人昏了，我已尝过了，怎么再给哥哥吃呢？"小棣笑道："不要紧，我喜欢吃你剩下的，我嘴张着，妹妹快送进来呀！"她见小棣果然张开口等着，因把半块蛋糕塞进他嘴，咯咯地笑道："哥哥你不嫌我腌臢吗？"小棣自早晨到现在，还没有东西下过腹，这时尝着新鲜奶油蛋糕，且又是卷耳香口吃过的，这就觉得那味儿更是香甜无比，忍不住望着她扑哧笑道："味儿真好极了，这蛋糕很清洁，妹妹怎么说腌臢呢？"卷耳听了这话，把纤指向他额上一点，秋波向他瞟了瞟，便又抹嘴笑了。小棣道："妹妹干吗点我？"卷耳又拿过一块笑道："我不许你问，你再吃一块吧！"小棣伸手来接，卷耳又拿开了道："怪油腻的，你别沾手了，我给你拿着吃好了。"小棣见她如此多情，又感激又喜悦，遂听从她的话，就是在她纤手里吃着。卷耳还要再拿一块，小棣摇头谢道："妹妹，我已很饱了，你自己吃吧！"卷耳瞅他一眼，笑道："这又不会饱的，多吃一块，也不要紧，我偏叫你再吃半块。"说着，自己又咬了一半，把剩下一半，很羞涩地递到小棣口边。小棣这就不得不开口去吃了，一面又连声道谢。卷耳回眸一笑，一面拿绢帕给他抹嘴，送上一杯玫瑰茶；一面在玻缸内抓了一块太妃糖，笑盈盈又在他身边坐下，把糖的锡纸剥开喂进他嘴里。小棣笑道："妹妹，你究竟把我当作小孩子了。"说得卷耳伏在小棣的肩上咯咯地笑起来。小棣抚着她的美发，低声道："妹妹，我想从今天起，不夜夜到桃花宫来了。且待我办了件正经事儿，再图着长久的聚首。我恐妹妹焦急，我先向妹妹关照一声。"卷耳坐正了身子，纤手抚着小棣脸颊道："不错，我也希望你不要常到这种地方来。我猜哥哥要办的事儿，是不是去打算娶我的经济吗？"小棣被她一言道破，心中非常敬佩，因柔和地道："我奋斗去！我终想在社会上干些儿事业去！"卷耳道："那么你几时来瞧我呢？"小棣道："刚才我已说过一年半载说不定。妹妹，请你静静地再忍耐着一下吧。"卷耳沉吟一会儿道："一年半载，那不是太长久了吗？我对你说，你假使为了经济，你这个别愁，我不是也说过，不要你经济上的援助吗？"小棣听了，感激得不知如何是好，情不自禁地把卷耳的脸颊捧来，接了一个很甜蜜的长吻。

太阳已悄悄地斜挂在墙角上，小棣见时已六点将近，卷耳要上桃花宫舞厅去，又恐阿金姐回来见疑，只好站起来道："妹妹，时已不早，我走了。"卷耳虽然是恋恋不舍，心中好像有千言万语要说，但一时无从说起，拉了他的手，反而一句话都说不出来。小棣心知她不愿离开我，但迫在这种环境之下，又有什么办法，因道："妹妹，我们日后终有团圆的一天。"卷耳见又要走的神气，一时自己也不明白，只觉无限酸楚，冲上鼻来，只喊了一声"哥哥"，那泪已滚滚掉下。小棣慌又用手背给他抹去，低声道："妹妹，快别伤心，恐给人瞧见了……你放心！我终不忘……"说到此，自己的泪也夺眶而出，便只得硬着心肠，匆匆走下楼去了。卷耳怔了一会儿，回身伏在床上，忍不住呜呜咽咽哭起来。她恨自己命薄，她恨造化忌人，为什么好端端的棣哥会给他爸爸脱离了呢!？

第九回

狗肺狼心蹂躏晚香玉
风狂雨骤摧残薄命花

"香玉！你到底依不依？""我不依！你打！你打！妈呀！妈呀！"亭子间里发出凶暴的男子骂声，杂夹了女子尖锐的尖叫声，接着便是皮鞭"啪啪"的打声，吆喝的怒叱声，喝叫的呼痛声，凄凄切切的号泣声，一阵阵地送进伏在床上哽咽的卷耳的耳中，倒不禁大吃一惊，反而停止了自己的哭泣，拭去泪痕，急急走出厢房门来。只见众姊妹都站在客堂楼门口，有的怒目切齿，有的紧握两拳，有的连声叹气，有的竟扑簌簌地落眼泪。卷耳慌张问道："谁在打香玉呀？"小紫兰哽咽道："妈妈打牌去了，爸爸在摧残香玉了。"卷耳听了，知道小紫兰是曾给爸爸沾过身子的一个，所以她当然是非常代香玉痛心，而且又在伤悲自己前次的吃亏了。正在这时，又听来一阵"砰砰蓬蓬"的蹬脚声、打骂声、哭泣声，这哭喊声音有些儿断断续续地带着哼……大家全身都紧张得了不得，听了这声音，除了脸部表现愤恨外，一些儿声音没有，连呼吸一口气都不敢。卷耳的眼前显出了恐怖的一幕：香玉这时一定被这狗肺狼心的贼子抱着吧？香玉她一定是拼命地挣扎，所以连连地蹬脚，可是她怎能抵抗着这野蛮的强徒，也许已被他压倒在床上了吧？想到这里，又听香玉竭声哭叫道："妈呀！我不要……你打死我……我不从……"卷耳和众姊妹再也不忍听下去，深深地叹了一口气，怏怏地各自回房。卷耳忍不住眼泪夺眶而出，两手捧着脸儿，哭出声来道："香玉……可怜……完了……"

香玉被关在亭子间里这样地敲打，卷耳和众姊妹既然是这样同情，代抱不平，但为什么却个个敢怒而不敢言呢？这其中原有个道理。香玉是个新进贝叶里的舞女，她的原名就叫叶小红。小红自从被李三子拐骗到贝叶里，阿金姐出了三百元的代价，从此小红便像小鸟关进了笼，失却了她自由的权利，真个地堕入活地狱的圈子里了。阿金姐见小红生得娇小玲珑，心里自然非常欢喜，先用甜言蜜语诱骗她，但小红的心灵上只嵌着小棣一人，她竭力反抗，要求放她回去。阿金姐见软不袭，就一转变为凶蛮的手段，天天把她毒打。小红是个柔弱的女子，哪里经得她这样淫威压迫之下，自然是吃苦不起，因此把心一横，就预备死了干净。但是仔细一想，死是万万死不得，我心中有两个人舍不得，一个是我的妈妈，一个是我的表少爷。妈妈年纪这样老了，她还天天上工厂去，这是多么可怜，满想我有个好日子，也好给妈妈享几年福，这我怎能死呢？表少爷他完全真心地爱我，他对我亲口说："小红，我多么爱你！"可见表少爷他绝不忘情我的。唉！这个黑心李三子终没好结果的，他竟把我拐到这儿来受罪了。那天表少爷四点钟到时，一见我没有了，不知他是多么伤心啊！也许一样和我难过吧！我希望将来表少爷会来救我，那时候我们相见又令人多高兴，这样我又怎能死得下……香玉想到这里，把一颗要死的心又慢慢地活起来，就是要她死，她也不肯死了。阿金姐见她这样倔强，心中倒也踌躇不安起来，生怕她真的觅死，那自己的三百元钱不是沉到水底里去吗？因此她就叫卷耳去劝她。两人一见，不觉都是一怔，因为两人好像都在照镜子似的，所差的一个是云发鬅鬙，旗袍革履，一个却是乱头粗服，乡下姑娘模样。卷耳因她和自己很像，心中十分怜爱，就软语安慰她暂时服从。小红也因为卷耳的脸儿和自己相像，遂答应她不再违拗。阿金姐见小红经卷耳三言两语，一劝便成，对于小红固然欢喜，对于卷耳，是更爱得一句也不敢说她了。小红既然服服帖帖地顺从，也就旗袍革履烫发地装饰起来，先来学习舞艺。小红原是聪敏绝顶的姑娘，不到两月，各种步伐自然都会。阿金姐见小红竟像第二个卷耳，心里真是喜欢得了不得，说不定在她身上再好赚上几万白花花的银子，因此便把她当作活财神一样看待，轻易不许人侵犯。因为她像卷耳，卷耳是舞国皇后，把她就叫作皇姨。从此以后，阿金姐就把她当作一盆鲜美的娇花，损坏了一些，便卖不起好价，所以一些不敢再去虐待她。阿金姐又恐小红这名字露到外面，惹人注目，李三子虽然说小红是他姘头女儿，但究竟真不真确，还是一个问题，也许他是骗来的呢？倒又弄出事来。为了小心起见，在小红进门那天，就把她名字改为晚香玉，并嘱她以后不许再提"叶小红"三字，否则又要痛打。小红经此威吓，心胆几碎，只好屈服答应，所以连卷耳也只晓得她叫晚香玉。

晚香玉既然被阿金姐这样爱护，那么今天为什么又被人抽着皮鞭，吃着苦楚呢？原来打香玉的不是别人，却是阿金姐的姘头赵阿龙。阿龙靠着阿金姐的收入，穿得很阔绰的行头，过着很惬意的生活。"饱暖思淫欲"，这是一句老话。他见这许多娉娉婷婷、如花如玉的干女儿，哪有个不垂涎的道理？除了卷耳他不敢侵犯外，其余的差不多个个都强奸过。但是对于卷耳不能上手，心里终觉不快，虽欲乘机逼迫，又怕阿金姐和他拼命，所以始终没有勇气。现在见了香玉，竟和卷耳一样美丽，以为卷耳既想不到手，那香玉终可以做卷耳代表了。偏偏香玉又是阿金姐的活宝，管得非常紧，连欺侮她都不肯罢休，要想破香玉身体，她当然更不答应了。阿龙好像是老鼠，要想偷吃香玉这块肉，阿金姐却是个猫将军。猫将军虽然厉害，但老鼠这张馋嘴哪肯甘心，单等猫将军不防备，便可落手。这天齐巧阿金姐被隔壁三太太拖去打牌，阿金姐因阿龙出去没在家，所以放心前去。不料阿龙又回来了，一见猫将军不在，心中大喜，就奔到香玉住的亭子间。只见香玉正在对镜梳妆，因笑眯眯地掩上房门问道："香儿，你今天没跳茶舞去吗？"香玉回头道："因为天气热，妈妈怕我身子吃不消，所以不叫我去。"阿龙见她说话时露出雪白牙齿，秋波盈盈，翠眉淡淡，殷红嘴唇，嫩藕臂膀，真是乐极欲狂，欲火高燃，便在袋内拿出几张钞票，涎皮嬉脸地走上去向她一扬笑道："我亲爱的香儿，你的妈妈抹牌去了，好孩子，你快陪爸爸一道睡一回吧。爸爸喜欢你，给你好东西吃，你回头一定要爱爸爸了。"香玉见他说话时，那钞票已塞到自己手里，同时又来抱自己身子。香玉不禁满脸通红，连忙推开他道："爸爸！你道是哪儿话？"阿龙笑道："好女儿，你快顺从爸爸吧！"说时，便不管一切，伸手将她一把抱住。小红见他用蛮，虽欲挣扎，但到在阿龙手里，真好像小鸡落在黄狼口里一般。小红心中万分焦急，这就有两个反抗原则，陡上她的心头：第一，表少爷是我最亲爱的人，他也不过把我手儿吻一吻，我清白的女郎身子，怎能够给这强徒占有了去，这不但使自己娇羞欲绝，即对表少爷又怎能对得他住，这个是万万使不得。第二，妈妈关照我不许任何人近我的身子，若有阔少爷追求，亦非经她同意不可，否则便要把我打死。一想起打，心中会害怕得乱抖，因为阿金姐打的家生，不是棒棍，也不是皮鞭，却是用吸鸦片的钢杆刺的。那刺在腿上身上，真是痛彻心肺，简直是活地狱受罪。今若给她知道这事，我的小性命恐怕要真的没有了。但是阿龙这样迫不及待的神情，叫我怎样对付他好呢？一时急中生智，心想：

阿龙这人虽然天不怕地不怕，但是独怕一个阿金姐，我若把阿金姐捧出来吓他，也许他就放手了。因眸珠一转，急叫道："爸爸！你快放手，妈妈来了，那可怎么办？"阿龙笑道："这老货去抹牌，我亲爱的你怕什么？"说到这里，竟伸手从她旗袍叉子里探进去，拉她内衣。香玉这一急，非同小可，一面把脚乱顿，一面也就大喊起来。阿龙见她叫喊，便拿根皮鞭威吓她，叫她不许声张。原是舍不得打，而且也不敢打，所以"啪啪"的虽然很响，却是皮鞭抽在地上、桌上的声音。不料香玉见他愈抽响，口里也就愈喊得厉害。阿龙见此情景，差不多被打的人倒不怕，打的人倒给她喊得怕起来了。这原因当然是怕阿金姐回来听到了，这事就不好办。因一变手段，把皮鞭抛掉，似狼似虎地扑到香玉身上去。香玉要逃，早已被扑倒在床上。阿龙齐巧压在她身上，这就低头吻个嘴。这个嘴一吻，那全身顿时麻醉了，心中更是火烧得厉害，此就再忍不住，伸手动蛮。香玉心中又急又害怕，所以叫喊声音不免有些儿带哼，因为她已被压得透不过气来。

两人这样扭结股结得不得开交，正在到口便吞、千钧一发之间，那阿金姐齐巧从隔壁打牌回来。她偏偏今天牌风不好，输了五六十元，一路进来，面孔铁青，一口怨气无从发泄。突然听到亭子间里香玉竭声地喊妈，心知这杀千刀的阿龙在强奸了。这一气好像火上添油，就"噔噔"地奔上楼来，推开了门，只见香玉被掀倒在床，阿龙一手扯她裤子，香玉又死命拉着，虽未见芳草鲜美，却也见到小肚上羊脂白玉般的肉体了。阿金姐好像张翼德般地大吼一声，怪叫如雷，在地上拾起皮鞭，狠命就向阿龙头顶连抽数下。阿龙原是威吓香玉用的，不料自己反被真打了。回头一见阿金姐，顿时心胆俱碎，连忙放下香玉，好似兜头浇下一盆冷水，欲念早消，夺门而逃。阿金姐哪肯甘心，一把拖住。因为阿龙身高，她是生得矮小，因此把身一纵，真像猫将军般地双手向他脖子抱住，狠命地把阿龙耳朵咬住。阿龙经此一咬，不禁痛得竭声狂喊。这时卷耳和众姊妹仆妇都也奔了拢来，一瞧这个情景，正是忍不住好笑。但也不敢笑出来，一面打圆场，一面瞧热闹地胡调一回。阿金姐犹不肯放松，后来终算给卷耳劝住，拉她到楼中间来，阿龙早一转身逃跑了。阿金姐还拍脚拍手地骂道："你这没良心的，我是早晓得你的贼脾气了，见一个偷一个，她还是个头水货呢，你倒又想偷。我待你什么错，你红口白舌地吃着现成饭还不够，活了这一把年纪，今天偷这个，明天偷那个，你若再这个样子，我若不把你这个鸟咬下来，我也不算你的娘了。"卷耳听她骂出这个话，几乎忍俊不住地笑出来。她连忙忍住，一面拿过一支烟卷，一面给她划火柴，劝着道："妈，别骂了，给人听了怪不好意思的。妈快抽支烟吧！气坏了身子，可不是玩呢！"阿金姐见卷耳这样孝顺，方始气愤略平，拉着她同到沙发上坐下道："我的好女儿，你这爸真不是人，我若没有你这好女儿，我真要气死了。"说着，又大喊道："香玉，香玉，快把香玉叫来。"仆妇们听了，连忙把香玉从亭子间喊来。香玉犹抽抽咽咽地哭着。阿金姐见房中站着这许多人，便又骂道："现在是什么时候了？你们还站着干吗？"众人一听，便都各自分散。卷耳劝香玉停止了哭。阿金姐问道："你也是个死坏，他为什么不缠卷耳，偏来缠你呢？可见你这狐媚子，也不是好人。"香玉羞恼交迸，满颊通红道："我好好在亭子间，他进来说妈打牌去，好孩子，快和爸爸一道睡去。我一听，竭力喊妈，不料他竟用蛮，若没有妈来……"说到此，羞得无地自容。阿金姐气得直跳道："你这个断命的爸爸，真不要脸，倒亏他说得出。"香玉掩面道："妈也不要骂了，多伤精神的，他早已逃走了呢。"阿金姐也自觉乏力，一面叫卷耳和香玉谈一会儿，一面便站起身到西厢房去吸鸦片了，嘴里还自言自语道："这杀千刀的，今天我本来不会输这许多钱，全是被他在家寻事吵闹的，弄出这种不要脸的事情，真正触霉头的了。"卷耳听了，噗地一笑，遂拉香玉到自己房里，向她笑问道："他的鞭子打在你什么地方呀？"香玉道："打在我的脚跟上。"卷耳道："痛不痛？"香玉瞅她一眼道："姊姊，你说傻话了，打哪有不痛吗？不过幸亏我避得快，所以他十记倒有九记打在地上了。"卷耳听了，忍不住抿嘴笑道："那么你为什么喊得这样响呢？"香玉也哧地一笑道："不是这样大声地喊，他哪里肯罢休呀！"卷耳道："那么你到底有依他没有啦？"香玉啐她一口道："除非你姊姊去依他，我是再比她漂亮些，也不肯依哩！"说着，又笑问卷耳道："他曾经向姊姊缠绕过吗？"卷耳瞟她一眼道："姊姊没像妹妹生得美貌，他哪里瞧得我上呢？"香玉听了，又呸了一声，伸手向她一扬，做个要打的姿势。卷耳把她纤手握住，一同到沙发上坐下，叹了一声道："玩话是玩话，正经是正经，妹妹在亭子间里叫喊的时候，我的心中是多么焦急和悲伤啊！"香玉忽然听她这样说了，忍不住也叹了一声道："我们被拐到这里，终是命苦吧。"卷耳抚着她手道："妹妹你也别伤心了，现在各种跳舞步伐，你可都会了吗？"香玉道："会是会了，可是还不十分纯熟。"卷耳道："你要它纯熟什么，你想一辈子吃这碗断命饭吗？"香玉给她这样一说，顿时触动了心事，眼皮儿一热，禁不住落下泪来。卷耳见了，不免兔死狐悲，惺惺相惜，默默地也滴下泪来。香玉见卷耳哭，倒反拿手帕给她揩拭了，自己也收束泪痕道："我希望终有这么一天，能见到光明的道路。"卷耳点头道："不错！我们忍耐着吧！"香玉道："我听妈妈说，今天要我转到白宫舞厅去。"卷耳道："你别害怕，什么舞厅都是一样的。"两人正在说话，忽见老妈子进来喊道："客堂楼已开饭了，太太等两位小姐用饭去。"卷耳听了，遂携着香玉出了卧房。

饭后，各人都坐车到舞场里去。平日卷耳的心里终有个极浓的希望，就是和她的爱友小棣又好见面了，今夜她的心中，真好懒怠。因为小棣已和她说明，是要隔开六个月，方再和她相见。所以一到舞场，见了同伴，也都倦于招呼。她的心里不但不欲接待舞客，最好是从此不到舞场来伴舞，但在事实上又怎样做得到呢？

阿龙自给阿金姐撞破好事，大骂一顿，两手捂着耳朵，匆匆地逃出门外，不觉倒抽了一口冷气，心中越想越羞，越羞越恨。恨来恨去，还是恨在香玉这小妮子身上，她若不抵抗叫喊，绝不会费去许多时光，那我也早已得到甜蜜的滋味了。偏是这小小的毛头，竟看轻我，大声叫喊，弄得我偷鸡不着蚀把米，这真气死我了，我以后还要在上海做什么人呢？阿龙边走边想，两只脚不知不觉已走上了"一乐天"的茶园。堂倌见是老赵，早给他泡上一壶好茶。阿龙倒了杯，一面喝茶，一面又暗暗思忖，要和阿金姐翻脸，又恐断了经济来源。今天虽然被她咬了一回耳朵，若要和她翻脸，从此撺开了手，这是断断使不得。那么用什么方法来报复，才可以泄我胸中的怨恨呢？想了良久，他猛可地把台子一拍，独自笑起来道："有了！有了！今天小袁到这儿来，我就叫他去办，哪怕他不成？"阿龙自语到此。不料事有凑巧，扶梯下正走上一个少年，见了阿龙，便即抢步上前，鞠了一躬，叫声"先生"。阿龙定睛一瞧，不觉心中大喜，连忙叫他坐在桌边。原来这西服少年，正是自己得意学生小袁，因笑着道："你来得正好，我此刻正想找你。"小袁道："先生叫我可有什么事情吗？"阿龙笑嘻嘻道："白宫里有一个新进的舞女，名叫晚香玉，今年还只有十六岁。这个雌儿生得很漂亮，我倒很喜欢她，可是这妮子嫌我年老，所以不肯答应我。我现在想利用你，叫你给我去勾搭她，和她跳舞。大约到十一点左右，你便把她骗到巴黎饭店，将酒给她灌醉，那时我就会来的。这儿是五十元钱，你拿去使用，若事成之后，我再谢你。你能去干吗？"小袁听有这样一个好差使，哪有不答应的道理，因笑着答道："先生这是哪儿话，小徒哪里不尽力去办，不过时间太仓促，很难勾搭上手。我想今夜先去试试，明天夜里准定给办成功好吗？"阿龙答道："假使今夜能够成功，你不妨打电话给我，我马上就来的。"小袁点头道："这个当然，不过这一些儿小事，也要先生花钱，那也太看轻徒儿了。"说到这里，把一叠钞票推还到阿龙桌前。阿龙见他这样尊敬自己，心中很是快乐，便也不和他客气，拍着他肩儿道："好个小袁，日后你有什么事儿，师父出场，闲话一句！"小袁连声道是，因天色已晚，便喝了一口茶，当即匆匆别去。

　　诸位，你道这个小袁是谁？原来就是强民中学校开除的袁士安，绰号就叫"圆四开"，他自从出了学校，便不务正业，只知终日游荡。此刻业已拜在赵阿龙门下为徒，做些拆梢拆白的工作。拆来的钞票，和阿龙四六开照分，阿龙得六分，小袁得四分。倘有为难事情发生，都是阿龙给他各方面打点，近来进账很好，所以小袁也不敢接受阿龙五十元钱。欲在他面前献些殷勤，当时一口答应，出了一乐天茶园，跳上一辆人力车，便直坐到白宫舞厅去。到了白宫，只见舞池旁边坐着五颜六色如花如玉的舞娘，足有一百多个，但哪一个是晚香玉，我又没碰见过，这倒难了。幸而小袁跑舞场是熟透，舞女大班差不多也都相识。见音乐台旁立着一个西服男子，正是舞女大班，因上去问他，这儿可有个晚香玉？舞女大班一听，便指着西首第五只位置道："有的，她还是刚从桃花宫插过来，袁先生认识她吗？"小袁一笑，便握手分开，就走到第五只位置后面台子旁坐下，泡了一杯茶，他就下海去舞香玉。香玉见人来求舞，当然起立相迎。两人舞了一回，小袁便离开身子，向她细细一瞧，因为刚才糊糊涂涂瞧不清楚，这时一瞧，顿时魂灵向九霄云外飘去。暗想：竟有这样美丽，这不要说别的姑娘及不来她，即是校后友华，恐怕也没她那样娇艳。因此一缕痴心，倒真的爱上她了，意欲今夜和香玉先占一回头筹，让明夜再给阿龙尝去。香玉见他目不转睛地呆瞧着自己，倒觉不好意思起来，红晕着脸儿笑道："先生贵姓？"小袁这才醒来似的道："我姓袁，姑娘可不叫晚香玉吗？"香玉一听，心中好生奇怪，遂也向他仔细打量，觉得小袁人品虽没小棣英俊，倒也生得很是漂亮。这原因当然在暗绿灯光下，是辨不出他有白麻的人。小袁见她发怔，因又笑道："香玉小姐可不是刚从桃花宫过来吗？"香玉这就愈加稀罕，因忍不住问道："袁先生，你怎知道这般详细呀？"小袁笑道，"我不瞒你说，在桃花宫里，我是早跳过你舞了，大概你忘了吧。"

说着，便又贴着她身，紧紧搂着纤腰，表示一万分热情模样。香玉见他特别地和自己亲热，因随口问他道："袁先生在读书，还是在办事呀？"小袁不好说我在过拆白生活，当然回答在强民中学读书。香玉一听"强民中学"四字，心中猛可一想起小棣，他不是也在强民中学吗？因忙又问道："请问袁先生，强民中学里可有个唐小棣吗？"小袁突然听她说出小棣，不觉一怔，暗想:她怎么认识小棣？一时计上心来，这真是我的好机会来了，因遂笑道："小棣是我最要好同学，怎的会不认识，你问他干吗？"香玉一听这话，心中乐得大喜，便圆个谎道："小棣是我从前邻居。"小袁假意问道："你可要见他吗？"香玉一听，乐得眉儿飞扬，笑道："你能够叫他和我见面，你要我谢什么，我都依你。"小袁见她已中圈套，心花儿都乐得开了，因道："这是哪儿话，那么现在我们舞也不用跳了，我和你一同去开太平洋旅社，打电话叫小棣来会你好吗？"香玉一听，正中下怀，很感激道："袁先生这样热心，真不知叫我如何感谢才好哩！"这时音乐已停，两人归座。小袁到账房间去买了舞票，带香玉出外，坐车到太平洋旅社，开好二百十二号房间。小袁假装打个电话，说叫小棣立刻就来。香玉在旁瞧着，真是高兴得无可形容，以为从此便可出头了。小袁放下听筒，向香玉笑道："他马上就来，我们等着寂寞，还是大家先喝些儿酒可好？"香玉因为立刻就好看见小棣，心中兴奋，没有一样不依从他，就含笑点头。小袁遂叫侍者拿瓶"为司克"，满满倒了两杯，一杯送到香玉面前，叫她拿着，一杯自己举着，对她笑道："你叫我喊小棣来，他是马上就来了，不多一刻，你们就可见面。我知道你心中一定非常快乐，来来来，我贺你一杯吧！"香玉笑道："这杯太满，怕要喝醉的，少些儿行吗？"小袁把杯子向她手中杯子一碰，就先咕嘟嘟喝下道："这个葡萄酒，不会醉的，你放心喝好了，你不见我也照样喝着吗？"香玉听他这样说，又见他这样情景，以为真是葡萄酒，便也一口气喝下。不料这"为司克"的酒是非常厉害，香玉本不惯喝酒，且又是急饮，所以没上三分钟，早已两眼晕花，天旋地转地支撑不住。小袁见她已醉，心中这一喜欢，好像得着了活宝，连忙把她扶到床里躺下，一面关上房门，一面将她旗袍脱了，又把她衬衣衬裤脱了。在灯光之下，这就赤裸裸地暴露着一个白璧无瑕的美人。小袁这一喜欢，真乐得心花怒放，就立刻把自己衣服也脱了，腾身跨上，可怜香玉烂醉如泥，竟给他虎狼似的蹂躏了半夜。等到香玉慢慢醒来，只觉得周身酸麻，心知有异，低头一瞧，不禁大吃一惊，不但自己浑身全裸，且下部一片模糊，顿时羞愤交进。又见身旁小袁，尚醺醺熟睡，亦一丝不挂，方知是受了他的欺骗，自己竟已是失身于彼了。因慌忙穿好衣服，狠命一脚把他踢醒，愤愤骂道："你这狂徒，叫什么名字，为何冒充小棣同学，竟玷污了我的身子……"说到这里，一阵伤心，已是落下泪来。小袁被她踢醒，慌忙也穿好衣服，一瞧时已三点多了，想起阿龙吩咐，也深自懊悔不该先占头筹。这时又听她向自己责问，瞧她红云满颊，沾着丝丝泪痕，好像海棠着雨，更觉楚楚可怜，一时又爱惜起来，拉着她手，温和而诚恳地道："我名叫士安，是真的小棣同学。实在因为爱你不过，所以假意去叫小棣。我的亲妹妹，现在事已如此，你千万别怨恨我。明天晚上，我决定叫小棣到白宫舞厅来瞧你可好？"香玉这才明白他的阴谋，是早存心要破我身体了。虽然是万分地痛恨，但生米已成熟饭，这还有什么办法好想？若张扬开去，给阿金姐晓得，那我更不能做人了。既然明天小棣好来会见，我就先要求他赎我出去，再想妥善办法是了。好在我的所以被污辱，是在熟睡中，身虽不清白，灵魂终是相当纯洁……这样一想，那一口怨气，只好慢慢消去。也不睬他，就跳下床来，穿了鞋子，一见手表，已经三点半钟，心中暗吃一惊，便说道："我要回去了，那么明天夜里，你一定要叫小棣来的。"小袁连连答应，遂助她下楼，给她喊了一辆汽车，送她回家。

阿龙自小袁走后，他在十一点左右，便到巴黎饭店，在旅客一览表里瞧了一遍，却并没有姓袁的房间，以为勾搭不上手，只好怏怏回贝叶里来。只见阿金姐正在抽烟，阿龙遂涎皮嬉脸地爬上一头来，千不是万不该地赔罪，一面给她装烟，一面又伸手到她裤裆去摸索。阿金姐两腿一夹，伸手狠狠拧他一把，到此也只好笑起来。两人遂唧唧喁喁谈了一些琐屑事情，不知不觉地已是四点左右。阿金姐道："想来这几个孩子，快就要回来了，今晚的舞票，不知共有多少呢？"正说时，忽见香玉一步挨一步地进来，嘴里喷出来的都是酒气。阿金姐是个中老手，见她两腿跨不得步，心知有异，便立起急忙问道："今天哪个舞客带你出去，喝得这样烂醉似的，到底有多少舞票呀？"香玉在皮匣内取出，交给阿金姐一点，寥寥地只有六张，不觉勃然大怒道："怎么只有两元钱的舞票，你在热昏吧！照白宫规矩，带出去是六元一个钟头，你竟只有两元舞票，这贱货，你在干什么？快从实说吧！否则我不捶死你！"原来白宫舞票，每元三张，香玉只带来三张联票的两张。小袁舞票倒是买好的，因为刚才时间局促，竟忘记给她了。香玉给她一问，顿时吓了一跳，便绯红了脸道："刚才客人舞票忘记给我了……"阿金姐一听，便一把拖过香玉身子，大骂道："放屁！舞票会忘记拿，那你是做什么去的？你见了前世亲爹吗？你失了魂魄吗？就是舞客刮皮，你不会讨吗？你别当我木人，你和谁在开房间？快说！快说！若不实说，我就要你命！"原来阿金姐的意思，倒不以为香玉和舞客开房间。她想阿龙日中和她有这么一回事，方才也十二点多回来，不要两人瞒着我在做不尴不尬的事情吗？这妮子真也胆大，这老杀千刀的也真可恶，所以把香玉紧紧拉住不放。香玉给她抓住，早已吓得魂不附体，只说得一句"没有这事……"便脸似死灰，再也说不下去。这在阿金姐瞧来，越加信真。她便拿烟盘里的钢杆，预备刺她小腿。香玉叫饶躲避，阿金姐却把她拉到床边，不料伸手揿到香玉的裤裆里，只觉淋淋漓漓地湿了一大片。阿金姐这一气，不禁怪叫如雷，立刻狠命把香玉覆倒在床，拿了钢杆，向她屁股上乱刺，痛得香玉竭声地叫喊起来。阿龙还不知香玉真已被小袁奸过，眼中瞧不过这种惨刑，因上前给阿金姐拖开，口里说道："你饶了她吧……""吧"字还未说完，阿金姐一手摸过香玉裤裆的，就啪的一记，向阿龙打去。阿龙把头一歪，齐巧打在他嘴巴上。阿龙只觉黏湿湿的一阵腥臭，几乎把他吃下的夜饭也呕吐了出来！

第十回

黑夜放枪浪人遭辣手
霓裳奏曲俏婢肖红星

　　阿龙闻到这阵腥臭，不觉也大怒起来，同时拿过茶壶，连续喝了一回，漱口不止，还拼命吐着唾沫。阿金姐却还是一口咬定阿龙骂道："你们两人瞒着我做的好事，你老娘一摸她裤裆，还有个不知道吗？我刺她屁股，要你肉疼？她的屁股是做过你的狗肉架子吗？要你劝得这样起劲？哼！哼！"阿龙没头没脑地吃了这个冤枉，真是羊肉没吃，倒惹了一身羊臊膻，一时心中苦恨非常，走到床边，狠狠伸手将香玉拉起，大骂道："你这贱货，到底和谁在开房间，倒累我冤枉在里面。你不说出来，我给你的下部割掉它，还是你假装正经吗？"阿龙这话，原是恨她不答应自己，倒被别人先吃了去。香玉见两人来势汹汹，想来不说也是死，说了也是死，遂只得把碰到袁士安话告诉一遍，但却没把因要会小棣而受他骗的事说出。阿金姐听阿龙果然不在其内，心中倒有些过意不去，但依然嘴儿很硬道："你终算还有良心，这件事不干你的，你别气了吧！"说着，把阿龙拖到沙发上去，一面又向香玉怒叱道："这姓袁的小子，到底血旺不旺？"香玉嗫嚅着回答不出。早把站在后面的阿龙恨得咬牙切齿，擦拳摩掌地冲口说道："哼！是个穷光蛋！"阿金姐听阿龙说姓袁的是个穷光蛋，心中一阵冰冷，倒抽了一口冷气道："完了！完了！一个人要倒霉起来，碰着的竟全是鬼。"阿龙既把这话冲口说出，心中连连懊悔，幸而阿金姐并没追究下去。她却在想她心事，我本来想在香玉身上发一票大财，现在平空地竟被这个穷光蛋破了身去，这是多么不幸啊！假使姓袁的是个富家子弟，倒也可以往法院去告发，敲他一笔竹杠。现在又是个光蛋，若去告了，真是变成偷鸡不着蚀把米了。想到这里，又连叫晦气晦气！瞧着香玉还是息息地抽咽，真是越看越惹气，因喊老妈子陪香玉到亭子间去睡，监督她不能发生着什么意外的事来。老妈子连连答应，拖了香玉就走。这时阿龙呆坐沙发，心中只想着小袁真不是人，我托他办的事，他自己倒先摇了一个头会去，而且舞票也不给，累香玉又吃了一顿苦。这小子若不给他些手段看，也决不做他的先生了。这时卷耳等众姊妹也来交舞票，阿金姐十分欢喜，叫她们快快去睡，一面自己关上房门，回头见阿龙已赌气似的独个儿先睡在床上了。阿金姐因为阿龙无故地给自己打骂，心里也觉对不住他，怪不得他要生气不高兴。因忙把自己旗袍脱了，熄灭灯光，跳上床去，一头躺下，厚着脸皮，把他身子扳过来，轻轻叫道："你这死冤家，你难道没有嘴巴吗？为什么不早些儿声明呢？我打香玉这个贱货，要你来拉什么？"阿龙心里正怪着小袁，因为这种行为，白相人是最最犯忌的，犯了便是个你死我活。阿龙这时暗暗盘算，这小子还是用斧头劈死他好，还是一枪开死的好？明天要不要先和他说明？这样可以叫他死而无冤……他尽管这样七上八下地打算。不料阿金姐吸足鸦片，精神百倍，见阿龙身子虽然给自己扳转来，却兀是横也不响竖也不响，以为阿龙真气极了，因特别地迁就，向他脸儿吻了一下道："你这冤家还气着我吗？快请将军上马吧！"阿龙见她说完，还咯咯地浪笑，这种骚态不愧是个老水，因笑道："你叫我上马，你不怕我报复吗？"阿金姐哧哧笑道："你尽管拼命报复，也许你愈报复厉害，我愈爱你十分……"说到这里，两人都咯咯地一阵狂笑，也学着卿卿我我起来，两人终算和好如初，没有闹得决裂。

次日两人好梦方回，那伴着香玉的老妈子，忽然奔进来尖声叫道："太太！不好了！香小姐吊死了！"阿金姐正在和阿龙躺在床上调笑，骤然听了这个消息，不觉大吃一惊，慌忙跳下床来，拖了睡鞋，衣服也没穿整齐，匆匆地奔到亭子间。只见香玉吊在半床栏杆上，身子坐在地下，吊的绳子是她自己的裤带。阿金姐一面给她解下，一面大骂老妈子是死人，为什么不看管她，一面又摸她胸口，却是火热一般。知是没有死去，这才放宽了心。老妈子也早吓昏，急忙把香玉套在颈项的裤带解开，只见脖子上已深深印了一条红线痕，两人忙又把她抱到床上，让她仰面躺着。这时阿龙也急急走来，手里还拿着一块霹魂丹。阿金姐一瞧，连忙接过，用水化开。阿龙把香玉抱在自己身上，用筷撬开牙关，让阿金姐把冲开的霹魂丹一口一口灌下去。半响只听香玉"哇"的一声哭出来。老妈子第一个先放了心。原来上吊，必要两脚宕下，那一口气方才能绝。现在香玉两脚团在地下，气哪儿会绝，只不过是气闭罢了。香玉醒来，一见自己被阿龙抱着，他那两手故意按在自己的奶峰，一时又恨又羞，要想挣扎，偏是四肢毫无气力，因此只好低头暗暗哭泣。阿金姐见阿龙兀是抱着不放，又气又笑，骂他道："你油也揩够了，还抱着什么？"阿龙只得放下香玉，笑向阿金姐道："我若不把抽屉里那霹魂丹拿来，恐怕还救不活哩！你倒还埋怨我揩油，这也真气死人哩！"阿金姐噗地一笑，因叫阿龙和老妈子退出，并嘱他们不要声张出去。因为这时尚早，一般姊妹还个个睡在甜梦中呢。阿金姐见香玉兀是哭泣，因和颜悦色道："你为什么要寻死？是不是怨我打你吗？"香玉呜咽道："我恨自己命苦，竟被这个姓袁小子破了身去，其实我哪儿愿意？"阿金姐道："就是这样说，好好的女儿身体，怎能轻易给人破了呢？为娘打你，其实是爱惜你呀！只要你以后小心，不再被人欺骗，我是不会打你了。但你千万不好寻死的，你年纪很轻，娘希望日后给你嫁个好少爷呢！"香玉一听"好少爷"三字，顿时又想起表少爷小棣，忍不住那满眶子眼泪，滚滚地掉下来。阿金姐见她这样伤心，倒也可怜起来，因道："娘的话你听见了吗？"香玉深怕又被打，只好含泪答应。

　　从此以后，阿金姐倒也不敢过凶地待她，且有时还安慰她几句。她是否真心爱怜她呢？这明眼人不必细道，自然晓得。香玉虽然是不想寻死了，可是屁股上被刺过的伤痕，竟慢慢地红肿溃烂起来，不但不能跳舞，而且不能走路，终日覆卧在床呼痛。阿金姐因为香玉买进来已有四五个月，本钱花了不少，却是没有什么利息收入，心中恨起来，要想把她卖到雉妓院里去，捞回她三百元的本钱，但是仔细一想，香玉究竟是个好模样儿，这种人才不容易得到。这次她被人欺骗，她自己也在悔过，所以要寻死了，这她还不失是个好人。我原也打得太凶，现在她躺在床上既不给我赚钱，还要我去服侍她，真好像是养着病人开医院了，真倒霉，也真晦气极了。香玉卧病，卷耳知道了，也去望过她两次。香玉见了卷耳，好像见了亲人一样，终是簌簌地哭。这天夜里，卷耳两点钟就回来了，向阿金姐那里交了五十多元的舞票。阿金姐当然是喜欢得什么似的。卷耳问起香玉可好些，阿金姐道："今天我给她换药膏时，似乎好些儿了。唉！这妮子终不肯听话，否则我哪肯打她。"卷耳听了，因道晚安出来，偷偷到亭子间来瞧香玉，只见香玉兀是呻吟着。卷耳遂在她床边坐下，轻轻叫声妹妹。香玉仰头一见卷耳，便伸出手来拉着她手叫道："姊姊回来了。"卷耳道："你这几天可好些吗？"香玉一听这话，便哭起来道："姊姊，恐怕是不会好了，我是天天在活地狱受苦，我真恨不得立刻死了干净。"卷耳见她脸儿是清瘦许多，已是十分难过，今听她说出如此酸鼻的话儿，顿时双目紧锁，眼皮一红，也滚滚地掉下泪来道："妹妹是会好的，我劝你以后顺从妈些，因为在这环境之下，是没有办法的呀！"卷耳纤手抚着她脸儿，心头激起了无限的悲哀。香玉捧着卷耳的脸颊，要和自己亲着，哭道："姊姊，你像我亲姊姊一样，你可怜我吧，你依我一件事好吗？"卷耳偎着她淌泪道："妹妹，你说吧，姊姊尽力给你做的。"香玉哽咽道："妹妹实在受不了这活地狱的苦楚，姊姊给我到药房去买瓶安神药片吧！想姊姊可怜妹妹，千万答应了我，因为终是不中用了，倒不如死了干净……妈呀！表少……"说到此，却又停止，呜呜咽咽地哭起来。这几句惨绝哀痛的话，触进卷耳的耳中，她是伤心极了。她可怜香玉真太不幸，同时自己也是她的地位呀！假使我没有这许多舞票交给她，恐怕也要成为香玉第二了。卷耳没有回答，她抱着香玉也哭起来了。香玉见卷耳也为自己哭了，倒反止了自己哭，扪着卷耳嘴，含泪笑道："姊姊别伤心，妹妹是薄命人，妹妹愿姊姊早日得到幸福，走上光明大道。这妹妹虽死，也很瞑目了。因为妹妹和姊姊是一体一般的呀！"卷耳没回答，也没安慰她，她只会扑簌簌地淌眼泪。两人默默地哭了一会儿，香玉恐被阿金姐知道，催卷耳去睡。卷耳在万分依恋不舍之下，只好说得一句"妹妹，你放心！你就会好……"，"的"字没说出，那泪又像泉水般地涌上来。

阿龙见香玉睡在床上，终日地呻吟叫痛，知道香玉的所以上吊，实在是因心中受了极度的刺激。她心里所以受刺激的缘由，又是为着前阴给小袁受刺激，想小袁这杂种在那夜一定是像暴风雨似的狂乐。她是个初放花苞的处子，怎经得他如此蹂躏。不料才受摧残回来，后阴又给阿金姐受刺激。这两个刺大概都太激烈，所以她是非常伤感，内心的痛苦，也许是胜过了黄连了。现在她后阴是烂了，前阴不晓得她怎样了？万一和后阴一样的刺伤，她倒真要送医院去诊治一下。但这事又怎能向这雌老虎开口，因此把小袁更恨入骨髓。想今天他一定要到一乐天来给自己回话，他便急急地预先去等在那儿。不多一会儿，果然见小袁来了。他今天穿着的西服，比昨天更漂亮。阿龙假装不看见，又装作不晓得他昨夜的事神气。只见小袁走上前来，垂着两手，又鞠了一躬叫道："先生，你早！"阿龙抬头假意笑道："快请坐，我托你的事办得怎样了？"小袁耸着肩儿笑道："这小妮子果然厉害，好容易给我勾搭上手，今天夜里十点钟准可成功，请先生早一步候在巴黎饭店好了。"阿龙听他这样情景，暗骂了一声杂种，依着自己性子，恨不得就一拳。但这岂能冒昧从事，把一肚皮的怒火竭力忍耐压住，脸上还装着笑容道："你办事也真能干，我一定十点以前候在那儿，不过你切勿失信。"小袁见先生被自己瞒过，真是非常得意，想着昨夜的滋味，又紧又窄，实在是个处子，此刻回味起来，愈觉心痒难抓。听阿龙这样说，因又忙笑道："先生，徒儿长了几个脑袋，敢失信了？"阿龙心想，这小子嘴硬，因沉吟一会儿道："小袁，我又想起一件事了。"说到这里，又凑过嘴去，附耳低声道，"晚上十二时后，你给我等在大西路口。你听我枪声为号，你快奔到我身边来。因有一票货色，正约定在那里交割，你切勿忘记。现在别的没有什么事，你有正经去吧！"小袁一听吩咐，以为今夜十二时又有进款，满心欢喜，但忽然又道："先生，那么香玉这事，时间上恐怕有冲突吧？我想先去约好她，一点钟陪她到巴黎饭店，十点钟我先给你回话，十二点钟完了公事，先生胜利后再去寻欢。那一定是更快乐有味，不知先生意思怎样？"阿龙早知香玉不会上舞场，因连连赞成，还着实夸奖一番。小袁得意十分，遂匆匆作别去了。

　　茶舞是七点散场，晚舞舞女都在六点三刻进场。小袁因爱香玉，想先和她欢舞几小时，然后约定她一点钟来陪她到巴黎饭店。所以他在七点一刻就到白宫来，就在香玉座位后坐下，不料香玉还没见来。直等到八点半钟，仍不见香玉的倩影。小袁心中好生奇怪，而且也是非常焦急，恐香玉的嫩蕊，昨夜被自己浪得太厉害，不要出了毛病吗？因急急到账房间问道："今天香玉可有请假吗？"账房道："不错，刚才晚香玉娘来调取舞票，请两天病假了。"小袁一听这话，固然不出自己所料，连叫糟糕，暗恨自己不该太猖狂，真会把香玉弄出病来了。见时候尚早，就下海跳了一会儿舞，等到九点三刻，方急急到巴黎饭店来回复阿龙。阿龙假意顿脚叹道："这妮子一定又放生了，我和她也许没缘吧。现在这事且不必提了。回头十二点钟，你千万等在大西路上，不要忘记。"小袁见他并不怪自己，这才放心，连连答应，各自别去，心中暗暗地想道：你这老头本来没有什么艳福，当然还是我小袁和她有缘呢！因为还有两个钟头，遂又到游戏场去消磨了一会儿时光，等到十一点三刻，他便急急趁车赶到大西路去。阿龙今夜要把他结果性命，因那边这时不要说人没有一个，连鬼也没有半个，真是僻静下手的好地方。

　　"砰"的一声放枪暗号，震碎了寂寞的空气。小袁一听声音，知阿龙已先我而等在那边，心中大喜，便不要命似的，向阿龙奔来。阿龙叫声"来得好"，遂把手枪对准小袁，冷不防地连开数枪。不要说一个小袁倒地，就是十个小袁，也要死了。小袁做梦也想不到阿龙会向他开枪，顿时"啊呀"一声，早仰面跌倒在地，不能动弹。阿龙奔到他身边，向他大喝一声，数他的罪道："昨夜你此时可快乐吗？今夜我送你一颗弹丸，补养你的身体吧！"小袁心还没死，似尚有知识状，明白自己罪大，被先生窥破秘密，要想说一句话，但两只眼睛已闭，一缕幽魂，早缥缥缈缈地到极乐园里去。阿龙见他已死，遂伸手把他衣袋内皮匣抢去。因皮匣内往往有本人卡片，若留了，便可调查，这样报上遂登着无名男尸一具就完了。阿龙既把小袁枪杀，方才出了一口怨气，心中很是痛快，遂急急坐车回贝叶里去。第二天早晨起来，已经九十点钟，阿龙独自跑到法国公园去散散闷气，因为天气热，口里干渴，便到西边冷饮处去买冰淇淋。摸出皮夹，却是昨夜从小袁袋内搜出的一只。因为当时没注意，这时遂打开瞧瞧，只见里面一叠钞票和角票，还有信纸、卡片、账单等东西。阿龙到底贼胆心虚，这儿不敢再瞧，就摸出角票，先买了冰淇淋，走到树荫下坐定。一见四下无人，方把钞票点明，却是三十二元。又把信笺抽出，一面吃冰淇淋，一面呆呆瞧信。因他识字无多，所以瞧来瞧去瞧不明白，只晓得上下都用圈圈，谅来没有什么用处。那时迎面又来两男一女，好像学生模样，阿龙因捏成一个纸团，随手抛在草地上，站起身子，很不介意地匆匆回去了。

这三个男女学生，好像心中有什么心事，低了头，踱着很慢的步子，向那草地上走来。那女生脚尖忽然踢着一个纸团，因随手拾起，她原是在无聊中向空中抛上去，再用手接着玩玩。后来无意中透开一看，不觉大声向两个男生叫道："哥哥！咦！你们快来瞧，这不是'圆四开'的笔迹吗？怎么会在这儿？"那两个男生一听，便都伸过头来，三人一同瞧道：

　　○○先生尊鉴：提笔恕不客套。

瞧到这里，见他把"恕"字和"客套"两字都涂去，"不"字下面注一个"叙"字，变成"提笔不叙"。友华道："这还是草稿。"说着，又同瞧道：

　　令爱友华、令郎小棣，在校读书，累经训诫，奈彼日事游荡。春假期内，同学都回里去，友华竟约男生龚半农，夜夜同逛舞场，以致报上《舞国新闻》中登有《舞客浴血记》一则。当时

90

本欲将他们开除。后经令郎令爱再三恳求悔过，弟以阁下一生名誉攸关，姑念初犯，谁知三人近来，更事荒唐，不顾廉耻，竟和人开旅馆。如此害群之马，不特有辱校风，实堪痛心！龚生倔强，犹以和令爱订婚，同游并不为过为词。今特函请阁下来校，将令郎令爱陪同回家，嘱他们悔过后改，再行来校受课。弟实格外留情，诸希鉴宥！

弟○○○启

三人瞧完这封信稿，都"哦哦"地响起来。原来这三个学生，正是小棣、友华、半农。因为今天是星期日，友华兄妹为了爸爸驱逐登报的事，心中闷闷不乐，半农因约两人到公园来散心，并商量暑假期内究竟回不回家。本来对于吟棣登报驱逐还是一个疑问，不料在无意中，竟发觉所以登报驱逐的真相。当时半农叫着道："果然不出我之所料，竟是这小子干的勾当，我想信稿既丢在此地，那士安定在公园里面，我们快分头找去。若碰着士安，就好好问他一问，这信是写给谁？要不我们来打他一顿，也好出出胸中的怨气哩！"小棣、友华见了此信，虽然把士安恨得切骨，但心中对于爸爸更加气愤，就单凭了这一封匿名信，怎么就如此心狠，毅然脱离。也好，今后就算我们是没有家了。正在脸儿一阵红一阵白地痛恨，忽听半农这样说，一时心头更激起了无限的气愤，怒目切齿地说声"不错"，三人遂分头去找了。其实士安早已不在人间，他们就是找到天边，恐怕也找不到哩！三人兜了一个圈子，在假山前面会集了，各人找得汗流满面，都说没瞧见。友华道："我真也乏透了，既找不到也就别找了，这小子想出这样阴毒计谋，想来终没好结果的。我们还是到华龙路上有一家'洁而精'云南馆子吃酸辣面去吧，肚子真也饿透了。"半农道："时也不早，我们就出园去吧！听说那边真的价廉物美，两角钱就可吃一饱哩！"小棣笑着点头，三人遂一同出去。到了"洁而精"，从盘梯走上三楼，风窗外有水门汀洋台，陈列几盆西洋花朵，三人吹了一会儿风，遂叫侍者做三客酸辣面。小棣道："我想士安这小子冒的名一定是李鹤书。"半农道："不错，你瞧信内完全是校长口吻，这小子非给他些报复不可了。"友华道："这种人是无赖极了，我们也不必计较，我只怨爸爸糊涂，既然接到这信，为什么不到校里来详细查问，竟忍心不要我们了。"说着，鼓起了小腮子，显出十分恼恨模样。小棣叹口气道："爸爸无情，谁料妈妈也这样狠心。"这时酸辣面端上，半农道："快吃吧，回头再想办法。"大家因先吃了面，觉得果然饱而有味，友华还赞不绝口。半农听了，忍不住噗地一笑。友华道："你笑什么？"半农道："我笑你我三人尝着士安这样酸辣的手段，真好像各人吃了一碗酸中带辣的滋味，你还要连连赞好干吗？"小棣、友华听了，都忍俊不住起来。友华道："哥哥放暑假到底回去不回去？"小棣因为和卷耳已结生死之交，他想回去告知这事，爸爸一定更要发怒，所以预备在上海决定自谋生路，因摇头道："我抱定宗旨不回家了。"友华道："那么姑爹姑妈叫我们两人都到他家去住，你去吗？"小棣仍摇头道："我也不去，虽然承他们美意，但我们怎能好意思去。因为在他们心目中瞧来，终是我们不长进。其实是冤屈了好人呀。一个人终要自立，情愿自己苦些，不愿依赖他人的。妹妹的意思怎样？我想你还暂到姑妈家去住吧。"友华冷笑一声道："偏女子是饭桶，没有自立能力，我的自谋生存意志，也许比哥哥还强哩！"半农一听两人都不愿回家，因竭力劝道："我说棣哥、友妹的话是错了。在我意思，等放暑假后，我和你们一同回去。我定向伯伯去竭力替你们声明，请他收回脱离启事。我情愿从此不和你们来往，因为这次你们所受委屈，我实在是担着一万分抱歉呀！"半农说到此，凝眸望着友华。友华急将手把半农口扪住道："不许你说这话，难道为了家庭中遗下来的几个臭铜钿，就阻碍了我们的爱情，毁灭了我们的意志吗？农哥，你真太懦弱了。"半农见她当着小棣面前，就这样痛快地直说出来，心中真感激得几乎淌下泪来。小棣瞧此情景，不但不怪妹妹，反而深深赞许。这话对极了，我的卷耳因也有如此的精神呀！兄妹两人既抱定不愿回家，半农遂也决计不离开友华而回到苏州去，以便彼此有了互助。小棣付去了面账，三人遂匆匆回校去。

鹤书自从在伯平口里得到小棣迷恋桃花宫舞女李卷耳的消息，他见了小棣，也曾警诫了几回。奈小棣和卷耳既订着生死同盟，旁人所劝，当然听不进分毫。鹤书见他不理，心想和他姑爹可玉一同去瞧瞧卷耳，究竟是怎样一个天仙化人。在那天晚上，遂匆匆到可玉家里来，彼此握手问好。可玉笑道："李先生真难得光降，暑假还有几天，不知此来有何贵干？"鹤书道："暑假只有一星期了。今天我是特地来约你同去看看令表侄小棣迷恋的舞女李卷耳，不知你可有空吗？"可玉道："提起这孩子，也真气人，他在我这里，近来更不大见来了。不知他是怕羞呢，还是什么意思？我也真不明白了。"这时佩文端上茶来。可玉进内和若花说一声,遂和鹤书坐车到桃花宫里来。那天舞场,正在跳那化装舞。两人在座位上坐下,侍者泡上茶,可玉问道:"这儿有个李卷耳舞女,可有来了吗?"侍者听了,便手指着舞池中那边一个头戴黑猫纸帽的女子道:"这个就是李卷耳。"可玉、鹤书定睛瞧去,只见那戴黑猫少女和一个西服舞客头戴兔子的拥着跳近过来。鹤书道:"这个卷耳的容貌真不错,但那西服少年却不是小棣呀。"可玉不答,只管目不转睛地瞧,忽然"咦咦"响起来,回头对鹤书惊奇地叫道:"李先生!这个舞女哪里是卷耳,她……是我家婢子小红呀!她自从春季里被人拐走,我到处都找过,原来她却改个姓名,在这儿做舞女,这真是可恶极了。"鹤书听他说得这样认真,心中也非常奇怪,沉思一会儿,突然叫道:"哦,是了。照你说来,我看小红还是小棣拐出来的。这卷耳名字,怕也是小棣给她取的吗?"可玉骤然听了这话,不觉拍桌道:"李先生这话对极对极,简直是对极了。"说着,又伸长脖子,向舞池里瞧了一会儿,又对鹤书道:"实在再像也没有了,准是她。怪不得小红不见,小棣就不来了。"鹤书道:"我瞧这孩子也真多情,也真可怜。现在他既爱上你的小红,把她拐去,论理你可以叫巡捕立刻进来,把她带入捕房,追究它一个水落石出。但这样不免要伤亲戚感情,虽然小棣被他爸爸驱逐了,但一经到官,当然要牵涉你的舅爷,那时你对于你夫人,也很不好意思。我想你今夜回去,先和你夫人去说明。明天和你夫人一同再来,叫你夫人和小红详细问明。倘使他们是真的要好,你也不要追究了,就把小红配给小棣,一面再向吟棣先生疏通,使他们父子团聚,有情人也成了眷属,那小棣真要感激你说不尽呢!不知秦先生以为我这话可对?"可玉给他这样一说,觉得这位李校长真是热心肠人,好像对小棣是特别有情感,因也连连点头道:"不但内侄和小红多情,李先生也真是个热心人,小弟实非常钦佩,那么准定就这样吧。"两人说着,又瞧了几回舞蹈,却不见小棣到来,因就出了桃花宫,各自分手回家。

可玉到了家里,一见若花,便嚷着道:"我再也想不到小红会是你侄儿子拐去的。"若花吃了一惊道:"什么话?是小棣吗?你怎么知道呀?"可玉脱了长衫,坐到若花躺着床边道:"我和鹤书到了桃花宫去瞧卷耳,不料卷耳就是小红。你想小棣天天去、夜夜去,那不是小棣拐了去吗?否则他为什么不来告诉我呢?"若花从床上坐起惊喜道:"真的吗?那么你和小红可有说过话没有啦?"可玉摇头道:"她在舞池里跳舞,我怎好和她说话?"说到这里,便把鹤书的意思告诉了一遍。若花听了,因为小棣是自己身上人,自然极口赞成道:"假使卷耳真是小红。那我当然也愿意成人之美,准定明天去吧。"可玉听了,点头一笑,遂也脱衣就寝。次早若花醒来,可玉已不在床上,只见他手拿一份报纸,笑嘻嘻进来,坐在床边便说道:"今天桃花宫舞厅登着一个挺大的广告,我念给你听吧!"

桃花宫舞厅今天日夜举行双料盛会,三时茶舞,奉送香茗。十二人组菲律宾大乐队,海立笙演奏最新时代歌曲,动听!起劲!半夜并请李卷耳小姐表演肉感刺激从未有过羽扇舞,活泼!兴奋!十二人爵士,十二人粤曲,十二人口琴,音乐大会集。不售门票,欢迎参加整个舞市唯一神秘,请早光临!

若花听他念毕,便瞅他一眼,咮咮笑道:"你哪里是为了小红,这么一大把年纪,倒要想逛舞场去了。"可玉一怔道:"这是什么话,我不为了小红,难道我还想去跳舞女不成,这也未免越老越时髦了。"若花听了,忍不住又笑道:"我的意思,恐怕卷耳并不是小红,小红出走还不上半年,她怎么能够这样轰动舞女界呢?我想你一定是瞧错了人,不是瞧错了人,那你定也爱着那个卷耳,故意喊我一同去瞧,要我同意,你就把她娶作小星。这句话,我可猜得对吗?"可玉一听,把报纸放下,伸手将她嘴儿一扪,道:"你胡说,你胡说,瞧你意思,我还和小棣去夺爱哩。"若花听了这话,也觉自己猜想有些不对,因笑道:"那么我终疑心小红哪会进步这样快。"可玉道:"废话少说,今天下午我们就一同去瞧。今天茶舞,也许她也加入的。"若花抿嘴道:"你怎么知道这样详细,敢是也常在舞场里玩吗?"可玉见她老是取笑自己,生气道:"我根本舞也跳不来,今天你怎么尽管怄我气,动没动就多心,天下女子的醋心,实在要算你最重了。"若花呸了他一声,忍不住又咯咯地笑起来。

第十一回

人面桃花一把辛酸泪
楼头柳色两心破碎缔

　　若花一面笑，一面起身，漱洗完毕，把台子上摆着的报纸翻开，只见本埠附刊上满载着舞场广告，除了动人的词句，还登着诱人的舞女照片。若花一个个瞧去，觉得各舞场所登广告，技巧虽各有不同，但却个个登得香艳美妙，引人入胜。可见广告师设计亦各有特长。若花后来瞧到一个好莱坞舞厅，它和白宫舞厅的广告，是齐巧隔壁。这两个舞厅，亦可称上海头等舞厅，所以广告的篇幅很大。白宫登的是："本宫是第一块通宵响牌，不惜重金，改装新洋琴台。'康脱莱拉斯'领导，奏演兴奋音乐，新颖富丽，允推独步。"尚有"消息"两字，下面是："基本红星晚香玉小姐，清恙不日痊愈，即在本厅伴舞候教。"再瞧好莱坞登的，有挺大的标题道："本厅新聘玛丽娜小姐，红遍舞国，光芒巨星，从今晚起，在此候教，令人满意，令人兴奋！"旁边尚有一张玛丽娜小姐玉照。若花细瞧一会儿，觉得果然明眸皓齿，巧笑流盼，十分娇艳，真堪称鹤立鸡群，允推众星之冠。心想这样容貌，无怪要颠倒上海几许年轻子弟呢。不免又注视良久，忽然想起一人，忍不住"咦咦"地叫起来。可玉正在吸雪茄，见若花这样惊奇神气，便走过来问道："你又瞧到了什么啦？"若花把可玉身子一拉，指着那张玛丽娜照片道："你快瞧吧，这张照片好像是友华孩子，难道友华也在做舞女了不成？"可玉瞧了一会儿，也奇怪道："真个活像是她，你不说我倒不注意，给你一说，真是越瞧越像了。"若花笑道："可见得天下貌儿相同的人真多，那也不是稀罕的事。我想昨夜里你见到的李卷耳，恐怕你也一定认错了。小红虽然聪敏，她也没有进步这样快。再道小棣这孩子，虽然太喜欢游玩一些儿，也绝不至于这样胆大的。这事显见……"说到这里，又咻咻地笑。可玉急道："相貌相像，固然有的，但你瞧这玛丽娜到底是照片，我瞧的是人，她和小红完全一式无二。我在舞场里已瞧了好几

95

个钟点，我又不是没眼珠的人，你不信，吃饭后，我们就去。"若花听了，心里又起了一阵感触，笑着道："就去！就去！怪不得小棣见了她，要热血括心呢……"可玉不等说完，忙接着笑道："好了好了！你底下又要笑我和小孩子一样脾气了，对不对？"说着，两人都又笑起来。不多一会儿，佩文开上饭，两人用过。可玉道："我们好走了。"若花笑道："你个人倒比小棣还热血括心得厉害，现在还不到一点钟呢！报上不是登着三时茶舞吗？这样早干什么去？我是还要睡个午觉哩！"可玉一听，果然不错，自己也觉好笑，便自到书房里去瞧书去。

　　等若花一觉醒来，时已三点。她又叫佩文拿水，洗了一个澡，换了一件纱旗袍，向佩文道："你到书房去叫老爷，说太太喊他。"佩文听了，匆匆自去。一会儿，可玉揉着眼睛进来笑道："好睡好睡！竟已四点多了，什么你浴洗了吗？"若花道："你在做什么？"佩文笑道："老爷也正在睡得浓，被我喊醒的。"说着，又来倒脸水，让可玉洗了脸。若花嘱咐佩文好生看守门户，遂和可玉一同坐车到桃花宫舞厅里去。可玉、若花携手同玩的时候，原也常有，但要到舞厅里去，若花实在还是破题儿第一遭，心里很觉有些神秘。因坐在车中，便问可玉道："那舞女的生活，是不是和堂子里的倌人一样？"可玉沉思一会儿道："这个我倒不知道详细，不过我听几个跳舞朋友说，舞女和倌人的身份人格是不同的。舞女比较是高尚的娱乐和交际，到舞场原也不一定要和舞女同跳，就是你和我比方是父女，或者是夫妻，只要大家心里高兴能舞，都可以参加到舞池里去舞的。"若花不等他说完，便白他一眼，啐他一口，两手掩着耳朵，笑道："我不要听你这个话，你又占便宜，你倒想做我爸爸吗？"可玉"扑哧"一声笑道："你不听见我是个比方吗？你不信，上海有个闻人叫唐赛老的，他年纪已经七十多岁，每夜还拥着十八岁的孙女儿到舞场去跳会儿舞呢！有时候孙女儿没有空，他就拣一个舞女跳。你想，唐老的人格，他是何等高尚，尚且也赞成跳舞，其他青年当然不要说了。"若花听了，抿嘴笑道："你因为我姓唐，故意地也拉一个姓唐来说给我听。你想叫我也学会了跳舞，和你一道去跳吗？"可玉笑道："你又多心了，人家真的姓唐，我不能给人家改姓。况且跳舞这件事，据他们说，最好年轻时就学会，不过不能和舞女发生什么不正当的事儿。那的确也是运动之一。像我已是四十开外的人，而且十足是个门外汉，就是有心去学，差不多也要变为六十岁学跌打的玩耍了。尽管你不赞成，就是你赞成，我也没有心思来奉陪你了。"若花听他这样说，却不回答，只望着他哧哧笑。

不多一会儿，那汽车已停在桃花宫前。可玉付去车费，扶若花跳下车来，从大门进去，见场中布置，果然富丽堂皇，是一种伟大的设计，和戏园真是大不相同。没有一件不具着神秘，没有一人不带着欧化。舞女舞客，没有一个不是西装革履。像他们穿着中服，显见是来作壁上观。这个在舞国中名叫摆拆字摊，就是始终不下海的意思。可玉携着若花手儿，意欲坐到卷耳座位后面。偏偏已经有人坐着，因只好在东首离开稍远的地位坐下，泡了两杯淡茶，一杯用盘垫着，并且还送上一张单子。若花见是香茗一杯五角，心中奇怪问道："我听说茶舞是奉送香茗，怎么又要钱了呢？"可玉笑道："我也是鹤书告诉我的，原来奉送香茗，是只限于男子的，女子依然要出茶资。你不见我不是没有单子吗？这当然也有相当理由，在舞场方面，自然最好你不要带女子来，他希望你跳舞女，个个若都带自己女友和妻子来跳舞，那么舞场和舞女不是都没有收入了吗？所以只要会跳舞，女子出五角茶钱，还是极合算的事。不过舞场方面，却还有些头疼呢。"若花笑道："不过像我不会跳舞，那五角钱喝一杯茶，不是有些儿冤枉了吗？那我还是到戏院瞧电影去好。"可玉笑道："那么舞场里的情景，终给你见识过了。"若花道："废话少说，那么卷耳是坐在哪个位置呢？"可玉抬头，向舞池里探望了一会儿，向若花道："卷耳是红舞女，想来还没有到吧。"若花道："现在四点多了，她还没有来，亏你刚才这样性急，饭还在喉咙口，就要叫我来了呢。"可玉笑道："好了，你别扳我的错处吧。你瞧瞧这舞场中布置，简直像水晶宫呢。"若花听了，便向四周屋顶细细打量，只见光怪陆离，真个像水晶宫一样，四面都有一株株的桃花，隔着垂柳，虽然不是真的，但红若烟雾，绿翻波浪。且厅里既装冷气，又装电风，吹着柳丝，纷纷飘飞，真好像微风拂拂，气候适宜，夏无盛暑，冬无严寒。眼中瞧到的是红男绿女，翩翩然似蛱蝶穿花；耳中听到的是爵士音乐，热烈兴奋，令人心怡神旷，仿佛置身乐园。

若花正在左顾右盼，可玉忽然把她衣角一扯道："你快瞧呀！那边不是小红走来了吗？"若花一听，慌忙回头望去，虽在暗绿灯光之下，果见有一个妙龄少女，娉娉婷婷地走来。她头上云发烫着最新式的飞机形，耳鬓旁戴着一颗珠环，身穿妃色乔琪纱旗袍，粉红真丝袜，显出挺结实的腿肚，脚下红白相夹的香槟皮鞋，胁间夹着一只花皮篓，好像分花拂柳，满脸春风，果然酷肖小红。若花真是不胜惊奇，可玉忍不住站起身子，向她招手喊道："小红！你怎么在这儿，你太太真寻得你好苦呀！"不料那少女听了，向可玉望了一眼，又回头向后去望了望，并不回答，也不理睬，好像不关她什么事般地急匆匆到自己座位上去。可玉心中好生纳闷，若花也觉奇怪，扯着可玉问道："她为什么不理你呀？"可玉道："也许没听见，我瞧还是你上去问她吧，她就不敢不招呼你了。"正说时，音乐停止，场中顿时显出红色灯光。若花眼尖，只见"小红"正和旁边小姊妹说笑，脸儿齐巧向着自己，这就瞧得很清楚。觉得那少女，虽然是非常相像，但仔细辨别，也有不像的地方：小红的眉毛淡而长，她的眉毛细而弯；小红的眼睛活泼而带庄重，她的眼睛灵活而带轻巧；一个鼻子尖，一个鼻子挺。不过那只鲜红的嘴儿，却是一样娇小，笑的时候，也同样露出雪白的牙齿。若花疑信参半，究竟是否小红，也许因化妆不同，而稍改变她的容貌，这也说不定。今听可玉催她上去询问，因就站起身子，移步走到少女身后，轻轻拍着她肩儿问道："这位可就是李小姐吗？"少女回过头来，见是个华贵的妇人，和颜悦色地问着，因为自己不认识她，不免带着猜疑的目光，向她打量着答道："我正是姓李，你这位贵姓？不知找我有什么事？"若花道："我姓唐，我问你一声，你的小名可是小红吗？"卷耳听了，一怔道："我的姓名自小就叫李卷耳，并不叫小红呀！"若花红了脸笑道："对不起，原是我认错人了……"说着，把头一点，就转身回到可玉座位上来。可玉见她们含笑说了一会儿，还以为果是小红，心中非常喜欢，便急问道："小红她和你怎样说呢？她为什么不理我，难道是怕难为情吗？"若花听他还是口口声声地当她小红，忍不住咯咯地笑得花枝乱抖道："呸！她是叫卷耳。小红，小红，你不要想昏了。"可玉道："我也知道她叫卷耳，但这原是她的化名呀！"若花喝了一口茶道："小红她在我家也有五个多年头了，我难道会真的不认识她吗？你别再发痴了，什么人家舞女可硬作小红呢？这也真是大笑话哩！"可玉仔细一想，也觉不对，小红虽然逃走，但我们并没虐待她，她绝不会这样无情。假使是被人拐骗的话，那她心中一定是不情愿，今天若遇见我们，恐怕奔过来相认还来不及，哪里我叫她她反有个不答应的道理？这显见实在是自己误认。幸而昨天没有鲁莽，否则不但要闹大笑话，恐怕还要被人家量耳刮子。因为误认人家是自己婢子，还要给人家再加上一个逃字罪名，这不是大大地侮辱人家吗？这样新闻若登在报上，一经发表，被几个朋友知道，那我还有什么脸儿来见人呢？想到这里，一面又觉好笑，一面又连喊"好险"。若花笑道："你这人也真糊涂得可怜，趁这时灯光亮些，你倒再仔细瞧瞧，究竟有些不十分相像。"可玉一听，连忙又凝眸望去，只见卷耳的一颦一笑、一举一动，虽不能和小红十分相同，终好像是酷肖着一个人，可惜一时却想不起是像哪一个人。这时音乐又悠扬而起，舞客纷纷下海，各拥舞女欢舞。可玉闭眼沉思良久，猛可地恍然若有所悟，心中便暗暗自念道："蝴蝶梦中家万里，子规枝上月三更。"想起了这两句诗，因此就记得了一个人，这真是叫人伤心。原来这时可玉倒又想起了二十年前的情人李慧娟了，因为眼前的卷耳，无论是容貌儿身材儿，实和慧娟分毫无异。想自己年轻的时候，热恋着慧娟，和现在小棣的热恋着卷耳，真是一些儿没有两样。我伤心着自己爸爸头脑的顽固，当时执意地不肯，因此造成人间悲酸的惨剧。想不到二十多年后的小棣爸爸吟棣，也会和自己爸爸一样陈旧和顽固，竟把小棣登报驱逐，这小棣的遭遇不幸，实还甚于自己。失恋的痛苦，真非个中人不能知道，小棣真亦可怜了。

可玉想到这里，心里倒非常和小棣同情，又因为卷耳的像慧娟，心中不自然地亦起了一阵好感，意欲替小棣玉成其事。不晓得今天小棣来不来，他如果来了，我必要先安慰他一番，使他安心求学，对于学费一切，尽管放心，对于卷耳的事，我亦竭力成全。小棣听我这话，他不知要如何欢喜呢。可玉只管呆想，茶舞的时候也早已完了。今天因为是特别茶舞大会，舞场当局请各红星登场表演，以谢众宾雅意。这时场中奏乐，场上三五舞女裸臂裸腿，表演"脚尖舞""跌跷舞"以及种种不同的舞姿。若花从未见过这样盛会，把两道视线直对场中，大有山阴道上目不暇接之概。一幕一幕地开展，最后场中放出一块牌子，上写"特请舞国皇后李卷耳小姐表演云裳仙子"。众人一见，早已来了一阵掌声。待卷耳出场，灯光却又换了暗绿，又从场角放射出一团电光，照在卷耳身上。卷耳东，电光亦东；卷耳西，电光亦西。全场百千道目光，完全集中在卷耳身上。只见卷耳披着绝薄的纱衫子，里面露出雪白的肉体，除了双峰覆有乳罩，及下部穿有三角短裤，此外尽情暴露，肌肤的嫩白和丰腴，真好像石膏雕成的裸体美人一样圆润。场中灯光，由暗绿转变紫色，由紫色再转变红、黄、蓝、青各种不同的色彩。卷耳在各色灯光之下，遂徐徐起舞，舞态之美，姿势之佳，真是迷阳城而惑下蔡。可玉注视她的脸蛋儿，真活像是慧娟复活，心中也给她迷得茫茫不知所可，口中便不知不觉地赞好。但一想慧娟死得可怜，忍不住又无限伤心，叹了一口气。若花见他忽儿惊喜欲狂，忽儿痴迷出神，心想：这种地方到底不好，这样年纪的人尚且如此，那怎样怪得来小棣呢？因拉他一下，故意笑问他道："你瞧这个小红美不美，动不动心呢？"可玉随口答道："真是美极了，好极了。"若花噗地笑道："那么当初我劝你把小红圆了房，你又为什么假惺惺地不答应？"可玉笑道："现在小红又不见了，你还提她什么？"若花轻轻道："那么要不讨这个卷耳来代替？"可玉听了这话，方知自己的神态又受了若花的注意，引起了她的误会，因忙道："你别胡说，我的意思回头告诉你吧。"若花心中一动，拉他住声道："你什么意思，快现在说吧，我最怕是纳闷。"可玉没法，只好附耳告诉她自己要替小棣玉成的话。若花凝眸沉思一会儿，摇头道："你的意思虽然不错，但卷耳享受惯奢侈物质，恐怕不能安着普通人的生活，你想对不对？"可玉给她兜头的一勺冷水，心中便又踌躇不决，遂也没有急急进行。这时卷耳亦已表演终了，可玉、若花遂携手出外，坐车回家里去。

　　火伞高撑，气候已入盛夏，各校早放暑假。可玉天天记挂小棣，若花天天记挂友华，谁知两人竟绝迹不来。小棣既没有到可玉家来，但他亦没到桃花宫去。卷耳心中的记挂，当然比可玉更要深到万倍。她心里想，舞女的生活终非自己情愿，天幸赐我遇到小棣，我俩赤裸裸地相爱，遂订下生死同盟之约，我以为从此便可走上光明大道，重见青天白日了。谁料他竟又给爸爸驱逐，他的心中是多么痛苦，我的心中又是多么悲伤啊！他和我分手时说，要待六个月后再来相见，不知他是到什么地方去的？也许他已回到家里去向他妈妈恳求收回这个启事，同时说明我俩纯洁的爱。如果他妈妈允许，那我俩的姻缘自可早日成就；万一他妈妈不允，那么我俩的婚姻，真不知到何时才可圆满呢。这都是卷耳每夜回家临睡时的想念。今天卷耳回家已是一点左右，睡在床上，思潮起伏。那两眼就不能即时便合，兼之天气炎热，更加寝不安席。卷耳心里烦躁，遂索性离开了床上不睡了，慢步地靠在窗口纳凉。午夜以后，万籁俱寂，只有街上挑馄饨担子的敲着竹筒，发出了一阵笃笃的声。这响声还是半个月前起才开始，此后每日并不间断，终要敲到一刻之久，方始远去，今夜当然又是照例的老文章。卷耳抬了头，望着碧天如洗，万里无云中的一轮皓月，心中正在想着那天公园中小棣的话——"妹妹，你瞧这将圆的明月，真是象征着我俩未来的生命，也有圆满的一日在后头呢！"现在月儿圆了，我的棣哥呢？几时圆？几时圆？卷耳自语到此，眼眶里已含满了一包晶莹莹的热泪。凉风一阵阵地吹，忽然笃笃的敲竹筒声音，又在空气中波动，在这更深漏尽的夜里，更是清晰可闻。但这音调听在卷耳的耳里，终觉得含有无限凄凉的意味。卷耳回头向弄口望去，只见挑馄饨担的已慢步走进弄来。不料正在这时，忽然有人大喊："捉贼捉贼！"喊声未完，这就见斜弄里窜出一个黑影，向那馄饨担撞去，只听"乒乒哗啦啦"一阵声音，原来馄饨担上的碗儿，已被他撞落了许多，敲得粉碎。从斜弄下追出四五个人时，那黑影早已逃出弄口，不知到哪儿去了。卷耳瞧此情景，知这黑影是贼无疑了，可是既没有捉着，倒累了那个挑馄饨担的撞碎了许多碗儿。这挑馄饨的人真是遭了无妄之灾了。可怜他们小本经营，一夜里能有赚几个钱，今夜恐怕赔那碗还不够哩。卷耳想到这里，心中起了无限的同情，因就向那边仔细望去。四周依然是静悄悄的，捉贼的和贼都已无踪无影，剩下的那可怜挑馄饨担人，却蹲在地上拾那碎碗片。那边原有两根电线木头，上面挂着一盏路灯，灯下照着人家院子里飘出来的碧绿柳丝。卷耳从高处望下去，光线是分外充足，在卷耳眼底下很清楚地瞧那挑馄饨担子的，却还是个穿蓝布工装的少年。他把碎碗片拾了，丢在垃圾洞里。卷耳心想，这人倒很有道德，因为那少年当初是蹲在地上，这时站起身子，走到垃圾洞边，所以脸儿是瞧得特别明白。卷耳猛可吃了一惊，这就"哟哟"地响起来。同时急急离开窗口，奔到楼下，开出后门，骤然地向那卖馄饨的少年紧紧抱住，只喊了一声"哥哥"，已是呜呜咽咽地哭泣起来。

　　诸位，你道这个挑馄饨担子的少年是谁？这不但卷耳做梦都想不到，即是作者自己也不晓得，原来那少年就是昔日西装革履、风流潇洒的唐小棣呢！小棣冷不防被一个女子搂住，倒是一怔，定睛瞧是卷耳，这一难为情，真把他羞得无地可钻。卷耳微抬螓首，纤手抚着小棣脸颊，含泪问道："你你你……怎么做这个勾当，就算你爸爸驱逐了你，你有经济为难，你为什么不对我说呢？"小棣听她一连问出四五个"你"字，可知她芳心的这一份儿的焦急，但这样丢脸的事，叫我怎样回答好呢？一时长叹一声，却是默默地无语。卷耳将小棣拉到柳丝垂下的影儿下，跳着脚儿问道："好哥哥，你回答我呀！"小棣见她披着薄薄的纱衫，下身穿一条白纺长裤，趿着拖鞋，还是赤着瘦俏的脚儿，两颊红润润的，兀地挂满着眼泪，那一种惹人怜爱、娇媚不胜的意态，真令人无限怜惜。听她这样急问，因握了她手，万分羞惭地倾心告诉道："妹妹，我的姑父本叫我住到他家里去，而且也愿意接济我的经济。但我的心中，是不愿受人分文。现在因为暑期里无事，每晚我便到大马路外滩去卖《字林西报》，入夜即过卖馄饨生活。我的意思，欲把积下的金钱存储银行，预备将来做娶妹妹的费用。妹妹，你应该明白我一番苦心，不要轻视我吧！"卷耳听了这话，直把她感入肺腑，不禁一阵辛酸，那眼泪早又滚滚掉下，偎着小棣身子，捧着他的脸儿哭道："哥哥为了我，吃尽了这样的劳苦，但这有几个钱好赚呢？"小棣恐她受冷，因也偎着她劝道："妹妹别担心，我在白天里尚在编译各种书籍，昨天已卖去一百元。夜里做的是我自己个人的生活费。此刻我要回去睡觉，因心中放不下妹妹，所以每夜到这儿来一趟。虽然见不到妹妹，但我的心里好像是非常安慰。方才那个贼人，不知他偷了谁家的东西，他竟冒冒失失地撞来，倒给我撞碎了三只大碗、二只匙儿。妹妹，你快进去，防吹着风，你要不要馄饨吃一碗，我给你弄碗热的好吗？"卷耳听他赤裸裸地把肺腑都告诉了自己，心中感激，实在无可形容。见他真的要去下馄饨给自己吃，因将他抱住，偎着他脸颊哭道："哥哥此恩，叫我……"说到此，那泪又滚滚落下。小棣因也抱住她娇躯，贴着她粉颊。卷耳的泪淌到小棣脸上，小棣的泪滴在卷耳的颊上。两人脸儿相贴，泪儿相黏，觉得这多情而含有热血的泪，并不从眼中滴下来，却是从心头喷出来似的。小棣的手儿抚着卷耳的背部，柔软而滑腻，她的胸部一起一伏地抽咽着道："哥哥，你别再这样苦，妹妹也有私蓄三百元，明天你这时仍到这里来，我交给你。你的心是要改变我的恶劣环境，现在我先要改变你的为我而劳作。哥哥，假使你因劳苦而累乏了身子，这叫我如何对得住，而且又如何舍得你？你千万别再这样地自苦，你把我的私蓄拿去，计划你别的经营吧。"小棣把她的话句句嵌在心头，感激得无可再感，因抚着她美发道："妹妹，你别愁着我，劳工是神圣的。我为了妹妹就是到汤里去、火里去，把我的身体整个地毁灭，我都情愿。何况披月戴星、栉风沐雨，实在算不了什么一回事。要知我们往后相聚的日子真长，现在不过暂时小别。妹妹别再伤心了，妹妹如要替我伤心，我真要深恨自己不该夜夜到这儿来了。"卷耳听了这话，把嘴儿凑到小棣颊边吻着道："哥哥，你真……"小棣听她说不下去，知道她内心也是感到无话可说了，因把脸儿一偏，唇儿移过去，正凑到卷耳嘴边，两人接了一个长吻。这时月儿已向西斜，凉风拂拂，虽在盛夏之夜，也颇感寒冷。小棣推开卷耳道："时已不早，妹妹快进去吧，不要被你娘知道了。"卷耳道："哥哥现在可仍住在校中？"小棣点头，一面掮着馄饨担子，一面催卷耳进内。卷耳一定要瞧小棣出了弄口，方肯进内。小棣到弄口时，怕她还没进去，因回头来望她一眼，却见卷耳身不由主地一步一步跟出来。小棣心中好焦急，连连挥手。卷耳虽不再向前走，却是呆呆地站住了。小棣觉得卷耳真是天下第一多情人，两人不免远远又凝望一会儿。小棣在万分依恋不舍之下，长叹一声，只得硬着心肠走了。卷耳到此，泪又泉涌，方始推门进去。卷耳自那夜见了小棣，他竟肯怎样地为我受苦，那一颗芳心更深深地印着了小棣，爱情的坚固，实在没有东西来能动摇她了，觉得小棣这人，真是走尽天下找不出的第二人。

半农见小棣为着卷耳日里手不停笔地编译文稿，傍晚又去卖报，夜里还要去工作，直到二三点钟，方好回到宿舍里睡觉。这种大无畏精神，也可见爱的伟大了，心中不觉暗暗赞叹。同时又见友华日里虽伴着自己，夜里却必一个人出去，心中很是怀疑。后来给他侦查出来，知道友华已改名玛丽娜，投身在好莱坞舞厅伴舞。她的目的完全是为了自己，牺牲去做舞女，要把她得来的金钱替半农代付学费。半农得知这个缘由，心中既感激又惶恐。那夜他到宿舍来对友华道："妹妹，你这份儿好意，叫我如何报答？"友华道："农哥，你切勿说这话，我希望你将来学业成就，在社会上干些儿事业，你能踏上光明大道，也就是妹妹终身得到幸福的时候了。"半农没有回答，他的眼泪已大颗儿滚下来，友华把自己身子投到他怀里，抱着他脖子，很欣慰笑道："农哥，别淌泪，淌泪是弱者的表示，我们要共同奋斗！起来！起来！"说着，便和他紧紧地吻了一回。良久，方离开他怀，嫣然一笑道："农哥，我走了，明儿见。"半农知道她要到舞场去了，他没回答，默默地眼瞧着她娇小的身影在眼底里逝了去。半农一阵阵地细想，为了我使她去做舞女，这叫我如何对得她住？但阻着她不去吧，她一定不答应。不过我不能因自己而累她以学生资格去做舞女，我实在非远离她不可。待我有了能力，再来报答她的大恩吧。半农既打定这个主意，遂留下一封很恳挚的信给友华，自己便预备到南京找朋友去。当半农赴南京前一个钟点，他又到可玉家里去告诉可玉，说友华已改名玛丽娜在好莱坞伴舞，小棣却在卖《字林西报》，两人一意孤行，万望你做姑父的前去劝阻他们。可玉一听，连连答应，半农遂动身赴都去了。火车临开，半农望天垂泪叹道："再会吧，上海！再会吧，友妹！几时才能够踏上第二巴黎的上海，投入友妹的怀抱,友妹!友妹!"隆隆火车,载着游子漂泊到异乡,上海已在眼底里逝去,半农脸上沾着无数的泪水。

可玉待半农走后,急急到上房里,向若花告诉道:"唉!想不到玛丽娜舞女真的就是友华这孩子呢!怪不得有这么相像。"若花听了,不胜惊讶道:"这你如何知道的呀?"可玉叹道:"就是她的同学龚半农,刚才来告诉我的。他因为自己要到南京转学去,所以托我来劝阻她不要做舞女。你不是说半农这孩子,倒也是个好的。"若花顿脚道:"她为什么要去做舞女呢?我不是叫她到我家里来住吗?唉!这孩子真也太不懂事了。"可玉摇头道:"说起来又好气又好笑,她的哥哥还在卖馄饨和卖报纸,你想这两孩子淘气不淘气吗?"若花道:"什么?这话可真的吗?那简直是胡闹。我想你还是打电话给鹤书,逼着两人到我这儿来一次吧,让我好好劝解他们一番。唉!说起来终是我哥哥不好。"两人正在磋商,忽见佩文匆匆走来叫道:"老爷,外面有个客人来拜望老爷!"

第十二回

招女来归畅谈胎教学
听风出追严诘帕儿金

强民中学自放暑假后，各生都已散去，有的路远的尚留在校中。鹤书因会计、庶务、厨子、夫役都有留着未散，他有时便也到校中来看看。这日他想起小棣的事，意欲劝劝他，遂到小棣寄宿舍来找他，谁知小棣却没有在里面。隔壁是友华的卧室，鹤书因到隔壁去瞧，友华却也没在，只见桌上却摆着一封信，并没有封口。鹤书心想知道些两人近来在做些什么，因抽出瞧道：

华我亲爱的：

您的用意太自苦了，我万万不能接受。您为我已被家庭抛弃，我的心实至痛！今又为我牺牲色相，化名玛丽娜，把伴舞收获资助我学费，我而受之，我尚得为人吗？您是一番真挚地待我，我的心已粉粉碎，我的肠已寸寸断，我感激您的情，生死不忘。但我不能接受您的帮助，我若腼腆人世，而用您分文，我真狗彘不若。我也深知我劝您，您必反对。您虽不得于爸爸，您尚见谅于姑妈，姑妈待您不薄，和自己妈妈一般。您心中若闷，何妨到姑妈家小住，想您姑妈是一个慈爱通达女士，必能为您计划。我说到此，我晓得您一定又要反对，说一个人是贵自立的话。

但我也并不是劝您倚赖人啊！您不要替我愁学费为难，我今决计离您赴南京去。不过我身虽不在这里，我心是时时刻刻地永久忘不了您！华！我的恋人！您切莫当我是个没心肝的人，要知我已粉碎的心，再说不出第二句慰藉的话，您自爱吧！我们再见！祝您前途幸福，像一朵初开的并蒂莲花！

农忍泪留字　即日

鹤书瞧完了这一封信，也不禁深为感动，心想：他俩人的情感，真也可谓痴极了：一个情愿化名去做舞女，用情自是良苦；一个不要她以舞女所得收入来资助，情愿离她到南京去，人格固高，内心亦痛。可惜半农不曾留下南京地址，如还没有动身的话，下学期我倒可以向校董会里通知一声，给他免了费也好。因为下学期已可毕业，而且他又次次第一，想校董会当然亦能允许。唉！只可惜是迟一步了。鹤书正在这样叹息着，忽听"乒乒"一声门响，从外面推进两个人来。鹤书把信纸放在桌上，回头瞧去，正是小棣和友华。两人见了鹤书在房中，都不觉一怔，因上前向他鞠了一躬，叫声"李先生"。鹤书因为自己偷瞧学生的信，心中也有些儿不好意思，因向他们正色道："你们两人的事，我瞧还是回家去好。况且舞女生活，虽然你已化名，到底流品不齐，有碍本校名誉。你如执意不悟，我便告诉你姑父知道了。"小棣、友华听了暗吃一惊，这事鹤书怎的知道，一时两人面面相觑，低头都不敢回答。鹤书道："你们都是很有希望的青年，我盼望你们省悟才好。"说着，遂自管走开去了。友华问道："李先生怎的知道？是哥哥告诉的吗？"小棣急道："我告诉他干吗？妹妹，你瞧桌上的信是谁写来的呀？"友华一听，连忙抢步到桌边，只见信封上是"唐友华女士启"，信纸却是摊在桌上。两人因并头地瞧了一遍，小棣"咦"了一声，友华早已哭得泪人儿一般了，呜咽道："唉！他竟……走了。"小棣道："原来李先生就是瞧了这信知道的。妹妹，我瞧这里我们是不能再住了，况且半夜回来也很不方便，我想只有另租房子了。"友华含泪道："好的，我们要搬这时就搬，但半农这样一来，未免太伤我心了。"小棣安慰道："人生聚散，原没一定，要如你们有缘的话，将来终有圆满的一天，妹妹亦别伤心了。"友华只好收束泪痕，和小棣整理被褥、书籍一切日用东西，当即雇车先搬到小客栈，两人遂到外面租屋去。

鹤书退出友华的卧室，便即出校回家，一路上暗暗地思忖，小棣和友华两兄妹，如今是已入迷途，像这样青年，实在非常可惜。但所以造成他们目前这个情景，一半虽系自己太喜游玩，一半实受封建思想的专制家庭所摧残。这样下去，不免要堕落……这事我不知道倒也罢了，既然知道，我一定要去告诉可玉不可了。鹤书这样想着，他便跳上车子，叫拉到可玉的家来。可玉当时正在房中和若花谈论小棣、友华的事，听佩文来叫外面有客，因忙出来，原来就是鹤书，两人见面之下，握手问好。说起卷耳前次误认小红的事，两人又都觉好笑。鹤书道："秦先生，今天我到府上来，是为了你令内侄女友华做舞女的事，你不知可曾晓得？"可玉点头道："可不是友华化名玛丽娜在好莱坞做舞女吗？这事我也还只有刚才知道，所以正和内子在商量呢。"鹤书道："秦先生是谁告诉的？"可玉因把半农来说过的话告诉一遍。鹤书"哦"了一声道："原来这孩子也来过了吗？他是到南京去了呀！"可玉点头道："不错，他是到南京转学去的。"鹤书道："你可知道他真去转学吗？"可玉一怔道："难道还有别的问题不成？"鹤书道："他的所以到南京去，实在也是不愿友华去做舞女。因为友华要把做舞女所得收入，来资助半农学费。半农因劝她不醒，所以他是不得不离开友华了。"可玉道："哦！还有这么一回事，你怎样知道的呀？"鹤书因也把半农留书中所说告知。可玉叹息道："友华多情，半农更多情，真想不到爱情有这样伟大啊。"鹤书道："他们这几个孩子所做的事，我并不责他们胡为，完全是被一个'情'字在支配。但像友华这孩子去做舞女，将来难免堕落。所以我特地来关照你，请你做姑爹的竭力阻止她才好。"可玉点头道："李先生真也热心极了，刚才我和内子商量，正欲打电话到校来叫他们。你不知道小棣这孩子，为了这个舞女李卷耳，他在卖馄饨、做报贩呢！"鹤书点头道："有其妹，必有其兄，看他们神气，简直是不愿回家乡去了。"可玉道："可不是，这两个孩子真太胡闹。"鹤书道："实在也是志气太高。我走了，那么你就打电话去好了。"说着，便告别走了。可玉回到上房，正欲告诉若花，若花道："我都听明白了，你快打个电话去叫他们立刻来吧。"可玉把头一点，遂拨了号码。谁知电话打去，校中茶役回电来说，两人已回苏州去了。可玉一听，不胜奇怪，急问道："什么话？你们校长先生方才告诉我他们在校，怎么有这样快就回苏州去了？"茶役道："他们俩人整理行李，也刚正前一步儿搬出去的。"可玉"咦"了一声，再想问时，那边早已把电话挂断了。可玉也只好放下听筒，回头向若花说道："你想这事奇怪吗？"若花凝眸蹙颦道："这个话儿恐怕靠不住吧，他们若真的回苏州去，他们一定是要到这儿来一趟的。假使今天他们不来的话，我想他们两人一定是住到外边去了。"可玉点头道："你的话不错，不过我们到哪里去找他们好呢？"若花笑道："你也急糊涂了，友华既化名玛丽娜在好莱坞伴舞，那我们不是可以到那边去找她吗？友华找到了，小棣当然也有了着落。"可玉连连点头笑道："什么事终是你们女人家心细。"若花噗地一笑，两人遂单等天色夜来，如小棣、友华不来作别，他们便决计到好莱坞找去。

　　为了小棣、友华两人的事，可玉、若花也煞费苦心。华灯初上，工厂里放着汽笛，夜色已降临了大地，友华和小棣果然不见到来。可玉心里焦急万分，若花更是面带忧愁，暗想：哥哥只有两个儿女，倘若真的回苏州去倒也罢了，万一没有回去，浮荡在外，若叫嫂嫂知道，真不知要愁得什么样儿呢。想到这里，又要先写封信给哥哥和嫂子去，但仔细一想，哥哥这次登报驱逐，既没来和我商量，就这样独断独行，论理也有欠缺之处，他自己儿女死活都不管，我何苦代人家着急，倒反先写信给他们呢？若花这样一想，遂不高兴去理哥嫂，小棣、友华这两个孩子，倒不如我去收来做儿女吧，将来哥嫂若需要儿女的时候，我也好气气他们哩！两人各想心事，佩文开上饭来，一会儿饭毕，可玉笑道："你可去不去？"若花道："我懒得很，你一个人去找不是一样吗？"可玉望着她道："你叫我一个人到好莱坞舞厅去，你倒放心吗？"若花瞅着他哧哧笑道："这是哪儿话，也没有什么不放心，像你这么的年纪，难道还叫人天天监视你行动不成？一个人要人家管，那就不会好了。"可玉听她说话真好厉害，因也笑道："你放心我，我倒不放心你哩！"若花听了这话，不禁柳眉微蹙，含嗔道："你不放心我什么？我几时做过什么……"可玉哈哈笑道："你急什么？你不要错理会我的意思呀！今儿天气这样热，家里住着多么闷。那边开放冷气，虽然我们不跳舞，去瞧瞧也好。若把你一个人留在家里，不但你要冷静，就是我也很寂寞，哪里放心得下呢？你听了，难道我这话有说错了吗？"若花这才回嗔作喜，忍不住咯咯地笑着，红晕了脸，睃他一眼，打趣他说道："你真要变作小孩子离不得我了。"可玉笑道："那天我比方唐老，你就说我占你便宜。现在你倒要做我妈了，一个三十九岁的人，要养个四十一岁的儿子，这就难了。"若花听了这话，捧着肚子几乎笑得直不起腰来，良久才拭着笑出的欢喜泪道："亏你说得出，被佩文听了，真要当笑话哩！"说着，便站起向橱里取出一件白芙蓉的纱旗袍换上。可玉又打电话到云飞车行，喊了一辆汽车，两人遂登车到好莱坞舞厅去。到了舞厅，只见厅上满布夏威夷的风景，露臂裸足的舞女身穿绝薄纱衫，婷婷婀娜的纤腰儿被西服革履的少年搂抱在怀，好像对对情侣似蛱蝶穿花样的，在暗绿灯光下作拥抱偎倚的欢舞，每个人的热情，实已超过了盛夏的季节。可玉、若花且不先入座，挨着舞池四面先巡视一周。他们目的当然是找友华，谁知每个舞女脸儿都瞧过了，却单单没有友华的化身玛丽娜小姐。可玉心中颇觉疑惑，若花倒反觉安心，以为友华不在，那他们一定是回苏州去了。可玉还不放心，遂到账房间去问，说玛丽娜小姐可曾告假。账房间答道："玛丽娜小姐因另有他事，自今天起，业已脱离此地了。"可玉、若花一听，也就相信友华和小棣是真回家乡去了，心中立时放下一块大石。可玉道："那么我们玩一会儿去怎样？"若花含笑点头，两人直坐到十时敲过，才携手同归。

光阴荏苒，骄阳肆虐，不觉又到金风送凉。苏州方面竟不见有信到来。若花、可玉到此，又疑心两人不曾回家。若花本想要到苏州亲自去探望一次，但因为近日身子倦怠，月信竟停已三月，且又时时作呕，心中竭思酸味食品，看似怀孕神气。但和可玉自结缡迄今差不多已有十九个年头，从未生育一个，现在倒反而有些不相信自己。假使没有孕的话，却是个病儿，那说起来，不是更使可玉触动心事吗？因此若花把这事不向可玉告诉。可玉这几天正因为一笔交易十分忙碌，所以心中虽记挂友华、小棣两人，却也没有工夫再能分身去找他们了。这天夜里，可玉从外面回来，见若花睡在床上，因为平日若花终必等着可玉回来，大家谈笑一会儿，或吃些儿点心，两人方才同睡，今晚见她不等自己，早已卸衣安睡，心中吃了一惊。因为前两天已发觉她精神不好，遂急急问道："你可不是有些儿不舒服吗？"若花没有回答，却俯身手指面盆。可玉会意，立刻拿过，若花把口一张，哇哇地又呕吐了一阵。可玉知若花近日确已患病，心中颇觉不舍得，因说道："明天请个大夫来瞧瞧吧。"若花又躺下床来，摇了摇头。可玉因她不舒服，因此自己也不再吃点心，就脱了衣服，预备早些儿睡了。若花见他要睡光景，因问他道："你怎么今夜不想吃些儿东西吗？"可玉道："我见你呕得伤心，什么都吃不下。"说着，坐到床沿边来。若花笑道："你给我递一块手帕儿吧。"可玉因把自己小夹袄袋内一方净白的拿给她。若花接过，向自己嘴上抹了抹，望着可玉笑道："你是不是怪我不等着你先睡了，所以生气了不想东西吃？我因胸口酸作得紧，实在坐不住了，所以先躺着的。"可玉、若花虽然都已四十左右的人，但因为没有生育的缘故，所以彼此还像少年夫妻一样地恩爱着。可玉听她这样说，忙把她手儿拉来抚着笑道："你又多心了，你身子不好，自该自管先睡，下次也切不要等我的。"说着，便就在若花一头横倒，附着她耳笑道："作呕吞酸，正好似妇人怀孕征象，莫不是你已有了喜吗？"若花听可玉提起，因才轻声道："我正也自己奇怪着，只是不敢和你说明，我的月水儿已断有三个月了。"若花说到这里，眼儿向可玉一瞟，两颊顿时飞起了两朵桃花，好像少女一般娇艳妩媚。可玉惊喜欲狂，扳着指头儿算着笑道："这样说来，你的喜正是到苏州去前一天才有的。那时我还记得曾对你说，老蚌生珠的也很多很多，你还说我妄想，现在你可相信了吗？"可玉心里正有十二分的喜欢，若花的心里却有二十四分的得意，因为可玉娶妾的问题自可以打消了。可玉见她掀着嘴儿只是笑，因移过些身子，伸手轻轻按到若花的腹部上去，只觉小小的一块，已有拳儿那样大小。若花怕痒，把他手儿拿下来，对他哧地一笑。可玉道："妇人受孕后，你知道应该怎样胎教，那所受的孕才有健全的生育？"若花听了，很兴奋笑道："我因为十九年来没有生育过一胎，对于这些，倒不曾研究。你不是妇人，却有怀孕的许多常识吗？"可玉笑道："这本来你太灰心了，我们不断地努力工作下去，慢说十九年后，就是二十九年后也会有生育一天的。对于怀胎的常识，说起来话很长，我是都知道的。"若花掩脸怕羞，哧哧地笑，听他怀孕常识全晓得，心中不觉更喜欢得了不得，道："那么你倒说给我听听，我正需要这个知识呢。"可玉道："男女媾精而成胎，妇人受孕，则月经不行。诊其脉足少阴肾脉动甚者妊子，又滑脉为有胎，左手滑主男胎，右手滑主女胎，以上即'受胎的原因'。得胎后，除月经停止，又觉身体疲倦，不喜欢饮食，头晕恶心，或喜食酸物，似病非病，初胎的人，多畏羞隐讳，不肯告人，以上即'受胎的现象'。"若花听到这里，把纤手伸到可玉颊上，轻轻拧着笑道："你这不是分明安心地说着我吗？我不要你听了，你去睡你的吧。"可玉把她手儿握来吻着笑道："这我都是照书上说的，哪里是安心说你。你不信，还有'受胎的形状'和'受胎的保养'以及'受胎食养'三种知识，你要听吗？"若花抿嘴道："你说你说！说得不对，你当心我撕了你嘴。"可玉笑道："你这就太厉害了。"若花道："那么你说得不错就没事了。"可玉道："一月怀胎，形如露珠，名叫胎胚，肝脏养之。二月大如桃月痕，名叫始膏，胆脉养之。三月始分男女，名叫始胎，心脏养之。"若花听到此，忙又问道："那么我已三月了，却不晓得是男是女。"可玉理会她的意思，因安慰她道："男女都是一样的，你又何必急要知道呢？"若花听了，心中愈加感激，遂又催他说下去。可玉接着道："四月形象俱已分明，三焦养之。五月五脏俱完全，脾脏养之。六月六腑完成，胃经养之。七月发生通关窍，肺脏养之。八月动手足，大肠经养之。九月谷气入胃，肾脏养之。十月受乳足，方生，脏腑关节，人神俱备，膀胱养

110

之。以上就是'受胎形状'。至于'受胎保养'，古人有胎教之法，目不视恶色，耳不听恶声，口不说恶言。非礼勿动，立正坐平，勿劳力伤胎，勿怠惰助胎，勿食獐、兔、蟹、鳖。微动微劳，最为适宜。至于'受胎的食养'，妊期内所进饮食，间接授之胎儿，所以尤为要格外注意。大凡胎喜凉而恶热，故辛辣刺激之物，皆宜禁忌，最好淡泊食物，多食蔬菜。如胃纳甚旺，非鱼肉不饱，亦宜酌量少食。"若花道："你这受孕常识编得很好，幸而我都依得到。我是不喜食鱼肉，那你是知道的。至于非礼勿动，只要你明天和我分床睡好了。"可玉道："现在天气还暖和，分不分床睡原不要紧，不过我也没有什么非礼加你呀！"两人说着，又哧哧地笑了一阵，这正是闺房中无限快乐的一幕了。

小棣、友华出了强民中学，先把行李寄在小客栈，两人遂携手出外，在马浪路十九号一个亭子间租下来，然后到旧货店去买了些应用物件。兄妹对铺两床，中间摆一只小写字台，下首摆一书架。各事舒齐，方又到小客栈把行李搬进铺好，向二房东付了房租五元钱。小棣安摆着各种书籍，友华坐在台子旁边，把半农留信取出，又瞧了一会儿，哭了一会儿。小棣劝道："妹妹，今后我们的生活，是走入了一个新的阶段，我们应该努力奋斗，不要伤心呀！"友华听了，一面拭泪，一面点头瞧他，只见哥哥把书本理好，又在壁上贴着一张纸条，条上写着四句话：

只好言情，不许诲淫，刻画摹仿，定要短命。

友华瞧不懂他的意思，因问着他道："哥哥，你运算什么啦？"小棣回眸笑道："妹妹不晓得吗？这是我的功过格言座右铭，因我现在正编一部言情小说，名叫《香妃怨》，内容描写青年学生一男一女啮臂订盟，后因种种波折，恋爱大受打击，以致中途失恋，几至自杀。文字极其哀感顽艳，情节更是离奇曲折，我下笔时，唯恐涉及淫秽，故写这四句话，聊以自戒。像现在坊间出版一部叫《墙外红杏》，一部叫《春风偷渡》，我瞧它的内容，竟赤裸裸地尽情宣布。这样污秽文字，无怪当局要禁，实在有伤风化。我听友人说，无锡惠泉山下有许多年轻女子，专门执笔描写春宫，绝不避人，视为营业之一种。路人经过，仁立瞧她则可，若开口搭讪，彼必以无情纤掌相飨，以为你是有意地调笑她。但这些少女，个个面黄肌瘦，好像蜡人似的，说不定都有妇女暗疾白带白淫，且多不到二十几岁都死了。妹妹你想，过度赤裸裸地写小说，实在和她们画春宫一样，害了世上一般青年，结果还是害着自身。我写这四句话，就是警诫着自己。妹妹，我的意思可对吗？"友华虽然听了他一大套话，但对于以下一段却不十分注意，急急追问道："哥哥，那么这部小说的结局，是喜欢还是悲伤？"小棣道："却是个凄绝人寰。"友华颇为伤感。

小棣移步到桌边，和友华对面坐下，叹息着道："并不是我有意要如此，实因造化忌人，环境逼迫，不得不这样收煞呢。"友华奋然道："环境虽恶，我们应该努力奋斗。我劝哥哥以后少作此等伤心的小说才好。"小棣默默点头。友华又问道："共有多少字？好卖多少钱？"小棣道："只不过十万字，大约一百元左右吧。"友华叹道："舞女生活真是苦恼，没有尝过的是不晓得；尝过的人，真要怨恨。"小棣道："妹妹倒说给我听听。"友华道："随着舞场的大小，便分别出舞票的贵贱。有的一元三张，有的一元五张，有的一元八张、一元十张，甚至竟多到十六张。一元三张固然是好，那一元十六张的，这就够跳掉腿儿了。现在三张、十六张不去说它，单拿妹子在好莱坞八张来说，每夜里要得四元舞票，就要伴舞三十二次，阔绰舞客固有，括皮的舞客也很多。他就是跳四十次，给你四元舞票，那你又有什么办法呢？不是照样还得向他说声谢谢吗？舞女所得舞票，是和舞场对拆。那么每夜四元舞票，实在只有得到两元。红舞星每夜得舞票十元、廿元虽然有，但是天天吃汤团的也不少。你想，舞女身上装饰和化妆费，每月差不多也要消耗五六十元，有时收入数目，真还不够敷出。吃汤团舞女最可怜，有时和别的舞女同跳跳，有时气闷抽烟吃茶。这样一来，收入没有，反要花钱。哥哥，舞女生活实在比工厂里的女工还苦得多哩！不管你今天高兴不高兴，终得装笑脸来敷衍人，伴着舞客高尚的还运气，若是不三不四的舞客碰到，这就真令人气苦哩！所以我说舞女不是人做的，唉……"小棣道："那么妹妹别做舞女了吧，帮同哥哥做些儿抄写工作也好。我们终得改造我们恶劣的环境才对。"友华道："可是我还要转到白宫里去做几个月。我是完全为了半农才去干，不料他竟抛我去了。"说到这里，眼泪簌簌流出。小棣道："你也不能怪他，他所以离开你，就是不舍得你呀。我知道他内心也许比你更痛苦。"友华听了，心中无限悲酸，忍不住又呜咽起来。夜里，友华到白宫里去，又化名爱克斯小姐。所以可玉、若花去好莱坞找她，没有找到她。

友华到白宫里去，小棣却在家埋头写作，把卖馄饨营生暂时停止。子夜一点钟了，小棣对灯打个呵欠，心中想着卷耳昨夜的话，叫自己今夜去拿三百元钱，她的一片深情蜜意我只有心领了，我今生若不能和她成为伴侣，我决不娶妻。小棣这样想着，他又提起笔来，在纸上瑟瑟地继续他的工作了。

　　果然那夜卷耳从舞场回来，就伏在窗口等着，只要听到竹筒笃笃的敲声，她便预备下楼，好和她最亲爱的恋人相见了。谁知那夜竟起了不停的狂风，卷耳深恐敲竹筒声被风声混合，不能分辨清楚，因探首到窗外下瞧，只见前面路灯下映着的条条柳丝，被风吹着，翻起绿波，好像少女披着绿绒丝带，来作最流行的草裙艳舞。卷耳瞧得有趣，便也忘其所以，两手一松，却把手儿捏着的一包帕儿跌下窗外去。卷耳"啊哟"一声，不禁大吃一惊，幸而这时弄中一个人都没有，她便轻轻地奔下楼去。那时阿金姐躺在烟铺上吸烟，听天上刮起一阵大风，接着便是门儿摇撼得镇天价响。她以为女佣忘记了关闭，心中放心不下，遂走出房来瞧，见卷耳的厢房门也半掩着，且听到有人开后门声音，心中倒一怔，因立在扶梯口大声问道："是谁呀？"问了数声，不见答应，心中大起疑惑，遂也走下楼去，果见后门大开，心中倒大吃一惊，以为是贼偷了东西，遂急急迫出。只见弄口立着一个少女，身穿小衣短裤，手中携着一个手巾包裹，好像是等人模样，正是自己的卷耳。原来卷耳拾了帕儿，她想小棣为什么还不来，我不如等在弄口，想小棣一定就要到了。她哪里晓得会被阿金姐发觉，抢步上前，把卷耳手中包裹夺去。卷耳还以为是瘪三，连忙回过头来。阿金姐冷笑一声道："这个时候，你站在这儿干什么？"卷耳骤见了阿金姐，心中原虚，又见包裹被她拿去，心中更急，一时两颊绯红，竟支支吾吾地说不出话来。阿金姐见她这个情景，心中更疑，因道："我待你不薄，你做的好事！"卷耳听了这话，方辩着道："我没有做什么事呀！"阿金姐因外面风儿甚大，又怕冷了她身子，因大声道："你还不进去干吗？"说着，遂拉卷耳一道到家，关上后门，同上卷耳房中来。卷耳这时又恐小棣要来了，万一被阿金姐认出，那真不得了。所以本来是想他快来，这时倒又暗暗祝小棣不要来了。阿金姐见她呆若木鸡，因把帕儿透开，只见被包着的却是簇新的一叠钞票，齐巧三百元数目，不觉冷笑着问道："你这是哪儿来的？"卷耳眸珠一转，抬头答道："是一个友人寄在我这里的。"阿金姐板起面孔，呸了一声道："友人寄在你这儿，你又等在弄口干什么啦？"卷耳道："我因方才拿到窗口，听着天上起着狂风，谁知一个失手，便把帕包儿掉了下去，我是去拾它的。"阿金姐道："友人寄在你这儿，为什么白天不来拿，却要到半夜三更地跑来拿，这事你全是谎话。我不是孩子，你须直说，不然那钞票就充公。"卷耳听了，急忙分辩道："我全真话，他原约早来拿的，不晓得他竟这样夜深还不来，想来是明天来拿了。"照阿金姐平日对待别人脾气，早就先扭着一顿打了，因为是卷耳，所以竭力忍耐着怒火。但这事显见是蹊跷，她却还一味强辩，因鼻子里哼了一声，冷笑道："你不要骗我，你等在外面，想和来人一起逃走吗？"卷耳这时反态度自然了，她原是绝顶聪敏的女子，听她这样说，便笑起来道："我要逃走的话，今夜何必再回来。再说我身上旗袍也没穿，脚下还是拖鞋，这个样儿，难道好和人家一道走路吗？妈妈不要多疑心了，妈妈待我这样好，我逃走干吗？这也太没有良心了，我决不背妈妈逃走的。"阿金姐听了这话，向她细细打量，觉得这话不错，她要逃走的话，绝不会穿短衫裤拖鞋的。但这个钞票，一定是她的私蓄，也许她遇着什么意中人，要把钞票接济他，这也说不定。我若把它充公，恐她真要起逃心，我不如仍旧还给了她，时时防备着，不要再给她掉枪花是了。想到这里，因走到卷耳面前，拉了她手在沙发上坐下，温和地道："儿呀，你切莫操野心，娘是非常疼你的，娘对于儿的终身，也替你注意着，日后终给你配份好人家。因为外面社会上人心坏得多，你年轻容易受骗，将来懊悔就来不及了。现在你这钞票拿去，不过以后终得小心才是。我当你亲女儿一样。你也得当我亲娘一样，假使你有什么意中人，也只管说给娘知道，娘也能答应你，但你千万别瞒着娘呀！"卷耳原知道她是老奸巨猾，想套自己话儿，因红着脸儿，假意敷衍着道："孩儿哪里来什么意中人，娘你放心吧！"阿金姐见探不出什么话，心中虽恨，口里又甜言蜜语地安慰一番。卷耳也假情假意地奉承一会儿。阿金姐这才站起道："那么儿也好睡了。"说着，方自回房里去。

阿金姐为什么要缠她许多时候？她原也有深意在内，假使今夜果然有人来，我便好捉住他问个详细。谁知小棣性高气傲，不愿卷耳的接济，那夜偏偏没有来。倒累可怜的卷耳躺在被单里，整整泣到天亮。

第十三回

音乐悠扬参观人体美
斧斤斫劈传播怪新闻

　　友华自加入白宫舞厅伴舞，不到几天，个个都晓得有一个爱克斯小姐，是本宫第一个红星。因友华不但容貌出众，舞技出众，且又喜于交际，谈吐流利，没有一样不在众舞女之上，所以大红特红。差不多白宫里几个红舞星，个个都望尘莫及。友华心中高兴，遂也自居是天之骄子，高视阔步，把别人都不瞧在眼里。这天晚上，友华进舞场里来只见舞客比往日的多了一半，差不多每个台子都已坐满了人，心中很是奇怪，遂问旁边一个舞女，那舞女指着场中一块布告道："你瞧吧，是你的劲敌来了。"友华听了，慌忙抬头瞧道：

　　　本宫今晚十二时特请海外回国晚香玉女士表演人体美，种种
　　姿势！肉感！香艳！神秘！兴奋！无不惟妙惟肖。欢迎来宾！

友华瞧完，心中暗想：这个晚香玉不知是怎样一个人，等会儿倒要仔细瞧瞧她了。原来香玉自被阿金姐用钢针刺伤屁股后，足足养息了两个多月，方才慢慢地痊愈。阿金姐因时隔两月，所以假向舞场说，香玉曾出洋表演人体曲线美，这次回国表演。因此舞场当局就利用肉的魔力，引诱舞客，大登广告而特登广告。果然上海这班色情狂的少年男子，好像苍蝇见糖似的飞了拢来，把整个舞场拥挤得水泄不通。这夜舞客更是兴奋得了不得，差不多每奏一次音乐，舞池里终是挤足。这样直到十二点钟，全场顿时大放光明，众人知道就要表演人体美了。舞客纷纷各归座位，舞女亦个个要一睹同性的肉体曲线，全场百千道目光都集中在场上，含着一种奇异不可思议的感想。人头虽然拥挤，人声却一些儿不嘈杂。不多一会儿，全场灯光突然又熄。各人的心头，别别乱跳，猜想这次电灯亮时，那香玉小姐的

肉体，定然暴露无遗，大家聚精会神地可以瞧一个痛快。果然音乐台上放出一道银色电光，电光圈里亭亭玉立着一个女郎，肌肉丰满，艳若桃花。每个人的心里跃跃不定，但定睛瞧去，却都大失所望。原来香玉的胸儿臂儿腿儿虽然白嫩真的像块香玉，但她的乳部上，依然有两个亮晶晶的奶罩覆着。腰间连胯间也仍旧系着亮晶晶的三角罩儿，不过比寻常所占地位小些儿，那个罩是恰恰覆盖在女性某一部上。这种肉体展览，别的地方也曾瞧见，没什么稀罕。今天所以这样拥挤，来者都是瞧这个不容易瞧到的肉体，谁知依然未窥全豹，众舞客都不觉有些无聊。但在无聊中还是带着热烈的希望，因为这是第一幕，尚有不少的幕数未表演，也许精彩的在后头。场上直立一幕完了，银色灯光又要熄一熄，下一幕表演的是卧的姿势。以下是采花的姿势、捉蝶的姿势，直到舞蹈的姿势。这一幕总算够人刺激，只见香玉在场上翩若惊鸿、宛如游龙，臀波的播动、乳峰的颤抖，直把众人瞧得目定口呆，全身的细胞都紧张得了不得。虽然不曾全裸，已觉得人人满意，个个兴奋。但表演尚未完结，希望终不能算尽，在舞客的心里，最好有更进一层的演出，以一快眼欲。最后一场，果然又不用银色电光了，全场也不黑暗，只用一片暗绿的灯光。这时众人的目光更炯炯有神，异常紧张，以为人体美一定要赤裸裸地暴露了。果然不出人之所料，香玉小姐的全身，已是一丝不挂，没有了奶罩，更没有了三角形的阻碍物。不过身体是侧面地立着，那人面桃花依然向外，掀着笑窝儿，秋波脉脉含情地波动，好像是在勾人魂魄。其实香玉的内心是非常痛苦，她在嘲笑这一班男子太色情狂，太醉生梦死。但是众人没理会她的意思，以为她的笑是娇媚的诱惑，个个伸长了脖子，都在说"怎不回过身儿来"。但众人虽然瞧不到桃花洞口芳草鲜美的妙处，那一种色授魂飞的情形已是丑态毕露，好像是仲夏的狗舌，伸得馋涎欲滴。等到侧立的姿势转身过去，把那整个滚圆富于弹性的臀儿，向众舞客做一个告别礼时，那全场的灯光早又熄灭了。待灯光复现着一片红色，那场上早没有了香玉。众人回忆方才情景，好像瞧一座意大利的石刻像。舞女们个个都满颊通红，当然她们觉得这是十分羞涩的事。尤其是友华，她觉得这是女子降落自己的人格，太以不顾廉耻，这简直是变相卖淫，因此脸上除了一阵热辣辣的红晕，同时心头激起了无限的愤恨。这时却听身后又有人纷纷议论，一个道："这位香小姐的肌肉到底白胖，不要说同她真个销魂，即是用手去摸一摸，真也是艳福无穷呢！"一个笑道："你真是个近视眼，她哪儿全裸着，她身上还

116

穿着绝薄的纱汗衫裤儿呢！倒是刚才戴奶罩、系三角短裤的时候，其余肌肉真的裸着哩！"一个又笑道："香玉小姐身体的肉，没有一处不白嫩可爱，但是方才屁股向我们告别时，我却瞧着她屁股有一点点的麻皮呢。"这一句话，说得大家咯咯地笑个不停。友华听了，愈加气愤，遂离开座位，到账房把舞票换掉了，匆匆回家去。

从此以后，香玉的名气便一天一天地大起来，几乎没有一个不捧着她了。各舞刊上差不多天天有皇姨香玉的消息。爱克斯见捧她的人都逐渐改少，就是有，也不比前热烈。但自己恋人原是半农，只要自己生活问题能过得去，也不想有什么人来捧自己，所以心中对于香玉也用不到妒忌两字。这天爱克斯刚进舞场，到更衣室去更衣，齐巧晚香玉从里面出来，两人撞了一个满怀。因为两人的座位一个在场西，一个在场东，平日很少碰面交谈机会。这时两人一撞，都"啊呀"一声，连忙抱住，两人抬头，四目相接，不禁都又"咦咦"起来。爱克斯道："你你……不是小红吗？"晚香玉也急道："你……不是友华小姐吗？"两人都叫出了真姓名来。友华连忙把小红的手拉着，走到墙角旁边的黑暗里。友华问道："小红，你怎的背了太太逃走，到这儿来做舞女呢？你晓得太太是多么记挂你，老爷也曾给你登报找寻。还有我哥哥，也想得你好苦，你狠心呀！"小红一听表少爷想得自己好苦，心中无限酸楚，眼皮儿一红，那泪早已滚滚掉了下来。握着友华的手儿，细细地哭诉着自己怎样受骗经过，以及种种受苦的话告诉一遍，并又淌泪道："华小姐，你千万要设法救救我呀！本来今夜我可跟你走，现在他们已派人管着我，我实在已变成了一个失却自由的犯人了。"说着，又苦苦哀求救她。友华见她说得可怜，因连连答应道："你放心，再静静地耐几天吧。我准定给你告诉姑妈去，定把你回复自由便了。"小红满心欢喜，猛可地抱着友华，吻了一个香吻，表示无限感激，方始各自走开。

小棣这时已在一个报馆里当助理编辑，所以每日要到报馆去接收各稿，晚上交给总编辑。因此小棣早晨九点上报馆，友华正睡得浓，小棣回家里来，友华又上舞场里去，兄妹办公时间相反，所以见面谈话的时候简直没有。这夜友华回家，已是子夜两点，要想把小红事告诉小棣，偏他又睡得正浓，而且自己亦已倦极，遂也倒头便睡。等到次日醒来，小棣又早到报馆里去。友华只得先到可玉家里来。若花一见友华，便"啊哟"一声问道："华儿此刻打从哪儿来？你们究竟到苏州去过没有啦？你校长告诉我，说你在做舞女，现在到底有否还在过这生活？还有你哥哥呢？你们两人到底住在哪儿呀？"友华见姑妈这份儿急的样子，正要告诉，忽见可玉也从外进来，友华因又叫声姑爹，可玉也追问友华和小棣近况。友华因圆半个谎道："姑妈，您放心，我现在和哥哥是都在新新报馆里办事，他是做助理编辑，我是校对，所以一些儿都没有空。我们苏州并没回去，舞女也早不做了。我想姑爹姑妈待我的好处，我是终身都忘不了的。但一个人在社会上，终要自立，那才有意思。侄女虽不肖，也明白这个道理。所以情愿姑妈骂我不听话，不愿依赖他人的。"若花见她虽然有三个月没来，但身上果然很体面，料想在报馆办事不会错，心里倒也放下一块大石，因劝着道："你姑妈家里和自己家是一样的，你这妮子怎么这样拗执，你有了事干，也该早来告诉一声，累我时时记挂在心，你真也太孩子气了。"友华听姑妈家和你家一样的话，颇觉触心，眼皮一红，泪眼盈盈地哭道："我哪里还有家吗？姑妈，你也快别提这些了。"若花听她这样说，心中也甚觉感动，忍不住叹口气。可玉道："那么你和哥哥现在住哪儿？"友华拭泪道："在马浪路十九号亭子间，虽然很苦，精神上倒很快乐。"友华原是好强的性子，她因为说出住的是亭子间，生怕被人讥笑，故而说一句很快乐。若花知道她的脾气，也就不再说什么，只怪她既然不来住，也该常来走走。友华道："今天我有一桩事儿，特地来告诉姑妈，不是她说得可怜，我还懒得走呢。"若花、可玉不约而同地问道："什么事儿呀？你快说吧。"友华道："就是这里的婢子小红，她告诉我，说她被李三子骗去，现在卖到贝叶里十五号赵阿龙那里。阿龙有个姘头叫阿金姐，是有名的雌老虎，小红被她痛打了几顿。小红受不过苦，也曾经上吊寻死，不料又被救活。她嘱我通知姑爹姑妈，赶紧设法去救她，须要秘密，切勿走漏消息。"可玉、若花骤然听了这个消息，顿时都呆了呆。若花忙道："你这话真的吗？怎样碰到她呀？"友华道："在跳舞场里瞧见她的。"可玉也道："咦！她怎么会到舞场里去呀？不知是什么舞场？"友华道："在白宫舞厅里，最近她还在表演人体美，据她说是阿金姐押着强迫她干的。"若花忙又问道："什么叫人体美？"友华道："就是全身一丝不挂，立在场上，表演她人体曲线美呀！"若花听了，直羞得脸儿通红叫道："啊呀！要死了！叫一个少女脱了衣裤，给大众瞧看，这样羞答答的叫这孩子又怎好见人呢？"可玉急道："我在报上瞧见广告上写的是晚香玉小姐呀！"友华点头道："不错，晚香玉就是阿金姐给小红改的化名。"可玉气得铁青了脸儿，顿脚大怒道："我立刻报捕房去，办他一个拐卖人口的罪名。"若花见可玉气得这样，因劝阻道："急事缓处，不过贝叶里十五号的住址，倒不要忘了。我的意思，还是明天一早去办吧。"可玉只得罢了，仍旧坐下道："这晚香玉名字，在三月前就在报上发现了，早知就是小红的话，我们就可以叫捕房去捉了。"若花道："这当时哪儿知道呢？"友华见使命已完，因站起道："我要上报馆办事去了。"若花道："已十一点多了，吃了午饭去怎样？"可玉也留，友华却不过两人盛情，只得坐下，吃了午饭，方才别去。

那晚星月皎洁，阿龙喝醉了酒，因他身胖怕热，虽时已新秋，他却仍掇了一把藤椅子，放在自己家的大门口，倒身躺下，呼呼地熟睡去。不料正在睡得甜蜜的当儿，突然从弄外奔来一人，手持斧头，跑到阿龙身旁，一见四下无人，便即手起斧落，狠命地斫了下去。阿龙负痛，怪叫如雷，朦胧中从椅上跳起，睁眼见斫自己的却是李三子，一时虽然疼痛，咬紧牙根，他便血淋淋地直奔李三子扑去。李三子向弄口逃奔，阿龙在后追出，口中还大喊捉强盗。当时恰有一个巡捕走过，便将李三子一把抓住。阿龙到此，再不能支住，便也跌倒在地。巡捕因一面把阿龙车送医院，一面把李三子带入捕房，临时讯问他姓名、籍贯、年龄，并因何事暗杀的话。李三子当时毫不畏缩，侃侃而说道："我叫李三子，苏州人，今年四十一岁，和袁士安是同乡。士安于六月十八日夜间十二时，在大西路口给赵阿龙手枪打死。我因方从赌台出来，所以亲眼瞧见，现在我要劈他，就是给士安报仇。不料劈不中他要害，我心中真好恨啊！"捕房方面当时把李三子口供录出，一查六月十八日报纸，果有大西路无名男尸被人暗杀的事，原来就是阿龙所干，一桩案子化成两桩案子。一面把李三子移送法院审办，一面派探捕到医院来看守阿龙。阿龙被斫并非致命伤，一到医院，经医生施用手术，止血消毒，说两三日后便可出院。阿龙因托打电话通知阿金姐。阿金姐得此消息，急急赶来，两人相见，详述被斫原因。正在这时，探捕到来，说明这事，定明后日需带阿龙入捕房审问。阿龙心知暗杀士安的事被李三子说破，心中虽然焦急，但事已如此，急也无用，只好挺吃官司。阿金姐一听李三子已经说穿暗杀的事，心中大吃一惊，便呜呜咽咽哭起来。阿龙还道她是因自己受伤和吃官司而伤心，所以倒反劝她安心回家去。其实阿金姐哪里肉疼阿龙受伤和吃官司，她唯恐李三子再供出别的事来，和自己有连带关系，那不是要受累了吗？她岂真是爱惜阿龙呢？

天下的事，福无双至，祸不单行。阿金姐回到家里，一夜未睡，到了次日，正在愁苦得饭也吃不下，突然女仆脸色慌张地奔上来道："太太不好了，楼下来许多巡捕和探长，说要见太太。太太，你快下去呀！"阿金姐听了这话，大吃一惊，吓得浑身乱抖，上下排牙齿几乎咯咯相打起来。心知我果然被阿龙连累了，这事怎么办？但若不下去，他们势必走上来，那床上还摊着烟盘呢！没有法想，只好硬着头皮走下楼来。那个探长一见阿金，便即上前一把扭住，大喝道："你可就是皮条阿金吗？"阿金姐怎经得他似狼似虎的吃相，早吓得面色灰白地承认道："小妇人就是……"探长又道："这儿可有个小红舞女吗？"阿金姐还想赖去，摇头道："并没有呀！"话还未完，只听啪啪的两响，阿金姐的颊儿早已着了探长的两个耳刮子，圆睁环眼，大声喝道："我已调查明白，小红就是晚香玉，晚香玉就是小红。好个刁妇，小红既没有，那么晚香玉可有吗？你再抵赖，我打死你！"说着，挥起蒲扇样的手儿，又要打下来。阿金姐见再也不能抵赖，她还以为是李三子招出的，心中暗想，推其原因，最不好是阿龙。阿龙暗杀士安，偏被李三子瞧见，因此时常来要挟借钱。阿龙被他缠不清，那天回绝了，所以李三子又来用斧头劈阿龙，因此又晦气我也连累在内，引出拐卖小红的事了。遂只好把罪名推在李三子身上道："先生，你别打，我从实告诉你是了，晚香玉是有的，这是李三子拐来的，我原不知道。他因为时常向我借钱，我被他借怕了。那天他又向阿龙借钱，阿龙不答应，他怀恨在心，所以拿斧头来斫阿龙了，还要咬阿龙枪杀人，他这话都是假造的。"探长听她滔滔不绝地说出这一大套的话，倒弄得莫名其妙。原来这个探长姓王名志铭，原是可玉报告巡捕房，叫他来捉阿金姐和李三子的。阿龙又是另外一件案子，阿金姐误会了，还道是连带关系的，所以只管缠夹二先生似的说着。无怪志铭要听不懂了，因大声道："你噜噜苏苏地说什么？不要活见鬼吧！你快把这个小红交给我带到秦公馆去，小红是秦公馆的丫鬟呀，你难道不知道吗？"阿金姐吓得跪下来央求道："王先生，你别发怒，我现在情愿把小红给你带去。至于拐骗一层，还请你着落到李三子身上去，小妇人是冤枉的，请您原谅着我吧！"说到这里，已是叩下头去，一面伸手到袋里去摸索。志铭心知有些道理，故意去拉她，把身背对着后面几个巡捕，果然阿金姐在袋内摸出一叠钞票，偷偷地塞进志铭手中。志铭趁势藏入袋中，一面把她拖起，一面故意又大声喝道："快起来吧！你再不去叫小红出来，当心吃生活。"阿金姐见他已接受钞票，心中放下了一半的心，以为只要香玉领去，自己是不用办了，遂连连答应，着人把香玉从亭子间喊出来。不料志铭见小红叫出，顿时又铁青面皮，翻下脸儿不认人，取出带来的洋铐，把阿金姐锁起，回头一声叫带去，四个巡捕遂把她押了就走。香玉不知何事，急得花容失色，后经志铭告知原因，方才转悲为喜，高高兴兴地跟着王志铭探长到巡捕房里去。到了巡捕房，见可玉早已等在那里，小红一见，便抱头大哭。捕房略略审问一遍，便转送法院，推事见阿金姐当即供明，遂把小红由可玉领回。阿金姐暂时收押，改期再审。阿金姐因是个吃黑饭的人，况且阿龙亦已犯罪，家中诸事哪儿放心得下，因此上下竭力打点，总算用五千块钱，方才暂时缴保，随传随到。不过阿金姐已在拘留所里关了一夜，直到第二天上午才放出。

阿金姐被王志铭探长捉了去，卷耳正在楼上睡看，一听这个消息，心中又惊又喜，惊的是阿龙阿金姐都已犯罪，喜的是香玉妹妹从今出了人间地狱。自己的小棣此刻若能到来，正也是一个飞出鸟笼的好机会。但小棣到哪儿去找呢？卷耳想到此，立刻起身，打电话到强民中学问去，谁知那边回答小棣早已搬出。卷耳心中无限焦急，而又无限伤心，想着香玉的幸运，更衬自己的不幸，因此呜呜咽咽又哭了起来。

这天早晨，小棣匆匆到报馆里来，翻开报纸，只见报上登着一则新闻，标题很是新颖，因连忙瞧道：

快斧劈下，劈出案中案

娇花拐来，就是犯里犯

小棣见这样新鲜古怪的标题，遂连忙细瞧其中内容道：

东马路贝叶里十五号，向为皮条阿金和大块头阿龙贩卖烟土机关。两人娇搭多年，因手中颇有积蓄，遂收买女子，雇人教以跳舞，往各舞场伴舞，四五年来，收获丰富。前日夜里，阿龙酒后睡在弄堂藤椅乘凉，口中大哼皮黄，未几睡熟，突遭无赖李三子一斧劈中肩窝。李三子正思逃逸，又被阿龙浴血扭住。当由捕头把伤人车送医院，李三子带往捕房。据李三子说，因为阿龙曾于前月暗杀其同乡袁士安，因此前来报仇。不料一波未平，一波又起。皮条阿金手下有一个鼎鼎大名的舞女晚香玉，即是李三子向秦公馆拐来的婢子，名叫小红。小红受尽阿金姐压迫毒打，闻

121

说已被阿龙破身，小红曾自尽一次，幸当时救活。现经秦公馆告发，小红已重睹天日。阿龙、李三子均为案中要犯，现定下星期判决。

唯阿金姐则已大事运动，暂时缴保云。

小棣瞧完这一段新闻，"啊呀"一声，他心中别的倒不注意，只有"小红已被破身"一句，心里真有说不出的痛苦，暗想：小红原来果然是李三子拐卖到阿金姐那里的。一时便急欲到姑妈家去瞧小红。但仔细一想，我到姑妈家差不多有三四个月没去了，这时为了小红突然去了，不免要引起姑爹姑妈疑心。小红既然拐在贝叶里，她和卷耳当然认识，我何不去详细问卷耳呢？但卷耳对我既已结下生死同盟，而小红又一心地向着我，这我对于小红的将来，又怎样地对得她住？我和卷耳结婚，当然对不住小红；不过我若再和小红继续恋爱，那我更对不住卷耳。卷耳誓与我生则同生，死则同死。我生了对不住小红，死了又对不住卷耳。这样真是情难两全，生死都觉不能了。想到这里，长长叹了一口气，他便放下报纸，把公务托了同事，就急急坐车到贝叶里。这时卷耳犹躺在床上，一见小棣到来，这好像是天空中掉下一件宝贝来，也不及穿旗袍，从床上猛可跳起，伸开两手，紧紧搂住小棣的脖子，对准他的嘴儿，先甜甜蜜蜜地接了一个长吻。小棣笑道："妹妹，你真想得我好苦呀！"卷耳喜得淌泪道："我想哥哥实在一样苦呀！"两人说着，也不禁破涕为笑。卷耳因披了旗袍，穿上一双绣花软底鞋，拉看小棣坐到沙发上。小棣急问道："这个晚香玉你可认识她？"卷耳道："我哪儿会不认识，她是我最亲爱妹妹，可是她现在倒脱离苦海了，我几时才能和哥哥踏上幸福的乐园呢？"说到此，又把小棣抱住。两人紧紧地相偎着，好像这样子是得到了非常的安慰。小棣心想再问小红消息，但又恐卷耳起疑，一时想着卷耳的天高地厚恩情，只得忍心负了小红，待来世报答她了。

小棣捧着卷耳的脸颊，正在无限温柔地吮吻，不料这个时候，阿金姐齐巧从法院里出来，先来瞧卷耳。一见两人这样亲热地搂着吻着，一时既痛金钱损失，又恨两人背着自己私自幽会，因此把胸中一腔愤怒，统统都发泄到两人身上，当即拍桌破口大骂道："你们倒好，一见我捉到法院里去了，你便引着他来幽会了。上次我听你一篇鬼话，哪里是什么真的表兄妹，你这不要脸烂腐货，你明爱上了一个小白脸。那晚你半夜三更拿着三百元等在弄口，不就是要贴给他来陪你睡觉吗？你把这钱快给我拿出来。我为了你爷，打了这个无头官司，损失了钱不算，还要挨耳光。你想可对得我住吗？"卷耳和小棣骤然见阿金姐进来，两人早已吓得面无人色，心慌意乱，站起身来，分站两边。又听她骂出这样不堪入耳的话，脸儿都涨得血红。小棣本欲抽身逃走，但仔细一想，我若走了，卷耳不但更要伤心，而且还要遭她毒手，这样我真成个无情无义的人了。因此便呆坐到沙发里，瞧那卷耳已是满颊是泪，抬头分辩道："妈妈，你别红口白舌地冤枉好人，我的表哥是我叫他来的。因我见妈妈在法院受苦，心中非常难过，所以叫表哥来大家商量救妈出来的法子。至于那天夜里我拿着三百元钞票，实在是表哥送给我买衣服用的，我因不愿拿他这许多钱，所以叫他到夜里来取回去。不料表哥太好了，一定要叫我收，所以那夜没有来。妈妈，你实在是冤枉了好人，我哪里有钱给人呢？现在妈妈为了爸爸的事，既吃苦楚，又花金钱，就是妈妈不叫我拿出来，我自己也要拿给妈妈的。"卷耳说一句，阿金姐听一句，听到后来，把她一肚皮的气早已化为乌有，觉得卷耳的话，实情实理，真是半句都不曾有假。起先是恨她，现在立刻又变为爱她了。见她似带雨海棠，更显楚楚可怜，因把一脸怒容改为笑容，拉过卷耳的手，亲亲密密疼一回，又将卷耳身子推到小棣身边坐下，向小棣赔不是道："唐少爷，你千万不要生气，我是急糊涂了，你只当我放屁吧！"小棣见了，又好气，又好笑，一时倒说不出话。卷耳忙把三百元钞票从抽屉取出，交给阿金姐。阿金姐握在手里，不觉眉花眼笑地向小棣道谢，一面嘱卷耳好好陪着，一面便狗颠屁股似的急急回到自己房中去抽大烟了。

小棣见卷耳真的把钞票给了阿金姐，又给自己圆了这一个谎，心中暗想：卷耳这三百元钱，她明明是要送给我的，因为那夜我没有来，所以反累卷耳被她撞破，一定又受了许多委屈。一时心中感不胜感，爱到极点，不禁站起，又把卷耳紧紧拥抱在怀，亲着叫道："妹妹如此恩情，真叫我生生世世都不敢忘哩！"卷耳也吻着他道："今天我若不把这钞票给她，她一定不肯信我，不但以后你不能再来，就是今天恐怕也要闹僵了。"小棣听了，心中感激卷耳，实非作者一支秃笔所能形容其万一了。两人正在说话，阿金姐又进来叫道："我的儿，你的表哥哥真是好人，我连日吃了气，心中难受，饭也不想吃，要去睡了。回头你留表哥吃了饭去，就是天夜了，叫他宿在这儿也不要紧，你后厢房不是空着吗？"卷耳听了，心中暗喜，连连答应道："妈妈放心去安睡，表哥我自会招待的。"阿金姐回眸望了两人一眼，便笑着自去休息，心中还暗暗地思忖，唐少爷真有钱，一送就是三百元，这个真是我的活财神呢！

小棣、卷耳得此机会，乐得心花怒放，两人紧紧搂住，热热烈烈地狂吻一阵，情不自禁地在室中舞蹈起来。卷耳被他搂得太紧，几乎透不过气，因把嘴儿向床上一努，叫他先去躺下。自己轻轻地掩上了门，笑嘻嘻地和小棣并头躺下，瞟他一眼笑问道："哥哥，我们这样像什么？"小棣笑道："我们假使侧面弯着睡，倒很像对虾。现在都仰面睡着，我却想不出是什么呀。"卷耳咯咯地真要弯了腰，眼儿睖着他道："你真傻子，我又不是问你像什么东西。"说到此，又哧哧地笑。小棣"哦哦"两声，觉得自己真也老实得可怜，忍不住也噗的一声笑出来。两人四目相对，默默又凝视一会儿，脸上都含着笑。卷耳忽然道："我真是又恨又欢喜。"小棣道："你恨什么？又欢喜什么？"卷耳道："我恨的是恨钞票能够说话呀，我欢喜的也是欢喜钞票能够代我们说话。哥哥你瞧，今天若没有钞票，我们此刻哪能够睡在并头，回头哪里又有饭吃，还有后厢房给你睡觉。这我不是要又恨又喜欢吗？哥哥，我想你和我两人最好是一部印钞票的机器，把钞票都印得成千成万，送给那阿金姐，那我们一定是非常自由。因为我俩如没有了钞票，爱情就会发生了阻碍。你想，这我是多么沉痛啊！"小棣听她说出这样恳切血淋淋的话，心中大为感动，情不自禁地把嘴儿凑到卷耳颊上吻着道："妹妹为了我受尽她许多磨折，又为我把辛苦积储的心血钱献给了她，博得我们片时的快乐。这个快乐，妹妹是花了许多的代价，那代价就是妹妹的心血，我想起来真要代妹妹伤心。妹妹的恩情，真叫我怎样报答呢？"卷耳听了这样知心话儿，心里快乐极了，不禁也把小棣脖子吻着，很亲密答道："我的钱就是你的钱，我的心血就是你的心血，我恨不得把我的心合在你的心上，做了一个人，生生死死地相守着你，你还要说什么报答呢？你现在存了报答的心，可见得你还不曾把我当作自己身体一样。我真要又恨自己出身太低，够不上给你做个终身的伴侣。"说到此，又把身子移开了一些，好像要哭的神气。小棣急道："妹妹说这话，简直是挖我的心。小棣若存了这个心，便永世不得做人，罚我做了马，世世给你骑，那可放心了。"卷耳原是撒着娇，今见他这份儿急的样子，忍不住伸手扪他嘴儿，噗地笑道："你做马，我是没有福气骑你的，只有你们做男子的才有……"说到这里，她又娇羞万状，把脸儿背过去。小棣却伸手来拉卷耳，卷耳不依，只是哧哧地笑。小棣因把腿儿压到卷耳腰间，真的骑马似的扳她身子。卷耳方才回转身子，用纤手轻轻拧他颊儿笑道："你真是我命中的孽冤，我便向着你，可是你不许再赌咒。"小棣笑道："我决不再赌咒，但不知几时，我们才可以得到永远的厮守着不离？"卷耳叹了一声道："这也说不定，终要看我们两人的缘分了。我只恨没有印钞票的机器，我若有了印钞票的机器，我一定先印一万元给她，那我就可以爽爽快快地和她脱离了。"小棣听了这话，心中又非常焦急，暗暗思忖，自己爸爸是有五十多万的家产，本来做儿子的用去一万两万元钱，那也算不了怎么一回事。但现在竟被爸爸驱逐，对于经济，不要说一千八百，一时拿不出来，就是三百五百也觉很是为难。那老贱妇的心中，是只认得花花绿绿的钞票，没有钞票，就休想在这儿站立片刻。唉！难道我眼见爱人，永远地埋在火坑里吗？这我哪里还好算个好男儿？我不愿见她受无限的苦楚，我情愿死而得无上的快慰。我们固然应该奋斗！挣扎！但四面楚歌的环境之下，叫我们还有什么能力来挣扎……想到这里，那两眶子里已含满了晶莹莹的泪水，凝视着她欲语还停的神气，却是不敢开口。卷耳瞧在眼里，好像已明白他的意思，便代小棣说道："你的意思我都懂了，你是恨我说的话已断了你的希望吗？"小棣道："你怎么像瞧见我的心一般呀！"卷耳纤手抚着他脸儿，低低道："我哪里会不知你的意思？不过我们在未完全绝望之前，我们总得努力挣扎的呀！"卷耳话还未完，突听"砰砰"的敲门声音，震碎了四周寂寞的空气！

第十四回

酒泛鸳鸯一双同命鸟
梦回蝴蝶两折断肠书

　　卷耳和小棣正在絮絮谈话，忽然听了这样急促的敲门声，心中不觉大吃一惊，连忙跳下床来。小棣假装坐在沙发上喝茶，卷耳忙去把门开了。只见一个老妈子冒冒失失地进来叫道："小姐，好吃饭了。"卷耳这才放下心来。因为她这样大惊小怪地打断自己话柄，心中非常恼怒，把自己和小棣没法跳出恶环境的怨恨，也发泄在她头上了，遂含嗔叱道："吃饭了，你们是只想吃饭。我今天饭不要吃。太太那里也不用去喊她。你们喜欢吃饭的，你们只管自己吃去，没有几天了，恐怕要大家吃不成！大惊小怪的真惹厌人！"老妈子再也想不到叫她去吃饭，竟讨了这样一个没趣，只好眼睛眨了眨，连忙又退出，口中还自己咕噜着去了。这里卷耳又把房门关上，却把自己身子坐到小棣的膝踝上去，口中还恨着道："这些江北人真讨厌，不晓得轻声些儿，砰砰砰砰地打着门，倒把我心儿吓了一跳。还道有什么要紧的事儿，吃饭也值得这样大叫吗？"说到这里，把小棣手儿拉到自己的胸口按着，小棣只觉得两团软绵绵的粉团当中，那颗芳心真个是在别别地乱跳，因索性把她拥到怀里笑道："妹妹别吓，我们只要安定了心神，什么威权都不怕。"卷耳躺在怀中，好像柔顺的羔羊般地点头道："哥哥这话不错，俗语道：'除死无大事，讨饭永不穷。'这世界上还有什么可怕呢？"小棣听了，亦含笑点头。

　　说也奇怪，两人虽没吃饭，却一些不饿。他们两人需要互相拥抱，实在比吃饭还要紧，两人喁喁地谈到日落西山。阿金姐便来催卷耳上舞场去。小棣说伴她去，晚上伴她回来。这时阿金姐眼中认小棣为活财神，当然连连答应。这夜里卷耳没和别个舞客应酬，只和小棣热烈地狂舞。直到子夜半点钟，方才回家，在阿金姐处缴了舞票，一面又假说陪小棣到后厢房睡去。两人到了卷耳房中，推开窗门，抬头见碧天如洗，月圆如同明镜。小棣道："妹妹是我的人，我也是妹妹的人，这两个心就是到死也永远不会变的。天上的月儿是圆了，我知道老天一定可怜我们，也会给我们像明月那样有团圆的一日。"卷耳痴痴笑道："那么天不可怜我们呢？"小棣听了这话，不觉一怔，惨然道："天不怜我，我们生虽不能成为夫妻，死亦当做个同命鸳鸯。"卷耳骤然扑到小棣怀里道："你这话可当真？但你到底是有爸爸、有妈妈、有妹子的人，你死了怎样抛得下他们呢？像我真是没有一个亲人，眼前只有你一个人是我心头上最疼爱的人，我死了，我是没有一些儿挂念的。"小棣哼了一声道："我虽有爸妈，却比没有爸妈的还不如。假使爸爸不驱逐的话，慢说一万两万，十万廿万都使得，所以我和妹妹的死，还是爸爸杀的，我哪里还记挂他们。妹子自有她的心上人，她也不用记挂。我心中所刻刻在心的就是只有你一个人。我想，一个人终有死的一日，与其受着不自由的环境，尝到种种的苦恼而生着，还不如和爱人一道死去来得痛快。我是早愿意死了，但恐怕你不愿意吧？"小棣说到这里，声音有些哽咽，那一连串的眼泪就滚滚掉下来。卷耳听了，不但不伤心，反而憨憨笑道："还没有真死，只不过说到死，你就哭了。你以为死是个非常的痛苦吗？你到底是个弱者，不敢死的。其实生而苦，不如死而乐，况有同心合意的人儿拥抱着一道死，这是无论哪个活在世上人所都及不来我们的。你自己不愿死，倒反来说我哩。"小棣破涕笑道："那么你真也同意和我共死了？"卷耳正色道："我说的话，一句是一句，没有什么懊悔，也没有什么害怕。西哲有言：'不自由，毋宁死。'我们既到了这样不自由的境遇，我们若再不死，不是自己也深深地担着抱歉吗？但是死要死得清白才对。"小棣点头道："不错，但到底怎样死呢？还是我们去开个房间，还是一道跳黄浦去？"卷耳道："这些都不好，我是为着她剥夺我自由而死的，我便死在这里，她也完全脱不了干系。"小棣道："你这话不错，我都依你，不过我还有一个要求。"卷耳笑道："死也死了，还有什么要求？"小棣道："你不晓得，我爱着你，你爱着我，但你我到底并没得着一些儿权利。现在乘着未死之前，大家须要享些儿夫妻的权利，然后再尽同死的义务，那才不愧我俩相识了一场。"卷耳听了，红晕了双颊，秋波盈盈向他一瞟，咯咯地笑道："你这个人真是死了还要贪图些便宜，横竖我这身体死活都是你的，我就依了你吧。"卷耳说着，便挽着他手到床上去，熄灭了电灯。

约莫半个钟头后，那房中灯光又亮了，只见卷耳、小棣穿着睡衣，笑盈盈到浴室去洗了个浴。回到房中，两人重新穿好衣服。小棣道："妹妹是破题儿，我是第一遭，人生只需要一次，那是很有意思了。"卷耳回眸嫣然一笑，在玻橱内取出一瓶白兰地、一只奶油面包和一方熟火腿，放在桌上，叫小棣先坐在桌边。一面拿小刀把火腿和面包切成片，装在盆内。又拿过两只玻璃杯，满满倒了两杯白兰地。然后又去取一只景泰蓝的小盒子，也放在桌上，自己遂在小棣身边坐下。这时已近两点，鸦雀无声，万籁俱寂。卷耳笑盈盈凝视小棣叫道："哥哥，我们已得着了人生的快乐，现在是给哥哥饮一个合卺杯。"小棣乐得心花怒放，拉开了嘴只是笑，他把世界上的一切一切统统已抛到九霄云外去，握过她手道："妹妹，这个白兰地酒喝了，怎么就会幻灭呢？"卷耳把景泰蓝的盒子拿起，向他一扬道："哥哥，你别急，还有这个呢。"小棣接过，打开一闻，只觉一阵烟味触鼻，因低声道："是个鸦片膏子吗？"卷耳点头，小棣又问道："妹妹，你怎么备得这样齐全呀？"卷耳不答，只管憨憨地笑，一会儿又道："这种东西是她日常便饭，拿一盒很容易。"说着，便把烟膏子倾一半在自己杯里。小棣连忙去夺来道："妹妹！你倒得太多了，我一杯里就太少，恐怕我就死不成。"卷耳道："我是倒得很平均的，我不会有什么偏心。你要我一杯，我就和你换一杯好了。"说到此，转念一想，又觉不对，万一真有多少，那一定是一个先死，一个后死，那后死的瞧着先死的，不是心中要很难过吗？想到这里，眸珠一转，这就有了主意，含笑道："多少些儿不要紧，我们把两杯白兰地和一和好了。如果你怕再有吃得多少的话，我先喝一口，哺到你嘴里，你也喝一口，喂到我的嘴里，这样不是很公平吗？而且也是真的喝着和合杯儿，那样不是很有个意思吗？哥哥，你且先吃火腿嵌吐司，鸦片冲白兰地就当牛奶咖啡喝吧！"说着，哧哧地一笑，把烟膏又倒在他一杯中，然后两杯和了和。小棣不禁把两掌一拍说道："好极！好极！妹妹想的法子，真是痛快极了！"卷耳正待拿杯要喝，小棣慌又伸手夺过说道："且慢，我还有一句话。"卷耳一怔道："有话你为什么不早说，你敢是怕死吗？"小棣道："哪里怕死，你方才不是说，我们要死得清白吗？"卷耳道："对呀，难道我们这样死得不清白吗？"小棣道："不是，我想着了，你请等一等，我写个字儿给姑爹。"卷耳奇怪道："你怎么又要写字了？死了便死了，还要告诉人家做什么呢？"小棣道："你听我说，姑爹那里，我还欠他一百元钱，我自己存在银行里尚有两百元，所以写个字条给姑爹，意思就是请姑爹把我们死后，料理一切，把银行二百元钱取出，一百元还他，一百元即作我俩埋葬在一块儿的用途。棺材不要好，衣裳可以不必换，只有葬在一起最要紧。妹妹，你想这不是要写个条儿吗？"卷耳连忙放下杯子道："你不说，我倒也忘了。我还有金钢钻戒子一只，你也把我写在书上，那么都清清白白地不要用他们钱了。"小棣一听，也极口赞成，一面取下自来水笔，扯下日记簿，一面便簌簌地写。卷耳去拿只信壳，又在梳妆台小抽斗内取出钻戒，用小帕儿包好。小棣亦已写好，遂把信纸、帕儿一同塞进信封，封上写明地址姓名，安放在梳妆台上。诸事舒齐，卷耳又问小棣道："你现在还有什么事儿？快些儿想吧，不然我喝了，你又来阻挡我，这样是一辈子也死不成功了。"小棣听了，噗地笑道："哪里有许多事，那么你先喝一口喂我吃吧！"卷耳这就握起杯子，喝了一大口，小棣连忙张开嘴儿，卷耳便喂进去。小棣咕嘟一声咽着，两人就唝着吻了一会儿。小棣也照样喝一大口，送到卷耳嘴里去。卷耳也咽了下去，两手趁势捧着小棣脸儿，又接了一个吻。两人都兴奋得咯咯地笑。这样一递一来地喂着，那两杯白兰地早已喝得精光，卷耳又叫他大家吃了些火腿吐司。两人拥抱着还跳了一会儿舞，方并头地躺到床上去。

卷耳笑问道："哥哥，你肚里觉得怎样？"小棣闭眼道："时候尚早，妹妹，你静静躺会儿，我们就好做永远不醒的长梦了。"卷耳听了忽然想着了一件事，向小棣道："哥哥，我忘记告诉你一件事了，这时若再不说，我的真名字恐怕哥哥就永远不知道了。"小棣奇怪道："你这是什么话？"卷耳道："上星期我的爸爸来向我借钱，并且给我一张字条，我方才知道我的名字叫鹃儿，是人家一个私生女儿，被现在那个养我长大的爸爸拾起的。他原是个无赖，所以把我卖到这里。那天大概他良心发现了，所以来告诉我。我瞧着亲生妈妈的笔迹，我心里很难过，而且我恨这个爸爸黑良心。"小棣一听"鹃儿"两字，又急问："你妈妈叫什么名字？"卷耳道："是叫李慧娟呀！"小棣"哟"了一声又急道："李慧娟！那字条呢？快拿给我瞧！"卷耳道："你这样大惊小怪干吗？字条放在我鸡心链子的后面，我又不知我亲生爸爸在哪里，假使知道的话，我一定把这两件娘儿俩的东西给他瞧一瞧，一则做个纪念，二则也好叫他懊悔以前的不是，可是现在我是要把它带着一同去了。哥哥既然要瞧，我拿给你吧。"说着，把领圈纽扣解开，颈项上挂着一条金链子脱出，见下端荡一鸡心框子，里面嵌一卷耳小影，后面盖子打开，藏着一张苍黄陈旧纸条。小棣瞧了一遍，突然

129

把卷耳紧紧搂住道："想不到你真是我的表妹，啊呀！我的表妹……我的姑爹呀！"卷耳吃惊道："你这是哪里说起呀？"小棣道："妹妹，你亲生的爸爸就是我的姑爹呀！我曾听他说起，二十年前有个恋人，正是叫李慧娟，后来生产一个孩子就死了，想这孩子不就是妹妹吗？唉！妹妹，你为什么不早对我说呀！否则我们是不用死了，因为姑爹心中是非常记挂这个孩子就是妹妹，那我们是真的表姊妹，可以有圆满的希望，我要活！妹妹，我们大家不能死呀！"卷耳骤然听了这话，心里虽然兴奋得要跳起来，但身子已软绵无力，因大叫道："原来你姑爹就是我滴血的爸爸，不知我可有见过？"小棣道："见过了，他是为了我曾到桃花宫来瞧你，可是当初大家都不晓得呀！"卷耳满肚寻思，猛可记起那天自己进舞场来，一个男子叫我的难道就是我爸吗？但这时肚里已有些难受，料想不能再活，在临死以前，能知道自己亲生爸爸的着落，那实已是死亦瞑目了。因伸手问小棣要了钢笔和日记簿撕了一页，颤抖地歪歪斜斜写道：

　　爸爸，孩儿和棣哥在临死一刻前，才知道你是我亲生的爸爸！
　　爸爸，我们也许见过面吧，可惜当初父女相见，竟同陌路人啊！现在寄上妈妈的遗笔，和孩儿的鸡心，做个永久的纪念吧！

你亲爱的女儿鹃绝笔

　　卷耳写完，手已跌在褥上。小棣瞧了一遍，泪似泉涌，把慧娟遗笔、鹃儿绝笔，以及鸡心，勉强亦塞进信封里，身子已不能动弹。回头瞧卷耳，已闭上眼，脸白如纸，因抱住她叫道："妹妹！妹妹！我们要活，我们要生存！"卷耳睁开泪眼，含笑道："已来不及了，哥哥，我们死了去做夫妻也是一样……"卷耳话声有些儿哽咽，泪如雨下。小棣大声哭泣，紧搂卷耳，连喊妹妹。卷耳嘴唇颤抖地凑在小棣颊上，也喊了一声哥哥。窗外刮起一阵狂风，天空落了一阵细雨，秋雨虽然含着无限的凄凉，但房中床上两人落下的泪啊，更悲酸而惨痛。

　　晨光已冲破了茫茫的黑夜，太阳已高悬在空中。阿金姐见卷耳还没起来，恐怕她和表哥昨夜发生关系，遂匆匆到卷耳房中。一见两人竟然拥抱而睡，心想果然不出我之所料，不由大怒，因上前大喝道："你们不通知我一声，胆敢私自苟合，真是没了法律了。"谁知连连喝着骂着，却终不见答应。阿金姐心知有异，急到床边，伸手向两人额角一摸，顿时吓了一跳，不觉倒退两步，大喊车夫仆妇进来。阿二王妈到了房中，见此情形，立刻把卷耳、小棣扳过身子。阿金姐上前一摸她手，亦觉冰阴，且两人口中还流黄色的涎水，竟早已死在床上。阿金姐又急又怕，不觉哭出声来道："这是怎么一回事呀？"王妈这时又大喊道："太太！啊呀！小姐和少爷是吞鸦片死的！"阿金姐回顾，只见王妈在桌上拿起一只烟盒，向自己扬着，一时心慌意乱，连连顿脚道："阿龙给李三子斫了半死，卷耳竟拉了表哥全死了。这两天里颠颠倒倒真是鬼出现了，我真不晓得前世里造了什么孽呀！"说着，便号啕大哭起来。王妈急道："太太，你这时哭亦没有用，还是快把他们送医院去，也许是救得活的。"车夫阿二见桌上又摆着一封信，上写"烦交秦公馆秦可玉姑父收"，因忙又嚷着道："太太，你瞧这个少爷，他还留着一信，叫我们送到秦公馆去呢。我想他和秦公馆定有至亲，还是给他快送去好。"阿金姐一听又是秦公馆，因大吃一惊，连忙停止哭泣，大声道："我为了小红的事，已给他打官司。此事若不通知他，恐怕官司还要打得凶，好在我们不谋杀他，他乃是自己上门来自杀的。阿二，你快给我把这封信送去，说我们太太一些儿不晓得他竟为什么要自杀，叫秦老爷高抬贵手，再不要和我们打这断命的官司了。"阿二立刻答应，遂把小棣写好一封信拿了，急急送到秦公馆去。

可玉在书房里正在瞧报，突然来了一个不速之客，形容枯槁、面目憔悴、年约四十多岁的老妈子，也许还不上四十岁，但因为她被生活环境压迫得太厉害的缘故，所以自然是愈显苍老了，若和若花相较，同样在一个阶段的年龄，看起来至少有二十年的差别呀！这个老妈子是谁呢？原来就是住在虹口桃叶坊的小红妈妈叶氏。叶氏因得小棣告诉小红失踪消息，心里时时思念，暗暗淌泪，自叹命苦，连一个卖给人家做婢子的女儿都没福气有哩。这天清晨，她到厂里去做工，只见厂中女工三三两两地传说："昨天夜里这儿逃走的送货车夫李三子，他在贝叶里十五号门口，竟用斧头劈死了赵阿龙。"另一个道："而且秦公馆里告发婢子小红被拐，正亦是李三子所做。这个人真是无法无天的坏种，现在巡捕房捉着，已解送法院，恐怕他不是抵命，也是个长监哩！"叶氏一听这个消息，连忙向众人问道："众位大姊，你晓得秦公馆的小红，可是真的李三子拐去吗？"一个女工见了叶氏，便忙笑道："怎的不是真的，你晓得他把小红拐到哪儿？

就是拐卖给赵阿龙呀！现在小红已经给秦公馆领回去了，小红娘，真恭喜你了。"叶氏听了这话，心中真是喜欢得了不得，把两手合着，念了一声阿弥陀佛。她想小红已回来了，我是该去瞧瞧她，不晓得她现在的脸蛋儿是怎样了？叶氏想着，遂到工头那儿请了假，出了工厂，坐上电车，直到秦公馆里来。

　　叶氏到了秦公馆那日，小红已被可玉领回有两天了。可玉听佩文报告有一个姓叶妇人来瞧老爷，因忙放下报纸，到会客室里，一见那妇人正是小红的妈，因忙叫道："叶老妈，小红的事你可全知道了吗？"叶氏叫声老爷，请了安道："我在工厂里也听别人说起才知道的。"正说时，忽见小红端脸水进房去，母女两人一见，都"哟"了一声。小红放下面盆，奔向叶氏怀中，呜呜咽咽早已抱头痛哭起来。若花在上房里也闻声出来，叶氏忙又叫声太太。若花见小红在娘怀里，絮絮地告诉着受骗经过，以及磨折的苦楚，两人又哀哀地哭着。可玉、若花见此情景，也颇觉酸鼻，因劝两人不要伤心了，有话坐着说吧。叶氏忙又道了谢，小红端过一只圆凳，让妈坐下。叶氏那目光，含着无限的感激，望着可玉、若花道："这儿的老爷太太真是慈悲的第一好人，还有表少爷也真好。"若花听她提起小棣，因奇怪问道："表少爷，你也碰到过他吗？"叶氏点头道："自从小红被人拐了，表少爷便到我家来过两趟：第一趟来，他给我十元钱；第二趟来，他又给我二十元钱。因为他见我病着可怜，完全是出于他真心地救助人。这样好心肠人，真是天底下找遍了也寻不到的。"小红一听小棣这样多情地看顾她妈妈，可见他直到现在还爱着我，心中真是十二分感激。但一想到自己已是个花残红落，心中又十二分伤心，那两眶子眼泪忍不住又滚滚掉下。若花听了，心中十分奇怪，望着可玉道："这些事小棣怎的不曾对我们说过呀？"可玉望着小红满脸的泪水，忽然想着那个舞女小红也真好像，一时若有所悟，点头向若花道："我明白了，小棣这孩子可怜，他用心真苦极了。你瞧瞧小红像不像桃花宫里那个？"若花听了这话，猛可也理会过来，想可玉意思，一定是小棣先爱上小红，因小红失踪，所以去爱上卷耳，这个猜想，也未始不然，一时也长长叹口气。正在这时，又见佩文领着一个车夫模样的男子进来道："老爷，他是贝叶里表少爷叫他送信来的。"可玉一听，连忙站起问道："什么？表少爷又不住在那里！"车夫阿二道："这位想是秦老爷了，你家表少爷是在我们那边吃鸦片烟自杀了，这封信是他留下给你的，你快瞧吧！"可玉、若花、小红、叶氏猛可地听了这个噩耗，顿时好像晴天一个霹雳，心中既万分惊奇，而又万分不明白，小棣寻死怎么会到贝叶里去。可玉接了这封信，两手只会瑟瑟地抖。小红一见阿二，原是认识，她更急跳得双泪直流，拉着阿二衣袖急问道："怎么表少爷会到那边去寻死呢？他和哪个认识呀？我在那边这几个月日子，怎的始终不曾见他呀？"阿二道："他和卷耳一同吃鸦片烟死的。"小红一听这话，喝叫一声，心中愈加不明白了，她只会呜呜咽咽地哭起来。若花、可玉听小棣和卷耳一同自杀，更是奇怪。若花追问小红道："卷耳和你是一处的吗？"小红哭道："她是我最亲密的姊姊，我怎的不认识？老爷，你快瞧信吧，表少爷到底写些什么话呢？"可玉被她提醒，立刻把信封中物件信纸取出，信纸倒有数张。可玉心慌意乱，随手拿起一张，和若花并头瞧道：

姑父姑母：侄儿不肖，一心恋着卷耳，为爸驱逐。今已情愿和卷耳做同命鸳鸯。侄儿死后，尚有上海银行存款二百元，系新近得来稿费，存折在友华那儿。此款请即取出一百元，还姑父名下旧欠，一百元作为葬侄儿的费用。再卷耳有金钢钻戒指一枚，亦请变价，所得之款，请姑父照卷耳遗意，和侄儿埋在一起，衣棺不必考究，侄儿卷耳身虽已死，但不朽的心灵，是永远感激着大人，并请大人勿悲。儿心和卷耳心实已得到无上的快慰了。

内侄小棣叩头

可玉、若花瞧完这信，已是泪下如雨，把那小帕儿透开，真有一只亮晶晶钻戒。可玉只见另一张纸儿，却是多年的，折痕已破碎，因亦忙展开瞧道：

鹃儿我的孩子！你狠心的爸爸，他从此不到我这儿来了。我没有法想，只好把你这苦命的孩子抛弃了。你是八月十五日子时生的，这二十元洋钿，倘有仁人君子收养，便作孩子的抚育费吧！

你的母亲慧娟白

133

可玉瞧了这张字条，灵机一动，不禁大叫起来道："咦咦！"还没有说话，脸儿顿时变色。若花也好生惊讶道："啊哟！这卷耳难道就是你二十年前慧娟生下的女儿吗？"可玉一听这话，似万箭穿心，把那只钻戒套在指上。急又把那张日记纸写的展开，未见字句，先掉下一个金链子鸡心，里面嵌着小影，正是卷耳，笑盈盈向自己凝望。可玉泪似泉涌，等到瞧了卷耳的字条，他已完全明白卷耳真是自己骨血，心中一阵剧痛，宛如刀割，两眼一晕，身子早已向后跌下去。幸亏若花扶住，连忙扶到沙发上坐下。小红急急倒茶，若花一面淌泪，一面把他灌醒。半晌可玉始"哇"的一声哭出声来，不觉捶胸大哭道："想不到卷耳就是我的女儿呀！啊呀！我负了鹃儿！我负了棣儿！我更负了我的慧娟！慧娟有知，定要死不瞑目哩！"哭到这里，把左手中鹃儿的鸡心，拿在嘴边狂吻。两眼的泪水，已滴满了右手那张卷耳信纸，念了又哭，哭了又念。可玉这种情形，除了若花心里明白，其余一概都不知道。叶氏见老爷声声口口喊着鹃儿，神情好像要发疯模样，再瞧太太，也陪着老爷哭得泪人儿似的，因悄悄问小红道："这个卷耳是谁呀？"小红亦哭道："她和我一样，也被人拐卖进去的，可是她不知为什么竟和表少爷一同自杀了。"叶氏道："哦！哦！这个卷耳莫不就是李三子的女儿吗？李三子这人真没心肝，卖了自己女儿，又卖了我的女儿，但表少爷这样好人怎么会和她一同自杀呢？"说到此，也抽抽咽咽地哭起来。

小红心想，卷耳既是李三子女儿，为什么老爷也哭她是女儿呢？心中无限稀罕，遂急忙到桌边把那张李慧娟遗笔拿起，瞧了一遍，顿时大叫道："啊呀！妈妈，这慧娟……你从前不是常对我说的姨妈名字吗？这样说来卷耳就是鹃儿，她不是李三子女儿，竟是我的表姊了。"可玉、若花听了这话，同时都跳起来道："什么话？你怎知道慧娟是你姨妈呀？"小红道："你问我妈好了。"叶氏道："我从前有个姊姊，果然名字也叫慧娟，她在十七岁那年，为了生一个孩子，生下了不到五天，可怜她就死了。当时我年幼，却没晓得这孩子是取名什么，也不知是抛到什么地方去，这一句话到现在已有二十年了。难道卷耳就是我姊姊的女儿吗？"可玉急又问道："你娘家姓什么？"叶氏道："我姊姊叫李慧娟，我叫李慧珠。姊姊没有嫁过人就死了。我嫁给小红的爸叶鸿生，也不到五年她爸就死了，想起来我姊妹俩都好命苦、好伤心啊！"可玉一听，陡然也忆起慧娟有一个妹

134

子，真的叫慧珠，那时才只十五岁，因大叫道："你原来就是李慧珠吗？你爸爸可叫李阿毛，是开豆腐店的吗？"叶氏惊讶道："老爷这个怎么知道的呀？"可玉哭道："我就是从前你家隔壁住的秦可玉呀！你姊姊生的孩子，就是李三子卖去的卷耳，卷耳也就是我的嫡亲女儿，可惜她竟和我侄儿一道死了。"叶氏"哦哦"两声道："原来老爷就是二十年前的可玉哥吗？啊哟！真苍老了，我不认识了。但老爷怎么知道卷耳就是我姊姊生的呢？"可玉听了，又大哭道："你姊姊生下卷耳，就把她抛弃了，还有一张字条，上写如有人拾去抚养，便把孩子身上二十元钱一同拿去。现在卷耳死了，那张字条却还存在，想不到今天再来送给我瞧哩。这我真痛心极了。"说着，又把卷耳写的字条给小红瞧。小红一瞧之后，这才完全明白，卷耳真的就是鹃儿，而且就是老爷生的。但心中又起了无限奇怪，急急道："老爷，这事真奇怪，鹃儿她怎知道老爷就是她的爸爸呢？"可玉也是一怔，思半晌忙又道："这当然是小棣见了慧娟的遗笔，告诉她的了！"若花亦道："那么小棣的信中却为什么没写明呢？小红，你把卷耳纸条再给我瞧。"小红因忙交给她，若花细细瞧了一会儿，始"哦"了一声道："想来小棣的信先写好了，卷耳方说出这事的。不过他们一定服毒在先，你不见她写临死一刻前吗？假使她早知道的话，他们一定不会死了。"可玉听了这话，沉痛极了，不禁又大哭起来。这时阿二车夫站在旁边，瞧着他们四个人哭哭啼啼地闹了一会儿，却闹出卷耳小姐就是秦老爷的女儿来了，心中倒给阿金姐捏了一把冷汗，以为这场官司比小红的一定要闹得更大了。若花见阿二抓头不耐烦神气，因收束泪痕，劝可玉道："事已如此，哭亦无用，还是快跟着阿二一同去吧。"可玉被她提醒，便站了起来，把鹃儿鸡心和来字以及慧娟遗笔、小棣绝笔统统藏好，一面对若花道："我想这两个孩子死得这般可怜，意欲给他们送到乐园殡仪馆去成殓，你的意思怎样？"若花道："我当然赞成，但是过去的事情你也别再太伤心了，自己身子也要紧呀！这事我给你去办吧！"可玉道："你是有身孕的人，怎好劳动？"若花道："你也是有年纪的人，万不好过度伤心，那么我们一同去吧。"叶氏道："小红，鹃儿既是我的外甥女儿，也就是你的表姊了，况且表少爷待我们这样大恩，你也该一同去送送的。"可玉道："小红，你妈既是慧娟的妹妹，那么我们也都成了亲戚。我瞧你妈年纪也有些了，以后不用再去做工，就住在我家料理料理事情。况且你太太有了喜，也正需要人手哩。"若花道:"不错,等会儿你妈也一道去好了。"叶氏小红一听,连连道谢,可玉又叫佩文喊两部汽车,自己和若花一辆,阿二坐在汽车夫隔壁,一辆小红和叶氏坐。佩文送到弄堂口,瞧汽车没了影儿,方才回进屋子里去。

第十五回

殡仪馆中惊办合卺酒
茜纱窗下酸提木石缘

　　小红坐在车上，一路暗暗地想：小棣对我不是很多情吗？现在怎么竟会和卷耳一道死呢？我真想不到卷耳就是自己的姨母表姊妹。我的姨母生了卷耳，不到一星期就死了。我的妈妈又早年死了爸爸，姨母和妈妈的身世，真是一对可怜虫。不料下一代我和卷耳也是一双薄命人哩。卷耳现在是死了，我虽然不曾死，但我是被袁士安奸污了，等于也死了一半。一时又想起小棣，倘使他尚在人世，还要爱我的话，可怜我已身非完璧，就是服侍他终身，我心中也非常对他不住，我情愿苦了自己，不愿嫁给他的。现在他竟是死了，剩下我这孤零零不完全的躯壳，想起来我也真恨不得立刻和他们同死来得干净。想到这里，那泪忍不住滚滚掉下来。叶氏见她这个模样，因絮絮问道："你在贝叶里时候，难道不曾见过表少爷吗？"小红若有所失的神气，定住了眸珠，怔怔道："他是死了，我也不要做人了。妈还要问他什么呢？"叶氏吃了一惊，暗想，莫不是小红和小棣少爷也有很深厚的爱情吗？因淌泪劝道："他死了当然伤心，但你为什么也不要做人了？你不要做人，叫我又怎样好呢？况且他的死并不是为了你。虽然他待我们好，我们心里记惦着也就是了。你若为了他死，你也死，怕表少爷心中也不安枕吧！"说着，竟呜呜咽咽哭起来。小红见妈哭了，这才清醒过来，拿手帕拭去了妈的眼泪，安慰她道："妈妈，你不用伤心，老爷和我们不是已认作亲戚了吗？叫妈住到他的家里，那么妈妈也可不再到工厂里去劳苦了。我因想起妈和姨母的身世这样伤心，女儿和卷耳表姊又这样薄命，因此我想想人生在世，也没有什么趣味，所以也不要做人了。"叶氏道："你姨母是过去的事，倒也不要说了，你表姊倒是真比你姨母还伤心呢。不过话又说回来，你是有妈妈的人，你怎能够丢了我死呢？"小红叹道："天下伤心的事，倒不是在已死的人，讲到姨母原是伤心，但老爷依然活着，他时时想着了姨母，等会儿再见着卷耳表姊，那倒真要伤心得肠儿寸寸断呢。就是我的表少爷，他在着时候，见了我是多么爱我。现在他死了，你想叫我瞧着不是要心儿粉粉碎吗？我恨造物太忌人，老天太妒人，假使我不被这断命的李三子骗去的话，我相信表少爷也许不会死去……"说到这里，也忍不住抽抽咽咽地哭个不停。叶氏也说不出一句话儿，只有陪着女儿淌眼泪。

不一会儿，汽车已到贝叶里，小红收束泪痕，扶叶氏跳下车厢，只见可玉、若花亦已下车，走在前面。阿二领路，大家走进十五号大门，到了楼上，只见厢房里只有一个王妈守着，桌上的酒瓶、烟盒、玻杯等东西，统统还没有收拾去。阿二问："太太呢？"王妈道："太太刚才又被法院里传去审哩。"可玉因知道棣儿和鹃儿的死，虽一半由阿金姐所束缚自由，但主要原因，还在小棣经济问题，所以他亦不愿再和阿金姐多事。再说自己此时胸中，充满着悲痛成分，哪里还顾到其他一切。走进房中，先向床上瞧去，只见卷耳和小棣并头仰面躺着，嘴角边虽流着一些血渍，但两人脸色却仍然红润润的宛如生前，好像熟睡的样子。那卷耳容貌更是非常娇艳，可玉上次在舞场暗绿灯光下瞧见后，不想第二次就要瞧她遗容了。这时瞧来当然格外清楚，觉得和慧娟实丝毫无异，一时伤心已极，不觉号啕大哭道："我的儿呀，真委屈你了。上次我在舞场里见到你，我本想替棣儿玉成其事，现在可惜已来不及了。我对不住你！我更对不住你妈！孩子！你痛恨你的爸吗？唉！我真枉做了你的爸，我把你产生到世上，我却不曾尽爸爸的责任呀！可怜我的儿，我的侄儿，你们竟会死得这般惨……"说到这里，心痛如割，他骤然伏在卷耳的尸体上，竟哭得又晕了过去。小红、若花急得慌忙把他拉到沙发上坐，半晌可玉方又哀声直号。若花见可玉伤心到如此地步，一面怕可玉急出病来，一面想着小棣平日也很听我话，如今这样年轻，竟先我而去，无限伤心，陡上心头，不觉也痛哭起来。小红则声声口口地哭表少爷。叶氏目睹卷耳，想着姊姊，不料母女竟死得一样悲惨，因也悲从中来，呜咽哀泣。四个人虽然都是无限伤心而又无限沉痛地大哭，但各人心中思忖，自各有不同。这时阿二、王妈站在旁边，瞧此情景，不觉亦凄然泪落。若花恐可玉受不住，因含泪劝道："你也想明白些儿，快别太伤心了，人已死了，是不能再活，我们还是给他们办理后事要紧。小红，你劝你妈也别哭了。"小红听了会意，劝住妈妈，自己也不敢再哭，秋波凝视小棣，想起春假时，表少爷因我手指被火

138

柴烫痛，他竟把我手指拿在他嘴里吮着。种种恩情，不堪回首，虽已不哭，那泪兀是泉涌。可玉被若花劝住，他便站起，又到床边去瞧，若花要拉开他道："不要多瞧了，徒增你的伤心。"可玉不肯道："你放心，我决不再哭。我这孩子，二十年来受尽苦楚，做爸爸的实在对不住她。鹃儿！鹃儿！你也晓得你的爸爸来哭你吗？"说着，又痴痴直瞧两人，只见卷耳、小棣的面上，那眼角边好像涌出一滴晶莹莹的泪珠，仿佛她已知道二十年前的生身爸爸是来哭她了。可玉睹此泪珠，想起自己泪珠生的别号，忍不住又放声纵哭，挥泪不已。若花恐他伤心过度，劝又劝不住他，只好立刻喊阿二车夫打电话到乐园殡仪馆，叫放一部太平车来。不多一会儿，车子已到。若花吩咐把两人平稳地睡在一个车子上。这里自己和可玉、小红、叶氏四人，仍然分坐两辆原车，跟在太平车后面，送小棣、卷耳到乐园殡仪馆去。

小棣、卷耳虽然不能生则同衾，但死而同车，且所送去的殡仪馆，又是命名乐园。若能够把殡仪馆的殡字，改作了嫔字，那乐园殡仪馆就变为人间真正的第一个乐园了。不过他们俩的嫔仪，是开始和终止一起办的。那倒也真是魂而有知，携手到极乐国土，谁也够不上他们这样痛快。死虽然是个痛，死而同命，死而并蒂，却是个快。作书的称他们死得痛快，不知诸位阅者亦表同情否乎？

车到馆中，馆中干事当向可玉问道："秦先生，须用哪一等棺木殡殓呀？"可玉若有所失地摇头道："不用……"干事听了，倒是一怔，暗想：不用棺木，难道是火葬不成？不觉望着可玉呆住了。可玉见他出神，因补充一句道："并非不用棺木，你先替我把他们两人化妆起来，衣服要穿结婚礼服。一切舒齐后，将他们并头睡在大厅堂上，门口以及厅上须扎红彩，我先要和他们行一个结婚仪式。到第二天才换素彩，方给他们成殓呢。"干事和若花、小红、叶氏听可玉说出这个办法，心中暗暗称奇。若花恐服毒的人和病死的人是两样的，况且时虽初秋，这几天犹觉颇热，万一尸体有变，那倒不是玩事，因便婉言劝道："他们不是好好地病死，多耽搁几天，恐怕……"可玉不等说完，便道："这个他们是有办法，不信你问他。"干事本来欢迎这样，因为他们多有一天租费，因忙道："这倒不妨，不但一天，就是十天八天，有的路远要赶着亲人，我们这里用冷气冰着，决计不走一些儿模样。太太，你尽管放心好了。"说着，遂把两人尸体搬到化妆室去化妆。可玉回头向若花道："我想鹃儿是我的孩子，棣儿是你的内侄，本可以结成一对，现在他们竟有愿莫偿。你想，他们的内心是多么的痛苦。况且鹃儿的妈，当初我没有和她正式结婚，她已含恨九泉，我的心里至今还深自负疚。现在她只有一个女儿，若再不叫她正式地行一个婚礼，你想我的心里是更要抱歉到什么地步。所以这个婚礼是断断少不得的，你的意思以为我对吗？"可玉说到这里，那满眶子的眼泪又扑簌簌地掉下来。若花、小红、叶氏听他说出这个理由，又瞧他这个情形，觉得真是恩至义尽。但若花心中想来，终觉得可玉真也痴得太可怜，恐他也许因此而受刺激，这倒不是玩的事，遂只好顺从他意思道："你这话不错，我也早存了和你一样意思了。"可玉破涕微笑，不禁把她手儿握起摇了一摇，表示他内心是非常感激。这时可玉便又叫干事到来，嘱他先发办喜帖。自己又写一封信，叫人送到强民中学给鹤书，是请他来做证婚人。苏州方面，他也下了一个喜帖给吟棣。其余都是可玉的友人，大概也发了一百多的喜帖。

这喜帖发出之后，一班好友大家都不胜奇怪：因为可玉并没有儿女，是一奇；又即日申刻举行婚礼，这样局促，又是一奇；再结婚地点，是在乐园殡仪馆，这真是大奇而特奇。所以众友都要来瞧瞧这个千古未有的结婚，却是没有一个不到齐。鹤书接到可玉信后，正是目定口呆，弄得莫名其妙，连呼奇怪。因便立刻打个电话到乐园殡仪馆去询问，当有账房间接听，详细告诉给他知道，鹤书方才恍然大悟。心里暗想：证婚人我倒也给人家做了两次，但证死婚人，实在从未做过。因碍着可玉交情，再加小棣又是自己学生，他沉吟一会儿，也就决定前去。一面把应用礼物，统向纸扎店里去定，如大红绣花被儿、鸳鸯戏水枕儿。其他日用物件，如纸做高脚银盆四只、盖碗十只、痰盂一对、纸自鸣钟、热水瓶、花瓶、电风扇等大小共计三十件，满满装着一扛，先送到乐园殡仪馆去。其余友人，也都先来探听情形，知道详细后，大家有的送轴幛，有的送喜联，有的也送纸器，个个都亲身到来道贺观礼。这个特别仪式，真是闻所未闻。那夜馆中电灯通明，一样挂灯结彩，和办喜事一样一式。只不过新郎新娘，却是并头睡在正厅上，化妆得像天仙化人。小棣的礼帽，摆里枕旁，身上也穿着蓝袍黑褂；鹃儿则完全扮一个新娘模样，脚穿高跟缎底绣花缎鞋，身穿绣花礼服，头披白纱。两人星眼微闭，好像睡着一般。床前一排摆满花篮。来宾向他们行礼，可玉在旁答谢，大家倒也忘记是个殡仪馆了。若花因为这事友华还不知道，所以叫小红到马浪路十九号亭子间去通知她，叫她急速和小红同来。谁知小红回来告诉说："友华并没在家，二房东说她已到南京去了。"若花听了，十分奇怪，因这时外面来宾到齐，将到举行结婚典礼时光，颇形忙碌，遂也无暇再去研究她了。

西乐悠扬地奏着，门外三声号炮，即有男招待员引导着证婚人李鹤书先生登堂道贺。可玉答礼，由招待员陪入客厅，款待茶点，并把结婚典礼程序，拿给鹤书瞧道："请李先生瞧一遍，这样可好？"鹤书伸手接过，遂逐一瞧下去道：

婚礼程序

一、奏乐

二、来宾入席

三、乾宅主婚人入席

四、坤宅主婚人入席

五、介绍人入席

六、证婚人入席

七、男女傧相入席

八、男女傧相代新人交换饰物

九、证婚人读证婚书盖印

十、双方家长盖印

十一、介绍人盖印

十二、男女傧相替新人盖印

十三、双方家长致谢辞

十四、礼成

鹤书瞧毕，点头道："这样很好，因为是特别的仪式，不得不稍有变动。"招待员笑了一笑，鹤书因问道："男女傧相是谁？还有介绍人呢？"招待员道："我听可玉老伯说，女傧相就是李鹃儿小姐的表妹叶小红，现在又做可玉老伯的干女儿了。男傧相就是我们行里同事苏雨田，还有介绍人就是敝人辛石秋担任。这都是今天临时指定，我们和秦老伯素来世好，当然理应帮忙。"鹤书连说不错。正在这时，雨田进来闲谈，说起两人的死，真是伤心，小棣还有妹子友华，不知可有到来？石秋笑问雨田怎样知道，雨田道："那夜友华和她同学半农在跳舞场出来，被人击伤，就是我设法给他们送医院去的呀。"石秋笑道："原来如此……"话还未完，外面已来喊大家出去，原来已到结婚时间。

三人出外，见证婚席设在新人床前，面向着里，距离五六尺左右，四围已站满来宾，司仪早已提高喉咙逐一地喊下去。乾宅主婚人由若花做姑妈的代表；坤宅即是可玉。这个虽然是别开生面的结婚，但典礼倒也非常郑重。司仪员喊到男女傧相替新人交换饰物时，只见小红走到小棣面前，把小棣手指上那只名字金戒轻轻取下，这原是可玉今天立刻从银楼里打来两只，等着刻好名字取来，事情实在办得非常快速。当时小红捏着小棣手时，觉得冷如春冰，阴入自己骨髓。不知怎样一来，小棣的指爪好像触着小红手心。小红猛可忆起小棣上次在弄口时，握着自己玉手，曾经轻轻搔了一下，那时是何等热情，现在不到一年，自己竟遭此磨难，小棣也竟死去，真像做了一个春梦，睹物伤怀，最易感动，因此又引起万分的悲哀。等到小红把小棣的戒指，套上了鹃儿的指上时，那小红竟点点泪珠滴满自己衣襟。她恐给人见了，连忙站过一边。男傧相苏雨田见小红不把卷耳戒指除下，套在小棣指上，却把小棣戒指来套在卷耳指上，这分明是小红已替了男傧相职务，因也不便更正，只好将错就错，把卷耳指上的金戒指除下，去套到小棣指上。心中暗想，自己本是个男傧相，现在变成女傧相了，不禁好笑。小红瞥眼见雨田含笑，她尚想不到自己弄错，还以为是自己淌泪，因急伸手，擦了一擦眼睛。其实小红并非不懂这个仪式，因为眼瞧爱人，已一瞑不视，且哭了一日，神魂颠倒，一颗芳心只想着小棣，所以一听交换饰物，她也不管什么，就直向小棣面前去。可见小红的痴情，亦不下于可玉哩。

小红因要避免受人注意，她那两眼又望到床上小棣和鹃儿并头而睡的姿态去，只见两人仿佛都面带笑容，十分得意似的，真好像是对交颈鸳鸯。想自己是个失群之鸟，虽然活着，真及不来他们的死。心中愈觉悲伤，暗暗向小棣叫声："哥哥，你好狠心，却抛了我去了。"在喉咙口念到此，那两眼忍不住又滚下泪去。证婚人读证婚书后，盖好了印。在可玉的意思，本来尚要证婚人致辞。后来鹤书一想，这个结婚和普通大异，既不好尽情宣布，也不好过于颂扬，徒然令人感触伤心，何必多此一举，遂改为默祈几句，把它省去，倒也很是得体。

婚礼已成，可玉照样特请快乐照相馆摄影师前来给他们拍结婚照相。众来宾瞧此情景，自不免暗暗称奇。不多一会儿，大厅上早已摆了十多桌酒席。小红妈妈慧珠在女宾席上坐了首位，因她今日代表慧娟，实在是个最客气的生亲。酒行数巡，众来宾便纷纷议论，都说婚姻不自由，往往酿成惨剧。像今日这种局面，死者有知，实在要觉这事是使人太悲哀了。内中有一个白发老者，却反对这个论调，他举起酒杯，满饮一杯，席上众宾个个都静悄悄地听他说道："世界上的人，都是自己不知道自己。诸君别笑今日新郎新娘的一缕痴情，其实人生百年，弹指光阴，也不过是白驹遇隙。而且还要尝到了甜酸苦辣人生的各种滋味。譬如老夫来讲，今年已七十九岁了，但老夫断弦已四十年，也为着爱情浓厚，不忍再娶，过着凄凉的生活，天下像老夫的何止一人。我所说的还是个男子，若女子结婚，一年半载地便丧所夫，社会上瞧起来，又不知若干人，所以古人云：'浮生若梦，为欢几何？'像老夫就是梦中的一人，所以今日新郎和新娘的事，实在不能作悲切切的观念。他们两人，真是世界上大彻大悟，他们不愿见结婚后男的先死，或是女的先亡。他们情愿同时并死，你想，这是何等美满、何等风光啊！"众人听他说出这一大篇的话，倒也不能怎样地驳他，有的说是老先生的高见，有的说是老先生的觉悟。独有苏雨田心中不以为然，口里虽没说话，心里却有个反感，这老者的环境，假使家中尚有一个七十多岁的老妻在，他绝不会说出这几句话，也无非是触景生情，发发他生平的牢骚罢了。不料那老者说的几句话，却又都给可玉、小红听了去。因此可玉只当自己也死了，并不再代慧娟、鹃儿伤心。小红只当自己已嫁给小棣，现在小棣竟也死了，我譬如做了未亡人，那也是不可挽回的事。两人这样透底一想，把万分愁苦遂也慢慢散去了。

过了今天结婚，第二天可玉便给他们两人成殓，一样宾客满堂，不过大厅上已布置着素色。等到大殓已毕，双棺并陈，可玉即命人送入后面殡舍，择日到公墓安葬。可玉见众宾已散，把所有账目统统开销完结。因若花连日劳顿，便叫小红先伴着妈妈回去。慧珠见了，也来搀着若花，坐上汽车，三人便先走了。可玉见已没有事了，遂同男用人等，也返家来。见若花还没有睡，因便劝道："这两天真辛苦了你，还不睡去什么啦？"若花道："辛苦的疲乏，是浮面的；精神上的痛苦，是根本的。我瞧你精神上太痛苦了，快也早些儿地休息吧！"可玉笑着走到若花身边坐下，拉着她手摇头道："你还真不晓得我的心呢。我的心里把所有的一切是早已彻悟了。你不信？我念个曲儿你听吧。"说着，便念道：

陋室空堂，当年笏满床，衰草枯杨，曾为歌舞场。蛛丝儿结满雕梁，绿纱今又糊在蓬窗上。说什么脂正浓，粉正香，如何两鬓又成霜？昨日黄土垄头埋白骨，今宵红绡帐底卧鸳鸯。金满箱，银满箱，转眼乞丐人皆谤，正叹他人命不长，哪知自己归来丧。训有方，保不定日后作强梁。择膏粱，谁承望流落在烟花巷。因叹纱帽小，致使锁枷扛。昨怜破袄寒，今嫌紫蟒长。乱哄哄，你方唱罢我登场，反认他乡是故乡。甚荒唐，到头来，都是为他人作嫁衣裳。

　　若花听他唱完，不觉含笑说道："你这曲儿是从《红楼梦》空空道人处听来的吗？你难道为着慧娟，也要学着宝二爷的出家当和尚去吗？"可玉摇头笑道："哪里哪里？我因为这个曲儿作得很透彻，偶然想起，所以念给你听听。况且慧娟并不是林妹妹，我也不是宝哥哥。你这样地疑心我，你倒真有些儿像宝姊姊了。"可玉说了这几句话，自己仿佛也觉得失言了，可是已收不回，只得望着她憨憨笑。若花眼圈儿一红，好像有些不快活的神气，低下头来不语。可玉见她盈盈欲泣，连忙向她赔罪道："好姊姊，别气我，我说错了，请你原谅我吧。"若花抬头瞅他一眼道："薛宝钗是个最有心计的人。你对慧娟的事，我又几时用心计阻碍过你？你这样冤我，你自己去想想……"说到这里，真个掉下泪来。可玉见若花果然恨他，心中真有说不出的委屈。可是一时头上，哪里又说得明白，因只好老着面皮，去拭她泪笑道："原是我的不是，为了我事，已累你这样劳苦，倒又来怄你气了。我本是一块冥顽不灵的顽石，终要你像老祖宗一般地疼我，那才好哩！"若花见他装出这样像孩子的口吻，也就不住"扑哧"一声笑道："老祖宗是溺爱孩子官儿宝玉的。我不要，我也没有这个福气。"可玉听了，也笑道："你不喜欢做老祖宗，难道我偏喜欢做宝玉不成？我还是做我的可玉，你还是做你的若花妹妹吧。"若花瞟他一眼，却嫣然笑了。可玉用手摸着她腹部道："你的肚子又比前几天高得不少，前时我讲给你听的胎教学，你可还记得吗？将来养个白白胖胖的孩子，你还得谢谢我老师呢。"若花早又哧哧笑起来，忽站起道："我到对面西厢房去瞧瞧小红娘儿俩，不知可有睡了没有？"说着，便走到对面房中，只见小红和叶氏还没睡，因叫声妹妹道："你们怎不睡呀？"小红一见若花，早跳过来，亲亲密密叫道："妈妈，爸爸有回来没有啦？妈妈今天辛苦了，也早些儿睡吧。女儿不进来向爸道晚安了。"若花点头含笑，便又回到房里，只见可玉已睡倒在自己床上，因为可玉自那夜起分床睡了。若花不觉一怔道："你胎教学怎的又忘记了吗？"可玉笑道："不，我因想起鹃儿和小棣，实在有些儿胆小，不敢一个人睡着。"若花听了，望他娇媚地一笑，也就不再说什么了。

第十六回

返老还童火燎胡髭白
因儿哭母诗成泪血红

吟棣在苏州突然接到一个从上海邮局寄来的喜帖，他便拆开瞧道：

八月十五日为 小儿小棣 在上海乐园殡仪馆行结婚典礼。恭请
　　　　　　小女鹃儿
观礼。

唐吟棣
　　　　　　　　　　　　　　　　　　　　　　　拜订
秦可玉

吟棣瞧罢喜帖，心中深觉诧异，怎么这个人的姓名会和自己一样？而且结婚人唐小棣，亦和自己的儿子小棣一式。且女宅的具名是秦可玉，这他是自己的妹夫，我知道他没有一个女儿的。这鹃儿到底谁呢？一时更加丈二和尚摸不着头脑，不禁大声喊韦氏道："你快来瞧瞧，这个奇怪的喜帖真滑稽极了。"韦氏一听，早走过来说道："喜帖有什么奇怪，也值得这样大惊小怪，你真是越弄越不见世面了。"吟棣笑道："这喜帖上的具名，我并不认识这个人。"韦氏道："那么想必是寄错了。"吟棣笑道："你坐下来，我告诉你吧，这才是个怪事。寄倒不曾寄错，可是这人，说起认识来，你最认识，说不认识，连我都不认识他。"韦氏脸儿一板道："你这人说话好不明白，既然没有寄错，你怎么不会认识发帖的人呢？三说四说又说到我的头上来。怎么活了一把年纪，倒还要寻我开心，你真是放屁！"吟棣听她误会了，因忙正色道："他的名字叫唐吟棣，他的儿子也叫小棣，和我的名字一些儿不错，那不是稀奇极吗？"韦氏呸了一声，骂他道："你真老热昏了，他发帖子给你，不写你的名字，难道写别人的名字吗？至于小棣也写在内，那一定是阖第光临的意思了。这一些儿都不懂，你真是笨牛，你送他贺礼，你只管放心去喝喜酒好了。"吟棣见她自己不懂，倒还

骂自己笨牛，一时气极了，便蹬脚也骂道："我给你说了半天，你还一些儿听不懂，你倒真是个笨牛，是个呆鸟。我再告诉你吧，我名叫唐吟棣，请我吃喜酒的，也叫唐吟棣。我儿子叫唐小棣，他结婚的小儿，也叫唐小棣。那不是变成唐吟棣请唐吟棣自己吃喜酒了吗？况且小棣我已登报把他驱逐了，就是没有驱逐的话，我也没有定过媳妇，这不是第一个稀奇的事吗？还有他的女宅，就是和我妹夫的名字毫厘无差，一样叫秦可玉。你想，我妹子破肚皮也没生一个孩子，哪里有女儿给我做媳妇？这不是第二个稀奇事吗？他的请帖上写的结婚日期，是八月十五日，那十五日是昨天的日子，喜期已经过去，难道还叫我今天再赶上去吃喜酒吗？这就是第三个稀奇了。"韦氏道："你说的话我明白了，你自己起先说不明白，还要骂人，真岂有此理。你说日期过了，这也许发信人发得迟，搁了两天，这倒是有的。至于男女家的名字相同，这倒真的有些儿稀奇。但他们结婚的地点，到底是在哪一个旅馆呀？"吟棣听她问及旅馆，遂重又把喜帖拿过一瞧，不禁"咦咦"地大叫道："真荒乎其唐，从来不曾听见过的奇事了。"韦氏道："还有什么更稀奇的事吗？"吟棣道："你道他们结婚是借什么地方？"韦氏见他说得这样稀奇，便笑猜道："难道是借和尚寺院，还是借长三堂子呀？"吟棣听了，哈哈笑道："他不借旅馆和饭店，却借和你说的和尚寺院差不多，就是上海最新发明的殡仪馆。那殡仪馆是死人借作入殓用的地方，和平江会馆一样，只有丧事人家用得到，哪里有喜事人家去结婚？就是碰到办喜事很广的日子，也没有借到这样不吉利的地方去。不要说办喜事人家触霉头，就是去吃喜酒的人，也哪一个不触霉头呢？"吟棣说到这里，便把桌上的火柴盒取过来，划了一根，把这个喜帖点着，预备焚化去，口中还连连喊："晦气！晦气！开玩笑也不是这样捉弄人的。"韦氏见他把喜帖烧去，因也连喊道："且慢！且慢！你倒念一遍给我听听。"吟棣边烧边念道："八月十五日为小儿小棣、小女鹃儿，在上海乐园殡仪馆行结婚典礼，恭请观礼。唐吟棣、秦可玉拜订。"

　　吟棣念到"拜订"两字，忽然窗外吹进一阵狂风，把他手中拿着的喜帖正在烧火头上，顿时吹向吟棣的脖子边来，把吟棣花白的胡须竟烧去了一半。吟棣连忙把喜帖丢在地上，大声地喊着："喔哟！不好了！"韦氏慌忙递过湿手巾，给他揩拭，只见一半胡须依然长长地留着，一半却早已烧得牛山濯濯，韦氏忍不住咯咯地好笑起来。

　　诸位，韦氏叫吟棣念一遍，这仿佛是暗中吟棣自己已经承认小棣仍是自己儿子、鹃儿是自己媳妇，暗暗在祝告的一般。因此好像是感动了小棣和卷耳的灵魂，冥冥中前来见礼。但所以造成小棣和鹃儿的自杀，吟棣的登报驱逐实是个主要的原因。所以凭空吹来一阵狂风，把吟棣的胡须烧了半边，留着半边，好似叫他悔悟，收回驱逐声明。可是当时在吟棣心中，怎知道他儿子已是不在人世了呢？他见韦氏咯咯地笑，因道："你这妇人真黑良心，怎么还要笑我呢？"韦氏不理，忽然心中猛可地想起刚才吟棣说的"况且小棣我已登报驱逐了"的一句话，因大声问道："方才你说小棣已被你登报驱逐，这是什么话呀？"吟棣听她问出这句话，心中大吃一惊，因为自己到上海偷偷地登报脱离小棣和友华的事，原是瞒着她的，今天却在无意中说破了，这可怎么办？韦氏见他不答，遂连连追问。吟棣被她逼问得紧，料想瞒不住，只好把上次到上海登报驱逐的事，告诉一遍。韦氏不听犹可，听了这话，气得脸儿铁青，浑身发抖，猛可地早扑过身来，伸手一把抓着吟棣留下的半边胡须，一面大哭，一面怒骂道："怪不得棣儿、友儿放暑假都没有回来，我问问你，你还说是暑假补习，你瞒得我好紧！我只有一个儿子、一个女儿，你倒都给我驱逐出去，你是难看我吗？你若难看我，你就先把我赶出去好了。"韦氏骂着、哭着，却把胡须紧紧拉了不放。吟棣痛彻心肺，连喊道："你快放手，你快放手。"韦氏哪里肯听，又把头向他撞来，口中犹大哭道："你快把我的儿子女儿赔来！你这狠心种子，你的爸爸有没有驱逐过你，你不给我棣儿、友儿去找回来，我和你拼命！"吟棣一手推开她身子，一手又要去抢回胡须。这时家下女仆见老爷太太竟哭哭啼啼地打起架来，慌忙过来劝解。不料韦氏气极，把手狠命一扯，竟将吟棣剩下的胡须又拉去了一大半。吟棣这一痛，非同小可，大叫一声，可是已来不及，那下巴上只剩了三五根胡须了。吟棣本是个胡须花白的人，现在倒反而变成一个少年了。女仆见老爷下巴上有血，胡须竟已不翼而飞，心知是被太太拔了出来，想想忍不住好笑起来，因连忙去拧了两把手巾，一把给老爷，一把给太太。韦氏犹呜呜咽咽哭，声声口口地要吟棣赔儿子和女儿。吟棣真是哑子吃黄连，有苦没处告诉，因为这都是自己出言不慎，以致闹出这个祸事，只好反向韦氏安慰道："我的驱逐，亦不过是警诫儿女，并非是真的驱逐。你又当什么认真！你如要儿子女儿，这也容易，我就马上写信去叫他们来好了。"韦氏呸了一声，骂道："你倒说得这样便当。唉！你这老不死！这把年纪真是活在狗身上一样，什么事儿都可以闹着玩笑，这驱逐儿女也可以闹着玩的吗？

你听信了什么人来信，就是他校长有信给你，你也该调查调查。我道你把这事终丢开了，谁知你的心思，竟有这样险毒。你不想想我当初养这两个孩子的时候，肚子是痛了一日一夜，这也不要说了。养下来你又不舍得雇奶婶婶，说是要看重金钱。我为了这两个孩子，自己哺乳，自己洗尿布，这是多么辛苦，我是费了多少的心血，才得养成这么长大。你哪一样不是趁着现成！这孩子是我的，你怎么敢给我驱逐出去！现在你想活命，你快和我立刻到上海去寻回来，不然我就和你拼命。"说到这里，站起身子，便向吟棣又直奔过来。吟棣见韦氏真个发了牛性，连连摇手道："不要吵！不要吵！我就去！我就和你立刻动身是了。"韦氏听他软化了，只得罢了，但口中恨恨地说道："我也不怕你不去！"说罢，又狠狠地向他白了一眼。

苏州到上海是不消三个钟点。吟棣接到可玉喜帖的当儿，已是十六日黄昏时分，两人又相骂了一场，晚饭也来不及吃，立刻动身。火车到北火车站，时已八点多钟，吟棣手携韦氏就到车站隔壁汽车行里坐了一辆，先急急到可玉家里。只有一个新进来的女佣看守房屋，一见吟棣，便问找谁。吟棣道："看你家老爷和太太，说苏州舅老爷和舅太太来了。"女佣道："我们太太和老爷因为大小姐死了，已和二小姐等都到乐园殡仪馆去了。"韦氏"咦"了一声道："你们太太哪里有大小姐和二小姐呢？"女佣道："这个我也不知道，因为我是今天才进来的。我们二小姐也有十六七岁了，大小姐听说是昨天才死的。"吟棣见她是个新用人，也问不出什么头绪，因不和她多说，就拉了韦氏走出来道："我们还是直接到乐园殡仪馆去吧。这事真奇怪，可玉就算有女儿，难道死了儿女，还给我棣儿做妻子不成？"韦氏道："可不是！所以我们非快些赶去不可，上海我路是不熟的，乐园殡仪馆在哪儿呢？我们还是仍坐汽车去吧！"吟棣皱眉道："你这人真会花费，刚才坐汽车，已白花了一元二角钱，现在我们走走去好了。"韦氏道："放屁！你会走，我走不动呢！"吟棣道："那么我们坐人力车去吧，终好便宜些。"说着，遂叫两辆人力车，讲好车价，四角一辆，叫直拉到乐园殡仪馆去。乐园殡仪馆还在沪西，等人力车拉到那里，时已九点多钟。两人走进大门，只见门首尚还竖着四对大灯笼，两对姓唐，两对姓秦。四对当中，两对是红的，两对却是白的。吟棣、韦氏都不胜奇怪，急急进去。到了大厅上，馆中役人正在打扫。吟棣一问秦可玉，都说刚巧事毕回去。吟棣忙道："他家死了什么人啦？怎的门外有红白灯笼呢？"一个役人道："喏喏，那边账房王先生来了，请你问他，你就详细知道了。"吟棣回头一见，遂和王先生彼此招呼。王先生道："哦，原来这位就是唐吟棣先生吗？今天办的丧事，和昨天办的喜事，就是你少君小棣，和秦先生的令爱鹃儿小姐，他们俩人真死得好苦啦！想你们从苏州出来，定然不知道详细的。"韦氏一听棣儿已死，这真是个梦想不到的事，一时情不自禁，猛可拉着王先生的衣袖，号啕大哭起来道："我的儿呀，你是怎么样死的呀？"王先生突然给她这样一来，顿时吃了一惊，把她手儿摔掉道："别哭得太急，你怎么把我当起你的儿子来了？"吟棣到底父子有些天性，一听小棣已死，不觉也潸下泪来。今儿韦氏把王先生哭作儿子，别人家动了怒，因忙又正色道："王先生，这是我的内人，她实在因急昏了，所以颠颠倒倒的，请王先生不要计气。"韦氏也忙道："我原是急糊涂了。王先生，可怜我的小棣他怎样死的呢？"王先生道："少君和秦小姐平日感情极好，因秦小姐从小就给人拐到上海来做舞女，两人因感身世不自由，所以双双服毒自杀，两人都有遗书。秦先生因可怜他们两人生不能成为配偶，现在虽然死了，终要成了他们的愿望。所以昨天在这里还给他们正式举行结婚典礼，直到今天方才成殓。唐先生早来一步，尚还瞧得见两人的遗体。现在灵枢也停在敝馆的后面了。"吟棣、韦氏听了，虽然明白了一半，但鹃儿到底又是我妹夫的何人，尚还不大明白。韦氏突又想起刚才吟棣不肯坐汽车的事来，否则也许还可以瞧到我可怜的儿子一面呢！一时把吟棣恨得什么似的，狠狠敲了他一拳，大哭道："你这老糊涂！老不死！你听见王先生的话吗？到早一步，还可以见我儿子一面呢！现在为了你要省钱，不肯坐汽车，误了我的大事。唉！你从此不许再吃饭，天天给我吃钞票。你死了，我把钞票糊一口棺材给你睡去。你有了五十多万家财，给儿女花些，有什么稀罕？你竟狠心把儿女驱逐。现在我的儿子活活被你逼死了，连我要见一面，也被你失去了这个机会。我瞧你现在再从哪里去找个儿子来？唉！你这老杀千刀的，我也不要命了，你简直是我前世的冤家呀！"说到这里，向吟棣身上乱撞乱打，真个要拼命模样。吟棣到此，也深自懊悔，但事已如此，还有什么法想，他也忍不住哭起来。王先生瞧了这个情景，虽然不晓得是怎么一回事，但也稍有些明白，见韦氏好像要把她男人吞下的样子，反而做好做歹地把他们劝开。韦氏哭了一会儿，因又含泪道："王先生，请你陪我们到停枢处去瞧一瞧吧！唉！我的儿真可怜！"王先生答应，便向前引导，转了一个弯，即有一道月洞门，开门进去，即见有簇新两口棺木。王先生指着道："上首的是少君，下首的是秦小姐。"吟棣把棺材头上一瞧，见贴着"唐小棣先生，廿六年，八月，十五日，苏州人"字样。那面一口，也贴着一纸，上写"秦鹃儿小姐，苏州人"，也写年月日。这才知道儿子真已不在人世了，而且又是自杀的，一时悲从中来，不禁亦涕泗交流。韦氏早已伏棺大哭，伤心得几乎昏绝过去。吟棣恐她伤心过度，因劝她别哭了。韦氏一听，既悲伤，又愤恨，回过身子，便带哭带骂道："我的儿子被你害死了，你现在快快赔我一个儿子吧！你真黑心，自己不哭哭他，反来劝我。棣儿若魂而有知，一定来活捉你去的。"吟棣亦哭道："我哪里知道他会自杀呢？现在事已如此，我也没办法，若一定要我赔，我也只好死了。"韦氏见儿子已死，听老头子也要死了，一时倒也不敢十分再骂他了。吟棣道："你儿子虽然没了，但你还有一个女儿呀，女儿我终再也不敢得罪她了。"韦氏一听，果然不错，因急收束泪痕，要立刻到可玉那儿去问友华的着落。两人遂和王先生走到账房间，打电话叫汽车，吟棣扶她坐上车厢，吩咐车夫开到秦公馆去。

这时已在夜里十时左右，可玉等刚巧睡下，忽听到大门外有人擂鼓似的敲门。可玉、若花都吃了一惊，不敢出去。后来还是慧珠和小红带领仆妇详细问明，方知是苏州舅老爷、舅太太来了。这时可玉、若花也都出来，慧珠叫佩文开门。众人见面之下，大家痛哭了一场。佩文又拧上面巾，让众人擦过。韦氏向若花叫道："姑奶奶，我们是已来过一次了，听说你们在乐园殡仪馆，我们又连忙赶去，谁知你们早又回家来了。后来账房王先生陪我们去瞧棣儿的停枢处，并告诉我们一切的话。但我不晓得鹃儿小姐到底是你的谁呀？"若花听了，便指着可玉道："这鹃儿小姐的确是你姑爷的亲骨血，不过不产在我的肚子里。"说着，因把慧娟二十年前的事细说一遍。吟棣、韦氏到此，方才完全明白。韦氏又连声叹道："这真是一对好姻缘。唉！我儿为什么不早些和我说呢？现在可惜已来不及了。姑爷望了一个虚，我也忙了一场空。"可玉听了，触动心事，那泪又像泉水般地涌上来。韦氏也淌泪道："我们现在已是亲上加亲，可惜只剩了一个虚名儿。我想起来，我真又要恨这个老不死的，他若不登报驱逐，哪有这样惨绝的祸事呢？"若花道："那么嫂子为什么不早些儿到上海来呀？哥哥要驱逐，你怎么不阻止他？"韦氏恨恨道："他登这个报，我还只有今天接到喜帖才知道哩！他瞒得我铁桶似的，所以我真要和他拼命呢！"可玉听了，这才知道嫂子原不知道，鹃儿虽然自己自杀，但推其原因，间接地也实受登报影响，因问吟棣道："你这人也太糊涂了，为什么好好儿的要

151

把小棣驱逐呀?"吟棣听可玉也有些愤愤神气，这时自己倒像做个犯罪人一样了，遂忙解释道："我是因为强民中学校长李鹤书写信给我，我气极了，所以偷偷地瞒着她到上海来登这个报。但是现在我也懊悔了。"可玉忙道："你别冤枉了好人，鹤书他为了你登报，心中也大不为然，还和我说，叫我写信来劝你收回这个声明。我想你正在气头上，乘空本想我自己来一趟，谁知一些儿都没有空，一挨两挨，也就耽搁下来。鹤书他昨天还给小棣做证婚人，他对棣儿平日感情很好，他怎会写这信给你呢?"吟棣听可玉这样一说，倒又呆呆地怔住了，觉得这事真好奇怪。韦氏一听，又大骂"老糊涂""老不死"地吵着。吟棣到此，亦淌泪哭道："小棣我的儿，为父的真对不起你了。"可玉见他以袖拭泪，自己也挥泪不止。同时看吟棣脸上，终好像是缺少了一样什么似的，凝视良久，猛可地记起了，因忙问道："吟棣哥，你这尊须是几时剃去的，为什么又剩着几根呢?"吟棣一听这话，顿时满颊通红，嗫嚅着说不出话来。这时若花和韦氏也回头来瞧，果然只剩着没有几根，若花很觉奇怪。韦氏早又要笑出来道："你们只问着他自己，叫他说给你们听好了。"吟棣恐她要说出来，一时脸儿更羞得血喷猪头似的绯红了。可玉、若花弄得更加不懂。若花忽又笑着打趣道："哦! 我倒晓得了，我不说……"可玉破涕道："你既知道，你说给大家听听。"若花把眼儿看吟棣，又走到韦氏身边，附耳说了一会儿。韦氏把头摇摇，也附着若花耳朵，低说一会儿。若花唔唔响着，两人便忍不住咻咻地笑出来。可玉瞧此情景，谅来一定没有好事，本待问明，又恐吟棣多心，下不了面子，因遂和他又谈正经道："我们明天还得向公墓去找一块地，给两人下了葬才是。"吟棣点头道："正是，这事我真对不住你和令爱呢!"可玉道："过去事也不用说了，我劝老哥以后对于金钱终看轻些儿才是。"韦氏听了这话，立刻又想着友华，因向若花道："我儿子死了，但我的友华女儿呢? 姑娘可知道她在什么地方?"若花道："她本来住在马浪路，那天我去叫她，二房东说她已到南京去了，想来定是找半农去的了。"韦氏、吟棣听了，心里又十分焦急，但既不知她在南京什么地方，又怎样去找她呢? 恨起来又骂吟棣，吟棣道："对于友儿和半农婚姻，我原是九分赞成，全是你嫌他贫穷，怎的倒反骂我呢?"韦氏道："我是吓怕了，一百二百个地答应是了。"若花道："这样很好，日后友儿终会来信告诉我的。"韦氏这才安心。因见小红、慧珠在房，问这两位是谁。若花道："她就是小红，现在又做我的干女儿。这是小红的妈妈，现在我们都变为至亲了。"小红很是灵敏，早上来向韦氏喊舅妈，向吟棣喊舅爸。同时慧珠也和两人招呼，彼此又谈了一会儿。若花道："我们话说得久了，倒忘记问哥哥嫂嫂可曾吃饭？"韦氏道："我一路上和这老糊涂吵了来，刚才又哭了许久时候，伤心夹气愤，哪儿还想吃饭？"若花道："饿也不好，少许该用些儿。"因叫小红装出两盘干点心，请哥哥嫂嫂胡乱用些。因时已不早，大家方始各自回房安置。吟棣、韦氏自有佩文伴到客房去睡。

可玉因连日疲乏，直到次日午后，方才起床。忽见佩文送进一信，说是友华小姐从南京寄来的。原来友华那天在若花家里告诉了小红的事，就告别出来。不料在路上碰到一个女同学，她说半农有一封信寄在校里，已有一星期。她恐没人去拿要遗失，所以代友华藏在书包里，说着，把信取出，交给友华。友华连连道谢，回家后拆开一看，原来半农已在南京中学继续求学。友华心中大喜，她便整理一只皮箱，把做舞女所得三百元代价，随身带着，到南京寻半农去。所以她对于小棣的自杀，一些儿不知道。到了南京，情人见面，两人自有说不出的快乐。夜里友华忽然发现哥哥一个存折还在自己身边，所以她写封快信给姑爹，一则来告诉她自己已和半农一同求学，一则来托姑爹把存折代还哥哥。可玉当时瞧了，心中很为安慰，遂急忙把信来告诉吟棣和韦氏。两人一听，这才放下一块大石，一面写信告诉她哥哥已死消息，一面答应她和半农结婚，并取消驱逐声明。想友华接到爸爸妈妈这一封信，真是要弄到啼笑皆非了。

光阴冉冉，忽忽又是十天，李三子、赵阿龙、阿金姐的案子，法院里业已判决：李三子拐卖女子，处徒刑三年六个月；赵阿龙枪杀袁士安之所为，处徒刑七年；烟犯女子阿金姐，贩卖烟土，处罚金九百五十元。可玉接到这个消息，对于阿金姐虽有未满，但不愿多事，也只能罢了。

又过了数天，乐园殡仪馆打来一个电话，可玉接来一听，说乐园公墓已把小棣、鹃儿的墓地竣工，择日下葬好了。可玉听毕，心中颇觉安慰，因来告诉吟棣。吟棣十分感激道："诸事多蒙老弟费心，愚意星期日就去下葬，也好了却彼此一桩心事，不知老弟的意思怎样？"可玉点头道："我的意思和你正是一样，那么我打电话到乐园殡仪馆去关照一声。"说着，遂匆匆到电话间去。

韶光易逝，早又到了下葬的一日。小红带着男女仆人，先往乐园殡仪馆，亲送小棣、鹃儿桐棺到墓地去。小红坐在车中，感伤身世，想不到以姨表妹的名分，代为送丧，无限悲酸，陡上心头，因此尽管凄凄切切地啼哭，其一种悲哀之情状，实超过于巫峡啼猿。她内心的痛苦，较失侣的寡鹊更为难堪。

秦公馆里另备两辆汽车，吟棣和韦氏合坐一辆，若花、可玉和慧珠合坐一辆。汽车开出都市的繁华，驶入了农村的幽雅区域。秋色满郊，只见一带弯弯曲曲的流水，水尽处便是乐园公墓的大门，四围矮墙，铁门前有巡捕看守。大家跳下车厢，走进里面。可玉瞧那墓穴，基地高燥，基地上先用梅园石作为基础，其上便是一方大盖石，再上用意大利石雕成一座有两翅的爱神，爱神下刻着一对鸳鸯，精致玲珑。墓之四周，已种着一圈冬青，一碧崭齐。可玉非常满意，吟棣等也觉不错。正在这时，小红等送着柩车亦到。只见小红手扶灵柩，一路进来，哀哀悲啼。送入众人耳中，悲酸欲绝，令人不忍卒听，不禁纷纷泪下。不多一会儿，工人等已把墓盖卸去，先后把小棣、鹃儿两棺，平稳放下，等到石盖盖好，韦氏、若花、小红、慧珠都各放声大哭。吟棣呆若木鸡，心中又深恨自己登报的错误，挥泪不已。可玉痴痴立着，手中拿着鹃儿鸡心，凝望她的小影，浅笑含鞶，明眸皓齿，因鹃儿又想起她妈妈慧娟，不觉悲从中来，也同声纵哭不已。一霎之间，连那两口伤心惨目的桐棺也不见了。仆人等献上花圈，各劝着舅老爷、姨太太、太太、二小姐不要哭了。若花、韦氏、慧珠三人退后两步。小红忍住了哭泣，走到墓前，深深地又行了三个鞠躬，喉咙里喊了一声"哥哥"和"表姊"，那满眶子的泪，又滚滚地掉下来。可玉见小红鞠躬姿态，以及身段一举一动，真活像是鹃儿生前模样。因小红原是和鹃儿姨表妹妹，所以声音笑貌都很相像。此刻鹃儿的影子已没有了，可玉因睹小红，而忆鹃儿，而忆鹃儿，而更不能忘慧娟。思潮起伏，乘着斜阳墓道，新碑三尺，又念了一遍"唐小棣秦鹃儿合葬处"九个碑字，心中又起了无限感慨，仿佛小棣、鹃儿尚同睡在乐园殡仪馆模样。他们倒真的做了同命鸳鸯，自己实及不来他们，未能和慧娟并命，想到后死的真是惭愧。一时百感交集，不觉口占一律，以吊鹃儿，并慰慧娟。若花和吟棣站在一旁，听他念道：

> 拼将热血付东流，泪洒荒江惭九幽。
> 薄病又添三秋暮，怜香却种一生愁。
> 多情自古浑如梦，好事由来不到头。
> 眼见鹃儿同命日，问心犹憾后死羞。

若花听他如醉如痴地念着，同时满颊又沾着了泪水，因一面遂扶他跳上汽车，一面向吟棣叫声："哥哥，我们不如归去吧。"于是各人都坐上汽车，怀着满腔的悲哀，在万分依恋不舍之下，汽车已渐渐别了墓地，向夕阳中慢慢消逝了去。剩下的那"惭九幽"呀、"一生愁"呀、"不到头"呀、"后死羞"呀，凄绝而哀怨的余音，犹仿佛在寂静的暮色空气中流动。

小 红 楼

第一回

惆怅流年秋风悲红叶
感怀美眷旧雨话春容

上海霞飞路上一带绿阴阴的树丛里，隐隐露着一角粉红色的小洋楼，洋楼的西面，有一个半月形的阳台，栏杆上伏着一个西服惨绿少年，右手托着脸腮，凝眸远眺。见那满天被秋风打下的落叶，好像一只只的红蝴蝶，飞舞在树丫枝上，那少年不禁长叹一声，心中感慨着悠悠岁月，如水流年，好像眼前所少的是一个如花美眷模样，无限惆怅，陡上心头，不觉低低念道：

"停车坐爱枫林晚，霜叶红于二月花。"

少年念毕，又轻轻叹口气。韶光不再，转眼又是蓼红荻白、稻熟蟹肥、残秋将尽的时候了，无边落木萧萧下，不尽长江滚滚来。长江虽深，抵不过相思的一半，落木难尽，忘不了闲愁的万种。少年正在盼着夕阳悠然遐想，忽然从背后蹑手蹑脚地走来一个身穿深灰花呢西服的少年，生得面如冠玉，一表人才，伸手向那站在阳台上的少年肩上轻轻一拍，还没有开口，先笑起来叫道：

"石秋，今天是个星期，你倒没有出去吗？一个人站在这里，是想什么心事呀？"

石秋冷不防给他一拍，心中倒吃了一惊，慌忙回过头来瞧。原来拍自己的，正是自己最知己的朋友苏雨田，便伸手和他握了握手，笑着埋怨他道：

"你老是动没动地就吓人，怎么一些儿没有声息？此刻打从哪里来？"

"我因在家闷得慌，所以来瞧瞧你。又恐你出去了，不料一问你家小厮，知你果然在家，我便急急上来。进门一瞧，你却站在阳台上出神，我在你后面已站了好一会儿，你还不觉得。我心里有趣，就轻轻拍你一下。谁知你这个人是豆腐做的，碰没碰着，就说吓了你。这真对不起得很。现在我来做个东，请你大家一块儿到外面喝酒吃阳澄湖红毛黄嘴大蟹去，你可赞成吗？"

雨田把石秋的手连连摇撼了一阵，带取笑带赔不是地说着。石秋也忍不住笑起来道：

"你这人也真岂有此理！你既到我家里来，怎么你倒反请我客？这简直是抢着做主人了……"

石秋说着，故意又连说岂有此理，倒把雨田引得咯咯地大笑起来。两人便回进室里，这时石秋的小厮画官，亦已从楼下跟着上来了，倒了一杯热气腾腾的玫瑰茶，摆在茶几上，叫道：

"苏少爷用茶。"

雨田点了点头，画官又把石秋平日自用的蓝底白花细窑瓦茶壶里也冲上一口开水，石秋便对画官道：

"你到厨下去关照一声，说苏少爷在这里，烫些酒，煮些蟹上来。"

画官答应，匆匆下去。雨田笑道：

"你倒真的请我喝酒吃蟹了。"

"这是你的口福好，早晨亲戚才送来的。这两只蟹倒真是肥得很！"

雨田笑了笑，回头瞥见写字楼上摆着一碟颜色盆子，又铺着一张洁白的宣纸，纸上画着一个二八美人，活活秋波，脉脉含情，好像拈花微笑模样。这倒并不稀奇，因为石秋固海上一诗画名家。最奇者，那画的两旁又展着一副对联，长仅一尺有半，乃是石秋亲笔题款书写。心中好生奇怪，这样短小对联，不像是送人，若是写着玩玩的，没有这样考究郑重。这就身不由己地跑了过去，见这副联句却是一副长短句的挽联，因拿在手中念道：

花落恨同归，二十年小谪火山，背面相思，对面相思，忒猜疑，曾记否棣魄鹃魂千古痛。

　月圆云未破，百六节倘逢寒食，才人如此，美人如此，空惆怅，只剩得秋风红雨一天愁。

　　　　　　小棣卷耳同命鸳鸯千古，辛石秋挽

雨田把上款也一同念了出来，一时颇觉心酸，沉着脸儿，对石秋

160

叫道：

"石秋，这个挽联你难道预备送到秦家去吗？这样短小像什么东西，怎好悬挂到大厅上去呢？我瞧你这样触人伤心的事儿，还是少干干吧。秦老伯为了这事，我听得至今还在伤感呢。"

石秋因前日在乐园殡仪馆替小棣卷耳补行结婚时，是做个司仪员，归家后，因感着小棣卷耳的一片痴情，所以便口占一副长联挽他们。后来又瞧到讣闻上印着卷耳的一页照片，一时情不自禁，展纸挥毫，又给她画了一张春容。画好了后，摊在桌上，自己便到阳台上去闲眺，瞧着满天落叶，心中感触，呆呆出神，因此忘了收藏。此刻被雨田一问，因也走近桌边，把那张画儿先卷起藏在抽屉，望着他笑答道：

"哪里哪里！我因瞧他们两人痴得可怜，死得伤心，所以撰句一挽，聊作凭吊，原也有情人同声一哭之意，不料竟被你瞧见了。你道我要送给秦公馆去吗？那你真误会了。"

雨田听他不是送给秦公馆的，一面在转椅上坐下，一面又低头把联句细细读了几遍，抬头忽然又向石秋问道：

"石秋；卷耳本是桃花宫的一个著名舞后，她的生前，你可也曾见面和她跳舞吗？"

石秋早晓得雨田见了这联，定有许多研究，现在果然不出所料。遂把他手中挽联拿来，放过一旁，把茶几上那杯玫瑰茶端到他面前，向他摇着头道：

"我们不谈这些，回头我们喝酒吃蟹，谈赏心悦目的乐事，请你别再问这痛断人肠的话，你且先喝杯茶。"

雨田见他这样情景，心中倒疑惑石秋和卷耳生前也是认识的，因此愈加要问他明白道：

"不对不对！你联中有'背面相思，对面相思'两句，这就可见卷耳在日，你和她也必有一番舞友的知心。不然她死了，你又何必挽她，挽她而又一再地相思呢！"

石秋听他误会了自己的意思，不禁微红了脸儿，慌忙辩道：

"这些我都是说小棣和卷耳呀，哪里是说我自己？你不要缠夹二地瞎猜了。"

"你不要着急，我也不过跟你说句玩话儿。但我瞧你上联的末一句，为什么不用现成的'春雨梨花千古恨'？你若用这一句，那下联的末一句也可改'秋风桐叶一天愁'了。这样不是比你的流水对来得工整吗?"

石秋听他这样说,便也在对过桌子旁坐下,笑着道:

"用春雨梨花,花字和上联第一句第一字重,但我要切贴他们两人的名字,所以用棣魄鹃魂,这就是令人一望而知是挽着小棣鹃儿,别人不能移用的意思。"

"原来如此,怪不得……"

雨田沉吟半晌,说了这半句的话,却又把话缩住,望着石秋只是唏唏地笑。石秋见他意态,好像这笑是含着有些儿神秘,倒给他笑得不好意思起来,忍不住问道:

"干吗好笑?怪不得什么啦?你说下去呀!"

"怪不得就是怪不得,你要我说下去,你且先把方才桌上摆着的一张美人儿给我瞧瞧。"

"这我就是照讣闻上卷耳小影画的呀。你讣闻也有,哪有什么多瞧?"

"我不信,你拿出来给我瞧,我喜欢多瞧,你难道舍不得吗?那么将来你开书画展览会时候,到底给人瞧不瞧?"

石秋拗不过他,只得把刚才收起来的画儿,又从抽屉取出,交给了他。雨田展开细瞧一回,便大声叫起来道:

"真画得好像啊!这个女郎,不就是秦老伯的干女儿叶小红女士吗?我还记得那天她和我做傧相的时候,你是担任司仪的职务。当你喊到男女傧相替新人交换饰物时,我还没动步,她却立刻姗姗跑到小棣尸身旁边,把小棣手上的金约指取下,套到卷耳的指上去。我瞧她真是一个才貌兼备的女士,但不知怎的,她竟会代替了男傧相的职务。彼时我虽欲指点于她,可是她已把卷耳的指上换好了。我因男女新人都是为情而死的一对可怜虫,现在的结婚也不过是尽秦老伯的一片苦心,所以我也只好暂时当一个巾帼丈夫,以男傧相而代理女傧相的职务,把卷耳手上的约指取下,套在小棣的指上。及今思之,我心里还觉有些儿难为情。不晓得这叶小红是否是有意地和我开玩笑,还是伤心糊涂了?不过我瞧她果然是个可人儿,石秋,你真好眼力,赏鉴得不错,这个画可画得真宛然像她。怪不得你挽卷耳下联的末句,要用'秋风红雨一天愁'了,原来你都是嵌着四个人的名儿。你的心思真巧,既把小棣鹃儿连在一起,下面却又把石秋小红配作一对。哈哈,你的心思虽巧,但又怎能逃得过我的明察秋毫呢?"

雨田很得意地说了一大套话,还不住地摇晃着脑袋儿,大有诸葛料事如神的模样。石秋听了也忍不住好笑，想起来那天真有这样一回事，但雨田怎的又误会我画的是小红呢？其实画中原是卷耳，这秋风红雨倒真被他说到自己心坎里了，否则哪有这样巧？多少终有些意思，一时微红了脸，故意还辩着道：

"呸！这个画哪里是画小红？你不信，我拿讣闻你瞧。"

石秋说着，便伸手在画堆里找出一个讣闻帖子，翻开第一页，是小棣的半身相片。再翻第二页，便见一个亭亭玉立的女郎，站在桃花底下，一手还持着数朵花儿，做微微含笑姿势。照片的上首还注着一行小字，是"秦鹃儿小姐遗容"。便拿到雨田面前，给他和画比较。雨田瞧了良久，真是一对璧人，浑不辨是卷耳是小红，一时瞧得呆了，不觉摇头叹息道：

"真是纵然不语亦倾城。卷耳和小红原是姨表姊妹，所以容貌酷肖，这个事儿你可详细知道吗？"

"我听是听到的，但详细如何却不晓得。"

雨田听他说不晓得，只道他假话，便对他笑了笑。这时，画官捧了一大盘无肠公子和两碟子姜醋、两小壶陈酒上来。雨田放下讣闻和画儿，忍不住笑道：

"菊黄稻熟蟹正肥，我真个要叨扰你了。不过我晓得只有秋风落叶，或是秋风黄叶，现在你却用秋风红雨，就算你不是嵌石秋、小红两个名字，但意思倒也新鲜得很。"

石秋听他又说到这个问题上去，一面站起，一面仍辩驳着道：

"这有什么新鲜？春天里用春风红雨，那红雨当然是指点落花；若在秋天用红雨两字，那当然是指点落叶了。前人不是有'霜叶红于二月花'的诗句吗？那落下的木叶，一经染着浓霜，颜色便变红了。我用秋风红雨，就是这个意思。"

雨田也跟着站起，听他说出这个道理，哪肯示弱，便也回驳道：

"这个'红雨'两字，是专指枫叶而言。其他的木叶，哪里经霜后就能够都作红色？所以他上面一句，是'停车坐爱枫林晚，霜叶红于二月花'。你的眼前难道有这许多的枫叶像红雨那样地满天飞吗？你不要赖了，越赖越是有意思的。"

石秋被他驳得无话可对，只好憨憨笑了笑，拉着他手道：

"不用说了，我们喝酒吃蟹是正经。"

说着，便叫画官把那只小百灵桌端到阳台上靠石栏边放下，又扭亮了室中的电灯，石秋和雨田便斜角形地坐下这时晚风拂拂，遍体皆爽。只见一轮明月从淡淡的云影里掩映而出，夜色昏昏，早已笼罩大地。两人各执一壶，自斟自酌，颇觉自得其乐。石秋笑道：

"昔人细嚼梅花读汉书，今我与你持蟹对菊，把酒话心，也正不让古人雅兴，人生到此，于愿已足，尚复何求？"

雨田正把酒喝了一口，听石秋这样说，便白他一眼，取笑他说道：

"蒹葭苍苍，白露为霜，所谓伊人，在水一方。把酒话心，虽有知己当前，我猜你的心里，一定是还少个画中爱宠。倘若真的把叶小红女士邀来，那才真是于愿已足。石秋，我这话可有说到你的心眼里去吗？"

石秋听雨田一定要把画中的人当是小红，不觉红着了脸儿，笑起来道：

"你这人真也好没道理，天下的事情，哪里可硬派着人家是画她。刚才你不是已瞧过卷耳的照片吗？你难道还信不过我？"

"这个画就算你是画卷耳，那么这'秋风红雨'四个字，你终赖不过去了。"

雨田两手剥着蟹肉，白他一眼，又这样地问他。石秋喝了一口酒，忍不住笑了笑。雨田瞧他不响，料想真有些儿意思，早又咯咯地笑道：

"赖不过了，赖不过了，我瞧你还是对我说真心话吧。秦老伯今天打电话给我，叫我明天四点钟到他家去。秦太太和我是很说得来的，我可以给你去做说客。因为小红这个人，虽然曾充秦家的婢子，出身到底不坏。再说秦太太一向是爱若自己女儿一般，现在正式认作义女，当然更爱她了。秦太太是个学问渊博的女子，所以小红从小就给秦太太亲自教导。现在诗也会吟，且又会写得一手好字。她虽没有进过学校，但天赋其聪敏和慧质，普通的女学生又哪里能及得来她呢？至于她的容貌，你是已经瞧见过了，淡淡的春山，盈盈的秋水，那动人的意态，也不要我来再形容了。石秋，你如果合意的话，我明天准给你说去，想才子佳人配成眷属，秦老伯、秦太太是一定没有不赞成的。"

石秋听他这样热心地滔滔地说了许多话，心里当然是很感激。一时想起那日小红做女傧相时，望着小棣、鹃儿的遗体，只是扑簌簌地淌泪。此刻眼前好像也映着小红带雨海棠的脸颊，憨憨地立着。红袖香添，绿蚁酒劝，不觉心儿怦怦一动，遂仔细问他道：

"你说小红是卷耳的姨表姊妹，究竟是怎么一回事呀？这个我真的不知道。"

雨田知道他心中已有些儿默许，一阵高兴，正欲把这事细细告诉，画官便提着一小壶勺子来冲酒。石秋因叫他把烟卷取来，递一支给雨田，自己也衔了一支，画官忙给两人划了火柴，自提勺子下去。雨田吸了一口烟，便望着石秋说道：

"你问小红的历史，说起来话正长哩！反正现在没有事，我便详细地说给你听听也好。这个事还是二十多年前的时候，秦老伯还只有十八岁，先本住在苏州，他的住宅旁还有一个李家，李家有姊妹两人，长名慧娟，幼名慧珠，都出落得花容月貌，十分艳丽。慧娟和秦老伯自幼相识，两小无猜，遂各倾心，慧娟非秦老不嫁，秦老也非慧娟不娶。谁知家庭专制，秦老伯的老太爷却不赞成，一面把秦老伯软禁在家，不许出门一步，一面却代他向唐氏订婚。那唐氏就是现在的秦太太若花，小棣就是若花的侄儿子。"

石秋听到这里，早嚷起来道：

"那么结果秦老伯和慧娟是没有结婚呀？"

"慧娟不但没有和秦老伯结婚，却早已产后病故了。"

"咦！你这是什么话？慧娟既没嫁人，怎么能够产儿呢？"

"你真是个老实人，明人不必细说，慧娟腹内一块肉，当然是秦老伯的骨血。慧娟临死的时候，先把产下的孩子取名鹃儿，又把自己的私蓄二十块钱附在孩子的身上，并有字条一张，上写孩子的年纪月生，把她抛弃到田野去。这是一段很伤心的故事。慧娟因想着孩子，又想着自己的身世，遂忧忧郁郁，竟奄然物化……"

石秋微红着脸儿，默默地喝了一口酒。雨田说到这里，却轻轻地叹了一口气。石秋也非常同情，眼皮儿一红，轻轻又问道：

"秦老伯既然这样多情，那慧娟死了，他难道一些儿都不知道吗？"

"等他知道，孩子早已抛了，娘也早已死了。因此他自怨自悔，便自号泪珠生。直到小棣和卷耳自寻，从卷耳的身上发现二十年前慧娟的遗书，他方才恍然卷耳是自己的骨血。"

"可怜卷耳的身世，竟和她妈妈一样伤心。"

"可不是吗，说来也真叫人叹息。"

石秋和雨田都摇了摇头，都觉得十分扼腕。石秋忽又笑起来道：

"你说的都是卷耳历史，小红的历史还仍是一句没有说呢！"

"你别性急，要知道小红的历史，是非从卷耳说起不可的。"

雨田望着他哧哧地一笑，石秋觉得这笑多少含有些儿意思，那脸儿不觉又红起来。雨田方才笑着继续告诉道：

"秦老伯自从移家上海，便纳一个婢子，就是小红。他常自叹膝下没有儿女，时时忧形于色，见小红生得伶俐可爱，当然待她是非常好。秦太太的侄儿子唐小棣那时在上海读书。这天正合该有事，小棣齐巧来望姑爸，因见小红很是记挂她的妈妈，小棣原也是个多情公子，就答应她代为去到虹口瞧小红的娘。小红的娘就是慧娟的妹子慧珠，她嫁叶姓的为妻，谁知妹妹和姊姊一样命薄，姓叶的很早就死了，所以把小红卖给秦家，自然是为了经济压迫。慧珠她自己每天还到工厂去做工，境况的恶劣也就可想而知了。慧珠同厂有一个送货的工人名叫李三子。你道这李三子是谁？原来就是把鹃儿拾去抚养长大的无赖。他因乡下住不下去，所以也带鹃儿到上海来，见上海是花花世界，他因把鹃儿当作舞女，改名叫卷耳。卷耳就是秦老伯的骨肉，也就是小棣的恋人，可惜当初大家一些儿不晓得，否则两人又何至于做同命鸳鸯？当小棣到慧珠家去时，慧珠已经进厂做工去，偏偏这个李三子又是和慧珠邻居，听小红在秦公馆很记挂娘，因此过了两天，他就用尽心计把小红骗出，又把她卖作舞女去了。小红是一个心高气傲、心地纯洁的女儿，曾经寻死一次，却又被人获救，后因老母尚在，也就不忍再自杀了……"

石秋听到这里，心里实在代小红伤心，忍不住含了眼泪，又问道：

"小红既然被卖了，后来怎样又救出来？秦老伯又怎样知道小红就是慧珠的女儿呢？"

"这个事是全仗小棣的妹子友华。友华那日无意在舞厅中遇到小红，因此她来向秦老伯报告，才得把小红救出来的。"

"哦，你说的友华，是不是那夜和一个龚半农在舞场出来，被人狙击，后来幸亏你把汽车送他们到医院里的那个？"

"对了，正是她。小红救出的那天，正是小棣、鹃儿同死的一日。齐巧这日慧珠也来秦家探听，大家一说，才晓得慧珠就是慧娟的妹子，小红就是卷耳的表妹，所以两人面貌是十分相像。秦老伯因女儿已死，遂把小红更当宝贝一般地认作干女儿了。小红不但是个才女，实在还是个孝女哩。"

石秋听他一口气地说完了这个事，心中对于小红就起了无限的怜惜，由怜惜不免产生了爱的成分，因此也暗暗地倾心相感。见雨田说得好久，遂把他的冷酒换去，满满地筛了一杯热的道：

"你把喉咙先润一润，要说再说好了。"

"哈！你倒听出神了，这个就算是你央我去做月老的表示吗？不行不行，你还得好好地谢我不可！"

石秋听雨田一厢情愿地要给自己联成好事，不禁喜形于色，但却是不好意思说答应，只望着他哧哧地笑。

碧天如洗，万里无云，只有银河横在高空，小星散发出闪烁的光芒。忽忽起了一阵狂风，吹得树叶子都瑟瑟地作响，两人不由自主地抖了两抖，都感到有些儿寒意。雨田一撩袖子，见表上已指九点，遂把面前一杯喝干，停杯不饮。石秋道：

"为什么不喝了？再吃一只蟹吧。"

"不，我已饱了，时候不早，明天见。"

石秋也不强留，两人起身，回进书室，画官端上脸水，两人都用菊花叶子擦手，然后再用香肥皂洗净。雨田正待跨步出去，抬头瞥见上首壁上又挂着一联，从前并没见有，大概又是新挂上的，不免停步瞧了一瞧，只见上款题"辛酉秋集圣教序字"。那集句是：

有雨云生石　　无风叶满山

下款写的是"辛石秋题"。雨田一面走一面哈哈大笑道：

"真是有缘，这副对联，上款一个石字，下款又有一个叶字，我明天准给你说去，你别心急。"

雨田回眸又向他瞟了一眼，石秋轻轻拍他一下肩胛，两人都一阵大笑，身子早已走到楼下去了。

第二回

闻耗来归痛流游子泪
知情窃听难测女儿心

　　这个辛石秋原来是江苏松江人，今年还只有二十岁。辛家是松江望族，而且也是个大家庭。石秋的爸爸墨园，妈妈陆氏，不单生石秋一人。墨园是前清举人，现充松江县云溪镇镇长。陆氏有甥女巢爱吾，从小便父母双亡，爱吾育于墨园家，现在也已有十八岁，毕业于松江女中。陆氏因为自己妹子临终时，含泪再三嘱托，所以待爱吾就当自己女儿一般地疼她。在陆氏意思，因爱吾和石秋年龄相仿，且自小青梅竹马，感情不坏，本待与石秋为妻，但爱吾身子柔弱多病，所以心中犹委决不下，迟迟没有发表。辛墨园和秦可玉原是老世交，可玉现任上海安东银行董事，素知石秋少年老成，中文、英文均有根蒂，所以聘为行中秘书。苏雨田乃是行中保管金库，两人办事，虽非同科，然职司均重要。石秋因雨田性好文学书画，所以尤为莫逆。两人除办公时间外，差不多没有一日不聚在一起。可玉因两人都是自己的心腹，所以内侄唐小棣和自己女儿卷耳因双双情死后，要给他们补行一个婚礼，便叫石秋做司仪员，雨田做男傧相，自己干女儿小红做女傧相，原也不当他们作外人看待的意思。今日雨田因星期无事来瞧石秋，那时离小棣殡后已有五天。不料齐巧瞧见石秋照讣闻上卷耳小影画了一张春容，雨田竟误认他是有意来画小红的，从此便引起雨田向可玉替石秋、小红说亲。雨田热心过人，欲联成这一段美满姻缘，愿天下有情人都成了眷属。在雨田当时心里，哪儿有个恶意吗？谁知因此而又引出下面曲曲折折的故事来。

　　雨田回到寓里，时已十点左右，因在石秋那里多喝了两杯酒，且路上又吹了风，颇觉头脑疼晕，遂倒身就睡。次日起身，见天空竟下了蒙蒙的细雨，气候较昨天又冷了好些。他便披上雨衣，匆匆乘车赴行办公。秋天的季节，阴晴原属不定，到傍晚的时候，天气忽又转晴，淡蓝的天空浮云散开，竟映出片片的晚霞来。他想，秦老伯昨日约我今天到他公馆去一趟，这时正是时候。见同事都已纷纷出行，他也把写字台上物件收拾藏好，挽着雨衣，坐车到同孚路秦公馆里去。

雨田到了秦公馆，走进会客室，只见有一个身穿灰哔叽长夹袍的少年，正和可玉坐谈。雨田颇觉面熟，但一时却记不起来。可玉便忙向两人介绍道：

"这位龚半农，是小棣、友华的同学。这位苏雨田，是我们行里同事。"

可玉说时，半农早已站起。雨田这就见半农的额际有个铜圆般的瘢疤，心中细细一想，猛可记起，这龚半农就是友华的爱人。春间两人游玩桃花宫舞厅，夜深出来，突然被人狙击，不是我给他们用车送到医院里去吗？可是他现在服装穿得这样朴素，和前时西装革履好像判若两人，真不愧是个学校里中坚分子，怪不得我要不认得他了。知过能改，这是青年最难得的事，雨田心中倒也很觉佩服，立刻抢步上前，和他握了一阵手，笑着道：

"哦！原来就是半农兄，我们曾经见过的，久违了，听说你到南京去求学，是哪日出来的？"

半农也想起了，不觉微红了脸儿，微笑答道：

"不错，你一向可好？我因接到老伯来信，知小棣兄和鹃儿妹竟遭此不幸，所以陪同友华妹前来慰问老伯和伯母，还只有刚才到哩。"

两人说着都又坐下，仆人送上香茗，三人在会客室里闲谈。这儿友华把挈匣交与佩文，跟着一同到上房，见了姑母若花和小红。若花见了友华想鹃儿，小红见了友华想小棣，因此三人只喊了一声，还没说话，都已哭得泪人儿一般呜咽起来。佩文忙又拧上手巾，友华细细问了一回，若花亦从头告诉一遍，大家都又叹息淌泪。友华回头见小红梳妆台旁摆着一张照相，上有透明玻璃纸盖着，因拿来展开一瞧，正是小红昨日摄来的乐园公墓小棣和鹃儿新坟的影片。影片的两旁还题着一副小红的挽联，友华瞧着读道：

> 棒打鸳鸯，执笔画眉从此绝。
> 梦幻蝴蝶，焚琴煮鹤我何堪。

友华读毕，心中无限沉痛，只觉一股酸楚冲鼻，眼皮一红，那泪又沾满了两颊，长叹一声，望着小红，说道：

"这个光阴真好快啊！明天竟是哥哥的首七了。鹃儿姊既然和哥哥这样深情，怎么不早些儿说明自己的身世呢？不然哥哥和鹃儿姊原是表兄妹，这一对鸳鸯哪里会变成蝴蝶的幻梦呢？"

小红听了，也叹了一口气。若花却哭起来道：

"可不是！这都是你的爸爸不好，现在他也来不及懊悔了。"

"姑妈，现在爸爸和妈妈怎么不见？到哪儿去了？"

"此刻你爸和妈妈是到莲花庵去为明日超度亡魂的事情。华儿和红儿坐一会儿，我到外面瞧你姑爸去。"

小红见若花拭着眼泪走出去了，便拉着友华的手，同到沙发上坐下，说道：

"姊姊，表哥的事，爸爸写给你信里都说得很详细，想你都已明白了。"

"我因想起哥哥嫂嫂殉情的悲剧，今天坐在火车上，我还和半农各人都作了一副挽联。"

友华望她一眼回答。小红一听，忙又问道：

"姊姊，是怎样的句子？你能念给我听听吗？"

友华一听小红这样问，便站起身来，把刚才佩文拿进的挈匣打开，取出两张稿纸，递给小红。小红把纸打开，瞧着道：

大哥大嫂灵右：

　　妹自首都来，此别竟成千古。同病相怜，千古艰难唯一死。

　　兄今何处去，聚逢曾约九秋。合欢偕老，九秋容易却三生。

　　　　　　　　　胞妹友华拭泪泣挽

小红瞧罢，沉吟了一会儿，忽附耳对友华悄悄道：

"姊姊，你以后哪里还同病相怜呢？舅爸舅妈昨天都已说了，姊姊的婚姻，他们是再也不敢阻挡了。姊姊，你难道没接到舅爸的信吗？"

韦氏因小棣已死，叫吟棣快写信去安慰友华，恐怕女儿再发生意外，这友华原是早接到的，今听小红这样说，不觉两颊起了一阵红晕，叹道：

"爸爸虽然想明白，可是到底来不及了……"

小红心中有了一阵感触，摇了摇头，不觉又掉下泪来，放开第二张的素纸，低头读道：

小棣学兄暨嫂夫人鹃儿女士灵鉴：
　　一千里远隔新都，讵意生离，竟成死别。
　　二十年同沉苦海，人非薄命，天太无情。

　　　　　　　　　　　　　学弟龚半农挥泪挽

小红瞧到这里，忍不住又浅浅一笑，低声儿说道：

"这个称呼不对，可以改'内兄嫂灵右，妹倩挽'了。"

友华听她一味地半认真半取笑地说着，心里不觉感到她的可爱。小红忽又叹道：

"'人非薄命，天太无情'这两句话，真要令伤心人同声一哭哩。"

两人正在絮絮而谈，说得情投；忽听房门外一阵脚步声音响进来，小红因是朝外坐的，便抬头一瞧，慌即站起，叫道：

"舅爸、舅妈，友华姊和半农兄刚才都从南京到了。"

友华见进来的正是自己爸妈，三人见面，想起种种伤心的事，不觉抱头痛哭起来。原来友华的爸爸唐吟棣自登报把儿子、女儿声明驱逐后，谁知现在儿子小棣果然给他驱逐死了，见了女儿，不免又痛儿子。韦氏本来是十分疼爱友华的，今因分别长久，一旦见面，当然更有说不出的喜欢，又有说不尽的悲哀。小红见三人哭个不停，因亲自拧手巾，从旁劝道：

"友华姊，你路上辛苦，快别多哭了。舅爸舅妈见了你是多么欢喜，你若哭了，他老人家是要更引起伤心呢！"

友华听了，方才从韦氏身怀里站起，含着满颊晶莹莹的泪水，喊着道：

"爸爸、妈妈！都好吗？真想死女儿了！"

韦氏听她说完，又扑簌簌滚下泪来。因拉着她手，抚着她的云发，安慰道：

"华儿，你千万别伤心了。半农这孩子，刚才我们在会客室里也都已瞧见过，他的脸上虽有一个疤痕，但究竟不减他的英挺潇洒态度。而且听他说话也颇是温柔知礼的人，我和你爸心里都喜欢得很。你假使愿意嫁他的话，那么我可以择一个日子，便请姑爸替你们两人先订一个婚吧。以后你们也不要再到南京去，就仍在上海一道读书好了。"

友华听了这一篇话，心里虽是十分欣慰，但究竟不好意思立刻就喜形于色，于是低垂了粉颊，兀是抽噎着。吟棣恐女儿还不信自己，因也含泪声明着道：

"华儿，你妈的主意，我是完全赞成的，你千万不要伤心了，你爸爸是不好，现在爸爸想明白了，绝不会强阻止你了。"

友华听爸爸会说出这个话来，心中想着了哥哥小棣，一时又喜悦又痛苦，好像尝到了各种不同的滋味，一会儿甜，一会儿酸，偎着韦氏的怀里，却是默默地无语。小红见友华两颊红晕得可爱，虽然是淌着泪，但内心还是喜悦的成分多，显出不胜娇羞的模样。三个人都是悲喜交集，想起自己和小棣的一番情谊，今生是万难如愿，一时心中无限心酸，倒比友华更觉伤悲，止不住那泪又滚滚地沾满了两颊。一会儿猛可想起自己劝人家不要伤心，怎么我倒反淌泪了？因站在旁边颇觉不便，遂悄悄地退出，回到自己妈妈的房中来。谁知这个时候，可玉、若花也正在房中，和慧珠说话。小红慌忙把脚步停止，就在前面厢房里窗口旁立住，忽然瞥见对面会客室里坐着两个少年，一个穿长衫的是半农，一个穿西服的少年，颇觉好生面熟，但却记不起。想了一会儿方才记起，原来那少年便是自己做女傧相时候，他是做男傧相的苏雨田。小红伏在窗口，托着香腮，正在瞧着两人细细长谈，忽听后面厢房里可玉对自己妈妈说道：

"珠妹，这个雨田和石秋都是我行中重要职员，石秋的爸爸叫墨园，也是我的多年老友，他的家庭，我是知道得很详细，也是一个极热闹的大家庭。他的太太陆氏，生四个儿子。第一个叫宾秋，第二个叫雁秋，第三个即是石秋，最小的叫麦秋。四个儿子之外，还有两个女儿，长的叫春权，她是石秋姊姊，今年廿二岁，却尚未嫁人。次的叫春椒。还有一个姨甥女巢爱吾。宾秋、雁秋均已娶妻，宾秋在汉口经商，雁秋在北平党部办事。春椒现年十四岁，麦秋现年十岁，都还在读书。现在讲到雨田替小红说亲的就是这第三个儿子石秋。他在小棣结婚那天，是曾来做司仪员的。这孩子不但是学问好，性情也好，在行中对待各同事都非常和气。你倘然不嫌他家里人口众多的话，明天我便命石秋到这儿来假说请吃饭，就给你瞧瞧可好？"

小红听到这里，心中突然一怔，暗想道：原来这雨田是来给自己说亲的。但自己自从小棣死去，此心早已灰死，情愿侍奉妈妈到老，不愿再事他人，况又不知石秋……小红想到这里，听妈妈说道：

"玉哥，我是只有一个女孩儿，只要对方孩子学问好、性情好，还要想配怎样的人家呢？至于人口多寡，横竖现在都分住的多，将来小红和他组织一个小家庭，不是一样很简单吗？玉哥，这个事完全是要你替我做主的，我是一个女流，小红又是一个女孩儿家，可配不可配，是都不十分晓得的，你想对吗？"

若花听慧珠的话，是完全要可玉负责。想石秋这个孩子是颇靠得住的，但所虑的就是他的兄弟姊妹未免太以烦杂。小红是个性情柔弱的人，将来究竟如何，这也非常难以断定。虽然这是要瞧小红的命怎样，不过我们也不能全权做主。千句话做一句说，还是要小红自己同意才好。若花想罢，便也插嘴说道：

"珠妹说的话很对，但我代你想，还是叫雨田明日陪石秋到来，先给他和小红自己见面谈谈，交个友谊。倘然情投意合的，那么大家就正式订个婚；如性情不合，就此作罢，这样是最妥的了。"

可玉、慧珠听若花这样说，大家都拍手赞成笑道：

"姊姊到底有个主意。"

"你们且等着，我去叫小红来问她一声吧。"

若花笑着说了这两句话，她便走向前房来，一见小红扑在窗口上，好像静静地听着他们说话，又好像是在想什么心事，因便笑叫道：

"红儿，爸爸和你妈妈说的话儿，你有听到了没有？你怎么不走进后房里来呀？"

小红回头一见若花这样问，一时不觉两颊绯红，只得圆个谎，也笑叫道：

"妈妈，什么事儿啦？女儿实在不曾听到爸和妈说什么呀！"

若花还道她是真的刚才进来，没有听见。因把她手儿拉来，悄悄把雨田来给她说亲的话告知，并说你爸爸意思是这样，你妈的意思却叫我们做主，我的意思是先给你们由友谊着手，问小红意思怎样。小红却是无限羞涩地默然不答。若花正在催问，可玉和慧珠都也走出来，见她们娘儿俩这样情景，可玉笑道：

"你们两个妈妈好好儿征求她一下同意，我出去陪客了。"

小红待可玉走后，便抬起头来，假作毫不介意地娇媚地笑道：

"妈妈，舅爸舅妈回来了你知道吗？他们刚才见友华姊为了小棣表哥

173

哭得伤心，舅爸便答应友华姊和半农的婚事，舅妈说要拣个日子，还要请我爹爹给他们订个婚，这不是个欢喜的事吗？"

若花听不回答自己婚事，却去提友华和半农订婚的事情，可见她伏在窗口，一定在想自己的心事，那么她就是很明白告诉也愿意的了。正欲笑着再问她，慧珠早笑起来道：

"友华和半农订婚，果然是件欢喜的事，现在妈妈也告诉你一件对于孩子的喜事。你爹爹说有一个行中同事苏雨田，今日也正在给你作伐，要把你说给一个行中秘书辛石秋。你妈还要叫石秋到来，和女儿先做个朋友，你心里到底愿意不愿意呢？"

小红听妈妈这样说，娇靥更加红晕，憨憨地向两人笑了笑，便翻身逃跑到自己卧房里去了。若花对慧珠笑道：

"小红到底是个女孩儿，这有什么害羞？倒不声不响地逃跑了。"

慧珠听着，两人都不觉咯咯地笑起来。大家走到上房里，只见吟棣坐在沙发上抽小仙女的香烟。吟棣本来在乡下是不抽香烟的，吸的是皮丝烟或一管旱烟。到上海后，可玉给他抽雪茄，他听一支雪茄要值四五角钱，惊得伸了舌儿缩不进去，这样贵，太花费了，所以不要吸。拣市上最便宜的小仙女香烟吸，说已经够好了。一个拥有二三十万家产的人，能这样节俭，实在难得，他对女儿友华说"爸爸现在想明白了"，看起来也真令人好笑。友华却仍倚偎在她妈妈的怀里，絮絮地告诉从前吟棣误会的事，说及自己曾做舞女度活的艰苦情形，忍不住又抽抽咽咽地哭。韦氏听到伤心处，一面心里肉疼，一面又滔滔不绝地骂吟棣狠心。吟棣被骂得哑口无言，一声儿也不敢回答。直到见若花和慧珠走进房来，方才停止了骂，友华也拭干泪痕，向慧珠叫了一声姨妈。吟棣觉得不好意思，早已悄悄地溜到会客室里来。只听可玉和雨田笑着道：

"承你的美意，替石秋和小红作伐。刚才我已和小红的母亲说了，据内人的意思，还请你在下星期日陪同石秋前来，或者明天办公完毕，以便石秋和小女大家谈谈。倘然彼此意见相合的话，便可择日订婚。因为现在时代不同，随潮流而说，男女青年订婚，第一须尊重双方意思，只要两小口子性情相合，那婚事是没有不成功的。做父母的只不过做一个现成顾问罢了。你想我这话可对？"

雨田听可玉这样说，不觉点了点头，笑着说道：

"老伯的思想真是新颖得很，一些儿不错。将来一定是十分美满的，那么必定照老伯的意思办好了。"

吟棣听了，想起自己的固执，一定是大不受人赞成，心里亦觉自己陈旧，不及可玉时髦，真是个落伍的人，很觉不好意思。半农见了吟棣，便站起来，两人到那边沙发上坐下。吟棣细细问他一些学校中事，半农小心回答。这里雨田又问可玉道：

"昨日老伯叫我来府上，不知尚有其他吩咐吗？"

"哦，别的没有什么事，我本来想请你给我陪同摄影师，到乐园公墓去摄一个小女的墓影，现在她们已摄来了。"可玉吸了一口雪茄说。雨田见他对于亲事已一半答应，那其余一半是只需两人自己性情相合，那盅冬瓜汤是隐隐可以喝了，心里十分高兴，见时已将夜，便站起来告别道：

"老伯既然没有别的事情，那么我走了。"

"时候已夜饭了，你忙什么？"

"谢谢老伯，我还有些儿事，今天不吃饭了。将来婚事成功，我的酒就要多喝几盅了。"

雨田说着，挽起雨衣，和可玉都笑了一阵。一面又和吟棣、半农握别，匆匆走出大门去了。可玉送到院子里，也就停止，回身进屋，见书房中已开了电灯，若花、慧珠、友华、韦氏、小红也都在里面。见可玉进来，若花问道：

"雨田走了，他的意思怎样呢？"

"雨田意思本来也是这样，为的是怕我们思想陈旧不答应，所以他不敢说。"

可玉说着，大家笑了。友华拉着小红的手，又和她说笑话。吟棣这时便向半农道：

"半农，明日是棣儿的首七，方才我已和莲花庵姑子扣实，为棣儿、鹃儿超度亡魂，这事本不应有劳于你，但现在你已不是外人了，况与棣儿同学，明天就请你帮理去。"

"就是今天，他也宿在这儿好了。待和华儿考了学校，再住到宿舍里去是了。"

半农听可玉这样说，也就唯唯答应，又道了谢。小红望着友华扮个兔子脸，憨憨地傻笑。两人正在互相打趣，佩文进来，叫众位老爷太太、少爷小姐吃夜饭去了。

第三回

对月怀人清辉哀乐别
留宾做主心事笑啼难

一轮皓月照耀在万籁无声的碧空中。她的轮廓虽然还微微儿地缺着一角，但她的光辉依然是皎洁得不染纤尘，好像表示她的清白是永古不会磨灭，她的光彩是浮云不能终蔽。月虽是众星之一，没有忧愁，也没有喜悦。但从这时的月光瞧来，竟好像娇羞地傲慢地愁苦地在和赏鉴她的人们说话了。

那时院子里的树荫下，有一对姊妹花的少女，见众人都在长夜漫漫中酣睡，她们因为各怀心事，不能和众人一般地熟睡，因此相约起身，步月中庭，以消磨这耿耿不能成寐的秋夜。

这一双姊妹花是谁？原来阿姊是唐友华，阿妹就是叶小红。友华自从和哥哥小棣被爸驱逐以后，友华曾也身充舞女，鸣冀收入补助半农的学费。不料在白宫舞厅里因此竟和小红相遇，那时友华、小红真可称为同病相怜，同舟共济。现在还没有隔别了半年，哥哥小棣竟恋着鹃儿，为了婚姻不能自由，而双双服毒身死，天可怜的，自己也不知是什么幸运儿，爸爸却能回心转意，取消驱逐启事，并许我和半农订婚。所以友华的心中，一半是喜，一半还是痛。痛的是痛哥哥和鹃儿没有达到目的，竟已做同命鸳鸯；喜的是喜自己和半农婚姻成功，将来可享甜蜜的幸福。

友华心里既然有了这许多甜酸苦辣的思潮，想到伤心处，暗暗长叹；想到欢喜处，又觉阵阵愉快。因此睡在床上，眼瞧着从天空中射进来的清辉月光，哪里还能合得上眼？

小红是若花叫她和友华夜里做伴的，所以两人是睡在一张克罗米的半床上。两人小别重逢，且小红又做了自己表妹，为了表示亲热起见，彼此好说说话，两人就睡在一头，小红见友华转辗反侧地不能安寝，因而想起白天里雨田为自己来作合的事。那辛石秋本是个多才多艺的好青年，这些

176

从前爸爸和妈妈也时常提起，当初我只不过不注意罢了，自己假使能得这样的一个夫婿，终算也没辱埋了我的好模样儿，而且人生的幸福，未始不可以骄傲同侪。但既而仔细一想，自己本是个小棣极心爱的人，小棣为了我的被拐，他曾千方百计地到处找我，直到山穷水尽的时候，他方才恋我的姊姊鹃儿，他所以恋鹃儿的原因，是为了鹃儿和我相貌仿佛。现在他为姊姊而死，实在和为我而死的是一样的。我若不被李三子拐骗，他是绝不会去爱我的鹃儿姊姊，我哪里又会去当舞女？既不当舞女，那我洁白女儿的身体哪里又会被士安污辱？不过我的所以被士安污辱，实在是为了要和我的棣哥见面，可怜我爱小棣哥哥一片痴心，因此被士安花言巧语而中了他的圈套。现在棣哥死了，我本可以同死，但老爷又认我做了义女，而且我自己的妈妈年纪又老了，她千辛万苦费了多少心血，才把我抚育长大，我现在若跟着棣哥一同死去，我的心里虽然是很痛快，不过剩下我生身的妈妈，孤零零地抛弃她在这个举目无亲的上海，使她劳苦了半生的老人家心灵常常留着一个深深的创痛，这叫我死后的眼睛又怎能够放心地永远闭了去呢？想到这里，觉得眼前自己无论如何是不能死的了，终要报答了我妈妈的养育深恩，待妈妈百年之后，我再解决我自己的问题。

但是小红她又想起今天雨田竟同爸爸来作伐的事，要我和石秋先交个朋友，如性情相投的话，然后再订为夫妻。这个事儿我自问良心，实在很对不起石秋。因为石秋他是不晓得我是个失去贞操的女子，他只知道我是行中董事长的干女儿，我如答应了他交友，石秋他见我这样容貌，他一定是非常满意，那我们订婚自然不用愁的。不过我的心中终觉得深深自愧，一则是对不住石秋，二则也对不住小棣。小红想到此，她那芳心不觉又深恨李三子的不好，否则自己和小棣的一段美满姻缘，不是和现在友华跟半农一样满意吗？我是绝不好意思和石秋订婚，而且我也绝不愿以不完全的身体去贻羞石秋，但爸爸妈妈和自己母亲倘然问我为什么不愿意和石秋订婚，这个……叫我又怎么样地回答好呢？

小红心中为了这一个问题，究竟是和石秋订婚好，还是不订婚好，即使终委决不下想来想去。总是自己命苦会失掉女儿珍贵的清白……想到这里，无限心酸陡上心头，眼皮儿一红，竟滚下泪来，也是翻来覆去地睡不着。这时床上的两人各怀着无限的心事，一个是乐观，一个是悲观，友华见钟敲午夜十时，小红犹不能安睡，因回过身来，攀着她肩儿，先含笑叫道：

"妹妹，今天雨田来替你做媒，说对象石秋是一个现代模范的青年，姊姊听了，代妹妹是多么欢喜。今夜我瞧你睡了多时，却依然睡不着，想必也是为了这个，所以喜而不寐吧？"

小红不防她回过身来忽然会向自己取笑了，心里倒是一怔，连忙伸手假作揉眼睛，把泪痕拭干了，暗自想着，你是快乐人说快乐话，哪儿晓得我胸中心事的苦呢？不觉微微地叹了一声，但心中不知怎样又有了一个感觉，粉脸上立刻堆满了娇笑，憨憨地答道：

"对呀，舅爹已经答应姊姊和半农哥订婚了，妹妹怎么不要替姊姊欢喜呢？当然是要竟夕地不寐了。"

友华想不到竟被她一语说到自己心坎里，不禁飞起两朵桃花，伸手向自己嘴里呵了一口气，拿到小红胁窝下去胳肢，笑道：

"妹妹这张贫嘴倒会说话，怎么反拿姊姊开玩笑了呢？"

小红怕痒，一面咯咯地笑，一面把手抵住了她手，身子缩成一团，央求着叫道：

"好姊姊！妹子再不敢了，请你饶了我吧！但是姊姊也不该，干吗先打趣妹子？"

友华听了，不再呵她，拉着她手儿，身子坐起来，瞅了她一眼，笑道：

"得了吧，大家别谁说谁了，既然我们都睡不着，还是到庭心去步一回月吧。你瞧今夜的月色是分外清辉，多么可爱啊！"

友华指着窗外皎洁的皓月，这是她快意人的说话，她心中爱着那清辉的明月，好似象征着自己和半农未来的生命。曾记得人有诗："宛如待嫁闺中女，知有团圆在后头。"所以心中愈加兴奋，把小红竟直拖了起来。小红偎着她身子，昂了头望着月亮，心里只觉无限感触，轻轻说道：

"这个月儿倒真是光洁得很，只可惜她已失却一个缺儿了。"

小红虽然是在说月儿，但回想自己的身世，大有凄然泪落的光景。友华原不知道她的苦衷，一面披了睡衣，一面笑着道：

"妹妹你真傻呀！今天已是废历十三了，再过两天，那月儿不是可以全圆了吗？你愁什么？终有那么一天，给你和辛郎团圆是了。"

友华回眸过来，望着她哧哧地笑。小红听她说得这样有趣，也不禁嫣然笑起来。两人挽手步到庭心，凉风拂拂，遍体皆爽。月光无限温柔地筛着树叶枝儿的影子，清清楚楚地映在泥地上，因受了微风的吹动，那黑影儿也不时地摇摆，远远望去，倒添了不少的情趣。

友华挽着小红的手儿，慢步默默地踱着，两人仰头望天，同时瞧着碧空中的皓月，心中却有各种不同的感觉。友华觉得这个将圆的明月，真是愈瞧愈爱，愈爱愈快乐。但是在小红的心里，却齐巧立在相反的地位，竟大有"最是不堪抬头望，中天皓魂对我圆"的情景了。因为她见到月儿圆了，就要想到自己和小棣的不能团圆，因小棣而又想到半农的挽联和友华的挽联，这就叹了一声，不觉脱口念道：

"二十年同沉苦海，人非薄命，天太无情。"

小红心里很爱这一联句子，句句都在说自己和小棣人非薄命。照目前的环境而说，自己已给可玉认作干女儿，认命薄也不能算十分薄。但自己心爱的小棣，终不能投入我的怀抱，而达到我们月圆的目的，这老天实在也太似无情了。现在我和棣哥不但不能达到目的，始而不过生离，今则竟成死别，连再要和他见一面也已是不能够了。一时又想起友华的联句，"同病相怜，千古艰难唯一死"，觉得友华这两句话实获我心。我现在尚有一个老母存在世上，死又死不去，活又活不成，这岂非"千古艰难唯一死"吗？小红心中是这样地想着，友华既不是她肠子里的蛔虫，又怎能够明了她内心的苦衷？今听她骤然地念着这个句子，心里不觉一怔，紧握了她手，柔声地安慰着她道：

"咦！妹妹，怎么啦？好好的月色不赏玩，干吗你又想到哥哥悲哀的苦境去了？哥哥是已沉苦海，永隔人世；妹妹是乐园中的一只小鸟，来日的幸福，恐怕姊姊也及不来你呢！"

小红听友华这样安慰她，心里倒着实很是感激。但想起来日的幸福，恐怕是实在暗淡得很，摇了摇头，长长叹了一口气，凄然道：

"姊姊，你真不知道妹妹的苦楚呢！我真恨'千古艰难唯一死'，及不来鹃儿表姊的决心。"

友华听了这话，就在一枝银杏树下停住了步，两手搭着她的肩儿，凝望着她，失惊地叫道：

"妹妹，你这是打哪儿说起？你的地位和她的地位不同，她当时并不晓得她是姑爹的女儿，她若能早些儿和我哥哥说出真姓名来，恐怕哥哥和她早已成为一对交颈的鸳鸯了，哪里还会演出这个悲痛的惨剧？现在妹妹是给姑爹收作了女儿，姑妈对你又完全像亲生女儿一般地疼爱，况且妹妹自己也有一个老母。将来嫁一个如意郎君，水晶帘看梳头，将来的幸福正未可限量。妹妹，你为何定要抱这种悲观？妹妹说这些话，不是叫我听着也心里难受吗？"

友华说了这几句安慰的话，明眸含着无限诚意的目光，瞧望着小红，只见小红的粉脸上不但毫无笑意，反而对着万里无云的碧空，竟扑簌簌地掉下泪来。友华心中好生不解，还以为是伤心着做舞女时的痛苦，因又拿出手帕，替她拭去泪痕，温柔地劝道：

"妹妹，不要伤心，一个人生存在世间，是应该要受些磨难和痛苦，那人生才有些意思。回首前尘，姊姊和你不都是舞海中的一个可怜虫吗？但你应该要这样想，以前的种种譬如昨日死，以后的快乐就是今日生，这你还伤心什么呢？姑妈虽然有喜，但临盆生产，不知是男是女，我瞧姑爹姑妈待妹妹，都好像自己女儿一般，你难道心里还不满足吗？况且你的老母，只有你一个女儿，你终要看在老母的面上，凡事都要从光明大路上走，万不可作践自己的身体。你要明白，姊姊是个爱护你的人，请妹妹要接受我的这些话才对。"

小红以为小棣死后，世界上从此再也没有了个同情她的人了，想不到友华这几句知心着意的话，竟打中了小红的心坎，因此把小红已死的一颗芳心重新又渐渐地燃烧起来。姊姊这话不错，过去的当他昨日死，未来的譬如今日生，我的所以失去女儿身体，又不是自己生成淫贱，甘心情愿，我身虽被污，我心则始终光明，我又何必郁郁于怀而自苦？况妈妈现在是多么欢喜，你岂能平空地又去打击她老人家呢？因此小红心中把友华真感激得无可形容。含着满眶子的热泪，凝视了她良久，忽然伸开两手，猛可地抱住友华颈项，紧偎了她的脸颊，恳切地连叫道：

"姊姊！我的姊姊！你真是妹子唯一的知心人了！姊姊的话，句句是金玉良言，妹子听了顿开茅塞。此后所有的幸福，妹子觉得都是姊姊赐我的，真不知妹子如何感激才好？"

友华突然见小红亲热到十分的样子，可见她完全是从性灵中流露出来，心中也非常欢喜，纤手抚摩着小红的云发，姊妹两人默默地温存了一会儿。

皎洁的玉兔已由东而西，四周万籁无声，夜风阵阵地吹送，颇感到有些儿寒意。友华因夜漏过半，明日尚须往莲花庵去，遂携了小红的手儿，俩人默默地又回卧房去睡了。

雨田自秦公馆出来，本拟就去告知石秋，后因天色已夜，遂也作罢了。次日九点钟敲过，雨田匆匆到行，只听同事们都在议论，说是总务科长通知，本日为秦董事在莲花庵超度亡女亡婿，同人等理应前去吊唁。他们所讨论的，就是同事们合公份地送，还是个别送的问题？雨田听了，遂匆匆先到秘书处。只见石秋正用素封套恭写"楮敬，愚侄辛石秋拜具"。雨田心想，他倒预备得特别快，因开口问道：

"石秋，这礼券你可是送到秦公馆去的吗？"

石秋自管自地写着，连雨田进来，他也不曾觉得，今忽听有人呼他，不禁心中一跳，连忙抬头望去，见写字台旁站着的正是雨田，因慌忙答道：

"你多早晚进来？我是总务科关照的，想不出送些什么好，你呢？"

雨田在对面写字台旁转椅上坐下，望着他憨憨笑道：

"我也只有刚才知道。石秋，你为什么不把昨天那副挽联送去呢？"

"这个……我和小棣、鹃儿素昧平生，到底有些不好意思。我现在问你，就是我们送了礼后，我们人究竟要不要去一趟？"

雨田听他这样说，想起小红作伐的事，便暗自思忖：今天正是一个好机会，我就把可玉的意思，向他说明了，瞧他如何表示。因正色道：

"这个当然是亲身去吊唁来得郑重。石秋，我告诉你一件喜事吧！秦老伯那里，昨天我已替你把小红的亲事去说过了。秦老伯的意思，对于你的人品、才貌是非常满意，所虑的就是你和小红的性情，不晓得合不合得来。所以他叫你办公完毕后，多去秦公馆走走，预备和小红见面时，大家谈谈性情，倘然双方情投意合的话，秦老伯说，彼此即可办订婚的手续。我听秦老伯有这样新颖开通的思想，不禁替你暗暗庆幸，他真是不当我们为外人看待了。你千万别辜负他老人家一片苦心才好。今天十二点钟下写字间，你一带两便，自然是不得不去了。"

石秋听雨田说得这样恳切，果然已给自己去求过婚，这样热心的人真也少有，心里当然是万分感激。虽然自己对于小红的人也并没有要十分追求的意思，但那日在乐园殡仪馆和她见了面后，又听了雨田告诉出她一番身世，自己却也有了七八分羡慕和同情。本来今天原也该去的，不过昨日已被雨田一说明，今日若见了小红和她的妈妈，这倒有些儿不好意思。但秦老伯既答应我先和小红交友，为不特见面就算完了，而且往后还要谈谈，难道你也怕羞吗？想到这里，自己也忍不住好笑，遂并不迟疑地答道：

"好的，那么我们准定一道去。你不能独个儿先走的。"

　　"是了，是了。我等会儿就陪着你去，这一些儿事情就老不出脸，要怕难为情哩！"

　　雨田站起身子，噗地一笑，向他扮个鬼脸。石秋微红了脸儿，啐他一口。雨田咯咯笑着，便要拉门出去。石秋叫住道：

　　"雨田，我问你，这几天石英常遇见吗？几时给我们喝喜酒？"

　　原来石秋有个五服之外的远房妹子，名叫辛石英，雨田和她是姨表姊妹，前次在桃花宫舞厅门前救助半农和友华时，石英也在旁，两人现在虽未订婚，却相恋甚热，所以石秋向他开玩笑讨喜酒吃了。雨田听了，回头望他得意地笑了笑，却不回答，到自己办公室里去办事了。

　　莲花庵是在大通路玉佛寺相近，虽然是一个小小的古刹，但在都会闹市当中，也算是一个清静的地方，吟棣把小棣、鹃儿放大的照片，在庵中设一个灵座，特请七名高僧替他们超度。原来预备招待外宾，谁知安东银行的总务科长王雨梅，他却是个性好交际的人。他一闻这个消息，便即关照各科同事前来送礼。他自己还亲身前来致唁。可玉见他这样客气，只好亲自招待，留他便饭。雨梅因并不是个喜事，所以到了莲花庵，先向灵前行了一个礼，又向可玉劝慰一番，便即匆匆告辞。行中同事探听总务科长都亲自到来吊奠，所以也陆续地来吊，倒累得可玉、半农辛苦了半天。

　　十二点钟正午的时候，僧人正在灵前上供。雨田和石秋也已携手同来，只见灵座前供着四个花圈、两个花篮，半农也系着一条白带子站在灵前，灵座旁坐着两个缟素衣裳的少女，一个是小棣的妹子友华，一个正是小红。雨田、石秋因有僧人诵经，只好站立一旁。半农抬头瞧见，连忙过来招呼，雨田给两人介绍，石秋才知就是半农，半农亦方知他就是来向小红求婚的石秋，两人握了一阵手，彼此客套几句。石秋一眼见小红淡扫蛾眉，不擦脂粉，但却愈显出她脸颊的白嫩，竟好像吹弹得破，正是天然颜色，宛如水仙花的一朵，又好似带雨的梨花。她和友华低垂了头，却是静默着。石秋眼里偷瞧着她一眼，心里更觉她楚楚可怜，这就爱她的心也更深了一层了。不多一会儿，众僧诵经已完，雨田便让石秋先上去行礼，石秋微红了脸，站到灵前，目不斜视地很恭敬行了三个鞠躬，那小红和友华见有人来吊，遂手掩帕儿，嘤嘤地啼哭起来。这个原是江浙风俗，有客来吊，必要内眷哭泣两声。石秋行礼后退下，雨田亦上去行礼，半农照样又和雨田回了一个鞠躬，然后便招待两人到下首客座上，敬烟敬茶。

小红见两个少年前来行礼，一个正是雨田，一个当然便是石秋。友华虽不认识，听半农在喊辛先生，想来雨田身旁的一个英俊少年就是自己未来的妹夫了。一时回忆哥哥和鹃姊，不禁悲从中来，呜咽不止。小红想小棣的种种恩爱深情，心中更加悲酸，那点点泪水真好像断线似的珍珠一般滚下来，口里哭一声鹃姊，又叫一声棣哥。其声的哀怨凄惨，又好像是巫峡啼猿、天半唳鹤，令人不忍卒听。雨田、石秋听了她们哭泣之哀，心中也大为感动，几乎说话也带着哽咽。石秋见那照相的两旁，又挂着半农和友华的两副竹布挽联，心中要想止住她们的哭泣，便拉了雨田，和半农大家进灵帏里去瞧。雨田瞧了，对石秋道：

　　“你瞧这‘人非薄命，天太无情’两句，半农兄真有诗人怨而不怒之旨，沉痛洒脱兼而有之。”

　　半农听了，却不说话。石秋一面点头，一面指着友华的联句道：

　　“这一副‘千古艰难唯一死，九秋容易却三生’，也对得工整，而且又是一往情深。”

　　友华听有人赞她联句，遂止住了哭泣，一面又把小红衣角轻轻一拉。小红见友华拉她，便抬起头来，忽见石秋、雨田、半农三人都站在身旁看挽联，遂也停了哭声，微红着脸儿，拉着友华手儿站起，避到里面房间去了。只见可玉正和吟棣、若花、韦氏商量着晚上焰口，还用三台焰口，抑用一人上台？一见两人进来，便都叫道：

　　“友华、小红这俩孩子今天真也辛苦了，快来休息一会儿吧。”

　　友华、小红听了，脸上微含了一丝笑意，摇头答称没有，自坐到若花和韦氏的身边。正在这时，忽见半农也匆匆进来道：

　　“老伯，石秋和雨田也来了。”

　　可玉听了，便忙向外面迎出去，见了两人，便即叫道：

　　“二位贤侄，今天又劳你们的大驾，真是抱歉得很！”

　　可玉因为前时在乐园殡仪馆，曾老叫他们两人帮忙，他们都十分热心，所以对于两人特别客气。石秋、雨田听了，慌忙上前请了安。石秋又客气道：

　　“老伯说哪儿话来，都是自己人一样，还用客气吗？”

　　石秋说了这一句话，觉得“自己人”三个字实在太似冒昧，因为雨田方才对我说，已代自己向可玉说过亲，现在可玉听我这样说，不是要疑心我竟已一厢情愿地要认作至亲了吗？所以既说出了后，一时倒不觉又局促不安起来。可玉却不注意这些，忽见石秋顿时脸儿绯红，心中好生不解。正在这时，外面已来催坐席。可玉因招待两人到外面去，说道：

"行中几个同事真也客气，来了连饭都不吃，就匆匆去了。现在席中没有外人，两位可以不必客气。"

这时吟棣、半农也都出来，可玉先把石秋和吟棣介绍了，于是大家入席，其余四五个人都是可玉族中子侄，握了酒壶向众人筛了酒。可玉开口说道：

"今天若没有两位光临，实在太没有客人，饭后我打电话到董事室去代两位告一声假，今晚上还请用了饭去。"

雨田、石秋知可玉留他俩人晚饭，当然是为着小红的亲事，各人心中明白，遂也唯唯地答应。

第四回

邂逅相逢含羞参月老
会心不远即席索棠诗

　　莲花庵是上海著名的姑子庵，在庵中做佛事，若只有四五席素筵，都是本庵姑子一手精致烹调。筵席多了，当然是包给功德林或是觉林去办。今天秦公馆乃是一心追荐亡魂，晚上虽然大放瑜伽焰口，但并不请有外客，所以午晚两餐也只不过一共六席。庵中住持法名慧珠，和小红的妈妈恰巧同名，俗家都喊她为慧珠师太。她见可玉是银行里董事，举动阔绰，且尚有三位太太在这里，姑子是最喜欢富家太太，所以一意格外周到地招待，所有祭菜素斋都叫庵中能手着意烹制。所以可玉、石秋等众人，都觉今天素菜不但比功德林可口，就是著名的川粤荤菜馆，也没有这样的风味。

　　韦氏和慧珠性本佞佛，韦氏因小棣自杀，心中颇觉灰叹，自然格外地信仰。慧珠因丈夫早殁，身世自感可怜，竟欲皈依佛门，预备虔修来世，所以和住持慧珠师太更见亲热。慧珠师太年已五十，处世之道，阅历自然相当深，今见两位太太和自己亲热，当然一意奉承，口出莲花，说得两位更加相信。慧珠和住持师太愈谈愈觉投机，遂命小红拜慧珠师太为师，保佑小红无灾无难。小红自叹命薄，心中也颇情愿。因两人说定，准于下星期日陪同小红备礼，前来拜师，慧珠师太听了早满口答应。等若花知悉小红拜师之事，虽然要想阻止，但已来不及了。因小红是慧珠亲生的女儿，主意既然是她母亲出的，自己自然不好意思竭力阻挡，也只好由她。

　　那时外面石秋等把饭用毕，各自散坐，半农陪着雨田、石秋往庵中佛殿斋堂各处随喜一回，虽然碰到小红和友华在内，大家也只不过含笑，可是终没有细谈衷曲的机会。慧珠也已瞧过石秋，见他是一个温文的美少年，心中早一百二十个愿意了，预备回家之后，拜托可玉把亲事早日成就。可玉所以留着雨田和石秋晚饭，也是预备给慧珠、若花、小红相攸新婿，以便早日决定订婚的意思。后来探听若花、慧珠都十二分地赞成，心中也暗暗欢喜，所以等用过晚饭后，可玉便把石秋、雨田叫到里面，介绍给慧珠和韦氏。若花和小红是上次已经见过，所以是认识的。友华把烟罐子递给小红，又向她看了一眼，意思是喊她取烟卷给石秋。小红因为离石秋座位很近，若扭扭捏捏地不答应，反而难为情，所以很大方地抽出一支，送到石秋手里，轻声儿叫道：

"辛先生，抽支烟。"

石秋见了，心里不免荡漾了一下，慌忙站起接过道谢。小红又给他点火，石秋又连说不敢当。小红猛可记起春间小棣来姑爹家时，也曾有和现在这样一幕情景的事，一时心酸万分，眼皮儿一红，险些滚下泪来，因忙退回友华的身旁坐下，低垂了蝤首，再也抬不起头来。众人见此光景，还以为小红害羞，又谁知她心中尚有无限悲痛呢？若花、慧珠又问了石秋一会儿话，石秋对答如流，谈吐风雅，两人自然相当满意。石秋见时已八点，便先要告辞，可玉也不留他。雨田因要探听石秋意思究竟如何，所以便和石秋一路同走，可玉、半农直送到庵门口，方才回身进去。雨田和石秋一路走着，因不便开口就问这事，遂先搭讪着道：

"今天这庵中的烹调真不错，虽然是素菜，只只都别有风味，我想改天到这里再来饕餮一餐，你可赞成吗？"

石秋见他说时，一脸津津有味的神气，因也笑着答道：

"你如果要做东请我，我当然领情。但以这几天为限，一到冬天就恕不奉陪了。"

"这是什么意思？"雨田不解，凝望着他。

"你不懂这个意思吗？夏秋两季天气炎热，以素食最为相宜；若一到冬天，羊羔美酒，嫩鸡肥鸭，是多么鲜美。谁又高兴吃这冷冰冰的素菜？"

石秋回过头来，笑嘻嘻地回答，雨田这才明白，噗地笑道：

"哦！哦！原来如此，你这话很有道理，我们就在下星期日同来如何？"

"这样很好，可是又要叨扰你了。"

雨田见他还不曾吃着，先向自己说客气话了，这就忍不住两人都笑了一阵。雨田听他答应，因乘此又笑嘻嘻问道：

"石秋，叶小姐亲自递烟给你，她对你情意不坏吧？"

"这是友华小姐可人，和她开玩笑，不过她……"

石秋说到这里，笑了一笑，却不说下去。雨田知道他一定是已承认她有情，因又问道：

"你说话别吐吐吞吞，我再问你，叶小姐的风度究竟如何？"

"唔，像得很，也俊得很。"

"那么你是很合意了。你说的像什么啦？俊什么啦？"

石秋听雨田追究着问，便笑着答道：

"她真很像鹃儿小姐，她的俊就俊在这里，恐怕俊的坏处也就在这里。"

"你这话真好难懂，俊是再好没有了，难道也有坏处的吗？"

石秋听了，忍不住又笑了起来，却是不肯回答。雨田不耐烦，连连催逼他说出道理。石秋这才微笑着轻声儿道：

"红颜多薄命，这句话你难道不懂吗？我就愁她的命太薄。"

雨田见他说出这个道理来，便伸手拍他一记，哈哈地笑道：

"我猜你越愁她的命薄，心里一定是越赞美她的俊俏，但你也太以所见不广了，就是以眼前秦伯母而论，她年轻的时候，何尝不是一个美人胎子。此刻虽然徐娘已老，但风韵绝不减当年，我瞧她肚子微凸，想必是有喜了。她不是一个红颜吗？可是她哪里有薄命呢？所以红颜薄命这句话，也不过是文人的口头禅罢了，哪里作得来准？"

石秋觉得雨田这一番言论，也未始是没有道理，因笑了笑，也不再辩驳了，两人一路说着，不觉已到电车站头。雨田要到对过乘公共汽车，遂约定下星期日准定在莲花庵里相见，方才握手别去。

鼓锣喧天，画烛高燃，石秋、雨田走后不到五分钟，莲花庵里众僧皆身穿法衣，齐放瑜伽焰口。可玉、吟棣、友华、小红都站在佛殿。只听僧人的口中念念有词道：

　　花前月下，风流冤魂，陌上桑中，离恨凤击，一心奉请，俯
　首来归，消释旧憾，同尝甘露味。

和尚念完了这几句的召请词，同时把手中的铜铃杀冷冷地摇得怪响，触动到可玉、小红的心里，一个想起慧娟和鹃儿，一个想起小棣，两人都又暗暗伤心，止不住那满眶子的悲泪又扑簌簌地滚下来。直等焰口完毕，时已十点多钟，可玉喊两部汽车，方才分乘着一同回家，各自回房安寝。

上房里，若花见可玉呆坐在沙发上，犹是闷闷不乐，尚有余痛的神气，因走近他的身来，轻轻用手按着他的肩儿，殷殷地劝道：

　　"时候已不早了，今天又劳乏你一整天，怎的还不睡呀？"

　　可玉听若花这样柔情蜜意，心中陡然想起石秋和小红的婚事，便顺手把若花拉过身边坐下，笑着道：

　　"我倒不觉得劳乏，你是个有身孕的人，里外的事情，又都要你一个人主持，想此刻一定是很辛苦了。妹妹，你也早些儿睡吧。但是我还有一句话要问你，今天你瞧石秋这人品究竟如何？"

　　若花微红了脸儿，显出无限媚意的神情，瞟他一眼笑道：

　　"石秋我是瞧过三四次了，容貌当然是个好的，对于才学，你从前不是常向我赞美他吗？小红若配他为妻，也不能算辱没了小红的好模样儿……我也对你说一句话，现在我们也有年纪了，你不能再叫我妹妹了，万一被旁人听了去，怪难为情的。"

　　若花说完了小红的事，停了一停，把以下几句却是说得轻微得很。可玉听她这样说，抚着她纤手，笑道：

　　"在我们自己房里，那怕什么？依你说，我称呼你什么呢？"

　　可玉问了这句话，却把两眼盯注着若花。若花两颊儿更红晕起来，只管唏唏地笑。可玉因又说道：

　　"照你的意思，你是很瞧中了这个女婿。但是小红的心里，可不知喜欢不喜欢哩？"

　　若花听他又说小红的亲事，方肯定地笑道：

　　"那是有目共赏的人儿，小红的眼光是多么尖锐，她要如不喜欢的话，也不会听友华的指使，递烟给石秋吸了。我猜她不但心里喜欢，而且还要感激你做干爹的一番苦心呢！"

　　可玉和若花在房中正在磋商，不料小红齐巧走来，在房门口站住，若花的话又恰恰给她听了去。她心中暗暗地思忖，我和母亲都是寄人篱下的人，现在听爹和妈的口气，他们两位老人家对于我的终身问题，实在是十分操心，这我做女儿的当然不能不表示感激。石秋今天我也已瞧得很详细，不但容貌英俊，谈吐风雅，即是品格亦很高尚，一点没有轻浮的样子，要找这样一个青年做夫婿，实在也不是件容易的事。我若不顺从他老人家的意志，那不是要辜负着人家对待我的一番热心吗？我现在也别进去了，爹爹妈妈已辛苦了一天，正该安睡，明天他们如果谈起这事，问我意思怎么，我就答应着是了。小红想定了主意，便回转身子，匆匆地回到房里和友华做伴去了。

一宵容易过，第二天早晨，小红醒来，见友华已不在身边，因忙披衣起床，匆匆漱洗完毕，就慢慢到上房里来，只见舅爹舅妈正在和爹妈说话，友华、半农站在一旁。小红不知何事，急问友华，方知吟棣、韦氏、半农因小棣丧事已毕，离家日久，预备今天十点乘早车回苏州去。小红听了，握着友华的手，依依不舍道：

"姐姐和半农哥就在这儿多住几天不可以吗？"

"半农他差不多亦有一年没回家了，妹妹，我们时常可以通信的。"

"我们也就要出来的，不是要喝红妹的喜酒来吗？"

小红听半农竟向自己取笑了，因展然笑道：

"这终是妹子先喝姊姊和农哥的喜酒的……"

小红还未说完，可玉、若花、吟棣、韦氏、慧珠五人，早已咯咯地笑起来。正在这时，佩文进来告诉阿三，汽车已预备好了。可玉因要到行里去办事，所以只送他们上了汽车。慧珠留在家里看守，所以只有小红和若花送到车站，给他们购了车票，彼此说了几句叮嘱珍重的话，方才握手而别。小红、若花回到家里，若花因连日辛苦，遂休息在床，小红亦自回房里去瞧书了。

光阴似水一般地流去，转眼之间，早已到星期日那天了。叶氏因和莲花庵的慧珠师太约定，今日叫小红前去拜她为师，以便祈祷消除一切灾殃。叶氏特地备了一张二十四元的礼券。慧珠师太也备着一席精美的素菜，专请小红母女两人。若花是个知书识字、心境快乐的人，且最近又有了喜，更加不相信迷信，所以不愿同去，只叫佩文陪着二小姐和叶姨太早去早回，别要我心里记挂。小红、佩文答应，遂和叶氏一同坐车到莲花庵去了。

三人到了莲花庵，当有慧珠师太接进殿后禅房，果然佛地静寂，顿觉烦恼尽消。小红坐在窗旁，手托香腮，望着窗外院子里放有一缸残荷，风吹枯叶，瑟瑟作响，墙角旁几株梧桐，巍然而立。下面花坞上满种着秋海棠，正在发花，绿叶红筋，临风生姿，可惜艳而无香，但点缀秋色，也颇令人爱而忘倦。小红正在凝眸而盼，慧珠师太便送过一把西瓜子，又在九云盘上抓着两块连环糕，送到小红面前，笑嘻嘻地开口祝愿道：

"二小姐请尝些儿，这连环糕是佛爷面前供过的，吃了佛菩萨会保佑你，早配一个如意郎君，无灾无难，白头到老。"

叶氏心中所希望的就是这几句话，今听师太果然这样地祝颂小红，心里真乐得什么似的，满堆着笑容道：

"小红这孩子全仗佛菩萨保佑，也全仗师太叨庇，得能应了老师太的金口，老身实在是感恩不尽哩！红儿，你吃些吧！"

小红听妈妈也这样说，忍不住憨憨地笑了笑，拿起连环糕咬了一口。这时忽有个头留短发的小尼匆匆奔来，喊道：

"老师太，大佛前已点了香烛，请二小姐参拜去。"

慧珠师太点头说知道了，便领叶氏、小红走到大殿，先拜如来，又拜两旁诸佛菩萨。慧珠师太随在身后，又笑盈盈叫道：

"二小姐，这边还有一位月下老人，请你也去拜一拜，这是年轻姑娘最最要紧的。月下老人他有支配人间婚姻的权力，有缘的，任你俩人隔着千里万里，他终能设法把你系定一条红丝。才女配博士，美人配才子，你想这是多么要紧的一件事啊！"

叶氏听老师太好像弥勒佛开口，呵呵的长笑模样，遂也对小红叫道：

"红儿，老师太的话不错，快别害羞了，走过去行一个礼儿。"

小红被老师太滔滔地说了一大套，本来已是羞得满脸通红，今又经妈妈一说，心中这就更加不好意思。但又不好违拗，只得走过去鞠了三个躬，方才回到禅房里，又朝着慧珠师太叩下头去。老师太见有这样如花如玉的美人儿向自己叩头，心中这一快乐，直拉开了瘪嘴，呵呵地笑得合不拢，一面慌忙扶住，一面又忙说道：

"二小姐已拜过佛菩萨，别再多礼了，见过礼一样的，这样不是要折杀贫尼了吗？"

小红行礼已毕，大家便又坐下。小尼奉上两盅莲子茶来，慧珠师太先让两人用些点心。叶氏这时便把礼券取出交给老师太，说是小红一些儿敬意。两人正在推让客气，见一个老妈子走进来说道：

"老师太，外面有两位少爷，说是秦公馆的亲戚，因上星期在这里尝到素菜，很觉可口，所以特地到来，情愿多多酬谢，请庵里随便做几样素菜吃。"

慧珠师太听了，慌忙迎了出去。叶氏见她把礼券趁此收了，也就放心。小红听秦公馆有两个少年亲戚前来，芳心一动，便嘱妈妈随着出去瞧瞧。叶氏答应，匆匆到了大殿，只见师太和两个少年正在说话，叶氏颇觉面熟，仔细一瞧，便抢步上前，笑着叫道：

"咦！苏少爷、辛少爷，你们怎么样知道我们在这里呀？哦，是了，可不是秦太太说给你知道的吗？这真好极了，我们快一道来坐吧！"

雨田、石秋骤然瞧见了慧珠，心中倒是一怔。老师太听他们彼此都是认得的，遂陪同两人一同到内室。小红见妈妈和师太陪着两个少年竟走进房来，连忙抬头瞧去，正是石秋和雨田，一时不觉红晕了脸儿，暗自想道：这真奇了，他们怎的会知道我在这儿呀？慧珠见小红已站起身来，因开口叫道："红儿，辛少爷和苏少爷都是来瞧你的，你别害臊，快来见个礼吧。"小红听妈妈说他们是特地来瞧我的，一时更加羞涩。就是石秋听了，也涨红了脸儿，有些儿羞人答答，抬不起头来。雨田见两人不胜娇羞的情景，因笑着解释道："叶伯母、二小姐，这也真是个巧事，今天因为是星期日，我们那天来这里不曾畅游，所以我约的石秋预备再来吃一顿素餐，不料二小姐和伯母也都在这儿玩，这真是凑巧极了。"雨田说着，一面向叶氏鞠了躬，石秋也跟着鞠躬，两人又和小红打招呼。叶氏请两人坐下，问行中忙不忙，石秋笑着回答。小尼又捧上两盅莲子茶，石秋微抬起头来，向小红望了一眼，不料小红那双盈盈秋波也正在偷瞧着自己，四目相接，大家都觉十分难为情，慌忙别转头去。这时慧珠师太已知道两位少爷是安东银行办事，因在果盒中抓了一把糖果送到了面前，又欣然笑道："难得两位少爷光临，佛菩萨是增加了不少的光辉。辛少爷、苏少爷别客气，先吃些点心和糖果。两位少爷喜欢吃我们庵里素菜，今天我们是格外要烹调得鲜美哩！"石秋、雨田听老师太这样奉承着，因也笑着客气了几句。老师太因自己坐着不便，便到厨下亲自去料理了。石秋抬头见上首壁上挂着的书画是一幅七言狭长用淡黄绫裱就的单款。联句是：月在上方诸品静，心持半偈万缘空。落款是海上名家王一楼。石秋瞧到"缘空"二字，心里颇觉感慨。再瞧对联中间的画，是一幅达摩面壁，题款是黄龙山人。雨田见石秋只管看书画，大家静悄悄地都不说话，这倒有些不好意思，因先开口搭讪道："伯母和二小姐今天到这儿来有些什么事情呀？秦伯母没有同来吗？"叶氏听雨田问自己，便指小红笑道："今天我是为求菩萨保佑这孩子消灾延寿，所以特地来进香的，承蒙这儿老师太留我们过昼。辛少爷、苏少爷既然是特地来吃素菜的，过一会儿大家就同席好了，我们又不是外人，谈谈笑笑，也可以免去寂寞，这真也天教聚首，注定的前缘呀，约好了没有这样巧合的。"雨田听叶氏说注定前缘，可见岳母一定已是瞧中了女婿，心中大喜，便也凑趣笑道："伯母这话真不错，约好了来也没这么巧，我和石秋本来早要向伯母请安的，因为行中这几天实在很忙，所以抽不出空。今日无意相遇，真是天赐奇缘，我和石秋的心里真是非常快乐，尤其是石秋，他一定是更兴奋得不得了的。"雨田说完了这话，故意望着石秋和小红，若有意无意地咪咪笑。叶氏听他说得巧，正中下怀，笑脸也始终没平复过。石秋听玉田也会附和着说天缘啦、兴奋啦，因白他一眼，意思怪他不要说这样陈旧的话，雨田却只装不见，自和叶氏搭讪。小红的脸颊是更加通红，芳心暗沉，方才老师太劝我向月下老人行礼，现在果然有这样一个如意郎君不约而同地到来，难道我和他真的是有缘吗？想到这里，芳心一阵欢喜，就像小鹿般地乱撞，粉嫩颊上是红晕可爱。石秋见她美目流盼，眉飞色舞，露齿含笑，好像十分得意，而又无限娇媚不胜情的梦态，真是愈瞧愈美，愈美愈看，一时就目不转睛地盯住小红，意欲和她谈谈，却又不知说什么好。正在这时，不料小红又向自己偷眼瞟来，石秋因为怕难为情，心中一急，这就急出一句话来，含笑问道：

"二小姐，我听雨田兄说你性耽吟诗，想于诗学一定是很有研究的了。"

小红听石秋骤然向自己问话了，因微抬蛛首，眼珠一转，也含笑答道：

"前在秦公馆里，跟秦伯母不过略识之无，学习四声，哪里可称研究诗学？自从表姊惨亡，此调亦不弹久了。"

石秋听她落落大方，吐词典雅，绝不显小家碧玉意态，心中愈加喜欢，便也和她客气地说道：

"秦老伯和秦伯母都是诗坛健将，强将手下无弱兵，想二小姐定也是吟絮惯家，不过不屑下教罢了。"

雨田听两人情投意合地互谈诗学，因也回过头来，向两人搭讪着道：

"这窗子外有粉本海棠一丛，我想你们即以海棠为题，大家分吟一首七绝，聊当见面谈心的资料，那真不辜负今日的幸会呢！"

小红、石秋听了，互相地望了一眼，都咪咪地笑。正在这时，庵中老妈子早已摆上席来。

雨田见两人都笑而不答，因催着石秋答应吟诗。石秋笑道：

"雨田兄欲以海棠命题吟诗一首，但你自己也断断不能逃过的。你若不作，那我也不敢在二小姐面前班门弄斧。"

小红听石秋说得这样客气，红晕了脸面，笑道：

"这'班门弄斧'四个字，我可不敢当……只是辛少爷的意思不错，苏少爷是个令官，应该先作，那么我们方才有韵好和呢！"

雨田听两人口气相同，自己是再也逃不过了，因沉吟一会儿，点头笑道：

"和韵我看可以不必，还是各押各韵的好，待饭后各自缴卷，你们意思以为怎样？"

石秋听小红先说我们，又听雨田说你们，这话中好像我和小红已经成了一对，一时心中深感小红是一个生性爽直的女子，完全真挚天真，并无虚伪的表示，这就在脑际里把她映上一个不可磨灭的印象。两人正在点头赞成，见慧珠师太已笑嘻嘻进来道：

"菜是没有什么好的菜，只不过大家吃个欢喜，太太、小姐、少爷，大家入席吧。"

于是四个人都站起来，只见一张小百灵桌上，已陈满了冷盆，和荤菜一样，什么烧鸭、白鸡、肉松、火腿都有，不过都用豆腐皮制成，看来和真的一是一式。慧珠师太早已给四人筛好了酒，说上首叶太太坐，左首辛少爷坐，右首苏少爷坐。雨田听到这里，却已在下首坐下，说这样对窗，比较风凉。因此，石秋和小红变成对坐，叶氏和雨田成了对坐。桌上又摆着四盆水果，一盆金山苹果，一盆花旗蜜橘，一盆广东荔枝，一盆是厦门龙眼，温暖的阳光从窗外透露进来，一室之中氤氲着佛手的清香。阳光照映到石秋和小红的脸蛋儿上，却都显现着金山苹果那样红晕和娇媚。

第五回

击鼓催诗酒令翻花样
飘零自叹佳句暗传神

　　酒过数巡，热菜一道一道地上来，座上各人都满面春风，心中觉得非常快乐。慧珠师太却坐在叶氏身旁，陪着闲谈。那时微风吹来，遍体凉爽。雨田抬头见窗外尚有一株美人蕉。那下也正开着一丛海棠花，海棠旁边又有两枝晚香玉，都是鲜艳夺目，因对石秋小红说道：

　　"你瞧这一丛海棠，不是开得都惹人怜爱吗？虽然没有带露着雨，但一种柔媚娇态，真好像傍着美人，我见犹怜呢。"

　　石秋、小红听雨田这样说，便也回头瞧去。只见那海棠花朵果然像含露凝珠，弱不禁风，亭亭玉立，随风摇动，无限娇羞的样子。石秋笑道：

　　"雨田兄，你方才提倡吟诗，现在又这样注意海棠，想来是一定得着了佳句，可对不对？"

　　雨田拿着筷子，在盆内夹了一粒青豆，放在嘴里细嚼，一面又指着上首桌上供着的一只胆瓶。石秋随着他手指看去，见胆瓶内也插着一枝刚摘下的海棠花，因雨田只管嚼豆吃，并不说话，石秋便问他道：

　　"你指着这花，莫非要把它来行个酒令吗？"

　　小红听了，眉儿一扬，笑着点头道：

　　"击鼓催花，昔人用作饮酒，原是一个很好的酒令。"

　　"对啦对啦！二小姐猜得一些儿不错。我们要作诗，还得先饮几杯酒儿助助诗兴才对！"

　　石秋见雨田忽然拍手高兴地对小红这样说，一时心中灵机一动，便得意地笑着喊起来道：

　　"我想出一个法子来了，击鼓催花原是个好酒令，但我们今天不妨改为击鼓催诗，因为你这人说了话，往往要赖的。这会子先行酒令，过会子又说酒喝多了，不能作诗。现在我把它改为击鼓催诗，就是把这枝花取下来，拿在令官手里，先喝一杯令酒，从右首把这花传过去，传到令官手时，你须把诗作成，如没有作成，你便喝一杯酒。令官便再传花，倘使三传而诗仍未成，须对座上各人饮一杯，以示罚意。你可赞成吗？"

雨田听了，白了石秋一眼，笑道：

"石秋兄，你请用情些好吗？怎么当着伯母和二小姐面前，就出我的丑呢？我几时有赖过你什么呀？"

说得大家都笑起来，小红更笑得花枝乱抖。雨田又向石秋问道：

"那么照你说，花三传诗还没成，便要罚酒五杯了，比石崇金谷园的罚酒减两杯。不多不多！但是谁先做令官，谁先击鼓呢？"

石秋听他问起这一层，早又笑着瞟了小红一眼，说道：

"那自然我先做令官，二小姐先击鼓，你先作诗呀！"

雨田听他这样分派，又见小红抿着嘴儿咪咪地笑，因向他扮个鬼脸，不肯答应，哼了一声，驳着他道：

"这是哪一个章程规定的？我可不答应。随你问伯母，或者问老师太，他这话可有偏心吗？"

叶氏和慧珠师太听了，望着大家却没有加以批评，只管咪咪地笑。叶氏又叫大家先用热菜，再商量办法。小红见这事解决不下，她把雪白的牙齿微咬着殷红的嘴唇，凝眸沉思一会儿，忽然眼珠一转，心里这就有了主意，笑着说道：

"我倒有了一个解决的办法，不知你们可赞成？"

雨出、石秋听小红有个解决谁先做令官的办法，便不约而同地问道：

"可是有拈阄的法儿？"

"拈阄不是太麻烦了吗？我想便用这个羹匙，放在空盆上面旋转，看羹匙的柄儿向着谁，谁便先做令官。"

小红说着，早把一只空盆搁在中间，又把一只羹匙放在盆中，用手指向匙柄拨了一下，果然就转了起来。等停下时，那柄儿正巧指在老师太的面前。小红说道：

"这就是一个很简单的解决办法了。比方柄儿指着老师太，那老师太就做令官。谁先击鼓，谁先作诗，那由令官再把羹匙转一转，这不是一个很公平的办法吗？"

小红说时，把椅子向下移了移，叫老师太也坐拢来。石秋听了第一个赞成，雨田也拍手同意。小红遂请老师太先把羹匙转动，看是谁先做令官。老师太见他们这般高兴，遂伸手把匙柄一转，不料那柄儿恰恰指在慧珠的面前。雨田笑着喊道：

"叶伯母先做令官。"

"我是做不来令官的，还是请苏少爷给我代做吧。"

"妈妈，这令官是不要紧的，只要你先喝一口酒儿，便把这枝海棠花传给我，我再传给老师太，老师太传给苏少爷，以下就这样传下去得了。"

小红说着，回头见佩文正从外面吃好饭进来，因叫她把胆瓶内一枝花朵取来，交给叶氏。叶氏听女儿说得这样容易，一面接着花枝，一面咯咯地笑道：

"我做我做，但我依你们，你们可不要笑我。"

石秋、小红、雨田听了，忍不住又是一阵子狂笑。因请叶氏再把羹匙儿一转，那柄就指在石秋。雨田睃他一眼，喊着道：

"石秋击鼓，便宜了他。"

一面又叫叶氏再转，不料偏偏柄儿指着雨田，小红、石秋见了，不觉拍手同时笑着道：

"注定是苏少爷先作诗，可逃不了哩！"

雨田把舌儿一伸，脸儿红了红，抓了一下头发。幸而方才腹中早已起了一个诗稿，只不过还差一句。这时叶氏手中的花枝，已传给小红，雨田瞧了，发急叫苦道：

"台面上只有五个人，花枝传一转，也不到两分钟。这样作诗的人，真是比七步奇才的曹子建还不容易呢！"

小红听了，噗地一笑，把花枝传给老师太，老师太把花枝正待传给雨田，雨田不立刻就伸手来接，却是呆呆出神。石秋把两支牙筷子在桌沿上像搥鼓似的击着，望着他笑催道：

"雨田，你不接花传过来，你想挨着时光吗？"

雨田听了，只好伸手把花枝接过，递到石秋手里。石秋一手接花，一手击鼓，又把花枝递到慧珠手里。小红这时已扯下一张日记簿纸，递到雨田面前，雨田接过，开了自来水笔套，提笔瑟瑟写道：

秋海棠

弱不禁风冒雨开，高烧红烛夜偷来。小窗分得愁多少？

雨田正写到第三句，下面末一句还没写出，那叶氏的花枝又传到雨田手里。雨田只好罚酒一杯，把花枝递传过去，接着又写末一句道：

可有诗人带笑栽。

写罢，当时交卷。大家拍了一阵手，赞他诗思敏捷。第二回轮起来，却是老师太做令官起花，雨田击鼓，石秋作诗。石秋一面取出自己袋内自来水笔，一面在纸上便先写道：

色冠几卉艳经秋，小谪红尘姿自幽。阶静不支风力薄，夜凉只恐美人愁。

石秋写完，那花枝刚巧传到令官处，小红见他诗思更灵，芳心愈喜，情不自禁又拍纤掌起来。雨田因为石秋没有罚酒，心里气他，所以不拍手，这把小红倒弄得反而不好意思了，红晕了两颊，因打岔笑道：

"如今第三回是我做令官了。"

"击鼓是老师太，作诗是叶伯母。"

雨田接着小红的话说下去。叶氏听要自己作诗，便着慌起来，雨田因又道：

"我瞧叶伯母的诗就请二小姐代吧。"

"你不好代她作的吗？我瞧还是仍用羹匙转来得公平。"

石秋不待小红回话，就帮着她说。雨田笑了笑，向小红瞟了一眼，说道：

"倘然转着老师太，可怎么办？"

"那么可以重转一次，终以三人为限好了。"

小红虽明知雨田在取笑自己，却假作毫不介意地说着。叶氏和老师太都赞成这样办，遂由叶氏把羹匙一转，谁知恰巧指着小红。雨田哈哈笑道：

"天下事情所以帮忙也没有用的，我说是要二小姐代作诗，有人却偏要用羹匙转，现在可不是仍旧二小姐作诗吗？"

石秋听了，明知在说自己，因回眸向小红望了一眼，齐巧小红也在望自己，两人这就噗地笑了。这时那花早又传起来，老师太把筷子好像敲木鱼般地击着桌沿，众人给她都引得笑了一阵，因此那花不免传得慢些儿，只见小红早已取过石秋的一支自来水笔，写道：

> 一枝露滴玉阶秋，未必红楼境便幽。解语花开胭脂泾，可人
> 如石号莫愁。

雨田见花还没有轮转，小红的诗却早已写出，大家都不胜惊异，伸过头来一瞧，见又是和石秋的韵。雨田固然佩服，石秋也好生奇怪而兴奋，望着小红只是得意地笑着。大家赞叹一会儿，遂又再轮第四次。那次又是石秋做令官，叶氏击鼓，老师太作诗，老师太听了，呵呵笑道：

"你们两位少爷真好闹着玩，怎么竟派贫尼作诗了，真是阿弥陀佛。我瞧还是请二小姐给我作吧。"

大家听了，忍不住又都笑。石秋道：

"不要紧，我们仍用老法子是了。"

谁知一转，竟又是小红。小红提起笔来，不假思索地就写。叶氏因见石秋没有传花，不觉也忘记了击鼓，雨田见石秋两眼望着小红尽管出神，心里暗自好笑，便高声喊道：

"令官失职，应即罚酒十杯。"

石秋一听，慌忙把花传去，还没传到小红自己手里，她的诗却已作成。石秋一瞧，见这首和雨田的原韵，因念出来：

> 娇花端合为君开，寥落红颜谁惜来。爱兹多情南国种，如来
> 移向佛院栽。

石秋念毕，和雨田齐声赞了一声好。原来那首句子恰合师太的口吻，且又新颖脱俗。叶氏见他们一转一转地轮过去，因笑着问道：

"你们还有几转轮呀？我是要吃些儿稀饭了，还有老师太，也就和我们同吃一些吧，怕也饿了。"

"我们因席上有五个人，所以定轮五次。现在只有二小姐一人，就要收令了。老伯母倘饿了，就和老师太先用好了。"

石秋说着，小红回头叫佩文去厨下吩咐。一会儿小尼盛上稀饭，叶氏和慧珠师太向众人说声慢喝，便先吃了。雨田早已向石秋杯中满满筛了

酒，笑着道：

"你不要假痴假呆了，你才儿一杯令酒没有喝，还有停花不传，只顾瞧二小姐写诗。本来两人都应罚酒，因时间实在局促，二小姐她不待花枝传过来就先写，倒还情有可原。你身为令官，故意延挨，那不是徇私用情？这十杯罚酒，你可一杯也减不得。"

石秋听雨田这样说，便望了小红一眼，笑着道：

"该罚！该罚！我初意原想喝酒作诗，现在有花无酒，无酒有诗，本不得其平，我瞧还是我和你把十杯酒分喝了吧！"

雨田正待不答应，叶氏却点头笑道：

"分喝很好，苏少爷不要让辛少爷一个人喝十杯，多喝了到底是伤身体。"

小红见妈这样爱护着石秋，这就可见她的心理了。但又怕雨田要向自己取笑，所以便借端离开席去。佩文不知缘由，还问小姐要拿什么。雨田是个聪敏的人，一面答应和石秋分喝，一面笑着喊道：

"二小姐，怎么逃席了？还有末一次哩！"

小红只得回过身来，仍又坐下，瞟他一眼笑道：

"谁逃席？我拿条手巾呀！"

佩文听了，慌忙代拿了过来。小红抿了抿嘴，大家又轮第五次，雨田做令官，石秋击鼓，小红作诗。雨田拍手笑道：

"这真巧极了，一个人作一首诗，齐巧轮到二小姐收令。"

石秋见他放花枝在桌上不传，却去说那没关紧要的话，便也满满送过一杯酒来道：

"令官，你还记得方才罚我的酒吗？现在你既不传花，又不喝令酒，这是算什么意思？"

大家听了，忍不住又都笑起来。雨田给他说得哑口无言，因连忙一面传花，一面喝令酒。小红凝眸微思，忽然眼珠一转，那诗早已写完。只见她写的是押真字韵：

秋来何事最伤神？花也飘零剩一身。有色无香人惋惜，夜深睡去莫问津。

小红这首诗是在感叹自己的身世，好像海棠之有色无香，隐劝石秋不必爱她的意思，所以有"莫问津"三字。当时石秋、雨田瞧了，因问津是桃花典故，还以为小红错用，谁知小红却有这一番苦心在里头呢？

石秋见令已完，遂把那一枝海棠交给佩文，仍旧归还胆瓶。各人又都把门前的酒杯喝干，方才叫用稀饭。这一餐大家都很赏心适意，真比吃什么馆子还快乐够味。

大家饭毕，漱洗完毕。叶氏和老师太到后面房间方便去。这里石秋、雨田、小红又把才儿作的五首绝句瞧了一遍。雨田意思要小红用墨笔誊清，石秋赞成，便叫佩文向老师太要了笔墨纸砚。石秋磨墨，雨田口念，小红录出。大家又仔细瞧了一回，诵一回。瞧的是瞧小红的字，颇觉秀娟而洒脱，有书卷气味。诵的也是诵小红三首诗，觉得小红的诗，不但诗思敏捷，且有神韵。雨田只是啧啧称赞，石秋更加暗暗钦佩，把他一颗追求的心自愈加热烈了。小红见两人这样情景，忍不住好笑，一面亦念着雨田的诗句，觉得他末一句，明明是以海棠来比自己，以诗人来比石秋，叫他栽培的意思。这虽是雨田的一片热心，但自己已身非完璧，情愿奉母皈佛，不愿再做旖梦。那时一阵风过，小红又瞥见窗外海棠旁的两枝晚香玉呈现着憔悴的颜色，一时陡忆前尘，曾亦取名晚香玉，逼充舞女，心中一阵悲酸，几乎盈盈泪下。因竭力镇静态度，把泪忍住。这时三人各有各的心思，雨田欲联合此一对配偶，能早实现，所以又提议着道：

"我们今天真是难得的机会，我想此刻大家到法国公园去吸一会儿新鲜空气，不知二小姐可赞成吗？"

"承你的美意，邀我同游公园，但妈妈虽在这里，还没有回去，我想改天再奉陪吧。"石秋听小红虽然和雨田说话，她那脉脉含情的秋波却凝望着自己，好像是叫自己不要生气她不肯去游公园的意思，因就打岔着笑着喊道："雨田，你这首诗很不清高，好像是穿窬窃贼作的。你瞧'高烧红烛夜偷来'这一句已自认一个偷字，下面还有'分得愁多少'，可见得这个贼虽非指明偷财，但分得了后还愁多愁少，这明明是个贪得无厌之辈！"小红、雨田听他这样做一个别解，大家忍不住又咯咯地笑起来。这时小尼端上香茗，三人随意坐下。雨田端杯喝了一口，向石秋问道：

"我记得《石头记》里也有吟秋海棠的几首诗，你可记得它的句子吗？"

小红见石秋呆呆地怔着不回答，因代他说道：

"《石头记》里好像是吟白海棠，而且并不是绝句。"

石秋听小红很熟读小说，便笑了笑，问她道：

"二小姐真好记性，大概二小姐很喜欢各种小说的吧？"

小红微红了脸儿，眸珠一转，很不好意思又很妩媚地说道：

"我也不过没事的时候，偷瞧几页，实在也没有好好地瞧过。"

"《红楼梦》一书，颇也脍炙人口，但阅者对于黛玉、宝玉两人感想，各各不同，不知二小姐有什么意思？"

雨田望着她笑了笑问。小红本欲发挥几句，继而仔细一想，觉有很多不便之处，因此却笑而不答。雨田正欲再问，叶氏和老师太已从内室出来，见三人谈得津津有味，叶氏因对小红笑道：

"我们差不多已来一整天了，恐你的干爸干妈要记挂。我想苏少爷、辛少爷明天到我们那边来玩玩，我们要先走一步。"

"我们也早要回去了，现在我们一道走吧。"

石秋说着，便在身边取出十元钞票，摆在桌上，一面对老师太又道：

"这些薄意给师太买些香烛，烧在佛菩萨面前吧。"

雨田待要抢着会钞，但已来不及。因为上星期说定是自己做东，现在遇着了二小姐，石秋便抢着赏了，心里暗觉好笑，向他望眼一瞟，也就不和他客气了。老师太见石秋拿出十元钞票，脸上含了笑意，双手合十，念了一声阿弥陀佛道：

"少爷们慈悲为怀，定蒙佛菩萨保佑的。"

这时佩文已把小红的薄呢单大衣和黑漆匣子拿上，雨田、石秋跟在叶氏和小红身后，走出大殿。老师太直送至庵门口，瞧着叶氏和小红、佩文跳上汽车，方才进内。小红在车厢里伸出一手，向石秋、雨田摇了摇，大家说声再见，便各自分别回家。

第六回

秋风怀倩女孤灯独咏
七夕对牛郎双影并钓

西风做冷，一雨病秋，做客在暮秋的季节，本来是最容易愁人。石秋自从在莲花庵和小红同桌对酌，击鼓催诗，即席吟就海棠绝句，那小红的一个娇小倩影，便觉时时萦绕脑海。一心欲再来晤谈，又恐可玉、若花笑自己太追求得热烈，因此每日办公完毕，终没有勇气前去。

一天一天地过去，匆匆的光阴不觉又过了一星期。石秋满望着星期日那天约雨田同到秦公馆里和小红去见面，谁知星期六傍晚时分，天畔忽起了阵阵的乌云。石秋坐在办公室里的写字台旁，抬头望着天空那阴沉沉的云儿，忽儿飞东，忽儿飞西，好像要酿成斜风细雨暗黄昏的光景。窗子外的芦帘，被风吹得摇摇欲坠，发出喋嗒的音调。石秋知这个神气，大有山雨欲来风满楼的预兆。因此他把文件收拾藏进抽屉，戴上呢帽，匆匆走出办公室，乘车赶回寓所里去。

石秋坐在人力车上，一路瞧着霞飞路一带的人行道上的街树，一阵风过，那满树枝条上的翠黄叶儿一瓣瓣地都扑头飞舞。商店的招牌也都吹得叮当作响，听着这呼呼发狂似的风声，感到秋的萧杀，令人觉得有阵莫名的悲凉！

车到家门，那风势竟愈吹愈紧，同时黄豆般大的雨点也滚滚打了下来。雨挟风势，风助雨威，顷刻之间，由冷雨凄风一变为狂风暴雨。石秋暗暗叫声幸运，付去车钱，急急上楼。只见画官正在关闭窗户，见了石秋，便忙喊声"少爷"，亮了电灯，倒上一杯茶，就匆匆自管下楼。

石秋独坐灯下，望着窗外黑黢黢的天空，手托下颚出神。耳中只听得风雨声里又夹杂玻窗敲碎声、竹帘打落声，排山倒海的声势，令人心惊神吓。屋檐上的铅皮水流，因雨势如倒，一时水去不及，在楼窗的面前，竟好像匡庐瀑布一般地直泻而下。愈显得室中万籁俱寂，耿耿秋夜，渺渺予怀，百感之集，有怀莫遣。石秋陡然忆起小红前日吟海棠的诗句，内有"夜深睡去莫问津"。这"莫问津"三字，她究竟含有什么意思？难道她是拒绝我的求婚吗？但她若即若离的神情，又不像是完全地拒绝我。一时又想起她替老师太的一首诗中，又有"寥落红颜谁惜来"一句，这样推想过去，她一定是在感叹身世，唯恐没有知音，所以不期然地有这两句诗来了。但我既然窥到她的心事，我应得想个法子去安慰她，不过我到底用什么方法来安慰她好呢？石秋想到这里，凝眸沉思半晌，忽然拍案又自叫道：

"有了，有了，她既然好诗，我不妨也作几首诗去安慰她。"

石秋欢欢喜喜地拿过素笺，正欲挥毫，忽见画官匆匆上来叫道：

"少爷，不好了，外面雨大，水涨得很高，院子里已成小河，怕等会儿淹到客厅里来了，晚饭开上来吃好吗？"

"这个也没有办法的事，你自和何妈去吃了饭，到上面来吧。我此刻饱得很，不想吃，你别开上来，也许我不吃了。"

画官答应自去，石秋听了他的报告，心中不免又起了乡愁。这个风雨竟已变成了风潮，想着家乡的秋收，今年又要减色，连年非荒即旱，那乡村农民正有说不出的苦楚。耳中听着窗外风声雨声，兀是发狂似的落个不停，吹个不息，石秋心有所感，叹了一声，遂提笔写道：

秋夜风雨有感

漫天风雨叶狂飞，一泻成渠水及扉。紫陌已无红瘦影，芭蕉不见绿上衣。

其　　二

销魂遥忆褪残妆，犹记当筵吟海棠。自古红颜争相惜，无香有色未轻狂。

其　　三

一帘秋雨正愁人，寂寞花枝感此身。我也天涯沦落客，问卿何事欲伤神。

其　　四

耿耿夜长泪暗流，相思欲寄枉含羞。画眉愧乏张郎笔，空羡双星会织牛。

石秋写完四绝，自己又念了一遍，把那张诗笺随意夹在台上的书本里。对着那盏台灯，脑海里不觉又浮现了小红秋纤得衷的情影，真仿佛是一枝海棠。可玉把她认为父女，也可谓名花有主。只恨自己未能将蕴藏在心里的意思说与可玉知道，悠悠岁月，正不知何日得偿我愿？想到这里，只觉睡思昏昏，因移步到床边，也就脱衣安寝，再也顾不及窗外一天的风雨了。

　　石秋睡在床上，以为明天一定是秋雨秋风愁煞人的日子，所以把往秦公馆去的一条心竟好像死灰的一般，自管沉沉酣睡。谁知待他一觉醒来，突见红日满窗，那阴霾暴雨早已一扫而空。唯狂风势虽已略停，却尚有余寒。石秋心中这一快乐，正是喜出望外，将身跳下床来，匆匆漱洗完毕。今天他不穿西服，伸手在玻璃橱内取出一件衬绒长袍，披在身上，吩咐画官好生看守门户，自己即匆匆出门而去。等走到马路上，只见几株街树昨夜被狂雨一阵洗击后，满枝条上疏疏散散地只留了一半，地上满布落叶，两个清道夫正在打扫。石秋这才理会到时候尚早，拿表一瞧，果然还只八点半钟，若此刻往秦公馆去，恐怕这位二小姐还在床上做她的好梦，这就自己也忍不住好笑，慢慢地在马路上踱了一会儿，又觉得这样真要变成马浪荡，于是跳上人力车，叫拉到陶园茶室去。他所以去的目的，却并非在乎吃点心，大半的意思还是要消磨他的时光。

　　当石秋走出家里后一个钟点，雨田便匆匆地来找石秋，他是走惯的熟客，何妈开了门，只喊了一声，也不去管他，自顾走开。雨田独自直奔台上，口中还连嚷着："石秋！石秋！"谁知走到楼上，不但不见石秋，而且连画官都不见，心中好生奇怪，便一人坐到写字台边，瞥眼瞧见台上摆着一部《石头记》，因伸手取来，翻了一会儿。忽然见书页里露出一纸，遂拉出来展开瞧看，见是四首七绝，正是昨夜石秋新题的，雨田从头至尾地读去，觉得这四首七绝明明是为忆小红而作，因此他便把诗笺折叠一过，藏在袋内，预备见了石秋，作为打趣他的资料。正在这个时候，画官提了一铜壶匆匆上来，一见雨田，便喊道：

　　"苏少爷，你好早。"

　　"你家少爷到哪儿去了？"

　　"少爷一早就出门去了，到什么地方去却不曾说起。苏少爷，喝茶。"

　　画官一面回答，一面拿铜壶给他冲茶。雨田听石秋已经出去，且又不知到哪儿去，心中颇觉闷闷不乐，欲坐着等他，但他又是个说不定的人，也许他竟日地不回家，那我真发傻了。因站起来，对画官说道：

"少爷如回来，你说苏少爷在秦公馆等他，叫他立刻就来。"

画官点头答应。雨田便出门跳上车子，向可玉公馆去了。只见可玉坐在书房里，一个人吸着雪茄，望着嘴里喷出来的烟圈出神。因笑着叫道：

"老伯早，你没有出去吗？"

可玉回头一见雨田，便叫他坐下，说道：

"内人因苏州吟棣兄有信来，说明日为半农和友华订婚，嘱我们一道前去。我因昨天有事，定今日十点早班车动身，内人已于昨日早车前去了，不想昨晚竟做了一夜风潮，不知她路上如何，因此令我很是记挂。"

雨田听了，一起初原没主意，所以也代为忧愁。及后仔细一想，不禁哈哈笑道：

"伯母是早车去的，风潮是晚上起的。上海到苏州，也只不过两三个钟点，想伯母早已平安到府了，这个老伯还用愁吗？"

可玉骤然听了这话，猛可醒悟，忍不住也哑然失笑，心想，我这个也老糊涂了。其实可玉、若花伉俪甚笃，且因若花又有了喜，所以可玉更爱若珍宝。人谓恋爱滋味，只有青年男女才能享受，此话亦不尽然。且试瞧可玉、若花中年夫妇，其情爱之深，实超于一般年轻的两小口子哩！可玉不免也有些儿不好意思，因笑着问别的事道：

"上星期你和石秋到莲花庵，无意中碰到我的二小姐，听说大家还作了不少的诗，不知石秋对于婚事，有没什么表示？"

雨田听可玉问起击鼓催诗的事，因此想着石秋刚才的诗笺，遂笑道：

"石秋对于亲事，不但同意，而且昨晚他还作了四首七绝，诗中的意思，明明就是他的表示了。老伯，你倒瞧一瞧。"

雨田说着，便向怀中取出石秋写的诗笺，递给可玉。可玉接在手里，朗朗地读了一遍，不觉呵呵地大笑道：

"青年人往往如此，那么他今天为什么不和你同来呀？"

雨田正待回答，忽听庭中有阵脚步声音响着，可玉、雨田回眸望去，只见进来的正是石秋。石秋今天身穿铁灰毛葛衬绒长袍，出落得风度翩翩，比穿西服更显得潇洒出尘。可玉满心欢喜，这时石秋已走进书房，先向可玉请安，又和雨田招呼。可玉叫他坐下，便脸含春风地问道：

"秋侄，你对于二小姐的亲事，既然同意，今天我就写信给你爸爸去，彼此联为姻好，择日订婚。昨晚你作的《秋夜风雨有感》，这诗我已瞧过，用意很好，惜乎太以萧杀，少年人应该多作兴奋积极的思想，不该故作伤感的句子。但话又说回来，你作秋夜风雨，当然怪不得你，但以后还是少作的好，不知秋侄的意思以为怎样？”

石秋听可玉说出这一套话来，又见他手中拿着的正是自己昨晚所写的诗笺，一时心中弄得莫名其妙，竟怔怔地回答不出一句话来。雨田心里明白，忍不住笑着向石秋解释道：

“石秋兄，你别怀疑了。今晨我先到府上去找你，你却已不在家中。我想等你回来，所以顺手翻翻台子上的书，不料竟给我翻出这张诗笺来。我因为预备向你打趣，故而藏在身边。后来画官告诉我，说你并没关照他到哪儿去。我等不耐烦，所以先到这里来了。方才老伯问我秋兄对于亲事有没表示，我遂把你这诗笺呈与老伯一瞧。想我辈做事，件件都可秘密公开，况且老伯又不是外人，还请秋兄恕我冒昧。”

可玉、石秋一听，这才明了，这诗笺是雨田背地拿出来的。可玉暗想，雨田这孩子真也淘气得有趣，我道石秋这诗笺怎么轻易会交给他呢？这就忍不住好笑。石秋颇觉难为情，颊上顿时飞起两朵红云，因也笑着向雨田打趣道：

“怪不得雨兄吟秋海棠诗中，有‘高烧红灯夜偷来’之句，原来你是惯做偷窃贼的。”

说得可玉忍不住咯咯地笑了，因代雨田辩着道：

“秋侄，你倒不要埋怨热心人，雨侄对于这头亲事，他是非常关怀。好在我们素来熟悉，一切的事也不用雨侄往来传话，秋侄心里既然愿意，我还要叫二小姐给你和上几首，瞧她意思如何。今天是星期，你们两位就在这里玩上一天。我虽尚要往苏州去，但叶太太和二小姐是在这儿的。”

可玉正在说时，佩文已送上两盅香茗。可玉遂把石秋的诗笺叫佩文拿到二小姐房中去，一面对她说道：

“这诗是辛少爷的佳作，老爷说叫二小姐收着，改日还得和上几首。”

石秋见佩文已带着诗笺进去，脸上虽然无限羞涩，心中却很是欢喜，深感可玉真是生平第一知己，一时想着可玉尚要到苏州去的话，因忙问道：

“老伯到苏州去，不知有何贵干？伯母可同去吗？”

可玉被他一提，连忙瞧壁上钟，已是九点半了，因一面把友华、半农订婚的事，重又向石秋告诉一遍，一面站起来道：

"两位坐一会儿，我进里面去喊二小姐出来陪你们谈谈。"

可玉说着，便到小红卧房里去了。

佩文拿着诗笺，笑嘻嘻地奔进小姐房中，口里喊道：

"二小姐，辛少爷、苏少爷来望你了，现在老爷和他们聊天着。辛少爷还作了许多诗。老爷叫我拿给二小姐，还要叫二小姐和几首哩！"

小红听了，连忙把石秋诗笺接来，读了一遍，觉得情思缠绵，竟和小棣一样多情，就是人才洒脱也不相上下。爸爸既一意欲把我终身许配与他，我若不顺他老人家的心，不但是要辜负了他的一番苦心，而且亦要使他感到别人家的女儿到底不能忖自己心，因此而不快。小红这时芳心完全亦早已默许。叶氏在旁，见小红脸有喜色，因劝她道：

"辛少爷和苏少爷既然特地来望你，那么我们也该出去和他大家谈谈了。"

小红听妈妈这样说，就把诗笺压在写字台的玻璃板下，回眸望着妈妈只是哧哧地憨笑。叶氏笑道：

"傻孩子，你害什么羞？你爸爸也在外面，出去谈谈打什么紧！"

小红因一跳一跳地到面汤台边，对镜梳洗一回，薄施了一层脂粉。正在这时，只见可玉走进来叫道：

"红儿，你和妈妈到外面去招待招待，我要上车去了。"

小红听可玉也这样说，方含羞跟着出来，叶氏也随在后面。到了书房，小红抬头一见石秋今天换了中服，更觉斯文，好像是个白面书生模样，芳心暗暗欣喜。石秋看小红身穿茶绿丝绒的衬布旗袍，黑漆的革履，婷婷走来。她那粉嫩的脸蛋白里透红，更显出两只滴溜圆的眸珠是乌黑灵活得可爱。她扬着眉儿笑进来。石秋、雨田忙站起，先向叶氏叫了声伯母，又向小红招呼。小红嫣然笑道：

"辛先生、苏先生多早晚来的？请坐吧。"

"我瞧你们以后都可兄妹称呼，若叫少爷小姐，倒反觉生疏了。我因时已不早，不能奉陪了。"

可玉说着这几句话，把个石秋、小红乐得只是笑。这时佩文来说，阿三已备车侍候，于是大家送可玉上车，方才回身仍到书房，各人坐下。雨田便笑叫道：

"二小姐，秦老伯吩咐，现在我们斗胆，就喊你二妹了。石秋的诗，二妹可瞧过了吗？老伯还要你给他和韵，将来你和好了，千万要给我瞧的。假使你们秘密地传送，这个我可不答应哩！"

小红听雨田涎皮嬉脸地向自己打趣，因望了石秋一眼，却是抿着嘴儿只管笑。叶氏见石秋虽然也不是得意地笑，但好像很怕难为情的样子，因和他搭讪道：

"秋哥，昨夜的天色怕人吗？我道今天再也不能晴了，谁知倒又出起太阳来了。"

石秋正欲笑着回答，雨田却早接着很快说道：

"今天是个星期日，老天若连绵不断地下大雨，这不是要扫了秋哥来瞧二妹的兴吗？天是个很识趣的，所以叫天作之缘。"

石秋、小红听到"天作之缘"一句，两人又会过心来，不期然地相对嫣然一笑。石秋觉得小红这一笑是含着无限的神秘和甜蜜，三分是羞涩，七分是喜悦，真有不胜娇媚的意态，因此自己心中的兴奋和快乐，实在也是超过了沸点，凝眸望着她玫瑰花般的娇靥，遂不觉也哧哧地笑个不停。叶氏见雨田说得巧，且又说得有趣，她拉开了嘴儿，更是笑得合不拢来。雨田见三个人都像弥勒佛似的，这就更觉有趣，愈加兴奋地从旁说笑道：

"石秋，你干吗老是笑？怎的一句都不和二妹说话呀？"

"我的话儿都已给你代说了去，叫我和二妹还有什么话好说呢？"

石秋笑着说了这两句，又把眼儿去瞟小红。小红佯作不见，雨田却早呵呵笑起来道：

"真活像个牛郎织女，一个泥塑，一个木雕。昔人有赠哑婚新人一联，是'鸳鸯少小曾相识，鹦鹉前头不敢言'，我瞧你们两人情景，真有些儿像这两句话了。"

小红听雨田竟完全说穿了，遂也索性厚着脸皮笑道：

"雨哥，你难道是个鹦鹉吗？我记得还有一联，也是赠哑婚的。他的联句是：'真个销魂，千般旖旎谁传语？为郎憔悴，万种相思不忍言。'这一联比你一联可含蓄得更妙。"

雨田见小红居然给自己引得开口了，心中兴奋得了不得，也就不管什么地笑道：

"只要你们俩人能成为一对鸳鸯，我情愿做个鹦鹉的。"

小红听了这话，真个又羞又喜，秋波向石秋瞟了一眼，那颊儿直涨得绯红，别转身去，拿着帕儿捂住了嘴。雨田虽没听到她的笑声，但见她肩儿一耸一耸，这就可想她是笑得十分儿有劲。石秋这时心中却在回味那小红的联句，觉得小红真是个聪明伶俐的姑娘，她因为碍着雨田在旁，不好和我说几句知心的话儿，所以借用这副联句，把她芳心中的心事都传给我知道了。不然她说到"为郎憔悴"一句的时候，为什么却把声音故意放重了一些，同时她那水盈盈的秋波又不住地向我瞟呢？石秋想到这里，见雨田连鸳鸯都说出来，这就无怪小红要羞得别转头去了，因也得意地笑道：

"二妹这一副形容哑巴联句的神气，就在这'谁传语''不忍言'六个字中。所以比雨哥的'不敢言'还要好。我记得去年七月七日那天，正是我爸爸的五十生日。秦老伯曾送我爸一联寿联，联句是'留半幅百寿图，令我再书洪范福；余七夕一酒，为君三叠鹊桥诗'。这副对上联暗嵌五十，下联切合寿辰，也真作得有趣……"

雨田不等他说完，早又哈哈笑道：

"这就怪不得你要作这两句'画眉愧乏张郎笔，空羡双星会织牛'的诗句了。你的意思，可是要二妹给你三叠鹊桥诗吗？这个你尽管放心好了，刚才秦老伯是已经关照二妹过了，她当然会很满意地和你的原韵，二妹是绝不会叫你空羡，也决计不会不叫你秋哥哥画一条细细而又弯弯的眉毛，你快预备着张郎的彩笔是了。倘使你不相信，那你可以问二妹的，若果你羞答答不好意思问，那我就给你代问好了。二妹！二妹！你快回过身来呀！"

叶氏、小红听他刻意地形容，这就再也忍不住咯咯地笑出声来。石秋听他虽是说的取笑话，不料被他竟直说到自己的心坎里，一时颊上不觉又添了两圈红晕，辩着道：

"雨兄现在这只贫嘴益发厉害了，人家不说话，你又要说人家泥塑木雕；人家说了，倒又惹你说这一大套话来打趣人家，这也叫人真难了。"

"这算做人难吗？难的时候怕还不曾到吧！将来做新女婿上门，这个就真正难做人哩。"

雨田听了石秋的话，又急急钉下去这几句，把个叶氏直笑出眼泪来。小红弯了纤腰，脸儿虽然向壁，但她拿了手帕，也兀是揉着眼哩。叶氏停止笑声说道：

"雨哥真趣，这张乖嘴，凭你什么人都也说不过他的。"

"伯母，你还要赞他乖嘴哩！今天难得雨中逢晴，我想请你们到陶园小酌去，不知你们肯赏光吗？"

石秋望着叶氏和小红，好像等待她们一个圆满的答复。雨田早嚷着道：

"这个伯母和二妹一定是领你的盛情，就是我也要沾着二妹的光，向你叨扰哩！"

叶氏听了，因笑盈盈站起来对小红道：

"那么红儿去穿件大衣吧。"

小红嫣然一笑，点了点头，就匆匆进房里去。不多一会儿，石秋见小红又理过妆，换了一身绯色软绸旗袍，咖啡色的革履，披着一件天蓝呢的夹大衣，更是鲜艳夺目，娇媚无比。雨田笑着说了一声"我们走吧"，于是四人便前后地走出了秦公馆。

石秋陪着小红、叶氏、雨田大家先到陶园吃了饭，叶氏要到大都会去摄一张半身照，石秋因陪他们一道去。一共摄了三张，一张是叶氏的半身放大照，一张是四人合摄的，一张是小红和石秋并坐一块石上，布景是一枝柳树、一条小溪。两人并坐在柳丝底下，垂竿并钓。从此以后，石秋、小红虽然没有正式地订婚，但在两人的心眼里，早已以未婚夫妇自居，预备将来过如鱼若水的快乐日子了。

第七回

万种闲愁相思深入骨
二分明月底事苦心头

离松江城十里路程，有一个地方名叫新大陆。这个名称究竟含蓄着什么意思呢？原来这个镇上有两个大姓，一个姓陆，一个姓辛，新大陆的本来地名，是叫陆辛庄。这还是在前清的时候，要算陆家最发达，举人、翰林不计其数。辛家最多的也不过一个举人，但雄于资财，百里内的田地差不多都是辛家，所出的人才个个都非常忠直勇敢。陆家就不是这样，他因自恃是个乡官，骄傲逼人，妒辛家富厚，每思中丧。所以陆家所出的子弟都是刁诈奸恶的。一个自恃其贵，一个自恃其富，镇上有事，两家各不相让，好像是世代冤家一般。

自从革命以后，陆家的举人、翰林早已死完，辛家经营商业，愈见发达。乡村上的人，这一张嘴是非常坏，他们见辛家日日富有，地方上村长、镇长、议员、委员都出在辛家的门中。陆家则日日地衰败下去，势力也渐渐地消减，因此把陆辛庄地名慢慢地竟改为新大陆，新大陆者，就是辛家大过陆家的意思。

到了辛石秋爸爸墨园的手里，他本是个前清的举人，后来又当省议员，现在还当着松江县的镇长。墨园的妻子就是陆家娶来，年轻的时候，名叫陆惊鸿。墨园因惊鸿美而多子，心中非常爱她。所以长子名宾秋，次子名雁秋，都含着鸿雁来宾的意思。第三个是女儿，生在正月里，适值墨园又当选省议员，民权在握，因此名为春权。春权的性情和容貌，没有一样不像她的娘，所以不但陆氏爱她，即使墨园也当她作掌上明珠一般。以下便是石秋、春椒、麦秋三个人。石秋性情温柔，天资聪敏，他的学问都像墨园少时。本待给他大学毕业，墨园因政局不停，好像着棋，因此中学毕业，就托老友秦可玉给他介绍在安东银行充个秘书。

墨园在新大陆村盖有一座别墅，建筑伟大，泉石亭台，应有尽有。陆氏和女儿春权、春椒、麦秋还有一个甥女巢爱吾，都住在别墅，过她们的优游岁月，真可称是享尽人间的清福了。长子宾秋，娶媳朱素娥；次子雁秋，娶媳洪日芳。因两人一在汉口任职，一在北平办事，所以都带着妻子远去，不在身边。

这是二十年前的事情，惊鸿有个妹子名叫晚鸿，自嫁给巢一民为妻，不到一年，巢一民即患肺身死，晚鸿由一民传染病痨症，产下一个遗腹女儿，体更衰弱，病了两年，竟也一瞑不视。临终的时候，晚鸿握着姊姊惊鸿的手，含泪哭泣道：

"姊姊！妈妈只生我姊妹两个，虽然尚有个弟弟，他原是姨娘生的，且又不务正业。现在妹妹的病是万不能再好了，妹死之后，别的没有放不下，只有我一个尚在襁褓中的苦命女儿爱吾，生下后已不见了爹，谁知未上两年，娘又要抛弃了她，所以妹在未完这口气之前，千万拜托姊姊抚育长大，姊姊是个有福气的人，譬如多生一个女儿，日后爱吾长大，妹妹在冥冥之中，是没有不感激姊姊的大恩，报答姊姊大德的。"

惊鸿听了妹妹这番哀痛断肠的嘱托，除了点头答应，姊妹俩不禁相抱哭泣。但是不久，晚鸿果然撒手长了。现在离晚鸿的死，已有十七个年头。惊鸿自从把巢爱吾领归，抚育到六岁时，即与石秋同校读书。春权有时见两人手挽手儿地游玩，常常同桌而读，同床而卧，娇小玲珑，活泼可爱，便取笑他们是一对小夫妻。石秋、爱吾那时年幼，未知小夫妻为何物，故并不羞涩，反而愈加亲爱。后来爱吾年事日长，不时听表姊春权的取笑，因此才和石秋略避嫌疑，不如幼年的两小无猜。但她一颗芳心，自叹身世可怜，从小爸妈都亡，想着石秋的温和文雅，一表人才，她竟一心地欲以薛宝钗自居，定要嫁给石秋为妻。不过她的性情又非常骄傲而多疑，石秋有时和她说句笑话，她便生气不高兴，说终是自己命苦，寄人篱下，所以才被人欺侮。因此石秋要想讨好，反而惹她生气，倒不好十分地和她亲热了。陆氏见爱吾容貌美丽，酷肖她的妹子晚鸿，本拟给石秋为妻，但爱吾弱不禁风的身子，时常小病，生恐她和娘一样地不长命，因此心里犹豫不决，始终不曾出过口。

石秋、爱吾都在中学里毕了业，成绩都非常优良。墨园、惊鸿自然十分喜欢，有时墨园教石秋作诗，爱吾拉着春权也跟在一旁学习。石秋能诗能画，爱吾、春权竟也工诗善画。自从石秋来上海任职，春权、爱吾便同住在别墅里的梅笑轩。

梅笑轩是一排的三间楼房，前面种着几株老梅，楼东又种着两株高高的梧桐，梧桐的底下开一个池塘。夏天种着满池面的碧莲，每值黄昏时候，凉风拂拂，莲蓬掠着水面，动荡着皱起的波纹，人坐其旁，纳凉谈心，胜如上天。池塘的西面架一条石桥，从石桥走过去，搭着一长埭的葡萄棚，葡萄棚穿过，便见又是五间船厅，名叫椒花厅。陆氏和春椒、麦秋睡在东边两间船厅，西边一间作为众仆妇的卧室，中间两个船厅作为墨园的书房。长日无俚，春权、爱吾躺着睡楼，不是唱歌捺琴，便是翻阅小说，好在《红楼》《西厢》她们都已看得烂熟。平日之间，姊妹两人，你叫她宝姊姊，她叫你林妹妹，都已取笑惯了，也不当一桩事。爱吾的心中所恨的，就是没有一个知心着意的宝哥哥。虽然石秋待自己情分也不薄，但自从那天自己赌气后，他也不甚来理睬了，况且最近忽又到上海去，人心难测，自己无时不想念他，也许他却早把我丢在脑后了，因此爱吾的一颗多愁善感的心灵终觉郁郁不欢。

光阴像流水般地逝去，匆匆的九十春光，不觉已到了绿肥红瘦的长夏季节。池塘中的碧莲已发出鲜嫩的叶子，贴在水面，好像一块青绒，叶瓣上沾着了几点水珠，因为是被微风吹动的缘故，那水点就好像走珠一般地滚来滚去。爱吾独个儿站在池塘的石栏旁，低垂了头儿，望着澄清水面上浮着的小鸭，呆呆地思忖。春权却从后面蹑手蹑脚地走来，见她临风傍池而立，愈觉纤腰如柳，两颊被落日反映，好像出水芙蓉，心里爱她，便笑盈盈地轻轻戏叫道：

"林妹妹！林妹妹！你见了池中这一对鸳鸯，你心中可是在想宝哥哥了吗？宝哥哥恐怕已有了宝姊姊，要不爱你林妹妹哩！"

爱吾连忙回过头来，见又是表姊春权打趣她。她微咬着嘴唇，啐她一口，握着小拳儿，轻轻地向春权身上打了一下，娇嗔着道：

"表姊，你这是什么话？你心里把小鸭当鸳鸯，你真想得发疯了。什么宝哥哥、宝姊姊啦，你欺侮我，我和你到姨妈那儿去告诉，说表姊在想婆家，快给姊姊拣一个好姊夫。"

春权见爱吾拉着自己不依，一定要到椒花厅妈妈那儿去告诉，便忙笑着央求道：

"好妹妹，别生气了，你快快跟我来，我给你瞧件玩意儿。"

爱吾听春权这样软求，便也回嗔作喜，随着她一同走回到梅笑轩，一面笑着问她道：

"姊姊，是什么玩意儿？你快拿出来呀！"

春权本来是诳诳她的，原没有什么玩意儿，现在给她问得紧了，只好把写字台抽屉打开，取出前天一个同学寄来的美术画册，笑盈盈地向爱吾招手叫道：

"唔，就是这个，真好玩，也真好瞧。"

爱吾见是一本小册子，她拿在手中向自己晃了一晃地扬着，因连忙奔上几步，伸手来抢道：

"怎样的好玩？怎样的好瞧？快给我先瞧一瞧。"

春权见她越是发急，她便把册子藏到背后去，越是不肯给她瞧。爱吾嘬着小嘴，赌气正欲不要瞧了，春权却又把她拉到桌边，将画册交给她，笑道：

"快瞧快瞧，动没动倒又要生气了。"

爱吾嫣然一笑，遂把画册打开来瞧，见是几张五彩的风景画片，也没有什么特别好瞧。再翻下去，却是几张人体写生，有女子的，也有男子的，内中有一个男子，那面目好像很是面熟。爱吾凝眸仔细一瞧，原来不像别人，正像自己日夜思忖，比他为宝哥哥的辛石秋，一时好不惊讶，不免又向他打量一回。只见他满身肌肉丰富，眉眼含着笑意，真活像是个石秋，记得去年夏季的时候，石秋脱了上身衣服，曾叫春权表姊擦背，凑巧我过来找表姊，瞧见了还以指划颊羞他。那时我见他上身肌肉，正和现在这画中一样的神气，富于健康美姿。爱吾想到这里，越瞧越爱，越爱越瞧，好像这个画中人就是石秋一样，脑海中便起了一阵幻想，假使自己和石秋能够达到目的，那石秋丰富的整个肉体，就属于我的所有，但是他若和别个女子结婚，那我和他便成为陌路之人，不要说我能投入他的怀抱，就是要和他日日见面，恐怕也是不能够了。一时陡忆方才表姊对我说的"宝哥哥已有了宝姊姊，恐怕要不爱你林妹妹了"这一句的话儿，是多么触心，万一他在上海真的有了爱人，那我不是望了一场空吗？爱吾想到这里，好像石秋是真的已不爱她了，顿时一阵心酸，两手一松，那册子竟坠在地上。春权见她对着画片只管呆呆地出神，忽然又脸色灰白，眼皮一红，连画册都掉落了，大有盈盈泪下的神气。心中倒吃一惊，一面把画册拾起，一面望着她笑道：

"妹妹，怎么啦？不好瞧吗？为什么把它丢了？"

爱吾竭力镇静了态度，却低头无语。春权因拉她同到床上躺下，抚着她的脸颊儿，正欲再说，爱吾却把她手儿恨恨摔去，白她一眼，嗔着道：

"自然不好瞧的，你骗我，这也算是什么好的玩意儿吗？"

春权一面咮咮地笑，一面把那画册又翻开来，指着那女子身上给爱吾瞧道：

"你没瞧见这个人体美吗？她的曲线和姿势是多么不容易画到。我听人家说，用二尺长的纸儿，叫我这个同学画一幅，还要几十两银子呢！"

春权说着，又一页一页地翻过去，指给爱吾瞧，笑道：

"你再瞧这一个男子的人体，多么活泼健壮，给妹妹做个理想的丈夫好吗？"

"啐！姊姊自己爱他，却借妹妹来说你自己心病话儿了。"

两人打趣着，各人又咯咯地笑了一回。这时小丫头进来，说三小姐和表小姐谁先洗浴，厨下已烧了水，想浴缸里笼头已开得出水了。

春权说的什么理想丈夫的话，原是无心，谁知爱吾听得有意，自从那日以后，爱吾深恐石秋不爱她，竟恹恹地病了起来。起初不过懒洋洋地不想欲食，不料三五天后，饥消脸削，腰围减瘦，两颧发烧，两眼凹进，如花如玉的一个美人儿，竟憔悴得不成一个人样。春权陪在床边，万料不到她是在想石秋，所以安慰她的话也是隔靴抓痒，一些不能解去爱吾心中的抑郁和愁苦。陆氏见爱吾病体日重，心里也非常地着急，今天请中医明日换西医地给她诊治。这样一天一天地过去，爱吾的病势，时而好些，时而坏些，竟已由夏而秋，由秋将要到冬。陆氏这天又到梅笑轩来望爱吾，春权却不在房中，陆氏走近床边，只见爱吾星眸微闭，长睫毛连成一线，虽已骨瘦如柴，奄奄一息的神气，但还不能遮蔽她的美态，这就心中愈感到楚楚可怜，听着她轻微而低沉的鼻息，猛可想起自己妹子晚鸿临终的情形，同时又记得妹子嘱托的痛心言语，不觉轻轻叹口气，眼眶一红，掉下泪来，暗自想道："这苦命的孩子，不想如此多病多灾。好容易给我抚养到十八岁，难道也会像她娘这样不寿吗？"正在无可奈何，忽见春权匆匆进来，向她招了招手。陆氏会意，便跟她到房门外。春权附着她耳，悄悄说道：

"我去找你，不想妈妈却在这儿。妈妈，我瞧表妹的病，完全想着弟弟石秋而起的，因为昨天夜里，我一觉醒来，听表妹梦中却在喊弟弟的名儿。妈妈，你如把弟弟叫来，和她见面晤谈，我想她的病是一定会好的。俗话所谓心病还需心药医，妹妹是患了心病，弟弟就是她的心药呀！"

陆氏骤然听了这话，心中倒是一怔，不觉沉吟半晌，方叹息着道：

"这孩子也真怪可怜的，既然她是思念石秋，停会儿我便立刻打个电报去，叫他即速回来。春儿现在快先去告诉爱吾去，也好叫她听了安心。"

陆氏说着，便急急地喊人打电报去了。春权回到房里，只见爱吾双眉紧锁，明眸中似含有泪水，春权微微叹了一口气，移步到床沿，柔声叫道：

"妹妹，妈妈已给你叫石秋弟弟去，妹妹保重身体，万勿伤感。昨天王大夫说你这病完全是要自己保养，若靠药力是没有用的，妹妹，你终该记到了。"

爱吾突然听春权对她说出这一句话来，这才是一剂良药，直医到她的心坎里去，顿时又惊又喜，且又无限羞涩。淡白的颊上也会添上两圈红晕，乌圆的眸珠在长睫毛里一转，小嘴掀起，这就露齿嫣然笑了。春权差不多有四五个月不见她笑容了，知道现在她这一笑，一定是含有无限感激和无限喜悦的意思，心中一阵快乐，把她瘦削的纤手，就轻轻地握住了。

当爱吾病患得最厉害的时候，在上海石秋和小红正相恋得火一般热，这天石秋坐在办公室里，茶役匆匆送上一个电报，连忙打开一译，读着道：

上海辛石秋，爱女病重，母望我儿速来，松江陆氏电宥。

石秋读毕，心中大吃一惊，以为是姊姊春权病了。继而仔细一想，这个爱字，也许是指点爱吾表妹。妈妈既然有电报来，我自当即日动身，于是石秋一面向董事室告假一星期，一面便去见雨田，说明返松江的理由。雨田见他心慌意乱的神气，便即问道：

"那么你此刻就动身了吗？上海寓里，要不我给你去代关照一声？"

石秋正苦分身不得，听雨田这样热心，便和他握了握手，很诚恳地道：

"谢谢你！我现在便乘火车去，那么一切我全拜托你了。"

石秋后面一句话说得很重，而且还望他一眼，是表示小红那里也全拜托去关照一声。雨田原是个聪明绝顶的人，焉有听不出的道理，便很神秘地笑道：

"二小姐那边，我也代你会去通知的，你放心是了。"

石秋听了，含笑点头，两人遂匆匆分别。好在松江离上海没有多少路程，不消两个小时，火车早已到站，石秋因疑惑这个电报究竟是春权病了，抑是爱吾病了，所以一到新大陆的别墅，他便先到椒花厅妈妈的卧房来。陆氏见石秋果然到来，心中便安了一半，一面叫他坐在身旁，一面低低地道：

"秋儿，你别惊慌，我叫你回来，是要叫你的人来做一帖灵丹妙药。你千万要听我的话，别害羞不肯依我。"

石秋正要问妈妈是哪一个病重，突然先听妈妈说出这个话来，一时弄得莫名其妙，好像把身子坠在五里雾中，便急急问道：

"妈，到底是谁病着呀？我的人又怎么能够当灵丹妙药呢？"

陆氏见石秋脸上满现着稀罕的样子，也觉自己是说得太不明白了，因重新又详详细细地告诉道：

"秋儿，你别急，我告诉你，你的表妹爱吾病了，病了差不多有好几个月，当初也不知她患的什么病，虽经医治，亦是无效，还在最近两天里，你姊姊才听得……说也可怜，这孩子她在病中却声声口口地叫着你的名儿。我因你姨妈只有一个女儿，她从小又是我养大的，倘然有三长四短，不但我白操一世心思，实在还很对不起我已死去的妹子，因此叫你前来。爱囡这样痴心于你，况你和她自小长大，感情亦不坏，你千万要瞧在妈妈的脸上，终要疼疼她，给个安慰，那她病才会好哩！"

石秋不待妈妈说完，脸上早已起了两朵红云，心中暗想，表妹原来她是爱我的，那么前时我常和她有求爱的意思，她为什么老生气呢？我以为她是别有怀抱，所以就移爱到小红身上去。哪里知道可怜表妹却真有颦儿那一副古怪的脾气呢？不过我现在既和小红同摄小影，把她完全作为未婚妻看待，若再转心来爱表妹，这不但良心对不住小红，就是在可玉和雨田面前，叫我怎样交代？想到这里，踌躇不决，真是左右为难极了，一时竟回答不出话来。陆氏见石秋两颊绯红，迟迟不答，她好像已知道他内心的苦衷，却当他是怕羞，因又再三地劝道：

"秋儿，爱囡的病已到了九死一生，我叫你去爱她，完全是希望她有一线生机。你倘然心里和她不合，妈妈并不是强着你要去爱她。你要晓得妈的一番苦心，完全是为着你姨妈临死时对我说的几句话，现在爱囡已给我抚养到这样大了，我又怎能忍心不救救她？对于婚姻两字，现在都重自由，妈难道还不晓得吗？总之，我的意思是叫你做一个最后的灵药，验不验统不关儿的事。"

石秋听妈再三地解释，方才明白妈并非要强迫我娶她，只不过要我救她的性命罢了，心里这才放下一块大石。一时又想表妹爱我也真痴心得可怜，我也并非没有情义，起初我心里实在只有表妹一人，都是她自己不好，对我冷淡，所以我就移爱小红。谁知她内心蕴藏着爱我的热情竟有这样痴。唉！表妹！表妹！你的深情我只有来世报答你了！石秋想到此，便抬头望着妈妈毅然答道：

"妈的苦心、妈的意思我都明白了，妈既然只要我把表妹的病慢慢安慰她好起来，这个孩儿哪有个不答应吗？妈妈放心，尽孩儿的能力，得能使表妹痊愈，这也是大幸了。"

陆氏听石秋已明了自己的用心，一时很觉欣慰，遂催着石秋一同到爱吾的卧房来。穿过葡萄棚，沿着荷花池，还没有走到梅笑轩，石秋的鼻子早已闻到一阵药香。梅笑轩的走廊下挂着一架白羽的鹦鹉，见了石秋和陆氏，便叫道：

"老太太、少爷来了。"

春权在房中一听鹦鹉说话，她便走出房来，一见妈妈和弟弟果然到来，便低低地说道：

"方才樱桃给她服了药，此刻好一会儿没有动静，想是睡熟了。"

樱桃是春权的婢子，这时正蹲着身子在廊下扇炭炉子，给爱吾煮第二汁的药。石秋见药铛茶灶罗列满前，阶下的花气、柳廊中的药香，氤氲着满鼻，心中一阵心酸，一面喊着姊姊，一面那两只眼圈儿早已红了起来。春权让石秋走进卧房，但见沉沉帘笼，一半卷起，东首床上，卧着一个憔悴的少女。骤然一睹，几乎认不得是爱吾表妹，因爱吾这时的颜色，血气毫无，纤纤的两条眉毛，好似钻聚在一堆。往日桃花般的娇艳，竟已变成萎败的梨花一样了。石秋瞧到伤心地方，那眼泪再也忍不住，不禁已淌下了好几点，但又恐姊姊取笑，遂竭力忍住，收束泪痕，抬头向春权望着问道：

"姊姊，表妹的病看过去十分沉重，不知爸爸在城里可知道吗？"

春权听石秋问起爸爸，便拉了他手，走出房来，向他很神秘地嫣然一笑道：

"弟弟，你到外面来，我有句话问你。爸爸昨夜方才来过，我听爸爸对妈妈说，弟弟在上海已得到了一个爱人，名叫叶小红，其话可真吗？弟弟，你倒把小红的容貌儿说给姊姊听听。"

春权说完了这话，和石秋已走到两株美人蕉旁边站住，望着石秋的脸蛋儿，只是哧哧地憨笑。石秋听春权忽然问出这个话，心知可玉一定已有信给爸爸来说小红和自己的婚事。这就恍然大悟妈妈刚才会说出婚姻都重自由的话，原来她老人家是早已知道我和小红的事了。不觉微红了脸儿，轻声地道：

"叶小红是秦老伯的干女儿，容貌尚不十分难看。她的学问又是秦老伯和秦老伯母自小教导，所以旧文学也很有根蒂的。这是秦老伯介绍给我做个朋友，哪儿谈得上爱人哩！"

春权听他这样称赞小红，心中颇有些不服气，因淡淡地笑道：

"爱吾妹妹不是也能作诗的吗？小红女士的学问想必是比爱妹更好了。恐怕爱妹的容貌也及不来她美吧？"

石秋听姊姊话中，颇有庇护爱妹的意思，但自己本来的确也非常心爱表妹，这我自问良心并没说谎。可是现在事情已到如此地步，这叫我如何是好？刚才瞧着表妹病得只剩一副骨头，这种可怜的样子，她是完全为了我，任你铁石心肠，岂能无动于衷吗？万一不幸，那我虽不杀伯仁，伯仁却由我而死。这我怎能对得住表妹？怎能对得住已死的姨妈？但是我既已和小红同拍小影，同游戏院，各人心中都认为是未来的一对夫妻，这岂是儿戏的事？这叫我又怎能够再去抛弃她？石秋想到这里，心中非常难受，意欲把他苦衷尽情向春权倾吐。春权见他脸上现出万分痛苦模样，好像有说不出的隐情，正欲再向他告诉爱吾的一片痴心，代求他爱怜表妹，不要使表妹感到失望而甚至于毁灭她的身体……不料这时候樱桃匆匆奔出来叫道：

"三小姐！四少爷！表小姐醒来了，太太叫你们进去。"

第八回

情胜捐躯为郎心血呕
意存救死慰妹事从权

这时爱吾的脸蛋儿正向着床外，陆氏坐在床头，拉着她的纤手，叫道：

"爱儿，你的表哥我已叫他回来了，你有什么话，可以和他谈谈。"

爱吾听了这话，回眸向外望去，果见石秋和春权一前一后地走进房来。陆氏已把身子移到床边的椅上，叫石秋坐到床沿。爱吾见了石秋英俊的脸儿，心中真有说不出的安慰和羞涩，那两眶子的眼泪竟扑簌簌地掉到颊上，再滴在枕边，湿了一堆。石秋见她明眸里含着无限的情意，凝望着自己，好像有千言万语要诉说的神气，但又似乎万分害羞地说不出口，一时心中起了无限的怜惜，便柔声问道：

"妹妹，你有什么难过呀？怎的几月不见，就瘦得这个样儿，可真要不认得了。妹妹，快别闷着吧，终要保重着自己身体最紧！"

石秋说一句，爱吾听一句，听到"保重身体"一句，仿佛她已觉得自己的身体竟已病得不成样儿。现在表哥果已来安慰着自己，想起平日表哥对自己热情，常时在和自己温存，表哥是不会变心的，我又何苦自作践身子呢？现在病得骨瘦如柴……想到这里，心中无限悲酸，止不住那大颗儿的热泪又流个不停，半响方才抽咽着叫道：

"哥哥待妹妹情义原是很好。只恨妹妹命薄，恐怕和哥哥的聚首没多天了。哥哥，你终要好好地侍奉妈妈，妹子虽死，亦是瞑目的。"

石秋听她说出这样沉痛酸鼻的话，拉着她的手儿，轻轻地抚摩，眼皮一红，忍不住也淌下泪来。因又安慰她道：

"妹妹何苦说这样使人痛心的话，你千万不要胡思乱想。只要能够静静地养息，那服下去的药自然都能效验。妹妹如病好了，将来陪着妹妹和妈妈、姊姊到上海玩去。上海有个半淞园，它比我们的别墅大了两三倍，

220

园中盖一个湖心亭，还有问津处，可以租着小艇荡湖，真仿佛一个杭州小西湖一般。”

石秋说到这里，连忙收束泪痕，脸上浮了一丝笑意。他的意思当然是要逗爱吾高兴。爱吾见他为自己淌泪，又为自己含笑，心里真感激得不知如何是好，只是望着他淌泪。陆氏、春权听石秋这样劝慰爱吾，心里都非常喜悦。春权便在旁也插口叫道：

“爱妹，弟弟的话不错，一个人第一要紧是身体，只要爱妹病好了，姊姊和妈妈都非常高兴，很愿意一道到上海玩玩去。”

爱吾听春权把她竟当自己的亲妹子一般看待，心里实得到无上的安慰，淡白的脸上挂着眼泪，向两人微微一笑，蝤首点了两点。意欲再向石秋说两句感激的话儿，但因久病力乏，却是一句也懒得说出，只觉一阵头晕目眩，面前都漆黑起来，只好闭着眼睛，静静地养神。石秋见她好像要睡的样子，遂把她手轻轻放进被里，温和地道：

“妹妹想话说多乏了，睡一会儿吧。”

爱吾睁眼向石秋很有情地望了一下，点一点头，便又合上眼睡了，好像已很安慰的样子。石秋站起身子，回头见春权已不在房中，妈妈却怔怔地呆坐，不觉搓了搓手，望着窗外满天秋云，微微叹了一声，移步走到写字台旁，只见案头上堆满着零乱的书籍，东歪西斜，遂代为整理一遍。不料无意之中，竟发现乱书堆中夹着一纸诗稿。石秋展开来瞧，见是七绝四首，题目是《忆秋》。石秋因把那诗低低暗念道：

其　　一

辜负慈帏养育恩，经秋一病欲离魂。眼前已绝灵丹药，空忆王孙泪暗吞。

其　　二

竟夕相思泪有痕，举头月魄黯前村。此生不作团圆想，何事梦魂犹欲存。

石秋念了两首，觉得沉痛非凡，那泪已润湿了眼帘。心中暗想，爱吾竟有这样的痴心，想她在病中，还要呕心血地作诗，怪不得要病到这样地步了。唉！这我怎能对得她住？一时脑海里又浮现了小红的情影，这也万不能抛弃……想到这里，觉得这事断不能两全，妈妈虽然只要叫我安慰她，使她病体痊愈，我是为了妈妈的一番苦心，又可怜爱吾的身世，所以才口不应心地劝慰她，但我自问于心，终觉得对影惭愧。便含泪又继续念下去道：

其　　三
黄花瘦怯是前身，泪滴鲛绡痕犹新。憔悴知无颜色好，痴心何必重恋人。

其　　四
人间何事最伤心，病骨支离听暮砧。月缺花残秋寂寂，风凄雨冷夜沉沉。

石秋把诗念完，觉得爱吾这四首绝句，好像是对着自己细诉心事。这样的哀怨凄绝，直令我不忍卒读，但我又怎可不哀怜她的苦心？我不哀她怜她，她若果为我而死，我怎能对得住姨妈？并且我也对不住妈妈，妈妈不是说曾费了许多心血，才得把她抚养长大吗……石秋拿着诗稿，正在呆呆地出神，突见春权掀起门帘，向他招手。石秋见妈妈陪着床头，他便带着诗稿，身不由主地走到房门外。春权笑嘻嘻地叫道：

"弟弟，我和你到晚香楼下看野芙蓉去，虽然还没有开花，但已含着一树的苞儿，倒很好玩呢。"

石秋听着，遂跟春权穿过小石桥，向西不到二十步，傍着山石果有矮丛丛的数株芙蓉。两人便对花坐在石栏上，春权望着他憨憨地笑了一会儿，问着道：

"弟弟，这里离梅笑轩远，爱妹睡在床上听不见。方才你还不曾把小红的人品告诉我，现在你可以详细说给我听了。"

"姊姊，你也没有把爸爸和妈妈的话全说给我知道呀！"

春权听石秋不肯直爽告诉，却先要紧问自己，因笑了笑说道：

"妈妈和爸爸的话多着哩！妈妈并不阻挡弟弟爱着小红，只是妈妈说，妈妈的小名叫惊鸿，她现在又叫小红，给人听了，倒好像是一辈子的人。爸爸说妈妈这话不对，小红并不是你的鸿字，就是你的鸿字，那也不要紧。比方我叫墨园，我儿子也叫小园，现在她叫小红，仿佛就是你的女儿一般，人家绝不会把你们想到姊妹一辈去的。妈妈听爸爸这样解释，便说只要秋儿喜欢，爸爸合意，秦老伯又不是外人，叫爸爸就给她定下来好了。弟弟，你听了现在可乐意吗？只是可惜苦了一个人哩！"

石秋听姊姊话中又有代替爱吾可怜的意思，因忙打岔着道：

"姊姊，秦老伯的来信，是怎么写的？你可瞧见过吗？"

"秦老伯的信，爸爸放在信匣里，回头你自己去瞧好了。现在我统说给你知道了，那么你也可以告诉我了呀！"

石秋这时心中一半是喜，一半是悲。喜的自己和小红亲事，爸爸合意，妈妈答应。悲的将来这消息，终要给爱吾知道，说不定又有不幸的惨剧发生，那时我又将多么难过。石秋这样思忖，因此只是沉吟，却没回答。春权等得不耐烦，忽又瞥见他手中尚拿着一纸，因忙问道：

"弟弟，这是什么啦？"

石秋听了，便送过来给她。春权见是爱吾上星期晚上写的诗稿，忍不住又叹口气，却故意和他打趣道：

"宝哥哥，这是林妹妹的诗稿，姊姊已瞧见过了。她是多么伤心想着你呀！谁知你竟有了小红，不爱她了。"

"姊姊，你这是什么话？小红的事，完全出于秦老伯的心，哪里是我存心要去爱上她的？"

春权见他红晕了脸颊，和自己这样辩白着，便更进一层地笑道：

"得了吧，那么你怎么不丢了小红，可怜爱妹呢？可见天下的女子，终是痴心的多；天下的男子，终是负心的多。"

春权后面这几句话是成了叹声。石秋的脸儿更加红晕，本来是要把自己苦衷向姊姊告诉，今见姊姊责骂自己负心，一时倒不能忍耐，又忙辩着道：

"姊姊，你这个话儿又误会了，爱妹和我虽然从小长大，但男婚女嫁，到底要凭着父母做主。爱妹的痴心爱我，我是非常感激，并且我前时也的确十分爱她……不过姊姊说我负心，我是不能承认。"

石秋又欲说明自己的苦衷，但觉不对，忙转变了话头。春权听了暗笑一声，想道：你倒还是个听从父母的孝子哩！因连连摇手道：

"好了好了，我也不过说句玩话，你和爱妹原没有正式地订婚约。现在人也差不多要完了，还要说她什么呢？"

春权说到末了一句，喉间已经噎住，再也说不下去。石秋心中一阵悲酸，竟又簌簌地掉下泪来。正在这个时候，春椒和麦秋齐巧从外面放学回来，一见春权、石秋，便各叫了一声"大姊，三哥"，一面又一跳一跳地

223

奔到梅笑轩去，口中还不住地喊道：

"三哥在上海已有了新嫂嫂了，我们就好吃喜酒哩！"

春椒、麦秋边喊边跳地走进梅笑轩，不料这时爱吾正醒在床上，猛可地听得这句刺心的话，随风吹送到爱吾的耳中，心中又气又急，一阵咳嗽，接着便哇的一声，早已吐出一口痰来，顿时四肢软化，瘫在床上，一些儿也动弹不得了。陆氏坐在床边，忽然听到外面春椒和麦秋的喊声，又见爱吾好好儿的拼命咳嗽起来，正欲问她可要喝茶，猛低头见枕旁吐出的一口痰都带着一丝丝的鲜血，一时心中大惊失色，连连喊道：

"樱桃！樱桃！"

樱桃在外面廊下正煎好了二汁药，两手捧着药碗走进房来。一见爱吾面色灰白，枕边尚有一块鲜红的痰，心中也是一惊，连忙把药碗放在桌上，一面倒茶，一面拧手巾。陆氏给爱吾嘴边揩净，又连连叫喊，给她漱口。这时春椒、麦秋早已翻进房来，口中叫着道：

"妈妈，表姊病可好些了吗？"

"轻声些儿，别大叫，快把姊姊和哥哥去找来。"

陆氏见爱吾昏厥的神气，焦急得全身发抖，回过头来向两人气呼呼说。麦秋听了，早又翻身奔出去。春椒走近床边，也帮着妈妈连连叫着爱吾表姊，爱吾方才悠悠醒来。这时春权、石秋也已急急赶来房中，春权把春椒拉过一旁，让石秋上前。石秋见她满颊是泪，又见樱桃正用手帕揩拭枕边痰中鲜血，心里更觉悲酸，泪水夺眶而出。只听爱吾低低叫了一声"妈"字，以下的话再也说不下去，泪似泉水般地涌出。石秋慌忙送过一方帕儿，陆氏拿了给她拭着，凄然叫道：

"爱囡，你有什么话，你可以对我说。你是从小没了爸妈的孩子，我就是你的亲妈一样。爱囡，你要怎样我都可以依你的。"

爱吾听陆氏很慈爱地说，心中暗想：姨妈虽然待我好，但到底差一层了。听麦秋、春椒的话，竟果然不出我之所料。不觉长叹了一声，淌泪又泣道：

"妈妈，我自知这个病是不能好了。孩儿死后，妈千万别伤心。只是妈辛苦了十七年，枉疼了我一场，孩儿今生不能报答你老人家，只好待来世……"

说到这里，泪如雨下。陆氏听她说得这样伤心，万般无奈，只好做最后的救治，含泪叫道：

224

"孩子别说这些话，你的心我知道了。只要你病好了，我便给你和秋儿订个婚，你不信，我便问秋儿给你听。"

陆氏说着，回过头来，又对石秋喊道：

"秋儿，你来快拿药给妹妹喝。妹妹如病好了，我便替你们订个婚，你可赞成吗？"

石秋听妈妈这样说，又见爱吾这样可怜情景，一时也不及思索，只好答应，先救她性命再说。因说道：

"妈的话，我都依得。"

石秋说了这两句话，又把桌上的药碗亲自送到爱吾的口边。爱吾见了，心中好生不解，既然石秋已订了婚，怎么还能答应我呢？莫非麦秋这孩子在说笑话吗？自己误会多心了。今见石秋柔情蜜意地亲手端药我喝，一时芳心略慰，遂大口地喝着。这时麦秋和春椒倚在姊姊春权身边，见石秋给爱吾喝药，麦秋便笑嘻嘻地对爱吾叫道：

"表姊，你快喝药呀！病好了，我们大家好吃三哥的喜酒了，还有很整齐的新嫂嫂瞧哩！"

春权见麦秋不知轻重地胡说，连忙把他衣袖一扯，阻止他道：

"三哥哥的新嫂嫂就是爱姊姊呀，你还没知道吗？"

"那么爸爸怎说在上海呢？"

春权好容易遮蔽了麦秋的话，谁知孩子年纪轻，春椒又这样地钉问一句，这把春权窘住了。见两人全不懂意思，遂携着两人走出房去说道：

"爱姊姊病着，你们别闹，我伴你们到外面玩去吧！"

爱吾起初听春椒和麦秋的话，以为石秋在上海真的已订了婚，所以心中一急，便吐出一口血来；后来见陆氏和石秋的行为和说话，心里又疑惑麦秋的话；今见春权这个情形，她细细一想，这才恍然明白，知石秋在上海虽有人给他说亲，可是还没有定实，现在石秋既然答应待我病好，和他订婚，那上海方面当然是去拒绝了。因此心中早安了一半，把石秋手中拿着的一碗药，情情愿愿地喝完。又无限温柔地望着石秋，眸珠一转，表示她在感谢的意思。从此以后，爱吾安心地静养，那病竟逐步逐步地有了起色。

那晚石秋睡在陆氏椒花厅的客房里，睡到半夜，望着窗外映进来的月色却是翻覆不能熟睡。忽然想起春权说的秦老伯来信是插在信袋里，他因悄悄起身，向信袋里找了一会儿，果然给他找出，便展开瞧道：

墨园老哥文几：

　　别久念深，时系梦寐。春间曾过小斋，拊掌快谈。荏苒光阴，忽又红蓼吐艳，葭灰飞白矣！文郎石秋，年少干练。弟多所倚弁，不羁之才，也有为之士也。弟有义女叶小红，粗通翰墨，克操家政，貌无西子之美，年待东床之选。与文郎不时谋面，窥两小均有同心，用是不揣冒昧，愿结朱陈之好想。

　　兄愿了向平，定协秦晋之盟。茑萝有托，乔松向荣。倘蒙不弃葑菲，弟当亲谒芝兰，面订文定，长期永好，书不尽言，诸希台察，专肃并颂俪安！

弟秦可玉再拜

十月十四日

　　石秋把信瞧完，觉可玉的一片深情，想小红的百般娇美，都好像嵌在这字里行间。可玉、小红的高情厚谊，原不可辜负，与他妈妈、爱吾的苦心痴恋，又不能不顺从。想到为难的情形，石秋竟坐立不安，觉得两岸都是悬崖峭壁，中间只有一条狭狭的道路，回顾右左，真是寸步难移，直到东方微白，依然想不出一个两全的方法。

　　次日一早，陆氏因心里挂念爱吾，她便先到石秋卧室来。只见石秋伏枕而睡，桌上又摊着一信，正是秦可玉写来。心中不觉想起墨园前日回来，曾对自己说过，石秋和小红已两心相印，只待可玉到来，便要订婚。现在为了爱吾痴恋病危，我叫石秋和爱吾敷衍安慰，面允和她订婚。石秋虽然已听从我的话，但不知他到底有否怨我，意欲叫醒问他，不料石秋竟已醒了。一见妈妈站在床前发怔，因此忙问道：

　　"妈，你干吗这么早呀？莫非爱妹不好了吗？"

　　石秋问了这话，身子已一骨碌地坐起来。陆氏忙声明道：

　　"不不！秦老伯的来信，你想必见了。他也是一片好心，况且小红的人品，你也已经瞧见过了。据他们说，你们两人完全已经同意。所以你爸爸就答应了秦老伯。我本来没有成见，只要你两小口子欢喜，我自然也没有不赞成的。只不过爱吾这孩子，实在太可怜了。我所以叫你答应她订婚，我是见她急得为你吐血，万不得已，才叫你姑且答应，无非希望她病有转机。秋儿，你终要听我的话，要知你的姨母是只有这一个女儿啊！"

226

石秋听妈妈又再三地关照，一面起身漱洗，一面点头道：

"孩儿都理会得，妈妈放心好了。"

陆氏听了，自然很觉喜悦。待他漱洗完毕，便同他都到梅笑轩来。樱桃一见太太、少爷，便悄悄地含笑报告道：

"表小姐晚上睡得很香甜，并不像从前那样彷徨了。"

两人听了，心里很是安慰，走进卧房，见春权正在喂她吃粥。爱吾见了石秋，这时倒反而有些羞人答答的神情了。从此以后，石秋便天天伴着爱吾，爱吾对着石秋，笑也有了，话也有了，胃口也渐渐好了。始而半盅薄粥尚不肯沾唇，现在已能喝一盅多，有时还添些牛奶、面包。陆氏又给她服些人参，竟能半倚床上。这样瞧过去，病已大有转机，陆氏、春权、石秋自然都颇觉欣喜。

墨园这日在城中镇长办公室，突见役人持进一张卡片。墨园接来一瞧，见是秦可玉三字，因连忙喊请。一会儿，可玉进来，只见墨园精神矍铄，飘着深乌的长髯。两人见面之下，各伸出手来，很亲热地握了一阵。墨园便先说道：

"前蒙赐弟大函，知叶小姐为中郎爱女，愿与小儿联姻，不嫌蓬门有辱淑女，弟闻悉之下，不胜雀跃。今又劳兄远临，弟已扫榻以待，一切还祈不吝赐教，曷胜荣幸之至！"

可玉听墨园很谦虚地说，遂也呵呵地笑着说道：

"老兄真太谦了，彼此本属知交，现又联为至戚，以后便是亲家。至亲无虚文，弟意即请石秋同事苏雨田执柯。但订婚吉日，还请早日择定。"

墨园听他说得这样痛快，也不禁大喜，抚髯呵呵笑道：

"可兄真是个爽人，幸弟昨日拣定一个好日子，即是本月二十那天，不知尊意如何？"

"这样是再好也没有了，准定那天就是。我们一言为定，不过订婚地点，还是在上海？抑是在松江？这个大家也得商量一下。"

"松江又要劳你的大驾，我知道你是很忙的人，恐有未便。还是上海的好，内人如喜欢同来，我可以和她一同来的，也好和你尊夫人大家谈谈。"

可玉听他这样体谅自己，心中颇喜。因为自己正愁若花有孕，不便来松江，遂向他连连道谢。大家又谈了一会儿，可玉便即告别。墨园因彼此已成亲家，倒不好意思留他到家里去住宿了，遂也由他，两人握手分别。

午后墨园回到别墅，把和可玉约定到上海订婚的话，向陆氏说知。陆氏连忙吩咐家下人等瞒着爱吾。石秋和春权得知这个消息，一个心里乐得笑逐颜开，一个却代爱吾暗暗伤心，因为这事既然是父母做主，春权自然也不好怎样向石秋抱怨。这时爱吾病已日见痊愈，憔悴颜色日见红润。石秋见她有时老向自己娇媚地笑，一时良心发现，唯恐爱吾得知这个消息，旧病复发，因此倒反而时时代她忧愁。本来是个很快乐的心境，此刻只有一乐之后，竟又变为抑抑寡欢了。光阴匆匆，离订婚的日期一忽儿已只有两天了。墨园要陆氏同去，陆氏恐爱吾见疑，便叫春权代去。春权本来不愿去，后来心想，爱吾表妹这样才貌，弟弟尚且不要，想来小红这妮子定是天仙化人了。因要去瞧个仔细，所以答应了。临走的前一日，先放些空气，说上海行里有信来催，故意给爱吾知道。到动身时候，石秋便到爱吾床前来作别道：

"我已回来好多天了，妹妹病已见痊。我想今天就到上海去，妹妹如喜欢各种杂志小说作为病中消遣，我自当多多奉寄。妹妹贵恙尚未痊愈，饮食还请小心，身体还请保重……"

石秋说到这里，声音已有些哽咽，再也说不下去，心中只觉无限恐慌，对她不住。爱吾原不知他的心事，以为他迫于行中职务无法丢开，因此眼皮儿早红了起来，却又竭力镇静态度，忍泪叫道：

"哥哥是个有职务的人，怎好为着妹妹多耽搁日子呢？但哥哥是妹妹素知言而有信，妹不肖，敢赠哥哥约指一枚，请哥哥套在指上。哥哥见了约指，就好像见了妹妹一般。并请时通音问，以慰寂寞，那妹子自当终身感激不尽了。"

爱吾说着，一面把无名指上的那只名字金约指脱下，拉过石秋的左手，轻轻地套在他的无名指上，无限温柔地握了一会儿，同时她那明眸含着万分的情意，呆呆地瞧着石秋，真有恋恋不忍舍去的神情。石秋这时心中真难受极了，愈感到爱吾对自己一片深情是真挚恳切，这就愈觉得自己的欺骗手段是虚伪卑鄙。心中越想越惭愧可耻，越想越痛苦酸楚，眼眶一红，几乎真个掉下泪来。只好一面唯唯答应，一面别过脸去暗拭泪痕。陆氏在旁瞧了这个情形，心中也真有说不出的伤感，因催着道：

"秋儿，你常常写些信给妹妹是了，时候不早，火车别脱了班，走了吧！"

爱吾这才放了石秋的手，意欲跳下床来送他。陆氏连忙阻止道：

228

"爱囡，你还不曾全好哩，这可不是玩的，快别起来，等你三哥下一趟回家，陪你到上海玩去吧。"

石秋见她这样深情，心真不忍极了，连忙扶她躺下。因鼻中已充满了酸气，要想和她说话，再也说不出口，把心一硬，就回身走了。只听爱吾犹喊道：

"表哥，你路上小心，冬天快要到了，哥哥一个人在外面，终得添衣加餐才是。"

"妹妹，我自理会，你也千万保重，凡事都想透些儿……"

石秋头也没回，一面走，一面在喉咙里挣出这几句话。等他跨出房门，这就让他满眶子的热泪，痛痛快快地大颗儿滚下来。

"咦！你到上海订婚去是件欢喜的事，干吗倒伤心哩？爸爸叫我来催你，说为什么这许多时候不出来。"

石秋泪眼模糊地刚穿过小石桥，只见迎面走来的正是姊姊春权。因慌忙用手背擦了擦眼皮，辩着道：

"谁伤心？姊姊别开玩笑，我因和妈妈多说了几句话，所以迟了些。"

春权也不管他，和他一前一后地走着，心中暗想，既然不喜欢表妹，还要你假惺惺淌什么眼泪？大概刚才去和爱妹作别，被爱妹感动得太厉害了吧，所以也良心发现了。但是好好现成的配偶不要，却去爱上海都市的小姐……唉！我为爱妹伤心，我更为爱妹不平！春权想到此，也不禁暗暗长叹一声。

两人到了椒花厅，墨园已等候多时，三人因匆匆出了别墅，乘车到上海去。火车到上海北站，三人跳下车站，石秋问爸爸可要住到霞飞路寓里去，墨园道：

"你寓里只有一张床铺，怎能容得下？反正我和你姊姊在上海又不能多耽搁，还是借住旅馆来得便利。"

石秋点头，因坐汽车，三人到了新大陆饭店住下。墨园叫石秋先打个电话去告诉可玉，说爸爸和姊姊已到上海，客住在新大陆饭店二百二十四号房间，所有订婚地点即在本饭店礼堂举行。可玉接到这个电话，知墨园果已到来，连忙向若花、叶氏、小红说知，一时两家都充满着无限的欣喜。

第九回

渺渺予怀流连摩玉镯
哥哥吾爱颠倒瞰金章

墨园把一封一封簇新的钞票点着，春权坐在对面，先用大红的纸儿一封一封地包好，外面贴上一个金喜字，再把它装到大红的封套里。票签上又写着酒仪、羊仪、允仪、扛仪、雁红、玉帛，约计数目共一千元。外加钻戒成对，玉镯一双，金镯一双，珠项链一副。石秋欢欢喜喜地把各种饰物装入红木玻璃盒子里，墨园又备了正肃拜帖，上写"忝姻眷弟辛墨园鞠躬拜"。种种礼节均用旧式，非常隆重。父子姊弟三人把各事舒齐，又用过了晚餐。墨园坐在沙发上，嘴里吸着雪茄，望着喷出来的一圈一圈烟雾出神，显见他是在计划着明天一切的事务。春权和石秋却凭在窗栏上，迎着稍带寒意的秋风，各抬了头，对着碧空中眉毛儿般的明月，却在忖他们不同的心事。石秋手里握着一杯热气腾腾的玫瑰茶，杯口凑在嘴边慢慢地喝，脸上显然浮现了微笑。他对着眉毛儿样的明月感到了特别的好感，他热烈地待望着，终有那么一天，能和小红团圆得像未来月儿那样圆满。

春权望着月儿，却又想着了病在家里的爱吾。弟弟若没有这个小红，那明天的订婚，当然是和爱吾表妹。弟弟对于爱妹，虽然并没十分表示爱她，但郎才女貌，天生的一对，且又从小儿长大，青梅竹马，一向是大家玩惯的。现在有了小红，爱吾为弟弟病了，甚至于咯血。妈妈当然叫弟弟安慰着她，但到底是一个假情假意，那是无非骗骗垂死的人罢了。可怜爱吾索性死了，倒也没有话了。万一她身体一天一天地好起来，知弟弟已和小红订婚，种种恩爱都成幻想，那时若心中一气，真比死了还要难过十分。想到这里，轻轻叹了一口气，心中实在很替爱吾忧愁。夜风扑面，甚觉凄凉，因缩进了身子，回头瞥见灯光下映着那只红木玻璃盒子，发出了耀人眼目的亮光。春权见到了里面这副玉镯，这就身不由主地走了过去，开了盒盖，取出细细把玩。心中却想，我要瞧趁这时多瞧一会儿，现在究竟还是爸爸妈妈的东西，若一到小红的手里，恐怕要细细瞧一瞧也不容易哩！春权为什么单珍爱这副玉镯呢？这当然有个缘故。因为这一副羊脂玉镯，据爸爸说，是祖上遗传下来，非常珍贵。爸爸本来要把它给大嫂子下聘。妈妈说玉镯只有一副，若给了宾秋妻子，则雁秋、石秋、麦秋还有三个孩子，又得不到一样的玉镯，这样未免太不公平。我瞧你还是去现成买一副翡翠镯头，将来每个孩子一副翠镯，倒也是很公平了。况且玉镯是无价之宝，我的意思，预备给大女儿和小女儿一人一只，作为赠嫁，免得四个媳妇怨我们做公婆的有偏心……春权想到此，又叹了一声，可恨自己年事渐长，一时又没相当的婿家，年年辜负着春花秋月。倘然我先有了婿家，那妈妈当然把玉镯是先给我了。现在大嫂子不给，二嫂子也不给，偏偏给这个小红弟媳妇，难道这小红是头出角儿的吗？于是又想起动身到上海前一天夜里爸和妈的谈话，爸的意思要把玉镯给小红，妈当时曾反对，说从前已经说定，如果中途变卦，大儿、二儿得知怕要不快乐。爸说并非是待小红特别好，因秦可玉是上海金融界的巨子，又是实业界的领袖，所有亲戚朋友当然不少，我们有珍贵饰物拿过去，也好知道我们夫家并没比女家弱。妈妈听了这话，便点头答应了，可是我却有些儿不服气。

春权这时眼瞧着手中毫无一些儿斑点的羊脂玉镯，心中先代大嫂子和二嫂子不平，后又替爱吾不平，因爱吾若和弟弟订婚，那今日这些礼物就都是爱吾所有的了。继又替自己不平，因妈妈曾把这玉镯一人一只许我和妹妹的，现在却要送到小红的手里去了。春权想到这里，便把那玉镯更瞧个不停。在那灯光下看来，这光彩自愈觉得白净无瑕，越瞧越爱，越爱越气，几乎气得两手发颤，自恨自己是个女孩子，有许多话说不出口。一时气到极点，脸儿发青，手儿发抖，竟把玉镯掉了下去。只听叮当一响，那只玉镯齐巧落在桌边的铜痰盂内。这时石秋和墨园都惊回过头来，墨园是瞧见的，这就跳脚发急道：

"怎么啦？好端端地放在盒内的镯儿，有什么多瞧？既拿在手里，怎又会掉到痰盂里？不要跌坏了，这真不吉利极了。"

春权本来是怨无可泄，起初也是一惊，今听爸爸斥她，心中一阵悲酸，索性也不去把玉镯捞起，竟一声不响伏到床上哭泣去了。石秋连忙移步到桌边，把玉镯从痰盂里取出，墨园又急急问道：

"有没跌碎吗？"

石秋瞧了一会儿，不敢隐瞒，当即答道：

"碎倒没有碎，只是起了一条裂痕。"

墨园听了，深深叹息一声，回头又向春权道：

"这玉镯是先祖遗传，价值连城。向来我很爱护它，不料今天却坏在你的手里，真是可惜！"

石秋拿手巾把玉镯擦干，只见这一条裂痕给手巾一擦，愈加显明。幸而这裂痕是还在单面，尚不至于有断开的可能。听到爸爸郑重其事地说着，心中也很为惋惜，一面把玉镯仍纳入盒子，一面又把各件饰物都藏入梳妆台抽屉。春权伏在床上，起初不过暗自淌泪，后听爸爸还说却坏在我的手里一句，心中更是悲伤。又偷瞧那石秋，他不先来和自己说话，倒先要紧着把首饰都藏在抽屉，这显然也在怨恨自己，因此心中把爸爸责骂的气愤，都移到石秋身上。石秋以为姊姊是赌着气，后来见她肩胛一松一松地颤动，方才知道姊姊是在哭泣，便立刻走到床边，用手推着她身子，叫道：

"姊姊，这算什么呢？给人家见了怪不好看。大家欢欢喜喜的，别再哭了。"

春权听石秋的话并非劝她，暗暗还带着讥笑，心中真好比打还痛，索性哭得有声来了。墨园见她哭得这样厉害，遂又淡淡地说道：

"权儿，你的年纪亦不小了，怎的一些不懂世务？我并没有怎样地埋怨你，你也何必这样地撒娇？"

春权一听，气上加气，遂冷笑一声，向墨园和石秋说道：

"女儿本来是多的，我又不是故意地要打碎镯子。况且也没有打坏，你以为这镯子算是你老婆的了，还没有套在她的臂上哩！她还没有进门，你就不当我姊姊了；她若进了门，姊姊就要给你吞吃了。我哭我的，你喜欢你的，大家各不相干，有什么吉利不吉利！"

墨园听春权竟和石秋吵起嘴来，那明明是个恼羞成怒。但她的妈妈又不同在上海，女孩子终脱不了娇养惯的，因此也只好由她。倒是石秋无故地给她抢白了一顿，心中不免也有些气不过，但并不好怎样和她计较。计较了，愈闹愈僵，倒伤了手足的感情。况且这次来上海，原是为了自己的事，她给我帮了忙，我怎好意思给她怄气？因早赔着笑脸，劝道：

"姊姊，你别气了，都是我的不好，请你看在妈妈面上，恕了我吧。"

春权虽然给石秋劝得不哭了，但心里对于小红却印上一个恶感的印象。其实小红和她根本还不曾见过面，憎爱也无由发生，都是为了爱吾的

232

事，玉镯的事……心理上的作用，无形中春权和小红已有了不好的感情，小红真也冤枉极了。

大家静静的，室中是显然十分沉寂，春权鼓着腮子，自到面汤台边去梳洗。这时茶房送进一张夜报，墨园伸手接来，展开一瞧，不觉哈哈笑起来道：

"这个秦亲家，他的头脑倒真新颖，明天我们的订婚，今天他倒已登起夜报来了。"

石秋一听，也便跑过来瞧着念道：

辛石秋、叶小红订婚启事：我俩承苏雨田先生介绍，已由友谊而订为婚姻。今得双方家长同意，并请王一楼先生证明，于本月二十日在新大陆饭店举行订婚仪式。特此谨告亲友，诸维公鉴。

墨园瞧完启事，又不住地叫道：

"他真新极了！他真新极了！将来权儿、椒儿、麦儿办起喜事来，倒也都可以改良。"

春权听石秋把启事念完，又听爸爸还这样说，遂把手巾在铜档上一挂，回过身子，哼了一声，插嘴道：

"怎么连双方家长的姓名都不登出？这样难道好算是新，好算是改良吗？亏爸爸倒还赞成哩！"

墨园恐她心中不自然，也只好由她批评两句，望她笑着点了点头。

一宿无话，第二天早晨，苏雨田果然坐着汽车先到了。这时墨园、石秋和春权都已在礼堂等候，雨田先向礼堂道喜，又向墨园请安。然后和石秋握了一阵手，石秋又把姊姊介绍，雨田忙向春权鞠躬，春权也含笑还个鞠躬。墨园便让雨田到客座，先由侍役献茶敬烟，给他用过桂圆、银耳、燕窝三道点心。墨园便点着礼堂上陈列的各件聘物聘金说道：

"费神劳驾，这些是聘金，这些是饰物，还有两扛现礼，一扛是鸡鹅鱼肉成双，一扛是龙凤喜糕呈祥。"

雨田随着他手指瞧去，只见扛箱上都扎着红绿彩球，真是喜气洋洋，心里十分快乐，便连连答应笑道：

"老伯真办得周到极了，小侄就此行聘去了。"

雨田说着便站起身来。石秋送他上车，墨园送到厅口也就停止。那两个扛箱并侍从人等，统统都跟在后面，一路缓缓而行。

秦公馆里今天也陈设得焕然一新，客堂中央挂着大红喜幛，里面是雀屏中目四个黑绒镶边的金字，一副仗亮的五事，点着龙凤的喜烛。台上又陈列一对鲜花篮，香气绕入鼻端，经久不散，蕴藏了满室。

友华、半农自订婚以后，爱情更加浓厚，得知小红和石秋订婚消息，便也赶到上海来帮理事务。吟棣、韦氏因小棣死后，颇觉心灰，所以没有同来。

这时可玉、若花、叶氏、半农和诸亲友，都坐得满满一堂，单等雨田到来。小红和友华却在房中梳洗，忽然听得役人高声喊进厅堂来道：

"大媒老爷已到了。"

喊声未完，接着便听公馆门外早砰砰嘭嘭地放了一阵花炮，继续又是三个高升，以示欢迎。友华知扛箱已来，便拉了小红的手，走到客堂上。只见雨田今天穿着礼服，毅然大宾，可玉慌忙接进上座，献茶已毕。这时客堂中的来宾都瞧着扛箱和饰物。若花吩咐把鸡鹅鱼肉、龙凤喜糕各回一半，一面拉同叶氏，又来细细瞧着饰物。雨田和可玉、半农谈了一会儿，他便匆匆走到若花和叶氏面前，高声笑叫道：

"秦伯母、叶伯母，小侄在这儿道喜了。"

若花、叶氏一见，慌忙回礼，一面也笑着谢道：

"大媒老爷今天可辛苦了，等会儿酒多喝两杯吧。"

雨田哈哈地笑了一阵，又见小红和友华也都在旁边瞧饰物，他便又向小红道喜，说道：

"小红妹妹，今天可得意了，我向你贺喜，你得怎样地谢谢我呢？"

小红见他两袖齐在一处，只管向自己拱着，一颗芳心又喜又羞，粉嫩的脸颊上顿时浮现两朵桃花，一面慌忙向他鞠躬，一面便咻咻笑着逃进厢房里去了。慧珠接着笑道：

"雨田哥，小红改天也给你介绍一个好姑娘儿谢谢你好吗？"

说得大家都也咻咻地笑，雨田只装没有听见，便跟着小红走到厢房里来。只见小红捧着一杯热气腾腾的玫瑰茶，正欲喝去，忽见雨田也进来，倒是一怔。雨田早又笑道：

"我正渴得很，谢谢二妹，可是倒给我喝的吗？"

小红听了，只好递给雨田。雨田接过，喝了一口，低低笑叫道：

"二妹，你可别害羞，我给你说正经话。石秋的饰物你可瞧见了没有？我瞧这一副玉镯倒真是不错。"

小红把那雪白的齿儿微咬着鲜红的嘴唇皮子。听了他的话，不觉眉毛儿一扬，乌圆眸珠在长睫毛里一转，却没回话，掀着酒窝儿，望着雨田只是憨憨地笑。雨田见她这样妩媚娇憨的神情，可见她内心是十分欢喜的了，愈是见她羞涩的模样，便愈加高兴要打趣她道：

"石秋回府一星期，我见他清瘦了不少。我问他有什么心事，他说是为了不见二妹，所以想瘦了。你想，妹妹的辛郎多情不多情呢？"

雨田说着，又咯咯地笑。小红真羞得连耳根都觉得通红热燥，便啐他一口，低了头也哧哧地得意笑了。这时若花、慧珠和友华已把各种饰盒捧进房来，友华拉着小红到落地玻璃镜的梳妆台前，给她在锦垫圆凳上坐下，笑道：

"妹妹，快别动，姊姊给你好好儿打扮，要到新大陆饭店和你辛郎订婚去了呢！"

雨田喝了一口茶，把杯子放在桌上，笑着道：

"对呀，今天姊姊给妹妹帮忙，妹妹自己可记着，将来姊姊和半农哥结婚的时候，二妹也要好好儿给姊姊打扮呢！"

小红、友华被他说得哑口无言，两人望了一眼，都只好哧哧地笑。若花、慧珠听了，也都笑道：

"雨田哥是最有趣了，给他一加入，终引得人笑痛了肚皮。"

雨田自己也得意地笑。只见友华把所有饰物一样一样地都给小红戴上。小红满心欢喜，芙蓉花朵儿似的颊上，笑容这就始终都没有平复。

这时可玉进来向雨田招手，雨田连忙出去。可玉已把回过去的拜帖统统舒齐，交给家人，一面又向雨田道：

"我瞧雨田侄先去吧，这个家人你给我带着去。"

雨田连连答应，便先坐汽车走了。这儿可玉又叫仆人也抬两扛现礼到新大陆饭店去。一扛是鱼翅海参、熊掌鱼唇，一扛是玉堂富贵。等阿三汽车送雨田回来，友华给小红早已打扮好了。可玉叫友华陪小红就坐阿三的汽车，自己和半农、若花、叶氏另坐出差汽车，其余众亲友预早已都到礼堂去。若花又叮嘱佩文好生看守门户，只听汽车鸣的一声，四轮似飞般地向前疾驰了。

可玉等到了新大陆饭店，早有招待迎入大厅。只见墨园正陪着证婚人王一楼在谈话，旁边尚坐着行中总务科科长王雨梅，他是石秋请来做司仪员的。雨田、石秋见可玉等到来，早已站起迎出来，好在彼此都是熟悉，毋庸介绍，王一楼和王雨梅都向可玉道贺，可玉和墨园亦彼此拱手。大家叙了寒暄，宾主坐下。这儿由春权招待若花、叶氏、小红、友华进内室坐定。春权细细向小红打量许久，觉得果然是个好模样儿，艳丽无比，不过和爱吾表妹相较，也未必怎样胜她，不知弟弟是存着什么心思，竟舍近而求远。正在这时，石秋进来，向大家招手。春权知已到时候，遂又请众人出外。只听司仪员已在高声喊道：

"男女来宾入席。

"双方家长入席。

"证婚人入席。

"介绍人入席。

"订婚人入席。"

王雨梅喊到这里，见众人都已按程序入席，遂又继续喊道：

"双方家长盖印。

"介绍人盖印。

"订婚人盖印，交换信物。"

半农听到这里，他原是站在石秋身边，就拉起石秋的手，除下他的名字金约指。友华也是站在小红身旁，早已把小红手上的金约指脱下，和半农互相交换一只，各人又把金约指仍套在石秋和小红的指上去。

石秋、小红这两枚金约指，都是订婚前各人向银楼依着手指大小预先制来。小红换给石秋一枚，系铸着"石秋"两个字。石秋换给小红一枚，系铸着"小红"两个字。不料半农拉石秋手脱金约指的时候，并没有把铸着"小红"两字的一枚除下，却除下另外的一枚金约指。这个约指是哪个呢？原来却是石秋来上海时，爱吾给他套上的一枚。爱吾自己的约指，当然是铸着"爱吾"两个名字。石秋因连日忙碌，一径套在指上，却并没另外藏起。半农以为他手儿上的约指终是订婚用的，所以也不仔细瞧看，就脱下来交给友华调换。石秋这时心中如愿以偿，真兴奋得了不得，竟也一些儿都不觉得。至于小红心里，正和石秋一样，自然也没有理会。

订婚礼毕，时已正午。招待员让大家到大餐室里，只见里面一张两三丈长的大餐台子，铺着雪白的台布，上摆数瓶鲜花，众来宾一一入席。王一楼坐在台子的首位，石秋和小红自然坐在末一位。侍者把各人面前的高脚杯中已倒上了白兰地，王一楼便站起身子，笑着向众宾点了点头，即演说道：

"鄙人承蒙辛墨园先生、秦可玉先生厚爱，邀作两家证明为其少君石秋和令爱小红订婚，实在不胜荣幸之至！墨园先生的少君，为上海书画名家；可玉先生的令爱，又是咏絮的才女。但这一对天然的玉人，居然珠联璧合在一起，真可谓人间天上的美满姻缘了。但鄙人尚有一句话要向两位新人讲一下。夫妇为家庭的起点，社会为家庭集合。社会的文明，是关系着一个个的家庭；家庭的进步，是关系在结合的夫妇。今日两位的订婚就是将来新家庭的预备，新家庭应有新生活的实行，新生活是每个国民应该努力运动的日常功课。在席诸位想来都已明白。但我尤希望诸位应该最要注意的两点，请诸位千万不要把它忘了。是哪两点呢？第一点是信字，信就是人的根本。孔子曰：'民无信不立。'第二点是耻字，耻就是人的原则。孔子曰：'知耻近乎勇。'社会不良，其结果必影响到民生民族。没有信，没有耻，根本就谈不到爱情。爱情的作用并非专指用在男女之间，比方爱其亲，爱其国，都是从爱情发挥光大而来。孔子曰：'我未见好德如好色者也。'可见好色容易，好德难。但好色也很不容易，好色就是纯洁恋爱的初步。所以恋爱能够始终如一地不改变，那就是我所说的信字、耻字这两层意思。认清楚了这两个字，把它发挥起来，可以图民族的生存，也可以解决民生的困难。鄙人老朽无能，希望两位新人认真地奋斗、努力、前进才好哩！"

一楼滔滔不绝地演说着，听得墨园、可玉以及众来宾个个心悦诚服，只听一阵噼噼啪啪的掌声，震天价响。大家举起高脚玻璃杯，一饮而干，空杯向石秋和小红一照，表示向新人贺喜。石秋、小红也各饮一杯，答谢众宾，于是大家又是一阵掌声。小红在众宾欢声中，觉得心里的狂喜实为生平所从未有过，因此眉飞色舞，掀着酒窝儿，只是哧哧地笑。石秋睹到小红热烈的兴奋，猛可想起病在家乡的爱吾，自己对她的假情假意，顿时又陡忆刚才一楼的演说，不觉满脸涨得血红，心中暗暗地惭愧极了。一楼所说的一个信字，我竟先不能履行，这实在可耻已极。偶然抬头瞥见女宾中的姊姊似乎也很注意地呆瞧自己，心中这就更加惶恐。因此对于小红，反感到种种不安。小红见石秋红着脸儿，暗暗地瞧着自己，还道他是兴奋的表示，不禁也瞟他一眼，脉脉含情地报之以微笑，随又觉得万分难为情，忍不住慢慢地低下头来。不料因了她的一低头，这就瞥眼瞧到石秋换来的一只约指，却并不是刻着"小红"两字。心中好生奇怪，因忙把自己纤手拿高些，细细一认，竟是刻着"爱吾"两字。小红凝眸沉思半晌，眼珠一转，这就理会过来，觉得石秋这人真有意思，他刻这两个字，就是要我始终地爱他到底，他也永久地爱我的意思，所以在这面看来是吾爱，从那面看来又是爱吾，他的心思真巧极了。小红想到这里，心里乐得花儿朵朵都开了，同时直把石秋爱得无可形容，因此那双盈盈秋波含着无限的柔情蜜意，只向石秋脉脉地瞟来，同时在她玫瑰花儿般的脸上，浮现了无限兴奋而又无限得意的娇笑。

第十回

二美同床笑说画眉笔
两心对惜索还约指金

小红自订婚后回家，因日中人多，未得与石秋细谈衷曲，不过两人彼此分手时，脸上都含着春风得意的娇笑，这就明白两人内心都是兴奋快乐得不能形容，所以小红也并没问他为什么要换给自己一只爱吾约指，以为这是石秋爱我得要发狂的表示。谁知石秋还始终蒙在鼓里，一些儿都不知道呢。

夜静更深，万籁俱寂，小红握着自己的纤手，细细把玩着石秋那只换来的爱吾约指，忍不住低下头去，把嘴凑在约指上甜甜蜜蜜吻了一回，心里真有说不出的欢喜，这就情不自禁地叫道：

"秋郎吾爱爱吾！"

小红叫到这里，猛可理会自己身旁还有一个友华睡着，怎能够如此得意忘形？万一让她知道，可又要做打趣的资料了。一时两颊飞起了绯红的桃花，轻轻把友华身子摇撼了一下。友华也是个可人儿，她因为还要听小红说出些秘密来，所以故意装作熟睡的样子。小红见她鼻声鼾鼾，不理自己，这才放下心来，但一颗芳心犹像小鹿般地忐忑乱撞，那全身每一个细胞都觉紧张得了不得，一阵阵热燥好像浑身要被爱之火熔化的样子，因此便再也睡不着。窗外明月映射进清辉的光芒，照得房中一切物件都从隐约中显露出来。小红望着靠壁琴桌上那瓶开得茂盛的蟹菊，陡然想起石秋作的《秋夜风雨有感》四首七绝，直到现在自己还不曾和他。此刻反正睡不着，于是她伏在枕上，凝眸沉思半晌，腹中已得二绝，这就轻声儿念道：

爱吾吾爱具匠心，颠倒看来意自斟。从此风流琴瑟鼓，高山流水许知音。

莫羡双星会织牛，相思原慰福双修。秋郎握得张郎笔，画出新眉月一钩。

小红念完两绝，意欲再念下去，因见友华转了一个侧，恐怕惊醒了她，所以也自睡去了。

第二天早晨，友华先起身，梳洗完毕，只见红日满窗，小红犹酣然甜睡，她便握了一支铅笔，笑盈盈欲代小红画眉。小红被她惊醒，揉着两眼，玉臂向上一伸，还连打了两个呵欠。友华忍不住笑着打趣道：

"吾爱爱吾，你干吗这样早醒了？不再多睡一会儿吗？我来给你画个新样子，别嫌我画得不好。"

友华一面笑，一面执着铅笔，要替小红画眉毛的神气，口中还轻轻念道：

"秋郎本有画眉笔，我替秋郎画一弯。"

小红听她这样说，知夜里自己念的诗已被友华听去，一面红晕了脸儿，一面把友华的手握住，哧哧地笑道：

"姊姊，汉朝张郎的画眉恐怕不是这个铅笔吧。"

友华在床沿边坐下，望着她说道：

"怎么不是这个呢？妹妹，你可有凭据吗？我是亲眼瞧见他握这个的。你道这铅笔还是现在有的吗？实是在汉朝里早已发明了。不过那时用的是实心铅笔，不用铅芯，只用木头，用起来真便当极了。"

小红听她说得这样认真，便从床上坐起来，纤手扶着友华的肩儿，似信不信地又笑嘻嘻问道：

"真的吗？姊姊，你这个凭据是从哪里得来的？"

友华见她果然被自己谎得一半相信了，因索性装得非常认真，正色道：

"妹妹，你难道连戏园子里的唱戏却没瞧见过吗？现在戏园子里开场是已没有魁星跌斗的一回事了。从前苏州社庙里唱戏，一定先有戴白脸假面具的跳一回加官晋爵，再由戴蓝脸假面具的跳一回连中三元。这个蓝脸的就叫独占鳌头的魁星，他执着的一支笔就是用木削成，比铅笔要大得多，如戏中唱张敞画眉故事的，他就也用这支木笔，不过是统没有铅芯罢了。我所以说张郎的笔一定和现在这铅笔一样，不然怎么也用木造成的呢？"

小红不等她说完，早知她和自己在开玩笑，因握了小拳，向友华身上轻轻打了一下，还似嗔非嗔地白她一眼。友华早咯咯地笑作一团，握住她手，说道：

"好妹妹，别打我，我虽不是真的秋郎，但我却是个秋郎的代表呀！"
小红听了，心中真有说不出的兴趣，一面也咯咯地笑道：

"我道姊姊是个真话，原来姊姊竟把妹妹当小孩子了。姊姊这个凭据，一定是半农哥告诉你的了。那么戏园子里的枪刀都用银样镴枪头，恐怕半农哥哥一定也是银样镴枪头了，所以姊姊不怕半农哥哥，半农哥哥反倒怕着姊姊呢。"

友华听她反取笑自己，便将她身子搂住，伸手向她胁下去胳肢。慌得小红连连告饶，忍不住两人都哧哧地笑了。你取笑我，我取笑你，两人都已有了乘龙快婿，正在快乐得不可形容，只听外面房中可玉对若花说道：

"辛亲家今天和他的大小姐都已回松江去了。"

"你为什么不留他多玩几天呢？这样要紧地走了，连我们这里也没有好好地请他吃餐饭哩！"

友华和小红一听，便都停止了笑声。友华拍着小红肩膀道：

"啊呀！你的爷爷和姑妈回去了，你怎么不去送行呀？"

小红瞅她一眼，伸手正欲拧她的脸颊，听可玉又在说道：

"他本来是想多住几天的，因接得松江的长途电话，说他夫人有病，所以就没多耽搁。"

"你怎样知道的呀？那么你也该去送送他了。"

"我是刚才石秋打电话来告诉我的，说他和爸爸、姊姊今天早车就动身，怕这时他们早在火车中哩。"

若花唔唔地响了两声。小红听石秋妈妈有病，连石秋也同去了，心中倒是一怔。友华却还不住地打趣道：

"你婆婆病了，照理你做媳妇的也该同去望望呀！"

小红听了，伸手又要打她。友华早逃开了床边咯咯地笑。这时佩文端进面水，已给小红来梳洗了。

友华和小红在上海得意地欢笑，而石秋和爱吾则正在松江发愁。石秋的妈妈自从墨园、春权、石秋三人到上海来，她又安慰了爱吾一番，叫樱桃好生侍候，自己回到椒花厅房中来。坐在床旁，却是呆呆地想，石秋到上海是已和小红订婚去了，现在虽然可以瞒过爱吾，但日子久了，万一被她知道，这可怎么好呢？想到这里，深觉这事做得冒昧，因为日后还要结婚呢，终有一天要被她知道。那时这孩子心中一气，立刻发生了意外，这叫我如何对得住妹妹？陆氏这时心中好像小红订婚的事是已被爱吾知道，而且她的妹妹晚鸿好像站在面前还责备她道：

“姊姊，我临终的时候，是怎样地拜托你？你现在既把我的女儿许配石秋，却又叫石秋到上海去和小红订婚，这你不是明明地要害我的女儿吗？既有今日，何必当初？那还是从小就不给我抚养的好。我的女儿给你害死了，你有什么的趣味？我的女儿只不过寄人膝下，苦命些罢了。唉，姊姊，你和妹子有多大的冤仇呀！”

这完全是心理作用，陆氏因为自觉这事有些做得亏心，很觉得对不住已死的妹子，所以一个人胡思乱想的，好像眼前真的有妹子站着一样。等她醒悟妹妹是个已死的人，于是仔细定睛一瞧，那房中自然根本还只有她一个人。陆氏顿觉浑身毛发悚然，那神经竟失却了常态。

秋阳淡淡地已向西面梧桐树顶盖上斜逝了下去，时候已到了黄昏。春椒和麦秋夹着书包，匆匆奔进了妈妈房中，放下书包就连喊妈妈。在平时，妈妈终笑嘻嘻地拿出干点来给两人充饥，今天妈妈不但不答应，而且还喃喃地自语着不知什么。春椒、麦秋见妈妈如醉如痴的神情，心中吃了一惊，他们原是孩子，连忙把这事来告诉爱吾。爱吾这时正靠在床栏上，一听这话便忙问道：

“那么你的大姐姐到哪儿去了？”

春椒正在急得了不得，遂把妈妈关照叫她不要说大姊到上海去的话竟忘其所以地说道：

“妈妈是好像失了知觉似的，三哥和爸爸都到上海去了，爱姊姊又病着，大姊也不在家，这事怎么好呢？”

爱吾听春权不在家里，还以为是到亲戚家或同学家里玩去了。既然姨妈突然得了怪病，自然不得不去瞧瞧。因支撑着起来，叫樱桃来扶着她到椒花厅去。春椒也忙搀着她的左手。一路爱吾又问春椒道：

“妹妹，你大姊可是到同学家去了吗？妈妈方才还好好的，怎的竟会失了知觉似的呢？”

“不是的，大姊也跟爸爸和三哥到上海去，我要跟她去，妈竟不肯哩！”

春椒噘着小嘴儿说着。爱吾听了，心中很是奇怪，他们三人同去，怎么妈妈并没和我说起呢？这事看来很有些蹊跷。再要问时，椒花厅早已到了。四人走进房里，见妈妈已躺在床上，闭目假寐。爱吾叫春椒、麦秋别声张，大家轻轻地站到床前，忽听陆氏正在轻轻自语道：

"妹妹啊，这事我真对不起你的爱吾，将来只好另外给她拣一个好孩子了。"

爱吾骤然听到了这几句话，全身顿时好像浇了一盆冷水，几乎站脚不住。樱桃慌忙给她坐到床沿，爱吾再也忍不住，便启口叫着问道：

"妈妈，你说些什么话呀？身上觉得怎样？心里有怎样不好过呢？"

陆氏忽听有人喊她，连忙睁开眼睛，向外一望，见是爱吾，心中更虚，模模糊糊地好像这事爱吾早已知道了。遂拉着她手，温和地叫道：

"孩子，你怎么倒起来了？爱囡啊，我对你不住。我告诉你吧，石秋这孩子本是个很多情的人，也是一个很爱听我话的孩子。我现在恨……恨我不早些儿给你们两人订婚，可是如今已来不及了。爱囡，你也别恨这石秋孩子了，他心里并不是不爱你。但世界上像石秋孩子这样的人，我相信一定是很多。好孩子，你千万别伤心，你也别气妈妈，妈妈终给你找个好人才儿。假使你又气得生了病，这叫我如何对得住你的妈妈？因为你妈妈是只有你一点骨血呀！"

爱吾听了陆氏这一大套的话，又见她已扑簌簌地滚下泪来。虽然自己知是已失败了，心里是非常沉痛，但瞧陆氏情景，定有说不出的苦衷，同时想起"你妈妈只有你一点骨血"的话，于是她竭力忍住自己的伤心，含泪说道：

"妈妈待我和自己的女儿一些没有两样，我是终身地感激着。妈妈现在怎的突然又说出这些话来，我实在还有些不明白，难道爸爸和姊姊都为着哥哥的亲事到上海去了吗？我是绝不伤心，也绝不会气愤。妈妈，请你告诉我吧！"

陆氏听爱吾能够原谅自己的苦衷，心里更是疼她可怜她，遂继续说道：

"好孩子！你是我的心肝一般，我怎肯待亏你。但是我们的起议已是迟了一步。石秋他是已和秦老伯家的义女订有婚姻，他是不好翻悔的。好孩子，你别恨妈和石秋欺骗你，那时候因要救你性命，所以是出于万不得已的啊！总之，这都是我的不好，但爱囡你千万不要灰心，我将来给你找一个比石秋更好的人才，来安慰你的终身。"

爱吾这才完全明白，自己的希望和光明已变成了一片漆黑，心中一阵剧痛，好比刀割一般，只觉鲜红的淋淋血点染遍了整个的心房。她竭力地忍耐，竭力地压制，她哭不出，她只有苦笑道：

"谢谢妈的好意，我是绝不怨哥哥薄情。但哥哥此番定的新嫂子，不知叫的什么姓名？妈可有见过面吗？"

陆氏尚恐爱吾旧病复发，所以欲不告诉，但又恐她更要不高兴，今见她说并不怨石秋和自己，而且脸部上还含着笑意，这笑是快乐，抑是痛苦到极点的表示？当然陆氏没有这样细心去注意到，还以为她是明白了，因又慢慢地告诉道：

"我听得你爸爸说，是叫叶小红，比你秋哥小两岁，我却没瞧见过。爱囡，最要紧你别难受，你若有什么意外，我……"

说到这里，又淌下泪来。爱吾又感激又怨恨，因叹了一口气道：

"妈妈放心，姻缘前定，我绝不伤心。妈也不用为我忧愁，我也坐不住，回房去了。"

爱吾说到此，身子已站起来，樱桃连忙又把她扶回梅笑轩去。爱吾出了陆氏的房门，眼泪就如泉水般地涌出，直到自己房中，一路上都沾着她的泪痕。

夜里樱桃端上一碗燕窝粥，叫爱吾吃些。爱吾说不饿，收拾出去自己吃吧。樱桃答应自去。爱吾独倚床上，层层细想：原来石秋这次回来安慰，原是假情假意地竟把我当小孩子一般地哄着，怪不得他和我分别时最后一句话是叫我想透彻一些儿……唉，秋哥，今日才认得你的人了。想到这里，又觉错怪了他，听妈说，是他和小红订婚在先，安慰我在后，秋哥肯回家来望我，安慰我，还算是他多情呢！不过既多情，为何又不拒绝小红？唉，眼见得从小长大的情哥竟给不相识的小红夺去了。于是她恨小红，一会儿又恨妈妈不预早给我和秋哥订婚，一会儿又恨自己死得不早，活着心里痛苦，不如死了干净。因此又怨恨妈妈不该叫秋哥来哄骗我，现在弄得自己既不能死又不好活，真太难堪了。虽然他们终算是个好心，但叫我怎能有脸皮来见人？可笑自己还要给他一个约指作为纪念，这不是在他面上丢丑吗？想到这里，恨不得立刻向石秋讨还约指，彼此斩断情丝，免得牵肚挂肠。我虽不自作践身子，亦决不愿再另嫁他人。他日新嫂子进门，亦是我巢爱吾飘零的一天了。想到这里，泪如雨下。一个人到了无聊已极，那胸中的愁思就好像剥着春茧的一般，一丝丝地抽扯不尽。愁思纷沓而来，爱吾心中忽然想起李易安的《漱玉词》内有个《点绛唇》。她便改了两句，轻轻读着道：

"寂寞深闺，柔肠一寸愁千缕。惜秋秋去，几点催花雨。"

这半阕，易安是惜春春去。她却改为惜秋秋去，那这个秋字，她当然是指点石秋的秋无疑了。她读了上半阕，又读下半阕道：

"倚遍阑干，辜负三生石，人何处，连天衰草，望断归来路。"

这半阕，"只是无情绪"一句，又改为"辜负三生石"。那石字当然又指点石秋的石无疑了。爱吾这样忧深思远地想着，虽然很想竭力忘掉他，但忧能伤人，思也病脾，因此次日早又恹恹病了起来。

陆氏自把石秋和小红的订婚事情告诉了爱吾，心里却又懊悔不该冒昧，生恐爱吾旧病复发。正在忧愁万分，不料樱桃来告诉，说表小姐身上又有了热度。陆氏得此报告，真焦急得不知如何是好，暗自思忖，这个病又不是明明自己害她的吗？她若因此一病到死，那真叫我死了亦无颜去见妹子的面了。陆氏本是上了年纪的人，怎经得如此一急，所以也跟着爱吾病了。

春椒和麦秋见妈妈和表姊真个病了，急得只会淌泪。老管家辛寿见太太病得厉害，心中也颇焦急，因此打长途电话给墨园。墨园得到这个消息，正在行订婚礼后的晚上，于是决定次日早车回家。石秋听妈病重，因到行中续假数天，也和爸爸、姊姊一同到家乡瞧妈的病去了。

三人到了松江别墅，先到椒花厅陆氏房中，见妈妈病势很是沉重，大家心中十分忧急。墨园便急急亲自去请中西医来并医。西医谓陆氏是受了刺激，叫怔冲症，治法宜摄定心神，补脑补血；中医则谓是个虚弱症，好像屋已破漏，不堪修补，并嘱墨园预备后事。墨园听了，不禁呆呆地怔住了。春权已是扑簌簌地滚下泪来。石秋更吃一惊，暗自想道：妈妈乃是一家之主，关系实非常重要，万一不测，大哥二哥又不在身边，五妹六弟又尚在髫年，爸爸也年已渐衰，姊姊和爱妹又皆待字闺中，一切未了之事都要妈妈主持。若果然一病不起，这怎么……想到这里，眼皮一红，也忍不住滴下一点泪来。墨园竭力镇定态度，请医生药方只管开，中用不中用也顾不许多了。春权想起在上海被爸爸责骂、弟弟冷嘲，今后妈妈若真不幸，那我还好做人吗？因此更加伤心，泪似泉涌，几乎哭出声来。石秋含泪道：

"姊姊，你千万别哭，倘给妈妈听见，不是要更增她病体吗？"

春权一听不错，遂自到里面伴妈妈去。墨园先送中医出去。石秋见西医在配药水，忽然想起爱吾现在病也依然未愈，趁这时西医在着，何不也去带瞧一回，因等爸爸回进室中，便把这样意思和墨园说知。墨园听了，这才记得，不禁长叹一声道：

"正是，还有这一个孩子病着哩。"

墨园说着，便连连答应。西医把药水交给墨园，墨园拿进陆氏房去。这里石秋便伴西医到梅笑轩来。

爱吾睡在床上，听樱桃告诉说老爷、小姐、少爷都已回来。爱吾心里好生奇怪：石秋还要做什么来？你来是最好了，我正要向他责问呢！正在想时，忽见石秋伴着一个西医进来，说是给妹妹诊治。爱吾恨他是个假情假意，所以坚决不要诊治。石秋见她气鼓鼓神情，好生不解，因劝慰她道：

"妹妹，妈妈的病已非常危险，你若再不肯给医生诊治，这叫我心里是多么难受……"

石秋说到这里，陡然忆起和她临别时，她说的"妹妹素知哥哥言而有信"一句话，顿时一阵羞惭，而又一阵心酸，泪珠不禁夺眶而出。爱吾听了他话，又见他这个样子，心里倒又软了下来，暗想：妈妈说他是个多情人，照此看来，倒也不虚。莫非这次订婚的事是出于无奈的吗？因此默默地也不再违拗，让西医诊察一会儿，配了药水。爱吾便向西医问道：

"请问先生，我的病到哪一日才得使我身体毁灭呢？我真烦恼极了，恨不得立刻就死去才爽快。"

石秋和西医听爱吾这样说，两人都不觉一怔。石秋觉爱吾这次神情大变，心中原是虚的，因此更是猜疑，怔怔呆望着她。爱吾假作不见，双蛾颦蹙，好像非常怨抑的模样。西医微笑道：

"小姐的肝脉虽然跳动得厉害，但绝没有意外的危险。小姐只要静心地养息，症候是比老太太好医得多。小姐请放心，你们老太太的病才真危险哩！"

爱吾一听妈妈已病到这样地步，心中一阵悲酸，早又掉下泪来，暗想道：自己是妈妈从小抚养长大，现在养育之恩没有报答，谁知她竟已病到不可医治，而且这次她老人家的病因多少还带着自己婚姻问题，万一不幸，那真变成以德报怨，叫我如何再有脸儿做人。想到这里，一心祈祷姨妈病好，把自己的怨抑亦就丢开。这时西医已把药水配就，嘱她每日饮服三次。石秋便把医生送出，爱吾却在后面叫道：

"秋哥,你送了医生,回头请你来一趟,妹子有话问你。"

石秋听了,口里虽然答应着,心中却是暗暗猜疑,她有话问我,不知是问些什么话?如果问我为什么又回家来,我倒可以说是为了妈妈的病。不过万一问出别的事来,这叫我如何回答?但是又不好不去一趟,因此送了医生出门,便只好仍回到爱吾房中来。爱吾见他已来,便半靠在床栏上,不动声色地向床沿拍了拍,意思是叫石秋坐到这儿来。石秋不敢违拗,就坐在床头,望着她道:

"爱妹,你千万别忧愁,医生不是说你的病不要紧吗?"

爱吾听了却不回答,冷不防把石秋的手儿拉去,向他指上的一只金约指除下,口中却笑着叫道:

"哥哥,我忘了恭喜你了,你现在定下一个新嫂子,想留着这个约指无用,请你还给我吧。不然被新嫂嫂见了,不是反而不好意思吗?"

石秋猛可听她说出这几句话,顿时面红耳赤,汗流满额,背上好像有千万枚绣花针在刺一般,只觉坐立不安,支吾不知所对。忽然又听爱吾大声叫道:

"喔喔!哥哥,我给你的金约指怎么不戴在指上了?"

"咦!你拿在手中的不就是妹妹的吗?我是一刻儿也没脱下过。"

"这不是我的,是你自己的……"

爱吾说到这里,忽然瞥眼见石秋手指上尚有一只戴着,以为是自己除错了,因连忙伸手又把那一只除下一瞧,谁知竟是"小红"两字,一时更觉稀罕,咦咦叫道:

"表哥,你不该将我的约指乱抛呀!唉,我真悔不该给你了。"

爱吾说到此,眼皮早已红了。石秋连忙把两只约指一瞧,却是一只小红、一只自己的,顿时目定口呆,弄得丈二和尚摸不着头脑,凝眸沉吟一会儿,忽然记起了,莫非半农给我交换信物时候除错的吗?那么小红接到爱吾的约指,难道也会不瞧见吗?如果瞧见的话,她自然该要问我了。现在这怎么办呢?爱吾见他呆若木鸡,心中更急,以为他给自己约指丢了,因摇撼着他的手叫道:

"哥哥,你既然不爱我,这也不要紧,你不应该给我的约指抛了呀!我的约指呢?我的约指到哪儿去了?"

石秋见她已像泪人儿一般,心中又急又惭,慌忙道:

"妹妹,我实在没有给你丢了呀!"

"那么你还我呀！我的约指呢？这两只全不是我的！"

石秋被她催问得急，拿又拿不出，告诉更说不出口，因此急得几乎要哭了。爱吾说时，又把那两个约指拿着瞧，见到"小红"两字，猛可理会过来，忙又说道：

"哦哦，我知道了。这次哥哥到上海去和小红订婚，莫非把约指调错了吗？否则何以这两只约指统在哥哥手里，而我一只偏又不见了呢？"

石秋想不到竟被她一猜就中，但她怎么知道如此详细呢？因羞惭满面，急问道：

"妹妹这事如何知道？"

爱吾听了，淡白的脸上浮现了一丝苦笑，点头道：

"妈妈是已全告诉我了，我不怪新嫂子，我也不怪妈妈，我更不怪哥哥，我是只怨着自己命薄……"

爱吾说到此，喉间已咽住，泪如雨下。石秋听了，暗想：这事奇了，妈妈叫我们大家瞒着她，怎么她自己倒反向她说了？而且妈妈突然又病重了，这究竟是什么道理呢？爱吾见他沉思不语，便抽咽着泣道：

"表哥，你别奇怪，妈妈可怜，她因怕我得此消息后会发生意外，所以她忧伤得神经受了刺激，因此反累她病得如此，对于这些，我实无限抱歉。现在我完全明白了，妈妈都告诉了我，我绝不怨恨哥哥欺骗和我订婚，我明白了解哥哥苦衷。我感谢哥哥救命大恩，因为我这次的病，若没有哥哥安慰，恐怕已成不救之症。唉，我自恨太以痴心，不过我现在知道了，我记住哥哥的一句话，'想透彻一些儿'。我现在想得非常透彻，我命苦，我无缘，我对不住你，我冒昧，我竟把约指赠送你……但我不愿你瞧了我这约指而给你脑中留下一个痕迹，哥哥，请你还了我吧！"

石秋听了她这一篇血和泪混合成的悲痛惨绝的话，他良心受了极度的打击，他几乎要昏厥了去。他明白爱妹这是伤心得无可再伤的话，她实在是个多情而痴心的女子，同时而且又是个聪敏贤德的人。但是我怎样才能报答她的深情？想到这里，他的泪像雨点般地落下来，握着爱吾的手哭道：

"妹妹的约指果然是调错了，这时再也还不出……妹妹，我这次到上海去订婚，并非是存心负情你，我实在有说不出的苦衷……妹妹，我对不住你，请你恕我……你既然想明白了，我很感激你，因为否则我实在变成一个罪人了。唉，我惭愧极了，我不该欺骗妹妹，当妹妹对我说'素知我

248

言而有信'的一句话我是多么心痛啊！但是，这件事，你终要原谅我才好……"

爱吾见他伏在床上竟哭起来，一时心痛已极，不觉也呜咽不止。两人哭了一会儿，爱吾先收了泪痕，偷偷地丢一块绢帕给他，纤手还向他衣袖拉了拉。石秋见她这样多情，也不敢多淌泪，就拿绢帕拭了泪痕，把小红的约指仍戴在自己指上，把自己石秋两字的约指，戴到爱吾的指上。明眸里含着无限真挚的情意，凝望着她，诚恳地道：

"妹妹，爱情是不限于名义上的，今生我虽不能和妹妹结为夫妇，我和妹妹就做一个精神上的友爱吧。你把这个约指收了，做个纪念，不知你能答应我吗？"

爱吾听石秋这样说，觉得石秋真是个多情种子，只可惜我俩没有缘呀！一时心里错综了辛酸苦辣各种不同的滋味，默默地点了点头，微红的脸颊上浮现了一丝惨淡的苦笑。

第十一回

一角红楼藏娇今有所
几声新嫂情敌最难堪

一层淡淡的白云镶着一层暗暗的彤云，裹着远远的寒林冻山，飒飒的西风已变为怒吼的北风，却把山上的白云和黑云，好像是人穿着的衣衫一件一件都被那天半的旋风脱卸了去。云儿吹散了，那寒山便露出峭突不平的骨相。

墨园正在别墅中的晚香楼上，凭窗远望，只见那阴沉沉的天空，早晚不免又要下雪，心中暗自想道：立冬已过，将近小雪，久病的人往往赶着节气便起变化。前日医生曾嘱我，对于陆氏的病，冬至前后须要小心提防，虽然现在天天给陆氏服着人参燕窝，给她补气润肺，但一时终无起色。幸喜爱吾这孩子倒已能起床，天天和春权、春椒伴在房中。瞧陆氏的精神，尚没有十分委顿，不过她好像连说话都很吃力似的懒得说，可见她内部是虚亏极了。墨园想到这里，心里真是非常忧煎，意欲把这个自己晚年修养的晚香楼叫匠人修葺一新。预备致书可玉，叫小红前来松江望望陆氏，陆氏瞧了欢喜，也许病会好起来，那么趁此大家便好到上海给两人结婚去。万一不测，小红既已在身边，就命和石秋即日祭祖成婚。但小红究竟是个未过门的儿媳，这次若来，必须另划一室给她安身。这儿晚香楼离椒花厅二十步，离梅笑轩五十步，若给小红居住，最为相宜。墨园打定主意，遂叫小厮把石秋叫来。石秋见爸爸凭窗远眺，手抚长髯，凝眸沉思模样，因叫道：

"爸爸，你喊我有什么事？"

墨园回头见石秋已来，便把自己这层意思告诉了他，叫他即刻去雇匠人，把晚香楼收拾清爽，四面粉刷红色，即改名为小红楼，把晚香两字抹去。石秋听了，知爸爸计划是为自己藏娇，心中悲喜交集，遂连连答应，着手雇人去进行改修的工作了。

墨园既然决定了这个主意，当时就回到书房，写信到上海给可玉。过了两天，可玉的回信来了，说小红已由内侄女唐友华准于星期日陪同来松江。这时小红楼也已装置完竣，墨园、石秋心中都非常欢喜。只有爱吾、春权两人，心中颇有些不自在，爱吾更觉暗暗伤心，春权虽然同情她，但自己并不是石秋，即使安慰她也没有什么大的效力。倒是陆氏虽在病中，听小红前来望病的消息，心里一阵高兴，以为第三个媳妇儿终算也能够给我见面了，所以这两天里精神倒反觉好些儿。

光阴匆匆地过去，早已到了星期日那天，墨园因春权和小红、友华在订婚那天都已见过面，所以叫春权和石秋一同坐车到车站去相接。春权虽然心中不愿意，但一则碍于爸爸吩咐，二则自己和石秋姊弟之间感情本来很好，若不答应，弟弟心里也不快活，大家又何苦闹了意见，因此只好勉强同去。

两人到了车站不多一会儿，火车果已进站，石秋昂着头，望着从月台里走出来的旅客，都加以密切的注意。只见一个乡下老头的后面跟着两个娉娉婷婷的女郎，还带着一个十四五岁的小婢，一个稍长的女郎正是小红，那稍矮的自然是友华了。小红、友华两人都穿着一式的豹皮大衣，黑漆的革履，友华和小婢佩文手中还各提着一只挈匣。石秋满心欢喜，便拉着姊姊的手儿迎上去叫道：

"唐小姐，我们已等候好久了。"

石秋说着，又把她手中挈匣代拿了。友华一见，也连忙笑道：

"啊呀，真对不起，这样大的风，倒叫你们吹冻好多时候了。大姊姊，你一向好吗？"

友华早又伸手和春权握了一阵，春权也笑着寒暄几句，小红上前向春权叫声大姊，一面又喊佩文向春权叫大小姐，春权一面答应，一面让大家跳上车子，那车子便向别墅开来。到了门首，早有众仆人接进椒花厅客室，只见墨园正在瞧报，春权笑喊道：

"爸爸，唐小姐陪红妹已来了。"

墨园放下报纸，抬头望去。友华早叫了一声老伯，小红羞答答地上前请了安，低声也喊一声爸爸。墨园心里十分喜欢，连忙叫大家坐下。春权脱了自己身上的银鼠灰背大衣，叫友华、小红也脱了大衣，给樱桃拿进里面去。女佣端上香茗。友华是个聪敏的人，也不坐下，就对春权说道：

"大姊，伯母贵恙现在可大好了吗？请你伴我小红妹子，大家先去请个安吧！"

春权含笑点头，于是大家走进上房，见陆氏这时正睡着，友华遂叫佩文把挈匣打开，取出从上海带来用热水瓶装的银耳茶，自己也帮着拿出十只银子制成精细小巧的莲子碗，倒了十碗，叫小红向房中诸长辈各敬一杯。小红遂伸出纤手，向墨园先敬。墨园这时和她脸儿距离没有多远，一面接过，一面向她望了一眼，觉得她的容貌固然是齐整，举止亦很大方，比大媳和二媳美丽很多，心里喜欢，因此抚着长须只是笑。春权已把陆氏推醒，小红因忙轻步上前去，亲亲密密叫了一声妈妈，便把茶放在床边的桌上。意欲行个大礼，但陆氏睡在床上，有些不便，因改了一个九十度隆重的鞠躬。陆氏见小红如花如玉，体态轻盈，两颊丰腴，不像爱吾柔弱，心里快慰万分，便启口叫道：

"红儿，别多礼吧，你快请你的表姊唐小姐坐下来，想你们路上也辛苦了。"

友华听了，也走过来请安。小红又捧茶给春权、友华和石秋。石秋接她时，望了她一眼，微微一笑，小红红晕了脸儿，也报之浅笑，但却又连忙回过身来，只见春椒和麦秋都从院子外奔进来，友华笑道：

"这两位可就是椒妹和麦弟了？"

"正是，弟弟妹妹快来见唐家姊姊。"

春权笑着回答，春椒、麦秋便走上来喊姊姊。小红遂又捧茶给小叔和小姑，却是喊了一声妹妹和弟弟。陆氏见众人都在，独独不见爱吾，正欲着人叫她，只见暖幔掀处，姗姗走进一个身穿鼻烟色绸旗袍的瘦美人来，衣裳下摆开衩处露着雪白的羔皮羊毛，显然她身上已着了皮旗袍。陆氏便替小红介绍道：

"这位是我的姨甥女巢爱吾小姐，红儿也喊她一声姊姊好了。"

小红一听，慌忙又站起身子，佩文又奉上一碗银耳茶，小红拿了便捧到爱吾面前，笑盈盈地叫了一声：

"姊姊，请用茶。"

爱吾一面接过，一面也含笑回叫一声妹妹。她那双秋波却向小红暗暗打量，见她眉不画而翠，唇不点而红，脸如满月，眼若秋水，真是一个绝世美人。怪不得石秋这样爱她，要把自己抛了。爱吾想着，心中一阵酸楚，眼皮儿竟红了起来，因忙又回转身子到陆氏床边问安去了。小红见爱吾虽然面庞清瘦，弱不禁风，但明眸皓齿，俊俏无比，真个是我见犹怜，心中就暗想：石秋既有这样一个好模样儿的表妹，怎么一向不曾听他说起？而且为什么又舍近而求远，莫非这位表小姐已配了人家吗？心里好生奇怪，便回眸暗暗又向爱吾细瞧。谁知爱吾虽然和陆氏说话，她那明眸也只是偷瞧小红。两人四目相对，都觉有些不好意思，大家眼光的视线早又注意到别处去了。陆氏见友华也生得妩媚可爱，因向她问着道：

"唐小姐，你的府上是在苏州哪儿呀？你的爸爸妈妈都好吗？"

友华正和爱吾、春权聊天着学校生活的事，听陆氏问她，遂含笑答道：

"伯母，侄女的家里是在苏州齐门外斯。多承关心，爸爸和妈妈都好的。"

这时樱桃已搬上四盆糖果、四盆西点，春权让友华、小红尝些儿，友华接过一把奶油咖啡糖，向麦秋招手笑道：

"弟弟，到姊姊这儿来，你在什么地方学校里读书呀？"

麦秋听了，便一跳一跳到友华面前，友华把糖塞在麦秋手里，麦秋谢了一声姊姊，笑道：

"我和二姊就在这儿附近初级中学里读书，就要放寒假哩。"

麦秋说着，离开友华身边，又奔到小红面前，把糖放在她的身兜里，笑嘻嘻地叫道：

"新嫂嫂，你给我吃茶，我给你吃糖吧。"

麦秋说完了这话，却又含羞地逃到春权的怀里来。众人听了，大家都咻咻地笑了，连小红自己也抿着嘴儿咻咻地笑。只有爱吾听到新嫂嫂三字，心中非常刺心，又见他们欢笑一室，个个快乐欣喜的情形，这就更衬自己孤零零的可怜悲伤，再也坐不下去，连忙站起身子，借端独自回梅笑轩卧房去了。出了陆氏的房门，止不住那满眶子的热泪扑簌簌地滚了下来。爱吾这个情形，除了春权一个人注意外，别的人哪里顾到？石秋凝视着小红芙蓉花儿般的娇靥是只会得意地笑，哪里再会去见到爱吾的哭呢？

吃午饭的时候，陆氏着樱桃前去喊爱吾吃饭，樱桃回来道：

"表小姐有些儿不受用，说吃不下，请大小姐陪着唐小姐和叶小姐吃吧。"

"想这孩子身体还未全好，等会儿再煮些燕窝粥给她吃吧。"

陆氏这样说着，于是大家坐满了一桌。石秋听爱吾心中不受用，知道她一定是十分怨恨，这就深觉不安，脸上也不好表示怎样兴奋。春权是有心人，所以吃得很快，就匆匆到梅笑轩来。见爱吾眼睛红肿，正从床上坐起，到面汤台前去梳洗，春权也暗暗代她难受，因好好劝她一会儿，又到妈的房里。这时大家已用好饭，墨园自到书房里去，陆氏因叫石秋、春权陪小红、友华到小红楼去休息一会儿。春权心中不高兴，故意说笑似的道：

"妈妈，有弟弟陪着不一样的吗？倘使弟弟有体己的话要和新嫂子说，那我不是很不便吗？妈妈，我是不做不识趣人的。"

友华听春权这样说，便咯咯地抿嘴笑道：

"姊姊这话不错，我们一道先瞧瞧爱吾妹妹吧。她不知有些什么不舒服，看她的人是真柔弱。"

春权见友华很爽快，倒颇合心意，便笑着站起来，携着她手到别墅里各处玩去了。石秋见她们都走，便望着小红瞟了一眼笑了，拉着她纤手，向陆氏叫声"妈妈睡一会儿养神"，两人便并肩到小红楼来。石秋一路地十分温柔地抚着小红纤手，两人心中真有说不出的快乐。小红见园中景致点缀得很有画意，虽然满园黄叶纷飞，百花零落，那边池塘后面，却开着一丛芙蓉花，如火如荼，灿烂无比。石秋早用手指着叫道：

"妹妹，那边开芙蓉旁的一个红楼，本来是叫晚香楼，现在爸爸因给你居住，所以特地改名为小红楼了，你想，我的爸爸是多么疼着你呀！"

小红听了满心欢喜，回眸望着石秋盈盈一笑，好像含有无限感谢的意思。见四下无人，只有佩文远远地跟在后面，因便低低地说道：

"哥哥，妈妈病已好多天，我在上海是替你多么焦急，今天我看她面色虽然憔悴，但精神尚健，唯愿吉人天相，早日痊愈才好。"

"可不是，我为了妈妈的病，真是非常担心，我家的人口又多，全仗妈妈一人主持，哪里可以一天少得她呢？"

两人一面说，一面早已到了小红楼面前。只见那楼是向南而建，背后还靠着一带假山，却是并不十分高，旁边尚有一排垂柳，一丛修竹。垂柳是只剩下扫帚似的枯枝，只有那修竹却长得碧油油的叶子儿，随风摇荡，发出飒飒的声音，颇感清静雅致。两人携手登楼，只见一排三间，中间作为坐起，东首做卧房，西首做书室。书室中挂满书画对联，除了名家，有些都是石秋自己作品，小红欣赏一会儿，又赞美一会儿，石秋搀了她手笑道：

"妹妹，你别太称赞，我可有些儿脸红呢。"

小红回头哧哧地笑着，石秋便又陪她进卧房里来。只见里面四壁全漆粉红颜色，陈列的一切器具都是最新的油木西式，布置得十分美观。壁上悬着四幅金框，里面两张风景画，两张裸体美人画，都是德国油画名家的作品，下首又悬一张石秋的半身玉照，凝眸含笑，风流潇洒，真有艺术家的风度。小红心里乐得不知如何是好，笑着道：

"这样的摆设，全是哥哥亲自计划的吧？"

"妹妹觉得还满意吗？"

石秋望着她得意地笑。小红眉儿一扬，眸珠在长睫毛里一转，娇憨地笑着点头。石秋又拉她到窗边站住，凭栏远眺，可以瞧到全园的风景，回忆上海都市的繁华，愈觉这儿清雅脱俗，况更有知音人相伴，两人这时心中的欢喜和亲热，觉得世界上除了两人以外，更不知有其他一切的人了。石秋手臂半环抱着她的纤腰，小红紧倚偎在他的身怀，颊儿相并，喁喁地细谈别后相思。小红忽然想起刚才见面的那个石秋的表妹，因探他口气问道：

"哥哥有一个表妹，你怎么一向不曾说起呀？刚才妈和我介绍，我也没听清楚，她是叫什么芳名呀？妹妹瞧她温柔多情的样子，和大姊姊爽直的性情怕又不相同了吧？"

石秋听她突然问起爱吾来，心中倒是一怔，因说道：

"她是我姨母生的女儿，从小就没有爸妈，小名叫爱吾，说起她的身世，真也怪可怜儿的。"

小红一听"爱吾"两字，猛可想起订婚时石秋换给自己的约指也是这两个字，一时心中突然怔住，觉得这事奇怪极了。我以为石秋心思灵巧，难道这约指就是爱吾的吗？爱吾的约指怎会调换给我？这是什么意思？意欲详细问明，又碍难以出口。因把石秋手儿故意握起一瞧，那戴着约指竟是"小红"两字，这就愈加奇怪，心想：这小红的约指不换给我，倒换给我爱吾约指，他自己石秋约指不戴，却又戴我小红约指，这事其中必有许多蹊跷，且待我慢慢细问他一个明白是了。小红正在凝眸沉思，忽听楼梯上有阵皮鞋声响进来，佩文报告道：

"大小姐、巢小姐、华小姐都来了。"

两人一听，慌忙离开身子，迎着出来，只见春权、友华在前，爱吾在后，笑着说闹新房来了。石秋先向友华叫道：

"友华姊姊，你们可是从梅笑轩来的吗？那边的梨花是还没有含苞，这里的芙蓉却已开得不少了，请姊姊到窗子上望下去，倒也别有意思呢。"

友华听了瞟着两人一眼，也咯咯地笑道：

"芙蓉帐暖度春宵，春宵苦短日高起，从此君王不早朝。这个不早朝，石秋哥恐怕是难为情的呢！"

春权见石秋和小红羞得满颊通红，因也附和着笑道：

"弟弟，友华姊姊的话，你可听见了没有？现在虽然还不到这个时候，可是将来你别给友华姊姊猜中好了。"

友华、春权都这样地取笑着两人，只有爱吾一声儿都不言语。石秋见她双蛾含颦，两眼水盈盈地红着，殊有无限哀怨的模样，因便和她搭讪道：

"妹妹，你方才有些儿不适意，现在可好了吗？"

爱吾见石秋很注意自己，竟问起自己话来了，一时猛可理会，不要刚才我的泣已被他发觉了吗？因连抬起一只纤手，揉着眼皮儿答道：

"也没有什么不舒服，如今好些儿了。外面风大，刚才我回房去，忽被一阵狂风把园子里的细沙都吹到我的眼睛里去了，一时竟睁不开，淌了许多眼泪，细沙才滚出来。"

小红听着，便细细望她一会儿，觉得她是眼皮红肿，并不像是个吹进沙子的样子，好像是为了什么而十分伤心哭过的神气，一时心里愈加疑窦丛生，觉得这对于约指的换错是都有连带关系。但自己表面上绝不能装作猜测的态度，遂毫不介意地问道：

"尘入沙眼，最好是用硼砂水灌洗。不晓得姊姊那边可有这种药水备着吗？"

春权明知爱吾要掩饰她的秘密，所以才说了这个的谎，今被小红一问，恐她回答不出，因在旁早插嘴给她代说道：

"方才我已叫她洗过了，恐怕这个病一时还不容易好哩！"

爱吾听春权竟带着骨子，恐怕她还要说下去，便要露出马脚来，因握着小拳儿在春权肩上轻轻捶了一下，啐她一口，笑着道：

"好姊姊，你不要咒妹子。回头姊姊回去，也给你刮着一阵狂风，那你才不敢说我呢！"

小红、石秋、友华三人倒没理会两人的说话，以为是大家说着玩，于是忍不住就哧哧笑了一阵。友华笑道：

"小红表妹有了春姊和爱姊两人伴着，那是一些儿都不寂寞了。两位姊姊真是个热心人，又是个豪爽人，妹子真羡慕得了不得，只可惜妹子明天就要回去了。"

春权听友华赞她们热心豪爽，话中亦大含有深意，想友华这人，倒是个胸有城府的好角色，遂咯咯地笑道：

"新嫂嫂有弟弟伴着，哪里用得着我和爱妹呢！华姊姊既然来了，明天怎好便去？这样不是怪我们待姊姊简慢了吗？妈妈刚才说，晚上本是叫椒妹来伴新嫂嫂，不过姊姊若喜欢睡在新嫂嫂房里也好，假使愿意睡在妹妹的梅笑轩里，那妹妹是更加地欢迎。"

小红红着脸儿，向友华衣袖轻轻一拉，意思也是叫她不要明天立刻就去。友华正欲说话，忽听樱桃在楼下叫道：

"大小姐，老爷说太太睡着，叫小姐到上房里去伴一会儿。"

春权听了，便携着爱吾的手，向友华笑道：

"姊姊明天终不让你回去的，你们在这儿多坐会儿，我们先走一步了。"

石秋见爱吾临去秋波向自己脉脉一瞟，若有无限怨抑的神情，心里真说不出的惆怅，眼瞧着她瘦俏的身影，在眼帘下逝了去，不觉暗暗地叹了一声。小红却没注意，见两人去远，便拉着友华，扭捏着身子不依道：

"姊姊，妈妈对你怎样说的？不是叫你住上一星期吗？你怎好明天便去呢？我不要！我不要！"

"哎，妹妹不怕难为情吗？怎的倒缠着姊姊撒娇了呢？"

友华握着她手咻咻地笑，小红两颊飞起了桃花，瞟了石秋一眼，忍不住也低头笑了。石秋因笑着也劝友华多住几天。友华见情不可却，只好答应同住三五天。石秋见友华答应，遂又对小红道：

"这里原是小红楼，妹妹要留着姊姊做赵云保驾，那小红楼不是要变成黄鹤楼了吗？"

这句话说得小红和友华都笑弯了腰，友华道：

"平剧里的《黄鹤楼》其实就是《甘露寺》，经名伶竭力地纠正，所以此剧是好久不演了。"

三人谈了一会儿，小红因恐陆氏醒来要找人，于是拉着友华，叫石秋大家一同又到椒花厅里来，只见房里春权和爱吾低低地说着话，春椒和麦秋蹲在地上正逗着一只小狸奴玩耍。石秋方欲问妈妈可曾醒过，忽听床上陆氏从梦中极声地叫道：

"哟！真好险啊！"

大家在静悄悄的空气中，突然听到妈妈这样害怕的叫声，吓得众人都大吃一惊。石秋慌忙抢步奔到床前，呼着道：

"妈妈！妈妈！别吓！你梦见了什么啦？我们都在妈的身边。"

陆氏睁眼一瞧，见石秋背后，果然站着小红、春权、爱吾、友华，还有春椒和麦秋也挤在人缝里，方才安心，定了一定神，可是额间已沾满了冷汗，吁气着道：

"方才服药后，才合上眼，即梦见你们的外祖母差人来接我回去。谁知我跳上了船，天上便起了一阵怪风，把船儿团团地打得转个不停。我恐船儿沉下去，不觉大声地呼喊起来，却是做一个梦。但到这时我还惊悸不定，我想这一梦很不吉利，大概不久我便要和你等分别了……"

陆氏说到这里，一阵咳嗽，便再也说不下去。春权、爱吾、石秋听到此，早已眼圈儿红了起来。小红本是个善感的人，亦觉无限酸鼻。石秋竭力镇静脸色，劝道：

"妈妈，梦中的事情不足为信。病久的人，心多虚弱，心虚则幻象生，因此就有恐怖的梦来了，况且外面风正大，妈妈梦中的怪风，安知不就是耳中听到的外面狂风呢？"

陆氏听石秋这样解释，虽然是不吓了，但心中终是个疑神疑鬼，不禁深深地叹了一声。

第十二回

花烛高烧同衾人异梦
晚萱病厄经雨黯断魂

椒花厅的上房里，自陆氏卧病在床，家下人等都满呈着忧愁颜色。只有小红来望病这几天中终算喜气冲冲，但到底不免是啼中带笑。尤其是那天黄昏，陆氏突然得了这样一个噩梦，众人口里虽是竭力地解释劝慰，心里却是个个担忧，连友华也忍不住愁眉不展了。

这日天气又骤然转冷，园中飞了几点小雪。陆氏为寒威所逼，身子又战抖抖地不自然。那时友华已定明日回上海去，石秋、小红、春权、爱吾都悄悄无声地坐在房中。墨园手上拿着一支雪茄，却是唉声叹气地踱着步子，好像心中有无限未了的事，乱得像麻一样地错综着。房中是显现了死灰那样的寂静，连壁上挂着的钟嘀嗒嘀嗒的走声，都听得清清楚楚。

"华姊姊，我妈妈在喊你哩！"

春权见妈妈躺在床上，枯槁的手儿向友华招着，因向友华通知。友华连忙站起，到陆氏床沿边坐下。陆氏拉着她纤手，断断续续地叫道：

"唐小姐，明天你要回上海去，我晓得是再也留你不住了，因为你上次要去，已承你的情，宽留了几天。现在我有句话要重重地拜托你，请你向叶亲母、秦亲家转告一声……"

陆氏说到这里，停了一停，似乎感到吃力。墨园、石秋、小红、春权、爱吾听陆氏有话嘱托友华，大家便团团地围拢来，静静听陆氏又低低说下去道：

"我想我的病也许是不会好了，今幸红儿和秋儿都在身边。我的意思，明天就叫他们同拜天地，谒庙祭祖，趁我一息尚存，权行花烛……"

陆氏说到这里，已失神的眼光慢慢转移到墨园的身上。墨园知道她是征求自己同情的意思，无限心酸地点了点头。春权、爱吾听了这话，都已垂下泪来。爱吾心中有两种悲伤，当然较春权更要难受。小红、石秋见两

259

人泣了，想着伤心，眼眶儿一红，也早已扑簌簌地掉下泪来。只听陆氏又说着道：

"天可怜的，我病若能慢慢见瘥，将来大家到上海去，再给他两人重办一回结婚的酒席。假使不幸我如殁了，那也只好委屈红儿，就此算结过婚了……唉……"

友华听到这里，也是伤心，眼皮儿一红，便代陆氏说道：

"伯母的意思，虽是从权，但设想得周到，真也再好没有了。明天我到上海，自当将这个意思告诉姑爸并姨妈，想他们别的也没有什么不赞成。只是红妹的妆奁，要烦这里代行举办一二，实为深深抱歉。"

墨园听友华也说得头头是道，心中颇为感激，因也向友华说道：

"唐小姐，一切都拜托你转达是了。至于妆奁一层，都由这里代办好了，请秦亲家万勿挂念！"

春权听爸爸不说叫秦家补送妆奁，却说我家一切代办，这样未免便宜了他们。女孩儿家识短量小，心里当然有些儿不自在，因此对于小红更存了一件怨心。爱吾眼睁睁瞧着表哥和自己情敌就要结婚，心中更是万分难过，宛似刀割的一般。又见疼自己的姨妈竟已病到这样地步，以后的光阴恐怕是只有悲伤，绝无欢乐……想到这里，更有无限的悲痛和伤心，止不住那大颗儿的心酸泪珠沾满了两颊。小红心中也是暗暗地思忖，想不到我这人的命竟会薄到如此模样，幼年时就死了爸爸，家贫如洗，妈妈不得已卖我到秦公馆，多蒙秦公馆两位老人家另眼相待，所以到豆蔻年华亦能粗通文字，因此得到友华的哥哥小棣宠爱。谁料中途又被李三子拐骗而坠入了舞海之中，幸得友华报告，方才重睹天日，哪知爱我的小棣，已服毒自寻。到此地步，我心灰已极。谁晓得雨田会给我介绍石秋，瞧着石秋的温文多情，使我死灰重燃，以为从此可以走入幸福大道，再不会遭到不幸的事了。哪儿知道本是欢欢喜喜的婚事，眼见得目前就要变成凄凄惨惨的丧事了，这我是多么命苦……小红想着自落娘胎，虽然短短生命中过去的一切之事，却是没有一件不叫自己伤心，痛定思痛，那泪更是泉涌。各人的心中想着各人不同的心事，脸颊上个个流满了泪，冷清清的房中更添了一件浓厚凄惨的景象。

墨园见大家已经决定，便连夜吩咐家下众仆人等分头赶办喜事。第二天，友华向陆氏告别，陆氏拉了她手，垂下泪来道：

"唐小姐，这次和你分手，恐怕是再没见面的日子了吧！"

众人听了这话，忍不住又泪湿衣襟。春权、爱吾、小红伴在床边，分不开身，友华遂由石秋陪送车站，洒泪而别。

　　陆氏是昏昏沉沉地睡着，房中陪着春权、小红、爱吾三个人，春权、爱吾对于小红这人，心头都激起了无限的憎厌，所以谁都不高兴和她说话。两人心中虽是一样憎恶她，但却有不同的感想。春权心想：我家本是太太平平，一些没有伤心的事，谁知秋弟还只和小红订婚，妈妈立刻就病得这样厉害，这小红真是一个不吉利人。秋弟被她狐媚子迷倒，这也不要说她，怎的连爸爸都还待她这样好？因此心中愈想愈气，对于小红亦更觉难看。爱吾因为今天是秋哥和小红权行花烛的日子，妈妈虽已病得如此，夜里他们两人还是恩爱缠绵地去快乐，这心中是多么不平和气愤。但虽然恨得切骨，却是没有开口的地位，既然不能发泄心中的怨抑，只好伤心自己身世的可怜，只管暗暗地流泪。春权叹了一口气，故意和爱吾说道：

　　"妈妈向来是不会生病的，这也真奇怪，好好儿的竟会病得这个样子。"

　　"姊姊这话正是，也不知今年流年不好，抑是为了其他的原因。"

　　小红听春权和爱吾的谈话，哪有个不知的道理？心中真有说不出的难受，默默地除了流泪外，更有什么话好说呢？正在这时，佩文匆匆走来，悄悄地叫道：

　　"二小姐，少爷在小红楼等你，请你就去一趟。"

　　小红听了，便跟着出来，一同到小红楼。只见卧房里已布置得洞房一般，床上铺着大红绣花被儿，湖色绣花褥儿，龙凤枕儿一对，放得整整齐齐。石秋却在房中背着手，团团地打旋，显然他的心思是多么不宁。见了小红，便抢步上前，把她手儿紧紧握住，柔声叫道：

　　"妹妹，真委屈你了，但事在匆促，一切只好从权了。刚才喜娘找你梳妆，你快改扮起来。这个礼服不知可合不合身材？就是不合身，也只得算了。爸爸在外面，我得料理去，一切还请妹妹原谅吧！"

　　小红听石秋说话东一句西一句，可见他是心乱如麻。想起自己命苦，遭遇不测，心中一酸，早已流下泪来，因连忙点头道：

　　"哥哥，你这算什么话？妈妈病得这样，尚且为儿女操心，这一番好意，做小辈的怎好不依她？妹妹绝不多心，哥哥，你放心，快到外面去吧！"

　　石秋见小红垂泪，想起种种伤心，忍不住也眼眶儿红了。小红见他欲语还停的神气，殊有无限情意欲诉说一般，因催他道：

"哥哥的心我知道了，你走吧！"

这时佩文已陪喜娘上来，石秋遂也匆匆地下楼去了。到了大厅，只见墨园已把龙凤喜烛高高地燃着。见石秋进来，便问着道：

"红儿有没有梳妆好了？"

"大概就可以好了。"

石秋说着话，又到上房里去溜了一转，只见妈妈依然昏迷不醒，心里十分忧煎。姊姊和表妹却是低头垂泪，都不理睬，心知她们都有些不受用，意欲和她们说几句话，却又不知说什么是好。呆站了一会儿，又匆匆到大厅来。只见喜娘和佩文已扶着小红姗姗出来，穿戴结婚礼服，和石秋站到红毡氃上。先向天地鞠躬，再向辛氏祖先行礼，过后又拜见墨园，双双跪倒。墨园想着大儿、二儿结婚见礼时，终和陆氏并坐，今陆氏病危已在目前，这样凄惨地权行结婚，这是多么伤心，险些也滚下泪来。石秋、小红拜见毕，又到房中来向陆氏送茶问安。因陆氏睡在床上，习惯是不好跪拜见礼，且这时陆氏又昏沉睡去，人事不省，所以小红只把茶放在床边桌旁。春权见着小红，愈瞧愈气，愈气愈伤心，因此低头只是淌泪，连小红向她鞠躬，她都一些不理，爱吾也掩着脸儿装作不见。石秋、小红见此情形，亦不觉泪水夺眶而出。两人因又匆匆回到小红楼，改换便装，仍回椒花厅前来侍疾。

晚上开饭的时候，大家都没有好好儿吃。时钟嘀嗒嘀嗒地走，墨园拿着雪茄，人已在沙发上睡去。石秋见了，连忙轻轻把他雪茄取下，小红又给他盖上一条线毯。石秋因爱吾还只初愈，所以劝她去早睡。爱吾心中暗想：你有了爱妻了，管我乏力不乏力，谁要你假惺惺地讨好，因此也不回答，只摇了摇头，那泪竟如雨下。石秋瞧此情景，亦不禁凄然泪落。直到子夜十二点钟，陆氏方才悠悠醒来，瞥眼见石秋、小红坐在床前，仿佛心里明白两人是已结过婚，因低低地在喉底下叫道：

"秋儿，今夜你和红儿一同回房去睡，虽然是草草结婚，也得同守花烛。"

小红低头不语，石秋因安慰她道：

"妈妈别再操心，我们自理会得。"

陆氏点了点头，依然昏沉入睡。春权恐他们听妈的话儿竟真同睡去了，心里不快活，便抬头对小红说道：

"新嫂嫂，妈妈的病很危险，房间里人少怕得很。我瞧弟弟疲倦就先去睡，新嫂嫂喜欢做会儿伴儿，就再坐会儿；倘使也劳乏了，那么就一同去睡也不要紧。"

石秋因连日有四五夜不曾好好儿睡，此刻颇觉支撑不住，本待先去睡的，现在听春权这样说，便轻声道：

"姊姊，我没有疲乏，就是疲乏，就在椅上靠一会儿得了。"

小红听春权说话尖利，正欲回答没有劳乏，今听石秋这样说，也就默默不说了。春权见石秋话中殊有赌气之意，暗想：我又不问你，要你帮着代答！因此姊弟之间便存了一个恶感。

当当！时钟已敲两点了。四周万籁俱寂，悄然无声。墨园一觉惊醒，仿佛陆氏已经气绝，这原是心有纪念，所以未免疑神疑鬼。抬头见春权、石秋、小红、爱吾都在打盹，因站起来叫醒他们，先向石秋、小红挥手，叫他们回小红楼去睡。石秋见爸爸一定叫自己回新房，只好叫佩文撑灯，小红又向墨园请晚安，跟着石秋悄悄走出房去。墨园又对春权、爱吾道：

"春儿、爱儿，你们也劳乏了，别再支撑着。想这时没有动静，今夜是不会去的。我已睡醒了，你们也去息息吧！"

春权、爱吾听了这话，心酸已极，不觉丝丝泪下，都不依道：

"爸爸，你尽管睡好了，有我们呢。妈妈睡着，我们也闭眼养会儿神。妈妈如醒了，我们自会服侍的。"

墨园听两人这样说，也就由她，自坐到写字台旁去出神吸烟。

石秋挽着小红在后，佩文提灯在前，三人穿过葡萄棚，走上小桥，抬头见满天寒星闪闪烁烁放发惨淡的光芒，瞧在伤心人的眼里，更觉凄凉。三人默默地走上小红楼，进了新房，见房中一对花烛，已只剩有一寸光景。一个老媪看房的也正在打盹，佩文因喊醒了她，把灯交给她去吹灭，一面自己又倒上两杯玫瑰茶，一面把窗幔拉拢，叫了一声：

"姑爷、小姐，早些儿安置吧。"

她便轻轻掩上房门，和老媪自到后房里去睡了。石秋见房中没人，便拉过小红的纤手，目光里含着无限歉意的模样，低低地道：

"妹妹，真对你不起，为了我的妈妈，叫妹妹这样晚地睡。"

小红听了，眸珠在长睫毛里一转，身子直靠近到石秋的胸前，纤手向他嘴儿一扣，无限温柔而又无限多情地答道：

"哥哥，你不应该对妹妹说这些话，你的妈妈不就是我的妈妈吗？只

263

要妈妈早日痊愈，做儿媳的辛苦些，那有什么要紧呢？"

石秋听小红这样情形，心爱已极，便把两手按着她的肩儿，向她娇羞默默地凝望。这把小红倒不好意思起来，羞得蝶首低垂在他的胸前，纤手只是摸着他衣襟前的纽襻，默默地出神。石秋见她这样娇媚不胜情的意态，这就情不自禁，捧起她的粉颊儿温存蜜意地吻了一个嘴。小红羞涩得满颊红云，低声道：

"哥哥，睡吧。"

小红一面说着，一面把石秋脱下的长袍放到大橱内去。小红说这句话，原是掩饰她的难为情，不料石秋倒引起了误会，所以小红服侍石秋睡下，自己亦脱衣躺下时，见石秋却是满脸的忧愁，好像有千言万语要想和小红诉说，而又说不出口的神气。小红还以为他是担愁着妈妈的病，因安慰他道：

"哥哥，我瞧你乏力得很，还是快些安睡吧。妈妈的病，但愿吉人天相，你也别再忧愁了。"

小红说着，便自合上了星眸，在石秋身边一言不发地躺着。石秋见她稳重有礼，绝没半点轻狂，这才理会自己是错料她的意思了，心里倒反觉十二分抱歉，遂把脸儿偎着她的粉颊，轻轻叫道：

"妹妹，我有桩心事要对你说，不知妹妹可同意吗？"

小红听了这话，好生奇怪，忙又把盈盈秋波张开，含羞问道：

"哥哥，你有什么话儿，你请说吧。"

石秋听她柔顺得可爱，心里更是怜惜，这就伸手把她娇躯轻轻纳入怀里，附耳向她低声说道：

"妹妹，我们今天是已行过夫妇的婚礼了，论理可以享闺房的快乐，但妈妈病到如此，性命危在旦夕，做儿子的也更有何心偎着妻子同睡。我恐妹妹多心，以为我不爱妹妹，所以先向妹妹声明。我的意思，等待妈妈病体痊愈，那时再和妹妹享洞房花烛之乐，不悉妹妹可能同意？"

小红骤然听他说出这话，方才知道石秋所以欲语还停的神气原来是为了这事，顿时羞得连耳根子都通红起来，明眸瞟他一眼，因恳切地道：

"哥哥的话有理。今晚时已宴了，不及再铺被儿。妹妹的意思，明天就一并铺两条被儿，我们各睡各的好了。妹妹并不是只贪欢乐的人，哪里会多心不同意呢？"

石秋听她要铺两条被儿各睡各的，这就感到小红真是稚气未脱，真挚之情无意流露，因此愈加爱她，紧搂着她身子，扑哧地笑道：

"妹妹，只要大家都存这一条心，就是同衾这也原没有什么关系。若铺上两条被儿，万一被爸爸、姊姊知道，倒反引起疑问来，那不是庸人自扰了吗？能知我心的，当然原谅；不知我心的，反以为我们是沽名钓誉。况且寝衾之内，有哪个知道详细？妹妹这话，真还是一味的孩子气哩！"

小红听石秋这样说，觉得这话真是不错，这完全是出于自己的本心，难道还要旁人来监视着吗？想到这里，这就忍不住也扑哧地笑了。石秋见她娇憨可爱，便笑着和她半偎半倚地睡去了。

第二天早晨起来，石秋、小红脸也不及洗，便携手先跑到椒花厅去。只见春椒和麦秋站在房门口的小院子里，呆呆地出神。石秋叫道：

"妹妹，妈妈可有好些儿吗？"

"三哥、三嫂，妈妈仍是这样子，现在爸爸已请中西医去，大姊和表姊直到天明，熬不住才到梅笑轩去睡的。"

春椒、麦秋眼泪汪汪地说着。石秋没有回答，便早已跑进房里去，小红见了伤心，因拉着两人，问他们可曾洗脸吃粥，两人摇头。小红因叫人到厨下去端脸水、早粥，服侍两人吃毕。因他们学校尚在大考，便嘱他们路上小心，好好上学去，因孩子在家啼哭，反为不便。小红等两人走后，便仍匆匆到上房里来，只见石秋正送一个中医出来，小红自到房中，见春权、爱吾都已在房里，一个问妈妈可要喝参汤，一个又问妈可要敲背，因陆氏只觉浑身都酸麻。墨园只是搓手叹息，小红叫了一声爸，便也到床边来侍奉。一会儿石秋又陪西医进来，诊视了后，也说病症危险，打针而去。墨园抱着陆氏一日存在，终给她一日不停地瞧看，因此每日从早到晚，只见西医退去，中医进来，栗乱不堪地忙着医药，谁知已病入膏肓，术难回生。这样又过了三日，墨园正在暗自纳闷，忽见辛寿进来报道：

"老爷，外面有个秦老爷，说是从上海特地来瞧瞧太太病的，并且还带来许多礼物。"

墨园一听可玉亲身到来，他便略整衣冠，连忙迎了出去。小红听爸爸来了，因此时正服侍陆氏喝药，自然慢慢再走出来。墨园到了厅上，见可玉已候好久，两人相见，各自伸手握了一阵，分宾主坐下。可玉便即问道：

"嫂夫人的贵恙现在怎样了？叶亲母和内人都很纪念，本待同来的，因恐反而扰及尊府，所以小弟一人代表了。"

"真劳驾得很！内人的病危在旦夕，所以前日托唐小姐转言，先给小儿行个结婚仪式，万一不测，居丧期内，那就有许多不便。只是草草不恭，实在很觉抱歉！"

"墨园兄说哪儿话来，你的主见不错，小弟也颇赞成。因不及备办妆奁，兹已折银圆五千元，权代奁资。"

可玉说着，遂向身边取出一个存折，双手奉与墨园。墨园又再三地道谢。正在这时，小红、石秋方从上房出来，两人双双向可玉行个大礼。石秋喊声"岳父"，小红跳到可玉面前，十分亲热地连叫着"爸爸"，墨园又把存折交与小红道：

"这是你爸爸刚才送来的，红儿，你自己收下，谢谢爸爸吧！"

小红听了，心里实在非常感激，正欲道谢，可玉又望着小红说道：

"红儿，你妈妈说，这些做我儿的妆资，将来你需用什么，随时可以和石秋贤婿去置办的。"

小红听爸爸这样说，微红了脸儿很不好意思，因含笑点头。一面又问妈妈和母亲都好吗，女儿是好多日子不见了。可玉见石秋、小红颇亲昵样子，心里甚喜，因也笑着回答她。墨园见他们父女絮絮谈着，遂叫小红陪可玉到新房去坐。石秋听了，遂和小红在前引导，三人到了小红楼。可玉见新房设备完全，心中亦颇满意。那日午餐便放在小红楼新房里。墨园、可玉、石秋、小红四人同席。可玉欲亲自到椒花厅去问候，墨园再三不肯。可玉因病家招待不便，遂于饭后匆匆告别回上海去。墨园遂命石秋送到车站。

石秋从车站回来，只听椒花厅里一片哭声，不觉大吃一惊，慌忙奔进房里，只见春权、爱吾、小红都哭得泪人儿一般。细问之下，才知道妈妈已厥去一会儿，现在虽已回过来，但晚上恐怕挨不到天亮。黄昏时光，天又下起蒙蒙细雨，北风一紧，那雨又变为搓粉似的雪花，飞舞满天，园中枯枝顿时好像堆着玉屑，景象至为凄惨。房中虽然是摆着一只炭盆，那窗罅中纸隙竟吹得呼隆呼隆地怪响。入夜风儿更狂，雪片更大，天气骤冷，寒暑表直降至四十度左右。时候已子夜十二点多了，上房里拥满了人，陆氏在床上直睁了眼，只有呼出的气，没有吸进的气，每个人的脸颊上都挂满着泪。麦秋和春椒连打着呵欠，缩着身子在沙发上睡去了。众人也没理会，都望着床上的陆氏慢慢地喘气。石秋见妈妈咽得很难过，遂低低叫道：

"妈妈可要喝些儿粥汤润一润吧？"

石秋说着，又不住地替陆氏抚摩胸口。陆氏呆呆地瞧着石秋，一句话都说不出口，眼角旁涌出一颗泪水。半晌，忽听她在喉咙底下轻声问道：

"是几点钟了？你们都要和和气气的……我死了，像我活着一样。"

陆氏说到这里，咳嗽了一阵，瞥眼见爱吾垂泪在旁，又叹了口气，说道：

"孩子，我真对不起你！"

爱吾听了，双泪直流，哽咽不能成声。石秋、春权、小红心酸已极，也泪如雨下。石秋瞧着手表，低声告诉道：

"妈妈，已十二点三刻了。"

石秋说完这话，忽听陆氏喉间霍的一声，两眼合上。众人正欲叫喊，突然小院子里哗啦一响，众人回头瞧去，闪烁灯光下殊有黑影一现，顿觉浑身毛发悚然，再回头望陆氏，早已没有声息。墨园抚她鼻子，却是冰冷，知确已长逝。因叫樱桃快把春椒、麦秋都去喊醒，前来送终，又叫春权、小红把陆氏临终寿衣穿着整齐，大家饮泣不止。墨园一面打电报给大儿宾秋、二儿雁秋，一面吩咐众仆料理后事，只等天亮，即可把陆氏遗体移到大厅。这时众人方才号啕大哭。墨园听众儿女的泣血哀号之声，想着往事以及今后，亦不禁频频挥泪不已。室中满布着凄惨空气，那窗外的曙光已渐渐地透了进来。墨园阻止众人哭泣，就命石秋、春权等众儿女把陆氏移尸到大厅上面。等到诸事舒齐，墨园检点众人，却独独不见爱吾，便喊樱桃各处去找。樱桃去找了许久，回来气吁吁地报道：

"各个房间都找遍了，只是不见巢小姐。"

第十三回

含泪走天涯留书作别
娇嗔谈往事促膝倾心

　　原来爱吾自陆氏移尸到厅上，尽情地痛哭了一场，心中暗暗地思量：自己是个从小没有爸妈的人，平日能够疼我的只有妈妈她一个人。现在妈妈死了，爸爸是在外的日子多，表姊春权虽然目前很同情我，但她原是个心地狭窄的人，她对于自己的弟媳尚不肯友爱宽容，将来对于我，恐怕也不见得不会一无闲言。前时妈妈要表哥和我订婚，此时倘能成功，那么妈妈虽殁，也尚有表哥疼我，现在表哥食言背约，已有小红，我已变成一个寄人篱下、仰人鼻息的赘物。本来跟着妈妈同死倒也干净，但可怜我的妈妈已费了许多心血把我抚养长大，又栽培我读书，妈妈待我不但并没有错，而且还是个恩深难报。既不得生，又不得死，前途茫茫，只觉一片黑暗。爱吾想到这里，心痛已极，便悄悄地离开众人，独个儿跑到椒花厅后面去。

　　这时天已大明，昨夜落了一场大雪，只见全园白漫漫的一片，晓风扑面，寒意砭骨。爱吾边走边哭，坐在一块洁净的山子石上自怨自艾，终恨自己没有爸妈的命苦，想到伤心地方，两手掩着脸儿，起初还是哽咽，后来竟是呜呜咽咽地痛哭起来，直哭得花落鸟啼，眼枯见骨，仍是吐不尽她满腔的哀怨，流不完她心头的沉痛的悲泪。所以樱桃各处找寻，再也找不到她。因为这个假山原是藏在花木深处，平日罕有人走去，况在寒冬雪霁，尤为人所难料。

　　墨园等听了樱桃的告诉，都吃了一惊。石秋生恐发生意外的惨事，他便急急地奔到园子里，在静寂的晨熹空气中，忽听得一阵凄凄切切的哭声，随风播送进耳鼓里。石秋觉其声之哀怨，实甚于巫峡啼猿，令人不忍卒听，忍不住长叹一声，凄然泪下道：

　　"不知是哪个姑娘竟哀怨若此，莫非就是爱吾表妹吗？"

石秋呆呆地出神，爱吾已背人哭了半天，她正待走到厅上来，突见石秋立在山脚旁，侧耳静听，好像已闻到自己的哭声模样。因不愿和他见面，便绕道从东面走到小红楼的后面下去。谁知方欲下山，石秋又从东面迎上来，一见爱吾两眼肿若胡桃，暗想果然是爱吾，便忙叫道：

"妹妹，大冷天气，你怎么在这儿？我已没一处不找到了。"

爱吾虽然听到石秋的叫，但只作不见，又转身向西，到厅上去了。石秋跟在后面，心中暗暗伤悲，想她不理睬我，定是为了妈妈前日一言，所以她把我视若蛇蝎，恨我用情不专，言而无信。其实病中安慰，全是我妈妈的主意，至于小红的订婚，则又是爸爸的主意，事难两全，情非得已，妹妹她又怎知我的苦心？不过替爱吾设想，情场失败，这实在是件终身痛苦的事，叫她心里又怎能不怨我恨我呢？想到这里，望着她不胜柔弱的后影，止不住也滚滚地掉下泪来。

爱吾到了大厅，春权、小红连忙问在哪里，爱吾谎说在房中净手。大家见爱吾已来，也无心追问。这时大殓的衣服棺衾统已陈列厅上。因明日是一个重丧重哭的日子，入殓很不利于丧家，墨园所以定在晚上十二时成殓盖棺，所有远道亲友应送被的，统由本家代办，忙碌了一整天，陆氏遂于当晚殡殓，石秋等也当即遵例成服。那晚一夜，众人都没有睡，大厅上只听得一片哭声。到了次日，众人实在支撑不住，墨园嘱大家都去休息，厅上又只剩素幛白幡，却变为鸦雀无闻了。

小红在午后起身，到厅上去料理一切，上饭哭祭，直到黄昏时候，她便到小红楼来瞧石秋。脱了素衣，去挂到衣架上，忽然瞥见石秋的长满袋内露着一个信封，小红心中好生奇怪，遂顺手取出一瞧，只见那信原没有封口，信面上写着"表哥手启"，下面又写着"爱缄"两字。小红瞧后不由一怔，暗想：这信定是爱吾所写，但既在一处，为什么不面对说话，却喜欢书面通话？这个其中必有蹊跷。我瞧爱吾自我进门以后，她终日愁眉不展、郁郁寡欢模样，而且石秋有时亦长吁短叹，莫非两人有暧昧之事吗？因为碍着我，所以不好当面说话，要用书信代表了。小红想到这里，脸上一阵通红，凡女子都是好妒的多，不过妒有各种不同，妒是女子美德，这古人已有定评。但妒得太厉害，未免变成泼辣，所以一个女子妒要妒得有理，妒得人家心悦诚服，并不使人引起强烈反感，这才是真正的女子美德，惜乎世界上很不容易找到罢了。

小红回头向床上望了一眼，见石秋犹未醒来，酣酣地正睡得甜蜜，因把那信笺取出，展开来念道：

秋哥足下：

　　妹也不幸，幼失怙恃，髫年孤苦，唯母是育，青梅竹马，两小无猜，友爱之情，笃于手足。自维娇养已惯，初未知母恩崇高，等于天覆，母爱伟大，有若地载。迨后稍具知识，与哥同校共读，出入相助，疾病相扶，恋哥之情，爱与母同。如是而后，学与年进，爱与日增，受恩于母，恩报与兄，妹一身之外，初无长物，私心惴惴，眠食难安。嗣闻母言，欲以妹为哥执箕帚，妹何人斯，敢负所命。何期人各有心，未能一致，哥虽面允，尚有别肠，妹非凤慧，敢能逆料？妹不能阻哥自由，母深愧言难实践，中心抑郁，病魔以瞰，母病既作，妹心斯戚，药铛茶灶，未敢假人，春花秋月，不暇自哀。妹曾向母婉劝，母终未能去怀，忧心忡忡，竟以病殁。欲报之德，昊天罔极！妹未报恩于母，母竟弃妹而逝，是母之死，直接死于病，间接实死于妹，妹心忍乎？此妹心之所以负疚而不能一朝居也。用是殓母而后，奔走天涯，有生之日，终不忘母恩兄德，即死之年，亦当念结草衔环。若妹走后，人不相谅，讥妹失恋，詈兄薄幸，言触于耳，能不寒心？妹非恋恋于情场，妹实眷眷于母恩。相逢有待，图报未迟，别矣，秋哥慎毋念也。所恨爸爸年事已高，侍奉晨昏，不可无人。新嫂贤孝，能承意志，天伦之乐无穷，晚景之娱可待，想贤伉俪料量甘旨，老年人颐养冲和，固毋庸薄命人越俎代谋耳。嗟嗟！小红有楼，爱吾无家，一样姻缘，两种待遇。人间伤心，大抵酸鼻。回首前尘，徒增惆怅，感慨身世，不尽飘零。第恨人去情在，言尽意长，伏维节哀，仰答天心！

妹巢爱吾临别泣述

　　小红一口气地念完，这才恍然大悟，心中奇怪极了。像爱吾这样人才，也不能算庸俗脂粉，她和石秋既然是青梅竹马，心心相印，而且已许配石秋，怎的现在竟负前约，而和我结婚了呢？这岂是儿戏的事？一时猛可又忆自己指上的约指定是爱吾无疑了，但石秋为什么要把她约指交换给

270

我呢？这事本要详细问他，如今是再也忍耐不住了。这事若石秋果真负心，那叫爱吾倒真是要痛哭伤心哩！想到此，深觉爱吾身世比自己还要孤苦伶仃地可怜十分，反引起了无限的同情，不禁脱口叫道：

"爱吾妹妹，你竟就此走了吗？"

石秋躺在床上，原是闭眼养神地醒着，今忽听小红这样说，心中一惊，便从床上跳起来道：

"妹妹，你说的什么啦？"

小红见石秋醒着，便忙走到床边坐下，将爱吾的信递给了石秋，代爱吾很不平地说道：

"哼！好个薄情郎！你拿去瞧吧！"

石秋听了暗吃一惊，慌忙把爱吾的信从头至尾地瞧了一遍。瞧到后来，石秋脸儿失色，两手颤抖，读一句哭一声，泪水早已沾湿了满纸，哽咽着道：

"妹妹，这事其中有许多曲折，实在一言难尽。爱妹的身世，爱妹的境遇，真也可怜极了。但她一个孤苦伶仃的弱女子，这样抛家远去，叫她何处去安身呢？这些都是我害了她，我害了她，但……我也有不得已的苦衷……爱妹不能谅我，妹妹也不能谅我，叫我怎能……"

小红见他如醉如痴地一面说，一面已从床上跳下，披了衣服，如飞般地奔下楼去。待要拉住他，却早已来不及，一时倒也呆呆地怔住了。良久良久，小红心里终有些儿不解，这事若石秋真和爱吾感情不好，那么他现在为什么这样疯狂情形？假使是爱她的，他又为什么和我结婚？说石秋是嫌故喜新的吧，照他平日行为，却又不像浮滑少年。他说他害了爱吾，这明明又是他负了爱吾，但他说这事有许多曲折和苦衷，想来其中还有很多的别情。想到这里，又把手上的约指细瞧一会儿，心里暗叹一声，当初我还道是"爱吾"的意思，哪里晓得这约指原是他表妹的。爱吾的约指会在石秋的手里，这他们的感情也可想而知，小红这时腹中不免又疑窦丛生，顿时又想起结婚那夜里石秋对自己说的话。他的意思是要等母亲痊愈，我俩再圆夫妻好梦，当时我还颇以为然。照现在这样看来，石秋对我定非真有爱情，不然母病和母丧有别，石秋既非圣人，结婚又并非幽会，他又怎能把人生最美满的一夜轻轻错过？原来他是对我学着柳下惠坐怀不乱的规矩，一心却是只恋着爱吾，故意把妈妈病着的话来向我搪塞。我是个身世飘零的女子，而且也是个身已受污的弱者。他既不爱我，当我爸爸和他说

271

亲时，就该拒绝我是了；而且这头婚姻，主动者本来还是他自己。唉！我原是个心如死灰的人，经爸和妈的再三相劝，又给他柔情蜜意地和诗步韵，因此把我已死的心慢慢地诱惑得活起来。谁知他又爱着表妹，这个我不能因我而离间他俩的结合，因他们原是一块儿长大，两小无猜，一对很相称的鸳鸯，我怎能像一根木棒般地给他们打开？我得让步才对，不然我挂着一个虚名，误人而又误己，那我精神上痛苦，恐怕是要比现在的爱吾更要增加万倍哩。因为我本已受了极深刺激，岂能再被第二次重重地打击？这真是令我没有活下去的可能了……小红想到这里，一阵心灰，不觉泪如泉涌，倒在床上，竟是隐隐地啜泣起来。一时心里把石秋待她的行为，都认作假情假义了。

小红在楼上哭泣，石秋拿了爱吾的信，已匆匆奔到墨园的书房，把爱吾留别的信交给墨园，含泪道：

"爸爸，爱妹出走了。"

"什么？爱囡出走了？"

墨园大吃一惊，连忙把信瞧了一遍，心中暗想：书中所述，情至意尽，唯因悔婚出走，终未免含着醋意。女子以娴静为美德，如此抛头露面流浪到外面去，终觉太不自爱，因此心中闷闷不乐。默然良久，对石秋道：

"这信红儿可曾瞧见过没有？"

"是她拿给我的，不知爱妹何时出走的？"

"人既走了，这也不要说她，倒是红儿既瞧过这信，恐怕要发生误会，万一闹到可玉耳里，叫我怎有脸儿见他？所以你非得和红儿去细细解释不可。否则回头我亦会和她说的。"

石秋听爸爸并没有叫自己去找寻爱吾的意思，但自己想起从前两人种种的恩爱情形，心里实有万分不忍，因此口里虽连连答应，回身退出，却私自向车站船埠去细细探听。探听结果一无下落，本拟往上海寻去，因在守制，不敢擅离，只好怏怏而回。

暗淡的天空带有些紫青的成分，悬挂着寒月一丸，照着低头疾行的石秋，急急奔回家来。心中尚恐爸爸盘问，所以先在园子里绕了一转，方才走到厅上来。只见正在上饭，石秋忙去跪拜，过后麦秋、春权、春椒、小红都也拜了。春权和小红便走到素幛内妈妈的灵前，抚着桐棺呜呜咽咽地哭泣起来。春椒、麦秋也连连哭喊妈妈。石秋把麦秋、春椒抚在膝边，一面劝着两人不要哭，一面自己却早已涕泗交流了。这时听春权哭着道：

"妈妈呀！你怎的竟抛了苦命的女儿去了？妈妈的身体是多么强健啊！即有小病，也何至于丢了儿辈呀！妈妈！你不知道爱妹也等不住地走了。爱妹可怜！妈妈可怜！你苦命的女儿更可怜！女儿不怨谁，只怨我家的家运衰，来了一个扫帚星，却把我家的妈妈、妹妹，活的、死的都一齐扫了，伤心啊！妈妈！你可知道吗？"

石秋听春权这样冷讥热嘲地哭着，明明是和小红有了意见。想起妈妈临终的时候，曾嘱咐众姊妹兄弟，说你们都要和和睦睦的一句话。现在母骨未寒，姊姊竟哭起这等俏皮话来。但小红我知她是个温柔谨慎的人，绝不会有得罪她的地方，况小红来未半月，感情也不至于立刻就不好呀。因此石秋心中更加不快。耳里听得小红也正哀哀哭道：

"妈呀！你是个再慈祥不过的人呀！为什么对于儿女的婚事，竟这般地没有宗旨呀？既要爱她，就该给她个满意，爱她而又害她，那不是反害了她吗？害她个人，因此而又害了你老人家自己，更害了其他的许多人，这真叫人伤心极了。我要伤心妈妈，我更要伤心自己……"

石秋听到小红的哭，虽然没有高声，但一种哀怨之情早已溢于言表。可见方才爱吾的信，在小红的心里，不是也大不以为然吗？她刚才嗔我薄情负心，还代爱妹不平，我因心中一急，所以没有好好儿地和她辩白。现在她这样凄凄切切地哭诉着，意思中不是还带有些我不爱她的成分吗？爸爸对我说要和她解释明白，这话真是不错，否则因误会而感情上发生了裂痕，这是多么危险的事……石秋想到这里，觉得妈妈一死，家中便出了许多不幸的事，第一是爱妹出走，第二是姊姊闹她，姑嫂有了意见，这也是家庭中不好的现象。石秋正在自叹，却见佩文、樱桃两人已拧上两把手巾，给小红和春权两人揩面去。半晌方见两人红肿着眼皮走出素幛来，石秋也不敢招呼她们，兀是呆呆地坐着，又见樱桃走出来道：

"小姐、少爷、奶奶，老爷叫你们不要多伤心了，快进里面吃饭去吧。"

"你对爸爸去说，我心里不受用，等会儿吃。"

春权说着，便自到梅笑轩里去了。小红心里又气又怨，当然更加吃不下饭，但做人家媳妇没有做女儿那样自由，爹爹既然来喊，自然不能不进去。因遂携着春椒先到房里去，石秋挽着麦秋，也跟在后面，只见墨园已坐在桌边，见四人进来，便问道：

"你姊姊呢?"

"姊姊心里不受用,吃不下,回房睡去了。"

春椒回答着说,四人在下面坐了。佩文盛上饭来,小红叫她减去大半,用开水泡了。石秋见她只吃一口饭,因用眼睛很多情地望她一眼,小红见了,却低头不语。墨园道:

"红儿为什么吃这一些儿饭,身子可有什么不舒服吗?"

"爹爹,我没有什么,因为没有饿。"

于是大家又静寂了,匆匆吃毕饭。春椒本是和陆氏睡,现在是跟姊姊睡了,所以吃好饭就自到梅笑轩去。麦秋现在随爸爸睡,他小嘴只是打着呵欠,小红因给他脱了衣裳,服侍他先睡。麦秋见小红待他很好,所以也和她颇为亲热。小红哄他睡熟了,方才向墨园道了晚安,回小红楼去。石秋和墨园又谈了一会儿妈妈的后事,见爸爸不曾问起爱吾的事情,遂坐了一会儿,也自回到小红楼来。走进书室,见佩文手拿一瓶梅花从房里出来换水,石秋问道:

"奶奶睡了吗?"

"没有睡,歪在床上等着少爷。"

佩文抿嘴一笑,匆匆自去。石秋到了卧房,见小红面朝床里,和衣躺着,鞋儿也没脱去。因轻轻走至床边坐下,按着她的纤腰,俯下身去,低声叫道:

"妹妹,你自己身子要紧,为什么晚饭只吃一口,哭着饿着可不是玩的呢!"

小红正在暗自伤心,见石秋回房,这样柔情地对自己安慰,一时愈加伤心,也不回身,长长叹了一口气,说道:

"我是个扫帚星,怎么好吃你们辛家的饭呢!"

石秋没头没脑地给她碰了一个钉子,倒是一怔,心想:莫非刚才我到外面找爱吾的时候,她和姊姊吵过嘴吗?这正是爱吾的一波未平,春权的一波又起了。这真叫我如何是好呢?只好装着不知,又柔声问道:

"咦!妹妹这话,谁是扫帚星?又是谁说的?妹妹,你千万别生气,什么事都我给妹妹赔罪是了。"

小红听了这话,心里愈想愈气,愈气愈伤心,反而更抽抽咽咽哭起来。石秋知小红在家娇养已惯,当然是受不起十分委屈。见她哭得耸着肩儿,只是呜咽,因伸手扳着她的肩儿,把自己脸儿几乎偎到她的颊上去,

274

温和地又劝慰她道：

"妹妹，你不说我也猜到了，一定是她说的了。但妹妹是要瞧在妈妈的面上，妈妈临终的时候，她老人是怎样关照我们。妹妹是个绝顶聪敏人，想你不但是记得，一定还是很明白呢。"

小红听石秋的话，想起白天里墨园告诉自己关于爱吾出走的事，石秋是并没恋爱着爱吾，只有爱吾一味痴心地恋着石秋。墨园因爱吾工愁善病，并不是个福相，所以不愿她和石秋结合，做自己媳妇。这些话墨园在石秋寻爱吾的时候，早已和小红解释个明白。所以小红对于爱吾的事是早已谅解。唯春权因妈妈死了，爱吾走了，想起自己身世，尚待字闺中，没人疼惜，眼见小红倒现成来家享受实福，又因订婚时受了玉镯怨气，所以统统迁怒在小红的身上，不时地冷讥热嘲地说着俏皮话。小红无故地受此怨气，虽然不敢公然和她闹嘴，但听在耳里，气在肚里，因此这时就不自主地向石秋出气了。现在听石秋竟再三地向自己赔不是，若一味地只管赌气，叫他也下不了台，因此那脸儿也跟着石秋的手回过来，不料齐巧和石秋成个嘴对嘴。石秋趁此机会，便啧的一声，偷吻了个嘴去。小红微红了脸，白他一眼，在石秋瞧来，是个妩媚的娇嗔，因又说道：

"一个人度量终要宽大些儿，只要爸爸没有话说，我疼着妹妹，那你就可以不用气了。"

小红听石秋这样柔情蜜意地温存自己，真不能不算是个好夫婿了，心里的气愤早已消去。但妈妈没有多天就病殁了，虽然我没害她，但到底事情不巧，无怪春权要当话柄了。这就又叹一声道：

"我也没怨你呀，我怨自己的命苦。我才进门，妈妈竟会一病死了，不然人家又怎敢说我扫帚星呢！"

石秋听了，立刻伸手将她嘴儿扪住，急急地分辩道：

"本是为了妈妈先病着，所以才把妹妹接来的，又不是我和妹妹结婚后回家来住，妈妈好好儿的才病了。况且爱妹信中不是承认妈妈的病是为了她吗？所以妹妹是一些儿不用多心的。"

小红听他这样解释，也就坦然，不觉破涕含笑点头，是感谢他的意思。一时又想着爱吾的事来，便笑问他道：

"方才哥哥去找爱妹，不知有什么消息吗？"

"车站、船埠我都去过，可是一些儿得不到她消息，不知她有没有出松江哩。"

"好哥哥，真难为了你！"

小红扑哧地一笑，秋波向他瞟了一眼。石秋听她这话，虽无妒意，却有醋意，忍不住笑道：

"好妹妹，你也别误会了，这个事我现在详详细细地告诉你吧。"

"我也不误会你，关于爱妹的事，爸爸已大略向我告诉，叫我别多心。但我还有些不明白，爱妹信中所述，妈已把她许配给你在前，你和我订婚在后，这岂是儿戏的事？可以随便答应她吗？再说她和你自小儿一块儿长大，情深义重，虽然你爸妈因她工愁善病，恐她不寿，所以不愿给你为妻，但婚姻是自由的，恋爱更是真挚纯洁的，难道你也会这样没情义忍心不爱她吗？现在她是出走了，我心里很难受，因为她完全是为了我气走的。不过我是没知哥哥有表妹，你既有这样一个好模样儿的表妹，为什么又要来爱上我呢？"

小红问到了末一句，脸儿又添上一圈红晕，凝眸望着石秋，等待他的回答。石秋听她问出这几种疑窦，因也尽情地把自己本是很爱表妹，为了表妹脾气古怪，冷待自己，以为她别有怀抱，所以心也冷了。自到上海任职，被你干爸叫去帮忙做司仪，因此引出雨田作伐。不料直和妹妹摄影热恋时候，家中来电，说表妹痴心爱我病危，那时我左右为难，既已和你热恋得以未婚夫妻自居，当然不好答应表妹。但母亲再三恳求，只救她性命，不阻我婚姻，所以我当时只好安慰她。谁知她病果然已好，而你爸爸已和我爸约定日子，到上海和你订婚。妈妈因对已死的妹子有些交代不过，所以郁郁病了，因此才造成眼前种种的凄惨情形。小红听了石秋这许多话，方才恍然大悟，觉得这事都由误会而起。爱吾可怜，石秋亦为难，实非忘情负心。因又问这个爱吾两字的约指，既然是表妹给你做纪念，为什么又转换给我？这是什么意思？石秋听了，遂又把半农换错的话告诉一遍。并说爱吾已知我们订婚，心中一气，便索还约指。那时我窘极了，只好把我自己的约指交给她，算作个永久纪念。这些全是实话，妹妹终好明白了。小红听了，口里虽不说什么，心里终觉石秋对爱吾实在也是个未免有情，因哧哧笑道：

"好了好了，不用说了，妹妹是痴心的，哥哥也是多情的。"

第十四回

哓舌春姑鸳鸯分两地
痴心爱妹鹣鲽恨三生

小红自那夜听了石秋的劝导，叫她事事看在妈妈的脸上，万不可和春权吵闹。小红原是一个不喜欢多事的人，所以事事退步，让春权三分。谁知春权反以为小红懦弱可欺，因此竟事事欺侮小红。小红在这种情形之下，也只好暗自吞泪罢了。

过了陆氏的三七，这几天来，春权愈加肆无忌惮，原因是墨园在外不常回家来，因此她竟对着樱桃、佩文面前，也叫小红为扫帚星、害人精。小红见她公然侮辱，石秋又没在家，心中气极，便再也忍耐不住，因向春权反问道：

"我为什么是扫帚星？到底扫你家什么来？"

春权见她一向是不敢回嘴的，今天倒也反问自己起来，便冷笑一声道：

"你还敢不承认吗？自从你进我家的门，妈妈死了，爱妹走了，这你还不好算是扫帚星吗？你瞧我家的大嫂子、二嫂子，不是都很热闹地娶来，一家老少都很喜欢地闹着笑着？只有你结婚，酒也没有办，喜轿也没坐，好像是买一个臭丫头。从此一家之内，就没有笑，只有哭。你的命还算不苦吗？这不是明明白白的一个扫帚星！"

小红听了春权这一大套话，直把她气得目瞪口呆，脸色灰白，浑身都颤抖起来，暗想：小姑的利嘴真比晚婆还凶，这样家庭，石秋虽待我好，但他又一味地劝我别闹，这我现在已变成一个没处申冤的人了。来日方长，这叫我如何忍受下去？因此也不再和她多争吵，她是一个全不讲理的人，我若和她一样见识，给石秋回来知道，倒恐怕不但不派他姊姊的无理，反说我的量窄。闹开来了，他们姊妹固然要伤着手足之情，就是我和石秋，不免也伤夫妻的情感。外人不明了的，又说石秋娶了妻子，便和他的姊姊不和气了，这个罪名当然又是怪到我的头上。况且妈妈临终，也曾再三吩咐一家人都要和气，现在言犹在耳，自己也不忍心。小红把这几层意思再三一想，遂含着眼泪，一个人独自跑到楼上去。

春权以为她还要回嘴，谁知她竟转身走了，这倒出乎自己意料之外，心里这就更加痛恨。所以石秋回来，还只有一步跨进，就见春权眼泪鼻涕告诉道：

"小红到底是辛家来做媳妇的，并不是来做太婆的，妈妈没了，家里大小各事，应得大家处理处理。现在她一天到晚躺在楼上，家中一切都要我一个人来支撑，弟弟，你瞧我不是也太辛苦了吗？"

春权说到这里，眼泪早已扑簌簌地掉下来。石秋没头没脑就听了这些话，知道两人又吵过嘴，一份人家，三日两头地吵闹，那还成什么体统？虽然明知两人都有不是，但怎能批评姊姊不是？因此只好也怪小红不好道：

"姊姊，她是个不识世务的人，凡事只好求姊姊原谅她吧。"

春权听他话中虽是怪着小红，却多半还有些讥讽着自己，不觉勃然作色道：

"弟弟结婚还不到一月，你就这样地庇护着她，我本晓得这话是多说的了，你们终是夫妻，我又不是你的妈妈，就是妈妈，恐怕在这时也是妻子好了。叫我原谅，这真太笑话了，还是叫少奶奶原谅着我吧！"

石秋给她这样抢白一顿，心中未免也有些不受用，觉得姊姊这话太过分，你应该目标认清，弟媳和你吵嘴，弟弟并没得罪你呀，况且我人还只有此刻回来哩。小红不帮你料理家务固然不是，但她到底还是初来的人，我家的事儿她又哪里懂得详细。即使小红一道来和你做事，照你目前行为看来，恐怕你又一定要派小红越权啦、多管啦，这真所谓欲加之罪，何患无辞？这样小红是断断不能和她同住在一起，但母丧未久，做人子的又何忍遽尔领着妻子到外面住去？石秋想到这里，真觉左右为难。但小红我亦曾再三劝她别和姊姊吵嘴，现在姊姊只管向我说她不好，可知小红实在也有不是的地方，一个人肯让步，哪里还会再生什么事呢？石秋想到此，觉得并不是姊姊一个人不是，因向春权道：

"姊姊何苦说这些话，我去叫她以后也好学学家里事了。"

石秋说毕，便匆匆奔上小红楼，意欲向小红责备几句，谁知到了房中，见小红也正在床上掩面而泣，一时倒又说不出口了。石秋给她们姑嫂实在吵得没有办法，听两人的话，竟是一个都不错的，因此他便搬到楼下书房间里去睡。春权见了，暗自喜欢。小红心里自然十分伤心，一时又把爱吾的事儿提到心头，以为石秋果然不出自己所料，他竟要离开自己，睡到书房里去，那他心中不还是爱着爱吾吗？否则洞房已将一月，何以仍不和我享受夫妻的权利呢？因此愈加伤心。

这样过了三天，石秋终不出书房一步，倒觉清静了许多。小红心想：他不回房来，自己应该也常到书房去瞧瞧，否则不是冷落了我们的爱情吗？况且自己正要试试他的心哩。小红想定主意，便到书房来望石秋。石秋见小红到来，心里又觉万分对不住她，因忙十分亲热地拉着她手，到长沙发上坐下，含笑道：

"妹妹，你千万原谅我，我实在是为了省事起见才这样的，你别多心。"

小红听了，本是无限抑郁的神气，现在又装成若无其事地点头问道：

"我知道你苦心。哥哥，你这两天想不想爱吾妹妹呀？不晓得她到底是到哪儿去了，我的心里，实在也很记挂她。"

石秋见小红能原谅自己苦衷，心里十分欢喜。今又听她十分恳切地问着爱吾，哪里知她是有意的，因也一片真心地答道：

"我怎么不想她呢？她是我妈妈一手养大的人儿，她留下的书，是说再三地要报我家大恩。现在她因妈妈死了，竟远远地奔到天边去。她这人如一天找不到，我这心是一天对不起妈妈，将后我必得去找她回来，以慰妈妈和姨妈在天之灵。"

小红听石秋一句一句地说，他不是很明白地告诉自己，爱吾竟是他心头一块肉一样了？因此小红愈加灰心，觉得自己和爱吾比较，他爱爱吾直已到十二分，爱自己只不过是三分罢了。石秋见小红呆不语，一心还以为是小红同情爱吾，所以更坦白地把爱吾前日病中所作四首七绝背给小红听一遍，又解释着道：

"她这四首诗，内中以'此生不作团圆想，何事梦魂犹欲存'这两句，为最伤心。和她前日的留别书，读之真令人凄惨已极，而且句句都是实情实话。我想起来，实在很对不起她。"

石秋说着，把小红纤手温柔地抚着，还轻轻叹了口气。谁知在石秋说的原属无心，在小红听的却是有意。见他这样极口地赞成爱吾，爱怜爱吾，那自己心里怎不要一肚皮的不满意呢？所谓爱情是和眼睛一样小气，眼睛里不能有一粒细沙存在，爱情里又怎能容第三者参与？因此小红含着薄嗔淡淡笑道：

"哥哥既然这样地爱怜着爱妹，真懊悔当初和我结婚了。我想现在转变还来得及，何不立刻去找她回来呢？"

小红说这话，是含有深刻的意思，心里一阵辛酸，忍不住眼皮儿红了。石秋骤听小红这样说，知她又起了误会，忙给她嘴儿一扪道：

"妹妹，你怎说这样话？我因为和妹妹是成为一体的人，所以便无话不谈，早知妹妹要多心，我就不说这话了。"

小红听了心里愈加不悦，你说了也罢，还要补充这两句话，可见你肚中还有许多事不肯真心告诉我哩！因淡淡一笑道：

"哥哥不背爱妹的诗，我倒也忘了，哥哥前时《秋夜风雨有感》，不是也作着四首七绝吗？这诗是由雨田交给爸爸，爸爸还叫我和你四首。后来我于订婚那晚和友华姊睡在一床，曾口占和过两首，因被友华姊听到了打趣我，还有两首却不曾和，我现在也把它念给你听好吗？"

"好的，你快念出来我听吧。"

石秋半环抱小红身子，笑嘻嘻地说着，表示万分亲热。小红因念道：

爱吾吾爱具匠心，颠倒看来意自斟。从此风流琴瑟鼓，高山流水许知音。

莫羡双星会织牛，相思欲慰福双修。秋郎握得张郎笔，画出新眉月一钩。

小红念完了这两首诗，便回眸凝望石秋，微笑叫道：

"哥哥，你可懂得'爱吾吾爱具匠心'的一句意思吗？"

"我懂是懂的，不过妹妹既然问我，当然是还有别的意思，你告诉我吧。"

"这两首诗，当时我因已和哥哥订婚，原是安慰哥哥作的；现在想来，这两首诗又好像是代爱吾妹妹作着一样了。"

石秋见她本是含着笑意，但说到末了，竟又叹口气，这就有些儿不懂，遂问道：

"妹妹这是什么话？我可听不懂。"

"你不懂，我说给你听。当初我道你给我的约指是故意刻着爱吾两字，因为这两个字可以掉过头来瞧，便成为吾爱两字。聊起来读又成为吾爱爱吾、爱吾吾爱，这样做是哥哥独具匠心吗？现在爱吾果然原有这人，那两首诗的诗意，不是反变成妹妹来贺哥哥和爱妹将来终有福慧双修的一天吗？"

石秋听小红的话，明明又来疑心自己爱爱吾了，而索性当她是说笑，也取笑她道：

"女子终是醋罐子的多，动没动就喜欢喝酸梅汤。我来告诉你吧，爱妹对我虽然可称是高山流水，但终及不来妹妹的如鼓瑟琴呀！"

小红被石秋这样说着，疑心稍释，瞅他一眼，哧地笑了。两小口子间的闹意见，其实都由误会而起，各人的本心原是存着互爱的意思，为了爱你缘故，所以对于你的言语行动要加以注意，恐怕你被别的女子爱了去。换句话说，男子亦是如此。不过能够坦白地说明，两人就会立刻和好如初，所以这时石秋和小红相倚相偎，自然益见亲热了。不料这时春权齐巧在门口走过，听到石秋说女子终是醋罐子的一句话，她心中以为石秋和小红背地又在说她坏话，一时心里气愤，便走进房来，见两人偎在一处，恩爱十分，更加不快，这就跳脚道：

"明天是妈的四七了，爸爸也没回来，外面的事情多着哩！你们倒好自在，躲在这里聊天喝醋。妈妈有这样的好儿子、好媳妇，妈妈真白疼你们了。"

石秋、小红猛可给她一吓，小红连忙站起身子，也不说话，便自到小红楼去了。春权见她一走了事，自己下不了台，因此哭哭啼啼和石秋大闹。石秋急得连连说好话，才算没事。这晚石秋没好好儿睡，心中十分烦恼，谁知小红也整整哭泣了一夜。

次日一早，正是陆氏的四七开祭，小红竟不能起床，春权又说她故意装病，只和石秋吵闹。石秋被她们闹得六神无主，觉得家里是一天也住不下去了，就此他也不和小红、春权告诉，就单身仍回上海来。这就可见他心中是怨无可怨了。

小红泣了一夜，直到次日午后才醒来。想着今天是妈妈四七，虽然颇觉头疼，但又不敢不起床，遂跳下床来，不料梳妆台上竟摊着一张条纸，纸上有七律诗一首，却是石秋亲笔。小红心中一惊，慌忙拿来瞧道：

小姑居处喜弄牙，让她三分尔自夸。我已点头惭顽石，卿真

281

薄命胜秋花。

　　寝苦泣血梦难稳，执笔画眉愿亦赊。美满姻缘成幻影，可怜宜室不宜家。

　　小红一面瞧着，一面早又泪珠盈眶，轻轻地自念着"可怜宜室不宜家"这一句话。石秋是明明地恨我不能宜室宜家，这样想来，那做人还有什么趣味呢？小红正在伤心，忽见春椒和麦秋一跳一跳地进来道：

　　"嫂嫂，我们放学回家，在车站上瞧见哥哥已乘火车到上海去了。"

　　"嫂嫂，你为什么没有同去呀？"

　　小红突然得此消息，方知石秋竟留下一诗代信，悄悄地自回上海去。一时又细细把诗句端详一会儿，觉得他的意思也是无非怨着自己不肯让春权，他只好如顽石点头地让她了。此后光阴，画眉愿赊，虽是怨而不怒，但多少还带着惩戒我的意思。家门不幸，有此姑恶，令人怎不要事事寒心？春椒、麦秋见嫂嫂也不回答，只管呆呆出神，两人因东翻翻西翻翻地寻了一会儿不知什么东西，又向小红笑嘻嘻地道：

　　"嫂嫂，哥哥买给你一大包一大包的糖果橘子，都藏到什么地方去了？为什么不拿出来给我们大家吃呀？"

　　小红没头没脑地听了这些话，真弄得莫名其妙，因忙问两人道：

　　"五姑、六叔，你哥哥哪里有糖果橘子买进来呢？你哥哥为妈妈殁了，心里非常难过，哪里有心思买果食吃吗？"

　　麦秋听着，却把两只滴溜圆的眼珠向小红瞪着，叫嚷起来道：

　　"大姊姊是不会骗我的，嫂嫂别小气，不拿出来给我们。"

　　小红听了，心中恍然大悟，原来麦秋、春椒乃是听了春权的唆使，才来问我要的，因便和颜悦色地说道：

　　"六叔，嫂嫂也不会骗你的，你果喜欢橘子，我明天叫人去买给你们吃好了。"

　　春椒、麦秋听了半信半疑，但是真的寻不出什么果食，也只好一跳一跳地奔回楼下去了。

　　小红处身辛家，所恃为护身符的只有墨园和石秋两人。墨园在城中是好多天没回来了，差人来说有事不能分身，其实心念陆氏，不时卧病，所以懒得来家。这样小红的保镖是已少一人，所恋恋不舍的，只有石秋一人。石秋保护小红，只能对外，不能对自己姊妹。前日睡在书房间里，也是为了春权絮聒得厉害，所以他愤愤不平地一跑了事。小红到此，见眼前好像举目无亲，四周好像都是荆棘，万一不小心，立刻就有刺破身体的祸患。一时又想起刚才春椒和麦秋突然上来说这几句话，心中的疑窦这就一阵一阵地涌上来。第一个疑窦，是石秋前日明白地对自己说过，他要去找寻爱吾回来不可，现在他留下一首律诗，叫我自己去参详猜测。诗中的意思，我猜第一句，是说春权不过喜欢多说话，虽是没有说她并没有待你十分不好，但意思上已经袒护着姊姊，所以叫"小姑居处喜弄牙"。第二句就紧接让她三分，那就是抱怨我的量浅，不肯让她了。第三句"我已点头惭顽石"，这意思是我做弟弟的对她尚且像顽石地点头了，你是什么人，还一点不明白，况且你的命也和秋花一样薄啊！妈妈丧事当中，泣血寝苫是人子的分事，就是将来的执笔画眉，我瞧你现在既然这样不听我话，恐怕日后的愿望也是虚得等于赊。我现在是要寻爱吾去，你我的姻缘是已成幻梦了。唉！你这人真不是宜室宜家的人呀！小红把石秋的一首诗，竟误会他是个绝交的一封信，直把八句诗当作了八把尖刀，好像在自己的心坎上一刀一刀地刺着。第二个疑窦，是春椒和麦秋的话，好像是春权叫他们两人故意到自己房中来，把石秋到上海去的消息向自己来告知，她的用意真深刻极了。春权因为自己不便来对我直说，你的丈夫已到上海找爱吾去，你怎么不同去呀！你现在还有谁给你做保镖呀！你这个扫帚星也有今天的一日了吗？小红这样胡思乱想地猜度，疑心生暗鬼，仿佛春权、春椒、麦秋都立在自己面前拍手嘲笑，说石秋是不爱你了。想到这里，小红心痛已极，一时头晕目眩，再也站不起来，又倒身躺在床上呜呜咽咽哭了。

小红在小红楼上正在一片烦恼，那石秋在一路上车厢里当然也有石秋的想头。他想，我留下这一首诗，无非是劝妹妹凡事终要让姊姊三分，况且小红也曾自夸是个量大的人。不过处在这样小姑专制的家庭下，你的命也真薄得伤心了。本来我早可和你执笔画眉的，现在因寝在苦次，你我的愿望暂时只好赊一赊。男子娶妻叫宜室，女子嫁夫叫宜家。我得你这样好妻子，可称宜室的了；你嫁我这样不知怜惜的丈夫，真可怜是不宜家了。石秋想到这里，颇觉怅惘，自己的诗，原是安慰小红，想小红是个绝顶聪敏的女子，大概终能谅解我的苦心吧。

呜呜的汽笛长叫了一声，火车已进了上海南站。石秋跳上汽车，先回到霞飞路的寓里。谁知一脚跨进，即见一个女子，花容不整，面目憔悴，身穿灰背大衣，手提挈匣，匆匆向自己楼上走下来。石秋心中一怔，以为我是在做梦吗，自己寓里哪里有女子同住？遂慌忙伸出手去，就把她一手拉住，两人定睛一瞧，不禁喜出望外，这就都"咦咦"响起来道：

"我的好妹妹！你怎的会在这里？你真想死我了。我们快上楼去细谈吧！"

原来这个女子正是爱吾。爱吾听石秋这样说，心中一酸，早已眼皮红了，几乎掉下泪来。石秋却早已拉着她手，走上楼去了。

爱吾自从留书出走，就到上海石秋寓里，画官认得是表小姐，自然服侍她住下。在爱吾当时的意思，以为石秋见了留书后，必定会来上海找寻，自己只要和他见了一面，问明究竟为何背约而娶小红，便即到汉口去谋生。不料在寓里一住近月，却不见石秋到来。一时心灰已极，也不再等，就关照画官，匆匆自去。哪里料得到刚要出门的时候，石秋竟翩然而来。且听他这样亲热地叫着自己，可见他对我实在并非无情，顿时悲喜交集，匆匆跟着上楼，放下挈匣，两人脱下大衣。画官一面倒茶，一面笑叫道：

"少爷出来了吗？表小姐是整整等你一个月了。"

说着，便自下去。石秋拉着爱吾的手，同到沙发上坐下。爱吾早淌下泪来道：

"我道和哥哥是今生再也没有见面的一天了。哥哥请你原谅我给你这一封信，哥哥，你同情我和你离开吗？"

石秋听她一连喊了三声哥哥，觉爱吾真亦痴情极了，一时无限酸楚，忍不住也淌下泪来道：

"妹妹是我妈妈第一个心爱的人，我见了妹妹，我就要想妈妈、妹妹恨着我吗？我怎能同意妹妹离开我呢？"

爱吾听了这话，挂着眼泪浮上了一丝苦笑，叹道：

"哥哥这话真有趣啊！你既然这样爱着妹子，为什么要娶小红？既有了嫂子，叫我不离开，这我算什么人呢？算什么人呢？"

石秋见她神情竟有些儿痴癫，她今日才问出这句话来，可见她是到忍无可忍的地步了，因长长叹了一声，把一切误会始末，向她诉说一遍，淌泪道：

"妹妹，这我全是真心话，若有半句虚话，我绝没好死……"

爱吾这才恍然，立刻伸手将他嘴儿扪住，心如刀割，泪如雨下，连连点头道：

"这样说来，我错怪了哥哥，其实还是我自己不好。我明白了，我明白了。我这次所以在上海寓里等着你，就是要彻底问个仔细。到此才知道其错在我，并非在你。唉！我命苦，我命薄！今生能和哥哥再见一面，我已心满意足了。你也不必留我，我的意思早已在信中说得很明白了。哥哥，再会吧！"

爱吾悲痛极了，她忽然地站起，也不拿挈匣，却发狂般地头也不回地走了。石秋这一惊非同小可，立刻抢步上前，把她一把拖住，就在爱吾面前扑地跪了下来。这倒出乎爱吾意料之外，慌忙也双膝一屈，跪倒在地，泪如泉涌哭道：

"哥哥，你何苦如此呢？妹妹原不该说这些话，这不是明明使哥哥难堪吗！但哥哥你只管放心，妹子此去，亦绝不会丢妈妈的脸儿。"

爱吾跪在地上，一面说着，一面又连连地掌着自己颊儿。石秋伤心极了，连忙握住她手，涕泗横流地叫道：

"妈妈死了，我已抱恨终天，妹妹是妈妈的遗爱，我跪着留你，是跪妈妈呀！请妹妹千万看妈妈的脸上，别再说要去的话。妹妹答应我了，我方敢起来，如不肯答应，我便一辈子地跪着。因我是在向妈妈忏罪，我实在是一个不孝妈妈的人啊！"

爱吾听石秋说得这样恳切，又深感石秋的多情。如答应了，自己实在万万无留下的道理；但若不答应，他又怎肯起来？眼见着石秋泪人儿模样，这时虽铁石人也要动情。况且爱吾本是个心肠柔软的女子，因此两人始而对跪，继而对泣，后竟相互地抱着。只听爱吾抽抽咽咽地叫道：

"哥哥，我依你了。"

一时你扶着我，我扶着你，大家便又坐在沙发上。画官见两人抱着对泣，起初不便进来，此刻见两人都已坐在沙发上，遂进来倒茶拧手巾。石秋听爱吾答应，尚疑信参半，遂起身把爱吾挈匣提过一旁，向她又声明一句道：

"妹妹到底是能够不忘妈妈的，所以答应我了。"

说着，又把挈匣提起，藏到大橱里去。石秋把橱门扭开，爱吾抬头瞥见橱里木板上用图画钉钉了一幅美人画片，颇觉好生面熟，猛可想着，便站起来"咦咦"叫道：

"哥哥，这是新嫂嫂的写生画呀！是哪个画的？真画得好像啊！"

285

石秋回过身来，望着爱吾，摇头笑道：

"不是的，那个画是小红的表姊秦鹃儿小姐，可惜人已没了。"

"喔，这就是秦老伯的亲生女儿吗？不知年纪轻轻怎么会死的呢？"

石秋听爱吾问着，便把鹃儿的哀史向她详细地又告诉了一回。说到和小棣鸳鸯同命一节，爱吾想到自己的身世，早又扑簌簌地掉下泪来。石秋见自己又引起爱吾的无谓伤心，连忙把橱门关拢，走过来握着爱吾的纤手，微笑着劝道：

"这是我的不好，不该告诉你这一段断肠的故事，倒累妹妹又伤心了。"

"不自由，毋宁死！鹃儿小棣的事，我倒是很同情。"

爱吾拭了泪，点头着说。石秋听她赞成鹃儿的死，可见她感到失恋的痛苦，直已视死为无足轻重。虽然已给我留下，但心里却是很替她扭忧。一会儿想起好友雨田，多日未见，我现在把爱吾留下，自己既不能和她实践妈妈的话，又没有什么好方法可以使她不再伤心……这事我倒不妨和雨田商量一下，想他是一个任侠热心的人，自然有绝好的计划。石秋这样苦苦地思索，无非是要代爱吾想一条出路，给她曾受创伤的心灵得到一个相当的安慰。爱吾见他握着自己的手，呆呆地尽管出神，知他心中一定是不赞成我的话了，因又开口叫道：

"哥哥既不叫妹妹远走，但妹妹又不便长住在此，要妹妹不赞成鹃儿小姐这一条路，你想又哪里使得呢？"

石秋突然听爱吾又说出这话，顿时大惊，急把她的嘴儿扪住，连连道：

"使不得！使不得！这是万万使不得！妹妹最好回松江去，假使不愿意，那你就只管住在这儿好了。我有一个好友叫苏雨田，我要和他相商，他是个很热心的人，定能替妹妹想一个办法的。至于什么说走鹃儿的一条路，那叫我如何对得住姨妈？对得住你呢？"

石秋说到这里，眼皮早又红起来。爱吾却咻咻地苦笑道：

"我还想做人哩，哪里就会死？你急什么？"

石秋听了，便忙去打个电话，叫雨田就来。回头见爱吾两眼红肿，因又叫她到后面房间去洗个脸，休息一会儿。爱吾自知也难为情见人，遂听石秋的话，到后房间里去了。

雨田在行里忽然接到石秋的电话，心里很是奇怪，因为石秋正在丧中，最近猜他绝不会来申，谁知竟出乎意料之外，因急急地赶来。一脚跨进书房，只见石秋正在室中团团地踱着步子。两人久别重逢，紧紧先握了一阵手，大家各叙纪念。雨田又慰问伯母之丧，何日举殡，他要亲自到松江执拂。石秋答称还未定妥，将来自然告知。一面说着，一面已拉他到阳台边去，细细地把爱吾的事从头至尾地向他说了一回。雨田正在听得出神，石秋忽然又大叫道：

"我真昏了，我真糊涂了，你们两人真是天生的一对，我竟记不起来，倒反叫你去想法子，这我不是真糊涂极了吗?"

雨田听石秋告诉爱吾的事，心中已替石秋担心。因爱吾既一心地恋着石秋，石秋又不能娶她，这当然是件最危险的事。我当初若早知石秋有表妹爱吾的一段事，打死我也不愿管这头婚姻了。雨田正在忧愁，今忽又听石秋说出这话，心中大不以为然，爱吾她因为要爱着你，所以才如此，否则她又何必出走呢? 况且我是已经有了对象，虽未订婚，亦已心心相印。因此伸手立刻把石秋嘴儿一扪，毅决地拒绝道：

"这个不对，你快别提及，要不我立刻就走!"

第十五回

无色非空春蚕情丝割
是心即佛弥勒笑颜开

石秋一心要解决爱吾的出路，满望雨田能够一口答应，谁知雨田竟毅然拒绝。这不但使石秋感到失望，且亦没有可以对爱吾做一个交代，因此拉住他手，呆呆地凝望着他，只是闷闷不乐。雨田轻轻叹了一声，对着石秋，也代为有些儿愁眉不展了。

雨田的主见其实是不错的。即使雨田能够接受石秋的介绍，可是在爱吾的心里是早已存着"曾经沧海难为水，除却巫山不是云"的观念，恐怕也未必会移想到雨田身上去。因爱吾的一颗芳心，除了石秋外，她是宁愿抱着独身到老的决心。爱吾真痴，爱吾亦真可怜。

淡蓝的天空，添上了一层灰黑，显然时候已黄昏了。石秋、雨田站在阳台上，呆呆地相对了半天，当晚风吹到身上，都感到一阵莫名的悲凉。半晌，雨田好像想着一桩心事，便对石秋说道：

"石秋，我倒忘了，早晨你大哥宾秋和大嫂子从汉口来行中瞧你。我说你还没有出来，不知你可有碰到吗？"

"妈妈殁时，大哥上次复电，说身患腹膜炎，卧病在医院，不能动身前来。二嫂复电，又说二哥往张家口未回。爸爸因大哥、二哥都不能前来奔丧，心中还恨得什么似的，现在大哥居然病好可以来了，我在家时还没碰到他们，想来他们到家，我正动身来上海了。"

雨田点了点头，两人又谈了一会儿，雨田便即告别走了。石秋待他走后，深深叹了一口气，抓着头发，却是一筹莫展。这时室中已亮电灯，石秋正没有勇气到后房去见爱吾，爱吾却已姗姗出来。石秋因只得向她安慰道：

"妹妹，方才来的朋友就是苏雨田，年少多才，和我很是知己，我意欲把他介绍给妹妹，先做一个朋友，倘然双方情投意合，那不是天然的一对配偶吗？"

爱吾听石秋说出这话，心中很不快乐，顿时柳眉微蹙，含着娇嗔，说道：

"哥哥，我们别谈这话吧。姻缘两字，我已绝端反对。哥哥如真心爱我，以后切勿提起，妹已决定抱独身主义。'此生不作团圆想，对尔已无烦恼心。'这是我的实话，哥哥，你记着是了。"

石秋听她说得如此决绝，愈觉十二分地对不起她，意欲再用话劝她，又恐她真的恼起来。但想想她身世以及此后光阴，又觉伤心万分。因此两人凝望着，默默又淌一回泪。这时画官已开上饭来，石秋拭干泪痕，遂拉她到桌边坐下，轻声儿道：

"妹妹的意思，我明白了。但妹妹答应我留下的话，请你万勿翻悔。否则实在叫我很心痛。"

爱吾一手捧着饭碗，一手握着筷子，只管在碗内挑着饭粒。听石秋这样说，心里无限感激，频频点头道：

"哥哥，我不但答应你一准留下，而且我还要求你代我谋一相当的职业。因哥哥的府上虽然不多妹妹一人吃饭，但妈妈殁了，哥哥的兄弟姊妹又多，一人有一人的心，哥哥虽然待我很真心，难保他人的心都能和哥哥一样的，所以我是决意出走。再哥哥前日给我做纪念的一个约指，妹子当初不晓得它是可以翻过来的，正面是刊着哥哥名字，反面却是刊着嫂嫂名字。我想把这个约指还给你，因为后面既嵌有嫂嫂的名字，戴在妹子的指上，到底不便。倘然日后给嫂嫂知道了，她不是要抱怨我强夺她的约指吗？"

石秋听她滔滔不绝地说着，觉得她的话句句中肯，即如小红，现在不是已受到姊姊苛酷的待遇了吗？若叫爱吾回松江去住，谁又保得住她不发生像小红同样的事情？至于她要还我约指，这倒很可以不必，因忙摇手道：

"妹妹，这约指是我给你做纪念的，哥哥和嫂嫂本是一样，论理嫂嫂给你做纪念才对。现在你既能受哥哥的纪念，难道就不能受嫂嫂的纪念吗？"

爱吾脸儿一红，心里颇觉心酸，因摇了摇头，驳着他道：

"哥哥，你这话错了，嫂嫂给我是你代作主意的，嫂嫂自己并没有知道，妹妹怎好受呢？"

石秋听她这样说，这就笑起来道：

"照妹妹这样说，那你尽管戴着是了。妹妹一个爱吾约指，不是给我做纪念吗？现在却已戴到你嫂子的指上了。虽然当初是无意换错的，现在想来却是非常有趣，嫂子戴你约指，你戴我约指，我又戴你嫂子约指，这正可以表示我们三人同气连枝的意思。况且你嫂子亦早已知道这一回事，她并没有一句话说，仍旧很珍爱地把你约指戴着。妹妹倘使一定要把这个约指还我，那你不是明明要讨还这个爱吾约指吗？妹妹，当初我亦早已和你说过，爱情并非只限于肉欲上的，也许精神上爱的慰藉较肉欲上更要紧。所以我在精神上是始终爱着妹妹，直到我的幻灭为止……妹妹，你能原谅我内心的苦衷吗？"

爱吾听石秋一往情深地说着，把一点点的泪珠早已流到手中捧着的饭碗里去。人家有以泪洗面的，爱吾今日她真以泪淘饭了。石秋见她心中十分感动，且十分难堪，所以才伤心到这个地步，因亦含泪又劝慰道：

"妹妹，你说我家人口多，这倒也是真话。现在你既不愿住到松江去，那你就安心耽搁在这儿吧。"

爱吾听了，又忍着泪珠，摇了摇头，反对道：

"哥哥和我虽然是一个兄妹，但到底是孤男孤女，住在一起，我们虽坦白无私，但人言可畏，这个我想是断断不能的。"

"妹妹为了这个，那是再容易解决也没有了。今晚妹妹就住在这儿，停会儿我就到外面住旅馆去。以后都是这样，那妹妹终可放心了。"

爱吾听石秋为了自己情愿去住旅馆，心中倒反而感到不安，因急忙阻止道：

"哥哥好去住旅馆，难道妹妹自己不好去住吗？我绝不能为了自己，而反累哥哥不安定呀。"

石秋听爱吾既不愿自己出去住旅馆，又不愿自己和她同住在一起，一时想不出念头，遂呆呆地瞧着爱吾怔住了。爱吾见他这样，一定还在寻思想好方法，心里真有说不出的感激，不觉红晕了脸，眸珠一转，含羞地道：

"哥哥，今夜你就暂住一道吧。妹妹明天倘然找到职业，大家便再分住好了。"

"职业一时恐怕也不容易找到，妹妹只管放心地在这儿住下去，以后我终给你想法，随机应变好了。真金不怕火，那又什么要紧呢？"

爱吾听他说得真挚，也就默然无语。两人匆匆用毕了饭，画官拧上手巾，给两人擦脸。这夜石秋的卧房让给爱吾睡，他自己就在书房里，睡在席梦思的沙发上。

　　第二天早晨，画官在下面打扫，听有人在门外按电铃，因慌忙去开门。只见进来一个半老徐娘的妇人，身披元色皮斗篷，向画官问道：

　　"这儿可就是辛石秋少爷的住宅吗？"

　　"正是。太太贵姓？你打哪儿来的呀？"

　　"我姓叶，从秦公馆来，这里的少爷就是我家的姑爷。"

　　"哦，原来是叶太太，快请里面坐，我家少爷也还只有昨天回来呢。"

　　画官说着，让叶氏进内，关上了门，便领她到楼上去。叶氏怎么会来找石秋呢？原来小红因石秋不别而行，她便立刻写封双挂号信给妈妈，叫她到霞飞路寓里来找石秋，叫他即日回家，别的一些也没说起。叶氏接到这封快信是在今天清晨，所以她立刻急急地赶来了。

　　爱吾这夜睡在石秋的床上，觉得石秋对自己的情义真也不可谓不深了。他说他本来心里只有我一个人，全因为我常嗔他，所以他以为我不爱他了。其实我因彼此年纪大了，若再像小时那样缠在一块儿，不是要被人笑话吗？我是只希望妈妈做主，宣布我们结成一对的消息，哪知妈妈居然迟迟没有出口，秋哥倒引起误会来。早知如此，我真懊悔不把自己心事先向他明白表示了。爱吾想前思后，自怨自艾，整整又淌了一夜眼泪。次日起来，已日上三竿，因心里记挂石秋不知睡得可舒服，所以匆匆到书房来。见石秋正开着眼睛躺在沙发上，他先向爱吾招手，叫她坐在旁边，两人各问早安。不料正在这时，只听咿呀一声门响，画官陪着叶氏已走进房来。叶氏见石秋半坐身子，倚偎着一个美貌的少女，十分亲昵地说话，心中好生奇怪，不免对于小红来信催石秋回家的事有些连带关系。但又不好问，一时倒呆住了。石秋猛可见进来的是叶氏，顿时两颊绯红，慌忙披衣，跳下沙发床来，叫道：

　　"妈妈，你怎的这么早呀？身体好吗？秦老伯、秦伯母都健康吗？"石秋一面让座，一面又给叶氏和爱吾介绍道：

　　"这位是我的岳母，这位是我的表妹巢爱吾小姐。"

　　爱吾一听她就是小红的妈妈，一时想起自己方才坐在石秋身边，真有些儿不好意思，红晕了双颊，只好上前弯了弯腰，叫了一声"妈妈请坐"。叶氏听这女子就是巢爱吾，一时愈加疑心，一面坐下，一面忙也叫道：

"表小姐，你是和姑爷一道出来的吗？"

爱吾越恐给人知道，不料只有一夜，果然就给人瞧见，而瞧见的人又是石秋妻子的妈妈，虽然没有什么秘密被她发现，但将来传到小红和春权耳里，捕风捉影，这叫自己还有什么脸儿见人？心中一阵悲酸，早就决定此地是万万不能存身。因此叶氏的话，她竟一些儿没有听到。石秋见爱吾眼皮微红，并不回答，遂忙代答道：

"不，我是昨天到的，表妹到了有好多天了。本来我就要望望妈来的，不料妈妈先来望我了。妈怎么知道我已到上海来了？"

石秋一面漱洗，一面又亲自倒茶给叶氏。叶氏见自己问爱吾的话则要石秋代答，想起刚才两人亲热神气，愈加疑惑，一时计上心来，也不说明小红的来信，自管向石秋叫道：

"姑爷，老太太过世了，我和秦老伯、秦伯母都很记挂你们。现在你既到来，请你此刻就和我一同到秦老伯家去好吗？秦老伯是怎样地盼望着你呢！"

石秋见这是不好推托的，若推托了，不是更引起别的问题来吗？因连忙道：

"好的，妈妈先喝杯茶，我就和你同去。"

石秋说着，又用眼瞧着爱吾。爱吾理会他的意思，因含笑向叶氏叫道：

"妈妈今天来了，论理我应得到府上请个安。现在我因有个女同学约着，尚有些儿小事，只好改天来望你了。"

"表小姐有事，我也不勉强了，明天来吧。"

叶氏心里本来不愿她同去，自然很快地回答，一面已起身站起。石秋也只好披上大衣，意欲叫爱吾别东西乱走，但对着叶氏又说不出口，只得向爱吾深深地瞟了一眼，表示叫她静静地等他意思。爱吾虽然明白，也只装不理会，送两人到楼下，方才回到楼上。这时爱吾的一颗芳心好像七上八下地摇摆不定。想石秋待我的一片真心，自己实在不应背他远去，但小红的妈已非常地注意于我，我若再不避嫌疑远去，将来说不定尚有使自己更难堪的事情发生。况且我已心如死灰，此生抱定宗旨，独身到底，久留于此处，亦是无益。爱吾既把主意打定，就匆匆洗了脸，坐到写字台边，簌簌地写了一纸小篆，一面取出挈匣，一面向画官关照，少爷回来，把这纸条交给他是了。画官尚欲问表小姐到哪儿去，爱吾却早已急急向楼下走去了。

石秋和叶氏到了秦公馆，恰值若花怀孕足月，可玉已亲身陪若花到医院里去。友华也一同去照顾，家里一个人也没有。叶氏遂让石秋坐下，叫仆妇倒茶，自己脱了斗篷，叫仆妇拿进里面去，方才把小红的信取出，给石秋瞧。石秋瞧毕，见别的问题都没说起，这才放下心来，连连答应。叶氏望着石秋脸色，便问道：

"姑爷，恕我冒昧，问你一声，姑爷这次到上海，不知有没和我小红吵过嘴吗？"

石秋听了，暗吃一惊，但这也怪不得她要问，因为种种情形未免有些蹊跷，因镇静了态度，忙笑着分辩道：

"哪里哪里！小红性情是再好没有，她是不会和人吵嘴。这次忽又来信叫我回去，想来是我大哥从汉口回来了。"

叶氏听石秋这样说，笑了一笑，倒也深信不疑。但对于爱吾的事，未免还有些怀疑，遂假作毫不介意地搭讪道：

"你的表妹真长得好模样儿，她还在上海读书吗？"

石秋知道她一定又在疑心自己了，这个倒不能让她老疑心在怀，万一她告诉小红知道，那我虽有百口也难辩白了，遂圆了一个谎说：

"不是，我表妹是在松江女子中学毕业的，她因妈妈殁了，心里十分悲伤，所以预备到上海来做教员，今天正欲找她女同学预备一道去接洽。这几天中她因没处安身，所以暂时住在我的寓里。"

石秋这几句话果然把叶氏腹中的疑团消去。石秋本欲和叶氏到医院去望望若花，因自己在苦的棘人，不好东跑西跑，况且秦伯母晚年产珠，事事要有个吉利，所以更觉自己不便前去。遂把这层意思和叶氏说知。叶氏亦颇以为然，说在秦老伯面前，替他代为问安。石秋连连道谢，遂和叶氏匆匆作别。石秋心中记挂爱吾，立刻坐车回家。画官便递上一纸，说道：

"表小姐待少爷走后，她也匆匆走了，只留下一纸，叫我交给少爷。"

石秋大吃一惊，心头乱跳，也不及问话，就忙把笺儿抽出，瞧道：

秋哥如握：

　　情贵专一，心无二用，推己及人，我不忍分哥爱心，强人所难。妹为避免一切嫌疑，万不得已，抛哥远去。非妹忍心，请哥原宥。此后天南地北，自己未能定一归宿之所。尚望月夕花晨，

莫再提薄命之人。妹为此言，妹为哥爱情前途计，因哥之爱情已
发生种种障碍，一有误会，破裂堪虞。妹已希望断绝，万不忍哥
再幸福剥夺也。妹为哥计，作速言旋。纸短言长，心烦意乱，冒
昧上渎，诸希鉴察！

妹爱吾上即

石秋瞧完信笺，觉爱吾所述没有一处不为我设想。中心感激，不觉涕
泗横流。想她不过一弱女子，具此见地，实非容易，今又为保全我的情
爱，远走异乡。我若不听从她的话，立刻就返故乡，恐小红得到她妈妈回
信，定必更起疑窦。爱吾所谓爱情破裂，到处堪虞，那时真要被她猜中了
呢。但是爱吾孤零零的一个弱小女子，她说天南地北，归宿无定，这样到
处飘零，叫我如何不伤心？石秋想到这里，一面淌泪，一面已是失声
哭道：

"爱妹！爱妹！你的恩情，只有来生报答了。"

石秋独自哭了一会儿，因时已近午，连忙拭干泪痕，一面匆匆吃过
饭，关照画官好生看守在家，他便急急乘两点班火车回松江去了。

石秋回到家里，见墨园和大哥宾秋正在书房谈论妈妈病情，兄弟相
见，早已抱头大哭。大嫂朱素娥、小红、春权闻声出来，见了也都流泪不
已。春权见弟弟昨日到上海，今日又回来，心中好生奇怪。小红虽然明
白，也只装不理会。大家哭了一会儿，宾秋说起曾到上海行中瞧过你，石
秋说已经知道。墨园也还只有刚从城里回来，所以对石秋到上海事并没知
道。春权、小红也没告诉，石秋遂也不说起了。墨园已定就五七为陆氏举
殡，所以大家料理丧事，颇为忙碌，石秋和小红虽然碰在一起做事，却也
没有说话的工夫。

宾秋夫妻住在椒花厅东院，西院留给雁秋夫妇回来住，石秋却仍睡在
书房间。因为白天没和小红说一句话，所以直到晚上，石秋便匆匆奔到小
红楼来。跨进房中，只见小红独坐灯下，正在看书。石秋便笑嘻嘻叫道：

"妹妹，你在瞧什么小说呀？我到上海去了，你嫌寂寞吗？"

小红心想：你在等于不在，还有什么寂寞不寂寞呢？叹了一声，却故
意不瞧见，理也不理他。石秋见她好像没有听见模样，尽管目不旁视地盯
住着书本，暗想：这孩子有趣，竟瞧得如此出神。便忙走近桌边，凑过头

去，瞧她究竟看的什么小说。不料摆在桌上的一本是《楞严经》，一本是《金刚经》。石秋心中怪极了，怎么妹妹会瞧这种佛经参起禅来？因拍着小红的肩头叫道：

“妹妹，你好寂静呀，怎么瞧着佛经，连我这样地喊你都不听见了？”

小红被他拍着肩儿，只好把经卷掩拢，侧过身子来，绷着脸儿，秋波似嗔非嗔地白着他，噘着小嘴儿道：

“你是谁呀？谁是我呀？我和你没有姻缘的分了，怎么能宜室？怎么能宜家啊？我只知是无人相，无我相，无众生相，无寿者相。我不晓得是薄命，我不晓得是顽石，我更不晓得是小姑。我一心只晓得是一个佛，佛说作如是观，我便作如是观了。”

石秋这次到上海去，原是愤着春权的哓舌，后来经叶氏一催，又给爱吾一劝，所以急急地赶来，原是心中仍记挂着小红。现在小红把诗中的意思全误会了，所以自石秋出门，她便万念俱灰，终日诵着《楞严》《金刚》两经，意思是人世姻缘，恍如一梦。小红所以有这个想头，一半还是感慨着小棣、鹃儿。小棣、鹃儿本是人间的一对美满姻缘，乃为失其自由，竟至同命而逝。想着自己和石秋的婚姻亦可谓是自由的了，但小姑悍妒，石秋又不见谅，名虽自由，实际比痛苦的更要痛苦。现在石秋虽然给自己写信给妈妈找回来了，但不晓得他的心里究竟怎样，因此她便把《金刚经》偈语和石秋的诗句意思，统统尽情地说了出来。

石秋听她带嗔带恨滔滔不绝地说着，一时弄得丈二和尚摸不着头脑，呆呆地竟半句话也回答不出。沉吟了半晌，方才晓得她是衔着说不出的冤苦，所以竟像讽刺悟禅地说了一大篇。现在我若不把她翻覆申明，也许她会误会到底，那爱情前途就要不堪设想了。因正色地郑重问道：

“妹妹，你恨着我到上海去没告诉你吗？但我不是有首诗留给你，明明白白地告诉你是为了姊姊的缘故，暂时到上海去避一避，你怎么全都错理会我的意思了呢？你难道真的不认得我，也不认得你自己了吗？我昨天在上海就碰到你的妈妈，我却是很认识的，她叫我立刻回来，我停也不敢停一会儿，马上就到。我所以听你妈妈的话，不就是听妹妹的命令吗？你的妈妈身体很好，秦伯母恐怕一个身体就要化出两个身体来了，你早晚听着吧，也许是个男孩，我就有个小舅子，要不也有个小姨哩！”

小红听他起初这样认真辩白，心里已经有些明了自己误会了。再听他说是遵我的命令回家，这就一肚怨气早已尽消。后来听他竟装出很滑稽态度说有小舅子、小姨，因此便再也忍不住扑哧一声笑出来，急急追问道：

"哥哥，你的话到底可真？产下的究竟是弟弟还是妹妹呀？你快快明白地告诉我，怎么竟装出这样滑稽的腔调来了？"

石秋见她本是柳眉微蹙，杏眼含嗔，一脸的怒容，现在竟眉儿一扬，眸珠一转，掀着酒窝儿哧哧笑起来，真娇憨得可爱。因伸手把她拉到沙发上并肩坐下，也责怪她道：

"妹妹，你说我滑稽，你自己倒真是滑稽呢！你说'无人相，无我相，你是谁呀，谁是我呀'这几句话，到底算是什么腔调呀？我不过出门去一趟，并没有出家当和尚去呀，你怎么就说我俩没有姻缘的分了？还要说这许多佛门禅语。你只晓得一个佛，但我是一个天生的顽石，若不遇见生公，根本就不认得佛。我现在是只知道自己的一个心，我的心并没有待你坏呀，你干吗就请佛来吓我呀？妹妹，你自己想想，到底是谁不该？"

小红听石秋滔滔地也问出这许多话来，一时早已明白自己误会，只好向他赔不是道：

"好了好了，我听够了。我是个佛，你是个心，心即是佛，佛即是心，大家不是一样吗？"

石秋听小红已经了解自己的心，便把她手儿拉来，很得意地笑道：

"心即是佛，我可不敢当；佛即是心，妹妹已自己承认，那就叫佛心动了。我的妹妹，我的佛，你快学着坐山门的弥勒佛向我笑一笑吧！"

石秋说着，早把拉着的小红手儿上轻轻抓了一下。小红骤然感到痒起来，又听他叫自己弥勒佛，一时竟花枝乱抖地咯咯地笑起来。石秋见她身子直偎到自己怀里，笑得十分有劲，深觉此乐融融，胜于画眉。这就情不自禁低下头去，吻到小红的雪白颈项上，顿闻到一阵如兰如麝的幽香，芬芳扑鼻，心里不免荡漾了一下，搂住她的娇躯道：

"我问妹妹可还要像刚才那样凶地对待我吗？"

"好哥哥！你快放手，我知道错了，下次妹子再也不敢了。"

小红躲在石秋怀里，柔顺得像头驯服的羔羊。石秋听她说得如此可怜模样，因放松了手，偎着她玫瑰花朵般的脸颊儿，默默地温存了一会儿，一个郎情若水，一个妾意如绵。碧空中那轮圆大清辉的月光，照射进正满一月的新房里，映出了无限旖旎的风光。

陆氏举殡开丧的那天，松江阖县官绅以及军警学各界，没有一人不前来吊祭。因墨园是现任的镇长，又是本地巨室，陆氏生哀死荣，整整地闹了三天。远道亲友，秦可玉、龚半农、唐吟棣、苏雨田、李鹤书、王雨梅等以及女眷们，无不统统前来。墨园、宾秋、石秋招待男宾，素娥、小红、春权招待女宾，大家忙个不亦乐乎。只有可玉夫人若花，因产了一个儿子，所以没有来。可玉、吟棣、慧珠、友华、半农还宿了三天。这几天里春权却没有什么话说，一个原因是家中亲戚许多，自己当然要顾全面子；还有一个原因，是大嫂子素娥，她是个心直口快的人，倘然春权有欺负小红的地方，她便要打抱不平。所以小红、石秋对于素娥叔嫂妯娌之间的感情，倒也很说得来。慧珠见小红和石秋好像胶漆相投模样，当然是很欣慰。

流光忽忽，离陆氏的丧已有三天，家中众宾已散。石秋亦搬到小红楼去住，白天教小红学画，有时大家吟几首无题杂诗；夜间虽则同衾，却仍不同梦。因两人已商定过妈妈百日后，将同行赴上海去住，缘石秋在霞飞路原租有小洋房一幢。小红自那夜两人彼此谅解，信任石秋是个用情专一的丈夫，既然将来往上海度蜜月有日，自然欢喜赞同，何况小红原也不是个浪漫成性的女子。

墨园自陆氏亡后，丧葬已毕。虽儿媳满前，终觉寂寞非凡。前日可玉来信，请墨园到上海吃若花的满月酒，现在算来没有几天，墨园因嘱宾秋、素娥、春权好生看家，自己带着石秋、小红同往上海贺喜去。小红得知这个消息，心里这一喜欢，几乎要雀跃起来。

三人到了上海，小红和石秋当然是住在秦公馆。墨园因诸多不便，所以住在新中华饭店三楼。因那处交通便利，开窗远眺，跑马厅即在眼前。时正隆冬，草地上已不见绿茸茸的颜色，只有一片黄色的沙砾。

这天早晨，墨园起身，漱洗完毕。他住的原是个大房间，里面摆设着两盆鲜花，正开得黄金灿烂。外面虽然呼呼怒吼的北风，刮耳欲聋，但新中华装有水汀，所以依然暖烘烘的，对着鲜花，更好像阳春三月，哪里是像大雪的景象呢？墨园在房中一人无聊，便到房外去踱步。不料才跨出房门，即见一人，身衣西服，外披大衣，头戴呢帽，手拿司的克，迎面走来，见了墨园，便高声叫道：

"呀！呀！墨园兄！你是几时出来的呀？"

第十六回

流水岂无情曾经沧海
落花原有意梦绕巫山

墨园随着这个叫声，连忙定睛一瞧，只见那人面方耳大，嘴唇上还留着两撇短须，原来正是强民中学的校长李鹤书。上次陆氏出殡，他亦亲自到的。两人便握了一阵手，鹤书早又哈哈笑起来道：

"墨园兄，这真巧极了，我正在愁客人不多，谁知竟在这儿碰到你，那真意想不到的事。"

墨园也正在苦着一个人寂寞，无意中碰到鹤书，心里自然很欢喜。如今又听他这样说，想来他是要请客了，便也笑道：

"鹤书兄，你请什么客人啦？要我做个陪客，那是再好没有，我是有吃必到的。"

两人哈哈又笑了一阵，墨园便请他到房中坐下，倒了两杯茶，鹤书方才说道：

"晚上我在小花园做主人，请个教育局的科长何公旦、统税局的主任徐仲生，到巫楚云家吃饭。一个陪客是安东银行总务科长王雨梅，本来你的亲家秦可玉亦请来，但他这两天正在预备大办汤饼喜筵，所以没有空。其余都是我校中同事，若客人少了，本家看了也不像样。今得老兄做陪客，那正难得极了，因为你是远在松江呀！"

墨园听了，把"小花园巫楚云"六个字念了一回，笑起来问道：

"这样说来，老兄是请他们吃花酒了。可有其他的局吗？我想饭后终得碰一场和，或者打场扑克，那你的主人才有面子呢。"

"这些等会儿再谈，因为他们都是崭新的时代人物，也许是喜欢逛跳舞。那么我准定下午来陪你，你千万别出去。"

鹤书说着，便站起来，急急走了。直到黄昏时候，鹤书果然来了，见墨园已修刮过胡须，换了簇新狐嵌长袍，元色里衬豹皮大衣。两人遂急急出了新中华饭店，墨园要叫车，鹤书说离此不多远，时候尚早，还是踱着自在。于是两人便边走边谈。墨园见上海的风气果然一天一天地翻花样，心中正在感叹，忽然斜路里拉来一辆新式的包车，车上坐着两个十足摩登的女子。一个年已花信，身披元色缎斗篷，手中拿着两三枝蜡梅花。一个年才破瓜，身上穿着藕色花绸的单旗袍，外罩海虎绒大衣。因为她的姿势是侧面些，同时为了挤的缘故，把右脚搁在她自己左膝上。大衣的下端这就露出藕色花绸旗袍的下摆，被风吹动，好像张着颜色的帕儿。那里面就显呈一双挺结实的大腿，穿着粉肉色的长筒跳舞丝袜，却是瞧不见有裤脚管。尤其在被风吹动，衣角一掀一掀时，望将进去，那真令人有些儿想入非非。她手中也捧着一纸卷的水仙花儿，好像预备拿到家里插花瓶去的模样。墨园正在出神，谁知这两个女子见了墨园和鹤书，都是含情脉脉地瞟送来一个轻倩巧笑，好像要招呼而又不便招呼的神气，鹤书早也含笑点了点头，那辆包车却早又向前消逝了。墨园见鹤书竟是认得的，因拉了他一下衣袖，问道：

"老李，你认得她们吗？上海的女人真越弄越漂亮，这样大冷天还冻着两腿，穿单衫子呢！"

鹤书听墨园这样说，便回过头来，很得意地笑道：

"你瞧这两人生得如何？你说她们漂亮，你还没仔细瞧她俩的脸蛋儿呢！这就是我请你到她家去的巫楚云呀！你瞧美不美，俊不俊？"

墨园唔唔响了两声，又问道：

"巫楚云是一个长的，还是那一个小的？"

"小的叫艳春，长的叫楚云老二，都是小花园一等一的红牌子。容貌和身段那不要说了，而且还唱得一口好花衫。她们为了合于潮流起见，对各种舞蹈及时代歌曲也都学会，真是色艺双全的难得人才儿。"

两人一路说着话，已是弯进了小花园弄堂。只见刚才那辆包车还停在一个石库门口。墨园抬头瞧门上挂着许多牌子，都是倌人的名字，门灯上是漆着艳春两个红字。鹤书引着墨园进内，相帮见鹤书是熟客，早满脸堆笑，肃然立在一旁，提高着声音喊了一声"客来"，那楼上的娘姨大姐早在楼梯口，打起厢房门帘，向鹤书低低喊声"李老走好"。鹤书点了点头，早由后厢房步到前厢房。果见刚才那两个女子都在里面，艳春早笑盈盈地迎上来，瞟着媚眼叫道：

"李老，你说给我带本歌曲来，怎么又忘了呀？"

鹤书见她天真烂漫地娇笑着，因拉过她手，笑嘻嘻地向墨园介绍道：

"这位是辛墨园老爷，是松江现任的镇长，你别尽孩子气，快来招呼吧！"

艳春听了，便向墨园笑盈盈鞠了一躬，一面又给鹤书脱大衣。楚云也早已走过来，给墨园脱大衣，一面又递过一支雪茄，送到墨园手里，秋波向他一瞟，妩媚地笑着叫道：

"辛老，难得你请过来的，这个小地方实在是醒醍来，快请坐到沙发上去靠靠背，舒适些儿，吸一支烟吧。"

楚云这样殷勤地招待，墨园一面接烟，一面也细细向她打量。只见她白里泛红吹弹得破的脸蛋儿，虽然年纪大些，但那种妩媚娇笑的意态实在讨人喜欢，比艳春稚气未脱自然还要柔软温和。一时想起惊鸿年轻时候，她那两只秋波，虽然待笑不笑，却是脉脉地含着无限深情，全不见半点儿轻狂，而风流自赏，早在其中，可惜现在她竟死了。自己又老之将至，虽然儿媳绕膝，但哪里能像惊鸿体贴服侍，日后万一有疾病等情，实在颇感痛苦。我此刻瞧了楚云那种意态，真颇似惊鸿……墨园悠然遐想，那两眼竟呆瞧着楚云出神。楚云被他这一阵子呆瞧，倒不好意思起来，微红了脸儿，遂回头向艳春叫道：

"春妹，你快给辛老也来擦一个火儿呀！"

艳春那时正拿火柴给鹤书点烟，听她喊着，便咯咯笑道：

"云姊，你害羞吗？你自己不好给辛老点烟卷吗？"

墨园见楚云背过脸去时，那后颈上雪白的肌肤上就露着一个原朱砂般的红痣，不禁脱口叫道：

"咦咦！你这个痣真奇怪，怎的也这般红？真活像是我太太的颈上一个痣……"

这时艳春已把火柴盒丢给楚云，楚云接了，回身正欲给墨园划火，不料却听墨园说出这个话来，一时羞得两颊通红，急急让墨园点了火，瞟他一眼，又嫣然很多情地一笑，退到梳妆台边去。鹤书早已放高着声音，哈哈笑道：

"那真也是缘分了，你太太有个红痣，楚云也有个红痣。太太既然没了，我想你就把楚云讨回去做个候补太太吧！"

鹤书说完了这话，引得大家都哧哧笑了。楚云直羞得连耳根子都通红，低垂了头儿，却是哧哧地笑。墨园见她并没有含嗔的意思，这就心里

300

不免荡漾了一下，喷了一口烟，笑道：

"曾经沧海难为水，除却巫山不是云。楚云，你这个名字，想就是这个意思了。"

楚云听了，微抬蟆首，偷瞟了一眼，只是微笑。鹤书见两人这个模样，想来都有些意思，墨园新近丧偶，讨个续妻亦是正经。因站起来，拉了楚云手，又拉了墨园手，哈哈又笑道：

"现在巫山就在眼前，楚云，我来给你们做个媒，你快给辛老拉拉手，笑一笑。你不笑，恐怕辛老就要云雨巫山枉断肠了。"

鹤书说完，真的把两人手放在一处。楚云趁势很亲热地紧紧捏了一下，却又放了手，立刻逃到玻璃橱边去了。倒引得大家又笑得不停。艳春拍着手，更是咯咯地笑弯了腰。墨园被她这样一捏后，心里真有些混淘淘，便笑着坐到沙发上去，那两眼就只管望着楚云笑。楚云脚尖儿在地上画着字，抿着嘴儿，也向墨园很多情地笑。艳春早又笑嘻嘻地向她叫道：

"姊姊，我现在要改口喊你辛太太了。辛太太，几时给我们一杯喜酒喝呀？我是要多喝几杯的。"

楚云见艳春也取笑自己，遂捏着小拳儿向她一扬，做个要打的姿势，却又笑盈盈地说道：

"房间里如再来了李老，再加着这个艳春丫头做搭档，那房间里就会热闹起来，好像变成外滩的金子交易所了。"

"金子交易所里你也去过的吗？他们是买卖金条的。现在你把这里房间比交易所，想必定是买卖元宝了。不知像你这样细边花纹的玉元宝，要卖多少价钱一只呀？"

楚云听鹤书又取笑到自己身上来，遂恨恨地向他腰间敲了一下，啐了他一声，却忍不住又咪咪地笑起来。鹤书早又笑道：

"哦，我知道了，可是要卖一条赤金的价钱对吗？便宜！便宜！"

艳春见他这副滑稽腔调，这就忍不住又咯咯地笑。四个人正在闹着玩，忽听楼下又有一声高喊："客来！"鹤书知道何公旦来了，大家方才停止了笑。只见门帘掀处，进来五个穿西服的男子。前面两个正是何公旦和徐仲生。后面三个，是王雨梅、穆子青、赵起超。子青、起超是本校同事。鹤书连忙迎着笑道：

"巧极！巧极！五位竟是约好来的吗？"

说着，便和公旦、仲生等握手，又向墨园一一介绍。雨梅和墨园亦是故知，大家又谈了一会儿别后情形。这时娘姨在每人面前倒上一杯茶，楚云、艳春又含笑送烟。一会儿，房中摆起酒来，大家挨次入席。席上摆着一瓶白兰地，又有两瓶啤酒、两瓶汽水、两壶花雕。楚云、艳春都分花拂柳地站在一旁。楚云问鹤书用什么酒，鹤书知公旦和仲生是喜欢喝白兰地的，子青和起超酒量不十分好，因叫楚云把公旦、仲生、雨梅面前倒白兰地，子青、起超面前又斟黄酒。公旦笑道：

"主人情重，双杯齐下，诸位请各努力，终要效着陶渊明的不醉毋归才好呢！"

鹤书听了，拍手附和着笑道：

"不醉乌龟！不醉乌龟！我今晚一定先要学我的老祖宗太白先生大醉一下子呢！"

众人听他乌龟乌龟地喊着，大家忍不住都狂笑了一阵。墨园便提议各人先干一杯，作为共贺，以后便可随意地猜拳。仲生首先赞成，举杯一饮而干，又催鹤书道：

"快干了吧！我们还得叫局，叫一个满堂红，热闹热闹！"

鹤书笑着，向众人端起杯子，说道：

"仲翁不说，我倒忘了。快干！快干！"

于是各人都喝一杯，艳春又给他们筛上酒，楚云早已拿上一叠局票。鹤书接过，提着笔儿，望着众人望了一眼，自语着道：

"何老是有贵相知的，花晚红我给你代写吧。辛老我已荐楚云，仲翁、梅翁自己去写。超兄、青弟，要不我荐两个？"

这时仲生已写好平乐里的花也香，雨梅写的是惠乐里的陈丽华。鹤书不待起超、子青赞成，早代写了一个福致里的小琴心，还有一个是下面袖云老三，和楚云是小姊妹淘。楚云见统统写好，便叫仆妇拿下去，自己姗姗地走到墨园背后坐下。墨园忽然闻到一阵一阵浓香，从后面送到鼻里，便回过头去，齐巧和楚云打个照面。楚云想起刚才辛太太的话，心中好生羞涩，红着娇靥，微瞟他一眼，抿嘴嫣然笑道：

"辛老，你要不再开瓶啤酒，镶些儿汽水？"

墨园趁势拉过她手，柔和地抚着，笑道：

"你倒喜欢喝汽水镶啤酒吗？那么就开一瓶给你喝好了。我是只有一个肚子，装了白兰地，又要装大花雕，恐怕装不下了。"

楚云把椅子移近些，身子靠着墨园，一手搭着他肩儿，咯咯地笑道：

"辛老，你喜欢哪种酒就喝哪种好了，我瞧你还是喝白兰地的好，因为这酒是陈了多年，很平和的。"

　　鹤书见这时堂差只有楚云和自己背后的艳春，楚云和墨园又这样亲热要好，想起方才的话，遂又打趣着说道：

　　"你们瞧辛老和这位辛太太咬着耳朵，是多么要好啊，真比少年的伉俪还亲密恩爱哩！"

　　墨园给鹤书说得脸儿绯红，连忙放了她手。楚云也很不好意思，但她原是风尘中老手，便白他一眼，啐了一口，伏在墨园肩上又哧哧地笑。墨园怎经得她如此肉麻，几乎把他肩胛上几根骨头都压酥了。公旦也早哈哈笑道：

　　"我们此刻身后萧条，看了人家真好眼热心痒。"

　　公旦话还未完，不料他叫的堂差晚红恰巧姗姗到来。一见公旦，便眉花眼笑地坐到公旦身后，亲亲热热地叫一声。公旦递过一支烟卷，显然两人也是很熟悉亲昵。墨园这就也笑问公旦道：

　　"何老，现在怎么样？身后可不萧条了。"

　　众人一听，大家又一齐哗然大笑起来。这时晚红跟来的那个拉胡琴的，已坐在壁角拉起来。晚红遂唱一曲《甘露寺》的西皮原板。直到唱完了尾声，那过云的嘹亮依然绕着满座。公旦回身送过一杯香茗，叫声辛苦，晚红嫣然一笑，众人早已喝彩叫好。那时仲生已向座中猜拳打通关，七巧八马地大喊。一会儿，袖云老三、小琴心、花也香、陈丽华都陆续到来。一时莺燕满座，鬓影花香，说不尽的酒绿灯红，弦管嘈杂。楚云原是有心的人，见墨园已应过仲生的通关，趁着满房间人声哄哄，她便轻轻把墨园衣袖一拉。墨园会意，就悄悄地跟楚云到后房间。墨园见房间虽然不大，却布置得清洁雅致。楚云笑嘻嘻地叫墨园横倒床上，又在大橱里拿出一只很灵巧的烟盘，放在床上，自己也在床上和墨园并头躺倒，给墨园烧了二筒鸦片烟。墨园本不吸烟，因感着楚云一片深情，不忍拂她，笑着向她谢了一声，便呼呼地吸了一筒。楚云早又笑道：

　　"辛老，要不再吸一筒吗？外面实在烦得很，还是这儿小房间清静。"

　　墨园见她眉飞色舞，笑时露出一整排雪白的牙齿，早又伸手把烟枪接过，装好一筒烟来。墨园暗想：听说鸦片可以提神，我连日劳顿已极，不妨再吸一筒。况且被她如此温情蜜意，实在有些不忍拒绝，遂又呼呼吸了一口。楚云伸手又递过一把银子打的小茶壶，给墨园喝了一口，一面把烟具收拾，一面又和墨园并头躺下，和他聊天道：

"辛老，你的太太过世有几年了？"

"还不到百天呢。"墨园似有感触，叹了一声。

"你太太有几位少爷，几位小姐呀？"楚云捏着他手又问。

"四位少爷，两位小姐。大少爷、二少爷都已娶妻，一个在北平，一个在汉口办事。三少爷在他妈临死时，把媳妇也娶来了，可是却没有办酒。下面尚有两个小的，还是要人照应。"

楚云有一搭没一搭地问着，听墨园答到这里，知他真的还需续妻，心里一阵欢喜，便把头更移近些儿说道：

"这样你的太太是非再娶一位不可了。"

"可恨的就是一时里没有相当的好人才。"

墨园见她把脸儿差不多要偎到自己颊上来，便望着她笑了笑回答。楚云听了，芳心一动，暗自盘算，自己自十六岁到二十八岁，在风尘中足足混了十二年，把花柳场中进进出出的人物，甜酸苦辣的滋味，见也见得多，尝也尝得够了。觉得这碗断命饭吃下去，终不是个结局的事，所以近来很有从良之意，只是碰不着相当客人。现在见墨园是个镇长身份，而且正要娶一个太太，她便乐得心花怒放，一心只想嫁他，所以待墨园格外殷勤。不料这时墨园叫声头晕，脸儿立时变色。楚云见他猝然色变，心中也大吃一惊，连忙起来倒壶热茶给他喝，又拧把热手巾给他擦，低低问他向来可吸烟的。墨园摇了摇头。楚云心中这才放下一块大石，知道他完全是吸醉了鸦片烟，因靠着他身子，偎在他的耳边，很亲密地叫道：

"辛老，你是吸醉鸦片烟了，不要紧的。这都是我的不好，请你静静地睡会儿，我陪在你的身边，你别胆小害怕。"

墨园模模糊糊地听她娇滴滴的声音，鼻子里又闻到一阵阵似兰的麝香。这样柔情蜜意、体贴入微的温存滋味，近十年来还没尝到过，因此直迷得不知所云，大有此间乐不思蜀的模样。楚云见他沉沉睡熟过去，她又轻轻走到前厢房来。鹤书一见，便忙叫道：

"老二，你和辛老躺在小房间里办什么秘密交涉呀？我们已喊了不少的拳，你倒竟悄悄地躲着不出来，快给我代喝一碗酒吧！"

楚云听了，便咯咯地笑弯腰道：

"李老，你别瞎冤枉人，我装筒烟给辛老提提神，原预备他可以多喝些酒。谁知辛老他一口也吸不来的，酒没喝醉，却竟把鸦片先醉倒在床上了。这真对不住各位了。李老要我代喝一碗酒吗？那算不了什么，十碗我也代得。"

楚云说着，走到鹤书旁边，拿起那碗儿酒，便咕嘟嘟地喝个干净。众人见了，便都拍手叫好，说李老有面子。

这一席酒，从七点半喝起，直到十一点钟，各人心里都非常快乐。小琴心、陈丽华在十点钟时已去。公旦携着晚红，仲生携着花也香，都向鹤书道谢，要到新新舞厅跳舞去。雨梅、子青、起超也告别走了。这里袖云老三和艳春却有人叫局出堂差去。一时一间热闹的厢房里只剩了鹤书和楚云两个人。鹤书拉着她手，悄悄地问道：

"老二，那么你辛太太究竟愿意做不愿意做呀？你如果愿意的，辛老既然醉了，你就留着他在这儿好了。我们明天给你来谈条件怎样？"

"谢谢你，我是十二分愿意，恐怕没有这个天官赐，还央李老给我说成功了吧。"

楚云紧紧握着他手，还跳了跳脚，显然她内心是十分高兴。鹤书扑哧笑道：

"这真是姻缘有定的了，我此刻给你说去，不知他睡醒了没有。"

鹤书说着，便先自跑到后厢房来。那时墨园人已清楚，知公旦等均已回去，他便对鹤书笑叫道：

"我瞧你这眼力很不错，艳春固然是个小鸟依人，楚云也是个楚楚可怜。我和你就老在这温柔乡中，不也是人生的大快事吗？"

鹤书听了，回头向楚云招手。楚云早已听见，心里这一乐，真喜欢得心花儿朵朵都开了。今见鹤书招手，便走进来坐到床边，望着墨园娇媚地笑，一面倒茶问头还疼吗，一面又抱怨自己不好。鹤书笑道：

"老二，你的造化来了，不听见辛老称赞你吗？日后做了辛太太，可怎么谢谢我呢？"

"我把艳春妹子谢你不好吗？"楚云红了脸得意地说。

"艳春吗？她还是个嫩蕊含苞的娇花，我已老了，又怎敢妄想，我只不过当她是个干女儿罢了。"

墨园听了，哧地一笑，"罢呀"一声道：

"别说好听话，我知道你是怕你的萧凤太太罢了。李老，那么我给你作一副鹤顶格的联句，赠送艳春怎样？"

"好得很！你快说呀！"鹤书很赞成地说。

墨园想了一会儿，便念着道：

"艳福几生修得到，春风无处不相思。"

鹤书听了，点头赞好，一会儿却又摇头道：

"艳福难修，春风只好相思。你把艳春两字嵌在顶上，一些不觉牵强，只是令我真难堪极了。"

这几句话说得墨园、楚云都咯咯笑个不停。鹤书因叫墨园也赠楚云一副。楚云听了，望着墨园，脉脉含情，憨憨地笑。墨园想了一会儿，笑道：

"下联倒是成语，天然的凤尾格，只是上联勉强些，但也颇觉滑稽。"

"你快说出来呀，我来评评。"

鹤书笑着连连催他。墨园这才哈哈笑着念道：

"经过汉水才通捷，除却巫山不是云。"

鹤书不等他说完，早把两掌一合，拍起来笑道：

"这个汉水是地名呢，还是英雄好汉的水呀？这个楚字，也好作地名，也好作人名，通字更妙不可言！"

墨园听他这样评着，两人忍不住笑起来。楚云虽不懂他们在说些什么，但也听出联上压末两字，正是自己楚云的名儿。他们既这样好笑，想来联中意思终带有些双关，因此心里又喜欢又羞涩，通红了脸儿，低垂头来。但她心里不知有了怎么一个感觉，就仍拿出交际场中的态度，伸手在梳妆台的烟罐子里取的两支烟卷，送到两人的口边，一面又给划火柴。鹤书见时已十二点多，因在袋内摸出一叠钞票，点了点数，交给楚云。楚云谢了一声收下。鹤书便要先走，墨园也要去，却被楚云留住。鹤书对两人咴咴一笑，便披上大衣，匆匆地走了。

这里楚云陪着墨园躺在床上，两人直谈到天明，把楚云嫁墨园的条件统统谈妥，还债、除牌一切在内，共计洋八千元。择下月一日，楚云到松江租屋，由墨园正式迎娶。楚云固十分满意，墨园也非常欣慰。

第二天是可玉办汤饼喜筵，墨园便去道喜，只见秦公馆车马盈门，宾客如云，热闹非常。鹤书自然也在座，饭后，两人假说有事，便又同到楚云家吃便夜饭，当晚墨园又宿在小花园。楚云放出手段，把墨园迷得服服帖帖，单等下月吉日到来，楚云便可做镇长的太太了。

　　石秋、小红在秦公馆住了一星期，和半农、友华两对小鸳鸯，天天瞧影戏，夜夜上舞场去游玩。这个时期，要算石秋、小红最逍遥快乐的日子了。一星期后，两人方才先回松江家里去，所以对于墨园娶楚云的事情却是一些儿没有知道。

第十七回

谗诟离间一身奔故都
呻吟床褥一病滞春愁

春到人间花弄色。春是少年人的恩物，春天一到，刮面的北风倏变为吹面不寒的柳风。春是多么为人所盼望，多么为人所欢迎啊！

春权是生在旧历正月十五日那晚，旧俗称为元宵，所以每当大地回春之后，春权是极希望到元宵那一天，因为这一天是自己极可纪念的诞辰。向例陆氏在日，必陪着春权、春椒姊妹俩到城中各处名胜之区游玩一天，到晚方才回家，庆赏元宵。说也奇怪，春权是元宵那天生日，而春椒恰巧又是生在正月初六。陆氏两个女儿都生在春天，四个儿子，除麦秋生在四月外，其余三个却都生在八月。所以女儿名春，儿子名秋，麦秋不春不秋，偏生在长夏。长夏时节，四月南国大麦黄，所以名麦秋。可是麦秋产后，陆氏却从此就断了生育。

今天的元宵，比往年的元宵大不相同。去年是一家团圆，共聚天伦之乐。今年因陆氏已死，墨园又新娶了一个后妻，所以家庭之中一波未平，一波又起，从此更加地多事了。

墨园这个后妻就是叫巫楚云。照楚云的意思，本来要求到松江大事铺张，假充良家闺女，正式迎娶。墨园当时考虑良久，觉得这事若如此办，不但儿女要怨恨，亲友要骂，即是自己良心也很对不住惊鸿。因为惊鸿死了统共还不满一百天的日子，所以婉言对楚云解释，并非不答应，实在因碍着儿女亲友。倒还是在上海举一个结婚礼，随后就带到松江别墅去。既不响人耳目，又可免去许多麻烦。我承认你是妻子，难道儿女会不承认你是个后母吗？楚云恐墨园夜长梦多，又有变卦，因此就答应下来。

不到两个星期，墨园、楚云就假座大上海旅社举行婚礼。安东银行职员全体都前来道贺吃酒。可玉、若花对墨园这样急促地续弦，心中虽颇不以为然，但也只好敷衍着去贺喜。唯家庭方面儿女媳妇，却一个都不曾出来。结婚以后，在上海又住了半个月，因已年近岁暮，墨园遂带了楚云回到松江去。宾秋、石秋、春权对此后母，想起已死的妈妈，都各自暗暗伤心。

墨园本是个很快乐的家庭，自从陆氏一亡，家庭中就笼罩着一层凄惨的景象。楚云进了门之后，那家庭更闹得不可开交。大媳素娥和楚云同庚，固然是瞧不起她；春权当然是更看不上眼，但是为了彼此利用起见，又不得不联络感情，先做个远交近攻的计划。其实大家都是面和心不和，戴上了假面具，你说她不好，她说你不好，差不多各立门户，另树一帜。墨园自己既娶了一个堂子里的倌人进来，一时神魂颠倒，也不能批评到底是哪个错。

这天已过了春椒的生日，没有几天就是春权的元宵生日了。春权坐在梅笑轩里，想起妈妈旧日的深情，现在妈妈没了，更有哪个疼我？大哥宾秋和弟弟石秋，本来和我感情很好，现在大嫂素娥是个心直口快的人，弟妇小红又是个肚里做功夫的人。二哥二嫂来信，说张家口虽已回来，但在北平被公务羁住，一时不得回来，连妈妈丧事，都不曾转来。想到自己身边，真好像没有一个亲人。妈妈死了，以为爸爸终可疼疼女儿的心，谁知把儿女婚姻不管，却到堂子里自己去弄个狐媚子来。幸喜楚云这人还识趣，对于小红好像前世冤家一样，对我却反奉承，因此叫我倒不得不先来和她联络起来。有时灰心一想，常常暗自哭泣，要跟着爱吾到外面流浪去，但一想到自己是有根有株的人，犯不着学爱吾的样子。瞧着这几天里弟弟整日躲在小红楼上，和小红真恩爱得一刻不能离开模样，心里又觉气愤，不知他们究竟是在干些什么。想到这里，便故意来望望他们，就匆匆离了梅笑轩，到小红楼来。谁知走到中间书房里，就听到卧房里一阵哧哧的笑声。春权连忙停步不前，静静地在外偷听。只听小红低低地唱道：

"弯弯曲，新年新月钩寒玉。钩寒玉，凤鞋儿小，翠眉儿蹙。闹蛾雪柳添妆束，烛龙火树争驰逐。争驰逐，元宵三五，不如初六。"

在卧房里，石秋和小红正坐在靠窗的长沙发上，石秋昂着头，听小红微度娇音地唱完，便开口笑道：

"朱淑真这一阕《忆秦娥》也真好奇怪，怎么姊姊和妹妹的两个生日都嵌在里头？"

"你姊姊是哪一天生日呀？"小红攀着石秋肩儿问。

"姊姊是生在元宵那天，妹妹正是生在初六，你想奇怪不奇怪？"

"哦，元宵还有三天，那么你预备给你姊姊怎样乐一乐呀？"

"现在是什么时候，妈妈殁了，做儿女的难道还有心思来寻快乐吗？"

"你的话也不错。你姊姊肯早些儿出嫁，此刻不是已有白胖胖的孩子了吗？唉，她的命也真好苦。"小红感叹地说。

"可不是，她不肯听妈妈的话，去年来作伐的人真不少，不是品貌不中意，就是门第不相配。其实对于贫富，我倒说不成问题。"

石秋和小红这样谈着，原也是真心的话，不料听在房外春权的耳中，就好像小红是在嘲笑自己今年已二十三岁了，却还不曾出嫁。顿时心中一气，也不高兴再进房来，冷笑一声，独自又匆匆跑下楼去了。石秋、小红又不晓得房外有人偷听，而且这也不能算是背地说人坏话，自然仍旧毫不介意地研究着断肠词，石秋抚着小红白嫩纤手，又说道：

"朱淑真的《生查子》，'月上柳梢头，人约黄昏后'，《乐府雅词》《花草粹编》，系作欧阳永叔词，不晓得究竟谁的是？"

小红听了，沉吟了一会儿，眸珠一转，微笑道：

"我记得别的本子上，'月上柳梢头'一句，还作'月在柳梢头'和'月到柳梢头'。其实'在'字'到'字，又怎敌得过这'上'字好呢？"

石秋点了点头，忽想起下半阕的词句，便又对小红叫道：

"妹妹，这下半阕的句子，你可还记得吗？"

"'今年元夜时，月与灯依旧。不见去年人，泪湿春衫袖。'哥哥，是不是这四句？"

"对啦，正是这四句。妹妹你想，灯与月依然如旧年的元夜，可是我的妈已没有了，这不是变成'不见去年人，泪湿衣衫袖'吗？"

石秋说到这里，竟真的掉下不少的思亲血泪。小红见了，也不觉黯然泪落，拿出绢帕亲自给他轻轻拭去了泪，偎着他的脸儿，温存一会儿。半晌，方又说道：

"哥哥，快别伤心了，我们现在不是已有了新妈妈吗？"

石秋听了，向小红呸了一口，说道：

"妹妹，你快不要提起她了。昨天大嫂子对我说，她在爸爸面前，还说了不少的坏话，我本不和你说的，因你提起她，我才想着呢。"

小红听了这话，顿时脸儿涨得绯红，心中暗想：楚云和我大家并没十分恶感，不过她是一个浪漫成性的女子，我又不把她的历史背出来，她又何必要说我的坏话呢？

原来小红先前被人拐去，曾在白宫充舞女（事见《舞宫春艳》），那时楚云日逐见面，楚云自嫁墨园，见小红已嫁石秋，唯恐小红把自己的丑史向家里人细诉，所以心中天天怀着鬼胎，不时对墨园说小红是怎样不名誉，曾给袁士安污辱，来了一个先下手为强。墨园因为小红是可玉的干女儿，心里不免将信将疑，终以为女人家妒心重，也只好一只耳朵进一只耳朵出。不料这话又被大嫂子素娥听了去，她当然是帮着小红，所以告诉石秋，叫石秋提防楚云再有进谗。这个时候石秋和小红正恩爱得如胶投漆，对于外界种种谣言当然听不进去。他此刻所以告诉小红知道，心里原是恨着楚云。谁知小红以为石秋是真的相信，故意来试自己心的，一时无限心酸，旧恨新愁陡上心头，制不住那满眼眶里的泪水扑簌簌地滚了下来。石秋连忙把她拥入怀里，偎着她的颊儿，安慰着道：

　　"妹妹，你哭什么啦？这种不要脸女人说的话，谁如果要听，真也不吃饭了。妹妹，你别伤心，哥哥始终是爱你的。"

　　小红听石秋这样说，心里愈感激，也就愈觉对不住他，因猛可地抱住石秋颈项，偎着他呜咽地叫道：

　　"哥哥！哥哥！她说我怎样的坏话呀？你能告诉我吗？"

　　小红这两声哥哥，完全是从内心流露感激的意思。石秋听她追问，生恐她不高兴，要和楚云闹去，倒又深悔自己不该把这话告诉，因也紧搂住她道：

　　"妹妹，这些话，你问它什么！告诉给你听，不是徒然使你生气吗？"

　　小红听石秋这样说，可见他是真心地爱自己，对他这样恩深义重，自然是更感到刻骨铭腑了。

　　石秋、小红自从上海吃若花的满月酒回来，两人的爱情已增至沸点以上，把爱吾的事情也就渐渐地忘了。这几天因在新年里，石秋伴在小红楼上，和小红研究诗词歌曲，益见亲热。因此又引起春权的妒忌，意欲上楼来瞧他们究竟在干什么。不料两人齐巧正在研究朱淑真的断肠词中话，因词话里有"元宵三五，不如初六"，又引起春权的窃听和气愤。这里又因"不见去年人"的《生查子》词，引出楚云的谗言，小红的哭泣。幸亏石秋再三安慰，小红才拭干泪痕，两人相偎相倚，正在默默温存，突然听到小红楼下面，有两人故意提高着喉咙，指桑骂槐地说道：

　　"哼！管我是怎么样出身，她就是搭了长梯子，也跟不上我呀！我又不是自己来的，你阿翁正式娶我来的。小红她不自己想想，敢看轻我？不当我是个婆太太吗？明天别怪我不给她面子了。"

"她本来是个贱骨头，还嘲笑人家命好命苦。命好也不关她，命苦也不关她。一个人家有了这样扫帚星，终永世不会好了。"

两人好像唱戏对白般地说着，从楼下沿着山子路走到梅笑轩去。小红、石秋听了触心，连忙扑到窗口望去，看这两人的背影，一个是楚云，一个正是春权。

原来春权听了小红说她命苦，心里气愤不过，就急急到椒花厅楚云那里，假说小红瞧不起楚云，进了许多谗言。楚云贼胆心虚，当然信以为真，所以和春权气鼓鼓地走到小红楼下来，故意骂了两声，给石秋和小红听听。其实小红固然并非有意嘲笑春权苦命，而且也并没有瞧不起楚云，都是春权、楚云自己心虚，所以疑心层层，对于小红好像仇敌一般的了。春权心中本来也是痛恨楚云的，她所以和楚云表示亲热，搬弄是非地讨好，她的意思就是用以毒制毒的恶计。从此以后，小红便为两人怨恨的且标。小红的不幸，就是小红命中的魔蝎春权作祟。

当时石秋、小红伏在窗口，听了两人的话，面面相觑。小红奇怪道：

"我何曾说你姊姊命苦过啦？哥哥，你可听到她们两人的话吗？怎么竟无缘无故来寻是非呢？"

石秋沉吟了一会儿，皱了双眉，"哦"了一声，说道：

"妹妹，莫非刚才我们的谈话，被姊姊偷听去了吗？"

小红听了凝眸半晌，这才恍然，说道：

"不过这话也并没有嘲笑她呀。其实我因妈妈殁了，爸爸又娶了晚婆，想起姊姊身世，我倒很同情她；谁知她竟把好话当作恶意猜了。唉，我瞧这里恐怕是不好久住了，哥哥是要到外面去的，妹妹一人，实在对付不了她们两人的妒谗呀！"

小红说到这里，叹了一口气，已是淌下泪来。石秋听小红的话，觉得小红所虑的未始不是，但若要搬到上海去住，恐楚云和姊姊又要在爸爸面前阻挡。因拍着小红的肩儿，只好安慰她道：

"妹妹，你别愁，容我慢慢地想法，终要给你脱离这个魔窟才好。"

小红听石秋这样说，知道他心中也很明白，不忍叫他为难，所以收束泪痕，也不多说什么了。

谁知第二天早晨，石秋和小红还没有起来，便见仆妇王妈匆匆走来房中叫道：

"少爷，老爷有事喊你去。"

石秋、小红听了一怔，大清早有什么事？因答应就来。石秋叫佩文倒水，漱洗完毕。小红道：

"哥哥去了就来，什么事告诉我听听。"

石秋点了点头，遂走到椒花厅的上房里。只见墨园坐在书桌一旁，捧着一杯牛奶喝着，却是铁青了脸儿。楚云还不曾起床，倚在床栏，身穿绯色紧身马夹，口中吸着烟卷。绿云蓬松，红脂未褪，迷人媚态，犹带娇嗔。石秋走到墨园面前，叫了一声爸爸。墨园放下牛奶杯子，开口说道：

"你的二哥在北平，已有好多天没信来了，我心里很是记挂他。现在你今天就给我动身瞧他去，如没有什么大事，你就和他一同回来。我因年已衰迈，要替你们兄弟分拆家产，各立门户，那我也可以安闲几年。你的年纪现在也不小了，不应长守家园，也该到外面去阅历阅历。"

石秋骤然听到爸爸要叫他赴北平去，这明明是楚云的诡计，心中真恨得什么似的，但又不好回绝，只得满口答应。不过自己一走，小红势必要遭她们毒害，一时痛到心头，嘴里虽答着是，那眼眶儿早就红了起来。楚云见他十分难过模样，心里喜悦，像煞有介事地插嘴道：

"爸爸爱着二少爷，是和爱着你一样的。现在因二少爷没有信息，所以叫你做弟弟的去瞧瞧他，你难道好意思不答应吗？"

石秋听楚云对着自己说这样冠冕堂皇的风凉话，不觉正色道：

"这是什么话？我并没说不愿去呀。不过今天我尚有些事，明天动身是了。"

楚云被他碰了一个钉子，这是活该，一些也说不出口，只好冷笑一声，向墨园白了一眼。墨园见石秋敢冲撞楚云，那就是瞧不起我，便变了脸色，怒道：

"我叫你今天去，你怎么竟推三阻四的！你不去，我自己找去，让你们住在家里享福，这终好了。"

石秋从来也不曾给爸爸吃过这样重话，今天终算才是破题儿第一遭。想来多说也是无益，便应了几声就去，恨恨地回小红楼来。

石秋走到饮雪小筑面前，这原是大嫂和二嫂旧时的卧房，大嫂从汉口刚到，是住在椒花厅东院，后来楚云进门，大嫂便仍搬回原处。这时石秋见大哥大嫂抱着侄子诚儿，从里面出来散步，一见石秋，便喊道：

"三叔，三叔，你过来。"

石秋听了，连忙走到他们面前。宾秋、素娥见石秋脸有泪痕，因忙问道：

"你打从哪儿来？为什么不高兴？"

"大哥、大嫂，我家完了！我家完了！有这样一个狐狸精在家里，还会好吗？"

石秋跳着脚，连连叹息。素娥也长长叹了一声，摇头道：

"三叔，你不用告诉了，我们是早已知道了。这也是家门不幸，妈妈一死，大家就要四分五裂了。你大哥说分产不分产原也没有什么意思，反正等过了妈妈百日，我们也要回汉口去了，让这狐媚子享福是了。"

石秋听大哥大嫂都已知道这事，而且已预定他们的计划，可见四分五裂的一句真是不错了。这时春权也匆匆奔到面前，听爸爸叫弟弟到北平喊二哥回来是为了分产的事，一时又喜又悲。悲的是悲自己身世，喜的却是喜小红也有离开弟弟的一天了。大家叹息一会儿，便各自分散。

石秋到了小红楼，见小红正在对镜梳发。小红从镜中瞧见石秋愁苦了脸进来，心中吃了一惊，立刻放下梳子，回身奔到石秋面前，两手按着他肩，急问道：

"哥哥，爸爸叫你有什么事情啦？"

石秋紧握了她手，便把爸爸要他赴北平的话告知。小红心想，这事与昨天听到楚云骂的话儿多少有些关系。但既不好阻石秋不去，又不舍得石秋一人远去，心中真有说不出的痛苦。小红唯恐石秋路上受苦，石秋唯恐小红在家中受苦，眼见结婚后第一个元宵都不能团圆欢聚，一个叫声哥哥，一个叫声妹妹，两人便忍不住抱头痛哭起来。佩文红着眼皮，拧上手巾，石秋、小红都擦了一把，方才拭干泪眼。小红就急急替石秋整理行装，石秋瞥见箱中那双羊脂玉镯，便拿起一只，钏在小红臂上，一只钏在自己的臂上，说道：

"妹妹，我们各戴一只，见了这玉镯，我们就好像在一处一样了。"

小红一面点头，一面提着皮箱，送石秋走下楼来。两人恋恋不舍地一步挨一步地走着，经过小石桥，走到池塘旁边，慢慢地又停了下来。见池水上面横着一株老梅，开着鲜红的花朵，这在两人离别的时候瞧来，好像梅花的颜色，并不像是人面的胭脂，竟好像是眼中的血泪了。梅花的枝条上跳跃着两三只小鸟儿，见有人走来，都拍着翅膀，吱吱喳喳地飞去。"感时花溅泪，恨别鸟惊心。"这两句诗竟好像为两人这时写照了。

石秋、小红见鸟儿纷纷飞散，一时颇觉感触，都又滚下泪来。两人泪眼相对，默默地凝视良久。小红两手按着石秋的肩儿，微昂了粉颊，低声地说道：

"哥哥，路上小心，身体千万保重……"

石秋见四下无人，这就情不自禁，慢慢低下头去，两人接了一个甜蜜而心酸的长吻。一会儿，小红推开他身子，万般无奈。石秋重到椒花厅去别过墨园，匆匆回身出来。小红、佩文都候在外面，送石秋出了大门，方才挥泪而别。

小红黯然销魂地带着佩文正向小红楼走来，只见春权在前，樱桃跟着，两人急急迎面走来，好像有什么要紧事般的。小红便停步叫了一声姊姊，春权早满脸春风地笑着说道：

"我想来送弟弟，不料弟弟竟已动身去了。爸爸也真是心急，迟一两天动身也得。"

春权一面说着，一面拉着小红的手，见小红尚在暗暗垂泪，这心里就觉得欢喜，故意又很同情地说道：

"嫂嫂，不要伤心吧，爸爸为你把晚香楼都改作小红楼了，爸爸是多么地爱着你啊！嫂嫂倘如嫌寂寞，本来我可以伴着你住到楼上去，可惜我是个命苦的人。想嫂嫂一定是情愿冷静些儿，再不愿要与我苦命人同住，况且我也没有这种福分住呀！"

小红听春权又说苦命的话，想来她还是愤恨着我，意欲向她表明，但她当着佩文、樱桃面前，并不是安慰自己，竟是来向自己嘲笑，好像自己和石秋远别，她反欢喜似的。一时当然不高兴再和她说话，只觉无限悲酸，冲上鼻端，那眼泪竟像断线的珍珠一般扑簌簌滴下满襟。春权又冷冷笑道：

"嫂嫂，你哭什么呀？弟弟到北平去，是爸爸叫他去找二哥的。弟弟又不是从军去，你伤心什么啦？难道你恨着爸爸差他吗？"

小红听春权的话，没有一句不是安心地怄她，越想越气，越气越伤心，遂恨恨地摔脱了她手，独自奔回小红楼去。佩文偷偷向春权扮个鬼脸，唪了一口，追着上去，口里犹喊着道：

"二小姐，你走慢些儿，别绊了跤。何苦来呢？和人家一般见识。"

春权见她去远，方才咬着牙，愤愤地道：

"你说我命苦，我瞧你也没十分比我出色呀！"

樱桃在后面听佩文的话，却是很清楚，心里气不过，拉着春权的衣袖，噘着小嘴儿道：

"哼！小姐，你也犯不着和这种人生气。佩文这妮子尖嘴利舌，明天我不骂她一顿，也难消我心中的气哩！"

樱桃说着，便拉着春权匆匆回梅笑轩去。

小红回到小红楼上，一心记挂着石秋，一心又忧愁着自己，只觉前途茫茫，一片黑暗，绝无一线光明。因此一寸小心灵容不下许多忧愁离恨，竟又奄奄地病倒床上。只听她口中低低念道：

"伤心枕上三更雨，点滴凄清。点滴凄清，愁损离人，不惯起来听。"

佩文见她忧郁地病着，又听她轻声念着，虽听不懂念什么，但声音是颇凄切，想来终是在伤感身世。因含泪叫道：

"小姐，别再愁苦了，想姑爷到北平去，不日就可回来。小姐若愁出病来，叫姑爷知道了，在外面不是更要记挂不安心了吗？"

小红病中幸有这个体己的佩文时时安慰，不然寂寞寡欢，举目无亲，真不知要病到怎样地步呢。

第十八回

回首前尘婚姻曾订约
苦心孤诣恋爱甘精神

石秋乘了火车，赶往北平，车到南苑车站时，突然见有许多穿黄色制服的军人，跳上车厢，向每个旅客挨次搜检。石秋身旁坐着两个男子，一个二十左右年纪的却带有些跛足；一个三十五六年纪的，面目狰狞，浓眉环眼，满腮须髯。一见搜检的人来，脸上顿时现着不安，好像要潜逃的神气，两人相互地丢个眼色，便同时站起，装作入厕的模样。不料搜检的虽只有两人，但后面跟着佩手枪照料的却有六个人。当时见这两人形迹可疑，便即上前阻止，两人见不能逃逸，只好依然坐下，但他那脸儿却是红一阵青一阵，好像屁股下有针刺那样不受用。等到搜检的来抄，果然在两人身上搜出两支手枪。再查石秋身上，虽没有军器，但石秋的座位下则查出一满挈匣的军火。检查员冷笑一声，即向石秋大喝道：

"你携带军火，结党同行，意欲何为？快到司令部去。"

石秋暗吃一惊，正待分辩，那后面几个武装军人，早拿了三副手铐，把石秋和跛足少年并面目狰狞的男子一同上了洋铐，带往司令部里去。

原来这个跛足的少年名叫张伯平，面目狰狞的名叫赵阿龙。伯平和小红表哥小棣是同在强民中学读书，都曾做过李鹤书的学生。小红上次被人拐卖给阿金姐，阿龙即阿金姐姘夫（事见《舞宫春艳》）。阿龙前在上海犯案累累，此次因越狱出来，上海不能安身，所以和同党伯平携带军火赴平，无非是干他们的杀人劫财营生。石秋因坐在一道，横遭无辜，一时哪里分辩得明白。这真所谓嫌疑重重，飞来的祸殃了。

司令部离车站没有多远，不到一百步，早已押到。当由军法处审问三人姓名、籍贯、年龄，并问同党共有几人。伯平、阿龙见石秋素不认识，明知是被己所累，但为减轻自己罪名起见，两人竟一口供石秋是首领，他们不过是小伙。石秋极口呼冤，谓并不认识两人，自己在上海有正常职业。军法处见三人均不肯实招，遂把他们暂押，一面把供状送给张司令请示定夺。

张司令名叫维屏，治军多年，夫人沈氏，系师范毕业，两人都已年过半百，但膝下并无子女。这天张司令和夫人在内室谈心。所有公文呈上，须都经机要秘书批阅。张司令的机要秘书却是一个年轻貌美的姑娘，办事非常精细，且又是司令夫人的干女儿，所以司令自然是更加地宠爱。

军法处的卫兵把公事送到签押房，见机要女秘书正坐在自动椅上参阅各件来文，因连忙立正行礼，一面把供状呈上。女秘书伸手接来，从头看去，瞧到"携带军火犯一名辛石秋，松江人，二十一岁"时，立刻花容失色，大叫一声"啊呀"，那身子即在椅子上倒下。侍役大吃一惊，立刻奔进内室，报与张司令和夫人知道。张太太一听，慌忙拉同司令匆匆出来，一见女儿果然昏厥状态，以为偶然中寒，立命军医医治。不料军医还没有到来，她已悠悠醒转，张太太却已一把鼻涕一把眼泪地叫道：

"孩子，你身上觉得怎样难过呀？是不是受了寒气？早晨我叫你多穿一些儿衣服，你怎不听妈的话呢？"

张司令见她脸色已由灰白渐转红润，眸珠也开了，这才放下一块大石，不觉喜形于色地叫道：

"好了好了！孩子年轻真不懂事，身子不受用，就不该办事了。爸真给你吓坏了。这些公事没要紧，快别瞧了，随你妈到里面去休息一下得了。"

这时军医已来，女秘书却连连挥手，偎着张太太道：

"女儿没有病，我不要瞧，我不要瞧！"

张太太不敢违拗她，又连叫军医出去，这把军医正弄得莫名其妙，只好又不快去了。张太太便要扶她回房，那女秘书却又摇了摇头，把那张供状递给司令说道：

"爸爸、妈妈，孩儿原没有什么不适意，都是为了这个公事急坏的。爸爸，你倒瞧瞧。"

张司令听了，连忙接过一瞧，不觉哈哈笑道：

"这些人真可恶极了，哪里用得审问？叫他立刻把他们枪毙是了。孩子也真胆小，这急什么呢？"

"爸爸且慢！女儿因这三个人内中一个乃是我的恩人，不过他一向是在南边服务银行，现在决计不会到北平来，也许是姓名相同，那也说不定。不过女儿终有些不放心，所以最好请爸爸把这三人亲自鞫问，让女儿在屏后瞧个明白，倘然是真的女儿恩人，请爸爸即时释放，不知爸爸肯答应女儿的恳求吗?"

张司令听了，把公事放下，拍着她的肩儿，哈哈地又笑道：

"你这孩子，淘气，淘气! 我道是为了什么，这些儿事也值得急得这样? 爸爸立刻叫他提到内花厅审问。你在后瞧着，倘然真是女儿的恩人，我便与你做主，放他是了。"

张太太见女儿为了这事，急得如此模样，心中早已明白了一半，今听司令要把他立时放去，因忙阻止，白他一眼，微笑道：

"不能立刻就放去的，你做爸爸真好糊涂，也许女儿还有什么话儿要和他面谈几句呢。终得问过女儿，才好放他。"

张司令抚着胡须，这就会过意来，笑着点头。一面传令前去提军火犯，一面拿了公文自到内花厅里来。不消片刻，只见一阵叮当铁链声，阶下早带上一个囚犯。维屏用两只炯炯虎目向那人直视，只见一脸横肉，想来这个一定不是，因大声喝问道：

"你姓什么? 叫什么? 是哪儿人?"

"我叫赵阿龙，上海人，我不是主犯，主犯是辛石……"

阿龙的意思是死命地只咬定辛石秋是首领，这样可以减轻自己罪名。谁知维屏并不注意这些，他的所以亲自审问，原是专给女儿认清恩人。所以也不管谁是主犯，谁是帮犯，立命带过一旁。这时卫兵又把张伯平带上，维屏见是个跛足，遂也照样只问三句，叫带过一旁。再叫带辛石秋上来，维屏一瞧，只见西服笔挺，眉清目秀，唇红齿白，倒是个英俊温文的少年，想来这个是了。维屏正在打量，石秋早已极口呼冤道：

"我是安分良民，兄弟雁秋现在北平党部，可以证明，万望司令明鉴!"

石秋说罢，泪如雨下。维屏一听雁秋两字，自己曾经有几次见面，想来绝不会虚话，大概是真的受冤了。但表面上仍拍案大声喝道：

"别多说，王子犯法，庶民同罪。你兄弟证明，有什么用处? 统给我带下去，明天一早枪决。"

石秋一听，大惊失色，想不到这次来平，竟和红妹永诀，一时痛到心头，不禁失声哭泣。卫兵早已一声吆喝，把三人押了下去。

维屏退入屏后内室，只见女儿偎在张太太身旁也垂泪暗泣，因便急急

319

问道：

"我儿你可有瞧清楚了没有？到底是恩人吗？"

维屏话还未完，不料她倒在妈妈的怀里，早已哇的一声哭出来道：

"爸爸，那辛石秋就是我的恩人，我从小就没有爸妈，只有周岁就育在他家，他妈妈陆氏曾把我配他为妻，他还有一个约指在我手里。爸爸不信，我可除下来给你瞧的。"

她说完了这话，立刻又坐正了身子，把约指脱下交给他。维屏接来一看，果然是石秋两字。张太太瞧女儿情形，心里这就有了主意，满脸含笑道：

"这石秋孩子，刚才我在屏后偷瞧过，真是个好模样儿。女儿和他从小既然是有婚约，那是再巧也没有了。我就替你们俩人做主，就此在司令部结婚好了。"

维屏听了，把约指仍给女儿戴好，一面拍手赞成道：

"太太的话不错，我瞧石秋文质彬彬，定有才学。结了婚后，就叫他随在我身边办事吧！"

"据女儿说，他们还是同校毕业，诗词歌赋全会，正是一对。"

她听两老满面春风得意地说着称心话，心里无限悲伤，早又红晕了脸儿，娇羞地含泪诉说道：

"唉，个事儿现在可惜已来不及了，他另外已经娶了亲。照女儿的意思，也不必再把这事提起，请爸爸还是暗中就把他释放，终算女儿报答他妈妈养我长大的一番恩惠罢了。"

维屏听了这话，脸儿陡然变色，连连摇头道：

"这真岂有此理，不行不行！女儿和他既订有婚约，而且换有约指做信物，他怎样可以背约失信？这事我必要问他停妻再娶的罪名，否则他得依我，和女儿结婚，把他从前的婚姻取消。我此刻立刻就问他去。"

维屏说完了这话，不待女儿同意，竟自管匆匆出去了。

诸位阅者谅来已经明白，这个司令的干女儿就是石秋的表妹巢爱吾。爱吾自上海石秋寓里留书走后，她就坐车到北火车站，动身前往北平。谁知在路上遇见一个摩登妇人，是专门拐骗妇女，做贩卖人口的营生。爱吾被她花言巧语，竟坠入她的圈套。幸喜经车站宪兵查问，知事有蹊跷，遂一并带入张维屏的司令部。维屏见爱吾天真活泼，娇媚可爱，想起自己太太日前为了膝下没有儿女，长吁短叹，闷闷不乐，一时倒动了心，遂把骗子办罪，将爱吾带至内室，详细问她身世。知爱吾是个飘零的孤女，心里大喜，立刻叫太太出来，问可看得中意。张太太一见这样花容月貌的姑娘，哪有个不喜欢的道理，连连称赞。维屏因把自己要认她做女儿的意思告知，爱吾听了，芳心大乐，自己正苦没处安身，今听司令太太要自己做女儿，这就倒身下拜，口喊"爸爸、妈妈"，竟喜欢感激得呜咽而泣。司令和太太见她口才伶俐，性情温柔，且具有大家风度，心里爱得和亲生女儿一般。当时还大设筵席，假说是十年前被拐的女儿，现在父女重逢。维屏此举，无非是要外界晓得他是有一个女儿的，因此政府要人，以及军警商学各界，无不前来道贺。维屏还叫爱吾丽服出见，一一应酬，实在也热闹了一番。从此以后，爱吾便常依在张太太的膝下。后来又知爱吾是个中学高才生，做事很有才干，因此把司令部机要文件，叫她批阅，现在听爱吾说石秋是她的未婚夫，而自己瞧过石秋人品，也是十分中意，因此就不放过。爱吾虽然叫他暗中释放，他哪里肯听，竟自走到书房，一个命令，叫把赵阿龙、张伯平两人先行枪决。辛石秋一名，又叫带到书房来。卫兵答应一个"是"字，遂把石秋叫来。维屏一见，便把手一摆，意思叫他坐下。石秋心怀鬼胎，弄得丈二和尚摸不着头脑，只好在桌边坐了下来。维屏摸着嘴唇边的短须，和颜悦色地说道：

"辛先生，你是安分的良民，我已知道了。但我有一桩事，要和你相商，你能依我，我把你的罪名就释去，而且还叫你在我的司令部办事。你倘然不依，我便把你作乱党枪毙。这事关系你的生死，你须考虑。"

石秋本来心里已经好生奇怪，今听司令又这样说法，心中更加觉得突兀。一颗心就忐忑乱撞，因竭力镇静面部的慌张态度，很恭敬地问道：

"司令有命，怎敢不从？但不晓得究竟是哪一桩事儿？"

维屏吸了一口雪茄，很得意地笑道：

"老夫有一个女儿，今年十九岁，也曾中学毕业。意欲选辛先生为东床，请即玉允，老夫就万事全休了。"

石秋听维屏说出是这一桩事，慌即离座，正色答道：

"不瞒司令说，仆在家中已娶有妻子，若再重婚，不但对不起令小姐，而且也对不住拙妻。此事还请原谅我一片苦心，真感恩不尽！"

维屏听了，便哈哈笑了起来，一面仍叫他坐下，一面又对石秋说道：

"你有妻子吗？这个我早知道了，但你如有心的话，那妻子不是可以去离婚的吗？"

石秋听他说出离婚两字，心中顿时大吃一惊。这事如何是好？我若答应他去离婚，这我心中如何对得起小红？但倘使不答应，则自己性命，便要发生危险……正在左右为难，委决不下，却听司令又连连相催，石秋心中一急，这就急中生智，突然计上心来，便即很从容地说道：

"司令错爱，刻骨难忘。但不知道可许我提出一个小小的条件吗？"

"你既然答应我了，还有什么条件？那么就请你快说！"

石秋见他一会儿和颜悦色，一会儿声色俱厉，真不知司令安的什么心，捉摸不定。因此连忙又站起身子，向他深深鞠了一躬，说道：

"请司令缓我一月，容我回家先和妻子离婚，再来司令那边入赘，好吗？"

维屏听石秋的话，内中似很有诈，因定欲联成这段姻缘，遂也满面堆笑地佯许道：

"我现在给你的案子取消，你便是我的女婿。贤婿此话有理，不过今晚就睡在这里书房，明天给你动身就是了。"

维屏说罢，站起身子叫进两个卫兵，吩咐着道：

"你们好生侍候辛姑爷，若有怠慢，可不轻饶。"

卫兵连声答是，维屏便自管回上房去了。石秋坐在椅上兀是出神，想不到九死一生，还飞来这头意外的婚姻，假使石秋并无妻室，那当然是要喜欢得雀跃不止。但这时石秋的心里，不但一些没有喜欢，而且还怨恨军人，一味地蛮干。

这夜石秋睡在床上，哪里合得上眼？只见室中灯火通明，两个卫兵侍候在旁，再瞧窗外武装卫兵的黑影，荷枪踱来踱去。一时心中暗想：瞧这情景，竟是把我软禁模样了。想来明天放我回家这句话，是不确实的了。一时脑海里映起了小红的脸蛋儿，一会儿娇媚地憨笑，一会儿又盈盈地泪下。石秋叹了一声，想不到这次和妹妹分别，竟飞来这样横祸。妹妹送我动身时，这样依依不舍的情景，莫非她已预先知道我们要长别了吗？想到这里，不觉泪如雨下，一时心中又把楚云痛恨切骨，她若不在爸爸面前弄舌，我又何至于突然到北平来？不到北平来，哪有这种事情发生？万一不幸，我若死在此间，我的一口怨气怎能消去，真所谓生不能啖楚云之肉，死亦当夺楚云之魂。石秋恨得咬牙切齿，最好立刻和楚云拼命。一会儿又想司令这人真亦有趣，他为什么要把女儿嫁我？她的女儿不知究竟是个怎么样人？这就未免又觉好笑。石秋这样东思西忖，直到午夜已过，方才神疲睡去。

不料第二天司令部即挂灯结彩，大张筵席。石秋方才漱洗完事，吃过点心，只见卫兵前来服侍石秋到浴间洗澡，然后又见卫兵送上礼服，并向石秋鞠躬道喜，笑着叫道：

"新姑老爷，恭喜你！司令已关照部下，今天为姑老爷和小姐结婚良辰。过会儿还有许多属员，都要来向姑老爷道贺哩！"

石秋身羁军营，知司令变卦，提前结婚。但木已成舟，自己又孤掌难鸣，也只好任他摆布。

鼓乐齐作，大厅上高烧红烛，来宾如云，新郎新人身披礼服，就在司仪员高喊之下，行过了结婚典礼。一面再拜谢司令和太太，礼成之后，送入新房。石秋因为这个婚事是非常勉强，所以糊里糊涂地像个木人般随他们摆布。至于新人是个怎样容貌，绝对并没注意。这时到了新房里，除了新人和自己，没有第三个人。石秋不免偷眼向她望了一眼，谁知这就应着了不瞧犹可的一句话，立刻奔到新人的面前，拉住她手，连声地喊道：

"咦！咦！爱妹！你怎么会给张司令做女儿呀？"

爱吾见他十分的惊奇模样，直把自己两颊羞得通红，因只好解释着叫道：

"哥哥，你别奇怪，这事原非妹妹的本心，完全是张司令的意旨。但妹妹实在不该把详细情形告诉给司令知道。现在哥哥既有了小红妹妹，自然不能重婚，但出于司令热心之下，妹妹也没有阻挡能力。不过哥哥千万别着急，妹妹绝不是要破坏你和小红的爱情。妹妹现在就和哥哥做一个形式上的夫妻，结一个精神上的恋爱。哥哥，你别多心，妹妹并不是夺人爱情的无耻女子啊！"

爱吾说到这里，已是盈盈泪下。石秋还不十分明白，因问爱吾为何到此，快先说个明白。爱吾这才又把自己怎样被骗，怎样给司令做女儿，怎样见哥哥受冤枉，自己又怎样竭力相救，不料司令却硬要做主结婚的话，详详细细地告诉了一遍。石秋听到这里，感激零涕，这才恍然大悟，觉得爱吾这人，真是自己的一个大恩人，实在是不应负她。小红和我虽然已经结婚，但到现在，因为还不曾过了妈妈丧后百日，所以并没有沾染着她的肉体。不过这原是暗室屋漏，自己心里知道的事情，外人哪里相信？想小红这样贤德的人，可怜的身世，难道能忍心负她吗？离婚固然不可，结婚又属不能，石秋想到这里，真为难极了，忍不住双泪直流，几乎失声要哭出来。爱吾见他紧握着自己的手儿，垂泪暗泣，又好像是感激，又好像是怨恨。心知他有说不出的无限痛苦，倒反含泪安慰他道：

"哥哥，我不是已和你把心事说明白了吗？我以为自己和哥哥再没有团圆一天的希望了，谁知张司令却硬欲撮合成功这桩姻缘，他是具着十二分的好意。但他这个好意，哥哥固然未必见情，即妹子也只好是心领盛意。不过妹子一片痴心，在今日得能够和哥哥做一个名义上的夫妻，这在妹子已属喜出望外，将来妹子死后，哥哥也得称一声我妻，妹子的心于愿已足，此外别无他望。哥哥，你千万别多心妹子是一个野心家哩！"

石秋听爱吾的话，真是痴心已极，可怜已极，不觉相抱痛哭。爱吾却推开他身子，劝他不用伤心，并问在新年里，不和小红妹妹闺房里团聚夫妻之乐，却千山万水地只身赴北平来干什么。石秋遂也把家中不幸之事告诉爱吾知道。爱吾听小红被人磨难，更引起了惺惺相惜，表示无限的同情，两人默默又淌下泪来。正在这时，维屏和张太太早从房外进来，一见石秋，便高声叫道：

"贤婿，你可认得我的女儿吗？我女儿的一番苦心，你现在可明白了吗？知恩必报，人之常情。况贤婿是个知书明理的人，此后一切，还请贤婿自己斟酌吧！"

石秋听张司令很委婉地说着，心中一阵感激，立刻离开床边，向维屏扑的一声跪下，哭着说道：

"司令救爱妹，爱妹救石秋，此恩此德，石秋心非木石，实终身不敢有忘。"

维屏慌忙扶起，叫丫鬟陪姑娘、姑爷到后房换了便装。这时侍役又献上许多茶点，张太太叫石秋、爱吾用些。两人心里实在尚有千言万语要诉说，奈碍着两老，也只好呆坐。那日维屏叫副官接待来宾，自己和夫人即在新房伴着石秋、爱吾同席饮酒，心中很为高兴。眼见一对璧人娱着晚景，实在快慰之至，遂不觉开怀畅饮，直至酩酊，方才罢休。爱吾见司令和太太都已大醉，遂命丫鬟撑灯陪送老爷、太太回上房。这里石秋和爱吾方欲细谈衷情，忽然见老妈子进来报道：

"姑爷、小姐，白副官陪一个辛少爷来见，说是姑爷的哥哥。"

石秋一听，知是二哥雁秋来了，连忙喊请。一会儿，只见白副官陪着雁秋进来。雁秋一见石秋和爱吾，顿时目定口呆，半晌说不出话来。你道这是为了什么？原来雁秋根本没有知道爱吾出走，也没有知道司令的女儿就是爱吾。今天早晨，他在堂部听到张司令新赘一婿消息，遂慌忙前来道贺。后听白副官说起姑爷名叫辛石秋，一时好生奇怪，妈妈新丧，弟弟怎么到司令部来入赘了？所以央白副官陪来一瞧，今见司令女儿就是自己表妹，这不是要使他大奇而特奇了吗？白副官见两人一个叫哥哥，一个叫弟弟，都呆呆怔住了，以为自己站着不便，遂悄悄退出。雁秋急问这是怎么一回事，石秋、爱吾方才把以前的事统统告诉。雁秋听了，觉得这事真也为难极了，一时搓手不已，却是想不出两全办法，因说道：

"爸爸既然叫弟弟来喊我，我本来亦是定近日回南，现在准定明天动身了。"

雁秋说毕，就匆匆告别出来。石秋跟着附耳，嘱他回家后，把这事苦心千万婉言告诉，雁秋点头应诺。当晚回家和妻子洪日芳说明，两人就此急急回南来了。

第十九回

侃侃而侠护花空有愿
喁喁竟夕脱镯寄深情

　　火车如长蛇般地蜿蜒津浦路南下，车身是不停地向前迈进，这就见两旁原野的树木和山川都纷纷地向后倒退。由津浦转京沪，直达上海，再换车到松江，雁秋和日芳夫妇两人正在回途的道上。雁秋望着日芳，深深叹了一口气，说道：

　　"去年三月里，我和你到北平，相隔仅仅不到一年，哪里料得到家中竟发生这样惨变？"

　　日芳望着车窗外的青青草原，回过头来，纤手托着香腮，点了点头，也叹息道：

　　"妈妈死了还不到百日，爷爷怎么就去讨个后妻来？据三叔说，是堂子里的倌人。像我们这样一个大家庭，走进了这样一个人，怎么不要闹得鸡犬不宁呢？爷爷这次突然要给我们兄弟分产，恐怕也是这个女人进的谗吧？"

　　雁秋吸了一口烟卷，望着嘴里喷出来的烟圈，呆呆出了一会子神，忽又说道：

　　"这事说来也好笑，我瞧三弟现在真也弄得进退不得了，婚姻大事，岂是儿戏的吗？"

　　"本来三叔和爱妹自小一块儿长大，我们心目中哪个不认他们是一对？偏又另外去娶叶小红，那叫表妹怎不要心里悲伤？我想表妹这次妈妈死后突然出走，不就是为了这个吗？谁知爱吾这妮子的本领也真大，竟给张司令做了女儿，而且三叔又会自投罗网，虽然爱妹完全是一片好心，救他性命，奈张司令又是一片热情，可见天下的事情，真不可捉摸。你瞧三叔现在到底和小红做夫妻好，还是和爱吾做夫妻好？"

　　雁秋听日芳这样说，觉得真有些儿两难，忍不住又好笑，又代他忧愁。两人默默地静着，只听汽笛呜呜长鸣了一声，车身慢慢地进了月台，故乡已到了眼前。坐了车到别墅，家园无恙，但母亲到哪儿去？一阵阵悲哀，激起了雁秋心头思亲的痛。踏上了大厅，瞧着妈妈的灵座和遗像，赫然显在眼前，雁秋、日芳抢步上前，早已号啕大哭起来了。

哭声惊动了里面的众人，大家都走了出来。春椒和麦秋早已叫着道：

"二哥和二嫂回来了！"

春权、小红听两人哭得伤心，大家各有心事，也陪着呜咽不止。仆妇们拧上手巾，劝了一会儿，大家才收束泪痕。雁秋见厅上除了爸爸、大哥、大嫂、大妹、二妹、小弟外，尚有两个少女，一个身穿丽服，一个身穿缟素，想来一个是楚云，一个就是弟媳小红了。雁秋、日芳想着妈妈，见了楚云，当然是颇觉憎恶，所以只向墨园叫了一声爸爸，次后自和宾秋、素娥、春权等招呼。墨园见雁秋回家，却不见石秋同来，因开口问道：

"你的弟弟可曾碰着？他的人呢？"

"弟弟在南苑张将军司令部已充当机要秘书，并且已和表妹爱吾结过婚了。"

雁秋这一句不明不白的话儿，听在众人的耳里，这把大家都惊奇得呆了起来。小红芳心更是乱跳，这就不管羞涩地站起，向雁秋叫道：

"二哥哥，你这话可真的吗？他是爸爸特地叫他去找二哥和二嫂回家的，怎么二哥二嫂来了，他倒反而往司令部当秘书去？况且大姊姊还等着他手上戴着一只玉镯来交还呢！他真糊涂极了！"

春权听弟弟和爱吾结婚了，心中真有说不出的痛快。素娥听了，倒是替小红急出一身冷汗。今见雁秋呆望小红，想来还不认识，因向他们介绍道：

"二叔、二嫂，这就是三嫂叶小红，你们大家快先见个礼！"

雁秋、日芳因和小红彼此见了礼。雁秋点头道：

"这些事三弟都已告诉我了。"

"爱吾甥女怎么会在张将军那里？石秋为什么又会和她结婚？这是哪儿说起？我实在太不明白了。"

墨园也急起来问。雁秋听了，忙答道：

"这事说来话长，弟弟现在他也焦急得束手无策呢！"

雁秋说着，因把爱吾出走后遭骗，张将军收作义女，石秋来北平，中途受冤，爱吾救他，张将军命他入赘，又给了他做秘书等话，从头告诉了一遍。这时众人方才恍然明白，墨园搓手急道：

"但是石秋他是个已娶妻的人，怎么又可以和爱吾再结婚呢？这张将军真岂有此理极了。"

"张将军听爱吾的告诉，说妈妈曾允她和弟弟结婚，弟弟且有一枚约指在她那里，作为信物。现在张将军也要问弟弟停妻再娶的罪名，他说叫弟弟快和前妻离婚，否则弟弟就有性命之忧，所以弟弟这次答应，实在也有万不得已的苦衷。"

墨园听雁秋这样说，早就站起，顿足地骂道：

"这些都是你的妈妈做事糊涂，爱吾病了，她叫石秋来家，假说要和爱吾订婚。她的心里以为爱吾一病必死，叫石秋虚与安慰，作万一的希望。谁知爱吾的病果然痊愈，你妈自己倒忧出病来，以至于死。爱吾眼见石秋爽约，她竟留书作别，不知所终。谁知却在张将军那里，石秋偏又会撞在他手里，这真是前世的冤孽，现在这事，究竟叫我怎样办好呢？"

墨园说着，急得在厅上团团打转。小红暗想，石秋不答应，将军就要把他处死，这事真也难怪他。今见墨园又这样愁苦的神气，一时心灰已极，她毅然挺身站起叫道：

"爸爸请别愁闷，石秋和我虽然结婚，但因在妈妈丧中，大家以礼自守，却是不曾同床。本拟待过了妈妈百日之后，方圆夫妇唱随之梦，现在石秋和爱妹既然有约在先，一人不能两娶，我今原谅石秋苦衷，情愿退让。从今以后和辛氏取消婚姻，和石秋做一个精神上友爱……"

众人听小红说到这里，各人心中就有不同的感想。楚云和春权是快乐得几乎要笑出来。宾秋、雁秋夫妇却是颇觉同情。墨园望着小红，也不知如何回答才好。却见小红又在自己臂上脱下那只羊脂玉镯，当众交还墨园，红着眼皮，陈述道：

"爸爸，这个镯儿据大姊姊说，妈妈在日，曾经面允做大姑和二姑赠嫁。前日爸爸因欲分产，大姊姊曾向我说过，要我交出，但石秋前日赴平，他曾带去一只，把一只留下了给我，作为两人别离时纪念。现在我既情愿退让，此镯留也无用，请爸爸即日收回吧。"

墨园听小红滔滔不绝地说完，心中大为感动，觉小红婚事完全是自己做主，即是玉镯，也是自己给她下聘之物。她现在虽守礼，不曾和石秋同床，但到底是名正言顺的媳妇。她所以甘心退让，完全是她的一片苦衷，这样大贤大德大孝的女子，不要说现在不曾多见，即求诸古代烈女，也确是难得。我若任她退让，良心上固然对不住她，就是可玉面前，我又怎样地交代？因此遂把小红交还的玉镯，叫小红仍旧钏在臂上，一面又郑重地对小红说道：

"你的意思我都明白了，你是个贤惠的女子，我不能委屈你一分一毫。你的婚姻是由我做主，我不能叫你退让半步。这个镯儿，我已出口给你，谁也不能反对，你给我拿去戴上。至于石秋和爱吾的事儿，都由我交涉去，你别替我担愁。好孩子，你安心地等着好了。"

小红听墨园言辞正大，心中当然十分安慰，一面把镯儿依然套在手上，一面答应一声，便自退到座位上去。春权听小红把自己暗中和她的秘密话儿竟当着众人宣布出来，心中已是忐忑不安。今听爸爸这样安慰小红，虽然没有责骂自己，却比打着自己还要难受，脸儿一阵红一阵白，心中真有说不出的痛苦，只觉坐立不安，险些滚下泪来。素娥、日芳听墨园十分宠爱小红，心中虽然有些不自在，但因为见小红刚才这番烈性的举动，心里亦未免肃然起敬，对于春权的行为，反有些儿轻视。楚云心中，更是难受得了不得，暗暗骂声狐狸精，连爷爷都被她迷倒了。但一时又不敢反对，回头见春权红着眼皮，好像十分惶恐而又十分伤心地站起，潜步回梅笑轩去，心中一肚怨气，遂也跟在后面，和她去商量了。雁秋和日芳因是刚到，自然亦回到旧日住的饮雪小筑去料理一切。

饮雪小筑在梅笑轩东首，是个三间抱厦，面前种着两株梧桐。靠西一座小小的假山，还有两支石笋矗立在假山面前。雁秋、日芳开进西首卧房，正在收拾一切，忽见春权和一个倩装少妇携手进来。春权先向大家介绍道：

"这位就是新妈妈，二哥和二嫂快来见个礼。"

雁秋听春权这样说，不免向楚云望了一眼。见她打扮妖娆，年只花信，和春权好像姊妹一般。心里虽怪妹妹真太没有心肝，怎对得住已死妈妈，但也免不得意思，只好含糊低叫一声，鞠了一躬。楚云因要联络感情，早满脸堆笑地叫道：

"二少爷、二少奶从北平才儿回来，路上一定是辛苦了。家里高妈、张妈怎么都不来相帮收拾呀？"

楚云这样一喊，对面东首房中服侍素娥的王妈早已奔了出来，笑道：

"太太，我给你去叫吧。"

王妈说着，便匆匆地去了，不多一会儿，和高妈一同前来。

原来高妈是楚云房中服侍的，张妈是服侍小红的。楚云因为雁秋、日芳初到，先要给他们一个好印象，所以把高妈和张妈都去喊来，巴结两人，好作为自己一党。偏王妈把自己房中高妈倒叫了来，小红的张妈却喊不动，以为是小红故意倔强反对，心中一气，便冷冷笑了一声，一面吩咐高妈、王妈给二少爷房中收拾清洁，一面便拉着春权匆匆到小红楼来。

雁秋见两人走后，长叹了一声。日芳又正欲对雁秋说春姑竟会和她联络时，只见大哥、大嫂走了进来。四人又各招呼，素娥叫道：

"二叔、二嫂，你们房里既在收拾着，还是到我们房中来先坐一会儿吧。"

于是四人到东首素娥房里坐下，日芳向素娥问何日到家，家中一切的事究竟怎样。素娥原是心直口快的人，就把知道的和盘告诉，谈及春权帮同楚云欺侮小红，因为她们原是一条阵线上的，所以自然是非常不平。宾秋和雁秋兄弟两人也谈着这次分产的事，都是为了妈妈的死，否则楚云不会进门，爸爸自然也不会有这个主意。两人谈了一会儿，也颇伤感。不过两人心里也早打定计划，待妈百日后，各自走到汉口、北平去了。

张妈在小红那里有什么事呢？原来小红知道石秋已和爱吾结婚的消息，心里万分悲伤。因为石秋现在身羁军营，强迫结婚，一时里当然不能回来，军人的手段厉害，也许有叫石秋一辈子不回家的可能。石秋在那边既有素心人相伴，且又有好的职位，何乐而不为？虽然暂时心里会记着我，将来日子久了，不也会变成此间乐不思蜀了吗？况且这里楚云和春权看我这人，又好像是她们的眼中钉一样。爷爷是要出外办事去的。大嫂虽然很同情我，二嫂性情又不知道。再说他们职业又都在外埠，说不定早晚都要回去。万一石秋真的一辈子不回来，那我不是要被两人活活地磨难死了吗？小红这样一想，觉得这里万万住不下去。因此她便叫张妈帮同佩文整理一切物件，预备立刻就回上海来。谁知正在这个时候，忽听楼下楚云和春权又在高声骂道：

"家有主，国有王，你瞧不起我吗？我叫王妈来喊张妈，为的是替二少爷相帮收拾卧房。你不许张妈来帮，你是倚着谁的势力呀？我偏不服你，爷爷喜欢你吗？晚上你伴爷爷去，你叫爷爷来把我赶出去好了。"

"妈别气了，爸爸把传家之宝的玉镯，别人统不肯给，单给三媳妇，这就可见她是如何被宠爱了，还要说她什么呢？"

小红在楼上听她不伦不类地竟说出这个话来，真是失去她自己的身份，一时既羞愤又好笑，遂也扑到楼窗口来，对她们冷冷说两句道：

"这又何苦来呢？大家又不是走不开的人儿，今天我就到上海去了，免得你们多着我。"

小红只说了这两句，遂又回身自顾自地整理去。只听春权一阵冷笑，楚云又骂道：

"你让我，你便一辈子地让去。我稀罕你这活宝吗？真是笑话极了。"

小红听她们又是一阵冷笑，此后便没有骂声，知她们已去，心中一阵悲酸，忍不住又扑簌簌地落下泪来。遂携着佩文，提了挈匣，走下楼来。先向墨园禀告，只说自己要回家省母。墨园知她是为了石秋和爱吾的事，一时也深悔不该听楚云的话，叫石秋到北平去，以致弄出事来，心里甚觉不安，也不好阻她。只劝她不要伤心，既然心中不快乐，就到上海去玩几天，对于石秋的事，我终得想法，和你团圆。小红听了，含泪点头。一面又和宾秋、雁秋夫妇作别。墨园已给她喊好车子，大家洒泪别去。

小红这次回家，一路之上，心中真是无限悲哀。墨园和石秋待自己这样深恩厚谊，觉得实在不应绝他。但楚云、春权天天无理取闹，又觉得实在是一天也住不下去。石秋对于爱吾，虽然出于被迫，但他们到底原是从小一块儿长大，谁也不能无情。我虽然由苏雨田介绍，明媒正娶，但爱情这样东西，哪里是专在形式上的，纯洁的爱情属于精神，肉体不过完成精神上的一助。石秋对我，确具着精神上伟大的爱。我应该体谅他的苦衷，完成他和爱吾的爱，牺牲我自己的爱。因我一生的遭际，本是一个极悲哀的环境。前既不得于小棣，今又横阻于群小，石秋虽然爱我，无奈我命中的魔蝎太多了，我应该向佛门忏悔去，消除一切孽障，那心地自然消静快乐，再也没有尘世的烦恼了。小红心灰意懒，循环不息地想着，那火车早已到了上海。

银花火树，上海本是夜夜元宵。小红携着佩文出了车站，时已黄昏将近。两人坐车到家，只见可玉和若花抱着可儿，正在逗着玩笑，突见小红到来，心中都吃了一惊。可玉连忙把可儿交给若花，站起来问道：

"咦！你回来了，怎么不预先写一封信来？不然我也好着人来车站接你。石秋有没有同来呀？"

小红竭力镇静着态度，含笑叫了一声爸，又摇了一下头。回眸见若花怀中可儿，身穿簇新的褓褓，脸儿白胖了许多，便走到若花面前，把可儿抱来吻着，一面又问若花道：

"妈妈，弟弟白胖了许多，奶妈可找到了没有？"

若花见小红虽然是含着笑，但双眉仍是紧锁，心知定有什么事儿，因说道：

"找到已多时了。红儿，你今天为什么会回来呀？"

小红方欲告诉，只见母亲和奶妈也走了出来。小红忙又叫声娘。叶氏对于小红骤然回家，也很惊异。奶妈叫声小姐，已把可儿抱去。佩文把挈匣已拿回小红旧时房去，小红在椅上坐下。叶氏亦追问小红什么事回家，小红一阵心酸，红了眼皮，早已滚下泪来道：

"石秋到了北平，他已和他的表妹爱吾结婚了。"

"啊！红儿，你这是什么话？"

可玉、若花、叶氏突然听了这话，三人便不约而同地失惊地问。小红叹了一口气道：

"爸爸、妈妈，这事说来话长哩，而且原因也复杂得很。孩子上次来时，是一些儿没有说起，现在事到如此，也不得不详细告诉了……"

小红说着，方才把石秋和爱吾种种的关系，以及楚云、春权的进谗，因此石秋被逼到北平，又遇爱吾于司令部，因此又造成他们强迫结婚的事，从头至尾细细诉说了一遍。三人听她说完，这才明白，觉得石秋待小红并非无情，事出万不得已，所以三人心中倒也不怪石秋，只恨楚云、春权两人弄事。可玉气急道：

"墨园如此昏庸，我非得写信去责备他不可。家庭中这样黑暗，那还成什么体统？"

"爷爷，实在也怪不了他，可怜他待我也终算不错了。"

可玉听女儿意思是阻止他不要去责备墨园，因又说道：

"那么我们也得写信给石秋，责他薄情负心，叫他快快回来。"

"听他二哥回来说，石秋真有说不出的苦衷，因为不答应，就有性命之忧。依女儿想来，就是写信去，也是徒然。倒不如等他回来再说，万一他一辈子被羁在那里，这也是女儿的命。女儿情愿终身服侍爸妈，不知爸妈肯答应女儿吗？"

小红含着眼泪，望着可玉和若花。可玉听了，觉得小红爱石秋的深情，真可谓无微不至了，忍不住长叹一声，默然无语。若花觉得这事也实在没有办法，因为张司令完全以第三者出场来管闲事，就是向墨园、石秋交涉，也是无效的了。也只好向小红安慰一番，叫她安心住着，终得往后慢慢儿地再想法子。小红含泪应诺。从此以后，小红住在家里，跟着叶氏吃素念经，一心欲脱红尘中的烦恼。雨田这几天正为了自己的恋人辛石英一病身亡，心里无限悲伤，突然又听到小红和石秋的消息，心里更加难受，深叹半农挽联中有"人非薄命，天太无情"之句，真非个中人不知其言之沉痛，因此既伤心自己，又对于小红表示抱歉，同时庆幸半农、友华真是苦尽甜来，因为半农、友华于上星期已回姑苏结婚去了。

且说石秋和爱吾在司令部新婚的初夜，正是一月十五的元宵。夜间人静，喜娘丫鬟把房中酒筵收拾过去，向两人道声晚安，便都悄悄退出。石秋呆呆地望着那窗外一轮皓月，脑海里不免又想起小红。明日二哥回家，若说及此事，小红心中是多么悲伤啊！她一定要怨恨我薄情负心，但这事岂出于我的本心……爱吾见石秋泪眼盈盈，只管出神，好像怪自己是个倚势恃强、劫婚霸占他的意思，因正色地又向他声辩道：

"妹妹深悔自己不该为救哥哥而把从前的事情告诉给爸爸知道。现在爸爸强迫哥哥和我结婚，这当然是非常勉强，哥哥对此元宵的皓月，心里记挂小红妹妹，自然要恨妹妹的无情。其实这事并非妹妹的本心，千万要请哥哥原谅。现在妹妹早已决定，和哥哥做一个挂名的夫妇，终身以精神相爱，今晚妹与哥分头而睡。请哥哥仍以妹妹待我，仍以妻子待小红，则妹妹实感恩不尽。"

石秋听爱吾的话，万不料到她竟这样的存心，但爱吾愈加谦让，自己愈加感激。因站起来，拉着她手在床边坐下，含泪说道：

"妹妹是个情中圣人，石秋实感激无地。况有救命大恩，则石秋此后一身，便是妹妹所有。妹妹有命，石秋虽赴汤蹈火，实万死不辞。但我有一句话必须和妹妹表明，因我虽和小红结婚，大家为着母丧，百日以来，实未有谐花烛，此心唯天可表。妹妹欲分头各睡，我实一万分赞成。不过妹妹万勿误会，待过了数天，我回南去和小红把婚事解决，那时和妹妹便可长享画眉之乐了。"

爱吾听石秋骤然会说出这话，也出乎意料之外，心中暗想：原来小红和石秋结婚以来这么多天，还不曾享受夫妻的权利。一时愈加敬佩小红，同时也愈加可怜小红。心中一急，便伸手把他嘴儿扪住，淌泪道：

"哥哥要和小红离婚，这句话妹妹万不愿听。妹妹只要哥哥能知道我的一片苦心，妹妹绝不愿无故地夺人情爱。哥哥喜欢在这里住几天，就住几天。爸爸的话，请你也不必全去听他。难得今夜元宵，妹妹能和哥哥同坐在闺房之中，虽做个挂名的夫妇，妹妹实在已不胜雀跃了。"

爱吾说到这里，挂着眼泪的娇靥上不觉浮现了一丝微笑，凝望着那轮光圆的明月，好像已得着无上的安慰。石秋听了这话，又见了她这个情景，心中真感无可感。奈事难两全，顾彼失此，顾此失彼，想到无可办法，石秋竟又纷纷掉下泪来。两人沉默良久，石秋猛可想起手上戴着的一只玉镯，系出门时和小红做分离的纪念。现在且把这只玉镯脱交爱吾，将来也好留作一个别后的纪念。因悄悄把那镯儿脱下，轻轻地拢在爱吾的玉臂上。只觉爱吾此时的臂腕，白如羊脂，柔滑丰腴，宛如无骨，心中这就更引起无限的怜惜，无限的酸楚，叫道：

"妹妹的心我都明白了，我恨不能把我的心挖给妹妹瞧，只好把我这个镯儿做我心的代表，给妹妹拢在臂上。妹妹如见到这镯，便知我心待妹妹，也只望和妹妹像镯儿那般团圆呢！"

石秋把镯儿套在她的玉臂上，又无限温存地轻轻抚摸了一下。爱吾万分娇羞，见他竟把这个传家之宝的玉镯给自己戴上，这就可见他的确是真心爱我了。一时情冲心头，秋波盈盈，向他凝望着道：

"哥哥，我本当不受你这个镯儿的，但又恐哥哥心中不快。现在定把它戴上，就做我两人终生的纪念物吧。"

别人家的新婚，是睡在床上甜甜蜜蜜地偎倚着，享受如鱼得水的快乐。现在他们两人竟并肩地喁喁谈着，一会儿淌泪，一会儿叹气，直到了天色大明，方才和衣各睡一头。这些秘密交涉，只有他们俩人自己知道。维屏夫妇只见他们终日伴在一处，亲爱状态胜过手足，当然是非常放心。

光阴迅速，转眼已过了十二朝。石秋那天夜里，仰天望月，不时长叹。爱吾已知其意，因轻轻走到他的背后，柔声叫道：

"哥哥，你可是在想家吗？"

石秋回过身子，紧紧握住她手，垂下泪来，低低道：

"我想明天回去一趟，不知妹妹允许吗？"

"哥哥这是哪儿话？你离家亦有半月多了，自该回去探望小红妹妹。妹妹也没有别的希望，生虽不能如愿，将来妹子死后，就请哥哥把妹子死骨葬在一块儿吧。假使不能葬在一块儿，就是葬在旁边也好……"

爱吾说到这里，亦已流泪满颊。石秋心痛如割，几至哽咽不成声。两人对泣良久，石秋喊了一声妹妹，猛可伸臂把爱吾身子抱住，无限温情蜜意地接了一个甜蜜而带心酸的长吻。石秋哭道：

"我若在世界上做一日人，终不忘妹妹大恩……我身虽不能给妹妹，但我的一颗心实完全已交给妹妹了……"

爱吾听了这话，破涕嫣然一笑，伸开两手，骤然又把石秋的颈项搂住，连声地叫道：

"哥哥！哥哥！我的哥哥……"

第二天早晨，石秋辞别维屏夫妇和爱吾，单身回南。爱吾陪着石秋，坐了司令汽车，还送到车站。临别，爱吾握着石秋，苦笑道：

"妹妹和哥哥终算做了半个月的挂名夫妻，今日一别，不知可还有见面的缘分？"

石秋没有回答，泪水已涔涔而下。一声汽笛的长鸣，震碎了离人的心灵，在万般无奈之下，两人只说得一句"珍重"，只得洒泪而别。

石秋是回南了，在维屏的心里，还希望石秋回家后早日和小红脱离，重来北平帮助他参赞军务。谁知石秋到了上海，竟也有意想不到的事故发生哩！

第二十回

身若莲花摇摇难自主
心同止水黯黯叹无缘

　　天下的事情，不外乎恩爱仇怨两途。入于恩，则必相爱；入于仇，则必相怨。若先由恩而变仇，由爱而变怨，这在现代的青年男女，又往往数见不稀，绝对没有什么稀奇。现在本书所述，爱吾对于石秋，纯然为感受陆氏的抚育深恩，因报恩而相爱，其爱当然是正大光明。可惜爱吾的爱石秋是片面的，并未得石秋同意接受。是石秋之爱小红，石秋也并不为过。可是石秋既已和小红爱到成熟，自不能因陆氏一句话，再向爱吾虚作安慰，并接受爱吾的一个约指。在爱吾当时，并不晓得石秋已有爱人，所以这事论起来，爱吾并不错。石秋是错的，石秋的错，是错在虚伪地表示，但实际也是冤枉。

　　石秋接到陆氏电报，只知是爱吾病了。谁知陆氏竟要叫石秋做一剂灵丹妙药，来医治爱吾的片面相思。既叫石秋医爱吾，又不叫石秋彻底地弃了小红。猜陆氏的心理，实在也被一个爱字所误。她的爱完全分亲疏两字，爱自己的儿女胜过爱姊妹的儿女。所以她一心虽爱爱吾，一心又非常地爱石秋。她以为爱吾病到这种地步，是非叫石秋来救她不可的，同时她的心中又疑惑爱吾也许没有生的希望，所以她便随便地叫石秋答应和爱吾订婚。在当时她的心中，以为爱吾果然死了，她便把爱吾给石秋做一个未婚妻，对于石秋也没有什么害处的；万一不死，她便再用话劝爱吾，拣一个和石秋一样的少年来和爱吾结婚。这样对待爱吾，陆氏也可谓用尽一番苦心了。

　　谁知爱吾心中所郁结不解的，完全是为想念石秋，原没有什么大病，只要陆氏、石秋两人一答应，她的病自然霍然若失。陆氏她也是一个明白的人，知自己这个行为实在是错误极了，不但是害着爱吾，实在还害着石秋，因此她心中有对人说不出的苦楚，终至一病身亡。爱吾眼见石秋背约，和小红订婚，这真难堪已极；况自己又是个依人篱下之人，除死之外，绝没有其他反抗的余地，以致留书出亡，爱吾的心早粉粉碎，爱吾的肠早寸寸断。直至张司令收作义女，天网恢恢，又使她眼见石秋受冤被执，怨恨之下，犹不忘受恩必报，救石秋于死。张司令为两人撮合，如是痛快。到此虽铁石心肠的石秋，也不容不感恩图报了。但爱吾又不忍夺小红的爱，快自己的心，情愿和石秋结一个精神上的友爱。是爱吾真可称是情场的圣人了。她的爱确是博爱，非小红是自己的情敌，也不怨她仇她，而反爱她；爱小红就是爱石秋，爱吾的用心，真非常人所能及其万一的了。我爱爱吾，我更爱小红，因小红的用心，同时也和爱吾如出一辙，两人都这样用心地爱着石秋；我石秋反得不到一个人的实际，爱吾、小红冤，石秋更冤。这样的恩仇演出了这样爱憎的结果，真非读者所意想得到的吧。

曲径通幽处，禅房花木深。小红近日来，已在这个境界里度着斩断情根、置身佛门的生活了。

光阴匆匆，小红和石秋分手以来，差不多已有一月光景了。小红在这一个月中，一日十二时，回肠十二转，一忽儿想自己既已遇到了这样多情的夫婿，为什么竟又遭逢了这样黑暗的家庭？墨园和陆氏待自己多么厚爱，但是天呀！又怎么把我亲爱的妈妈夺了，致石秋变成一个无母的孤儿？一成孤儿，自难免引出一个后母来了。天呀！后母又怎么竟这样悍妒不讲情理啊？有了这个悍妈，再加春权搬弄是非的小姑，这叫我又怎好对石秋尽情地告诉？我若尽情地告诉，不是要更伤石秋的心吗？石秋待我，自问良心，实在并未负心，也并无失德。只为环境所迫，被逸人播弄，因此差遣到北平去。谁知却又受着爱吾救命的大恩，我自问对于石秋，确没有这样生死的感情。石秋倘然回来，要和我真的脱离夫妇关系，爸爸妈妈和自己生身的娘，又都是年老的人了，他们又怎能忍心看着我同石秋离婚呢？雁秋他不是明明说石秋、爱吾都为张司令束缚，自己也不能做主吗？唉！我小红命中的魔蝎，真不知竟会这样多。一个楚云，一个春权，一个张司令，简直都是我的仇人一般了。小红想到这里，忍不住伤心，那眼泪又滚滚沾湿了衣襟。一忽儿又想表哥小棣，他本是我生平第一个的知心人，可是他现在已同鹃儿表姊同死，我本也应该跟他同死才好，假使我能够早死，那我和石秋还要谈什么爱情呢？我是对不住小棣的一个人，所以石秋待我很好，我还是得不到石秋的始终相爱，可见得天下的烦恼，是再没有甚于情场的苦闷了。我现在应趁早斩断情根，成全石秋同爱吾的爱情。他们原是青梅竹马，从小就根基着爱感。我不忍为了我自己打破他们的结合，我不如明天到莲花庵找我的老师太去，好在老师太本来是我的师父。"欲除烦恼须学佛，各有姻缘莫羡人。"张司令既已叫石秋同爱吾结婚，可想他们自有他们的姻缘，石秋和我实在是没有姻缘的。不然好端端的他又何必死了吗？何必要到北平去？更何必要受冤枉？种种行为，无非造成爱吾施恩的好机会。这都是爱吾的有幸，我小红的大不幸。即使石秋不爱爱吾，但我既受尽他家庭种种的磨难，也觉得生趣毫无。我前时挽小棣，有"棒打鸳鸯，执笔画眉从此绝；梦幻蝴蝶，焚琴煮鹤我何堪"之句，谁知这一副挽联，现在想起来，竟是我自己挽着自己了。小红想到此，陡然一阵悲酸，顿时万念俱灰，恨不得立刻身入空门，把一千一万根的情丝，用刀极力地一根根割断，化为一微微的灰、一缕缕的烟，飞扬吹散在天空当中，直至眼不见耳不闻了，那时心方才不烦不乱。小红既存着这样的一条心，所以自松江到上海后在家住了一星期，便悄悄自到莲花庵静修去。可玉、若花、叶氏得此消息，急急坐车赶去，竭力劝她回家。无奈小红已抱定宗旨，决计跳出苦海，再三不肯。可玉等没有办法，也只好待石秋回来，再做商量。从此小红手念佛珠，度着清静生活，不觉已有一星期了。

石秋在北平车站同爱吾分手，匆匆回南。不料赶到家中，墨园告诉小红已经回上海去。石秋听此消息，心中焦急万状，一时亦不报告在北平详细经过，立刻坐车又赶到上海来。到了上海，先往秦公馆，齐巧可玉正预备坐车上行里去，一见石秋，喜出望外，立刻伸手把他拉住，急问道：

"贤婿，你在北平可真的入赘到张司令家吗？怎么倒又可以回南来了？"

石秋听了眼皮一红，早就扑簌簌地滚下泪来，答道：

"是真的！是真的！但这其中有不得已的苦衷，岳父千万请原谅。并且我还得向小红妹声明，不知小红妹她可有怨恨我吗？"

可玉方欲告诉，只见若花、叶氏、佩文已闻声出来，一见石秋流泪，大家没有开口，却先哭了起来。佩文急得忍不住，早大声叫道：

"少爷，少奶为了你，现在她家里也不肯住，一心只想住到莲花庵静修去，少爷真心狠，少奶真好可怜啊！"

石秋一听小红已到莲花庵出家去了，心中这一急，忍不住抽咽着道：

"请爸爸妈妈恕我，我先要到莲花庵瞧妹妹去。"

石秋话还未完，立刻回转身子，早已如醉如痴地向外直奔了。可玉待要拉住，哪里来得及，瞧他这个情景，可见他实在没有负心于小红，因自己行中有事，所以叫若花、叶氏带着佩文快快也赶着到莲花庵里去。

石秋到了莲花庵中，直入佛殿后面，只见小红脂粉不施，面色憔悴，手拿佛珠，独自一人，坐在禅房，闭目静修。石秋陡然想起和小红第一次同席，击鼓催诗，正是此室。那时何等兴奋，现在还不到一整年，她难道真的要归宿到此地来吗？这真我害她了。石秋这就忍不住叫道：

"妹妹！妹妹！"

小红正在闭目养神，骤然听了这个呼声，遂微睁星眸，突见石秋进来，一时恍惚若梦中，好像自己已不在人世，真个是在梦中相会，心中又喜又悲。这就情不自禁跳下座来，伸开两臂，竟直奔石秋，把他的颈项抱住，早就抽抽咽咽地哭道：

"你真的是我哥哥吗？你不是真的，我是来做着梦了。唉！你好狠心呀！"

小红说了这几句话，早又把石秋身体猛可推开，仍旧坐到原位上去，紧紧闭了眼睛。石秋被她突然这个举动，听她这样言语，心中好比刀割，便也奔了上去，伸手把小红颈项紧紧搂住，连叫道：

"妹妹！我的好妹妹！我是你真的哥哥回来了，妹妹别伤心，别怨我，你睁开眼睛来快瞧瞧我呀！我是没有一天不记挂着妹妹啊！"

小红听了这话，连忙又睁开眼来，捧着石秋的脸儿，两人呆呆地瞧了一会儿。小红忽又哇的一声哭出来道：

"好哥哥！你真回来了，你的爱吾妹妹呢？我道我们今生是再没有见面的一天了。"

石秋听了酸鼻，一面拿出手帕给小红拭泪，一面又劝慰道：

"妹妹，你不要多心，爱妹虽然和我结婚，但都是张司令的意思。她已再三向我声明，情愿和我精神上相爱着，叫我绝不要抛弃妹妹。我因二哥回家，妹妹若得此消息，心中定要难过，所以我便急急赶回来望妹妹了。妹妹，你怎么会灰心到如此地步？要知道你上有爸妈，下有弱弟，况且叫我……又怎么好啊？"

小红听石秋这样说，方知石秋虽和爱吾结婚，实际上还是我和他一样地守着礼，一时不觉芳心一动。但转念又想，我今既已到此静修，何苦再寻烦恼。况且爱吾如此大方地怜惜我，但她原也是个可怜的人，我难道反不能成全她吗？因此把石秋身子推开，叫他坐到窗口的椅上去。石秋不肯，方欲拉她回去，这时却见老师太领着若花和叶氏进来。石秋回头叫道：

"妈妈来了正好，妹妹不肯回去，你俩老人家快给我代劝劝吧！"

若花、叶氏在椅上坐下，老师太早已送上茶啦、烟啦、点心啦、糖果啦，陈列了一桌子。若花因先详细问明了石秋在北平的事情，觉得石秋并没错，正要向小红劝说，却听小红先滔滔说道：

"哥哥，我劝你还是快快地回北平去吧。张司令要你入赘，他的意思并没有错呀！哥哥和爱妹当妈妈在的时候，原早有婚约的，这在爱妹留别信中，早已说得明明白白的了。爱妹她是完全为要报你家的大恩，现在哥哥的性命，又完全是由爱妹出力保全；人家有这样的好心待你，你怎好不报答人家救命的恩惠呢？今我的意思，是十二分地体谅你的苦心，甘心地退让，但愿哥哥和爱妹始终如一地相爱着。妹自知是个薄命的人，情愿长伴佛灯，静修来生福慧，请哥哥依从我的志愿，我是一万分地感激。哥哥倘定要我回去，家庭的环境，哥哥也是早知道的。妹妹又不好到北平去，若到松江家中，那么恐怕今日回去，明日就要永诀了。哥哥的心，难道喜欢忍心这样地害我吗？"

石秋、若花、慧珠听小红这样拒绝，石秋固然是十分痛心，就是若花、慧珠亦觉难以启齿。佩文见姑爷流泪满颊，心有不忍，意欲上前也去劝小姐回去，但又恐小姐动怒，因此欲前不前。老师太听了，早又手捧着一把糖果，送到小红面前，叫道：

"二小姐，你现在是不比从前，你是辛家的一位少奶奶了。辛少爷这样苦苦地求你回去，你就应该听少爷的话，年少的夫妻是多么甜蜜啊！二小姐快尝尝这糖果，那你就想回家去了。"

小红听老师太的话，猛可忆起当初来拜师的时候，她不是也曾送我许多糖果，说了许多好话吗？我还记得她劝我拜月下老人，说他是个支配人间婚姻权力的菩萨，有缘的任你两人隔着千里万里，他终能设法把你系定一条红丝。现在想来，爱吾她不是已奔到几千里以外去吗？怎么石秋也会跟她碰在一起去呢？哦！他们是有缘的，我们是没有缘的。没有缘的，虽要勉强，也是徒然。小红想到这里，不但不伸手去接，而且还只装不闻不见．心里愈加灰叹，偶然抬头，瞥见那上首壁上长挂的一副对联，小红便借此回眸又对石秋说道：

"哥哥，你瞧这一副对联。'月在上方诸品静，心持半偈万缘空。'我现在一心已持着半偈，只觉得万缘没一样不是空的。'百年世事三更梦，万里江山一局棋。'江山尚且如此，何况人世小小的婚姻，就是百年偕老，也不过弹指光阴，更有什么意味？哥哥，请你快回去吧！"

石秋听小红所说的话灰心已极，自己这就更加痛心。意欲再表白自己的心迹，但在北平和爱吾的确是正式结婚，此刻虽欲解释，也很觉得难圆其说，因此反而开口不来，只会朝着小红簌簌地淌泪。慧珠见小红一味不肯回家去，又见石秋只顾流泪，自己想到只有一个女儿，好容易嫁了一个如意的郎君，不料未满一年，却又闹出爱吾、张司令的事来，心中实在也非常悲伤，陪着石秋，也自管淌泪。若花见他们都簌簌地哭，小红又决意不肯回去，闹成这个不堪的局面，一时也好生为难，凝眸沉思，忽然计上心来，遂开口劝道：

"你们都别哭，听我一句话吧，红儿既然不愿到松江去住，那么就住到霞飞路石秋的寓里去。这样既可以免去家庭的是非，又可得到夫妻的团聚，不是很好吗？"

石秋正在一筹莫展的当儿，突然听若花想出这法子，不觉破涕为笑，向小红说道：

"妹妹，妈妈的话你可听到了没有？这个我是一万分地赞成，家里如有什么言语，都由我一个人担当是了。妹妹，你现在终可以答应了。"

小红听了，依然不能同意，长叹了一声，驳着他道：

"哥哥不是已和爱吾正式结婚了吗？我现在虽不和哥哥正式地脱离，但我已存心退让。还要再住到霞飞路去，这算什么意思？难道还尝不够人世的烦恼吗？哥哥，请你还是和爱妹去过甜蜜的生活吧。妹子命苦，恐怕是难和哥哥白头偕老了。妹妹完全是体谅哥哥的苦心，难道哥哥不能原谅妹妹一番苦衷吗？"

石秋听小红这样决绝，一时又想及爱吾对自己的话，也是坚决拒绝，叫我和小红白头偕老去，她自己只要得到一个挂名夫妻，已是心满意足。现在小红和她都竟不约而同，这叫我如何是好呢？但爱吾究竟是在军部办事，人生尚有些意味，小红她决心遁入空门，好端端的一个女孩儿家，让她终身受到无限的凄凉，岂不是我害了她吗？这叫我良心上如何对得住她？我是多么罪重啊！石秋想到这里，泪更如雨点般地掉下来，便猛可站起，奔到小红的身边，拉着她的衣袖，叫道：

"妹妹，你这话怎么讲呀？我和妹妹不是比她更先结过婚吗？爱吾的初意，本指望救我出罪，并不愿和我见面，更不愿和我结婚。因她早已明白我和妹妹有不可磨灭的情感，强人所难不但于己无益，且更于人有害，所以她是极不忍心做破坏我和妹妹的结合。这次她形式上虽和我结婚，实际上原还是以礼自守。只不过为掩饰张司令的耳目，勉强羁留数天，不然她也决计不肯放我回家，她所以叫我回来，就是要我仍来和妹妹白头偕老。而她和我实已订明终身做一个精神上的爱友呀！妹妹，你假使不信，那么请妹妹和我就立刻动身到北平证明去。"

小红刚才自和石秋做最后的谈话，一心早已对着念佛。此刻石秋的一篇话，她也只有听到一半，所以又摔脱了石秋的手道：

"哥哥，照你这样说来，我是愈加不能退让了。你想，她待哥哥是多么真心多情呀！总之，哥哥若没有爱妹，哥哥是一定早已问罪，说不定尚有杀身的大祸。现在她救了哥哥，是哥哥的身体，实在完全是爱妹所有的一样了。我今若无功受禄，不但自问很难为情，而且也很觉辜负爱妹对哥哥的一番苦心了。我为哥哥的前途计，请哥哥还是忘了我的好。"

石秋听她这样说，心里不但不怪她无情，深觉她真是世界上第一多情人了，正欲再向她极力劝解，忽见外面急急地奔进一人，见了石秋，便高声责问道：

"石秋，你做的好事！我给你的信，你可收到吗？你的行为，你自己想想，怎样对得住朋友？又怎样对得住你的小红妹妹呢？"

石秋连忙回头瞧去，原来正是苏雨田。见他一脸的怒容，因忙抢步奔上，握住了他手，没有开口说话，倒先哽咽着哭了起来，说道：

"雨兄，你来得好极了，快给我大家劝劝。我是说得嘴也干了，劝妹妹到霞飞路住去，谁知妹妹竟不肯去，这叫我怎么办呢？"

雨田原是个性情豪爽的人，自得知石秋和爱吾在北平结婚消息，心里直气得什么似的。因为对于爱吾的事情，石秋也曾和自己商量，以为石秋真的负心小红，现在听石秋还这样说，便气道：

"你嘴说干有什么稀奇？小红妹妹为你眼泪都流干了呢！你道她为什么不肯去？是恨着你没有真心呀！现在我给你劝她回去，日后如再欺侮小红妹妹的地方，我真不能依你。"

雨田说着，便又向小红叫道：

"小红妹妹，石秋既已亲自来陪你回家，你也别生气了。你若甘心让步，这也犯不着呀。秦伯母，叶伯母，快扶着妹妹走吧，刚才我来时坐的汽车还停在外面呢。"

若花、慧珠见雨田这样热心，心里都非常高兴。叶氏和佩文早已站起来扶小红。若花笑问雨田怎样知道我们都在莲花庵里，雨田说是秦老伯来行中告诉的。一面又向小红连连相催，小红兀是淌泪不肯。若花见小红仍是执意不允，便很不高兴道：

"红儿，石秋这样苦心相劝，苏少爷又这样热心，你若再不答应，不但对不住你妈的一番养育心血，而且你也对不住你爸妈的一番热望啊！"

小红听妈妈这样说，又见亲娘哭得像泪人儿模样，一时心里就软了下来，同时又感到万分悲伤，掩着脸儿，不禁失声哭泣。若花一面劝她别伤心，终要听妈的话，一面便拉了她手就走。小红到此，再也不敢违拗，只好随着大家出了莲花庵。老师太送到门口转回进里面去。雨田因后面车厢不够坐，他就和车夫一同坐在前面开车处，当时却没有关紧车门，雨田也不注意，自管吩咐开到霞飞路去。

汽车好像似飞般地在马路上疾驶，石秋在车厢里凝眸脉脉地望着小红，小红想着刚才坚决拒绝的情形，又觉十分不好意思，因此低垂了粉颊，只管望着自己的脚尖出神。正在静悄悄的当儿，不料突然震天价砰的一声响亮，汽车便立刻停了下来。因为是骤然之间，开车处的车门本没关紧，这时早已震开，雨田的身子竟被耸了出去。谁知事有凑巧，后面本来紧随一辆汽车，冷不防前面车身会停，一时刹车不及，竟在石秋汽车屁股猛撞一下。这把车厢里的若花、慧珠、小红、石秋等都吃一惊。又见雨田跳出车厢外去，石秋以为是强盗放枪，慌忙把身边从司令部带来的手枪取出，握在手里，也跳出车外，一手拉住雨田身子，不使他跌下，一面连问强盗在哪儿。雨田正欲回答并不是强盗开枪，乃是汽车胎爆裂的声音，自己原是被耸出来的。不料这时猛听得真有枪声砰砰两响，一粒子弹竟打中石秋的右腿，一粒子弹却穿过雨田左膀，两人同时"啊呀"地大叫了一声，跌倒在地。这时汽车夫也早已跳下车来，他瞧得清楚，便慌忙大声喊道：

"我们不是强盗！快不要开枪！快不要开枪！"

这飞来横祸究竟是怎么一回事呢？原来石秋汽车后面的一辆汽车正是巡捕房里出来的。里面坐着两个探长，一个华探长张克民，一个西探长邱立宾，两人见前面汽车突然停下，先跳出一个西服少年，后面接着又追出一个西服少年，手中并握着手枪，一时以为绑匪追肉票，所以就连发两枪。谁知却伤了两人。正欲下车捉获，忽听车夫这样大叫声明，因连忙盘问石秋，才知石秋是从北平下来，手枪有张司令军部执照证明，石秋实乃是军部机要秘书长，现在双方均系误会。邱立宾因公务在身，遂嘱张克民把两人送往医院，自己便坐车去了。张克民一听石秋乃是张司令秘书，心里非常抱歉，立刻把两人送到就近红十字会医院里去。这里车夫把车胎修理好，小红更急得淌泪不已，连连催促，好容易也开车追到红十字会。只见两人已住在十二号、十三号特等病房，听医生说，子弹都已取出，幸所伤地方并非致命。但因流血过多，现在昏沉睡着。若花、叶氏焦虑十分，小红更加伤心抱歉，那泪早如雨一般地落下来。这时佩文已打电话给可玉知道，等可玉赶来，两人都也醒了。雨田伤势较石秋厉害，这叫可玉和小红更加不安，但医生告诉绝无生命之忧，终算大家才放下心来。

晚上可玉、若花、叶氏都回家去，小红留在医院服侍。小红见石秋闭眼假寐，不便惊醒他，便悄悄到隔壁病房，只见雨田正在对着窗外出神，心中真是抱歉得了不得，同时又感激他的热心，一时淌泪叫道：

"雨哥，你现在觉得怎样？都是为了我，累你们都受伤，这真叫我如何对得住你！"

"我原不要紧，石秋的伤怎样了？红妹，你别伤心。"

雨田回过头来，见小红淌着泪，因安慰她不要忧愁。小红道：

"石秋的伤势医生说是轻微得很，但我见他也流了不少血了。"

小红说着，一面又亲自配和了药水，服侍雨田喝下。雨田道了一声谢，微闭了眼睛养神。小红恐劳乏了他精神，遂又悄悄退出。到石秋病房，见石秋已醒，向小红叫了一声妹妹，小红因走到床边坐下，还没开口，那泪早盈盈滚下。石秋拉着她手，温和地抚着，又叫道：

"妹妹，我们真可谓无缘极了，难道'心持半偈万缘空'这句联语，真要应在我们两人的身上吗？"

石秋说着，也淌下泪来。小红心里这就愈加懊悔自己不该住到莲花庵里，现在累两人都受无妄的灾难，心里一阵悲酸和抱歉，便轻轻投入石秋的怀里，呜咽道：

"哥哥，我害了你了……"

石秋听了，抚着她美发，又劝慰她许久，两人才各自拭干泪痕。小红坐在沙发，眼见石秋又很疲乏地睡去，自己想着可怜身世，哪里合得上眼？只觉前途茫茫，后顾渺渺，思潮起伏，百感交集，恍惚中竟念成两首七律，遂连忙拿笔录出。这时钟敲十二下，正是子夜，四周万籁俱寂。石秋却已一觉醒来，见小红仍在垂泪。因问妹妹为何不安睡，小红早已走近床边，就把录出的两首七律给石秋瞧道：

其　一

萧墙祸作想从来，月老红丝本误牵。何事春风偏含妒，可怜秋梦竟成烟。妾真薄命身多劫，君胡深情亦少缘。离合悲欢终有定，而今切莫再怨天。

其　二

闻说情多心便酸，尘缘历劫未曾完。我无老母更何恋？君有爱吾差可欢。岁月悠悠生也苦，风波叠叠死俱难。双栖哪得双修福，世事浮云泪忍弹。

石秋把小红的诗念毕，觉得一字一泪，无限心酸。陡忆自己从松江来上海途上，曾也口占一律，却未录出，因叫道：

"妹妹有诗两首，令我想起在火车上也作有一律，如今请妹妹也代我写出来好吗？"

小红点头，便又取出钢笔和日记簿，拿在手里。石秋遂即念道：

工愁怯病两心同，相对无言哭笑中。衔石难填精卫海，吟魂欲泣杜鹃红。情缘深处魔偏重，冤孽缠来泪已穷。寂寞小楼眠不得，春风吹梦各西东。

石秋同小红的诗中，暗暗都怨着春权和楚云，所以小红写到"冤孽结来泪已穷"一句时，早把笔儿一掷，身子伏在石秋的枕旁，抽抽咽咽地泣个不停。石秋见她伤心极了，遂从床上坐起，轻轻捧着她脸儿，低低叫道：

"妹妹，别伤心，你的心，我知道了，我的心，你难道还不知道吗？你再不原谅，我只有把这颗心挖出来给你瞧了。妹妹，你快抬头瞧那天空中这轮光圆的明月吧，她不是象征着我俩未来的生命吗？"

小红听了，就在床上慢慢坐起，紧紧地抱住石秋的颈项。石秋偎着她的脸颊，两人脸上带着被月光反映的晶莹莹泪水，凝望着无限清辉的月华，觉得在万分心酸之余，也有了一线光明的希望，情不自禁甜甜蜜蜜地接了一个长吻。夜阑人静，四周是悄悄无声，在无限沉寂空气中流动的，是只有石秋和小红亲热的相互的呼声：

"妹妹！妹妹！"

"哥哥！哥哥！"

春云疑雨

第一回

病院春色　碧血儿女情意柔如绵

在上海的西面，有一条很长很阔、笔笔直的街道，叫作霞飞路。两旁种着绿油油、浓荫满地的法国梧桐，中间还隔竖着一根一根的电线木头。远远地望过去，那对眼的地点，就觉得愈远愈窄，愈窄愈没有尽头。直到瞧不见了那两旁的树干，那绿叶就好像慢慢地合在一起，使人几疑前面的道路是被绿叶所堵塞了。

那左右树蓬的里面，都是矗立着一座座的洋房。有的髹着蔚蓝的直柱，有的刷着粉红的墙头，有的砌着嫩黄的砖壁，有的堆着深灰的洞窗。内中最最别致的，要算用天然的紫藤搭着绿叶婆娑的凉棚。墙头又垂着一条条碧碧绿的活藤，像天鹅绒般的一片，其间开着红黄各色的野花，自觉格外鲜丽得好看了。就在这一座洋房的四周，围着矮矮的墙头。那围墙的中间，开了一扇大铁门。门上横着一行挺大的白漆木头字，是"红十字会分院"六个字。就是不认得字的，见了那个朱红漆的红"十"字，也就晓得内中是一个慈善救世的医院了。

院中的房屋，虽然不十分高大，但却收拾得一无纤尘，景象至为幽雅。院的中心种着一丛野蔷薇，开着白色的花朵。惜被风雨飘零，那花已渐渐萎残。微风吹动着花朵不停地摇摆的神情，倒颇显出楚楚可怜的样子。

这时候，花丛的面前，站着一个年约十八九的少女。她俯了身子，伸了那条雪白粉嫩的手臂，正在折那朵刚刚展瓣的红玫瑰。因为这枝玫瑰恰巧种在野蔷薇的旁边，那少女在伸手折那红玫瑰的时候，不料她的玉臂却被野蔷薇梗子上的刺刺了一下，因此那嫩藕似的玉臂上，霎时间就冒出一点儿鲜红的血水来。

少女仿佛感到有些疼痛，不禁"哟"了一声，慌忙轻轻地把血水抹去，又把折下的红玫瑰放在鼻子里闻了一会儿，脸上含了浅浅的微笑，遂连奔带跳地跑进东堂十二号的特等病房。只见那张白漆的病床上，有个身穿西服的少年，倚偎在床栏旁，两眼望着窗外照射进来的朝阳，好像正在想什么心事般的。床边有一张梳妆台，台子上陈列着一只小小的花瓶。那少女把红玫瑰插到花瓶里去的时候，这个少年便回过身子来，望着她含笑叫道：

"红妹，这是什么花呀？你倒拿给我闻闻。现在天气虽然慢慢地和暖了，但大清早你就到院子里去，倘然着了冷，你不是要伤风了吗？"

"秋哥，是一朵刚刚开的玫瑰花呀！你瞧吧，不但颜色鲜美得可爱，而且香味更是清幽得扑鼻呢！"

那个红妹听他这么地问，遂把那枝红玫瑰花又拿到少年的面前，秋波一转，露着她一排雪白的犀齿，笑盈盈地回答。这个秋哥伸手去接红玫瑰的时候，忽然他的明眸瞥见到红妹玉臂上流着一滴猩红的鲜血，心中倒是吃了一惊，早又连连地问道：

"红妹，你臂上的一滴血是怎样刺破的？哦，你一定是被玫瑰花梗子上的刺刺出来的，你说我可猜得对吗？"

秋哥一面说着话，一面拿了红玫瑰，把另一只手去抹红妹臂上的血水，表示很怜惜而又很疼爱的神气。红妹却摇了摇头，掀起了笑窝儿，咪地一笑，说道：

"不，不，你猜错了。"

"你骗我，我说一定是的。玫瑰花的色香虽然艳丽芬芬，不过我就嫌它枝上刺太多一些，若不留心，往往容易刺痛手的。妹妹，你干吗喜欢去折它来？"

秋哥见她连连地摇头，那种说话的表情，十足显出天真可爱，于是他拉了红妹的纤手，一面笑嘻嘻地说，一面把那枝红玫瑰在闻过了一下子香后，又把它插到花瓶里去。

"你以为我骗你吗？其实真不是玫瑰花刺给我刺的。你瞧，是那玫瑰花旁边的野蔷薇给我刺痛的。秋哥，我因为见它鲜丽，所以折了来给你玩的，你干吗不喜欢吗？"

红妹一面指了指窗外的院子，一面低低地告诉。但说到后面这两句话时，她芳心里似乎有些不乐意，鼓着红红的小腮子，秋波却逗给他一个妩媚的娇嗔。

原来这个红妹就是秦可玉的干女儿叶小红，这个秋哥正是她夫婿辛石秋。石秋和小红因为母亲病危，所以权行花烛，已结成夫妇。但石秋是个纯孝之人，因为母亲新亡，他不忍就享受新婚中的闺房之乐。所以和小红约定，过了母亲百日，再享鱼水之欢。小红素性爱洁，自然表示赞同。不料后来遭后母楚云的妒忌，在石秋父亲墨园面前进谗，叫石秋到北平去找寻二哥雁秋，以致使石秋和小红两口子暂时分别。可是石秋在北平偏又被张维屏将军强迫入赘，张将军的干女儿竟是石秋的表妹巢爱吾。爱吾因为同情石秋的苦心，所以情愿和他做个挂名夫妇，希望石秋仍旧和小红去百年偕老。

那时，石秋虽已有了两个妻子，但其实一个还没有同过房事，彼此非常纯洁。谁知雁秋回到上海松江，把这消息泄漏给小红听了。小红在万分灰心之余，决定自己让步，成全石秋和爱吾一对，所以她回到上海秦可玉家中。待石秋赶回上海，不料小红已在莲花庵里修行了。石秋于是约了好友苏雨田一同到莲花庵去向小红解释，因为雨田是他们两人的介绍人。好容易把小红劝着回家，谁知天有不测风云，汽车在回家途上，和警务处的公事车互撞了一下，以致雨田、石秋两人都受微伤，大家住在红十字会医院里养伤。以上事实，均在《小红楼》说部中有精彩的交代，这里且表过不提。

再说辛石秋和苏雨田在医院里已住了有十天的光景，原定明天就要出医院。石秋当然劝小红回到松江别墅去，小红想起在家时被晚婆巫楚云和小姑春权种种的受气情形，心头非常悲伤，所以不肯答应，说情愿一辈子住在娘家侍奉着爸妈了。石秋没有办法，只好请雨田竭力相劝。小红因为雨田是自己和石秋订婚时的介绍人，前日又为了自己撞车受伤，心中十分抱歉，所以遂也答应下来。心里却有这个意思，叫雨田一同到松江别墅去玩几天，因为她见雨田自从未婚妻辛石英死后，总是郁郁的神气。

这时正三月终四月初的天气，院中花木茂盛。小红清早起身，略事梳洗，到院中来呼吸一会儿新鲜空气，即见庭心的红玫瑰含着细细的露珠，开得像满树火球一般，十分娇艳惹人。所以她潜步去摘了一枝，不料她的玉臂竟被野蔷薇刺出了血水。石秋因为肉疼她的粉臂，所以问她为什么去折那花朵，谁知小红误会他的意思，这就鼓着小嘴儿，向他薄怒娇嗔的，这意态显然有些生气。

当时，石秋见她那种娇嗔的神情更有一种妩媚的风韵，望着她不免笑了起来，说道：

"妹妹，你错理会我的意思了，我是因为肉疼着你臂儿刺痛的意思呀！"

"还好，没有什么痛苦的。秋哥，我以为玫瑰有刺，不料蔷薇也有刺的哩！"

小红这才又露出一丝笑意来，摇了摇头，秋波脉脉含情向他瞟了一眼，表示安慰他的样子。石秋笑了一笑，他回头望到窗外院子里，果然那边开着红白两丛花枝，红的玫瑰正在发花，白的蔷薇可惜已憔悴萎枯了一半了。石秋偶有感触，似乎不胜唏嘘，便低低地念道：

"憔悴花对憔悴人，眼前春色倍伤神。"

"秋哥，你好端端干吗又要伤心了？昨儿我不是再三地劝过你吗？"

小红见他念完了这两句诗，脸上大有黯然魂销的样子，于是含笑又轻声地劝慰他。石秋听了，又回过头来，把她的柔荑抚摸了一会儿，显然无限亲热的意思，却微微地叹道：

"妹妹，我生平最最恨的就是这野蔷薇，因为它种的地方，多半是在墙阴潮湿的低洼之地，或者是在山石子里。花品既不高尚，且又荆棘满梗，一经采摘，没有不被它刺痛手的。你想，今天妹妹不是也被它刺出血来了吗？"

小红见他因疼惜着自己的手臂，而竟想入非非地恨起野蔷薇来，这就不禁哧哧地一笑，秋波斜乜着他叫道：

"哥哥，你可冤枉它了，我折的是玫瑰花，并不是折的野蔷薇呀。"

"你道玫瑰花是个好东西吗？它满身也有刺的，如今玫瑰、蔷薇种立在一起，自然是格外地要助纣为虐了。"

小红见他这几句话仿佛含有些作用似的，这就望着他愣住了一会子。石秋见她出神的意态，遂把她身子扳得近一些，附着她的耳朵，低低地说道：

"我再告诉你，《红楼梦》里不是有个探春姑娘吗？人家都比她是个玫瑰花，因为她尖嘴薄舌的一些也不肯让人的，所以我见了玫瑰花，就要想探春，想起探春，更要想起妹妹了。"

"那么你把我也比起探春来，难道我也像探春那么尖嘴薄舌地刻薄人吗？"

小红听他越说越远，竟说到《红楼梦》中的人物来。把玫瑰比探春倒也罢了，怎么又把探春比起自己来？她心中不免引起了误会，扭捏着腰肢，秋波白了他一眼。这两句话当然是包含了一些责问的成分。石秋见她这回的表情还带有些怨恨的神气，遂把她手拉来，叫她在床边坐下，望着她娇容，扑哧地一笑，继续说道：

"红妹，你多什么心？我的话原还没有说完哩，你且别找焦急，听我再说下去。我所以因探春而要想起妹妹，原是想起妹妹的受人委屈，并非说妹妹也是个尖嘴薄舌的人。妹妹，你难道不明白我们家里也有一个像玫瑰花一样的探春姑娘吗？"

小红听他这么地说，一颗芳心这才明白他是在怨恨姊姊春权的意思。这就微蹙了翠眉，轻轻地叹了一口气，说道：

"不过我心中想着，那也怨不了她的，因为在她的环境里说，她心中也是很痛苦的。你想，她今年已是个二十四岁的姑娘了，眼瞧着你做弟弟的都娶了妻子，她却还没有婆家。所以她的恨我们，也无非是妒忌我们的意思。假使她已出嫁了的话，恐怕对我们还更要亲热哩。秋哥，你不记得我们未结婚之前，她对你这个弟弟不是很爱护的吗？所以我的心中只有可怜她同情她。"

石秋听小红不但不在自己面前进谗怨恨姊姊，而且反这么地说，一时想到姊姊从前给我制绒绳衣衫，及病中看护的情形，也不免激起了手足之情，遂握紧了小红的纤手，点了点头，很敬爱的神气说道：

"话虽这么地说，不过她也不能把自己的不如意在我们身上出气呀！妹妹，伯夷、叔齐不念旧怨，你真是一个大度容人的姑娘，叫我心里又敬又爱，因为我们到底要记着妈妈临终的话，大家要和和睦睦。妈有你这么一个贤惠的好媳妇，她老人家在天之灵，一定是很安慰的了。"

小红听石秋给自己戴高帽子，绕了一个圈子，赞美自己的贤惠，也无非要我回到松江别墅去的意思，遂把秋波脉脉含情瞟了他一眼，微微地一笑，却没有作答。石秋这时却又想到了什么般的，叹了一口气，低低地又道：

"所以我怨姊姊还在其次，最恨的就是那枝野蔷薇。不是我做儿子的在说爸爸的不是，妈妈新亡未久，骨肉未寒，他竟忍心在上海弄进这么一个下品的人来。你想，这份家庭还不会颠三倒四地昏暗起来吗？"

小红明白他说的野蔷薇，又是指点晚娘巫楚云的意思，因为楚云是个堂子里的妓女，所以石秋说她下品了。在这里，她当然又勾引起无限的新愁和旧恨，她不免有些暗暗地伤心。原因是自己被李三子拐卖到阿金姐去的时候，曾在白宫舞厅和楚云一同做过舞女，前儿我已听到楚云在背后宣布我的秘密，说我做过舞女，而且又被袁士安奸污过。虽然这原是事实，但我以后的做人不是更要被他们嘲笑了吗？想到这里，一阵痛伤，由不得落下泪来。

石秋见她听了自己的话没有回答，却是流起眼泪来，还以为她在伤心妈妈的死，所以叹了一口气，眼皮也有些润湿了，把小红的纤手抚摸了一会儿，方才用了极温和的口吻低低地劝道：

"妹妹，你不要伤心，这次我们回家，一切的事情都不去和她们相犯，瞧她们也奈何不得我们的，你说是不是？"

小红这才抬上手背去，揉擦了一下眼皮，点了点头，依然没有回答什么。在经过一阵子沉吟之后，她忽然又想到一件喜欢的事情般的，微笑道：

"哥哥，我现在倒有一个很好的主意，可以使春权姊姊和我们化怨恨成亲热，不知你心中也赞同我的意思吗？"

"你既有这么一个好主意，那我还有不赞同的理由吗？妹妹，你快告诉我，到底有什么方法可以使姊姊和我们亲热起来呢？"

石秋忽然听她说出这些话来，心里表示非常惊喜，一面连连地点头，一面笑着问她。小红这就把眉毛一扬，很得意地掀着酒窝儿，笑道：

"哥哥，你这人真也好生糊涂的，刚才我不是跟你说过吗？姊姊因为怨恨自己年纪渐大，还没有一个婆家，所以妒忌我们的吗？现在我瞧雨田哥自从石英姊死后，就终日地愁眉不展、郁郁寡欢，那你何不给他们介绍，联成一对姻缘？倘然他们情意相合的话，爸爸固然可以了却一桩心事，而且我们的感情不是也会亲密起来了吗？"

"妹妹，你这话很有个意思，昨天你说要我叫雨田一同到松江去玩玩，莫非你早就有这个存心吗？那么我回头一定劝他同去，倘然他们果然性情相合的话，那就准定从中给他们撮合成功。一方面固然是报答了雨田为我们费了许多心血，一方面也释了姊弟的怨恨，这真是一个好主意。妹妹，你真聪敏，你真多情，叫我心中如何地感激你才好呀？"

石秋说到这里，情不自禁把小红纤手拿到鼻子上来闻香。小红在无限喜悦之余，不免又掺和了无限的羞涩，红晕了娇靥，秋波逗给他一个媚眼，抿了嘴，微微地笑。石秋见她这笑的成分中，是包含了多少的甜情蜜意，这就望着她也微微地笑起来。

两人正在郎情如水、妾意若绵的当儿，忽然听得隔壁病房中有雨田的声音，在感叹地念着诗句。两人聆听之下，他的念句道：

岁月悠悠生也苦，风波叠叠死俱难。
双栖哪得双修福，世事浮云泪忍弹。

这两句诗原是小红的旧作，雨田因爱她作得非常沉痛，想起自己和石英的姻缘，竟不能如愿以偿。石英这么一个年轻的姑娘，却会患肺病身亡，剩下自己孤零零的一个人，安得不伤心神惨？所以常常借这四句诗念着，也无非感叹姻缘无分，独自感伤罢了。其实小红的原作，是两首七律，为石秋在北平和爱吾结婚时所作，今把它写在下面。

其　一
萧墙祸作想从前，月老红丝本误牵。
何事春风偏含妒，可怜秋梦竟成烟。
妾真薄命身多劫，君胡深情亦少缘。
离合悲欢终有定，而今切莫再怨天。
其　二
闻说情多心便酸，尘缘历劫未曾完。
我无老母更何恋，君有爱吾亦可欢。
岁月悠悠生也苦，风波叠叠死俱难。
双栖哪得双修福，世事浮云泪忍弹。

当时小红听雨田又在念她的旧作，心中不免有些感触，望了石秋一眼，齐巧石秋也在望自己，四目相对，大家这就微微地叹了一口气。小红低低地说道：

"他常常念我这几句诗，就可见到他心中的苦况了。我想你快快安慰他，叫他和我们同到松江去玩玩，也好叫他解去了心头的烦闷。"

石秋听了，连连地点头说好。就在这时候，忽听雨田又在咽不成声地念道：

一霎罡风天半起，吹散人间同命鸟。

小红听他念完，又有啜泣之声，一颗芳心陡地想起小棣鹃儿的死，她只觉悲酸万分，泪水也在眼角旁展现了，遂拉了拉石秋的身子，低声地又道：

　　"秋哥，你快过去劝劝他吧，他在伤心得厉害了呢。"

　　石秋也很难受，遂跳下床来。小红拿拖鞋给他套上，两人一前一后地便走到隔壁十三号病房里来。只见雨田凭了窗户，仰首望着天空中来去不停飘飞的浮云，暗暗地偷弹眼泪。石秋走到他的背后，轻轻拍了他一下肩胛，说道：

　　"雨田，你是一向明达的人，劝我不要伤心，如今怎么你自己也伤心起来了？"

　　雨田回过身来，见石秋的后面还站着小红，她紧锁了翠眉，秋波脉脉地向自己瞟，一时猛可想到自己脸上还沾有丝丝的泪痕，心中似乎很不好意思，微红了两颊，慌忙收束了泪痕，回答他说道：

　　"我原没有伤心，因为我见了天空的浮云，漂泊无踪，想到人生在世，也是变幻莫测，所以很感触罢了。石秋，你不是预备今天出院了吗？那么你还是再到秦老伯那儿去玩两天，还是直接地和红妹就动身回松江了？"

　　"我的意思，就此回松江去，不再在上海耽搁了。这次回松江去，我想叫你一同到我家去玩几天，不知你肯答应我吗？"

　　石秋听他又这么地问，遂摇了摇头，一面告诉，一面向他低低地央求。雨田搓了搓手，表示很难决定的样子，沉吟了一会儿，方说道：

　　"你的美意，我当然很感激。不过我在安东银行是有职业的人，请假很不方便，所以你的盛情也只好表示谢谢了。"

　　"雨田哥，你怕请假不方便，那倒没有什么关系的。我和爸爸去说一声，只要爸爸肯答应你，问题不是就解决了吗？"

　　小红的干爹秦可玉原是安东银行的董事兼总经理，所以小红听他说请假不方便，遂秋波斜乜了他一眼，也插着嘴相劝着他。石秋不待雨田回答，这就把两手一合，笑道：

　　"可不是！那还成什么问题。你瞧我安东里的秘书一职，薪水有的拿，人常常不在，公事还不是下面书记员在办理吗？"

　　"你和我可不能相提并论的，你是秦老伯的女婿，这当然是特殊的了。"

　　雨田听石秋这么地说，倒不禁望着他笑起来。石秋不免脸微微地一

356

红，也笑了笑，走到雨田身旁，拍着他的肩胛，说道：

"雨田，你放心，红妹给你去请假，爸爸一定不会给你失面子的。我想你家里是一个人也没有的，平日我在上海，兴来时还可以相聚在一块，或到酒楼买醉，或在家座谈诗画。现在我又不在上海，你一个人孤零零地不是要更感到寂寞了吗？所以你听从我的话，这次一定要和我们到松江去玩几天。说不定我们禀明了爸爸，携带红妹一同住到上海的寓所来，那时候我们一同办事，星期假日，你也可以常到我家来玩了。说起作诗，红妹也是个挺起劲的人哩！"

小红听石秋有这一个存心，她心中这一欢喜，真是心花都乐得朵朵地开起来了。因为她自己这次回到松江去，也是非常勉强。不过在她倒并非怕春权，实在是怕楚云。因为楚云和自己作对，把过去的秘密说了出来，万一石秋引起心头的恶感，那么我俩不是硬生生地又得被她拆散了吗？现在石秋肯向爸爸禀明，把我携往上海来住，这不但可以避免许多的是非，而且我在干爸那儿也时常可以去玩了。这样想着，遂望着雨田，也笑劝道：

"雨田哥，真的，爸爸一定会答应你，你放心是了。前天我不肯回松江去，你是一再地相劝我。现在我们两人这样地劝你，你若不答应，那我也不回松江去了。"

雨田听他们夫妇俩这么地热诚相劝，若一味地拗执，那似乎太辜负了人家，遂笑了一笑，望着小红的粉脸，点了点头，说道：

"红妹既然这么地说，那我当然没法再拒绝的了。因为我若不去，红妹又要不回家，那么我不是太捉弄石秋了吗？石秋，我是为的你，你应该自己心里明白。"

"我心里当然很明白，你为了我们夫妇俩，奔波忙碌不算，还费你许多的口舌，所以我除了感激之外，少不得也要想个办法来报答报答你才好哩！"

石秋听他这么说，便也笑嘻嘻地回答他。小红听他这末了两句话中，至少含有些俏皮的成分，因为自己是很明白的，所以这就抿了嘴，扑哧的一声笑了起来。石秋被小红一笑，他就更笑得厉害了。雨田不知他们笑些什么缘故，因此望着两人倒是愕住了一会子。正欲开口发问的时候，忽然见病房外又推进一个姑娘来，却是小红的赠嫁丫头佩文。佩文见姑娘、姑爷都在苏少爷病房里，遂转着眸珠，笑道：

"我道姑娘、姑爷都到哪儿去了，原来都在苏少爷房中。二小姐，太太对我说，姑爷既然大好了，请二小姐千万别再拗他的意思，还是伴姑爷回松江去吧，反正现在只管去，明儿又可以和姑爷一同住到上海来的。"

小红听妈妈特地又叫佩文前来关照自己，遂点了点头，说道："我知道了，此刻我得和你再回家去一次，我还有事情要跟爸爸商量呢!"

一面说着话，一面向石秋望了一眼。石秋点了点头，于是小红和佩文又匆匆地回到秦可玉干爸家中去了。

小红和佩文走后，病房里只剩了雨田和石秋两个人。石秋见雨田此刻垂了两颊，又做悲思的神气，于是又低低地说道：

"雨田，你为什么老是一声不响地终日闷闷不乐? 有时候还常念着红妹的诗句，我瞧你这样地下去，对于人生不是太抱消极了吗? 这对于一个青年人的前途，是大有影响的。虽然我知道你是为了石英姊殁了的缘故，但是生死大数，岂人力所能挽回的? 况且像石英姊那么的人才还很多着，你是一个才貌两全的青年，难道还怕找不到一个比石英姊更好的姑娘作为终身伴侣吗?"

"石秋，你的话虽然不错，但是你该明白，我和石英的结合，并非为了她的才貌好。论她的才貌，也不过很普通的，不过我们完全是意气相合、性情相投，我以为人生最难得者，唯知己而已。石英在日，知我爱我，无不关切在心，所以石英在，我心则喜，石英亡，我心则悲，因为她不啻是我一颗心呀! 石秋你想，一个青年如何能够失却他的心? 既失了他的心，他的精神还会有振作的时候吗?"

雨田听石秋这么安慰，遂抬起脸来，明眸充满了沉痛的目光，向石秋望了一眼，絮絮地说出了这几句话。他紧锁了双眉，泪水已在眼角旁展现了。石秋那一颗善感的心灵，是被雨田至性至情的话所感动得也悲哀起来。是的，男女的相爱，并非完全在外表美的原因，完全是在内心的美呀，雨田真是个懂得爱的真意的青年呀! 石秋是表示无限的同情，连连地点了点头，不过他还低低地劝道：

"可是死者已矣，徒然悲伤，于死者根本无益。而况石英姊患的是肺病，你也曾经很早地就给她送医院医治，无奈肺病这种病，是十人九治不好的，那也没有办法的事情。我的意思，你应该听从石英姊临终时一番忠告，她叫你不要为她死了而伤心，又叫你身子保重，为前途光明而奋发，为事业成功而争斗志，那么她虽死了，亦含笑九泉了。这几句话你我是都亲耳听她说的，那么你应该振作精神，如何地努力于前途的光明，以期安慰英姊在天之灵。你若一味地伤心，假使英姊魂而有知的话，她岂不是要不安心了吗？"

雨田被他这几句话一提，他的眼前不免又浮现了石英临终时沉痛的一幕，因此倒又勾引起无限的伤心，眼皮一红，泪水扑簌簌地滚了下来。石秋暗想：这真是糟了，谁知竟愈劝愈伤心起来，可见他们的情爱的深厚，真非局外人所知悉的了。正在搓着手，感到一无办法的当儿，忽然见看护李小姐悄悄地走进来，手里拿了一张名片，向石秋含笑点头，说道：

"辛先生，外面有一位张先生来探望你。"

"哦，谢谢李小姐，请他进来吧。"

石秋接过片子一瞧，见写着警务处华探长张克民，下面是"河北北平"四个字。这就"哦"了一声，一面点头，一面向她含笑道谢。雨田见有人来了，遂慌忙收束了泪痕。就在这时，见有一个身穿西服、头戴呢帽的三十左右年纪男子跨入房中，他向石秋一面点头，一面脱了呢帽，行了一个礼，很恭敬的样子，说道：

"辛先生，你的伤可完全地好了？这次我真觉得抱歉，所有两位的医药费，我在账房处已代为付清，请你不要客气。"

"张先生，这是哪儿的话？彼此原属误会而起，如何能够怪你的错？对于医药费一项，那是断断不敢要张先生代付的。"

石秋对于张探长会来瞧望自己，已经感到稀罕，此刻听他说出这些话来，一时更加感到不胜的奇怪，遂抢步上前，和他紧紧地握了一阵手，笑着回答。克民忙又说道：

"辛先生，这一些小数目，我们彼此都是自己人，你千万别再客气。我本当早几天就要来拜望你，实在因为俗务太忙，所以延至今日。还有这位苏先生也好了，叫人欢喜得很！"

克民一面说，一面回过头去，又向雨田含笑招手。雨田弯了弯腰，也表示感谢的意思，于是三人坐下，克民在袋内取出烟盒，向两人递过烟来。雨田说不会吸，石秋因为不好意思拒绝，所以也只得接过应酬应酬，一面笑道：

"这可好了，还是客人拿烟来给主人吸……对不起……"

"辛先生，你怎么这样欢喜客套？我是很粗俗的，自己人还是随便一些的好。"

克民一面说，一面把打火机给石秋燃着了烟卷。这时，石秋和雨田的心中，都在狐疑不定，暗想：我们和他毫不相识，那天在路上和他们警务处公事车互撞了一下，以致误会大家开枪受伤，这也算不了什么一会儿稀奇的事。谁知他竟来望我，又代付了医药费，这倒是出人意料之外的事情，而且横一句自己人，竖一句自己人，这叫人真是太奇怪了。难道他今日到来，有什么意外的作用不成？两人正在暗暗地猜疑，克民喷去了一口烟，又微笑道：

"辛先生，你这次从北平张司令那儿下来，在上海不知有什么贵干吗？如今耽搁在什么地方？假使不嫌小弟舍间地方简陋的话，那么出院后最好请您住到舍间去玩几天。"

石秋又听他这么地说，虽然知道他是因为晓得我是张司令秘书长，所以待我分外客气。不过他是警务处的华探长，和我们真是井水不犯河水，他也没有仰仗我的地方，何必要这么地奉承我呢？所以，总觉得非常猜疑，不过人家既然这么一番好意对自己说，总也不能置之不答，于是含笑又说道：

"我这次来上海，并非为了公务，原是家庭中有些私事。张先生这一份美意，我真是非常感激。不过我在上海也不预备多耽搁，所以已定明天早班火车动身到松江家中去了。你的盛情，我就表示谢谢了。"

"哦，原来辛先生的府上在松江，火车只要一个钟点，就可以到达，那是非常便利。我的意思，辛先生既到上海，小弟理应聊尽地主之谊，所以最好到我舍间去玩几天才是，辛先生稍迟几天回府，也没有什么关系吧？"

石秋听他这么客气，一时真的有些忍熬不住起来，微蹙了眉尖，吸着烟卷，沉吟了一会儿。这才向他望了一眼，微微地一笑，说道：

"张先生，恕小弟冒昧，向你请教一下。小弟和尊驾素昧平生，如今蒙张先生如此厚爱，所以倒使小弟心中感觉得很是不安，莫非张先生和张司令有什么关系吗？"

"啊哟，我这人太糊涂了，难道没有告诉过吗？张司令就是小弟的家堂叔呀！哈哈，辛先生，你一定奇怪着我的举动了吧？"

石秋说到后面这句话，他心中原有些猜到了。不料克民告诉的，果然他们还是叔侄关系，这才恍然大悟，不禁又站起身子，和克民重新握了一阵手，"哦"了一声，笑道：

"原来张兄还是张司令的侄少爷，这么说来，我们真是自己人了。"

"辛老弟，这可不是笑话，我竟忘记告诉了你，还以为你已经知道了。可见我们这种人，真是粗心到了极点，无怪老弟要猜疑不定的了。"

克民一面很亲热地和他握了一阵手，一面已是呵呵地大笑起来，于是两人不免又熟悉了许多，彼此依然坐下。克民问道：

"辛老弟在家叔部下任军机秘书长之职，不知有多少日子了？"

石秋对于这句话倒感觉难以回答，因为自己任此职原还只不过名义而已，其实何尝办过公务？所以脸微微地一红，笑道：

"不瞒老兄说，我还只有最近两个月任此职务，因为我的表妹现在是张司令的干女儿，所以，张司令也格外地抬爱我。其实小弟才学浅陋，实在不堪任此重职的。"

"太客气，太客气！辛老弟，那么你明天准定住到舍间去吧！"

克民听了，方才明白，遂连说两声"太客气"，又微微地笑，表示很诚恳的样子。石秋把手中的烟尾丢向痰盂内去，望了他一眼，说道：

"老兄，我和内子已经商定，决意明日回去。所以，你的盛情只有表示心领谢谢。反正往后到上海的日子，又可以到府上来惊扰的。张老兄，我们自己人，就别客气了。"

"那么……今天我请你们吃午饭，此刻已十一时，时候也差不多了，尊夫人在哪儿？我们一块儿走吧，叫我太惭愧了。"

"这如何敢当？叫我们太不好意思了。张老兄，免了吧。"

"哪儿话？哪儿话？你老弟若不答应，这就是瞧不起我了。"

克民说着话，他的身子已是站了起来。石秋见他情意真挚，一时难以推却，心中暗想：他叫小红一同去，现在小红人固然不在，而且给她知道了克民是张司令的侄子，那倒反而使她心里多引起了一阵感触。于是笑道：

"既承老兄如此热情，那么恭敬不如从命了。但内子此刻已上母家去，大约下午来院，所以我们可以不必等她的。"

"也好，那么辛老弟和苏先生快快穿起衣服来，我们一同走吧。"

"我想不去了，张先生的意思，心领谢谢。"

"苏先生，这是哪儿话？四海之内皆兄弟也，你还闹这一份客套，倒显得娘儿腔了。哈，我这人很粗俗爽直，苏先生千万别见怪。"

石秋见他人干脆，遂也相劝雨田同去。雨田因此也只好含笑答应。于是两人各自去穿了西服，和克民一同到外面吃午饭去了。

三人在燕华饭店聚餐毕走出，石秋、雨田向克民再三道谢。照克民的意思，明天早晨还来送行。后来被石秋再四地辞谢，克民也只好罢了。三人珍重道别，各自匆匆地别去。

石秋、雨田回到医院，只见小红和佩文已在了。小红见两人脸红红的，仿佛是喝过了酒一般。这就把秋波瞟了他们一眼，抿嘴微笑道：

"你们兴致倒好，在外面馆子里吃饭吗？"

"等你到十一点半，不见你到来，知道你在妈那儿吃午饭了，所以我们没有再等。你想，在医院里住了十天，没有好好儿吃一餐饭，所以要到外面去饱餐一顿了。"

石秋不愿向她提起张司令侄子请客的话，为的是怕引起她的伤心，所以一面说，一面又向雨田挤挤眼。雨田会意，遂含笑并不作声。谁知小红听了，却扭捏着腰肢，撒娇那么的神气，恨恨地白了他一眼，噘着小嘴，说道：

"你们既有到外面馆子里去吃饭的存心，那么我走的时候，你为什么不关照我呢？否则我可以赶回来的。你不向我说明，那你不是明明地要挤出我吗？"

石秋、雨田听她这么地说，又见她薄怒含嗔的意态，这就都笑起来。石秋望着她鼓着粉腮子的神情，感到她妩媚可爱，遂忙说道：

"我们其实也是一时里想着到外面去吃饭的，否则，哪里会不关照你的道理？好妹妹，你别生气，我们晚饭再去吃过好了。"

小红听他在雨田、佩文面前就喊起好妹妹来，这就红晕了娇靥，秋波在白了他一眼之后，倒又忍不住抿嘴嫣然地笑起来，遂瞟了一下手表，说道：

"我们明天就要动身到松江去了，此刻去瞧一场电影，出来补请我吃饭，你答应不答应？"

"那当然是答应的，红妹，你也说得我太鄙吝了，还用你究问一句吗？不过此刻还只三点多一些，时候太早。看五点一班，七点出来吃饭正好。现在我先问你，对于雨田请假的事，你可曾和爸爸说过没有？还有明天早车动身，我不预备再去辞行了，你可有给我代为拜别一声？"

"我早晨到家，爸爸还没有上行里去，于是就把自己叫雨田哥到松江去玩几天的意思向爸爸告诉，爸爸也瞧得出雨田哥近来神色不好，所以对于我们的意思表示赞成。既然赞成，那还有个不允许他请假的理由吗？至于我们明天早车动身，也和爸妈说过。他们叫我们一路小心，原不必再去辞行了。"

小红听他这么地问，遂把乌团眸珠在长睫毛里转了转，向他低低地告诉，石秋、雨田听了，很是安心。两人又说了一会儿话，不觉已四时三刻，于是吩咐佩文几句，三人遂出去瞧电影了。

这晚三人回医院已经八时半了，雨田和他们夫妇各道晚安，遂自管回房。佩文在他们去瞧电影后，她又回秦公馆去的。特等病房里原有一张伴睡人的小眠床，小红在石秋受伤未愈几天中，就伴睡在房中，以便夜里看顾不及的时候，可以随时地服侍。

石秋在那盏淡蓝色的灯光下，瞧到小红的脸庞，因为是喝过了一些酒的缘故，所以白里透红，显得分外美丽娇媚。这就望着她不免出了一会子神，心里是微微地荡漾。小红被他瞧得有些难为情，这就逗给他一个娇嗔，笑道：

"干吗望着我发呆？难道不认识我了？明天早车要动身，秋哥，还是早些睡吧。"

"哦，我知道了，妹妹，你别性急呀。"

石秋也因为是喝过了一些酒的缘故，所以他有些热狂的兴奋，故意应了一声，贼秃嘻嘻地笑了起来。小红在他这两句话中，感到他有些不老成的意思，这就把粉脸益发娇红起来，逗给他一个妩媚的白眼，啐了他一口，却笑着把身子回过去了。石秋见她那种惹人爱怜的表情，他有些情不自禁地步了上去，伸手按了她的肩胛，把她身子扳了回来，说道：

"妹妹，我这话没有说错呀，你为什么啐我呢？"

"问你呀，你是好人，不管，你占我什么便宜？"

小红回过粉红的娇容，秋波脉脉含情地斜乜了他一眼。她的脸部表情，又像恨又像爱的，终于掀着酒窝儿嫣然地笑了。石秋听她说得有趣，这就噗地一笑，说道：

"妹妹，我何尝占过你什么便宜呀？再说我们是夫妇，根本用不到'占便宜'三个字呀！"

小红听到夫妇二字，她那颗善感的心头，似乎感觉有些悲酸的意味，没有回答什么，却是微微地叹了一口气，垂下粉脸来。石秋见她忽然又有悲哀的态度，心头似乎有些明白她的意思，遂温和地轻轻地说道：

"妹妹，我们计算一下吧，离开母亲的死，差不多已有半年多的日子了吧？我们那夜原约定待母亲百日后，再享受闺房之乐，可是不料往后又会发生这许多的变化来，因此直到现在，我们虽然是夫妇了半年多日子，但彼此还是一个童身。这我觉得非常可笑，而又非常有趣。所以这次我们回松江家里去的时候，明天齐巧是个月圆时节，这岂不是个很有意思的吗？"

小红再也想不到他会说出这几句话来，一时又喜又羞，芳心中真是甜蜜无比。但当她听到彼此还是一个童身的时候，她的甜蜜变成悲酸了。她想到自己已非完璧，因此再也忍熬不住扑簌簌地滚下泪来。石秋既不知道她内心有这一层痛苦，自然是误会了她的意思，以为她是伤心所受委屈太过分了的缘故，这就捧着小红的粉脸，去抹她颊上的眼泪，低低地又道：

"妹妹，你不要伤心呀！我知道你心头的痛苦，因为这半年来的日子，是使你太受一些委屈了。不过从今以后，我们可以步入幸福的乐园，再不会有悲哀的日子了吧。妹妹，你别哭，你对我笑一笑吧。"

小红被他如此温情蜜意地一安慰，她心头的哀痛又渐渐地消失了，这就挂着眼泪水，露齿嫣然地笑起来。在这海棠带雨般的粉脸上，突然浮现了一丝浅笑，这是再也形容不出如何美丽的表情来了。石秋心头在一阵子荡漾之后，他情不自禁地低下头去，在她红润润的小嘴儿上吻住了。因了这么一吻，谁料到后面又会引出可歌可泣缠绵悱恻的故事来。

第二回

为卿解怨　无郎小姑相思今始偿

　　松江别墅里共有五个小院落。一名椒花厅，原是陆惊鸿的卧房，现在惊鸿死了，巫楚云进了门，于是也就成了楚云的卧房；一名晚香楼，原是墨园预备自己晚年修养的地方，后来把晚香楼改名为小红楼，给石秋、小红做了新房，但现在新人都不在，新房冷清清，所以却用锁关着；一名饮雪小筑，这里面是大哥宾秋、二哥雁秋的卧房，因为两人在外埠做事，所以饮雪小筑也常常是落了锁的；一名梅笑轩，这是爱吾和春权合居的卧房，自从爱吾走后，春权一个人独居在此，最近也感到非常冷清；还有一间松云书屋，原是石秋旧时读书写字的地方，现在是给春椒和麦秋作为读书的地方，所以还是这儿比较热闹，常可以听到他们姊弟两人一片琅琅的读书声，从微风中度了出来。

　　梅笑轩的地方最幽静，院子前有一丛修竹，竹叶盖蔽了天空，仿佛是搭了一个绿叶的天然凉棚。修竹旁有座假山，假山前有一小小的池塘，沿池也植有几枝垂柳。在假山的上面，却斜植了一株红杏，满枝的花朵齐巧倒映在池塘里，仿佛是在对镜梳妆的样子。

　　这天下午，春权在梅笑轩里凭着卍字形的栏杆，手托香腮，明眸呆呆地向院子前凝望，似乎若有所思的样子。她见微风吹动着柳丝，轻飘地仿佛云裳仙子一般地正在飞舞她的绿波，满池塘的水面上，却罩满了红杏的花瓣，因为经过好久的时间，花瓣已是变成淡白的颜色了。她瞧此落红，心中才意识那九十春光已经渐渐地逝去了。时候已到了红了樱桃、绿了芭蕉的季节，于是她微蹙了眉尖，轻轻地叹了一口气，大有闺中女儿惜春暮的神情。

　　"唉，好快的流光，又是一年了。"春权情不自禁地这么地自语了一句，她那颗芳心里是真有说不出悲哀的滋味，计算着母亲的死，也有了半年的光景。母亲在日，她总还关心着女儿的终身，现在母亲死了，我的心事还有谁来知道我呢？父亲真是只管自己的事，而不顾女儿的大事，母亲才新亡未久，他就娶了一个堂子里的妓女来做续弦，把一个已经二十四岁的女儿却置之度外，不问不闻，好像还只有十四岁那么地不关心，这不是也太糊涂一些了吗？想到这里，心头又有无限的怨恨。

一会儿，她又想弟弟石秋在北平张司令那儿和表妹爱吾又结婚了，虽然他们原是一对，不过弟弟究竟和小红结婚在先。小红虽然可恶可恨，不过为她的身世遭遇着想，实在也够可怜了，怨不得她在这儿住不下去，一定要回母家去了。现在这件尴尬的事情，将来也不知是如何的结局呢。忽然又想到小红那天听了二哥告诉弟弟在北平又和爱吾结婚消息之后，她曾经愿意自动让步，并且说他们虽已成亲，但为了母亲新亡，所以还没有享受过夫妇的权利。这话不知是真是假，倘然是真的话，这叫爸爸耳中听来，真要羞惭死了。对于这一点，弟弟固然可敬，小红亦属可爱。一时又想楚云对我说，小红从前做过舞女，而且被人家奸污过身子，这话怕靠不住，假使她是一个浪漫女子的话，当然在今日也不会还是个童身哩。春权因为小红不在这儿了，所以心中倒又同情她起来。她瞧着这几个月来爸爸被楚云迷糊涂了的样子，她觉得实在有些不入眼。大哥大嫂、二哥二嫂回家未久，和楚云也有些摩擦起来，爸爸当然是庇护楚云的，所以说等石秋从北平回来后，立刻把产业分一分，各自过活，那么也可以安静一些了。

"姊姊，我告诉你一件事，真奇怪哩！"

春权正在独个儿自思自忖，自悲自叹，忽然见弟弟麦秋匆匆地奔来，向她说出了这一句话。麦秋今年还只有十二岁，是个十分顽皮的孩子，因为母亲死了，所以也只有大姊是他最亲爱的人了。当时春权拉了麦秋的手，秋波逗给他一个娇嗔，说道：

"你今天不是说牙齿痛吗？所以我不叫你上学校里去读书，但既在家里，也该温习温习功课才好，怎么仍旧东西地乱奔？那不是叫你上学校去好吗？"

麦秋兴冲冲地奔了来，被姊姊这一顿的埋怨，他定住了乌圆的小眸珠，倒是愕住了一会子。春权见他木然的表情，心头倒又痛伤起来，觉得孩子到底是个孩子，母亲死了这半年来，他也一些没有记挂，只有在我淌泪的时候，他也陪着哭了一场。此外他依旧是奔奔跳跳，一些都不觉得什么，遂抚摸着他小手，叹了一口气，低低地又问道：

"你不是有一件事情告诉我吗？怎么又不说了呢？"

"哦，我说给姊姊听，我要走到爸的房中去，高妈拦住我的身子，却不肯给我进去。我听里面有人在笑，我一定要进去，高妈就喊老爷了。房中爸爸听说我要进去，他和这个不要脸的就停止了笑，大声骂我不许进去，叫我去读书。我想他们在里面不知在干些什么东西，姊姊，你想奇怪不奇怪吗？"

麦秋这才絮絮地向春权告诉说，说到这不要脸的时候，还把小嘴儿一噘，显然在他那颗小心灵上，对于这个风骚的晚娘，也表示无限的憎恨。春权在听到弟弟这几句话告诉之后，她凝眸含颦地沉思了一会儿，毕竟春权已是个二十四岁的姑娘了，她什么事情知道多了，在她心头突然有了这一个感觉之后，全身一阵子热燥，两颊顿时绯红起来，暗暗地啐了一口，叹了一口气，自语道：

"唉，青天白日，这样地下去，真是要死快的了。"

"姊姊，你说的什么？谁要死快的了？"

"你问它做什么？快给我到松雪书屋里读书去吧，回头到姊姊这儿来吃点心。"

春权被弟弟一问，倒几乎又欲笑出声音来，遂把脸腮子一鼓，逗给他一个娇嗔。麦秋有些怕姊姊的，于是向她扮了一个兔子脸，又匆匆地奔着去了。春权待弟弟走后，她望着天际淡淡的浮云，是不停地飘飞着。她脑海里在想象着神秘的一幕，她芳心是跳动得厉害，两颊的红霞益发浮现了上来，于是她回身走进房中。丫头樱桃见小姐懒洋洋的神气，遂低低地说道：

"是四月里困人的季节了，小姐，你还是睡一个午觉吧！"

春权听了，觉得倒也不错，遂躺倒床上，就这么和衣歪了下来。樱桃见她鞋也不脱，和衣而躺，便走到床边，伸手去拉她的鞋子，笑道：

"小姐，要睡索性好好地睡一忽，别这么地躺着，回头反冷了身子的。"

樱桃一面说着话，一面已脱了她的鞋子，伸手撩过一条粉红软绸的绣花被，轻轻地给她盖好。春权的意思，倒也很想睡一忽，可是自从听了弟弟的告诉后，她的脑海里便有些作起怪来，尤其在她一合上眼的时候，她耳中就仿佛听到爸爸和楚云的笑声。虽然她竭力压制着自己的思绪，可是那是无济于事的，她的眼前好像始终浮现了神秘的一幕。春权心中有些难受，她觉得再也不能睡熟下去，这就猛可地掀开被，身子又从床上跳了下来。樱桃突然瞧此情形，心中倒是吃了一惊，慌忙问道：

"小姐，你这个做什么啦？"

"没有什么，我睡不着，还是到大嫂那儿聊天去。"

春权一面套上了鞋子，一面烦恼似的回答。樱桃对于大小姐这一种反复不定的举动，心头当然有些奇怪，所以望着她红晕的粉脸，倒是怔怔地愕住了一会子。但春权的身子，却早已很快地奔出梅笑轩去了。

饮雪小筑在梅笑轩的东首，大概是三十步路光景，就到了饮雪小筑的门口。这是个三间抱厦，面前种着数株梧桐，此刻树叶正非常茂盛。靠西有座小小的假山，假山的后面还矗立着两支石笋。东厢是大哥、大嫂的卧房，西厢是二哥、二嫂的卧房。这时春权一脚跨进小厅，只听大哥的卧房内有一阵抹骨牌的声音播送到耳中，于是她就先走进到大哥的房里。只见大哥夫妇和二哥夫妇四个人却围了一张方桌，正在玩雀牌，这就笑道：

"你们真好逍遥自在的，为什么不叫我来凑一脚玩？"

"大妹来得正好，我让给你玩好了。"

宾秋抬头见了春权，遂向她招了招手，笑着喊她。春权已走到他的背后，笑了一笑，说道：

"我和你们说着玩的，大哥，你自己抹吧。"

"那么我让给大妹，大妹，我赢的，这个位置很好，你打下去，一定可以独赢。"

二嫂洪日芳回头瞟了春权一眼，也向她微笑着说。春权向她摇了摇手，笑道：

"你们都不用客气，我瞧一会儿也很好，反正谁赢了，谁可以给我吃东道。"

"你瞧着手不痒吗？大妹，你不用大脚装小脚的，我和你二一添作五好了。回头多赢他们一些，我们再请客好了。"

二嫂说着话，她已站起身子来，拉了春权的手，叫她在桌旁坐下。春权原也是个爱抹牌玩的人，当然也不再推却，遂说道：

"那么我们准定二一添作五。二嫂，你别走开，给我做个参谋，看可曾发错了牌？"

"好的，我们扩充资本，特请营业主任发展范围，回头一定还要大赢。"

"省省吧，回头要大亏其本，把你们股份有限公司立刻要关门大吉哩！"

大嫂朱素娥听日芳这么得意地说，遂撇了撇嘴，有意触她们霉头。春权啐了她一口，恨恨地白了她一眼，倒引得宾秋和雁秋都大笑了一阵。春权总算把这一下午的光阴消磨在这一百三十六张牌里了。

是四点半的光景，她们已玩了八圈牌。把筹码一结，谁知春权真的还要输二十元的底，下面还有四圈，春权不愿再抹，让给日芳玩，一面向素娥埋怨道：

"都是大嫂这张嘴不吉利，害得我真的连二嫂赢的输了不算，本钿也输了二十元哩！你想倒霉不倒霉？"

"大妹，你怕什么？还有四圈呢，你只管继续地玩下去，最后胜利必属于我。"

日芳见春权胆怯，遂含笑向她鼓励着，春权遂又坐下，继续开始雀战。就在这时候，见房外又走进一个亭亭玉立的姑娘来，雁秋回眸去望，原来是二妹春椒放学回家了。春椒去年十五岁，还像一个女孩子似的，爱闹爱玩，今年十六岁，只有长了一年，可是她的人样儿就改了样子，个子固然长得不少，已有姑娘的成分。就是她的性情也完全变了，不但不爱闹玩，而且显出十分幽静温文的样子，所以大家都笑她已做了大人了。这时，雁秋便先笑叫道：

"二妹，你快给我代轿，我大赢哩！"

"你们真高兴，我问你们，你们都想赢谁的钱呀？"

"我们想赢你的钱，你来不来？"

众人听春椒问得刁恶，大家忍不住笑起来。素娥瞟了她一眼，望着春椒哧哧地笑。春椒摇了摇头，抿嘴笑道：

"你们想赢我的钱，只有等待来生的了，因为我不爱玩牌，瞧见牌就会头痛的。"

"二妹真是一个好姑娘，谁要有福气娶二妹做妻子，真是个幸运哩！"

素娥吸了一口烟卷，点了点头赞美着。在这几句话中，至少是包含了一些取笑的成分。春椒有些难为情，红晕了两颊，"嗯"了一声，走上去扬着手，向大嫂做个要打的姿势，众人见了，都又大笑起来。素娥握了她手，却连连地告饶。不料这时候又见麦秋嚷进来道：

"大姊，你好啊，你叫我读书去，回头到你那儿来吃点心，谁知你在这儿玩骨牌哩！"

"别吵，别吵！大姊输了钱哩，你不好问樱桃拿饼干吃吗？"

"四弟，来吧，二姊伴你去拿。大姊此刻全副精神对在牌上，还会管你的肚子饿吗？"

春椒放过了大嫂，拉了麦秋的手，一面说，一面走出房外去。春权笑骂了一声："这妮子像煞有介事地做二姊了，连我也教训起来。"大哥、二哥等听了，早忍不住又笑起来。

晚上吃饭的时候，墨园没有出房来。楚云说："你们爸有些不舒服，回头把饭菜端进一些去给他吃是了。"众人听了，不敢就吃饭，先到上房里去问安。只有春权心中明白，暗自冷笑着想，怪不得我今天手风不好，会输了钱，原来正是为了听着这个龌龊的消息缘故哩！众人在墨园那儿问过安之后，知道没有什么大病，无非身子有些冷簌簌的，所以躺着不想起来了，于是大家才安心，出来匆匆地吃饭。

惊鸿在日，春权和麦秋原睡在上房后面一间套房里。现在春椒年纪也大了，麦秋要跟大姊一处睡，所以两人也睡到梅笑轩里来。春权自爱吾出亡后，正苦寂寞，所以也很欢喜弟妹来给自己做一个伴儿的。

这时，春权姊妹三人都在房内各自做功课。春权瞧着小说解闷，春椒在灯下写英文字，麦秋是在读国文。这真是一个小孩子，他读到后来，便把头枕着书本，竟是沉沉地睡去了。春权、春椒因为各有事情在干，大家却不注意，倒是樱桃在厨下拎了勺子进房来冲水，瞥眼先瞧见了，这就放下铜勺子，走到他们身旁，笑道：

"大小姐、二小姐，你们不瞧见四少爷读书读得睡熟了？"

"哟！这孩子真有趣，怪不得我想如何房中就静寂起来了。樱桃，你抱他到床上去睡吧。"

春权放下书本，回过头去，见麦秋伏在桌上正打瞌睡，遂忍不住微笑着说。樱桃于是把麦秋身子抱到床上，这是春权睡的床，原分铺着两条被。樱桃揭开里面那一条被，给麦秋脱了衣服，让他躺下后，才去冲热水瓶里的开水。

室中依然是静悄悄的，只有微风吹着窗外那一丛修竹的枝叶，发出了婆婆的声音。这音调在静夜的空气中流动，触送到春权不如意人的耳里，至少是感觉到一些凄凉的意味。所以她懒懒地把书本放下，却情不自禁地叹了一口气。春椒这时正写好了英文字，听了姊姊的叹声，遂抬起头，秋波瞟了她一眼，笑道：

"为什么叹气？是不是输了钱心里肉疼？既然肉疼着钱，以后还是别玩牌了。"

"输了这些钱就肉疼，那我也太想钱了……"

春权听妹妹这么地问，心中不免感到她究竟还不脱是个孩子的成分，回瞟了她一眼，忍不住也好笑起来。不过妹妹这话中，至少亦有劝我别赌钱的意思，因为她是个不爱赌钱的人，这就感到妹妹比自己强得多，她只有在书本上用功，当然，妹妹是个有希望的姑娘。可是话也得说回来，妹妹和我的年龄相差太远，各人的思想不同。假使我也还只有十六岁的话，也不是一心地用功在书本上面吗？这样地想着，她把粉脸上的笑容又消失了。她没有心思再瞧小说，微蹙了眉尖，又轻轻地叹了一口气。

"既然不是为了输钱，那么你怎的又接连叹息了？"

春椒把字簿翻上，收拾过去，她似乎有些不相信姊姊这些话，抿了嘴微微地笑。春权见妹妹一味孩子气，她芳心中不免有些怨恨，遂逗给她一个娇嗔，说道：

"妈妈死了一转眼已有半年多日子了，爸爸娶了这么一个狐狸精似的东西，我们做女儿的从今也再没有人来疼爱的了。思想起来，觉得眼前的情景，何事不足伤心？"

"唉！这是我们的命苦……"

春椒被姊姊这么地一说，她那颗小心灵里也激起了无限的悲哀，粉脸上笼罩了一层黯淡的愁容，也深深地叹了一口气。她的眼角旁，已涌现了晶莹莹的一颗。春权本来就想哭，如今见妹妹淌泪，于是她满眶子里的热泪也就扑簌簌地滚下来了。

"大小姐、二小姐，别难受了，时候不早，睡了吧。"

樱桃站在旁边，眼皮一红，摇了摇头，低低地劝慰。她的心中，也有些悲酸的意味。春权姊姊俩淌了一会儿泪之后，含了一颗伤痛的心，也就各自脱衣就寝了。

第二天早晨，春椒和麦秋先起身，匆匆地到学校里去读书。春权因为昨夜想了一会儿心事，所以今天起得迟一些，此刻坐在梳妆台旁，正在梳洗。她想到"女为悦己者容"之句，她真有些懒得梳妆，有气没力地把手巾在面盆上丢下，回过身子来的时候，忽然见樱桃匆匆地奔进来，告诉着说道：

"大小姐，三少爷和三少奶从上海回家来了，一同来的还有一个苏

371

少爷。"

春权突然听了这些话，心中倒是一怔，暗想：弟弟不是在北平吗？怎么又和小红一同回来了？不过仔细地想，弟弟当然是在上海和她会面的，因为自己和他们曾经吵过嘴的，所以自然犯不着就迎出去见他们。但想到这个苏少爷，又不知是个怎么样的人，遂低低地问道：

"你说的苏少爷是谁？他和三少爷一同来的吗？"

"是的，听说是安东银行里和三少爷同事，这次被三少爷拖着一同到家里来玩。三少奶的亲事，就是他做介绍人的。我想大小姐前儿同老爷、三少爷到上海去订婚时候，不是和苏少爷也见过面吗？"

"我记不起这许多，也许是瞧见过。"

春权点了点头，低低地回答，她凝眸含颦地不免沉思了一会儿，芳心暗想：弟弟约苏少爷到家中来玩，这不知是含的什么作用？因为人家既然在安东银行有职业的人，难道无缘无故地就请了假来玩吗？这似乎也太贪玩了。正在沉思，忽然见门帘掀处，又进来一个少女，她笑盈盈地叫道：

"大姊还没有起身吗？"

春权回眸望去，这似乎是感到了意料之外。原来，这少女不是别人，却正是和自己常常吵嘴的小红。想不到她这次回来，却会先到房中来瞧望我，而且还笑盈盈地向我招呼，仿佛已忘记以前种种吵嘴的事情一样了。她觉得小红真有这么好的涵养功夫，使自己感到有些敬服。因为她不记前怨，我若再不理睬她，那似乎太不近人情了，于是也只好含笑相迎。小红早已走到她的身旁，春权因为她来拉自己的手，所以免不得意思和她握住了，说道：

"三嫂，你们早晨才到吗？弟弟在北平的事情，现在究竟怎么的了？"

"这件事情说起来话长，我有让步的意思，不料爱吾表妹对石秋说，他们也愿意结一对精神上的挂名夫妇，叫石秋仍旧以妹待爱吾，以妻待我。我听了这些话，我又整整地难受了好几天，我觉得爱妹也真不愧是个天下第一多情人，所以我很对不起她，虽然我再三地不愿回家，但石秋却一定不答应。唉！这件事情真也不容易解决的了。"

小红听她这么地问，遂向她低低地告诉。说到后面这句话，忍不住也微微地叹了一口气。春权想不到弟弟在北平虽和爱吾结婚，但他们也没有享受过夫妻的权利，一时觉得小红和爱吾真是一对难得的好女儿，在这左右为难之下，替石秋着想，也是一个都抛不得，所以也叹了一声，不过她忽然又笑了起来，说道：

"石秋和你结过婚，和爱吾也结过婚，两人都结过婚。你们既然都有退让的意思，那么倒不如索性快活了石秋，都嫁他做了妻子，也就罢了。"

春权这两句话倒是把小红说得芳心怦然地一动，暗想：替石秋的处境着想，也只有这一个办法了，免得石秋心中痛苦，不负我，必负爱吾，现在我们都给他做了妻子，那么他不是一个都不负了吗？小红这样想着，倒着实感激春权这一番意思提醒了自己，于是乌圆眸珠一转，逗给她一个妩媚的甜笑，说道：

"大姊，我这次回家，是预备给你介绍一个如意郎君的。因为我对石秋这么地说，你姊姊今年的年纪也不算小了，从前妈妈在着，她总还关心着女儿的终身。如今妈妈殁了，爸爸娶了这么一个宝贝进门，如何还会想到女儿的终身？所以石秋把他行中同事苏雨田约到松江来游玩。这个苏雨田，说起来姊姊也许瞧见过，因为在上海我和石秋订婚的时候，他也在帮着料理事情。这次事情也碰得巧……"

小红絮絮地说到这里，又把两人在上海受伤住院的经过向春权告诉了一遍，并且接下去道：

"雨田本来原有一个未婚妻，因为患肺病死了，所以他终日愁眉苦脸、郁郁寡欢。在他这一个环境里，当然也很需要有个姑娘去安慰他……"

春权想不到他们约雨田到来游玩，真的含有些深刻的作用，因为小红和自己是个有怨恨的人，她却会关怀着我的终身，一时在无限羞涩之余，又感到说不出的感愧。她红晕了粉脸，几乎要淌下眼泪来了，觉得过去的种种，都是自己气量狭窄，未免是委屈了她。小红见她低了头不作声，以为她是怕难为情，遂又笑道：

"大姊，干吗不回答？你不喜欢吗？我这人也糊涂，还没有把苏先生的身世告诉你哩！他是南京人，今年二十五岁，比你大一年，家里爸妈都过世了，所以在上海的时候也只有一个人。容貌很清秀，个子也很高大，说起来总不及亲眼瞧的好，反正他的人就在家里了。大姊，你此刻和我出去瞧一瞧他好了。"

小红说到这里，拉了她的手，身子已向房门外走。春权却赖着不肯走，红了脸，秋波逗了她一个娇嗔，笑道：

"三嫂，你别忙呀！我问你，你们约他来的时候，可曾和他提起婚姻的事吗？若提起过了，那我就不出去瞧他……"

"这个是没有提起过，否则，苏先生也不肯来了，因为他也是个很怕难为情的人。所以，我和石秋的意思，先给你们谈谈，瞧情意合不合。大姊，你别怕羞，和我快出去吧。"

小红听她说提起这个婚姻的事，她便不出去瞧他，这话觉得真是一个大家闺秀的身份，遂摇了摇头，向她低低地声明，一面拉着她又向外面走。春权这时一颗芳心跳跃得很厉害，她还有些胆怯，依然不肯开步走，说道：

"三嫂，你别拉呀！让我想一想，你先出去好了，我一会儿就出来吧！"

"也好，那你立刻就来吧！"

小红见她云发蓬松，两颊不施脂粉，今听她这么地说，心中就明白她的意思了，于是放下她的手，一面笑着说，一面自管地先走到椒花厅里去了。

椒花厅里是坐满了人，墨园这时正在问石秋对于爱吾结婚情形的经过，石秋也把爱吾的意思告诉了一遍。墨园本来是很愤怒这一件事情，现在听石秋这么一告诉之后，他倒又替爱吾可怜起来，叹了一口气，却没有一个两全其美的办法。小红听了春权的话之后，虽然很有这一个意思，不过此刻大哥、大嫂、二哥、二嫂、雨田等都在，这一番意思当然也不好意思说出来，所以低垂了粉脸，也默不作答。就在这个时候，只见春权婷婷地走来。小红回眸瞟了她一眼，见她头发果然光滑了许多，两颊也透现了一圆圈的红晕，显然是涂过了一层胭脂的。这就望着她娇羞，抿嘴哧哧地笑，春权却故作不理会，向石秋问道：

"弟弟，你回来了吗？"

"是的，大姊，我给你介绍，这位是我行中的同事苏雨田先生……这就是我的姊姊春权。"

石秋见了春权，便站起身子，一面说着，一面给他们含笑地介绍。雨田忙站起身子，很恭敬地向春权鞠了一个躬，还叫声"辛小姐"。春权弯了弯腰，微堆了笑容，也叫声："苏先生，你别客气，请坐下来吧。"随了这句话，大家都又坐下，彼此闲谈了一会儿。春权在他们谈话之间，俏眼不免向雨田偷偷地瞟，觉得眉清目秀，唇红齿白，一表人才，是个挺俊的人。只不过两颊瘦削了一些，这大概是小红说的因为他死了未婚妻伤心而致的吧？春权这么地想着，一颗芳心倒暗暗地表示同情，由不得激起了一阵爱怜之意。

吃午饭的时候，大家团团地坐了一圆桌，十分热闹。计算人，墨园、楚云、宾秋、素娥、雁秋、日芳、石秋、小红、春权、雨田，齐巧是十个人。因为春椒和麦秋午饭是在学校吃的，原是为了来去不便的意思。午饭的饭菜，墨园是特地向镇上酒馆子里去叫来的，一方面是为了石秋、小红和好如初，一方面也表示谢谢雨田竭力相劝的意思。这一席菜是非常丰富，墨园接过菜单，先瞧了一遍，只见写道：

　　精选大拼盘，四色花热炒，昆仑大包翅，脆皮栗蓉鸭，炒麻
花鲍肚，铁扒肥嫩鸡，牛油焗麻菇，清蒸大乌鱼，广肚炖凤足，
鸡肉锅贴饺，巧克力布丁，应时鲜水果。

墨园瞧毕，把菜单交给宾秋，向他说道：

"回头菜送上来，点一点数目，别让他们漏了一只。"

宾秋点头答应，这里石秋握了酒壶，先向墨园、楚云面前斟了一杯，然后再斟雨田、大哥、大嫂等挨次斟下来，方才斟到小红的面前。小红向他低低说了一句："少些好了。"不料大嫂素娥听了，却向他们瞧了一眼，笑道：

"你们真是相敬如宾，自己夫妇还客气来。"

这句话说得石秋和小红都绯红了两颊，有些感到难为情，宾秋等听了，却都笑了起来。酒过三巡，炒盆早已端上，春权因为心中感激着石秋和小红两人关怀自己的终身，所以她站起身子，握了酒壶，向两人满筛一杯，要两人一同喝下，说是庆贺他们夫妇团圆的意思。小红心中当然也明白春权是表示感激玉成她婚姻的意思，以为从此可以和春权化怨为亲热了，所以非常得意，掀着酒窝儿味味地笑，说道：

"我最近不十分喝酒了，一杯太满，喝半杯好吗？"

春权答应了，于是石秋喝一杯，小红喝半杯，大家瞧了，又都笑起来。这时，素娥和日芳心中固然很奇怪，楚云更加感到说不出的稀罕，暗想：春权和我是一派的，向来和小红作对的，这次小红回来，想不到这妮子却和小红表示怎的好感起来，那不是叫人奇怪吗？因此楚云这一餐饭吃得有些食而不知其味，因为她是想了一会子的心事。

吃毕这一餐饭，时候已经两点半了，于是各人回房去梳洗。小红却悄

悄地跟着春权到房中，春权笑道：

"你就在我这儿洗一个脸吧！"

樱桃见三少奶会做人，这次回家，居然给大小姐带一个姑爷来，所以两人本来仿佛七世冤家，如今就亲热起来，心中自不免感到暗暗好笑，一面倒了脸水，一面给两人洗脸。小红见春权红晕了两颊，眉尖上至少浮现了一些喜色，遂低低地问道：

"大姊，你瞧苏先生的人还中你的意吗？"

"我不知道。"

春权虽然已是个二十四岁的姑娘了，不过谈起了自己的婚姻大事，总会害难为情的。所以摇了摇头，却回答了这四个字，但她粉脸是更娇红了，嘴角旁至少还含了一丝微微的笑意。小红听她这么地回答，知道是欢喜的意思，正欲再说句什么，忽见石秋也步进房中来。樱桃叫声"三少爷"，便给他倒了一杯玫瑰茶。石秋向小红望了一眼，微笑道：

"怎么样？你和姊姊可曾谈起过？姊姊心里到底欢喜吗？"

"姊姊说欢喜的。"

"三嫂，你惯会胡说，我何尝说过欢喜的？"

春权听小红这么地说，一时羞红了脸，这就急了起来，回头啐了她一口，扬着手说，向她却做个要打的姿势。不料这情景瞧到小红和樱桃的眼里，却益发笑弯了腰肢直不起来。石秋笑道：

"这是正经的事情，姊姊不用怕难为情，假使你心里没有异议的话，我可以向爸爸说明了。至于雨田方面，我倒可以给他做一大半的主意。"

春权听石秋这么地说，遂把身子退到沙发旁去坐下了，低了粉脸，却是默不作答。小红明白她是默许的表示，遂望着石秋笑道：

"你也不用追根究底一定要大姊答应了，还是向爸爸去陈说吧。"

石秋笑了一笑，于是站起身子，遂走到上房里来。只见爸爸歪在床上吸大烟，楚云也歪着给他装烟泡。对于这一件事，楚云真是老门槛的了，所以墨园吸得又轻松又香甜，当然把楚云更爱得像活宝一般看待了。这时，石秋便低低地说道：

"爸爸，我来跟你商量一件事，你心里的意思，不知怎么样？"

"是一件什么事情？你且在床边坐下，告诉我听吧。"

墨园吐出了烟枪头，低低地说，把手在床边一指，是叫他坐下的意思。石秋于是坐下了，笑了一笑，说道：

"我想姊姊的年龄也不小了，若再耽搁下去，姑娘年龄大，要嫁个头婚当然比较困难。苏雨田今年二十五岁，和我是最知己的朋友，他的人才也很不错，所以我和小红的意思，给他们配成了一对。这样在姊姊固然是有了归宿，在爸爸也放下了一头心事，不知爸爸也以为好吗？"

墨园听了石秋这一篇话，心中暗想：这倒也是一件要紧的事情，难为石秋想得到。于是点了点头，沉吟了一会儿，说道：

"雨田这少年也可说是个少年老成，人品我是很欢喜，不过这个年头儿，父母对于儿女的婚姻，也不过是个顾问罢了。所以你先得问问你姊姊自己，她心里欢喜不欢喜，就是你姊姊也赞成的，那么雨田心中的意思怎么样？那你也得有个把握才好。"

石秋听爸爸说的也很有道理，遂点头说道：

"姊姊的一方面，小红已经征求过她的意思，看姊姊的神情，多半是赞成的。至于雨田的一方面，我倒有把握的。现在爸爸既然很明白儿女的心理，那么这头婚姻是什么问题都没有的了。"

楚云在旁边听了石秋这几句话，心中开始有了一个恍然，暗想：原来石秋、小红在春权面前竭力地讨好奉承，怪不得春权刚才也对小红、石秋显出这样亲热的举动来了。因为春权和小红一要好，自己不免少了一个帮手，所以她听了这个消息，心里十分不自在，意欲说几句阻拦的话，可是一时里没有相当的理由，所以也只有暗暗发恨而已。这时，墨园听石秋的话，方知他们两小已经同意的了，遂又说道：

"听说雨田的爸妈是没有的，他在上海也只有一个人住着，是不是？"

"是的，他族中也没有什么人了，所以雨田的身世是十分孤独。"

墨园点点头，把嘴又凑到烟枪头上，对准了灯泡，呼了两筒，似乎做个沉思的样子，一会儿后，方把烟枪放下，说道：

"自从你妈死后，麦秋、春椒两个孩子也全亏你大姊照顾着，明儿你大姊一出嫁，不免更苦了麦秋这个孩子。所以我现在倒有一个主意，雨田这孩子反正没有什么父母叔伯兄弟，那么就索性给他在这里和你姊姊结婚了，以后我给他在松江谋一个职业，就此在这儿住下了，岂非是好？因为你大哥、二哥是都要走的，至于你也是说不定，春权随雨田若再住到上海去，那么家中也实在太冷清一些了。我这些意思，你心里不知也以为对吗？"

"爸爸这意思也很不错，我当然表示赞成，不过雨田心里怎么样，我还得去问他一问，因为这人的脾气也很固执，若把他当作入赘女婿看待，恐怕他是不欢喜的。"

石秋听父亲这么地说，大有把雨田当作入赘女婿一般地看待，所以沉吟着低低地回答。墨园听了入赘女婿这句话，倒笑了起来，说道：

"你不要误会我这个意思，我并非把他当作入赘女婿，所以这么地办，也无非叫他们帮着照顾一下弟妹罢了。"

"也好，我此刻和雨田去说，看他如何地回答，回头再来告诉爸爸。"

石秋一面说着话，一面已站起身子，走出上房去了。雨田到了辛家，墨园早已吩咐仆人把那间松云书屋收拾清洁，给雨田住下。这时，石秋便慢步地蹀到松云书屋来，只见雨田站在门口那株高大的银杏树下，望着那个木架子上放着这一盆金鱼，呆呆地出神。这就走到他的背后，伸手在他肩上拍了拍，笑道：

"雨田，昔武乡侯观鱼有所思，你莫非也在想什么吗？"

雨田回头听石秋这么地说，于是忍不住笑起来，两人携手入室，在那张写字台旁坐下。松云书屋里原有老妈子倒上了两杯香茗，放在两人的面前。石秋喝了一口茶，望着雨田的脸微微地笑。雨田见他这笑的神情，似乎包含了一些神秘的意思，遂问他说道：

"石秋，我脸上雕着花不成？为什么老是望着我笑？"

"花倒没有雕，却仿佛刻着一个'喜'字，我觉得你红光满面，定是动了喜讯了。"

"你这人……开我什么玩笑？"

雨田见他放下茶杯，扑哧地笑，耸着肩膀，很高兴的样子，这就红晕了两颊，白了他一眼，也笑了起来。石秋听他这么地说，方才停止了笑，很正经地说道：

"雨田，你以为我跟你开玩笑吗？因为我见你自石英姊殁后，就愁眉苦脸的样子，所以我就存了一个心，你给我介绍小红，那么我也得给你介绍一个。这是所谓投我以桃，报之以李，不知你心里也欢喜吗？"

雨田听他说得非常认真，心中倒是一动，暗想：他给我介绍的是哪个呢？莫非就是她？若真的是她，那么他们这次叫我到来游玩，岂非早有存心了吗？石秋见他低头沉思的神气，遂望了他一眼，继续地说道：

"爸爸对你的人才是非常敬爱，所以问我你有没有结过婚。我说没有，所以爸爸的意思，欲把我姊姊春权配给你做妻子。姊姊今年二十四岁，比你小一年，她也是高中毕业的，曾经在学校里做过几年教员，后来就一向住在家里，帮着母亲照料家里的事务。雨田，你不用怕难为情，干脆地说一句，到底喜欢不？"

"那么你姊姊心里怎么样呢？"

雨田对于春权的容貌，认为比石英更美丽一些，所以他心中已有七分愿意，不过叫自己直接地答应，这当然有些难为情，所以他望了石秋一眼，故意这么地反问了一句。石秋听他这么问，心中就明白他是欢喜的表示，遂笑道：

"像你老哥那么人才，我姊姊想来也不会不喜欢的，所以你只管放心，我总可以叫她答应的。不过爸爸还有一个意思，因为大哥、二哥他们是不久都要走回北平、汉口去的，所以，他们把孩子也都没有带来。大哥、二哥一走，家里已经很冷静，姊姊若再和你结婚到上海去，那么家中就更寂寞的了，况且麦秋这孩子自妈殁后，就跟姊姊睡的，姊姊一走，弟弟更没有人照顾了。爸爸心中有些难受，所以他有这个意思。"

石秋说到这里，遂把爸爸刚才这一层意思，向雨田告诉了一遍，并且又声明一句，说道：

"雨田，并非把你当作入赘女婿看待，那你可不要误会呢！"

雨田见他说完，又笑出声音来，一时倒不免红了脸踌躇起来，暗想：他们这一份意思，未免是太便宜了我，因为我不费吹灰之力便可以得一个娇妻，不过春权的容貌虽美，性情如何，一时里当然难以知道，假使是个很柔和的，那么以后自然不会发生什么问题，万一她是个尖酸的姑娘，将来结成了夫妇，难免有多口舌的时候，她若向我冷言冷语地讽刺起来，这叫我一个性高气傲的人自然受不了。雨田心中既有了这么一个考虑之后，他自不免默默地沉思了一会子，石秋这就感到有些奇怪，望着他低低地问道：

"雨田，怎么啦？你好歹也给我一个回答呀！不声不响地装哑巴那算什么意思？"

"对于姊姊的才貌，那不用说，我是只有感到欢喜的分儿。至于老伯的意思，更使我感激零涕。不过这儿也有一个问题，就是我向秦老伯去辞安东的职位，恐怕很不好意思，所以给我考虑一下，最好明天给你一个回答，好吗？"

雨田这才含了微笑，向他低低地回答，石秋也许明白雨田心中的意思，于是点了点头。两人又闲谈了一会儿旁的事情，方才各自分手，石秋回到小红楼里去了。

晚上，雨田一个人独坐松云书屋，对灯出了一会子神，心里颇觉沉闷，遂慢步地踱出来散步。是四月里的季节，气候是非常暖和，天空是蔚蓝的，那一轮光圆的明月，却是特别皎洁。雨田想到今天正是十五月圆的日子，无怪是分外明亮了。一路走，一路细想着石秋那一番对自己的话，觉得好生委决不下，明天答应了好，还是不答应的好？这样不知不觉地踱了过去，谁知竟踱到梅笑轩的前面。只见在月光之下，那一丛修竹的旁边站着一个少女，也在对月出神，定睛细瞧，想不到却是春权。雨田待要缩步而回，不料春权已经发觉了自己，两人四目齐巧瞧了一个正着。在已经瞧见了之后，若再各自躲避开去，这倒反而显得小家子气，所以春权芳心虽然是跳跃得厉害，她还对雨田微微地一笑。雨田在这个情形之下，少不得又走上了一步，含笑招呼道：

"辛小姐，你也在赏月玩吗？今天月色真光圆得大。"

"可不是，今天是十五，所以是圆的了。"

春权一撩眼皮，低声地回答。不知怎么的，她只觉全身发烧得厉害，两颊会热辣辣地红了起来。这时，雨田已步到了面前，在他倒是很希望和春权谈谈，因为可以明白她是个怎么样性情的姑娘，不过一时里却不知说哪一句的好，所以两人既走得很近的时候，彼此还是默默地怔住了一会子。最后，雨田方才想出一句来问道：

"伯母过世差不多已有半年多的日子了吧？"

"是的，光阴真快，人死了，在活的人计算起来，那似乎更加快，唉！"

春权说到后面，又轻轻地叹了一口气，在这表情上看来，至少是带有些感伤的样子，低了粉脸，两眼望着脚尖，只管在地上画着圈子。雨田似乎有些同情的感觉，低声地道：

"可是那也没有什么办法的事情，人老了难免要死的，像我的爸妈，在很年轻的时候就死了，这当然更叫人心痛一些。"

"苏先生从小就没了爸妈吗？那你的身世，比我更可怜一些了。"

春权听他这么地说，遂抬起头来，秋波脉脉含情地瞟了他一眼，也很同情地说。一个身世可怜的人，最感动的是有人能够就他一句可怜，因为他觉得对方的人至少是我的一个知音。所以，雨田听了春权这两句话，他心中自然地对春权便有了一种好感的印象，明眸回瞟了她一眼，摇了摇头，却是没有作答。春权知道他有些伤感的意思，遂用了极温和的口吻，劝慰他说道：

"苏先生，你的身世虽然很孤零得可怜，不过你瞧世界的伟人，他的环境都是很恶劣得多。我以为只要有奋斗的精神，那么苏先生的前途还不是很有希望吗？"

"可是我怎敢和他们相较？"

雨田听她对自己抱了这么的期望，倒望着她粉脸微笑起来，摇了摇头，表示自己可不敢和伟人相提并论的意思。春权却很认真地说道：

"那可不是这么地说，一个人谁知道谁？我听弟弟说，苏先生的才学很好。"

"这是石秋说我好，其实我也很平凡罢了。"

雨田听春权每一句话中，对于自己都有一种好感的样子，他觉得春权的芳心里，确实很有爱上我的意思，所以他有些得意，扬着眉毛笑起来。这时，两人的心中虽然都想说几句比较知心一些的话，可是喉间仿佛有什么塞住着，彼此再也说不出一句话来。良久，雨田方又问道：

"辛小姐，你也高中毕业的吧，我想你的学问一定也很好。"

"说起来我倒是十八岁那年毕业的，可是这几年家里一住，什么都荒疏了。现在连写一封信，都得费几个钟点哩！"

春权把手掠着被夜风吹乱的云发，一面回答，一面微微地笑。在她这几句话中，十足表示谦虚的成分。雨田当然很明白，遂摇了摇头，笑道：

"这是你太客气，我听石秋说，你还做过两年教员的。"

春权这回没有说什么，却抿了嘴微微地笑。两人一面说着话，一面却不由自主地把身子踱了远去。在这光圆的月亮的下面，男女两个人并着肩一同走一同说话，这是一件何等快乐的事情，所以两人已忘记了时间，忘记了四周的一切。本来是觉得谈话的资料很少，这在当初大半还是为了彼此怕羞的缘故，后来愈谈愈情投，因此要说的话再也说不完的了。

这时，天空中忽然飘飞过来几朵灰白色的浮云，把那轮光圆的明月遮蔽去了，因此院子里四周的景色也笼上了一层黯淡的薄雾，夜风似乎刮得大了一些，吹得满院子树叶发出了娑娑像水流般的一阵声响。雨田见春权穿的是一件薄呢的旗袍，两袖短短的，露着雪藕似的臂膀，心中这就有了一阵怜惜之意，低低地道：

"这天空的云好像是水云，恐怕要落雨，因为气候太暖和一些了。辛小姐，我们还是回房去吧。"

春权听了，点了点头。因为这时起风了，把她鬓发吹得很乱，所以她一面理着，一面向梅笑轩那边走，说道：

"这天真的靠不住，怕就要下雨了……"

不料她话还没有说完，果然黄豆般大的雨点儿就落了下来。春权叫声"不得了"，她的两脚就加快了许多。雨田心里固然是为了急的缘故，同时也因为不熟悉这里别墅内的路径，所以他竟不知不觉地跟了春权向梅笑轩走。待走到梅笑轩门口的时候，春权才理会到，遂忙又说道：

"苏先生，你走错了，松云书屋是向那边走的呀！"

雨田经她这么地一提，方才想到了，于是也来不及向春权道一声晚安，他别转身子向松云书屋那边奔了。因为这时的雨点儿已像倾盆般地倒泻下来。春权在奔进屋子的时候，她回身凭了卍字栏杆，望着院子里倒泻一般的雨点儿，一颗芳心这才有些懊悔，不该对雨田这么地说。既然到了这里，就在我房内坐一会儿也不要紧，可怜他这一阵大雨的淋打，回到松云书屋不是要变成了落汤鸡了吗？想到这里，她那颗心的焦急，真仿佛是小鹿般地乱撞起来。

第三回

感君仁德　诉将哀怨到天明

　　洋台上的石栏旁有着几盆凤仙花，红红的花朵衬着绿绿的叶子，在清耀的月光笼映之下，显得分外娇艳可爱。这时，倚在石栏边的是一对年轻的男女，男的是石秋，女的就是小红，他们夫妇两人默默地欣赏着天空中这一轮光圆的明月，心头真有无限的甜蜜。

　　"妹妹，你瞧这一个月亮是多么圆多么大，它的光辉又是多么皎洁多么清白，今夜真是我们值得纪念的一夜，我觉得我周身的血液是沸滚着，我的情绪是兴奋着。妹妹，你是天空的月儿，因为你有明月那么玉洁的容貌，你有明月那么清白的身子，我实在是太爱你了……"

　　石秋向天空在经过一阵子呆望之后，他忽然回过身子，望着小红白里透红的娇容，十分热狂地说着，一面环住了小红的脖子，一面在她小嘴儿上甜甜蜜蜜地热吻了一阵。石秋所以这么地说，这么地举动，原是表示爱极欲狂的意思，不料当他离开小红嘴唇的时候，忽然瞥见到小红的粉脸上是展现了无数晶莹的泪水，心中这就吃了一惊，两手摇动着她的肩胛，惊讶地说道：

　　"咦，妹妹，这么欢喜的日子，你如何又伤心起来了？莫非你想到过去种种的委屈吗？但是往后我们可以步入幸福的乐园了，你快不要滴泪，姊姊再不会来磨难你，楚云一个人自然也再不敢来欺侮你的了。"

　　"秋哥……"

　　小红听他这么地说，她叫了一声秋哥，忽然伸手抱住了石秋哭起来，但立刻又放了手，回身奔进到卧房里去。石秋对小红这失常的举动，倒不禁为之愕然，慌忙三脚两步跟进卧房，只见小红倒在那张席梦思沙发上，正呜呜咽咽地哭得伤心。石秋真弄得丈二和尚摸不着头脑，他心中暗想：我这几句话难道引起她这样的伤心吗？于是又步到席梦思旁，也坐下了，伸手去扳她的肩胛，望着她海棠沾雨般的芳容，急急地问道：

"妹妹，到底为了什么缘故？你好歹也给我说出一个缘故来，这样不明不白的，叫我心头不是闷得太痛苦了吗？"

"秋哥，我很对不起你，因为我和你绝不是一头美满的姻缘，所以我愿意和你做一对挂名夫妇，希望你以妹待我，以妻待爱吾，这是我非常安慰的。"

石秋在今夜月圆时节，满以为可以和爱妻享受闺房之乐了，万不料小红旧病复发般地会向自己又说出了这几句话来，一时真弄得啼笑皆非，暗想：在北平和爱吾结婚那夜，爱吾也对我这么地说，情愿和我做对挂名夫妇，现在小红又这么地说，那我不是枉然有了两个妻子了吗？这就苦笑着道：

"红妹，我真不明白你这几句话又是什么的意思，我和你结婚在先，原是父母之命，名正言顺，并非是偷偷摸摸的爱。至于和爱吾结婚，虽然也是正式的，不过这是司令用的强迫手段，不是我自己甘心情愿。现在爱妹既然愿意成全我们一对，她情愿退让，我们自然也不能辜负她一片热诚的玉成之心。在上海莲花庵中，我已经说得唇敝舌焦，口出莲花，总算把你说了回来，如今事到今夜，我们正欲度月圆的生活，谁知你又突然地反悔起来，那你不是明明地捉弄我吗？红妹，假使你今夜一定要拒绝我，那么我也觉得万念俱灰，因为我自知命中也许是没有享受夫妇生活的，所以我明天一定出家做和尚去，永为佛门子弟，以度我的终身吧！"

石秋说到这里，心灰已极，一阵悲酸，也不觉潸下泪来。小红听他这几句话，又见他潸泪的神情，她心头也是悲痛极了，因此倒在他的怀内，又抽抽噎噎地哭泣起来。石秋抚摸着她乌油滑丝的美发，把她抱起身子，捧着她的娇靥，说道：

"红妹，你不要伤心呀！我是绝不会变心的，你千万别再有这么的思想，因为我们是美满的一对。我爱你，我始终爱你！"

"不，秋哥，我心里感激你，我心里也爱你，但为了爱你，我觉得又不敢爱你，因为我们绝非美满的一对，所以我希望你还是去爱你的爱吾，为你前途光明着想，你是应该听从我的话。"

石秋抱了她的身子，偎着她的粉脸，默默地温存，向她连说了两声爱你。小红心头只觉无限的疼痛，仿佛有刀在割一般地难受，她摇了摇头，一面潸泪，一面又说出了这几句话。石秋心里是感到有些奇怪起来，因为他觉得小红的心中至少另有一番作用在里面。这就正色地道：

"妹妹，我真有些不明白，为什么你要说我们绝非是美满的一对？既然你认为不美满，你当初为什么答应嫁我呢？你这样地捉弄我，你良心何安？你不是要叫我灰心到出家做和尚去吗？不但我要做和尚，而且我还会到自杀的地步呢！"

小红听了他这些话，仿佛有一枚利箭直穿过了自己的心头，血淋淋地淌了满心眼儿上。她急得伸手扪住了石秋的嘴，一面已是哭出声音来，说道：

"哥哥，你别说做和尚，更不要说自杀的话，你是一个前途有希望的人呀！你应该原谅妹妹心中的苦衷，我甘心情愿给你做一个挂名的妻子，他日爱妹养了儿子，送一个给我抚养，得能抚养孩子成了人，给哥哥稍尽一些责任，那我到死也安慰的了。哥哥，请你成全了我，请你成全了我……"

小红一面说，一面把两手扳着他的肩胛，低低地说，话声是包含了一些央求的成分。石秋听她这么地说，心中益发有些狐疑起来，怔怔地说道：

"妹妹这话的意思，我实在太不明白，你叫爱妹养个儿子给你抚养，那么你自己难道不会养的吗？假使你为了可怜爱妹的话，那么我向你有个请求，只要你允许我的话，我可以把爱妹也纳为妻子，你们效古之女英、娥皇韵事亦可，何必一定要你给我做挂名妻子呢？妹妹，你说是不是？"

"不，哥哥，你千万要可怜我心中这一番苦楚，你原谅我，我终生都感激着你。"

小红虽然是感到心头铭入骨髓，但可怜她心头有说不出的隐痛，她摇了摇头，泪水又像雨点儿一般地滚了下来。石秋心头似乎有些不解她这几句话的意思，遂望着她满沾泪水的粉脸，又怔怔地问道：

"妹妹，我委实不懂得，你心中到底有什么苦楚？那么你且告诉我呀！"

"唉！我以为哥哥可以不必追问，总而言之，我是个苦命的女子。"

小红被他这一问，更是刺痛了她的心灵，含了悲惨的泪水，摇了摇头，低低地说。石秋见她的意态，若有无限难以告人的隐痛，心里这就愈加要问她一个明白，遂又说道：

"妹妹现在嫁给了我，还有什么苦命呢？假使你以为苦命，那么除非你嫌我是个没出息的东西了。妹妹，是不是你叫我去爱爱吾，你可以和我离婚再去嫁别个心爱有希望的丈夫吗?"

石秋所以说这两句话，也无非闷得没有办法、忍无可忍的意思，但听到小红的耳中，她的心是片片地碎了，肠是寸寸地断了，她别过身子，伏在席梦思的背上，忍不住又哀怨地痛哭起来。石秋被她这么一痛哭，心中倒又懊悔不该去挖苦她，因此望着她一耸一耸的肩胛，自己也流下泪水来。经过了好一会儿，石秋又把她身子抱到怀中，说道:

"妹妹，我说错了，你饶我这一遭，我下次再也不敢了。不过你应该明白我，我并非有意地挖苦你，我实在是闷得急了的缘故呀! 你快别哭，你再哭，我的心也被你哭碎了。"

小红见他颊上也沾了无数的眼泪，低低地向自己赔罪，一时也不好意思再哭，遂伸手擦了擦眼皮，叹了一口气说道:

"哥哥，我绝没有恨你挖苦我，因为我实在太对不起你了，你待我的情分，真可以说天无其高，海无其深。我实在是太感激你了，不过我也只有待来生再补报你罢了。"

"妹妹，你这话益发奇怪了，我们是夫妻啦，你的身子不是已经报答给我了吗? 那更何必等待来生呢? 妹妹，你别闹孩子气了，瞧时候已经不早，良宵一刻值千金，我们岂可以辜负了这明月团圆之夜呢!"

石秋低下头去，又在她小嘴儿上吻了一下，却不待她的许可，就把她身子抱着到床上去了。小红的身子原娇小十分，比石秋要矮了一个头，所以被石秋这么一抱，仿佛老鹰抓小鸡似的，小红竟没有一些抵拒的能力。照情理上说，石秋和小红是一对小夫妻，在闺房之中，这真是小夫妻的世界，任你们怎么亲近，没有一个人会来指摘你们放浪，况且本来就没有第三个人知道小夫妻在闺房里的事情。所以，小红的心中，对于石秋这一个举动，本该是多么欢喜和兴奋，不料这时，小红的心中却和以上说的绝对相反，她被石秋抱到床上去的时候，那颗芳心是感到极度紧张，仿佛那颗心要从口腔里跳出来一般。石秋见她既被自己抱到了床上，却还要有逃下床来的神气，这就忍不住打趣道:

"妹妹，我说一句笑话，瞧你这惊怕的样子，倒好像是我在强奸你，并不是一对新婚的小夫妻了。"

小红听他这么地说，在无限悲酸之余，也由不得嫣然地笑起来，秋波逗给他一个妩媚的娇嗔，绯红了两颊，啐了他一口，笑道:

"你忙什么? 瞧洋台的门还没有关上哩!"

小红说了这两句话，大有赧赧然的神气，她跳下床来，便走到洋台旁去了。忽然，她瞧到天空中的明月被几朵灰白色的浮云所遮蔽了，宇宙间的一切，又呈现了黑暗的颜色，她心中似乎有阵感触，于是两手扶着玻璃门框子，望着黑魆魆的天空，她的泪水又在眼角旁涌现了。夜风吹得很紧，扑送到小红的脸上，她全身抖了一抖，却有阵说不出凄凉的意味。就在这时候，小红的肩胛有人手按了上来，低低地说道：

"妹妹，你又瞧什么？快关上了呀！"

"哥哥，你瞧这可恶的浮云，它把洁白的明月盖住了，这真象征着妹妹的命运呀！"

小红并不回过头来，她低低地回答。在她的脑海里，浮上了那夜在沉醉中失身的一幕，她心头只觉有刀割一般地疼痛，泪水临风滚滚而下。石秋回眸望去，果然天空是黑暗得多了，忽然他脸上溅到了一点儿雨水，这就"哟"了一声，说道：

"这么好的月夜，忽然落起雨来了。"

他一面说，一面把小红身子拉进房中，亲自插上了落地玻璃窗门的插子，又把那苹果绿的窗帘布拉拢，回身去拉小红的手，却见她又在伤心落泪，遂笑道：

"都是妹妹太会哭的缘故，所以天爷也伤心落眼泪了。别哭了，你再哭，我可呵你的痒！"

石秋说着话，却伸手在自己嘴上呵了呵，要伸到她的肋窝下去胳肢。小红这就弯了腰肢，也不禁破涕嫣然地笑起来了。石秋知道小红原是个工愁善病的姑娘，爱哭也许本来是她的天性，现在给她这样不如意的遭遇，因此也无怪她格外地会哭了。这时见她挂着眼泪一笑，觉得真是妩媚得令人可爱，他有些神魂颠倒，拉着她手，已向床边走，笑道：

"妹妹，现在总可以睡了，你难道还要捉弄我吗？"

"那么你睡这一头，我睡那一头。"

小红把手背拭了拭泪水，秋波盈盈地逗给他一个媚眼，低低地说。石秋听了，望着她扑哧地一笑，倒是怔怔地愣住了一会子，方才问道：

"妹妹，你这是什么意思？你可还不曾有喜哩，难道我们就要分被睡了吗？"

"你别老是说笑话，我不是跟你说，我只有给你做个挂名妻子的资格吗？"

小红听他这么地说笑着，心中想想，又觉伤心，但她竭力又忍住了悲哀，平静了脸色，秋波逗了他一瞥哀怨的目光，低低地说，但说到末了，却又深深地叹了一口气。石秋见她这么认真的表情，他这就又急了起来，把她拉到床边，一同坐下，按住她的肩胛，望着她满堆愁容的粉脸，说道：

"妹妹，你怎么还要说这些话呢？那我固然依不得你，而且你也该给我说出一个理由来，为什么你只有给我做个挂名妻子的资格呢？"

"你一定要我说，我当然也可以说给你听，给你听了，也好死了你的一条心。哥哥，你可怜我吗？你同情我吗？因为我已经不是一个处女了呀！"

小红被他逼问得没有了办法，因此，只好硬着头皮向他告诉出这一句话。她的声音是颤抖着，粉脸是惨白着，说到末一句的时候，她的眼泪已像断线珍珠一般地滚了下来。这消息突然听到石秋的耳中，真仿佛是晴天中起了一声霹雳，把他一颗心灵震得粉碎了，这就失声"哟"了一声叫起来，两手把小红肩摇撼了一阵，急道：

"什么？什么？妹妹，你……说的什么话呀？"

小红见他脸变了铁青的颜色，重复地向自己急问着，一时心痛若割，又惊又羞，没有回答什么，就"哇"的一声哭起来了。石秋被她一哭，他自己心中倒又缓和了许多，遂又说道：

"妹妹，你别哭，你且告诉我，这到底是怎么的一回事？我知道你绝不是一个浪漫贪风流的女子，你心中一定有说不出的苦痛。只要你明白地告诉我，我总可以原谅你的。"

小红想不到石秋还会向自己软语安慰，一时真感激得难以形容，这就倒入他的怀内更加痛伤地哭起来了。石秋却扶起她的身子，给她拭了眼泪，又问道：

"红妹，你别哭呀，快告诉我吧！"

"秋哥，我实在太不好意思再站在你的面前。对于这头婚事，我当初原向爸妈拒绝过，后来在莲花庵中和哥哥即席吟诗，也许感情激动得太浓厚的缘故，所以我竟糊里糊涂地答应下来了。现在想着，我真觉得悔恨。因为像我这么一个败花残柳的苦命女子，如何再有脸来污辱你清白的身子？唉！我太不应该了。"

小红这才停止了哭泣，明眸含了羞惭和悔恨的目光，向他脉脉地凝望着，一面诉说，一面又深深地叹气。石秋听她还没有把失身的原因说出，遂皱了眉尖，催着说道：

"妹妹，你这些话也不用说了，先告诉我失身的经过吧。"

"你当初不是知道我曾经被人拐卖，后来去做过舞女的吗？"

小红被他这么地一催，遂一撩眼皮，瞟了他一眼，低低地说。石秋点了点头，他脑海里浮上雨田在上海寓所时告诉小红身世的一番话，遂说道：

"是的，你后来不是被友华小姐瞧见，因此救出的吗？这些雨田都告诉过我，可是他却没有说你是个失身的姑娘呀！"

小红听他这么地说，心中一阵悲酸，眼泪又像雨点儿一般地滚下来，深深地叹了一口气，明眸逗了他一瞥哀怨的目光，说道：

"秋哥，你听着，要告诉你对于我失身的经过，我先得从头说一遍给你听。我爸爸死后，母亲不能维持我娘儿俩的生活，所以在不得已之下，只好把我卖给秦公馆去做丫鬟，现在就是我的干爸了。干爸有个内侄少爷唐小棣，他很同情我的身世，因为我长得模样儿还不错，所以他打倒阶级观念地要爱上我，我见小棣是一个才貌双全的少年，心里也暗暗地欢喜。不料没有几天，我被妈妈的邻居李三子所哄骗，将我卖给阿金姐，强迫我去做舞女。那时，我的心中还一味地记着小棣。那天有个姓袁名叫士安的少年，他说和小棣是同学，我听了真是喜得了不得，所以托他去叫小棣来见我，原是叫小棣救我的意思。过了一天，袁士安来道，小棣等我在一家旅馆内，叫我立刻跟他同去。我信以为真，遂不管一切地和他同去，谁知到了旅馆，却不见有小棣的人，袁士安故意又骗我说小棣买物未回，并劝我喝酒。我因为心绪恶劣，遂以酒消愁地喝了两杯，不料酒中放有麻醉性的药，我喝下后不到几分钟，人就醉倒了。待我一觉醒转的时候，我已被姓袁的侮辱了。后来，我遇到了小棣的妹妹友华，方才被秦老伯救出来，谁知我救出的那天，也就是小棣和鹃儿做同命鸳鸯的日子。秋哥，这些事情你大概也知道，秦老伯为了要弥补他失却爱女的缺憾，又因为我和鹃儿原是姨表姊妹，所以他就认我做干女儿了……事情是这样的，那时我见小棣、鹃儿都已亡故，而我又是个失了身的姑娘，本意也欲从死于地下，以还我女儿的清白。后来，因为年老的母亲故，所以一直偷生下去。唉！我总悔不该答应嫁给你的，秋哥，我是害了你的一生了……"

小红一口气絮絮地告诉到这里，她掩着脸忍不住又呜咽地哭泣起来。

石秋的心中是说不出有悲酸苦辣的滋味，他只觉得无限的愤怒，他恨社会上有这种蹂躏女性的登徒子，他真恨不得有手枪把他一下子打死。但他又不敢怒形于色，为的是怕更伤了小红的芳心，因为在她一个可怜的弱女子，已经受到了这一重悲痛的刺激。我若再因她失身而责怪她的不好，那么在她脆弱的心灵中一定是受不住这两重的刺激，说不定她会起了厌世之念，若果然如此，岂非我杀了她一条小性命了吗？这就拍着她的身子，叫她不要伤心，低低地安慰她道：

"红妹，你不要这么地说，这不是你的无耻，这完全是社会不良的罪恶。你千万不要伤心，我不是一个迂腐钝钝、专门注重女子贞操问题的人。虽然女子的一生最宝贵的就是贞操，不过我们也得瞧情形而说的，只要不是她自己贪欢而失却了贞操的女子，我们应该同情她、可怜她。因为在她本身的遭遇，已经是够悲痛了，我若再给你一个刺激，那你势必会闹成疯狂的地步。这在我一个有理智、有情感的人心中想，我是不忍心的。红妹，你别哭，你放心，我绝不会因你在恶势力环境下失身而感到你的卑鄙和可耻，我也不会因此而转变了爱你的方针。因为两性的结合，完全是意气相投、情感相融，并非是专注重于形式上的贞操问题的，我知道社会上像妹妹同样遭遇的姑娘真不知有多少，她们有的也都是很温柔、很贤淑的姑娘，然而在这旧礼教下对于这认为神圣的贞操观念下，也不知牺牲了多少姑娘的幸福，酿成了多少姑娘的悲惨的命运。唉！我如何得忍？我如何得忍？"

小红做梦也想不到石秋会说这一篇同情自己遭遇的话来，一时固然痛到心头，但也感入骨髓。她叫了一声哥哥，忍不住倒入他的怀内，又伤心又感动地哭起来。石秋在十分同情之余，也有些悲哀的意味。他抱着小红的身子，抚摸着小红的头发，含了悲愤的热泪，恨声不绝地道：

"只不过社会上那一种摧残女性的少年，真是杀不可赦的！"

"这里我尚感到痛快的，是姓袁的果然已被人暗杀在马路上，可见蹂躏女性的少年是绝没好的下场。"

"既然那姓袁的已死了，妹妹固然是出了一口怨气，就是我也稍消去心头之恨。妹妹，你不要伤心了，我是始终爱你到底的。"

石秋听袁士安业已亡故，心头才消去了不少的愤恨，遂把小红扶起了身子，一面给她拭了颊上的眼泪，一面又柔声地安慰她。小红秋波逗了他一瞥感激的目光，叹了一口气道：

"虽然哥哥是个明达的人，并不以为我失身是可耻，但在我的心中，总感到遗憾殊甚，所以我的意思，只要哥哥给我一个挂名的妻子，我已经意满心足的了。爱吾是个痴心的女子，也是个多情纯洁清白的姑娘，这在她留别的信中，我是瞧见过的。现在你们在北平又结过了婚，所以我希望你们白头偕老。"

"妹妹，我不是已经对你再三地声明，要爱你到底吗？你为什么还要这样地灰心呢？你对我说这些话，你叫我听了，心中不是也很难受吗？"

石秋见她泪人的模样，遂不待她再说下去就阻止了她，向她低低地说出了这两句安慰的话。他觉得小红的可怜，他为小红而伤心，他忍不住也落下几点眼泪。

"哥哥，生我者父母也，但知我爱我者唯有哥哥一人而已。我虽粉骨碎身，不足以报君知己之恩，在事先我原是被情感糊涂着，刚才我听了哥哥这两句话，我感到深深的羞惭。因为我脸庞没有像明月那么玉洁，我身子也没有像明月那么清白。唉！我如何好意思以凋残之身，委哥哥有希望的人呢？"

石秋听了她这两句话心中方才明白，她是因为我把她比作明月，因此反触动了她的旧创，所以她不肯和我享受夫妻的权利，为的是怕我事后厌恶她不是一个处女，于是忙又说道：

"妹妹，你把清白两字误解了，你以为失去贞操的女子都是不清白的吗？这完全是你的错了。假使她是一个爱风流的女子，今天和他发生恋爱，明天又和你发生恋爱，这种女子才可说是不清白的呀！像妹妹的遭遇，完全是被外界强迫地侮辱、暗中地蹂躏。在妹妹本身实在一些不知道。这种情形之下而失身的，谓没有失身也无不可，所以我认为妹妹的身子还是清白的，因为你的思想始终是纯洁可爱的。妹妹，你千万再不要说这些使人伤心的话吧！"

"哥哥，我太感激你了。"

石秋安慰到这里，手抬着她的下巴，向她脉脉地凝望。小红是没有什么话再可以形容她内心的感激，她只有偎在石秋怀里，像头驯服的绵羊一般地温存。石秋环住她的脖子，低下头去，这就在她鲜红的两片嘴唇上又接了一个亲密的长吻。

夜是深沉了，室中的空气是显得分外静悄，只听窗外的风雨之声，俄而千军呐喊，俄而万马奔腾地狂响着。这时候，房中的灯光也熄去了，仿佛听到一阵轻微鼻息的酣然之声，很明显的，石秋和小红两口子在经过一度兴奋之后，他们已是效鸳鸯交颈，而沉沉地入梦乡了。

春雨连绵，昨晚落了一夜，直到今天早晨还没有停止，天空还布满着水云，阴沉沉的。天爷愁苦着脸，好像怀了满腹心事的样子，不肯显露出一些笑容来。时候已敲十点钟了，小红一觉醒来，揉了揉眼皮，只见自己那一条玉臂，还被石秋头枕着，使她想起昨夜石秋轻怜蜜爱、柔情如水的一幕，她又羞又喜，红晕了两颊，那一颗心还是忐忑地跳跃着不停，于是轻轻地把玉臂从石秋颈项下抽了出来，披上了衣服，掀开被，跳下床来，然后把被又给他轻轻地塞拢，伸张两手，打了一个呵欠。就在这个时候，佩文悄悄地走进房里，笑道：

"姑娘起来了，我去端面水给你洗脸。"

小红也许是因为心虚的缘故，所以被佩文这么一笑，她就会感到赧赧然起来，很快地点了点头，她把身子早又步到梳妆台前去了。佩文却没有注意到这许多，遂悄悄地又退出房外去了，不多一会儿，佩文把脸水放在梳妆台上，她走到窗门旁，把窗帘布拉开了，拿了一柄扫帚，轻轻地又打扫着地上的灰尘。小红对镜梳洗了一会儿，漱了口，理着发。这时候，石秋却醒来了，他嘴里吸了一声，似乎还没有睡畅的神气。小红于是走到床边，望着他俊美的脸庞，笑道：

"你醒来啦？时候早哩，今天雨还没有停，起来也没有事，多躺一会儿吧。"

"你叫我多躺一会儿，那么你自己干吗起得这样早？"

石秋知道她是疼爱自己身子的意思，这就从被内撩出手来，把小红的纤手拉住了，他望着小红理过晨妆的娇靥，愈觉容光焕发、美丽异常。他一面含笑说，一面在回忆昨夜甜蜜的一幕。他觉得小红虽然是个失却处女的姑娘，不过因为她是在醉后不知不觉中而失却了处女，所以在自己的感觉上，却并不以为她是个非处女了。石秋对于小红那种娇羞胆怯的神情，在他是只有更增加爱她的一份心。这时，小红听他这么说，便把秋波逗给他一个娇嗔，嫣然笑道：

"你这话……我伴着你睡，被仆妇和佩文瞧见了，那不是很不好意思吗？"

"那么我也起来了，你说时候尚早，到底有几点钟了？"

石秋见她这一个娇嗔，真有说不出的妩媚可爱，遂情不自禁把她手放在自己鼻子上连连地闻香。小红没有拒绝他的闻香，俏眼斜乜着他，抿了她那张小嘴，只是哧哧地笑，一会儿，才说道：

"时候说早也不早，已经十点敲过了。"

"什么？十点多了吗？那你怎么还说早？难道叫我睡到午时才起来吗？"

石秋放下小红的纤手，身子已从床上坐起来。小红一面拿衬衫给他披上，一面逗给他一个娇笑，悄声地道：

"我是为的你好，怕你起来头晕哩！"

"那你也瞧得我太不中用了……"

小红不等他说下去，鼓着红红的脸腮子，噘着小嘴儿，啐了他一口，却赧赧然地把身子别过去了。石秋忍不住好笑起来，一面跳下床来，一面又笑着道：

"你啐我干什么？难道我这句话说得不对吗？"

"你别得意，谁和你涎脸？"

小红露齿一笑之后，却又白了他一眼，这时候，佩文又端了脸盆水进来，于是两人也就不言语了。小红服侍石秋洗好脸，佩文送上两杯牛奶，又在罐子里装了两盆饼干。小红笑道：

"装两盆干什么？"

"装两盆当然有个意思，一则表示成双到老，一则却怕你们争多少吵起来。"

佩文边说边笑，说到末了，她咯咯地早已笑着奔逃到房外去了。小红骂声："这妮子淘气！"回眸向石秋望了一眼，不料石秋望着自己却也在得意地笑，于是两人在桌边坐下，石秋握了杯子，喝了一口，望着小红微笑道：

"佩文这孩子也怪聪敏的，大概她也知道我们昨夜是这个的了，所以她才说成双到老的一句话。妹妹，你说是不是？"

"我不知道……"

小红有些难为情，粉颊上浮现了一层青春的色彩，秋波却逗给他一个妩媚的娇嗔，石秋得意地笑了，小红这就抿嘴也笑起来。过了一会儿，小红明眸含了无限情意的目光向他脉脉地瞟了一眼，温和地说道：

"秋哥，我有一个请求，就是希望你不要以妹待爱吾，假使你到北平去的时候，我劝你和爱吾也像明月那么团圆，这样使爱吾那颗痛苦的心灵也可以得到一些安慰了。因为爱吾和我是同样身世可怜的女子，想到我自己失意时的痛苦，当然也可以想到人家失意时的痛苦。天下唯可怜的人能知道可怜人的痛苦，所以我绝不自私，我希望秋哥以爱妹之心，同样去爱爱妹，这在我是表示非常安慰。"

"红妹，你真是个博爱的姑娘。不过我最近总不想到北平去，即使去的时候，我也带你一同去，给你和爱妹会面谈谈，说不定你们还会成了闺中知己。因为你们都是多情的姑娘，假使你们能够彼此谅解彼此忍受委屈，那么倒是便宜了我……"

石秋对于她这几句话，心头表示无限的感动，觉得小红真是一个多情的姑娘，遂点了点头，又向她低低地安慰着，说到后面这句话的时候，他忍不住涎着脸皮又笑起来了。小红也明白他是不能忘情于爱吾的，不过石秋对我的情义，尤其听了他昨夜对自己说的这一篇话，可见是好到不能再好，爱到不能再爱。此刻听他说会带我赴北平，那么将来和爱妹同侍一夫，这也是人生的快事。爱妹非比庸俗脂粉，那么在我俩之间，对于"争宠"两字当然也无从谈起的了。所以小红十分欢喜，掀着酒窝儿，向他频频地点了一下头，表示十分感激他的意思。石秋见她赞同，自然也很快乐，遂又笑道：

"愿天下有情人都成眷属，雨田说今天给我回话，我此刻就去问他，不知他有决定了没有？"

石秋说时，把牛乳一口气喝下，身子已站了起来。小红跟着站起，笑道：

"我猜多半是答应的成分多，秋哥，外面怕还落着雨，你披了雨衣走吧。"

小红一面说，一面在衣挂上也取了雨衣，亲自给他披上。石秋遂匆匆地出了小红楼，只见天空果然还下着蒙蒙的细雨，于是蹑着脚向松云书屋里走去。第一个遇见的是老妈子王妈，她见了石秋，便微皱了稀疏的眉毛，低低地告诉道：

"三少爷，苏少爷全身发热，竟病起来了。"

石秋突然听了这个消息，心中免不得吃了一惊，一时里却回答不出一句话来了。

第四回

代子辛劳　天涯游子最可怜

雨田虽然奔得特别快速，可是天空中落下的雨点儿比他更要快上十倍，所以待他奔回到松云书屋的时候，他的全身真已淋得像个落汤鸡的模样了。王妈见他浑身稀湿，遂连忙给他倒了一盆洗脸水，低低地道：

"这一阵子雨落得真不小，苏少爷，你在什么地方？怎么淋得这个模样儿？"

"这雨是突然来的，我在院子里散步，却淋了一个够。"

雨田脱了西服上褂，拿面巾只管揩擦头上的雨水，一面回答，一面却感到暗暗地好笑。王妈见他衬衫上也沾湿了一大堆，一时倒有些焦急，到底她是上了年纪的人，心里有这一层的担忧，遂又说道：

"苏少爷，你这次到来，没有带一些衣服吗？衬衫也湿透了，那可怎么办？此刻雨既落得大，而且时也不早，只怕三少爷也睡熟了。否则，倒可以问三少爷拿一件来换身，现在那可怎么办？不换去又怕受了寒，这也不是玩的事呀！"

"不要紧，我早些睡也就罢了。"

雨田听她这么地忧愁着，遂摇了摇头，一面连衬衫也脱去了，只留了一件背心，可是背心也有些湿的，雨田觉得很不舒服，遂把背心也脱去，在面盆水里拧了一把手巾，擦着身子。王妈道：

"苏少爷，你当心着冷，我给你把衬衫背心去洗了，明天早晨可以干了。"

王妈说着话，拿了衬衫、背心走出房外去。雨田点头答应，忽然有阵寒意砭入肌背，他身子抖了两抖，顿时打了两个喷嚏，心中暗想：糟了，真的着了冷。于是很快地走到床边，脱了鞋袜及裤子，把身子钻入被窝内去。

雨田躺在被窝内，一时里当然不能合眼，他脑海里是浮上了春权秀丽的娇容，觉得从刚才那一番谈话上看来，显然春权也是个很多情的姑娘，于是他想到自己是个身世孤零的人，辛老伯既然这么抬爱自己，而春权对我也非常有情，那么明天我就答应了石秋吧，使我那颗空虚的心灵，从此也可以得到一些现实的安慰了。雨田在经过这一阵子思忖之后，他忽然有些头晕的感觉，暗想：在别人家的家里，不要真的患起病来了，这倒是一件麻烦的事情，我不要胡思乱想，还是早些睡吧。雨田想定了这个主意，遂把身子转了一个侧，闭了眼，平静了思绪，很想立刻地睡去，但愈是要想睡熟，事实上却愈加睡不着，尤其听了窗外洒洒的风雨交作之声，把他睡意更打消了。他这时的思绪很复杂，一会儿想已死的石英，一会儿想眼前的春权，因此他心里也是欢喜和悲哀各占了一半。但时候一分一刻地过去，他的头脑起初是有些晕，到后来也不免涨痛起来，而且全身发烧，两颊也热辣辣得厉害。雨田心中不禁有些焦急，连说两声"糟了"，想不到自己真的会病了起来。

直到窗外风雨声稍会停止了些，时候已敲子夜三点光景，雨田方才沉沉地熟睡去了。这一睡下去，到次日早晨十时敲过还没有醒来。王妈是到房中进来过好多次，她见雨田没醒来，起初以为他贪了睡，后来听床上有微微的呻吟之声，这就心中一跳，遂步近床边，低低地唤道：

"苏少爷，你怎么啦？身子真有些不舒服了吗？"

"可不是，王妈，昨夜换下的汗背心今天不知可曾干了吗？"

雨田蹙了眉尖低声地回答，因为他不惯赤膊睡，所以又向王妈轻声地问。王妈见他两颊绯红，真的发了寒热，遂也忧愁地道：

"莫非昨夜这一阵雨淋坏了？汗背心和衬衫都干了，苏少爷，你此刻要穿吗？"

雨田点了点头，王妈遂把衬衫和汗背心拿给他。雨田欲起身穿背心，不料头脑涨痛，他再也没有气力坐起床来，心中有些感伤的意思，由不得深深地叹了一口气。王妈见雨田病热不轻，遂三脚两步走出松云书屋来，正欲去告诉三少爷，谁知三少爷齐巧走进来，所以向石秋很急促地报告着苏少爷病了的消息。

石秋当时听了这话，也不问什么，先匆匆地走进房中，步到床边，俯了身子，把手在他额角上按了一下，觉得很是烫手，遂搓了两搓手，低声地问道：

"雨田哥，你怎么好好儿的病起来了？可有什么不舒服吗？"

"没有什么大病，大概受了一些感冒，睡一两天就好了。石秋，你瞧我这人可不识趣，在你家才只有住下，就病起来了。"

雨田摇了摇头，反而低低地安慰着他，说到后面这两句话的时候，他不免又向石秋苦笑了一下。石秋微蹙了眉尖，望着他绯红的两颊，说道：

"你别这么说，一个人生起病来，谁又能够预先料得到？我想给大夫瞧一瞧，喝一两剂药也就好了。"

石秋因为雨田生了病，这就把婚姻的事情没有再说上去，一面向他安慰了几句，一面把身子已走到房外去了。雨田待欲阻止他，可是已经来不及，也只得随他去了。

石秋到了椒花厅的上房里，墨园和楚云都已起身，坐在桌边喝牛乳。墨园见了石秋，遂望了他一眼，问道：

"你去瞧过雨田吗？他跟你怎么地说？"

"不知怎么地他竟病起来，所以对于婚姻的事，我就没有问他……"

石秋在沙发上坐下，拿过报纸，一面瞧，一面低低地告诉。就在这时候，春权也跟着进房。墨园放下玻璃杯子，很懊悔的神气说道：

"是什么病？我瞧早些去请个大夫来给他诊治诊治吧。"

"谁病了？"

"是雨田呀。他说受一些感冒，原不妨事。我说早些喝了药，就早些好了。"

春权听父亲的话，芳心不免暗吃了一惊，遂情不自禁地急急地问。石秋又放下报纸，站起身子，向春权告诉着。春权两条翠眉是锁得紧紧的，暗想：这可是我害他的了。楚云见春权的意态，大有代为忧煎的样子。因为竭力要联络感情，所以向春权讨好似的口吻说道：

"苏少爷忽然病了，要茶要水就少了一个侍候的人，假使这头婚姻彼此都满意，那么大小姐也不用避什么嫌疑，就应该给他照顾照顾的了。"

春权听她这么说，因为自己心中也很有这个意思，所以对于楚云倒有些表示感激。不过自己是个女孩儿家，当然不好意思发表什么意见，所以红了脸，却不作答。墨园知道女儿心中也赞成的，遂沉吟了一会儿，说道：

"不过雨田原说今天给石秋一个回话，偏他又病了，在他到底欢喜不欢喜这头婚事，还是个问题呢！否则，在他病中倒真需要有个人服侍的。"

"雨田所以说今天给我回话，原是为了叫他在这结婚住下的意思，对于姊姊的才貌，他早已表示很欢喜的了。"

春权对于爸爸这两句话，她心中却有些怨恨。因为在爸的意思，就是没有在解决这个婚姻之前，他叫自己是应该避一些嫌疑的。不过男女的结合，完全是仗感情的作用，雨田这次病了，我正可以在他身上效一些劳力，使他对于我可以有个好感的印象，不料爸偏这么地说一句，那不是叫我听了生气吗？幸而石秋在后面这样补充了一句，春权心头这才有些喜悦的意味。楚云是善观气色的，她当然也知道春权的意思，遂向石秋说道：

"三少爷，那么你快着人去请大夫，回头药撮来，可以叫大小姐帮着煎药。"

石秋听了，遂点头走了出去。

这里墨园和楚云喝完了牛乳，高妈拧上手巾，给两人擦过了嘴。墨园披上雨衣，遂向县政府里办公事去。楚云待墨园走后，遂拉了春权的手，笑道：

"大小姐，我此刻和你一同到松云书屋去瞧瞧苏少爷，不知他病得怎个模样儿了？"

春权巴不得有这一句话，她心里真有说不出的喜欢，遂含笑点了点头，两人一同走到松云书屋里去了。里面是静悄悄的，没有一个人，雨田却在床上微微地呻吟，他见春权和楚云走进来，遂竭力忍熬住了呻吟，向她们点了点头，表示招呼的意思。楚云拉了春权，一直走到床边，温和地先问道：

"苏少爷，你病得很不舒服吧？但你不要难受，石秋已给你请大夫去了。"

"多谢你们，可是累忙了你们，真叫我心里不安的……"

雨田点了点头，低低地回答，显然他的心中，是十分感激。春权觉得雨田今天的病，多半是自己害他的，所以心中非常抱歉，虽然很想和他说几句知心着意的话，但碍着楚云站在身旁，所以不好意思说出口，她明眸脉脉含情地凝望着雨田绯红的两颊，却是呆呆地出神。雨田见春权的神情，他也许有些理会她心中的意思，遂瞟了她一眼，微笑道：

"辛小姐和辛伯母，你们请坐一会儿吧。"

"你别客气，我们知道，那么，早晨你可曾吃过一些点心吗？"

春权颦锁了两条蛾眉，向他点点头，方才轻声地问。在这两句话中，是包含了多少柔情蜜意的成分。雨田摇头说道：

"我也不想什么东西吃……这当然因为热度盛的缘故，我想下午也许就会退的。"

"那么你要喝些茶润润口吗？"

雨田这话中也包含了安慰春权别焦急的意思，春权心头有些难受，她却说不出什么话。楚云却接着又向雨田继续地问，雨田摇头说声"谢谢你"，他眉尖蹙得很紧，显然他此刻是感到很痛苦的。楚云的脸皮很厚，她老实不客气地坐到床边，拿手去按雨田的额角，回眸望了春权一眼，低低地道：

"大小姐，苏少爷的热势真非常盛，你倒给他试一试看？"

春权被楚云这么一说，一时觉得左右为难起来，去试他热度吧，这到底有些不好意思，若不去试他热度，在雨田心中想来，倒以为我不关心他。但最后的决定，她还是忘记了羞涩，伸手也在雨田额上按了按，说道：

"真的很烫手，我想这一定受了寒，吃剂药表一表身子，就会好的。"

春权一面说，一面已很快地缩回了手。这时，外面一阵脚步的声音，石秋伴了一个年纪五十开外的陆大夫进来了，后面还跟着小红。楚云于是站起身子，春权移了一把椅子到床旁，给陆大夫坐下。小红已在书桌上取过书本，给雨田枕了手腕，给陆大夫诊脉。陆大夫诊过脉息，看过舌苔，问了一会儿病情，遂走到写字台旁去坐下，开了笔套写方子。石秋等跟到桌旁，待他开好方子后，才低低地问道：

"陆大夫，没有什么要紧吧？"

"苏先生是受了风寒底子，带有些伤寒的成分，能够不给他变成伤寒，吃了这一剂药，也就好起来了。"

陆大夫从厚厚的眼镜片子里望出来，向众人望了一眼，轻声地回答。石秋等知道雨田来的病势不轻，心中虽然有些担忧，但也没有什么办法，一面送陆大夫走出，一面着人去街上撮药。这里春权、楚云叫王妈拢旺了炉子，预备回头可以煎药。不多一会儿，石秋又走进房来，向雨田安慰道：

"没有什么大病，你不用担心的。此刻肚子饿了没有？要不喝一杯牛乳？"

"我刚才给苏少爷喝过，他喝了两口，就不要……"

王妈不待雨田回答，先向石秋告诉着。雨田摇了摇头，低低地道：

"我不饿，我一些也不想吃什么。"

"那么，你还是静静地养一会儿神吧。爸爸说，你别焦急，一个人生病谁也免不了的。"

雨田点点头，微闭上了眼皮，似乎欲睡去的样子。石秋给他帐子拉拉拢，走到春权的身旁，低低地说道：

"姊姊，回头煎药的时候，只好烦你照顾一些了。"

春权微红了两颊，说声："我知道。"石秋遂和小红放轻了步子，走出房外去了。这时，阿根已把药撮来，春权透开药包，和楚云在药方上对了一遍不错，方才投入药罐子里去。王妈把炭炉子拿进房中，春权把药罐子搁到炭炉子上去。楚云坐了一会儿，也自回房。这里房中就只剩了春权一个人，她坐在沙发上，两眼望着药罐子里冒出的水汽，却怔怔地出了一会子神。

煎好了药汁，时已近午。春权因为药汁已凉了多时，所以便走到床边，揭开了纱帐，向雨田望了一眼，低低地唤道：

"苏先生，药已凉了一会儿，我服侍你喝下了好吗？"

"辛小姐，我怎么敢劳驾你服侍，真叫我心中太感激了……"

雨田微微地睁开了眼皮，回眸望了她一眼，脸上浮现了一丝微笑，向她轻声地回答。在他表情上看来，显然是包含了无限热诚感谢的意思。春权用了极温和的口吻说道：

"苏先生，你别这么说，一个人生了病，这是最可怜的。昨夜你淋了大雨，我想，受了寒气，你所以病了，我觉得这是我害了你，因为我不该提醒你这一句话。你既已到了我的屋子里，那么在我房中坐一会儿原也不要紧，待雨小了，可以回来，这样今天就不会病了。你说是不是？所以我真担着抱歉呢！"

"这如何怪得了辛小姐？我这病不是为了淋雨的缘故吧。"

雨田听她这么说，心中感到她的多情，遂摇了摇头，微笑着回答。春权这回没有说什么，她端了药碗，坐到床边，伸手去扶起他的身子。不料雨田上身却是精赤的，春权到此由不得两颊绯红起来，秋波瞟了他一眼，低低地道：

"怎么没有穿一件汗衫？不是更容易冷了身子吗？"

雨田听了，也忍不住难为情起来，说道：

"昨夜淋了雨，把衬衫汗马夹都湿透了，所以脱下叫王妈洗出了，今

400

天早晨虽然已干，我却没有气力再穿上去。"

"这么说来，你今天的病果然是为了淋一场大雨的缘故。唉！我真太不应该了，苏先生，那么我先给你穿上了汗背心吧。"

春权说着，不免轻轻地叹了一口气，把手中的药碗又去放到桌子上，她取了床上那件汗背心，扶着雨田的身子，给他穿背心。雨田这时正病得厉害，所以一些也坐不住。此刻春权给他穿背心，他的身子是完全靠在春权的怀里，在手忙脚乱之间，雨田的脸偶然也会靠到春权颊上去，春权心中虽然有些难为情的感觉，但怕再冷了雨田的身子，所以她也管不得"羞涩"两个字，费了许多气力，好容易方才把他穿上，又给他披上了衬衫，可是春权也累得香汗盈盈，娇喘吁吁地透气。雨田是感激得难以形容，他眼角旁已展现了一颗晶莹莹的泪水，说道：

"辛小姐，真累苦你了……"

"苏先生，你别客气，快先喝了药，已经是不烫嘴的了。"

春权却很快地又端过了药碗，先凑在自己嘴唇边碰了碰，然后拿到雨田的口边，明眸含了无限的情意，逗了他一瞥微带羞意的媚眼，柔和地说。雨田在她这一份深情的态度之下，他已忘记了药汁的苦味，终于低下头去，咕嘟咕嘟地把那碗药汁大口地喝下了。春权放下药碗，又拿开水给他漱了口，方才扶着他身子躺下，把他被塞塞紧，拿手帕在他嘴角旁拭了一下水渍，低低地道：

"你静静地躺一会儿，身子出了一身汗，那热度就会退去了。"

"辛小姐，我也说不出什么感激的话来表示谢谢你，我只有心里记着你是了。"

雨田见她这一种不避嫌疑地服侍，即使她已做了我的妻子吧，也不过如此罢了。但现在人家到底是个姑娘的身份，肯这么赤胆忠心地对待我，那到底不是一件容易的事情。雨田因为心中感动得过分的缘故，他在说完了这两句话之后，眼泪已扑簌簌地滚下来了。春权听了，心中虽然是得到了无上的安慰，但瞧了雨田落泪的神情，她也有些悲酸的感觉，遂微笑道：

"你别那么说，我知道你是一个身世孤独的人，在生病的时候，当然更会引起心头的悲哀，我因为同情你的环境，所以我聊尽一些人类互助的义务。况且你又是我弟弟石秋的好朋友，说得近一些的话，你也和我弟弟一样，所以，你千万别说感激的话，倒叫我听了，感到很不好意思。"

雨田听她说得那么委婉动听，尤其这一句"你也和我弟弟一样"，那么她竟要做我的姊姊了。雨田在这么感觉之下，他情不自禁破涕笑了起来，说道：

"那么我也就叫你一声姊姊吧！"

雨田说这一句话的时候，原是乐而忘形的表示，不过既说了出来，他又觉得是太冒昧了一些，因此脸更加上了一层羞涩的红晕。其实，春权耳中听来，一颗芳心，是只有甜蜜和喜悦混合的滋味，因此她也绯红了两颊，把秋波逗给他一个妩媚的娇嗔，赧赧然地别转身子去。雨田被她这么地一来，他更有些悔恨，遂低低地道：

"辛小姐，你生气吗？可是你就饶我这一次。"

"谁生气？假使你愿意有像我那么一个丑陋姊姊的话，我总也可以承认你是我的弟弟。"

春权听他这么说，遂立刻又回过身子去，秋波盈盈地逗给他一个倾人的甜笑。雨田心头才算落下了一块大石，他点了点头，心里荡漾了一下，笑道：

"不过我听石秋说，你还只有二十四岁，以年龄而论，你就不该做我的姊姊……"

"嗬！你这人倒也惯会得寸进尺的……"

春权嗬的一声，明睁白了他一眼之后，也不免掩着嘴笑起来，她这回别转身子，却是匆匆地向房外奔出去了。雨田知道她是难为情的表示，因为心里欢喜，所以头痛也忘记了，他忍不住微微地笑起来。也不知经过多少时候，雨田却是沉沉地熟睡去了。

待雨田醒回来的时候，房中已笼上了一层黯淡的薄雾，他觉得自己的身子热度是并没有一些退去，这就感到焦急，暗想：那一剂药喝下了，怎么一些效力都没有？就在这时候，房内已上了灯火。听春权的声音问道：

"王妈，苏少爷还没有醒来吗？二汁的药却已煎好多时的了。"

"不听他有什么动静，大概没有醒来。大小姐，你倒掀开帐子瞧瞧他……"

春权这就走到床边，把纱帐掀开去一望，却见雨田在和自己点头，于是把帐子挂上了，微微地一笑，向他低低地问道：

"你醒来了，热度可曾退去了没有？"

"喝了这药像喝水，热度一些没有退去，这大夫真是饭桶。"

雨田听问，摇了摇头，表示很烦恼的样子。春权因为有了刚才和雨田一会儿相倚相偎给他穿衣服的事情，此刻也就很大方地在他床边坐了下来，伸手在他额角上按了一会儿，觉得依然十分烫手。虽然心头有些忧愁，但她粉脸上还浮现了一丝微笑，温和地说道：

"你不听俗语说，做病容易收病难，你如何能够这么性急呢？且喝了二汁的药，今晚一夜睡过去，明天早晨一定可以热度全退完的了。你刚才这一觉睡得很长久，这也是好的现象。"

春权一面说，一面扶了他身子又给他喝二汁的药。雨田听她这么地安慰，心中也觉得不错，遂点了点头，把二汁的药喝完了。王妈站在床边，端了一杯温开水，又给他漱过了嘴。春权把他扶到床上，雨田因为没有丝毫的气力，这就深深地叹了一口气，大有黯然神伤的样子。春权便安慰他，说道：

"好好儿的又干吗叹气了？别难受，明天就好了。"

"我想昨天还好好的，今天就病倒了，病魔真令人可怕，也不知几时才会好起来呢！"

"我不是对你说明天就好了吗？一个人小病小痛总难免的，一有了病，气力没有，这也是势所必然的现象。明天热度一退，自然也可以起床了。"

春权见他愁眉苦脸的神情，遂一撩眼皮，瞟了他一眼，低低地安慰他。雨田点了点头，明眸脉脉地逗了她一瞥感激的目光，却没有作答。春权忽想到了什么似的，又问他说道：

"那么你此刻可曾想什么吃吗？最好是吃些稀粥。"

"我一些也不想吃，因为我没有饿。"

"稍会吃些试试，王妈，你把煮热的馔粥去盛一碗来。"

春权低低地劝着他，一面向王妈吩咐。王妈答应，便匆匆地下去，这里雨田却伸出手来，把春权的手握住了，很感动地道：

"辛小姐，我虽然身上热度没有退去，不过我心里却很安慰，因为在我的病榻旁边，有你那么一个多情的姑娘陪伴我、服侍我，所以我这次的病是感到十分幸福。"

春权听他这么地说，又喜欢又羞涩，红晕了娇靥，秋波斜乜了他一眼，却不好意思回答什么。雨田见她这娇羞的意态，那是更增加她妩媚的风韵，因为她的纤手，尽让自己牢牢地握住着，可见她对我是这一份的柔情蜜意，于是又低低地说道：

403

"辛小姐，石秋昨天对我说，老伯欲把你配给我做妻子，不知他们也曾经来征求过你的同意吗？"

春权想不到他会对自己问出这一句话来，一时芳心的跳跃不免像小鹿般地撞个不停。因为这到底是一件太难为情的事情，所以她不得不假装没知道般的神气，摇了摇头，瞟了他一眼，低低地说道：

"我委实没有知道这一回事，弟弟昨天在什么时候对你说的？"

"在昨天下午对我说的，而且老伯还有这一层意思……"

雨田见她说得很认真的神气，一时倒以为春权真的没有知道，于是也显出很正经的样子，把石秋昨天对自己说的话，又向春权告诉了一遍，并且又说道：

"我想自己是个漂泊天涯的游子，孤零零的，既没有高深的才学，又没有什么恒产。辛小姐才学好，人品好，家境更好，所以我觉得是太委屈了你，因此在昨天我就没有立刻答应石秋，今天不料会病了。出我意外的，辛小姐居然这么多情地服侍我、安慰我，我在感激零涕之下，又感到万分欢喜，所以我不管冒昧地向你说了出来，不知辛小姐对于这头婚姻也赞同吗？"

春权听了他这一篇话，方才明白雨田昨天所以不立刻答应婚姻的由来，原是怕我心中不欢喜的意思。这就感到他至少是包含了一些可怜的成分，遂望着他的脸，低声地说道：

"我以为男女两性的结合，原不是为了'金钱'两字做前提的。俗语谓女子出嫁，统曰嫁人，既然说是嫁人，那么当然是嫁一个人，并非嫁金钱。只要对方人好，至于有家产没有家产，这是根本不成问题的，你以为自己是个天涯的游子，所以恐怕人家厌憎你吗？可是我正因为你是个天涯的游子，所以我给你表示同情，我觉得你的思想是太抱消极一些了，这当然是因为你遭遇不如意的缘故。不过从今以后，我却希望你能够积极一些，因为少年人是不可无春夏之气的，只要你努力奋斗一下，那么，我相信你的前途必定有光明的展现。"

雨田细细回味她这几句话，很显明的，春权已答应情愿嫁给我了，在她的意思，就是从今以后，我可以步入如意的道路，踏上幸福的乐园。雨田在这样感觉之下，他是越想越甜蜜，越想越兴奋，望着春权的粉脸，得意地笑起来，说道：

"辛小姐，你待我这么好，真不知叫我如何地报答你才是！"

"可是你又说孩子话了，既然你答应了我的爸爸，那么在我俩之间还用得到'报答'两个字吗？"

春权乌圆眸珠在长睫毛里滴溜地一转，逗给他一个媚人的甜笑。不过她既说出了口，心里却又感到难为情，因为这后面的一句话，究竟显得太以亲密了一些，自己一个女孩儿家，在一个年轻男子的面前，未免失了姑娘的身份，因此红晕了两颊，却羞得抬不起头来了。但雨田听了，却把她每一句话都深深地嵌在心眼上了，握了她的手，紧紧地摇撼了一阵，笑道：

"辛小姐，不，也许我真可以叫你一声妹妹了。妹妹，你允许我这么叫吗？"

春权虽然是个高中毕业的女学生，但她却向来没有一个男朋友的，至今生长了二十四年，对于男女恋爱的滋味，实在还只有今天第一次尝到，所以她虽然非常喜悦，但总也非常羞涩。现在被雨田这么一叫，她差不多连耳根子都羞涩得通红起来。正在不知所对的时候，幸喜王妈盛了馈粥进房来了，春权才脱了他的手，向王妈接过碗，说道：

"你把桌上那碗甜酱瓜拿来。"

王妈答应，遂把那碗甜酱瓜放到床边的桌上，春权把羹匙舀了一匙粥，放在嘴边吹了吹，又凑到雨田的口边，瞟了他一眼，微笑道：

"这粥煮得又香又热，你快吃吧。"

雨田瞧她这举动好像是对待一个孩子的模样，心里又甜蜜又好笑，虽然自己不想吃，但也只好免不得意思地吃了两口，摇了摇头，说道：

"我真的吃不下，留着回头给我吃吧。"

春权知道他内部没有清洁，所以吃不下东西，心中这就有些忧愁。不料这时候，石秋和小红走进房来，小红见春权拿了饭碗舀羹，显然是在喂雨田吃粥，遂不免笑叫道：

"雨田哥，你现在是变成孩子了，我们春权姊姊待你多好呢！"

"断命三嫂这妮子最刁恶，开我什么玩笑？我可不依你！"

春权听了这话，脸又浮上了一层玫瑰的色彩，站起身子，放下饭碗，走到小红的面前，扬着手，逗给她一个娇嗔，却向她做个要打的姿势。小红握住她的手，一面告饶，一面却咯咯地笑。石秋走到床边，望着雨田红红的脸，低低问道：

"热度退了没有？此刻人觉得怎么样？"

"热度稍许退一些，人倒清爽多了。"

雨田低声地回答，他也有些报报然的样子。石秋伸手摸他额角，觉热势并未消减，不过他既说人清爽多了，所以倒也很安慰。其实雨田所以忘记了痛苦，完全因为春权待他多情的缘故，事实上，他的病没有减，只有加重，只不过他自己不理会罢了。那时小红停止了笑，正经地向春权说道：

"大姊，笑话归笑话，正经归正经，你怎么就此不给雨田哥吃粥了？回头冷了吃着倒又要碍胃的。"

"他原吃不下了……"

春权低低地回答了一句，不知怎么的，她想到自己只说了一个"他"字，因此又红着脸难为情起来了。但小红却没有理会这些，自管走到床边来，也向雨田问了一会儿。这时，上房里高妈走来，叫三个人吃晚饭去。

晚饭后，春权又到松云书屋来给雨田做伴，到十点敲过，方才自回梅笑轩里去安息。

次日，陆大夫又来给雨田复诊，问他们：

"可给雨田吃过什么东西？"

春权说：

"没有吃什么，只给他吃过两舀羹的馕粥。"

陆大夫说：

"雨田是已变成伤寒了，此后千万不要给他乱吃食物，他不要吃什么东西，还是不给他吃的好。"

春权听了，一面答应，一面却暗暗地忧愁。

光阴匆匆，转眼之间，雨田病了不觉已有十天。在这十天之中，雨田饮食不进，热势如炽，昏昏沉沉，势成火蒸伤寒，病情颇为危险。春权陪在旁边，不免暗暗偷弹眼泪。石秋、小红的心中也焦急十分。墨园感叹不止，劝春权不要再和雨田做伴了。春权却执意不允，说我身已许给他，他若不幸的话，也是我的命苦，从此不再嫁人。墨园想不到春权会这么地痴心对雨田，遂也只好由她，唯有天天请名医给雨田诊治而已。这天下午，春权坐在床边，望着雨田昏迷的样子，呆呆地出神。忽然雨田回过头来，望了她一眼，叹息道：

"妹妹，想不到我竟辜负你的一片深情了。"

春权突然听他说出这句话来，一颗芳心，不免疼痛若割，伏下身子去，握着他的手，叫声："雨田，你怎么说出这些话来……"她忍不住已呜呜咽咽地哭泣起来。

第五回

死里逃生今做人上人

虽然已是初夏的季节，但今天天气并不十分好，暗沉沉的，仿佛要落雨的光景。室中是浮上着一层黯淡的阴影，静悄悄的，一切的家具也呈现了一些凄怆的样子。雨田绯红着脸，两眼含了晶莹的热泪，呆呆地望着伏在床前呜咽的春权，茫然地出了一会子神，良久，把他颤抖的手去抚摸春权的粉脸，低沉地劝慰她道：

"春权，别哭了，你待我的情分，天没有你的高，海没有你的深，地球没有你的大，太阳没有你的热。这次我竟会不治而逝，这真是梦想不到的事情，虽然我遇见了你，觉得死无遗恨，不过在你心中是悲痛的，我感到太对不起你一些罢了。但这并非我甘心情愿有这么悲惨的结局，在我有最后一分能力的存在，我总要和死神搏斗一下的。春权，你千万不要伤心，我相信老天也许会垂怜着我们吧！"

雨田说到后面，话声是在颤抖着，也包含了有些哭出来的成分。春权听了这些话，心是片片地碎着，肠是寸寸地断着，她觉得自己是命苦到了极点，因此她说不出什么话，只会抽抽噎噎地哭泣着。雨田见她哭得伤心，不觉惨然，泪亦雨下，轻声地又道：

"春权，你为什么老是哭？叫我瞧了伤心。唉！我们的缘分就是这么短短的几天呀！我死了之后，你可以不必太悲伤，因为在这短短的几天日子中，你把它当作一个梦。过去的让它平凡地过去了，期待着未来的光明吧！春权，在这千金一刻的现在，你不要尽管哭，你应该多向我说几句话……"

春权虽然是肝肠痛断，但为了不要引起雨田的痛伤，使他增加了病体，于是只好停止了哭泣，抬起满颊是泪的粉脸，明眸含了无限哀怨的目光，向他逗了一瞥，柔声地说道：

"那么你也不要向我老是说这些使人伤心的话呀！宋大夫是这儿最有

名的，他说伤寒这个病症，无论你怎么凶险，只要对症发药，一帖药就可以挽回过来。所以，你不用忧愁，这并不是绝症，你且喝下宋大夫的药后，明天一定可以见效了。"

"是的，得能够如此，这固然是我的大幸，也是你的大幸……"

雨田听她这么安慰，遂浮现了一丝苦笑，低低地说。因为春权的粉脸像朵出水的芙蓉，映现了晶莹的水珠，愈觉楚楚动人。雨田心中，此刻又爱怜十分，遂伸过手去，抹她颊上的泪水。春权遂取出一方手帕，也给他颊上揩拭泪痕。雨田叹道：

"我平生不常生病，谁知今日一病，却会病得如此凶险。唉，人生的哀乐，真是变幻莫测。自从我的石英死后，我就觉心灰意懒，仿佛我生命中已失却了一件宝贵的灵魂，什么事情都振作不起精神来。石秋也许同情我的身世，可怜我的遭遇，所以他叫我一同到家来游玩几天。在未向我谈起你的婚姻事情，我当然是理会不到这许多。那天下午，石秋对我说了这头婚姻的话之后，我才明白石秋叫我到来游玩，在他是早已存下了一个心的。虽然我是感到那么欢喜，不过我怕你心中不愿意，因为我是个天涯的游子呀，像天空的浮云，像流水的绿萍，漂泊无踪，环境是太可怜恶劣了。当夜在院子里遇见了你，和你谈了许多的话，出乎我意料之外的，你竟对我很表同情，我知道你因可怜我所以也有爱上我的意思。啊，天哪！这我是多么高兴，因为在我一个曾经失掉灵魂过的人，此刻又给我补充了一个灵魂，那我的精神不是可以复活了吗？我望着天空中光圆的明月，我觉得骄傲，我曾经对明月有过这么的感想：你不要向我夸耀，不久的将来，我也有像你那么团圆。但是万万料不到，天际会飞过来一朵浮云，它把明月掩没了，而且还落起大雨来。到现在我细细地想，觉得这正是象征着我的命运，因为今日的病危，不是突然遭到可恶的浮云所打击的吗？唉！春权，人生就是这么缥缈啊……"

雨田一口气说了这许多的话，他已经是非常吃力，不停地气喘着，他脑海里浮现着过去的悲欢离合，他的泪水又像雨点儿一般地落了下来。春权是说不出一句安慰他的话，她心头是空洞洞的，只觉无限悲酸。是的，那夜他曾经对我说，他在没有遇到我之前，他的前途感到黯淡，从今以后，他又有新生的希望了。可见他的心中，确实把我已当作灵魂了，但突然来的这一阵子大雨，仿佛是半天起了一声霹雳，海里来了一个波涛，难道真会把我们又打散了吗？想到这里，心痛若割，情不自禁把粉脸偎到他的颊上去，哽咽着道：

"雨田，被你这么说，我觉得你今日的病完全是我害了你的。因为你这场大雨的淋打，不是为了我提醒你一句话吗？唉！我害了你。雨田，假使你真不幸的话，叫我怎么能做人呢？倒不如跟你一块儿去好吗？"

"春权，你别说傻话了，天下哪有这种的事实？有这两句话，我虽死亦瞑目的了。"

雨田听她这么说，倒不禁挂着眼泪笑起来，抱着春权的身子，默默地温存了一会儿，他想不到春权对自己有这么痴心，他感到幸福。但是，他也感到悲痛，因为他觉得这话若果然成事实的话，岂不是太惨了吗？难道我们的命运和唐小棣、秦鹃儿一样凄绝人寰吗？不过我们的情形不同，我如何能忍心为了自己的死，而累害一个姑娘也幻灭她宝贵的生命吗？这绝没有这个道理。于是偎着她的粉脸，又向她认真地说道：

"春权，生死大事，岂人力所能挽回？我若不幸而死，这也是我的命，如何能怨你的累害？你说这些话，反而叫我听了心痛。假使我和你已结过婚了的话，我一旦病死，做妻子的也没有殉夫的理由，何况我们连婚还不曾订过呢？春权，你是个年轻的姑娘，前途真不可限量，我死之后，我劝你不要伤心，我希望你身子保重，不过我也许会得到救星的，因为我的身世已经是十分可怜，难道老天一定要把一个身世可怜的人偏陷入到悲惨的境地吗？我想这也许是不会的吧。"

"是的，雨田，老天绝不忍心这么残酷的。你放心，你不要说死的话，我相信你一定会好起来的。"

春权点了点头回答，但她的眼泪却会不由自主地滚了下来。就在这个时候，石秋和小红也步进房中来，见了他们这个情景，心头也是非常悲酸。小红眼眶子里也含满了泪水，轻轻地走到床边，向春权低低地安慰道：

"大姊，你不要引逗雨田哥的伤心吧。宋大夫不是说过吗？这病是不要紧的。"

春权听了这话，遂离开了床边，收束了泪痕，秋波逗了她一瞥哀怨的目光，叹了一口气，说道：

"我没有引逗他的伤心，因为他对我说得悲酸，叫我听了心痛。"

"雨田哥，你千万别胡思乱想，一个人谁也免不了要生病的，过几天就好起来了，你不要难受吧！"

小红听春权这么说，遂回过身子去，向床上的雨田又低低地安慰。雨田点了点头，表示感谢她的意思，却没有作答。石秋这时也步到床边，望着雨田瘦削的脸，说道：

"你不要烦恼，有病的人，最要紧把心境放宽，千万不要想到危险头上去，这样对于病体是很有益处的，因为心理作用，是非常有效验。我告诉你一个故事听，你就可以明白了。从前，有个研究心理学的医生，他得到法官的许可，把一个死犯用布条子扎包了眼睛，然后拿针把他手指刺了一下，在他旁边放了一只桶，盛了一些水，再用东西盛了水，一滴一滴地点下去，那桶内就溅起'噔噔'的水声音来。这时，旁边一个人告诉他：'你手指上的血兀是不停地流着哩！'那死犯因为眼睛没有瞧到，耳中听的果然有血淌的声音，因此他心中起了无限的忧愁和害怕，以为一个人血流完了便要死的。他愈听愈害怕，愈想愈忧愁，结果他真的死了，但事实上，他并没有流血，无非是他的心理作用。所以，忧愁是一件最不好的事情，因为这是能增加病体的。雨田哥，我再讲一个故事给你听。从前，有一个人患了一个背疽，这是一个绝症，医者都感到难治，但有一个医生，却对那人说道：'你这个背疽倒没有什么危险，只是你手里这一个小小的疮，真非常厉害。'那人听了这话，因此天天把心对在这个疮上，忘记背上有个疽了，这样过了几天，手里的疮固然没有厉害起来，而他的背疽却给那个医生治愈了。病者惊问其故，医生笑着道：'这就是心理作用的缘故，因为我对你这么一说之后，你就忘记了背疽的厉害，其实手里的疮原没有关系。所以说天下的人，都是自己吓死的多，病死的少。我以为你只要放宽心怀，静静地服药调养，那病根本是极轻微的呀！'"

雨田听他说了这个故事之后，心头果然放宽了许多，遂点了点头，很感激地望了他一眼，低低地说道：

"不错，石秋，我现在不再忧愁了，因为忧愁确实是有伤身子的。"

石秋听了，说声："这才对了。"这时，王妈把煎好的药端上，春权接过，拿给雨田喝下，低低地道：

"这是宋大夫的一剂药，你喝下后，就会好起来了。"

雨田点了点头，表示很相信这两句话的意思。春权服侍他喝下后，叫他静静地躺一会儿养神。石秋、小红安慰了春权几句后，因为怕病人嫌烦，所以又悄悄地走出房外去了。春权因为一心欲嫁雨田，所以在前两天就睡在雨田的房中下首那张床上，预备晚上服侍可以便利些。墨园见她这么痴心，也没法去阻止她，只好由她去了。

这天晚上，雨田喝下宋大夫的二汁药后，觉得人果然轻松了许多，他心里很欢喜，也许自己真能够死里逃生了。所以望着床边相伴的春权，低低地道：

"春权，我喝了宋大夫的药后，我觉得真的好了许多，宋大夫真有些本领的。"

"可不是！你额角上仿佛有些汗水了，但愿明天热度减退了，那真是叫我谢天谢地的。"

春权听他这么说，遂把手按到他额角上摸了一会儿，微展现了一丝笑容说，在她的芳心里，是十二分热诚地虔祷着。雨田笑了一笑，说道：

"这次病若能够好起来，这全仗妹妹看护的力量。"

"只要你心中有这样的意思，我感到非常欢喜。"

春权几天来的满堆忧愁的脸，此刻又浮上了一层青春的色彩，俏眼逗给他一个妩媚的甜笑，表示无限温情蜜意的神情。两人脉脉含情地望了一会儿，雨田方才说道：

"时候不早，你可以睡了吧。为了我这几天的病，你的脸也累苦得瘦削多了。唉，春权，你的恩情，不足言谢，我唯有希望你永远健康吧。"

"只要你能够一天一天地好起来，我累苦些算得了什么？雨田，我们是不用再说什么'感谢'两个字了，你此刻想些什么吃吗？"

"我不想什么吃，你倒杯开水我喝。"

春权遂站起身子，在桌上热水瓶里倒杯开水，挽了雨田的脖子，服侍他喝了半杯开水，又用手帕给他拭了拭嘴，方才把他被盖盖好。雨田又道：

"你此刻可以睡了，我也要闭一会儿眼了。"

春权听他这么说，遂点了点头，自管睡到下首的床上去了。其实，雨田自己依然不能合眼，在他所以这样说，无非爱惜春权身子的意思。果然，春权因为是太疲倦了的缘故，她一睡下就入梦乡里去了。雨田直到时钟敲了十二下，方才也有些倦意，合眼蒙眬睡去。也不知经过多少时候，雨田忽然被一阵内急醒了回来，暗想：病后就大便不通，此刻突然欲解了，这也是好的现象。不过自己要掀被下床的能力是再也没有了，喊醒春权吧，心中又觉不忍，因为她还只有刚睡熟。心中这样地想着，他便费尽气力把身子跳下床来，脚还没有下地，他先瑟瑟地抖得厉害，突然一阵头昏且眩，他再也支撑不住，砰的一声，身子便跌到地上去了。

这一阵声响，把春权惊醒过来，纤手揉擦了一下眼皮，睁眸见雨田跌倒在地上的情景，芳心这一吃惊，真非同小可，不禁"啊"了一声，也来不及披上旗袍，就直跳下床来了，奔到雨田的旁边，慌忙把他身子扶了起来，急急地问道：

"雨田，你起来拿什么？怎的不叫我一声呀？唉，可曾跌痛了哪里没有？"

"你别焦急，我没有跌痛什么地方，因为我要大解了。"

雨田被她抱住了身子，遂向她望了一眼，只见她微蹙了翠眉，睡眼惺忪，显然被自己突然惊醒，所以还很蒙眬的样子，一时心头十分爱怜，而且又非常抱歉，虽然自己是真有些跌痛了，不过他还装出没有什么的神气，向她低低地安慰。春权秋波逗了他一瞥怨恨的目光，带了埋怨他的口吻，轻声地说道：

"那你为什么不喊我呀？你真是……"

说到这里，却说不下去。把雨田身子慢慢地扶到便桶旁，揭了便桶的盖子，让他坐了下来。雨田在坐下便桶的时候，低下头去，方才瞧到春权的两脚，还是光着袜子，一时感到她当时芳心的焦急情形，也就可想而知的了。他感动得几乎又欲落下泪来，遂抬头望了春权一眼，说道：

"你快去穿上了鞋子吧……"

因了他这一抬头，忽然瞥见她身上还没有穿上旗袍，只有那一件粉红府绸衬衣，露着两条雪白丰腴的膀子，又因为那衬衣是鸡心领子的缘故，所以还可以瞧到她雪白的酥胸。雨田是一个没有亲近过女色的少年，他瞧了春权这么一个引人的娇躯，因此自不免愕住了一会子。春权这才理会到自己不但没有披上旗袍，而且还没有穿上鞋子，于是慌忙地走到床边坐下，一面披上旗袍，一面套上那双薄呢的软底鞋子，又走到雨田的身旁，只见他两手托了下巴，脸涨得红红的样子，遂悄声问道：

"吃力吗？我给你倚靠一会儿好吗？"

"不用，你拿件衣服给我披一披，我感到有些寒意。"

春权听了，遂在床上撩过一件绒线衫，这是石秋前几天给雨田穿的，春权一面给他披上，一面把自己身子蹲下来，给雨田倚靠。雨田因为确实没有气力，所以也只好靠到春权的身上去。好一会儿，雨田想到春权这么蹲着，是太吃力一些，遂坐正了身子，说道：

"你起来吧，这样子你太辛苦了。"

"你还管我做什么？我没有辛苦，你只管靠着好了。"

"唉！你这么关怀我，我如何能不顾到你呢？春权，你起来吧。"

雨田心中感动极了，望着她红晕的粉脸，把手推了推她的身子说。春权听他这么说，一颗芳心自然十分安慰，遂笑道：

"你是有病的人，还能再受一些吃力吗？我没有关系，辛苦些要什么紧！"

"可是我不忍心，因为你也是个娇弱的身子，太辛苦了，不是也会累病的吗？"

"但我也不累什么，你解完了没有，别又冻了身子，早些躺到床上去吧！"

"你拿张草纸给我。"

雨田点了点头，低低地说。在春权心中的意思，欲拿了草纸给他代为揩擦。不过我们到底还没有结过婚，对于这一点似乎感到太难为情了一些，因此她是并没有实行。

春权把雨田身子扶到床上的时候，雨田已经感到不胜疲劳，坐在床沿边息了息力，握住春权的手，低低地道：

"一个人有了病，连大解一次都需要有人扶持，可见病这件东西真也令人可怕的了。"

"那是因为你没有吃食的缘故，不要说你有了病的人，就是我们好好的人也岂能近十天不吃东西吗？只要你胃一开，慢慢地自然有气力了。雨田，不要老坐着，躺下来睡吧。"

春权一面安慰着他，一面把他身子扶倒，给他轻轻地盖上了被。雨田望了他一眼，摇了摇头，说道：

"我为了不忍惊醒你，所以自己起床，不喊你来扶我，可是，结果还把你吓了一跳，你刚才一定吃惊不小吧？"

"你还说哩，雨田，以后千万别再这样，万一跌重了，那不是反而叫我更加重一头心事吗？其实，我虽然睡着，我的心是很警感的，你只要轻轻喊我一声，我就会听得到的。"

春权听他这么说，不禁抿嘴嫣然地一笑，但立刻又鼓着小腮子，秋波逗给他一个妩媚的娇嗔。雨田听她这几句话，心里是感动到了极点，遂笑道：

"我记得在我七岁那年，母亲还在人世上，这天我病了，也病得很厉害，母亲服侍我病中的情形，可说是衣不解带的。现在隔别了悠久的十八年了，我想起你服侍我的情形，使我又想起母亲的慈爱来，因了母亲的慈爱，当然叫我又要想到你的慈爱，所以我觉得你对我的关心，真仿佛是我的母亲一样……"

春权想不到他絮絮地会说出这几句话来，一时又羞又喜，红晕了娇靥，啐他一口，笑嗔着道：

"你这人又说孩子话了，可不要折死了我……"

她说到这里，逗给他一个白眼，给他放下帐子，便很快地回到自己床上去了。雨田见她虽然是薄怒娇嗔的神情，不过他知道春权的芳心里至少是包含了一些喜悦的成分，因为在春权回身的时候，他是听到春权发出了一阵咇咇咇的笑声。

宋大夫的药果然有效，雨田在给他诊治了以后，病势便日日地减轻，不到二十天后，雨田已是完全地复原了。在这二十天里，墨园把家产也给他们分清楚了，不过他们所分的不是金钱，都是一些田地和房屋，无非指点明白，哪一处是宾秋哪一处是雁秋的罢了。宾秋和雁秋在分清楚家产之后，因为北平和汉口家中还都有小孩子在着，所以各人带了妻子，辞别墨园就匆匆地动身走了。墨园因雨田人已经大好，他心里非常欢喜，觉得自己又可以完却一头心事了。以下只有春椒和麦秋两个孩子，他们年纪尚轻，对于婚姻事情自然又可以迟缓一步了。

这天，雨田已是起床，在室中来回地踱步，心里暗想：从上海到这里，一转眼之间，不觉已有一个多月了。在这一个月里，我竟整整地病卧到现在，那真是一件梦想不到的事情，固然是宋大夫的药力有效，而一半也是春权病中爱护备至，今日得更生在人间，实在叫我不能不感谢春权的仁爱。正在暗自出神，忽然见春权悄悄地走进来，手里拿了一盆红红的樱桃。她见雨田在室中踱圈子，这就逗给他一个娇嗔，笑道：

"才好了一些，你怕不会乏力，所以要这么劳动着吗？"

"谁说的？我因为睡腻了，若不起来学步走走，怕连路都会走不像了。"

雨田一面停止了步，一面笑着回答。春权这就噗的一声笑出来，瞟了他一眼，说道：

"照你这么说，你越发像三岁的小孩子了。"

"那倒是真话，这次的病，可说是死里逃生，我觉得是第二世做人的。春权，这樱桃是给我吃的吗？"

雨田一面说，一面步上来伸手去取春权拿着盆里的樱桃。不料春权却把盆子移开得远远的，秋波睐了他一眼，笑道：

"谁拿给你吃的？我是拿给你看看的，你瞧这樱桃的颜色红得好看吗？配了绿绿的梗子，更加显得娇艳一些了。"

"好妹妹，你别捉弄我了，拿给我瞧瞧，难道要我流着涎水吗？"

春权听了，忍不住又哧哧地笑，遂把那盆樱桃放到桌子上去，向雨田说道：

"你才病好一些，这东西怕不好吃，还是瞧瞧得了。"

"少吃一些没有关系，好妹妹，你就给我吃一个吧！你不给我吃，那你还不如不拿进来好吗？"

雨田跟着她到桌子旁，一面笑着央求，一面伸手又去拿。春权故意和他闹玩笑，拦了手，不许他去拿。雨田没法，只好去拉住她的纤手，忽然明眸瞧到春权的小嘴儿，因为她是涂过了嘴唇膏的缘故，所以也红得像樱桃那么可爱。这就触动了灵机，便很快地凑上嘴去，啧的一声，在春权的嘴唇上偷亲了一个吻去。春权对于他这迅速的举动，是再也防不到的，一时躲避不及，这就绯红了两颊，"嗯"了一声，逗给他一个娇嗔，缠住着他闹不依。雨田却咯咯地笑道：

"谁叫你不给我吃桌上的樱桃？那么我当然只好吃妹妹身上的樱桃了。"

"啐！我只道你是个老实人，谁知你也不是一个好东西！"

春权噘着小嘴儿，伸手恨恨地打了他一下，也不禁羞涩地笑起来了。就在这个时候，忽然听得有人笑着嚷进来，说道：

"大姊，你说给我听听，谁不是一个好东西呢？"

随了这两句话，湘帘掀处，只见小红姗姗地进来，后面还跟着石秋。雨田和春权因为是心虚的缘故，所以一颗心像小鹿般地乱撞，两人连耳根子都感到热辣辣地红起来。幸而春权也是个转机灵敏的姑娘，笑道：

"他笑我涂了一些嘴唇膏，说我像樱桃一样，你瞧这人坏不坏？那么你说三嫂这张嘴像不像樱桃吗？"

"雨田哥取笑你，你又拉扯到我的身上干什么？可见你们真是一对坏东西！"

小红这两句话把石秋、雨田都说得好笑起来，春权见小红笑得花枝乱抖那样，遂白了她一眼，伸手要去拧她的嘴。小红却把她握住了手，又连连地告饶。石秋在沙发上坐下了，向雨田望了一眼，说道：

　　"我此刻到来，是向你们报喜信的。爸爸上午对我说，他在县政府里已给你谋了一个文书的职位，月薪大概二百元，假使你身子完全复原了的话，就可以去办公的。"

　　春权听弟弟在说正经的事了，于是不再和小红缠绕，也坐到写字台旁去，听石秋继续地说话。雨田心里自然非常感激，一面坐下，一面说道：

　　"老伯这样厚恩，真不知叫我如何报答。"

　　"雨田哥，你还说什么老伯哩！干脆地叫声'丈人'不好吗？你且听石秋告诉下去，还有叫你甜心的话呢！"

　　小红不待石秋回答，先把秋波向雨田盈盈地斜乜了一眼，忍不住抿嘴哧哧地笑。春权却白了小红一眼，这表情有些又恨又爱的样子。小红却做不理会，听石秋又说道：

　　"爸爸的意思，在八月里给你们行结婚礼。现在一则天气太热，一则雨田病后身子也不大好，总要健康了一些才好……"

　　石秋说到末了，却是忍俊不置。雨田没有回答，红了脸，只有傻笑。春权知道后面这两句话，爸爸绝不会这么说的，一定是弟弟加的作料，吃我们豆腐。这就逗给他一个娇嗔，又恨又笑着说道：

　　"弟弟，爸爸难道对你也说过后面这些话吗？"

　　"当然真的，姊姊不信，你和我一同去问好了。"

　　石秋故意还显出十二分认真的神气，小红早又弯了腰肢哧哧地笑。因了小红这一笑，春权啐了她一口，大家也忍不住都笑起来了。这时，麦秋奔了进来，他见了桌上的樱桃，两只小眼睛就滴溜地滚转着。因为这是雨田住的屋子，他就向雨田问道：

　　"雨田哥，你这个樱桃给我一些玩玩好吗？"

　　"四叔，你不要叫他哥哥了，你快些叫一声姊夫，那么这些樱桃全送给你吃。"

　　小红听麦秋这么地问，遂笑盈盈地叫他喊姊夫。麦秋听三嫂说叫声姊夫可以拿这许多的樱桃，心里好生欢喜，这就跳到雨田的面前，连连喊了两声姊夫。雨田被他喊得答应固然不好，不答应也不好，因此红了两颊，倒是木然了一会子。石秋、小红瞧此情景，早又忍不住大笑不止。那时，春权心中虽然十分羞涩，但是也十分得意，在得意之中，而且还掺和了一些甜蜜的成分。所以她红晕的粉颊上，那喜悦的笑容也就没有平复的时候了。

韶光像流水一般地逝去，它是毫没有情分可说的，一天一天的，终于到了雨田和春权团圆那一个季节里。不过，在雨田和春权心中的感觉，那流光是分外有情，因为他们的婚期是一天一天地近起来了。这天，辛家别墅里真热闹得了不得，张灯结彩，各人的脸上无不喜气洋洋的。在院子里还搭了一个戏台，因为小红的干爹秦可玉从上海送来五班堂会，里面有小京班、申曲、苏滩、滑稽及魔术团，所以这次的春权结婚，实在闹猛十分。和石秋、小红权行花烛两相比较，自然是另有一番情景了。

这一天的兴高采烈，贺客如云，也终于被夜之神悄悄地带走了。酒阑灯灺，众宾欣然而散。春椒和麦秋姊弟俩给他们捧了花烛，送入洞房。新房是梅笑轩春权的卧室，春椒和麦秋只好又住到松云书屋里去。

石秋、小红等在新房里闹玩了一会儿之后，因为时已不早，所以向他们道了晚安，也就各自回房。雨田待他们走后，遂去关上了房门，走到春权的旁边，拉了她的手，笑道：

“妹妹，今天是八月十四，月色已经很圆了，到了明夜，当然还要光圆一些。不过我们到底比明月还要团圆得快，我心里是多么欢喜呀!”

“可不是，我想今夜大概再不会落雨的了。就是落着大雨，你也再不会淋得像个落汤鸡的了。”

春权在融融的那对花烛光芒下绕过无限媚意的俏眼，又羞又喜脉脉地瞟了他一下，低低地说了这两句俏皮的话，忍不住抿着嘴哧哧地笑了。雨田见她娇媚得可爱，心里不免荡漾了一下，也笑道：

“今夜即使落了雨，我也可以躲到妹妹的怀里来避雨的。”

“呸……”

春权见他涎皮嬉脸的神情，这就噘了噘嘴，向他啐了一口，背转身子去，不禁又笑了起来。雨田见她颠动着娇躯，虽然没有听到她笑的声音，但也可想而知她是笑得这一份有劲的了。

卧房里已不见雨田和春权两个人了，四周是静悄悄的，在那对融融花烛光芒笼映下，那些黄澄澄的家具，似乎都展现着一丝默默的微笑。这时候听到雨田的声音从那紫罗纱帐子里播送出来，低低地道：

“妹妹，常言道，吃得苦中苦，方为人上人。我想到春天里这一场的病，几乎去送了性命，虽然是死里逃生，但病中的痛苦也真是难以笔述的。承蒙妹妹衣不解带地热情爱护，使我有今天享受新婚的快乐，那在我不是可以说'死里逃生，今做人上人'了吗?"

春权听他得意忘形，竟说出这么几句的话来，这就啐了他一口，却是微闭上了眼皮，羞涩地笑了。在这样的情形之下，想象着这一对小夫妻心里的快乐和甜蜜，真非作书的一支秃笔所能形容其万一的了。

第六回

夫妇口角原属寻常事

这几天已是刮起西北风来了，吹在人们的脸上，颇觉砭骨生疼，天空老是阴沉沉的，仿佛要落雪的光景。冬日苦短，所以黄昏降临大地的时候，宇宙间一切都已显得黑魆魆的了。小红楼上也已亮了灯火，房中拢旺了一只炭盆，石秋和小红夫妇俩坐在炭盆旁，大家把手在融融的火头上取暖着。他们的吃饭，本来是大厨房里烧出来一块儿吃的，现在天气渐冷，走来走去颇不方便。墨园的意思，把柴米归开，各人到自己房中去吃饭，反正各人房中都有老妈子服侍，那当然也并不困难。只有春椒、麦秋两人仍在上房和墨园、楚云一同吃的，不过名义是在上房吃，事实却是十天倒有九天不在上房吃。一则春椒、麦秋瞧不起楚云，二则楚云把好的菜总放在自己面前，所以两人不是到春权房中去吃饭，就是到小红房中去吃饭的。春权对于自己妹妹、弟弟当然爱护，所以有好的菜，总夹满在他们的饭碗上。至于小红对小叔、小姑也很亲热，什么东西只要有着，总情愿拿出来给他们吃，所以春椒、麦秋和小红的感情很不错，尤其是春椒，比较在小红那儿吃饭的日子多。这是为什么缘故呢？原来，春椒近来益发长成一个姑娘了，她觉得在姊夫面前至少还要避一些嫌疑，比不得自己的哥哥，那当然随便得多。因为她有了羞涩的心理，所以总在小红楼里去吃饭的。自从春权和雨田结婚后，春椒、麦秋曾经一度睡到松云书屋里去，后来两人嫌那边太冷静，虽有王妈做伴，也很感到害怕。春权的意思，叫他们仍住到梅笑轩里去，因为那边原有三个房间，除了一间是会客室，其余一间也可以铺床睡的。小红的意思，也叫他们到小红楼上去睡，因为那边也可以在别个房间铺床睡的。结果，麦秋睡梅笑轩里，春椒睡小红楼里，各睡一室。这么一来，春椒的吃饭，益发和石秋、小红一块儿吃的了。麦秋本来和春权一张床上睡，现在有了姊夫，那当然没有他的份了，不过他晚上一向要人服侍的，所以春权把樱桃遣过去，叫她在晚上可以照顾麦秋。樱桃今年也十六岁，凭了比麦秋长大四年，所以处处地方像大人一般地看顾麦秋。麦秋因为自己亲热的人一个一个疏远了，因此把樱桃也当作自己姊姊一样地亲热起来，平日很肯听从樱桃的话。

这时，春椒在自己房中做功课，石秋和小红围在炭盆旁边烤火取暖，房中虽然是暖和和的，不过听听窗外呼呼的风声，两人心中也会感到一阵寒意。石秋一面在炭盆上来回地搓手，一面望着小红的腹部出神，仿佛在想什么心事。小红这就把秋波斜乜了他一眼，低低地问道：

"秋哥，你在想什么？莫非在想北平的爱吾妹妹了吗？说起来真也怨不了你要记挂的，你这次在家一住，差不多有九个月的日子了吧？我想爱妹等你回去，也是望穿了秋水的，所以我的意思，你实在该到北平去瞧望她一次了。"

石秋听她这么说，心里也暗自想道：真奇怪，我写了这么许多封信给爱吾，却得不到她一个字的回复，这不是令人不解吗？不过他口里却笑着说道：

"红妹，你不要误会我的意思，我倒不是在想爱吾妹妹，却在想你腹中那一个小生命哩！这似乎叫人有些想不到，他会长得那么快。"

"那么你心中的想不到，是感觉欢喜呢，还是愁苦呢？"

小红听他说到自己的身孕上来，由不得两颊微微地一红，心里感到有些喜悦，不过她也是个刁恶的脾气，故意还要向他这么引逗了一句。石秋感到她的刁恶，也感到她的可爱，遂伸过手来，在她膝踝上轻轻地打了一下，说道：

"红妹，你这话算什么意思？我为什么要愁苦？难道怕多了一个孩子就加重了负担吗？那你问我这些话，简直是该打该打。"

石秋说了两句该打，在她膝踝上又恨又爱地又打了两下，小红也觉得自己理由欠缺，因此抿着嘴只管哧哧地笑。但她忽然又鼓着红红的两腮子，故作娇嗔的神气，说道：

"就算我说错了一句话，你也不该打我三记的。嗯，我不要，我不要！"

"明春就要做孩子的妈了，你还要向我撒娇，不被你儿子笑话吗？"

石秋见她这一副表情真有说不出的妩媚可爱，遂把手指划到自己颊上去羞她。小红啐了他一口，雪白的牙齿微咬着红红的嘴唇皮子，也不禁嫣然地笑起来，却说道：

"你怎么就知道是儿子的？也许是个女儿呢！难道你就不喜欢了吗？"

"是女儿我也喜欢，不过我心中的希望，总是一个儿子的好。"

"哼！女儿就不是人了吗？亏你还是一个二十世纪的人，仍旧有这么重男轻女的观念。"

小红噘了噘嘴，哼了一声，逗给他一个妩媚的白眼，这表情有些生气的样子。石秋笑了一笑，望着她花朵般的两颊，说道：

"并不是那么地说，因为女儿是人家的，儿子是自己的。比方说你吧，你妈把你辛辛苦苦养大了，可是你到底离开母亲，嫁给了我，养女儿不是白辛苦一场吗？"

石秋这几句话倒是引起小红的伤心来了，微红了眼皮，轻轻地叹了一口气，秋波逗了他一瞥哀怨的目光，低低地说道：

"你说这两句话，可见你心中对我爸妈就一些不放在心上的，别人家女婿养岳父母的也很多。常言道，女婿有半子之分，谁像你没有良心，就存了这个意思。那么照你说来，我嫁给了你，难道我就卖给你了不成？"

石秋见她说到后面，鼓着小嘴儿，兀是表示十分愤恨的神情。这就拉了她的手，温和地抚摸了一会儿，笑道：

"红妹，你又多心了，我是很记挂你爸妈的。至于你说的女婿养岳父母也很多，这当然也是应该的事情，不过做岳父母的假使要女婿养了，这在岳父母的环境一定是十分凄凉。否则，无论谁也不情愿叫女婿来负担养老的，因为在他们当然也有儿子的呀。没有儿子的又做别论，就是没有儿子，有家产的也作别论。像你干爸是个银行的经理，一切生活是多么舒齐，就是你亲娘，她现在也很舒服，所以我是根本不用替他们操心的，妹妹如何说我没有良心哩？"

"你这个人自然没有良心的，假使有良心的话，那么你也该想到北平去瞧望一次爱吾的了。"

小红听他这么地解释着，于是把话题又拉了回来，秋波逗了他一瞥恨意的娇嗔，故意去试探他对爱吾的情意。石秋对于小红这两句话倒是出乎意料之外的，遂望着她粉脸怔怔地愣住了一会子，笑起来道：

"红妹，你这话有趣，假使我到北平去了，你心中难道不怨恨我吗？"

"不过你在这儿住了九个多月的日子，在爱妹的心中，她难道就不会怨恨你了吗？"

小红听了他这两句话，心里就明白石秋的心中确实是很爱爱吾的，她虽然有些难受，不过她想到爱吾留别的信中，曾经有这么两句话："一样婚姻，两种待遇。"假使自己换作了爱吾的话，心中又将如何悲痛呢？小红到底是个仁爱的女子，她给予爱吾万分的同情，遂把秋波凝望着石秋的脸，低低地又说出了这两句话。石秋的心头是像刀割一般地疼痛，他摇了摇头，深深地叹了一口气，说道：

"虽然我知道爱吾也许有恨我的意思，但是我既没分身之术，叫我又有什么办法可想？红妹，我为了你，在爱吾那儿只好做一个负情的人了。你不同情我、可怜我，难道你还责怪我不成吗？"

小红见他说到这里，大有凄然泪下的神气，一时感到心头为石秋处身设想，也觉左右为难。这就对他正色地说道：

"秋哥，如今我有个两全其美的办法，老实地说，天下唯有可怜的人能够同情可怜的人，爱吾的身世、爱吾的遭遇，和我一样不幸和可怜，所以我不忍为了自己的幸福而害苦了一个可怜的女子。所以，我的意思，你该到北平去和爱吾结婚，我们何不效古人女英、娥皇韵事？只要我和爱吾同心同意，外界自然也不会有什么人来干涉了。秋哥，这样子我既可以问心无愧，就是你也不会做一个负心的人了。因为你是个多情的少年，叫一个多情少年偏冤做了负情汉，我知道他内心的痛苦真非笔墨所能形容其万一的了。秋哥，我这意思想你也乐从的吧！"

石秋听了这一篇话，他感激得说不出话来，向她望了一会子，忽然把她娇躯纳入怀中，偎着她的粉脸，说道：

"妹妹，你真不愧是个天地古今第一多情人，我心里太感激你了。不过我也总得待妹妹分娩之后再到北平去，因为妹妹做产的时候，当然是很需要我陪伴在你的身旁，而且我也不舍得就此离开你呀！"

"哥哥，我也太感激你了，但是我怕养下的是个女儿，不知你心里真的也喜欢吗？"

"当然，我是非常喜欢，刚才我说的原是跟你开玩笑，其实我喜欢你养个像你做娘那么美丽可爱的女儿，却不喜欢养个像我做爸那么不情的儿子。"

石秋见她昂着媚人的娇靥，掀着笑窝儿，又甜蜜又忧愁地问，这就感到她可爱极了，遂抱住她的脖子，向她柔情蜜意地安慰。小红听了这话，一颗芳心自然也感到无限的喜悦，但却又"嗯"了一声，撒娇似的把秋波逗给他一个妩媚的白眼。石秋有些情不自禁地低下头去，凑在小红樱桃般的小嘴儿上，这就甜甜蜜蜜地接了一个喜悦的长吻。良久，小红推开石秋的身子，秋波水盈盈地斜乜了他一眼，却是抿嘴嫣然地笑起来了。石秋见了她那种醉人的风韵，觉得自己的幸福，脸上也浮现了青春得意的微笑，抚摸着她的纤手，接着又说道：

"所以你切不要为了这些没关紧要的事情而感到忧愁，因为有孕的人是不可以忧愁的，最好是常常说说笑笑，那么对于身子是很有益处的了。"

"可是你为什么老给我气受？刚才还一连地打我四记哩！"

小红对于石秋这几句话，她一颗芳心真有说不出的感激，觉得石秋真是一个多情的丈夫，不过她心里只管感激，表面上还显出生气的神情，向他妩媚地娇嗔着。石秋听她还提着这个话，便忍俊不置地伸过手去，笑道：

"你也真小气，人家轻轻地拍了你两下，原表示爱你的意思，你心里若不甘心，那么你就重重地打我两下好吗？"

"你叫我打，我倒又打不下手了，因为你这么一个大孩子了，若再打了你，你自己不难为情，我倒代你不好意思哩！"

小红抿了嘴，边说边笑，说到末了，她却直不起腰来。石秋伸手去呵她的痒，笑着说：

"这回可饶不了你，你竟占我的便宜了。"

小红握住他的手，却连连地告饶。正在这个当儿，佩文端着饭菜进房，石秋这才放下了手，站起身子，说道：

"饭菜烧好了吗？真的肚子倒有些饿了。佩文，你去喊二小姐来吃饭。"

佩文一面答应，一面把菜碗放在桌子上。张妈随后拿了一锅子饭，盛上了三碗。不多一会儿，春椒笑盈盈走来了，说道：

"今天的天气真冷得太厉害，我坐在房中写字，把手都僵硬了。"

"那么快吃饭，吃了饭好像是炉子里加了煤炭，也会热起来的。"

小红听她这么说，见她又把两手放在嘴上呵着气，遂笑起来说，于是三人在桌边坐下，石秋见春椒身子还在发着抖，遂想着了笑道：

"我们喝些酒，暖下好吗？佩文，给我们葡萄酒拿来吧。"

"我不喝，三哥自己喝好了。人家这几天大考，喝了酒回头想睡觉，还能预备功课了吗？"

春椒摇了摇头说，一面握了筷子，已划着饭粒向嘴里吃了。小红望着春椒的娇容，点了点头，很敬爱地笑道：

"二妹真是个用功的姑娘，我想你将来准不错的。"

"二妹身上穿的是件什么衣服？我想那衣服太单薄了，为什么不多穿些衣服上去？"

"我穿的是丝棉旗袍，还不算厚吗？"

春椒听石秋这么问，遂一撩眼皮，微笑着说。小红也一面吃饭，一面说道：

"里面穿的还有什么？我是羊毛衫绒线背心都穿了呢！"

"我可没有像你穿得那么多，穿了羊毛衫，就不用穿绒线背心了，像大胖子似的，怪难看。"

"原来你要好看，那么冷起来也是你该受的了。"

石秋瞅了妹子一眼，笑着说。春椒却逗给他一个娇嗔，不作答。小红不禁又笑道：

"哪一个姑娘不爱漂亮的？从前我在姑娘时代，也和二妹一样，不爱穿厚一些衣服，人家说一条单裤过冬，这是穷苦极了。只有姑娘爱漂亮的，谁不是一条短短的单裤过冬的？不过我现在变了，却一些也不爱好看了。"

"那就是因为你嫁了丈夫的缘故，明儿二妹也嫁了人，还不是像你现在一样了吗？"

石秋听小红这么的论调，遂又插嘴说。春椒怕羞，红晕了两颊，却是啐了石秋一口，倒把石秋、小红引逗得笑起来了。这时，佩文把葡萄酒拿上，见他们三人都在吃饭，忍不住好笑道：

"姑爷，你不喝酒了吗？"

"他们不喝，我一个人没有兴趣，也吃饭了吧。"

佩文听了，遂把葡萄酒瓶拿到五斗橱上去放下了。吃毕晚饭，春椒又回到自己卧房里去做功课。石秋、小红夫妇俩谈说了一会儿，不觉时已十下，石秋道：

"怪冷的天气，妹妹，早些睡了吧。"

小红把纤手按在嘴上打了一个呵欠，点了点头，正欲去关上房门，忽然见麦秋噔噔地奔上来，脸色慌张地向石秋说道：

"哥哥，你快去劝劝姊姊吧，姊姊和姊夫吵闹得厉害呢！"

"那是为什么缘故啦？弟弟，你知道吗？"

425

"谁知道是怎么的一回事？姊姊把茶杯等东西都摔了一地呢！"

麦秋听石秋这么问，遂鼓了小嘴急急地回答。小红向石秋望了一眼，石秋也回望了她一眼，显然在两人心中都有一层避嫌疑的意思，因为夫妇间多口角总是免不了的，给外面人一知道，去劝了一劝，往往反而弄假成真起来，所以两人都不免沉吟了一会儿。不料这时候，春椒闻声走过来，向麦秋问道：

"弟弟，姊姊和姊夫为什么吵闹起来的？三哥、三嫂，那么我们就去劝劝他们吧！"

春椒一面问，一面回头又向石秋、小红低低地说。小红原也是个热心肠人，被春椒这么一说，于是她遂点头和春椒一同走出房外去。石秋见小红去了，他携了麦秋的手，也急急赶到梅笑轩里来。

四个人一前一后地步进梅笑轩的房中，只见春权坐在沙发上兀是撞撞颠颠地哭泣着，雨田却呆若木鸡般地出神，樱桃在打扫地上打碎的玻璃杯屑子。雨田突然见石秋、小红等进房，心里感到非常不好意思，因此只觉得局促不安，红了脸，向石秋低低地招呼了一声。春椒、小红却走到春权的身旁，拉了她身子，轻声问道：

"大姊，你别哭呀！有话不是大家可以说的吗，为什么自伤身子，到底为了什么事情就吵起来了？"

"你们问他好了，到底是为了什么事情，反正死人肚子里自己明白。"

春权见小红、妹子都来劝她，遂也不好意思再哭，拭了拭眼皮，向雨田恨恨地白了一眼。小红、石秋、春椒听了，于是都向雨田望着出神，雨田苦笑着道：

"原没有什么大事情，都是她自己爱使性子，欢喜自寻烦恼。"

"放你的屁！我欢喜自寻烦恼，我眼泪这么多吗？你们问问他，直到这么晚回来，外面在干些什么好事情？"

春权听他反怪自己爱使性子，这就急得柳眉倒竖，又向他恨恨地娇嗔着。石秋、小红到此方知是因为雨田还只有刚回来的缘故，遂一齐向雨田问道：

"雨田哥，那么你到底在什么地方吃晚饭的？"

"县政府里一个朋友请我们大家吃晚饭，所以回来得晚一些了。"

雨田红着脸，很不自然地回答。春权冷笑了一声，说道：

"他请你在什么地方吃晚饭？你肩胛上的嘴唇膏是打从什么地方来的？

426

你说你说，我在家里等你到九点多才吃晚饭，你在外面却穷开心得有趣。"

石秋听了这些话，遂走到雨田旁边去瞧，果然肩胛上有个女人的嘴印。这就向他微微地一笑，暗想：姊姊的吵，原来还有这一层缘故，那倒也怨不了她的了。遂低低地道：

"雨田哥，这嘴印是哪里来的？我以为还是从实地告诉姊姊好，免得彼此发生了误会，这样夫妇之间是容易伤感情的。"

"我已经老实地告诉了她，但她偏不相信，那叫我有什么办法呢？"

雨田蹙了眉头，愁苦着脸低低地回答。小红忍不住插嘴问道：

"那么是打哪儿来的？雨田哥，我劝你总不要太糊涂了。"

雨田听小红这话中，倒是包含了一些忠告的意思，这就搓了搓手，似乎有些难为情说出口来似的。樱桃这时拧了一把热手巾给春权拭泪痕，她见雨田不答，遂代为说道：

"都是断命这些胡调朋友的不好，请人家吃饭，不到馆子里，却偏到土娼里去。姑爷说吃酒的时候，一个妓女伴在他的背后，这嘴印一定是无意之中碰着的，直到现在连姑爷自己还不知道，谁知道大小姐眼尖，就会发现了，所以便吵起来。"

"哼！他自己乐糊涂了，还会知道吗？"

春权听樱桃代为告诉完毕，遂冷笑了一声，又恨恨地钉了两句。石秋、小红、春椒方才完全地明白了，因为朋友请客吃花酒，这在外面也常常有的事，应酬是推却不了的，也只有自己主意拿定罢了。石秋遂说道：

"雨田哥说的大概不会谎话，我想外面做事情，朋友间的交际，那是免不了的事情。只不过自己要有主意，切不可糊涂罢了。"

"石秋哥，你知道我的脾气，我平日的行为，岂是贪女色、爱胡调的吗？这次他执意奉请，我若一味地推辞，这被朋友也都要笑骂的，所以我也是免不得意思的事情。至于背后坐的那个妓女也是隔座姓林的朋友熟悉，我原不相信这些事的。"

雨田听石秋这么说，遂也向他们解释了这些话。不料春权啐了他一口，娇嗔满面的神情，恨恨地说道：

"你这些鬼话谁信得过你？既然是你朋友的相好，她会把嘴凑在你的肩胛上吗？是不是你脸生得漂亮，所以她瞧中你小白脸了吗？"

"唉，你这人也太会多心了，我可以发咒给你听，要如我和那妓女有意思的话，我一定不得好死的，那你还信不过吗？"

雨田被春权引逗得急起来，两颊是涨得红红的，显然他是受了这一份委屈的神气。春椒这时拍了拍春权的肩胛，低低地说道：

"姊姊，姊夫既然已念了这么的重誓，那你也不要再去疑心他了。不过姊夫以后这种地方还是少去的好，假使朋友在馆子里请客，那当然是要去应酬的。若到这个迷人窟里去，你也尽可以推托的呀。虽说逢场作戏，原也无伤脾胃，但年轻的人，总是不入此门比较安静一些的。姊夫，你以为我这话对吗？"

春椒说到这里，把盈盈秋波向雨田逗了一瞥，又低低地问他。雨田听了她这几句委婉的话，心中自然折服的，遂连连地点了点头，说道：

"二妹的话不错，以后我决定不再入此门了。"

雨田这两句话，倒把石秋、小红引逗得都好笑起来了，遂向春权说道：

"大姊，你听雨田哥已在向你讨饶了，那么你也可以气平一平了。只要他以后不再去，那你就饶了他这一遭吧！时候不早，还是早些睡吧。"

石秋、小红说着，一面微笑，一面携手欲回房去。雨田很抱歉地说道：

"大冷的天，为了我们的事，又累你们走来走去，真叫我心中不好意思的，尤其红妹还凸了肚子哩！石秋哥，你把她搀住了手，当心地走吧。"

石秋、小红笑着答应，身子已跨了出去。春椒向姊姊又安慰了几句，也自回房。樱桃见大小姐没有哭了，而四少爷的眼睛却要合上来的神气，于是携了麦秋的手，也陪他去睡了。这里剩下的是雨田、春权夫妇两个人，遂去关上房门，走到春权的面前，含笑鞠了一躬，说道：

"千错万错总是我的错，好妹妹，你再不要生气了，回头闹到爸爸的耳中，那更没意思了。明天问起我们来，我们怎么地回答呢？"

"谁和你涎脸？爸爸问我，我当然从实告诉的，瞧你还有什么脸做人？"

春权见他小丑的表情，遂噘了噘嘴，恨恨地白了他，犹怒气未平地说着。雨田却在他的身旁坐了下来，拉了她的手，憨然地笑道：

"爸若听了你的告诉，他倒不会骂我，只怕还会怨你太爱吃醋哩！因为他老人家自己不讨了一个妓女做妻子，他倒好意思骂我吗？"

雨田说这几句话的时候，原没有顾虑到这许多，不料听到春权的耳中，她气得粉脸变成了铁青，杏眼圆睁地白了他一眼，说道：

"好，好，你这话不是明明地咒念我死吗？我死了之后，你不是也可以去讨妓女来做妻子了吗？你这没有心肝的东西……"

春权也许是气糊涂了心，竟伸过手去，啪的一记，打了雨田一下子耳光，但既打着了后，她感到悔恨和害怕，因此哇的一声又哭出声音来了。雨田被她这一下子耳光，那真是做梦也意想不到的事情，因此倒是怔怔地愕住了一会子，虽然心中有些愤怒，不过怕事情闹到墨园的耳中，所以他依然没有作声，把手按了自己的颊，叹了一口气，说道：

"你打了我，你还要哭，那你算什么意思？"

"你咒念我死，我就死给你看，反正天下男子都是没良心的，算我瞎了眼睛，瞧错了人，白为你辛苦了一场。"

春权被他一问，愈加悔恨，因此也愈加伤心。她站起身子，似乎欲去自寻短见的样子。雨田觉得这是有鬼在捉弄人了，所以要闹出人命来了，他是竭力压制心头的气愤，把春权身子拉住了，低低地说道：

"妹妹，你不要误会，我说这几句话原是失了检点，不过我绝没有这个存心，假使我若咒念你死的话，那我简直比畜类都不如了。唉，你过去待我那一片深情，我是感到心头的，我如何还会来忘记你？所以你纵然打了我，我也绝不怨恨你，这是你完全地误会了。你千万不要有什么没意思的举动，你若要闹下去的话，那么我也不要做什么人了，就先死在你的面前了吧！"

雨田说完了这几句话，他想到自己落娘胎来没有受过任何人的责打，因此更想到了已死的石英妹，他感到无限沉痛和伤心，因此泪水就夺眶掉了下来。春权听了雨田这几句忍气吞声的话，同时又见到他满泪满面的样子，她心里愈加感到自己的手段过分，这就被他一拉，趁势倒入雨田的怀里呜呜咽咽哭得格外伤心。两人倚偎着哭了一会儿，还是雨田先收束了泪痕，说道：

"妹妹，你快不要哭了，我原知道你全是为了爱我的意思，以后我绝不再跟朋友到这种害人家夫妇伤感情的地方去了，你应该相信我是个忠实的丈夫。"

"我知道，雨哥……"

春权心头是感动得太厉害了，她点头叫了一声雨哥，她又伤心地哭个不停。雨田见她这个情景，心中倒又奇怪起来，遂扶起她的身子，问道：

"妹妹，你既然已经谅解了我，那么你还伤心地哭泣干吗？"

"不，我没有伤心，因为我太对不住你了，请你原谅我是失手的……"

春权偎在他的怀里，纤手摸到雨田被打的脸颊上去，她眼泪像雨点儿一般滚了下来，秋波哀怨地望着雨田的脸，话声包含了求他饶恕的成分。

雨田这才明白春权在悔恨自己动手打了我，一时觉得春权尚有可取，遂伸手抹去她的泪痕，温柔地偎着她的粉脸说道：

"妹妹，我明白你是一时愤怒的举动，所以我很原谅你的。我不是早跟你说过吗？我是绝不怨恨你的打我，凭着过去在病中服侍我的情义而说，你纵然给我受了一万分的委屈，我总不会记你的恨。"

春权被雨田这么一说，感动得益发哭泣起来。雨田本来的心中，倒真的有些怨恨她的成分，如今被春权一再地哭泣，知道她是悔恨到了极点的表示，因此也就完全地原谅她了，遂给她拭着眼泪，微微地叹了一口气，说道：

"妹妹，你若再哭下去，我的心不是也要被你哭碎了吗？"

"雨哥，你的耐心太好了，我知道你是为了爱我的缘故，所以才不和我计较的，可是你愈不和我计较，我心头愈加感到不安。因为我觉得动手打人，这是一件不应该的事，尤其是打的是你，而你不责我的错，所以我感到太难受一些了。"

春权见他柔情蜜意的样子，心头感到暗暗的疼痛，她捧着雨田的脸，向他说出了这几句忏悔的话。雨田心中自然感到了一阵痛快，所以他反而微微地笑起来，说道：

"只要你明白自己错了，只要你知道我是为了爱你的缘故，那么也就不必再提起这些话了。春权，时候不早，我们睡吧。"

春权还有什么话可以回答好呢？她被雨田拉起身子，仿佛是一头驯服的羔羊一般地温柔，默默地走到床边，夫妇两人脱了衣服，也就熄灯躺进被窝里去了。在被窝里，雨田又向她低低地道：

"常言道，女子好妒便是德，这句话我并不否认，因为一个年轻的丈夫，确实是要一个精细的妻子来管束的。不过妻子的对丈夫妒，一半是恨，一半应该是爱，所以妒要妒得合理，在妒之中要有疼爱的成分，那么才会使做丈夫的心中感动。同时做妻子的更要认清这个丈夫是否是个无赖的人，比方说是我那么的青年，你就不应该对我这么地吵闹甚至摔碎了许多的东西，因为我自知不是一个无赖的丈夫，所以你只要像刚才二妹那么委婉地劝慰我几句，把利害来向我陈说两句，那我不是已经很知道了吗？

何苦一定要面红筋青地大闹特闹？这给别人家听了，当然要笑话的。所以，我劝你以后的脾气不要太急躁，知道你性子的，我就不记你的气，不知道你脾气的，这就容易把感情破裂了。"

春权听他向自己这么解释，一颗芳心虽然也认为不错，但她表面上却不肯承认自己的错，遂怨恨地瞟了他一眼，叹了一口气，说道：

"我原没有像二妹那么性情温柔，那你当初就悔不该和我结婚，假使和我二妹结成一对，那是多么好呢！"

"你这人就是这一点不好，人家正经地劝慰你几句，也无非是为的你好，不料你偏又多心，和自己的妹子又喝起醋来，那不是被人笑话吗？"

雨田听她这么说，倒忍不住又觉好笑，遂伸手搂住她的娇躯，低低地说。春权啐了他一口，没有作答，也哧地笑了。雨田这就情不自禁捧过她的粉脸，在她软软的嘴唇上紧紧地吻住了。经过这么一吻，小两口子也就和好如初了。

第二天早晨，雨田吃过点心，到县政府里去办事。在门口遇见一个三十左右的男子，他见了雨田，忙脱下头上的呢帽，笑叫道：

"苏先生，你还认识我吗？"

"哦，你是张先生，快请里面坐，你怎么有空闲工夫到松江来玩呀？"

雨田停止了步，向他仔细地一望，原来是警务处的华探长张克民，这就含笑上前，和他握了一阵手。克民一面跟他入内，一面说道：

"我今日到来，原是得到张司令的快电，叫辛秘书长即日北上的，不知他老弟可在家里吗？"

雨田听克民这么说，知道大概又是为了爱吾婚姻的事情了，所以他一颗心，先代为石秋忐忑地跳跃不停的了。

第七回

得急电只身赴平　爱吾今日才温鸳鸯梦

"张先生，你请随我来吧，石秋兄是住在这里的。"

雨田一面说着话，一面把克民带领到小红楼的下面会客室中。这时，佩文齐巧匆匆地下来，雨田遂向她叫了一声，问道：

"佩文，你少爷起来了吗？说上海张克民先生来瞧望他了。"

佩文听了，遂答应到楼上前去报告。这里雨田因为办公时间已近，遂向克民说声"少陪"，他也匆匆地自管到县政府里办公去了。

不多一会儿，石秋匆匆地走下楼来，和克民握了一阵手，彼此分宾主坐下。佩文倒上了两杯香茗，放在茶几上。石秋这才开口说道：

"克民兄，你真是难得到来的，不知有什么贵干吗？"

"张司令昨日有信给我，意思是请你老弟快快赴平任职视事，而且他还附有一封信，里面不知说些什么。老弟，请拆开来看看吧！"

克民一面回答，一面在怀中又取出一信，递给石秋。石秋接过，遂很快地拆开，抽出信纸，只见短短的几行字，说道：

石秋贤婿如晤：

　　春间一别，荏苒光阴，不觉时届寒冬矣！汝在上海亦曾想念在平之爱吾否？令爱吾卧病月余，危在旦夕，思汝之渴，犹若大旱之望云霓，见字速即动身北上，余容面罄，专此奉达，顺问安好。

张维屏手启

十二月八日

石秋瞧了这封信，紧蹙眉尖，只觉心乱如麻，两手拿着信笺便瑟瑟地抖起来。克民瞧他这个情形，心里不胜惊异，遂急急地问道：

"司令信中写些什么？老弟为什么这样惊慌呀？"

"因为他说我表妹病危，叫我立刻动身北上，那可怎么好？"

"这就奇怪了，他在我信中却并没提起这回事呀！"

克民听石秋这么说，遂很奇怪地问。石秋搓了搓手，把信笺藏入袋内，说道：

"克民兄在舍间玩几天怎么样？我过几天和你一同到上海去好了。"

"不客气了，石秋老弟。我这次完全是为了送信来的，因为我在上海还有许多的公务，所以我此刻马上就要走的。你什么时候动身北上，就慢慢地决定吧。"

克民因为石秋心头十分忧煎的神气，所以不愿打扰他，就站起身子，预备告别的样子。石秋跟着站起，握住他的手，忙道：

"这是打哪儿说起？老兄特地为了我的事情从上海赶到这里，如何连饭都不吃一顿去，这不是太叫我对不住你了吗？"

"你别那么说，我真的还有许多的公务要去干，所以不能久留的。我们自己兄弟，何必客气，反正往后见面的日子多哩！"

克民却笑着回答，石秋这时心中如焚，所以也没有强留，就把他送出大门，握手别去。石秋待克民走后，方才三脚两步急急地奔到小红楼上来了。

石秋到了楼上，见小红正在对镜梳妆。她从梳妆台镜子内望到石秋脸色很慌张地进来，遂忙回过身子，望着他紧锁眉尖的脸，问道：

"秋哥，张克民到底是谁？他来找你有什么事情呢？"

"张克民就是张司令的堂侄子，他是送信给我的，说爱吾病危，叫我立刻动身北上，和她去见最后一面。"

石秋一面回答，一面从袋内摸出信笺，他眼眶子里含了晶莹的热泪，话声带有些哽咽的成分。小红听了这话，心中也是大吃了一惊，立刻站起身子，把信笺接过，瞧了一遍，果然张司令叫他火速动身赴平。一时里，小红也不知怎么好，只觉无限悲酸，眼皮一红，也忍不住哭起来了。小红的哭，原有两层意思，一层是爱吾忽然病危，这是多么可怜；还有一层，昨晚石秋和自己说定，原待自己分娩后再赴北平，现在突然来了这一封信，石秋当然不能再迟延了，那么自己分娩的时候，恐怕是只有孤零零一个人的了。在这么感觉之下，所以小红便呜呜咽咽地哭起来了。石秋被小红一哭，益发没了主意，这就急道：

"红妹，你别哭呀！我已经心乱如麻，你再一哭，我心中不是更糊涂起来了吗？"

"那么我想事到如此，也没有什么办法，你还是立刻动身去吧。"

小红这才收束了泪痕，向他急急地说出了这两句话。石秋听了，走上一步，握着小红的手，望着她海棠着雨一般的粉脸，微叹了一口气，说道：

"红妹，我的本意，是欲待你分娩后才走的，现在是不可能的了。虽然我想带你一同上北平去，不过你是临盆在即的人，况且时值寒冬，长途跋涉，风尘劳苦，恐怕你又受不了。所以你只好暂时留在家中，待分娩后，我再来接你同上北平。假使在可能范围之内的话，我也许在你分娩之前还会赶回来的。你在家中千万不要忧愁，一切小心，那当然使我很是安慰的了。"

"秋哥，你放心前去，我一切都知道的，但是这么大冷的天气，你在外面也千万冷热小心。但愿爱吾妹妹病占勿药，你到北平之日，也是爱妹病愈之时，那当然是够令人欢喜的了。"

小红听石秋这么说，虽然是十分悲酸，但也只好竭力忍熬住热泪，向他低低地叮嘱，在她粉脸上，还含了一丝浅浅的微笑。石秋点了点头，放下了她的手，说道：

"我一切也会小心的，那么我此刻还得向爸爸去告诉一声，因为爸爸还没有知道这一回事情哩！"

石秋说着话，身子已匆匆奔到椒花厅上房里去了。小红待石秋走后，方才倒在床上忍不住闷声哭了出来。佩文瞧了，拍着小红的身子说道：

"小姐，你别哭呀！自己身子保重要紧，姑爷对你这么说，也算十分有情的了。因为那是没有办法的事情，叫姑爷也实在太以左右为难的了。"

"佩文，我并不是为了他远去而伤心，因为昨晚我们原谈得好好的，待我分娩后他再上北平去，不料今天就会来了这一封信，我想我的命真也苦透的了。"

小红听佩文这么说，遂又坐起床来回答，她的眼泪忍不住又像断线珍珠一般地滚了下来。佩文去拧了一把手巾，给小红拭泪，又说道：

"不过姑爷刚才不是曾经说过吗？假使在可能范围之内，他在小姐临盆之前不是还会赶回来吗？我想小姐也不用过分伤心，叫姑爷瞧着不是心中难受吗？"

小红被佩文这么一劝，心中想想，也觉不错，遂不再淌泪，免得石秋心中悲伤。不多一会儿，石秋又匆匆地上楼，向小红说道：

"爸爸说红妹既然赞同我去一次，他也没有什么反对的意思。我想今天动身太局促，明天走怎么样？"

"既然信中写着危在旦夕，我的意思还是愈快愈好，何必再耽搁一夜呢？"

小红听石秋问自己怎么样，可见他的心中也想立刻就走，不过怕我生气，所以故意说明天走的，于是索性做个大方有情的人，摇了摇头，向石秋这么说。石秋听了，当然感到心头，遂把小红手紧握了一阵，说道：

"妹妹这么有情有义，毫没自私之心，那真叫我感激零涕，我若可以赶回来的话，我一定来陪伴妹妹分娩的。"

小红听了这几句话，不知怎么的，反而感到心头悲酸，眼泪好几次要滚了下来，但终究又忍熬住了，点了点头，也表示感谢他的意思，说道：

"那么我此刻该给你整理一只皮箱，要穿的衣服，情愿多带一些的。"

"我的意思，倒不要多带，反正我还要赶回来的。"

小红知道石秋说的话句句都带有安慰她的表示，一颗芳心自然感入肺腑，遂也不再说话，回过身子，到衣橱面前去整理石秋穿的衣服。石秋见她伸手去撩，遂忙又步了上去，拉住她的手，说道：

"妹妹，你是有身孕的人，别这么地伸手去撩了，回头叫佩文理几件衣服，也就罢了。"

石秋说着话，佩文已端上两杯牛奶上来，听了石秋这么说，遂把牛奶放在桌子上，说道：

"姑爷的衣服我会整理的，小姐和姑爷只管先来喝了牛乳吧。"

石秋听了，遂把小红手拉到桌旁一同坐下，说道：

"我们吃点心，妹妹，就是今天走，也得吃过午饭了。"

小红知道石秋确实和自己有依恋之情，心里非常安慰，遂点了点头，却没有作答。两人握了牛乳杯子，默默地喝了一会儿牛乳，谁也不说一句话。良久，石秋方叹了一口气，说道：

"天下的事情，变化起来真令人意想不到，这次爱妹的病也不晓得果然能得救吗？假使一病不起的话，可怜她的命也真是苦极的了。"

"你放心，一个人命苦总也不至于苦到这个地步，爱妹已经受了多么的磨折和痛苦，我相信她是会好起来的。"

小红见他说罢，大有凄然泪下的神气，遂用了温和的口吻向他低低地安慰。石秋听她很表同情，并没一些称心的意思，益信小红不是一个好妒的女子，遂说道：

"得能应了妹妹的金口，这自然是令人谢天谢地的了。妹妹，这次我到北平，先往上海去望望你的母亲和干爹、干妈，告诉他们妹妹已将分娩的话，我想他们一定是非常欢喜的呢！"

小红点头说好，两人喝毕牛乳，佩文已把皮箱理好。这时，春权匆匆地上来，见了石秋，便忙问道：

"弟弟，我听爸爸说爱吾表妹病危叫你火速赴平吗？那么你预备什么时候动身呢？"

"我想明天动身，但小红叫我下午就走，因为爱妹既然病得很危险，那当然是愈快愈好的。"

石秋所以这么说，是表示小红的大方，叫姊姊可以知道小红是个热心多情的女子。因为姊姊对爱吾的感情很好，知道小红和爱吾感情也不错，那么姊姊对小红的感情自然益发地亲热起来了。只要姊姊和小红感情好，对于楚云就不成什么问题，所以自己到北平去也尽可以一百二十分放心的了。石秋在临走之前，对于小红的处境的安全，也可谓用心良苦的了。春权听了，点了点头，表示很赞成的样子，说道：

"三嫂的提议不错，爱妹既然病危，自然愈快愈好的。可怜爱妹自小没有爸妈，命已经是够苦的了，万不料她长成了又会到这么悲惨的结局，岂不是叫人伤心吗？"

"所以我说但愿秋哥到了北平，爱妹病占勿药，这是够叫人欢喜的了。"

小红听春权这么说，遂又低低地祈祷了两句。不过三人的心里都滋长了一种凄凉的意味，因为在他们的猜想中，爱吾的病终是凶多吉少的了。

下午吃过了饭，石秋向小红又竭力地安慰了一会儿。这时，春权也来了，她见两人依依不舍的神情，遂向石秋说道：

"弟弟，你只管放心前去，三嫂分娩的时候，我一切都会照顾她的。"

"姊姊肯热心地爱护红妹，弟弟心中真是感同身受，就是远在天涯，也很放心的了。"

石秋听姊姊肯这么说，心里非常安慰，知道姊姊对小红的感情很好，和前自然是大不相同的了，于是含了微笑，向春权很感激地说着。这里佩文提了皮箱，小红、春权同送石秋下楼。石秋虽然爸爸已到县政府去了，不过照规矩上说，总得到上房里楚云那儿去辞行。楚云也假意向他叮嘱几句，说了许多讨好的话，石秋信以为真，所以心头亦益发放下了许多。小红、春权、佩文送石秋到别墅门口，外面已叫好一辆人力车，石秋坐上，佩文放上皮箱，石秋回头向小红、春权挥了挥手，说道：

"进去吧，外面风大哩。"

小红没有回答什么，只扬了手，向他招了两招，眼瞧着石秋被人力车渐渐地拉远了，她手还没有放下，口里忍不住深深地叹了一口气。

石秋到了火车站，先买票到上海。从松江到上海，原是转眼之间。所以下午三点光景，火车就到上海，石秋坐车匆匆先到秦公馆，可玉没有在家，只有若花和慧珠坐在上房里吸烟闲谈着。她们见了石秋手提皮箱到来，心中都不胜惊异，遂都站起身子，不约而同地问道：

"姑爷，你这时候怎么会到上海来了？红儿呢，没有一同出来吗？"

"两位妈妈都好？爸爸在行里还没有回来吧？我这次到上海，原是到北平去的，说起来话长呢。"

石秋一面请安，一面放下皮箱，低低地告诉着。因为老妈子没有在房中，所以小红的娘慧珠就亲自给他倒上一杯茶。若花也给他递过一支烟，叫他坐下，问道：

"姑爷，这么大冷的天气，赶到北平做什么去？就是要去，也得明春天气暖和一些才是。莫非你们在家里又发生什么事故了吗？"

"并不是发生了什么事故，最近我们家里倒很和睦的，而且又分了产业，大家各自吃饭，所以安静了许多。小红是在明年二月里分娩，我和她也原说伴她养下孩子后再上北平去，不料今天上午得到张司令的快信，说爱吾表妹病危，叫我前去见最后一面。我接此信，真是左右为难，不知如何是好，还是小红劝我立刻动身北上，所以我顺便来拜望你们几位老人家的。"

若花、慧珠听了，方才明白，不禁微蹙了眉尖，都叹了一口气。若花说道：

"对于爱吾的事情，小红也向我们曾经告诉过，觉得这孩子也是怪可怜的。我的意思，只要她们两小没有问题，你就不妨娶了两个妻子，谁知这孩子又病危起来，真也太苦命的了。"

"小红对我也曾经这么说过，因为她很同情爱吾的身世，所以，我的本意原预备小红分娩后带了一块儿上北平去居住，因为张司令一定要我到他部下去办事。现在爱吾的病也不知有没有救星，万一不幸的话，我真觉得对不住她，她对我说只希望和我做对挂名夫妇，想不到现在果然要成事实吗……"

石秋听若花也有这个意思，心中很是欢喜，遂把小红的意思也告诉给她们听。不过说到后面这几句话的时候，他又感到伤心，忍不住深深地叹了一口气，慧珠遂安慰他道：

"姑爷，你也不用难受，想爱吾表小姐是个多情的女子，这次劝你以妻待小红，自己情愿牺牲，这样的好人也是不可多得。所以我相信吉人天相，凡事逢凶化吉，她一定能够好起来的。明天我到莲花庵里去进香，愿佛爷保佑她早日健康……"

石秋听慧珠这么说，点了点头，表示很感激的意思。大家坐了一会儿，若花吩咐王妈去买点心。石秋这就站起身子说道：

"妈，你别客气，我不能多耽搁，此刻就要走了。爸爸那儿只好请妈代为告别一声了，因为我来不及再到行里去了。"

若花、慧珠见他立刻就要走了，于是又一同站起身子说道：

"既这么说，我们也不劝留你了。那么你在路上千万小心一些，到了北平之后，就写封信来告诉，也好叫我们心里放下。"

石秋点头答应，提了皮箱，身子已向房门外走。若花、慧珠一面跟着送出，一面叫王妈出外讨车。石秋在院子里回过身子，一定不要两人再送，说风大当心受冷。若花、慧珠没有办法，也只好罢了。待石秋走到大门外，王妈已叫好车子，于是匆匆跳上，直拉到火车站里去。

石秋这次坐火车上北平去，心中的焦急仿佛是热锅上的蚂蚁一样。火车虽然开驶得快，但他心中却犹嫌它慢，所谓恨不得身插双翅，就飞到爱吾的病榻旁边，一诉相思之苦。

好容易火车终于进了南苑车站。石秋三脚两步地出了车站，向街旁人力车一招手，不问车价，就即跳上，叫他拉到司令部去。到了司令部，卫兵一见石秋，认得是司令的快婿，遂早已行了军礼，接过皮箱，把他直伴到司令室中。张维屏一见石秋慌张到来，遂离座而起，先呵呵地一阵大笑，说道：

"贤婿，你怎么在上海一住就近年了？难道你不想念在北平的爱吾了吗？"

"爸爸，这原是我的错了，不过我心中也有不得已的苦衷，你老人家千万要饶恕我的。爱妹现在怎么的了？不知病势可曾减轻一些了吗？"

石秋一面回答，一面向他连连地鞠躬，表示请罪的意思。维屏却冷笑了一声，很不乐意的神气，说道：

"你有什么苦衷？左不过在上海享受蜜月的生活罢了。老实对你说，爱吾都已告诉了我。不过我心中不服气，因为这样是太给我干女儿受委屈了，我不但没有给她一些幸福，反而害了她的终身，那我如何肯依？所以，我今日把你哄骗到来，你休想再回上海。明白地说，爱吾可没有生什么病哩。"

"真的吗？待我谢天谢地，总算是给我饱受了一场虚惊……"

石秋听了维屏的话，这才恍然大悟，他并不因司令的发怒而感到害怕，他心中有感到十分安慰，因此反而笑了出来，口里还念了一声佛。维屏从他这几句话中猜想，可见石秋对于爱吾也并非十分没有情义，这就把脸色又和平了许多，说道：

"你以为是受惊了吗？老实对你说，我若不是为了瞧在爱吾的脸上，今日见了你的面，必定把你重重地要办一下的。现在我叮嘱你，你一定要给爱吾一些安慰，否则我还是饶不过你的。石秋，你知道了没有？"

石秋知道司令说的所谓"安慰"两字，就是要我和爱吾享受夫妻权利的意思，这就连连地点了点头，笑道：

"爸爸的吩咐，小婿焉敢违背？只是小婿受了爸爸天大的恩典，真叫我一生一世都报答不完哩！"

"只要你肯听从我的话，那你也就是报答我的了……"

石秋听维屏这么说，一时感到心头，情不自禁地向维屏跪了下来，淌泪说道：

"爸爸如此深情厚谊，真使小婿感激零涕，虽粉骨碎身，不足以报知遇于万一。"

"贤婿，你快不要这么说，可怜爱吾自你走后，她在房中悬了佛像，终日静坐念经，人瘦削得多了。你快些起身去瞧瞧她吧，我随后就来的。"

维屏听了，心中好不欢喜，遂连忙把他扶起，一面说，一面向他告诉。石秋想不到爱吾也会学小红的样子，一心修行起来，这就别了维屏，三脚两步地走入院子里。因为是冬天的季节，院子里落叶遍地，只觉满目荒凉，十分静寂。不料就在这时，在西风中播送过来一阵敲木鱼之声，石秋听了这凄凉的音韵，备觉悲哀十分，他的眼眶子里已贮满了晶莹莹的热泪，加快了步伐，走进了爱吾的房中，叫道：

"爱吾，石秋来了……"

这时，爱吾坐在佛像的面前，一面闭了眼睛念经，一面敲着小小的木鱼。突然听了这一声的叫，她不免感到了意外的惊喜，遂微微地睁开了眼睛，向房门外望了一下，方才放下敲木鱼的棒，站起身子，很平静地叫道：

"表哥，这么寒冬的季节，你忽然如何又会到来了？"

石秋听了这话，方知维屏写信给我，连爱吾都没有知道，一时情不自禁，猛可地步到爱吾的面前，伸手把她身子紧紧地抱住了，叫道：

"妹妹，我太对不住你了，你为什么要灰心到这个模样呢？唉！我写给你这么许多的信，你难道一封都没有接到吗？"

爱吾起初还竭力压制她心头的悲哀和伤心，现在既被石秋抱住了后，她再也忍熬不住了，但她似乎还不相信自己会投在石秋的怀抱，她疑心自己还在做梦。不过事实告诉她，这并非是做梦。因此她满腔的哀怨，再也无从发泄，不禁呜呜咽咽地哭泣起来。石秋被她一哭，自然也陪着哭了。两人相抱哭泣了一会儿，还是石秋先收束了泪痕，望着爱吾淡白的粉脸，真像是一朵出水的莲花，愈觉楚楚可怜，遂低低地说道：

"妹妹，你应该原谅我的苦衷，所以你应该不必这么灰心……"

"哥哥，我不是正因为肯原谅你的苦衷，所以我才牺牲我的一切吗？我也并非是灰心，因为今生太命苦，念念佛也无非忏悔忏悔修修来生罢了。哥哥，你远道而来，切勿伤心，快坐坐休息一会儿，喝一杯茶吧。"

爱吾听他这么说，遂也停止呜咽，手揉擦了一下眼皮，秋波逗了他一瞥哀怨的目光，低低地回答。说到后面，她又转变了话锋，离开了石秋的胸怀，走到桌旁，亲自倒了一杯茶，递到石秋的面前来。石秋见了她那种温情蜜意的态度，心中愈加激动了一阵爱怜之意，遂一面接过茶杯，一面拉了她的纤手，一同在沙发上坐下，安慰她道：

"妹妹，你一些不命苦，你一些也不用忏悔，我们不是一对美满的婚姻吗？你有了我这么一个丈夫，难道你还能说是命苦的吗？"

爱吾听他这么地说，一时倒不禁为之愕然，暗想：石秋突然到来，对我又说出了这些话，莫非他在上海和小红感情破裂了吗？遂凝眸含颦地说道：

"哥哥，你应该明白地告诉我，你为什么突然又想到北平来瞧望我了？"

"妹妹，那么你应该明白地告诉我，我给你这么许多信，干吗一封信都不回复我？莫非是一封都不曾接到吗？"

石秋却不肯就说出原因来，含了微微的笑容，先向她发问。爱吾这就站起身子，在写字台抽屉内取出一叠厚厚的信封来，向石秋扬了扬，依然放下，关上了抽屉，说道：

"我是统统都收到的，至于我不复信的缘故，就是生怕你记挂了我，就冷淡了待小红的心，所以我是忍痛一封都不答复的。我以为这样使你可以完全地忘记了我，万不料你今天又会到来了，那真是何苦来？"

"唉，妹妹，你真是个情之圣，你的用心太苦了，叫我如何对得住你？"

石秋听了这些话，他感激得不免又淌下眼泪来，遂站起身子，走到爱吾的旁边，又把她身子紧紧地抱住了。爱吾却苦笑了一下，推开他的身子，说道：

"哥哥，我现在的身子是非常净洁的，请你不要再有抱我的举动，并非我讨厌你，这是请哥哥要原谅我苦衷的。"

"妹妹，你这话错了，我们是夫妇呀！夫妇应有室家之好、闺房之乐，亦有甚于拥抱的，妹妹如何说出这些话来了？叫我听了不是更难受吗？"

石秋听她这样说，遂微蹙了眉尖，向她说出了这几句。爱吾叹了一口气，秋波向他逗了一瞥哀怨的目光，说道：

"我不懂你这话算是什么意思，你不是答应我给你做一个挂名的妻子吗？现在我把身子已许给佛爷做了弟子，所以我绝没有和哥哥享受闺房之快乐的日子了。"

"不，妹妹，你不应该这么消极，信佛入教都是失意人的下场。妹妹，从今以后，我们共同要踏上幸福的乐园。你且跟我坐下，我详详细细地告诉你吧！"

石秋摇了摇头，说到这里，他伸手又去拉住爱吾的手。两人一同在沙发上坐下，石秋望着她白净的脸容，继续地又说道：

"你问我此刻怎么会上北平来，那是因为你干爸写信把我哄来的。他说你病得很厉害，所以我心中一急，就不管风剑霜刀地赶来了，谁知到了这里，方知妹妹是平安无事，我心头这才落下一块大石。妹妹，假使你爸爸不写信来叫我，我原也预备明年春天来和妹妹团圆的。因为小红她已谅解我心头的苦衷，同时她也可怜你的遭遇，所以，她叫我无论如何不能抛弃你的……"

爱吾到此方知是干爸写信去把石秋哄了来，一时觉得他老人家爱我之情，真可说天盖地载了。同时听到石秋后面这两句话，她心中又奇怪起来，不待石秋说下去，她就先急急地问道：

"那么，你把小红怎么地按摆呢？"

"你不要性急，我慢慢地都会告诉你。自从我到上海，不料小红已在莲花庵里带发修行了，因为她是知道我在北平和你结婚的缘故。后来我再三地向她解释，她也不肯依从，说她和我原非一对美满的姻缘，叫我忘记了她，仍旧来和你结成一对。那时候，我真弄得啼笑皆非，遂把妹妹情愿做个挂名妻子的话告诉。小红听了，她愈加地感动。她说，她自己原是个身世可怜的女子，和我虽然结了婚，但还没有享受过夫妇的权利，而所受的委屈，实在已非常痛苦。她又说，你也是个身世可怜的女子，想到自己失意时的痛苦，当然也会想到他人失意时的伤心。天下唯有可怜的人能够同情可怜的人，所以她非常地爱怜你，尤其你这么伟大的思想，使小红感动得淌泪不已。所以她为我处境困难而设想，情愿和你同侍一夫，效古之女英、娥皇的韵事。我听小红有这个意思，我当然是非常欢喜，不知妹妹的心中也欢喜吗？"

爱吾听了他这些话，心中才完全地明白了。她又喜悦又悲伤，因为她在佛爷面前确实已立了誓，从此不再想有团圆的日子。所以，她遂说道：

"哥哥的恩情、小红姊的大德，妹妹是到死难忘。但妹妹心如死灰，古井不波。况且妹妹在佛爷前真的已立了誓，终身不嫁，愿为佛门弟子，所以哥哥该谅妹苦衷，成全了妹子的愿望了吧。"

"妹妹，那是断断不可以的，我再告诉你，现在小红已有了八个月的身孕了，大概明年二月间可以分娩，预备分娩后来北平和你同居一处。你们无分大小，以年龄计称呼姊妹，这样岂非是好？还有春权姊姊，她也和我一个朋友苏雨田结了婚，可见无论一个男子和女子，总有室家之好，妹妹如何能抱此消极的观念？况且我和妹妹原本已结过婚，你虽然在佛爷前立了誓，恐怕佛爷也绝不肯收留你的吧。"

石秋听她这么推托，于是也向她低低地解释劝慰。爱吾正欲再说什么，忽然见干爸、干妈都走进房来，于是两人很快地站起。石秋先向张老太鞠躬请安，维屏夫妇似乎非常欢喜，拉开了嘴只是笑，叫他们仍旧坐下，张老太说道：

"姑爷，你也太狠心了，怎么一去就不想回来？可怜我这个孩子只灰心得天天念佛吃斋，你自问良心，可对得住她吗？"

"妈，这实在是我的错了，现在我正向妹妹请罪，不料妹妹却不肯答应我，说愿一辈子为佛门弟子，不再嫁人。我说妹妹根本已嫁了我，如何说不嫁人了呢？现在爸妈来得正好，你们快劝劝她，别叫她一味地拗执了。"

石秋被张老太埋怨了一顿，却连连地认错，一面把爱吾的意思向他们告诉，一面要他们代为劝劝爱吾。不料维屏却故作怒容，虎目一睁，说道：

"什么？你还叫我们来劝她吗？我女儿所以灰心到这个地步，还不是为了你太没有情义了吗？假使你劝不醒我女儿的话，那么我没有第二种办法，只有把你重重地治罪，方才可以出了我女儿心头的怨气呢！"

石秋猛可听了这个话，起初倒是吃了一惊，后来见维屏又向自己挤了挤眼，石秋原也是个聪敏的人，他乌圆眸珠一转，这就理会过来了，遂管不得"羞涩"两字，向爱吾跪了下来，说道：

"妹妹，你可曾听到爸爸这些话吗？假使你真的恨着我，那么你就眼瞧我给爸爸治罪。不然，你可怜我的苦衷，那么你就答应我了吧！"

维屏真是一个粗中有细的人，不愧是个司令的本色，他叫石秋这么一来，比自己劝她真要好上了万倍，因为自己若向爱吾一劝，她必定有许多的措辞要拒绝。现在我这么一逼，她肉疼着石秋受苦，自然也会答应下来，这不是省却了自己许多的口舌吗？维屏这个计划是成功的，果然，在爱吾的心头也软了下来。她见石秋直挺挺跪在自己的面前，她心中如何能忍？因此也只好伸手把石秋扶起，叹了一口气，却是没有说什么。石秋微笑着道：

"妹妹，你来扶我，那就是答应我的表示。爸爸、妈妈都瞧见的，假使妹妹要再反悔的话，爸爸可以不必治我的罪，应该治妹妹的罪了。你们说，我这个话有理吗？"维屏夫妇听石秋这么说，大家点点头，忍不住抿着嘴笑起来。但爱吾却把俏眼逗给石秋一个嗔意的白眼，垂下了粉脸，默不作声，这神情至少是包含了一些怨恨的成分。维屏这才向爱吾说道：

"爱吾你既然答应了石秋，那么你也该依从爸爸两件事。第一，把房中的佛像除去，因为一个年轻的女子，绝对不可以做此消极的事情，以致消失了春夏之气；第二，从今以后，不可以再吃素了，因为这种事情，都是你妈妈晚年休养身子的工作。但你妈也不喜欢干这么的迷信事情呢，何况你是一个有思想、有才学的女子。所以，你是更不应该这样做了。"

"不，爸爸，你这话虽然不错，但是……"

"爱吾，你不用说什么'但是'两个字，石秋没有在北平，我就任你这么干。既然石秋已经悔过，愿意向你请罪，跟你成为百年良缘，那我就不许你再念佛吃斋，你应该知道爸爸的命令重如泰山，天大的事情也都一言为定，没有第二句的。石秋，你给我把佛像好好儿收藏了。"

维屏因为是个司令的身份，所以他的说话和举动就是这么武断，他不待爱吾再辩白，就向她说出了这几句话，同时望了石秋一眼，又坚决地吩咐着。石秋得此命令，心中大喜，遂立刻动手把佛像除下，卷过藏去。爱吾到此，真没有了办法，她觉得对不住佛爷，因为自己出乎尔反乎尔的举动，不是明明地和佛爷在开玩笑吗？但爸爸的话真所谓重如泰山，我又怎么敢违拗？因此，她是只有暗暗地淌下眼泪来了。维屏遂又说道：

"孩子，你伤心什么？你应该只有欢喜才是呀！我对你说，一个人到了无可奈何的时候，往往有此信佛入教的消极思想。所以，我认为信佛入教的人，都是世界上唯一的可怜虫。我们要知道一个国家所以衰弱，正因为是失意人太多的缘故，所以，我们即使是失意了，也不应该信入佛教做此无意识的事情。一个年轻的人，是不可无春夏之气的，我们应该为国家努力争光荣，为民族自由求解放，所以，我们失意之后，也不要在消极圈内独善其身，我们得把热血洒到沙场上去，这才不愧是个儿女英雄的本色。"

石秋、爱吾听了维屏这一篇话，心中都感动了。尤其爱吾的心里，她觉得自己过去的思想是绝对的错误，因为她感到对不住国家。就在这个时候，仆妇来请大家入席去，说鱼翅席已经送上了。维屏听了，遂站起身子，叫他们一同到饭厅里去了。

晚上，石秋和爱吾两人坐在房中呆呆地出神。良久，石秋走到爱吾的身旁，拉了她的纤手，低低地说道：

"妹妹，时候不早，我们睡吧。"

"你先去睡好了，我再坐一会儿。"

爱吾那颗芳心是跳跃得厉害，她全身都感到热燥，两颊红得发烧，俏眼逗了他一瞥娇羞的目光，轻声地回答。石秋知道她一半是怕难为情，一半也许尚有些怨恨的成分，遂又笑道：

"你坐着还要等什么呢？难道还想一辈子做佛爷的弟子吗？妹妹，别生气了，我在这里再向你叩个头好吗？"

"你厚皮不怕难为情，我倒代为你羞涩……"

爱吾见他真的又欲跪下的神气，这就急起来，连忙站起身子，秋波逗了他一个妩媚的娇嗔。石秋笑了，他拉了爱吾，已向床边走。爱吾没有勇气再拒绝，她芳心中是蕴藏了又惊又喜、又羞又甜、说不出的一种形容的滋味。

室中的灯光是熄灭了，四周是静悄悄的，空气是特别幽静。在黑暗中似乎听到石秋对爱吾低低地说道：

"妹妹，你现在心中还怨恨我的负情吗……"

爱吾仿佛没有回答什么，四周还是很静悄，只不过空气中多流动了一些细微的笑声。

第八回

进谗言春云疑雨　小红秋夜遗恨人间留

雨雪纷飞中带去了寒冬的季节，转眼之间，不觉又是第二年的春天了。草木都欣欣向荣，鸟语花香，大地万物又都蓬勃地生长起来了。春权独坐梅笑轩的卧房里，手托香腮，呆呆地思忖着：雨田这几天性情真有些变了，他时常和我闹意见，还说我不谅解他，太会多心，使他感到难堪。其实他自己的行动，的确太使我怀疑了。唉！男子到底都是没有良心的多，我从前这一份的情爱对待他，谁知他也会变起心来了，那不是叫人感到灰心吗？想到这里，自不免深深地叹了一口气。不料在她叹气的时候，楚云却一脚跨进房中来。见了春权愁眉苦脸的神气，遂满脸堆笑地叫道：

"大小姐，你为什么独个儿地坐着叹气？难道有什么不如意的事情吗？我想你嫁了这么一个如意郎君，当然也很快乐的了。"

"妈，你不要说起了，我们是天天吵嘴，夜夜相骂的。表面上看着很好，实际上哪件事情称得上满意呢？妈，你请坐一会儿，这时倒有空过来玩吗？"

春权听楚云这么说，遂一面哀怨地告诉，一面又站起身子来让座。楚云拉了她的手，一同坐到沙发上去，望着她哀怨的芳容，却是笑了起来，说道：

"大小姐，你这话我哪里相信？天天吵嘴也许是有的，至于夜夜相骂那是绝不会的，只怕夜夜恩爱吧！"

"呸！你又来取笑我了，谁高兴跟他恩爱呢？妈，真的，我告诉你，雨田这人近来真有些变了，常常发脾气的，我心里真恨哩！"

春权红了两颊，啐了她一口，却忍不住又笑了起来，一面镇静了脸色，向她低低地告诉，表示很认真的样子。楚云拍了她一下肩胛，用了埋怨她的口吻说道：

"大小姐，不是我在庇护姑爷，像姑爷这么好脾气的丈夫，只怕再也找不出第二个了。你只知道他的脾气不好，可是你却没有想到自己的脾气真要比姑爷坏到十倍哩！你时常先向他发脾气，他若一句不回答你，那他不是变成一个活死人了吗？所以，我说这是你的不好，并非是姑爷的不好。你自己仔细地想一想，觉得我这个话可说得对吗？"

"妈，你瞧见他的时候，他自然格外装得好一些，老实得真好像是个没气死人一般的。谁知他在没有人的时候，对我就凶哩！"

春权被楚云这几句话倒是说到心眼里去了，因此把一肚子的哀怨也就完全地消失了。因为仔细想想过去和雨田吵嘴的原因，的确总是自己先去引逗了他。所以她心中感到好笑，不过表面上却还含了哀怨的表情，向楚云絮絮地辩白了这几句话。楚云笑道：

"有人在着的时候尚且这么地怕你，没有人在着的时候，只怕跪你也来不及，哪里再敢向你凶吗？所以，你这些话我益发地不相信了。"

"别把爸爸对你的情形向我说出来了吧……"

春权绯红了两颊，秋波逗给她一个娇嗔，却又忍不住咯咯地笑出声音来了。楚云听她反来取笑自己，也不免红晕了脸，向她啐了一口，用手到她肋下去呵痒，春权一面笑，一面又急得连连地告饶。正在这个时候，忽然见麦秋匆匆地奔进房中，向春权告诉道：

"姊姊，不知为了什么缘故，姊夫在三嫂的房中，两人都在哭泣哩。你们快去瞧吧！"

春权突然听到了这个消息，一时好生奇怪，倒不免怔怔地愣住了一会子。楚云和小红素来不和睦的，所以她是没有一刻不在妒忌她，又因为小红养了一个儿子，墨园对她爱护备至，所以更引起楚云的妒心。今听雨田在小红的房中两人哭着，这就觉得是个搬弄是非的好机会。她向春权故意笑了一笑，带了神秘的样子说道：

"这又是为了什么缘故呢？小红这妮子的功夫真好，老是在姑爷面前眼泪鼻涕撒着娇，照理一个是舅嫂，一个是姑爷，多少也该避一些嫌疑的。我想姑爷又是一个多情的少年，被她狐媚子般地一迷恋，自然也可怜她起来了。大小姐，三少爷不在家，小红现在已弥了月，不是我跟你说一句笑话，你应该要防着一些，明天闹出不尴不尬的事情来，这真成了松江的大笑话了。"

春权原是一个多疑的姑娘，如今被楚云这么地一进谗，她就真的疑惑起来，暗想：雨田近来跟我常常吵嘴，莫非他已爱上了小红吗？这可说不定，因为弟弟没有在家，小红原是个小家碧玉出身，她知道什么"廉耻"两个字呢？心中虽然这么想，但表面上还显出毫不介意的样子，笑道：

"那是不会的吧。妈，你把小红的人格也瞧得太低贱了。我想小红在想念弟弟去了三个多月的日子没有回来，所以又在伤心了。"

"哼！你以为她是个什么高尚人吗？她从前做过舞女，做过妓女，给人家玩得不要玩了。老实说，这种人有什么'人格'两字可说呢？无非她长了一副迷人的脸蛋，所以你弟弟才会死心贴地一句话也没有哩！其实她又不是一个处女，她会不用手段去勾引姑爷吗？大小姐，我完全是为你终身幸福所以才说这些话的，所以，你倒不要误会我在离间你们夫妇的感情呢！"

楚云见春权不信的神情，心里不禁大大地感到失望，遂撇了撇嘴，冷笑了一声，于是加紧她搬弄是非的本领，又向她说出了许多的话。春权正欲再说什么，麦秋却来拉她的手，说道：

"姊姊，你怎么啦？为什么不和我一同去劝劝他们呢？"

"弟弟，你别给我胡闹，快些到房中跟樱桃读书去，再来缠绕我，当心我捶你！"

春权却摔脱了他的手，恨恨地娇嗔着。麦秋好生没趣，也只好垂头丧气地自回到房中读书去了。这里楚云见春权满面愤怒的意态，知道她已有些动了心，心里非常欢喜，于是向她又进谗了几句，便匆匆地回上房里去了。

春权待楚云走后，她独个儿愈想愈疑，愈疑愈恨，因为雨田还没有回房，她益发相信他们是有暧昧之情了。否则，雨田办公回家，不到我的房中，却先到小红的房里去，这不是一件笑话吗？春权想到这里，妒恨交迸，猛可地站起身子来，意欲奔到小红楼里去瞧个仔细，但她到底又忍熬住了，觉得还是待雨田回房的时候向他问过仔细的好。因此她叹了一口气，懒洋洋地把身子又在沙发上坐了下来。

好容易地等了半个钟点，雨田方才悄悄地走进房中来了。他脱了头上的呢帽，还轻轻地叹了一口气。春权以为他故意装腔，遂不去理睬他。雨田在衣钩上挂了呢帽后，回过身子，叫了一声春权，春权却依然不理睬他。雨田以为昨夜吵了嘴，今天她还有气，所以只好走到她的身旁坐下，拍了她一下肩胛，微笑道：

"昨夜的事情，凭良心说一句话，到底是我错，还是你错？不过事情既然已经过去，吵过算了，我们到底是夫妇，难道板起面孔大家一辈子不理睬了吗？”

"哼！我想你也不用再到我房中来了，还是睡到小红房中去吧！恩爱肉麻得来，眼泪鼻涕，这算什么样呢？"

春权听他还提昨夜的事，益发以为他故意装出来的，遂冷笑了一声，秋波恨恨地逗给他一个白眼，忍熬不住地说出了这几句话。雨田听她这么说，方知是为了刚才我在小红房中而生了气的，这就不禁扑哧一声笑出来，说道：

"妹妹，你这人说话好没意思的，照你说，我竟爱上小红了吗？"

"什么意思没意思？反正这是事实呀！我问你，你办公回家，不到自己妻子的房中，却先到舅嫂的卧房里去，舅子又不在家，我试问你这是什么意思呀？"

春权见他还发笑，心里愈加地生气，撇了撇嘴，秋波瞅住了他脸，满面怒意地问他。雨田听了，却只是好笑，说道：

"妹妹，你的消息倒是灵通，大概是麦秋这孩子来告诉你的了。不过你千万别误会，我因为办公回家在门口齐巧遇到一个邮差，他给我一封信，正是石秋从北平写来给小红的，所以我就顺便先送到她卧房里去了。你怎么竟疑心我和小红有什么暗昧之情来，那你把我们的人格也瞧得太没有了。"

春权被雨田这么一解释，心中方才涣然冰释，不过她表面上是绝对不肯认错的，遂又冷笑了一声，说道：

"你多情，要你亲自送了去，为什么不先拿到我的房中来？难道我不会拿给她吗？再说，你和她眼泪鼻涕地一同哭泣，这又是怎么的一回事呀？"

"好妹妹，你这话就问得没有道理，我因为石秋有信来了，心中很喜欢，所以急急地去拿给她，这也是人之常情，所以我却没有考虑到这许多。至于我们的哭泣，是因为石秋信中说，他受张司令的重托，今已随军出发前线作为参赞，所以一时里不能接小红同上北平居住，她瞧了此信伤心，我也陪着落了几点眼泪。这都是上有天、下有地的实情，你千万不要给我太多心了好吗？"

雨田见她兀自不相信的样子，遂连忙把详细的情形向她告诉解释。春权听了这些话，心中也不再疑惑了，遂沉吟了一会儿，低低地说道：

"弟弟竟赴前线去了吗？唉！张司令也真浑蛋！他又不是一个军官学校毕业的人，如何叫他任起参赞的职位来？那不是太糊涂……"

"可不是为了这么说吗？所以小红心里伤悲，就是我也代为忧煎哩！"

"但愿天爷保佑他平安无事吧！"

春权很热诚地祈祷着，但却又轻轻地叹了口气，两人说了一会儿，时已上灯。樱桃开上饭菜，麦秋也写好了字，于是大家坐下一块儿吃饭。饭毕，春权遂到小红楼来瞧石秋的信，只见小红和春椒坐在房中谈话，小红抱了孩子兆椿正在哺乳，见了春权，遂含笑招呼，说道：

"大姊，你晚饭用过了吗？"

"吃过了，三嫂，弟弟不是有信来了吗？他说司令委他任参赞的职务吗？"

春权一面回答，一面又低低地问她，她的身子却已坐到沙发上去，望着小红的粉脸出神。小红颦蹙了翠眉，叹了一口气，说道：

"是呀。你想，石秋也不是个军事上有学识的人，他如何能任此重职呢？我说爱吾也糊涂，她为什么不劝阻司令呢？姊姊，你说是不是？"

"我刚才对雨田也这么地说，张司令真是个糊涂虫。三嫂，弟弟的信放在什么地方？我能瞧瞧吗？"

春权很表同情地回答，一面又笑盈盈地问。小红把手指了指梳妆台，很坦白地说道：

"为什么不可以瞧呢？刚才姑爷、二妹也都瞧过。二妹，你给我拿给姊姊去瞧瞧吧。"

春椒听了，遂把梳妆台上石秋的来信递给春权。春权瞧了一遍，知道弟弟真已任了参赞的职务，随军出发了，一时也只好安慰她道：

"三嫂，你也不用难受，我想弟弟很聪敏，他虽然不是什么军校毕业的人，不过他在军队里住久了，自然也会有学识和经验的。况且他的运道不错，说不定一帆风顺，从此飞黄腾达，那时候就高兴哩！"

"得能应了大姊的金口，这当然是叫人谢天谢地的了。"

小红听春权这么说，也由不得嫣然微笑，心里十分安慰。春权站起身子，却来抱兆椿游玩，逗他笑了一会儿，一面又问道：

"你把这信拿给爸爸瞧过了没有？"

"晚饭之前拿去给他瞧过，爸也没有说什么，叫我不用难受。其实我也没有十分难受，得能石秋为国出些力，显亲扬名，倒也是一件快乐的事情呢!"

"三嫂这些话就说得有意思，我一得知这个消息，我心中是只有感到欢喜的。"

春椒在旁边连连地点头，表示很兴奋的神气。这时，春权心中又有一个感想，小红既然说没有十分悲伤，那么在雨田面前为什么眼泪鼻涕地哭泣？这不是明明地在雨田面前装嗲腔吗？春权心中既有了这么一个感觉，于是她刻刻地防着小红，恐怕小红会勾引了自己的雨田，因为楚云对自己说的话虽不能全信，但也不可不信的。从此以后，春权对小红表面亲热，暗地里却是处处生心注意她的行动。

光阴匆匆，不知不觉地已是入秋的天气了。兆椿长得白白胖胖，差不多已是牙牙学语。但石秋随军出发后，却是消息沉沉，仿佛杳如黄鹤。小红心里除了记挂外，又觉十二分悲伤，虽然也曾写信去问过爱吾，但爱吾的复信中也说没有得到石秋的消息。因此小红梦魂为劳，徒增感伤而已。

小红自石秋走后，本来还有春椒做伴，所以尚不寂寞，这学期春椒初中毕业，她征得墨园的同意，已到上海青心女中去住宿读了。因此，小红楼里除了小红母子两个外，是只有佩文一个人了，所以夜听秋风落叶，愈觉凄清十分。

这晚小红哄睡了兆椿，吩咐佩文伴在床边看顾，她自到楼下院子里来散一会儿步。秋的季节，夜凉如水，碧天中那轮明月分外光圆。小红抬了头，望着明月，脑海里是浮上了石秋的脸庞，她似乎有些凄凉的感觉，忍不住深深地叹了一口气。

谁知这时候，见前面树丛旁也有一个黑影子在仰天长叹。小红回眸望去，原来却是雨田，心中这就感到奇怪，暗想：他怎么也在这儿一个人叹气呢？于是悄悄地步了上去，含笑低唤道：

"雨田哥，你一个人在这儿对月长叹干什么呀？"

"红妹，我真想不到婚后的春权，她脾气一天不如一天地恶劣起来了。"

雨田忽听有人唤他，遂也回头来望，见是小红。他遂步了近来，又叹了一口气，说出了这几句的话。小红听了这话，蛾眉微蹙，秋波瞟了他一眼，说道：

"雨田哥，怎么啦？你们难道又吵了嘴吗？我说大姊脾气虽然不好，你总不要和她一样见识。说句老实话，女子总要占些小便宜才会高兴，这是因为女子量窄的缘故，所以你得忍耐的地方，就应该忍耐一些的。"

"红妹，你这些话我是早已知道的呀，不过春权这人就是让她不得的，因为她要得寸进尺，还以为我是个好欺侮的。其实，我大半还是瞧在爸爸的脸上，所以我总不愿意和她吵闹，不料她偏又疑神疑鬼，说我有异心，我真弄不明白她是听了谁的话，要莫名其妙地向我吵闹。唉！所以说，日久见人心这句话是真不错的……"

雨田听小红还向自己责怪，虽然知道小红的心中也是为了我好的意思，不过自己在春权那儿所受的委屈是不止一次二次了，所以他心头是十分怨恨，一面回答，一面又深深地叹气。小红听了"日久见人心"这一句话，她不免有些悔介绍之不当，遂很抱歉地说道：

"这样说来，我和石秋对你真有些抱歉，不过事已如此，你也只好委屈一些，无论哪一件事都依顺她也就是了。"

"红妹，你别那么说，你对我说这些话，那么我对你也有十二分不安了。虽然石秋待你恩情不错，不过我觉得事情总不见得十分美满，现在石秋出发已半年多了，却没有一些消息，我时常为你着想，又何尝不担着抱歉呢？"

雨田听她这么说，遂情不自禁地走上一步，摇了摇头，低低地回答。不料雨田这句话却勾引起小红心头无限的悲哀，眼皮一红，轻声地说道：

"那么你也别这样地说，我以为这都是我们前生注定的命运……"

小红说到这里，秋波逗了他一瞥无限哀怨的目光，却不免掉下眼泪来。雨田想想小红的身世，自然也激起了同情的悲哀，遂叹了一声，泫然泪下。

天下的事情，真有这么凑巧。雨田、小红相对而泣的情景，不料却会被楚云偷偷地瞧见了，心中暗想：当初我不过猜疑而已，谁知他们两人真有爱情的呢！于是她三脚两步地急急走到梅笑轩里来，只见春权坐在沙发上正呜呜咽咽地哭泣着。地下碎玻璃杯片打翻了一地，樱桃却在打扫着，于是忙说道：

"大小姐，啊哟！这是为了什么缘故啦？莫非又和姑爷吵了嘴吗？"

"可不是吗！太太，你快劝劝大小姐吧！"

樱桃抬头见了楚云，遂连忙低低地说。楚云走到春权的旁边坐下，拉起她的手，把绢帕给春权拭去了泪痕，冷笑了一声，说道：

"大小姐，你不用哭泣了，姑爷时常对你吵闹，原来他被小红这婊子真迷住了呢！"

"妈，你这是什么话？难道你已发现过他们的秘密吗？"

春权突然听楚云这么说，遂停止了哭泣，微竖了柳眉，望着她脸怔怔地出神。楚云却显出很正经的样子，点了点头，说道：

"大小姐，你若不相信，快些跟我一同去瞧瞧，他们还相倚相偎在一块儿亲热呢！"

春权对于这两句话，真是不听犹可，听到了之后，她只觉一股子愤怒和妒恨从心眼上真冒了起来，拉了楚云的手，说声："快陪我去瞧！"两人便很快地步出房外去了。楚云在跨出房门口的时候，又向春权低低地叮嘱着道：

"大小姐，你瞧只管瞧，不过此刻千万别闹开来，只要我们知道了他们的秘密，以后我们慢慢想办法对付她是了。"

"妈，你放心，我绝不会这么粗鲁的。"

春权点了点头回答，一面已跟着楚云走出了梅笑轩。约莫走了十余步路，楚云便把春权身子拉到一座假山的后面，向左边树丛旁指了指，低声地说道：

"大小姐，你瞧吧，他们在做些什么勾当呀？"

春权窥眼向左边望去，只见雨田拿了一方手帕，亲自给小红做拭泪之状。她这一瞧，不免气得"呀"了一声，几乎要叫出声音来。幸而楚云伸手把她嘴扪住了，望着她铁青的脸，笑道：

"你不要以为这样算气了你，难道他们就没有比现在再亲热一些事情了吗？大小姐，我们回房去吧，别瞧了，就给他们多亲热一会儿，明天好好地治她一治是了。"

春权气得再也说不出一句话，她默默地被楚云拉回到房中，倒在沙发上这才"哇"的一声又哭泣起来了。樱桃见了，忙问：

"真有怎么的一回事吗？"

楚云道："难道还骗了你不成？快拧把手巾来给大小姐擦脸。大小姐，你别哭呀，人家说你凶，可见你只会哭，也是一些都不凶哩！哭有什么意思？明儿哭出病来倒叫他们更开心吗？老实地说，我们非好好儿地对付小红一下不可的。"

楚云一面向樱桃吩咐，一面坐到沙发上，推了推春权的身子安慰。春权听了，也觉不错，遂停止了哭泣。樱桃把手巾拧上，春权拭干了泪痕，方才向楚云低声地问道：

"妈，我是气糊涂的了，你倒给我出一个主意，究竟用什么手段对付小红好呢？"

楚云见春权向自己讨教，心中这就暗想：小红这妮子和我仿佛七世冤家，有了她，没有我，有了我，没有她。最近她养了一个儿子，更威风了。墨园这老头子待她多么好，一有了什么吃，就叫高妈拿给她，这样地好下去，墨园不是也会爬灰了吗？老实说，墨园一个人在我身上应酬应酬，我还感到不满足，如今小红还要来抢我的口分，这不是太岂有此理了吗？楚云这样想着，于是她便预备借刀杀人了，遂把嘴凑到春权的耳旁，低低地说道：

"大小姐，小红勾引了姑爷，这件事情并非儿戏的。因为姑爷被她迷得糊里糊涂，说不定会拿出黑良心的手段来对待你，那时候你真要吃他们的苦哩！所以我为你终身幸福着想，觉得应该是先下手为强的……"

楚云说到这里，把语气放得特别低沉，又在春权耳旁细语了一阵。春权突然听了这个话，她芳心忐忑地一阵乱跳，粉脸顿时变了颜色，沉吟了一会儿，也向楚云耳边低低地说道：

"不过我很对不住石秋，所以我觉得这有些下不了毒手的。"

"哼！她私通了姑爷，难道对得住石秋、对得住你吗？大小姐，我不是对你进谗，你假使不先下手，那么明儿你吃苦的时候，不要后悔莫及吧！"

楚云听她胆怯这就冷笑了一声，遂竭力地向她刺激。春权听了她这几句话，心头果然有些愤恨起来，暗想：小红会和雨田私通，这实在太对不住弟弟了，而且也太对不住我。明天她倒先起了一个狠心，把我害死了，这不是叫我有冤也没处诉的吗？楚云见她兀是沉吟不答，忽然又有一个感觉，遂凑过嘴去向她说道：

"你弟弟不是在北平和爱吾结婚了吗？我想他们这才是对美满的姻缘。所以，你把小红除了，根本和石秋也无关痛痒的，你若不先下手，明天姑爷夜夜叫你守空房的时候，你就会觉得这凄清的滋味是太难堪的了。"

楚云为了要拔去自己那个眼中钉，所以费尽心计地去激动春权，要借春权的手去害死小红。春权被她这么一说，终于渐渐地活动了心，遂说道：

"且让我考虑考虑再作道理吧。"

楚云生恐雨田回房起疑心，所以不敢久坐，就匆匆地回上房去了。樱桃待楚云走后，遂望了春权一眼，轻声地说道：

"大小姐，太太对你说的话，我以为不可。一则，姑爷和三少奶到底有否私通，这还是一个问题。我想照姑爷平日的行为而论，他是绝不会干此失人格、失道德的事情。二则，即使果然有这一回事，大小姐也得好好儿劝醒了姑爷，因为害人性命，这到底不是大小姐这么的人所干得出的事呀！"

"我知道，你不许乱讲，这可不是儿戏的事情，你晓得吗？"

春权听樱桃这么地劝阻自己，遂点了点头，一面又向她认真地叮嘱着。樱桃见大小姐的意态，若有嗔怪自己多事的神气，一时颇为感叹，也只好点头称是，自回卧房里去了。

这里春权脱了衣服，先躺进被窝里去睡了。她一时里当然不能合眼，所以胡思乱想地沉吟了许多时候，还是没有睡熟。忽听一阵脚步声进房，春权明白是雨田回来了。因为刚才吵闹得非常厉害，所以自然不高兴去理睬他。雨田以为她熟睡着，所以也不理她，自管脱了衣服，在春权身旁悄悄躺下，熄灯睡了。

过去春权和雨田吵嘴，雨田总会向春权说好话赔不是。春权在雨田涎皮嬉脸之下，小两口子也就和好如初的。但今天雨田没有向春权说好话，就这么地熄灯睡着了。春权心中以为小红在雨田面前一定进了谗言，所以雨田连话都不向我说了。她在无限怨恨之余，因此她忘记了一切的人道，她竟存了一个你死我活的狠心了。

这样匆匆地又过了五天，春权听佩文告诉，说小红有些不舒服。她觉得这是一个机会到了，遂亲自烧了一碗鸡丝面拿到小红楼里来。只见小红倚在床栏旁，云发蓬松，真像是个病西施般的，遂含笑叫道：

"三嫂，你有些不舒服吗？我煮一碗鸡丝面来给你吃。"

"大姊，真难为了你，我也没有什么大病，只不过身子懒怠罢了。"

小红见她对待自己这么好，心中非常感激，遂向她含笑着回答。春权把那碗面放在桌边，走到床边坐下，说道：

"现在面已冷了，回头叫佩文再滚一滚热就可以吃的。三嫂，你近来瘦削得多了，我劝你也想开一些，弟弟在外面军事忙碌，所以没有什么信件到来。其实还是一个人快乐，像我和雨田时常吵嘴，那还不如远离了安静吗？"

小红听她这么地安慰，遂含笑点了点头，拉了春权的手，表示很亲热的样子，说道：

"我倒也并非想念石秋，因为石秋在为国家出力，我心中至少是得到一些安慰的。"

春权听了，心中却在冷笑着道，你有了雨田做候补员了，哪里还会记挂弟弟呢？不要脸的，这就亏你说得出的。小红当然不知道她心中在说些什么，所以和春权还显得很亲热的神气，秋波向她瞟了一眼，忽然想到了什么似的，说道：

"大姊，并不是我怨你的脾气不好，因为你这人是太性急一些了，有些地方可以省却的，就别和雨田哥吵闹。虽说少年夫妻愈吵愈热，但吵惯了那就觉得没有什么意思，而且往往弄假成真，这是很危险的。我说雨田哥的脾气，比石秋更要好得多，所以你也不要太以难为了他。大姊，你说我这话是不是？"

春权听她向自己劝出了这几句话，一时心头更疑心他们是有暧昧之情的了，暗想：你没有跟雨田睡觉，你怎么就知道雨田的性情比石秋好？这不是笑话吗？不过她表面上也显出很感激的样子，把她手握了一握，笑道：

"三嫂，你真不知道雨田这人也是蜡烛脾气的，有时候我待他好一些，他倒也会向我发脾气，所以我若不对他凶一些，事情也不会太平。"

春权这几句话倒把小红说得笑起来。这时候佩文进房，小红遂指了指桌上那碗面，对佩文望了一眼，说道：

"佩文，这碗面是大小姐给我吃的，你拿只碗来覆出，藏在竹橱内，回头我饿了，你再热给我吃好了。"

佩文点头答应，遂把那碗鸡丝面覆到自己的碗里，把空碗拿还给春权，笑道：

"大小姐，我不给你洗净了，因为洗净了，下次就没有吃了。"

春权听了，也笑了一会儿，遂拿着空碗回房里去了。这时天已入夜，小红见兆椿睡得很熟，遂悄悄地跳下床来。佩文道：

"小姐，愈睡愈懒的，我给你倒盆脸水，还是起来坐坐吧。"

佩文一面说，一面倒了一盆洗脸水，放到梳妆台上去。小红于是走到梳妆台旁边，对镜梳洗了一会儿。因为偶然高兴，所以她扑上了一层香粉，还涂了一圆圈的胭脂，然后又拿了一支唇膏，撮了小嘴儿，对镜抹上了一层。自从石秋走后，这半年多的日子来，小红就没有好好儿梳洗过一会儿脸。此刻对镜自照，也觉容光焕发，和前判若两人了。佩文在背后瞧着，忍不住抿着嘴哧哧地笑起来，说道：

"小姐，你这么一化妆，哪里还有一些病容呢？我说平日小姐也应该打扮打扮的，老是蓬了头黄了脸，这就益发没有精神了。"

"唉，你叫我打扮给谁瞧呢？"

小红起初也含了笑容，但不知她又有了一个什么感觉之后，却把笑容收束，摇了摇头，微微地叹了一口气。佩文当然明白小姐心中的意思，是因为姑爷远在北平的缘故，所以使她连梳妆都懒得梳了，意欲劝慰她几句，但一时里也说不出什么来好，因此望着她芙蓉花朵那么的粉脸却是怔怔地愣住了一会子。

小红慢慢地离开了梳妆台旁，走到写字台旁去坐下了，打开抽屉，取出一张小照来。这是爱吾上次信中附下的一张石秋身穿军服的小照，小红明眸向他脉脉地凝望了一会儿，觉得倒摄得挺神气的，这就情不自禁地把小照凑到嘴旁去吻了一下。待拿开了瞧，只见石秋的脸上却有了一个嘴印，这才想到自己嘴唇上是涂过一层胭脂膏的，她把手指去抿了抿小照，忍不住又笑了起来。佩文不知她在做些什么，遂走上来低低问道：

"小姐，你先吃饭，还是先吃大小姐送来的鸡丝面？"

"我嘴也没有味道，你把那碗面去热了来我吃，饭也不要吃了。"

小红放下小照，回头向佩文望了一眼，方轻声地回答。佩文点头答应，遂自下去。这里小红一个人又把石秋照片望了一会儿，暗暗祈祷着：但愿他在外面平安健康。不料正在这个时候，忽然半天里起了一声霹雳，这倒把小红大吃了一惊，回头见床上的兆椿也"哇"地哭醒过来。小红慌忙放下照片，走到床边，把兆椿抱在怀里，一面拍着他的小身子，一面说着道：

"兆椿，好孩子，你不要害怕，妈妈抱你在怀里呢！"

这时，小红的耳旁又听得风雨交作之声，不绝于耳。俄而万马奔腾，俄而千军哭喊，好像怒涛惊空，仿佛排山倒海，其声隆隆然，使人心惊胆寒，十分害怕。小红心头暗想：这是怎么的一回事？秋天的季节，如何也会响雷落雨起来？那天真有些变的了。这时候，佩文端了这碗鸡丝面走进房来，她见小红抱着小少爷拍着身子，遂说道：

"小姐，小少爷是被刚才一个响雷惊醒的吧？我在炉子旁热面，险些吓得打碎了碗哩！真也奇怪得很，秋天里还会下雷雨哩！"

"可不是，也不知有什么大变故，所以好好儿的天气就落起大雷雨来。"

"小姐，你吃面吧。小少爷给我抱着，回头别又冷了面，若再去热，那面就成一段一段地糊起来了。"

佩文把那碗热气腾腾的面放在桌子上，一面说着话，一面已伸手来抱小红怀中的兆椿。小红因为这时肚子真有些饿，遂把孩子交给佩文抱，她坐到桌子旁去，把那碗鸡丝面便吃得精光，还向佩文笑道：

"大姊不知放了多少调味品，所以特别鲜味可口。佩文，你明天也给我煮碗吃吃。"

"我想这是因为小姐肚子饿的缘故，所以格外好吃了。明天我给小姐吃面的时候，小姐一定也要预早饿起来的。否则，你吃得没有味儿，总以为我煮得不好哩！"

"瞧你这妮子说得多好听，我为了要吃你煮的一碗面，我还得第一天就饿起来吗？这也太不容易吃你煮的面了。"

小红听她这么说，遂站起身子，秋波逗给她一个媚眼，一面笑着回答，一面去抱还佩文手中的兆椿。佩文听了，也早忍不住咯咯地笑起来了。小红抱过了兆椿后，把身子又歪倒床上去，拍着兆椿的小身子，哄他睡去，一面又向佩文说道：

"晚饭我不要吃了，你和张妈去吃了也早些睡吧。"

"小姐，你要睡，脱了鞋子和小少爷好好儿地躺下吧。此刻天气转冷了许多，当心又受了寒，你已经是这么的单弱身子了。"

佩文一面点头答应，一面走到床边，却伸手去脱了小红脚上那双高跟鞋。小红也觉有些头晕脑涨的，遂把身子躺进被窝里去。佩文给她被塞紧之后，方才悄悄地步到外面一间，和张妈一同吃晚饭去了。

佩文吃毕晚饭，和张妈帮着把碗筷料理舒齐，遂又悄悄地进房。走到床边，只见小红抱了小少爷，母子两人正睡得熟，所以不敢惊醒她们，自管退到下首那张半床上去坐下，出了一会子神。佩文本来是和张妈一起睡的，因为姑爷和二小姐不住在小红楼之后，小姐一个人怕冷静，所以叫佩文睡在一个房间里做伴。这时，佩文坐在自己的床边，呆呆地听了窗外一个风雨之声，不知怎么的，她感到有阵寒意，身子抖了两抖，于是也就熄灯安息了。

佩文睡着了后，她却做了许多的梦，一会儿说姑爷回家来了，一会儿又说小姐病厉害了。蒙蒙胧胧的，也不知经过了多少时候，忽然她被兆椿小少爷一阵哇哇的哭声闹了醒来。佩文揉了揉眼皮，听窗外风雨之声已经停止，壁上的钟当当敲了四下，暗想：再两个钟点天也快亮了。因为小少爷哭得很凶，显然小肚子饿了要吸乳了，但小姐睡得真熟，竟会一些都没有知道吗？这就在被窝里高声叫道：

"小姐，小姐，小少爷醒着要吃乳了，你怎么不听见吗？"

谁知佩文连喊了数遍，却不听小红的答应。而兆椿哭的声音，却愈哭愈急。佩文心中好生奇怪，遂连忙披衣起床，亮了灯火，走到小红的床边。只见小红仰面躺着，微闭了眼皮，很安静地睡熟着。佩文心里有趣，遂推了推她的身子，叫道：

"小姐，你真的睡得太熟了。小少爷哭得这么凶，你没听见吗？"

不料小红还是没有作答，依然睡熟着。佩文到此，觉得事情有异，遂伸手去摸小红的脸颊，这就芳心乱跳，"啊哟"地竭声地叫了起来。你道为什么？原来小红的脸已经冰凉的了。佩文似乎还有些不相信这是事实，遂伸手又去摸小红的鼻子，竟连气息都没有的了。佩文以为这是在做梦，她伸手在自己额角上重重地敲了一下，觉得是怪痛的，那么这明明是事实，难道小姐好好儿的竟无疾而终了吗？想到这里，又急又怕，又痛又悲，这就叫了两声"小姐"跳着脚号啕大哭起来了。

第九回

星月依稀　因跌成疯疑神又疑鬼

佩文这一哭不打紧，把外面一间睡着的张妈也哭了起来，于是急急地披衣下床，走进少奶的卧房。只见佩文站在少奶的床边，乱撞乱颠地哭个不停，一时真弄得丈二和尚摸不着头脑，遂走到佩文的身旁，把她拉住了，问道：

"佩文姊姊，你这是怎么啦？你这个样子不会把少奶奶闹醒过来了吗？"

"张妈，我家小姐死了，你……倒去摸摸她的脸吧，已经是凉的了。"

佩文见张妈还没有醒来般地问着自己，这就向她急急地告诉着。张妈对于佩文这两句话似乎还有些将信将疑的神气，她还以为佩文是一定发疯了，因为少奶昨夜还好好儿的，怎么此刻就死了？天下哪有这样快的病症吗？不过她心里虽然是这么地想，手也很急促地去摸小红的脸额，经此一摸，张妈方知少奶是真的死了。她心中一阵痛伤，因此也放声大哭了。佩文被张妈一哭，她倒反而收束了泪痕，向她忙着说道：

"张妈，你且慢哭，快去报告老爷是正经。"

张妈听了佩文的话，遂边哭边向房门外直奔了。佩文待张妈走后，她先抱起床上的小少爷，然后向小红宛如生前的遗容痴望了一会儿，她脑海里浮现昨晚小姐吃面的一幕和自己说笑话的一回事，这完全还在眼前。可是她做梦也想不到小姐此刻已是长眠不醒的了，她心痛若割，这就重新又号哭起来了。

不多一会儿，墨园、楚云、雨田、春权四个人，跟着张妈气急败坏地奔进房来。大家很快地奔近床边，向小红连连地叫喊，果然小红已是不再作声的了。墨园、雨田等一阵悲酸触鼻，忍不住也落下泪来。春权见小红脸上施着脂粉，唇上涂着鲜红的嘴唇膏，一时心中好生奇怪，灵机一动，遂忙说道：

"妈、爸，你们瞧三嫂脸化妆得好好的，莫非她是自杀的吗？"

"不错，否则，她怎么好端端地就会死了？佩文，你且慢慢地哭，你可曾见你家小姐吞服过什么东西吗？"

楚云听春权这么地说，便理会她的意思，一面附和着说，一面回头又故意向佩文这么地问。佩文这才停止了哭泣，摇了摇头说道：

"小姐没有吞服过什么东西，况且她也没有什么不如意的事情，昨晚她吃面的时候还跟我说笑话玩哩！所以，我以为小姐是绝不会自杀的。"

"既然她不会自杀，那么她如何又会死了呢？难道有什么人谋死她的吗？"

春权听佩文这么地说，遂望了她一眼，冷冷地问她。佩文没有说什么，却只管呜呜咽咽地哭泣着。墨园和雨田也觉得这事情有些离奇，遂叫楚云伸手去摸小红的胸口，还有热气没有。楚云虽然有些害怕，但也不得不硬着头皮去摸了一会儿，故作流泪欲哭的神气，泣道：

"唉，一些热气都没有了，想不到三少奶竟会死得这么快呀！"

春权见楚云盈盈泪下的样子，于是她叫了一声三嫂，也呜呜咽咽地哭泣起来。墨园向她们摇了摇手，是叫她们不要哭的意思，一面又向佩文问道：

"佩文，昨天晚上你小姐几点钟吃晚餐？吃的是些什么东西？几点钟睡的？你此刻怎么又会发觉小姐死了？这些情形你都向我诉说一遍吧！"

"昨晚小姐也没有吃饭，只吃了一碗大小姐送来的鸡丝面，她抱了小少爷就睡了，那时也只不过七点光景。待我吃毕饭来瞧小姐，只见小姐和小少爷已经睡得很熟了。我没有惊醒她，也自管熄灯安置。这样直到现在，我被小少爷哭醒的，我以为小姐睡得熟，所以连连叫喊，谁知小姐却没有答应，而小少爷却是愈哭愈凶。我心中奇怪，遂起身亮灯来瞧，哪晓得小姐已经死过去多时了。"

佩文听老爷这么地问，遂一面淌泪，一面告诉，说到后面，她又抽抽噎噎地哭了起来。雨田、墨园听了，连声称奇。这四周找寻有没有什么毒药的瓶在可是也一无痕迹。雨田不禁失声道：

"这样说起来，莫非有类似侦探小说中的大盗把红妹害死了不成？"

"我想三嫂平日向来不施脂粉，现在她化妆得端端整整的，我以为她一定自杀的无疑。至于自杀的原因，或许是为了弟弟一去不回，连信息都没有。否则一定是有鬼的了。"

春权却一味地说小红是自杀的，墨园对于小红自杀的猜想，亦觉得可能。不过照事实上说，小红实在没有自杀的必要，因此也只有连连叹息，暗暗地淌了一会儿泪。到了天明，仆妇等把小红移尸到楼下客厅，墨园叫雨田乘火车到上海去报告秦可玉及小红的母亲慧珠，慧珠听了这个消息，心碎肠断，不禁昏厥者再。若花、可玉含泪相劝，一面和雨田立刻动身赶到松江别墅，时候已经是午饭时分了。

雨田伴着慧珠、可玉、若花三人走进小红楼的客厅里，只见里面已经陈设素帷。墨园见了可玉，先落下泪来。这时，慧珠、若花早已撞哭到素帷里，不禁抚尸大哭。佩文见了两位太太，也早已一同痛哭起来。墨园先陪可玉坐了一会儿，仆人送上茶烟，可玉竭力熬住伤心，先向墨园问道：

"老哥，我觉得小女的死太以奇怪了一些。若说她自杀的话，我想这也不至于到这个不能做人的地步。所以，我的意思，欲请个医生来把她验一验，究竟是怎么死的，不知你的意思以为怎么样？"

"老哥的意思很好，并不是我说着好听的话，我对于小红，天地良心，比别个媳妇疼爱。而且她又给我养了一个孩子，我是时常安慰着她，石秋虽然没有信息，不过他在外面终于平安健康的。小红在我面前也常说她并不难受，因为石秋为国去出力，她是很欢喜的。照这么说，小红实在不会自杀的，就是自杀，总也有封遗书，所以这事实上实在太离奇了，我也非侦查个明白不可，否则是太委屈她一些的了。"

墨园听可玉的话，至少带有些愤怒的神气，所以他一面说，一面又淌下泪来。可玉暗想：若说墨园虐待她，这恐怕是不会的，那么她的死，究竟太离奇一些。遂说道：

"老哥，那么我们此刻就去请医生到来吧。"

墨园点头答应，他和可玉一同起身去打电话给松江最有名的西医林中惠，然后又到素帷内来见小红的遗容，只见小红脸色宛若生前，粉脸白里透红，嘴唇也鲜红润润，只不过她的两眼紧闭罢了。可玉睹此遗容，使他脑海里又想起乐园殡仪馆内鹃儿的遗容，正是一式无二，一时痛到心头，不禁跌足痛哭，大叫道：

"小红，想不到你和你的鹃儿姊姊一样地命苦，这我哪里料得到？唉，我这个老不死太命苦了，女儿是死了，连个义女都不能送我山头，我做人还有什么趣味……"

可玉边哭边说，握了拳，捶胸不已。墨园瞧此情形，也失声哭了起

462

来。慧珠是已经哭得昏厥过去，春权、楚云含了眼泪前来劝慰。这时，林医生来了，可玉才停止哭泣，叫若花、慧珠也别哭了，让林医生检验了再说。春权见他们请了医生来验尸，她的粉脸转变了颜色，便借故走到外面去了。雨田冷眼旁观，心中颇为疑惑。因为春权是自己的妻子，所以也不能疑心到她的头上，况且小红死的时候，春权正和自己熟睡在床上。雨田暗想：也许她另有别的事情去了吧？于是大家静静地瞧着林医生的检验，检验的结果，林医生说小红确系服了安神药片而死的。可玉听了，忙问佩文道：

"小姐临睡的时候可曾吞服过什么药片？"

"没有吞服过，我是瞧着小姐抱了小少爷睡熟的。"

佩文听了，遂低低地告诉。这时，众人又感到奇怪，若花于是叫佩文到楼上去找寻找寻安神药片的瓶。一会儿，佩文下来，说道：

"小姐根本没有走出去过，哪里来的安神药片呢？"

"不过照我检验所得，确系服了多量的安神药片而死的。"

林医生听佩文这么说，遂沉吟了一会儿声明着，表示自己绝不含糊的意思。可玉点了点头，叹了一口气，向墨园说道：

"照她死的情形而看，林医生的话是不错，在这里我们要研究的，是她为什么要自杀，所以我觉得这是一个问题。"

"老哥的话虽然也难怪你说的，不过我自问良心，绝没有待亏了小红。你若不相信，可以向佩文详细地问一问，假使我有对不住小姐的地方，我绝没好的结果。"

墨园见可玉沉着脸，大有责问的口气，一时又急又悲，一面向他念誓，一面忍不住又挥泪不已。可玉听了，遂向佩文望了一眼，佩文含泪说道：

"老爷对待小姐确实很疼爱，就是最近姑嫂之间也很亲热，所以小姐的服毒自杀，真叫人有些奇怪的。"

可玉听佩文这么说，一时也不能再向墨园交涉，望着小红艳丽的芳容，他想起二十多年前的慧娟，他想起和小棣做同命鸳鸯的鹃儿，痴痴然地呆了一会儿，不禁又顿足大哭起来。

墨园因为石秋没有在家，小红又死得可怜，所以也很伤心。他没有什么别的办法，也只有把衣衾棺椁特别考究，算是补报了小红一生可怜的遭遇。

待小红的后事一切都舒齐之后，日子已匆匆地过去了三天。可玉、若花、慧珠在他家也耽搁了三天，若花因为见兆椿长得活泼可爱，遂向可玉说道：

"我想小红是死了，所剩下的是兆椿这一点儿骨血，留在这儿，老实说没有人照顾的。这种堂子里的货色，我就瞧了不入眼。这样，那命苦的孩子也是要被他们活活弄死的。至于春权这姑娘，我们小红也吃过她的苦头，所以也是面和心不和的。她如何会把别人家的儿子疼爱呢？所以我的意思，把兆椿这孩子给我们带到上海去抚养，可怜我们没了两个女儿，总算也留下一个外孙做个纪念了。"

可玉听若花这么说，心里非常赞同，一面说好，一面忍不住又落了一会儿眼泪。当下可玉便来和墨园商量，墨园却有不舍之意，说道：

"老哥的要求并非小弟不答应，无奈辛家三房媳妇，也只有这么一个孩子，所以……"

"你不用再说下去了，对于小红在你辛家做了一年多的媳妇，也不知是吃了多少的苦头，受了多少的委屈。石秋在北平可以重婚爱吾，这是什么道理？我为了和你是彼此老友，所以一向不和你计较，现在我要说句不好听的话，小红是被你们活活磨难死的。老实对你说，我是只有这么一个女儿，不像你儿子多、女儿多，反正媳妇死了可以再娶的，那算得了什么稀奇？可是我死了女儿，那到哪里再去找一个女儿来呀？"

可玉听他不答应，不觉勃然大怒，遂板起脸孔，和墨园吵了起来。墨园知道可玉一发脾气，这场官司是免不了的，遂忙说道：

"老哥，你且不用发怒，既然你欲把兆椿暂时领去抚养，那也是一件说得明白的事情。至于说我委屈了小红，那你也不要冤枉我。唉！事到如此，也不必再说什么，总而言之，是我们辛家德薄……"

墨园说到这里，心中一阵悲酸，泪水又夺眶而出。可玉见他已经答应，遂也不和他多计较，向他告诉，此刻就得动身回上海去了。墨园苦留不住，遂给他们买好火车票，亲自送他们上火车站，方才含泪而别。

可玉等在火车上一路回家，心中最悲伤的是要算佩文了。她来辛家的时候，是跟着小红来的。回去的时候，不见了小红，只抱了小红养下的一个孩子，所以她一路上眼泪没有干过。可玉、若花见佩文心地仁厚，人也丽秀，所以在他们心中，倒又欲收留她做干女的意思，预备回到上海之后，再做计议了。

自从小红死后，辛家别墅里就更加冷清了。每当黄昏的时候，秋风呼呼，黄叶纷飞，满园子里全布着鬼气，所以很少有人敢到院子里去散步。这天晚上，春权在上房里回到梅笑轩里来，因为爸爸有些不舒服，所以她是在上房里吃晚饭的。不料走到小红楼左近的时候，忽听有人向她叫道：

"大姊，你现在乐意的了……"

春权回头去瞧，在月光依稀之下，只见那边树蓬旁站着一个女子，定睛细瞧，不料正是小红。春权芳心一惊，全身瑟瑟地抖了抖，两脚发软，不禁跌了一跤。幸而这时候齐巧樱桃经过，忙来把她身子扶起，叫道：

"大小姐，你怎么啦？跌痛了哪里没有啦？"

"还好，樱桃，你快扶我回房中去躺吧！"

春权脸无人色地站起身子，扶了樱桃的肩胛，还竭力镇静了态度，低低地说着。樱桃把她扶进房中，今天雨田原和春权说过朋友请客，所以他还没有回来。这时春权躺在床上，只觉神思恍惚，一合上眼，就见小红站在她的面前，好像对她说道：

"大姊！石秋临走的时候，你对他怎么说？不是叫他放心前去，你会照顾我吗？谁知照顾倒不照顾，反而丧尽天良地把我害死了。你怎能对得住石秋？怎能对得住我？又怎能对得住你自己的良心……"

春权听到这些话，其实都是她良心发现后的思忖，至于所见到的小红，也无非是她心虚而凝成的幻象而已。所以她愈想愈悔，愈悔愈怕，因为她愁小红会冤魂不散地寻着她。所以，她拼命地祈祷，愿意超度小红，叫小红饶恕了她。可是她幻想中的小红对她是非常愤怒，好像说，你害死了我，我也一定要把你活捉了去。春权愈想愈痴，于是她的神经有些失常起来，一会儿哭，一会儿合了双手拜个不停，连喊饶了我。樱桃瞧此情景，弄得莫名其妙。正在这个时候，雨田回来了。樱桃遂向春权说道：

"大小姐，你快不要这个样子，姑爷回来了。"

"什么？三嫂回来了吗？你饶了我吧！你饶了我吧！"

春权听了这个话，猛可地从床上跳起，向雨田扑地跪下，连连地叩头不已。雨田冷不防见此情形，真弄得莫名其妙，遂把春权身子拉起，望着她的粉脸说道：

"春权，你说的什么话？你……你怎么啦……"

"哦！你不是三嫂吗？你是雨田，雨田！你可怜我，你救救我吧……"

春权带了呆滞的眸珠，向雨田怔怔地望了一会儿，忽然她伸张了两

465

手，把雨田的脖子紧紧地抱住，便"哇"的一声大哭起来了。雨田听她这么说，忽然猛可地理会过来了，暗想：这么说，小红真是春权害死的了，大概她这一个月来的思忖，良心发现，所以发起神经错乱病来了吗？因为这是一件不名誉的事情，已经到了这个地步，总是不传扬开去的好，所以把她抱到床上去躺下了，按住她的身子，安慰她道：

"春权，过去的事你不要再想了，你静静地躺一会儿，小红她一定会原谅你的。"

"雨田，真的吗？三嫂肯原谅我吗？"

"是的，你安静地养一会儿神吧。"

雨田含了一眶子说不出所以然的眼泪，向她悄声地安慰着。春权似乎很放心，她合上眼皮装作睡去的样子。雨田回过身子，不禁深深地叹了一口气，他瞥见樱桃站在旁边，这就拉了她的手，走到窗口旁来，向她低低地问道：

"樱桃，你小姐好好儿的如何地会疯起来？我没有回家之前，她跟你可曾说些什么话吗？"

"老爷有些不舒服，大小姐这一下午就都在上房里服侍着，晚饭也是那边吃的。刚才她从上房回来，不知怎么的在院子里跌了一跤，我把小姐扶到房中后，她就满口地胡说起来了。这也不知是为了什么缘故，也许是院子里遇到恶神了。"

樱桃听雨田这么问，遂向他低低地告诉。雨田沉吟了一会儿，点了点头，又悄声地问道：

"樱桃，你明白地告诉我，这次三少奶的死，难道真的是大小姐谋害的吗？因为你听她刚才说的话，不是全都心病话吗？"

"这个我没有知道，不过听了她刚才的话，我心里也有些奇怪哩。"

雨田见樱桃红了粉脸，支吾了一会儿之后，方才低低地说。看她的神情，好像有些害怕的样子，于是向她温和地说道：

"樱桃，你不用害怕，你应该把所知道的都告诉了我，反正她自己已经说了出来，这对你根本是不相干的。大小姐为什么要害死三少奶？她是用什么方法害死三少奶的？"

"姑爷，事情是这样的，大小姐因为三少爷走后，见你时常和三少奶在一块儿说话淌泪，所以大小姐就疑心姑爷和三少奶有暧昧之情的，因此时常注意你的行动。三少奶死的前五天，姑爷和大小姐不是又吵了一回嘴吗？姑爷愤愤地走到院子里去了，大小姐坐在沙发上哭泣。不料过了一会儿，太太来了，见了大小姐哭泣，遂告诉大小姐，说姑爷和三少奶真的爱上了，此刻正在亲热，拉了大小姐去瞧。回来后，大小姐又气得哭起来，太太在旁边进谗，说三少奶不要脸，夺取了姑爷，将来大小姐一定要吃姑爷的苦，叫大小姐先下手为强。后来，太太走后，我还劝过大小姐，千万别听从太太的话，大小姐当时说她知道的，因此我也不再说话。谁知过了五天，三少奶就无疾而死了。当时我虽有些疑心，但这事岂是儿戏，所以总不敢开口多嘴。万不料大小姐今日会神经错乱，自己叫了出来，那不是天数吗？"

樱桃听雨田追究自己，因此也只好把自己所知道的都告诉了他，说完了之后，也叹了一口气，表示无限感慨的样子。雨田这才明白是楚云从中搬弄是非，以致发生了家庭中的惨剧。他心里真有说不出的愤怒，觉得楚云的罪恶真是杀不可赦、死有余辜的。遂叹息道：

"你小姐平生太以多疑，以致今日有此悲惨的下场。樱桃，你想三少奶是何等样的女子？我又是何等样的青年？岂有做此寡廉鲜耻的事情吗？再说我受你小姐的情义也是天无其高，海无其深，我怎肯负心她？我若负心了你小姐，不是也等于负心了我自己一样吗？唉！害人害己，现在反累自己成了疯，这不是冥冥中的报应吗？"

雨田说到这里，想到小红的惨死，春权今日的成疯，他如何能不伤心？因此满眶子里的眼泪也就滚滚地掉了下来。樱桃听了雨田这一篇话，觉得姑爷真是一个多情的少年。想不到大小姐和他做了这半年多的夫妇，竟会如此不谅解做丈夫的心理，她也非常伤心，秋波向雨田瞟了一眼，点了点头，不禁泪也雨下。

两人正在暗暗地淌泪伤心，不料床上的春权又大吵大闹起来，一会儿哭，一会儿笑，一会儿求饶，一会儿跪拜。雨田瞧此情形，又伤心又感叹，遂抱了春权的身子，也只好向她软语地安慰。樱桃含泪向雨田说道：

"姑爷，我瞧今晚这一夜吵下来，你可要受不住。我的意思，还是去告诉了老爷，把大小姐送到医院去医治吧。"

"但是老爷也生着病，他若得知了这个消息，不是会加重他的病体吗？所以我的意思，还是不要去告诉他好。让我好好儿地劝慰她一番，也许她心里会慢慢地想明白过来的。"

雨田的心里是竭力想把这件事不要闹开去，因为若一闹开去之后，秦

467

老伯一定要来打官司，墨园固然名誉扫地，就是我的脸颜也丢尽了。至于春权本身，那是更不必说了，虽然春权的行为原属可恶，不过她今日会疯起来，可见她尚不失是个好人。我纵然恨她到一百分，但我也要想想她过去病中服侍的情义，我怎能忍心让她抛头露脸地给社会上人士去唾骂呢？雨田到底是个仁爱的人，所以他望着樱桃低低地回答。

樱桃听雨田这么回答，也觉得不错，遂点了点头，悄悄地退到自己的房中去服侍麦秋睡了。这里雨田抱着春权一同躺下，瞧着她蓬头散发的样子，叹了一口气，暗自说了一声："春权，你真是可怜不足惜。"遂劝她说道：

"春权，你不要胡思乱想地多忖，安静地睡一会儿。我伴在你的身旁，你一些都不用害怕的。虽然你是做错了事，不过你只要肯改过做人，一切都可以原谅你的。"

"真的吗，我的雨哥？"

春权被雨田抱在怀里，听他这么说，心中果然得到十分的安慰，望着雨田的脸，含了微笑低低地问。雨田听她这两句话好像神志是清楚了一些，遂点了点头，说是的，一面拍着她的身子，一面叫她快些睡熟了。春权在雨田的怀里，不知不觉真的睡去了。

第二天早晨，雨田忽然又被春权呜呜咽咽地哭醒了，一时还以为春权又起神经病了，遂把她身子抱住了，低低地叫道：

"春权，你怎么啦？你还没有想明白吗？我知道你的本心并不坏，这次你完全是被楚云所愚弄的。唉！你的见识太浅薄了，现在你做成了这个病症，你的一生完了，我为你痛惜，我为你感叹！春权，春权！想不到你聪敏一世，懵懂一时，'害人害己'这句话真是太不错了。"

春权在昨晚原是一时的神经错乱，经过一夜的睡眠，她的神志早已恢复过来。但她细细地回想昨晚的事，还有些记得。因为自己的秘密已经被雨田知道了，她怕雨田从此会恶感她，所以她悔恨交迸地哭起来。谁知雨田此刻却仍旧把自己当作了疯子看待，因为雨田这几句话正说到春权的心眼上去，所以她觉得愈加没有脸再向雨田哥说，我已经是清楚的了。雨田见她只管哭泣，并没有什么胡言乱道甚至跪拜叩头的情形，知道她是比昨晚好得多了，遂又说道：

"春权，你为什么不回过脸来？我对你说话呀！"

雨田说着话，把春权的身子扳过来，捧着她的粉脸，低低地说。春权没有回答，明眸脉脉含情地望着雨田的脸，眼泪像泉水一般地涌上来。雨田见她的神情，好像清楚，好像糊涂，一时倒不敢向她再提过去的事，怕再勾引她的心痛，使她又大闹发来，于是伸手去抹了抹她的泪水，望着她微笑了一笑，低低地问道：

"春权，你认识我吗？"

春权听他向自己问出这句话来，可见他完全把我当作疯子看待了，意欲向他声明，我现在复原了，但却始终鼓不起这个勇气，遂只好点了点头，因为心中悲伤，所以又呜呜咽咽地哭泣起来。雨田被她一哭，以为她又要发作了，因此不敢再说什么，抱了她身子，像哄孩子般地哄了一会儿。

不多一会儿，樱桃悄悄地走进房中，向雨田问道：

"姑爷，大小姐昨夜还安静吗？"

"还安静的，你千万把昨晚的事别说开去，因为这事情对于大小姐、老爷和我的名誉都大有关系的呢！"

"姑爷，你放心，我知道的。"

樱桃点了点头，低声地回答。她拿了面盆，去给雨田倒脸水了。这里雨田悄悄地起身，给春权被塞塞紧，安慰她道：

"春权，你好好地躺着，你慢慢地想，你就会想明白过来的。"

春权想不到雨田对自己并没有一些恶感的意思，反而温情蜜意地安慰着自己。她觉得雨田真是一个多情的好丈夫，我会疑心他和小红有苟且的行为，这真是以小人之心度君子之腹。她是悔恨到了极点，她觉得自己是世界上一个罪人，是社会上一个杀人的凶犯，她感到惭愧极了。雨田待她愈多情，她心头感到愈惨痛，她觉得自己若不死，将来如何能见得了石秋的面？就是死了吧，在地下也是见不了小红的面。一个人到了活不得死不能的情势之下，他心中的痛苦也真不是一支秃笔所能形容其万一的了。

从此以后，春权茶饭不思，便恹恹地病了起来。墨园、雨田见春权病骨支离，十分憔悴，虽然给她请医诊治，但她不肯喝药。墨园心头烦恼非常，觉得辛家气数已衰，所以慢慢地出败象了。雨田心中似乎明白春权在糟蹋自己的身子，也无非求速死罢了，一时又可怜她又惋惜她，因此也只有暗暗伤心而已。

这天晚上，春权病势转剧，她瞧着床前站着的樱桃，忽然双泪交流，愁苦着脸，哀声地苦求道：

"三嫂，我错了，我后悔来不及了。你可怜我的一时之错，你饶了我吧！"

"大小姐，大小姐！你说的什么话呀？"

樱桃被这么一说，顿时一阵寒意砭骨，不觉毛发悚然，伏下身子，向她连叫了两声"大小姐"喉间已经哽咽住了。春权被她喊了两声，睁眸细认，方知是樱桃，遂仰天长叹一声，泪下如雨，说道：

"樱桃，你把姑爷去叫来，我只怕今夜挨不过的了。"

樱桃听了这个话，又急又怕，忍不住呜咽啜泣。这时，雨田也走进房来，樱桃向他招了两招手，停止了哭泣，低低地道：

"姑爷，大小姐喊你哩！"

雨田走近床边的时候，只见春权又合上了眼，似是睡着的样子。雨田低声唤道：

"春权，你喊我有什么事吗？"

"哟！我的妈……啊……"

春权蒙眬地忽然又喊出这句话来，她呜呜咽咽地哭了。雨田拿了一方绢帕，给她拭去颊上的泪水，含泪叫道：

"春权，你别哭呀，事已如此，你也不用再想过去的事了。世界上没有一个人是不做错过一件事情的，只要你悔悟过来了，也就是了。"

"雨田，我觉得是太对不住你了，我只有希望你将来再娶一个贤德的妻子吧。今夜是我生命最后的一夜，所以我想和你多说几句话。雨田，我在奇怪着自己，我是一个高中毕业的人，我竟会这么没有见识，而谋害起亲弟妇的性命来。唉！我这还能算是一个有血有肉混合的人吗？我真比狗彘都不如了。刚才母亲也来望过我，她老人家狠狠地骂了我一顿，说我太糊涂太混账，没有心肝没有天良……是的，母亲骂得我很不错，我确实是太没有心肝了。但雨哥，杀小红的人固然是我，而指使的人还是楚云……所以你应该可怜我、原谅我……不过话又得说回来，可怜我也罢，不可怜我也罢，反正我已将永远脱离人间的了……"

春权把她的手轻轻地抚摸着雨田的手，她已失了光芒的眼睛向雨田哀怨地凝望。她低低地向雨田忏悔到这里，眼泪又像泉水一般地涌了上来。雨田也淌泪说道：

"春权，我实在感到你是太可怜了一些，杀小红的人不是你，是楚云这狐媚子。同时你该明白，杀害妹妹生命的人，也是她这个不要脸的东西呀！"

春权对于雨田这几句话，她表示同情，点了点头，她心中开始有些愤恨楚云。但这时候她气喘很急，虽然她还想和雨田要说许多的话，但事实上已经是不可能的了。雨田见情景不对，遂向樱桃吩咐，快把老爷去喊了来。待墨园、楚云赶到房中，春权已经是气息奄奄的了。墨园跌足哭道：

"春权，你竟丢下我这么一个年老的爸去了吗？"

春权这时牙关已紧，她把头微微地一摇，望着墨园的脸唯有淌泪而已。忽然她想到了什么似的，直了脖子，喊了一声麦秋。樱桃理会她的意思，遂奔到自己房中，把床上睡熟的麦秋叫醒，拉了就走。待樱桃拉了麦秋到春权的床边，春权已等不及见弟弟，眼皮合了上来。麦秋失声大哭道：

"大姊，大姊！"

春权听了弟弟的叫声，似尚有知识状，把眼皮又强睁了开来，在麦秋小脸上很快地逗了一瞥，接着又合上了。同时，她的眼角旁，已有两行热泪像蛇行般地淌到颊上来。

春权死后，雨田为了顾全她的名誉起见，所以对于她毒害小红的一回事，还是给她保守秘密。樱桃是从小服侍春权的，这次春权的死，她只有表示无限的同情，自然也不会给她宣布出来。小红死后，春椒从上海曾经回家过一次，这回得到姊姊也死了的消息，春椒回家又来哭了一场。因为家里太以凄凉，况且学校里功课很忙，所以她住不上两天，又匆匆地到上海学校里去了。

这是春权死后的半个月，雨田独坐卧房里，对灯落了一会儿眼泪，忽然又想起小红的旧作，遂情不自禁脱口念道：

"岁月悠悠生亦苦，风波叠叠死俱难。双栖哪得双修福？世事浮云泪忍弹。唉！小红、春权，你们都已做故人了，剩着我尚活在世上的人，心里是感到太痛苦一些了。"

雨田念罢，长叹了一声，又说出了这两句话，他的眼泪更像雨点儿一般地落了下来。这时，樱桃哄睡了麦秋，轻轻地进房。她见雨田泪人般的样子，遂拧了一把手巾，递到雨田的面前，微蹙了眉尖，秋波瞟了他一眼，低低地说道：

"姑爷，时候不早，你别伤心了，还是早些睡吧。明天一早又得办公去。常言道：'积劳所以致疾，久郁因以丧生。'所以你也只好想明白一些了。人死不能复生，徒然伤心，也是没有什么益处的呀！"

雨田点了点头，拿手巾拭了拭泪痕，表示感谢她的意思，心中暗想：这半个月来，倒也全亏樱桃安慰我、服侍我，想不到春权这么一个姑娘还不及樱桃明亮哩！春权当初若肯听从樱桃的劝阻，小红固然不会死，春权自己又何至于到死的地步呢？这样想着，望了樱桃的脸不免出了一会子神。樱桃有些难为情，遂给他铺好了被褥，道声晚安，自管回房去了。

雨田待樱桃走后，他呆呆地坐着，又出了一会子神，正欲脱衣就寝的当儿，忽然听得有人在门上笃笃敲了两下。雨田起初还道听错了，后来继续地又听敲了两下，方才低低地问道：

"是谁？"

"是我，姑爷！"

这分明是楚云的声音，雨田暗想：那就奇怪了，深更半夜，她到我房中做什么来呀？雨田在这么感觉之下，他那颗心就像小鹿般地乱撞起来了。

472

第十回

凄凉陈述　同病相怜失红复失爱

雨田突然见楚云深更半夜走到自己卧房里来，这就把那颗心忐忑地乱跳起来了。但他竭力镇静了态度，走到房门旁，把房门拉开。楚云便挨身而入，她回身先关上了房门。雨田瞧此情景有异，遂把身子直退到桌子旁边，向楚云低低地问道：

"妈，你到我房中来有什么事情吗？这么夜深了，干吗还没有睡吗？"

"问你自己呀！你也为什么不睡啦？"

楚云回过身子来，一面姗姗地跟着走到桌子旁，一面把她秋波斜乜了他一眼，抿着嘴，向他显露了诱人的甜笑。雨田把手扶着桌沿的旁边，竭力压制他心头的跳跃，正了脸色说道：

"你问我做什么？我可不曾到你房中来呀。"

"傻孩子，我知道你是因为怕寂寞的缘故，所以特地来陪伴你的。"

楚云的心头似乎有一种强烈性的刺激，使她竟有胆直步到雨田的身旁，拉过雨田的手，妩媚地说出了这几句话。雨田再也不能忍耐了，他恨恨地摔脱了楚云的手，冷笑道：

"妈，你这是什么话？你是长辈，我是小辈，你应该尊重你自己的人格。"

"人格？哈哈！我为爱你，所以不顾一切来陪伴你，难道我的人格不高吗？傻孩子，我知道你新丧了爱妻，心中是够痛苦的了，难道你不需要我给你一些安慰吗？"

楚云却并不因雨田摔脱了她的手而感到羞惭和畏怯，她反而把身子更偎了上去，猛可地伸张了两手，抱住了雨田的脖子，在他颊上发狂地热吻起来了。雨田被她这么冷不防地一来，他并没有引起一些肉感的意味，他只有感到无限的鄙视和愤怒，遂急急地说道：

"你……你这算什么意思？你快放手，你若不放手，我可喊了。"

"也好，你喊吧，反正他知道了，我会说是你勾引我来的。"

楚云这时候的心里是充满了肉欲的发展，即使刀斧加头，她也并不因此而感到畏惧。所以雨田的恐吓她，根本是不发生一些效验的，她依旧抱紧了雨田的脖子，把小嘴凑在他颊上吻个不停。雨田见她竟这么不顾廉耻，一时觉得十分用强地去侮辱她，那也不是一个安全的办法。雨田眸珠一转，这就有了一个主意，遂温和地说道：

"妈，你真的爱我？还是假的爱我？"

"傻孩子，你别说傻话了，我哪里还有假意爱你的吗？老实地跟你说，我自从见了你后，我心中就爱上你了。只可惜没有机会罢了，现在总算给我盼望到了。雨田，我亲爱的，良宵一刻值千金，我们快不要辜负了吧！"

楚云听雨田这么问，还以为雨田心中也爱上自己的，他所以这么地假装正经，无非怕我和他开玩笑罢了。楚云心中在这么感觉之下，她把心花也乐得朵朵地开起来了。这就再也忍耐不住，厚着脸皮，却把雨田身子拉到床边去了。雨田见她两颊绯红，双眼如水，眉宇间显露着春情，万不料她竟无耻到这个样，一时又恨又气而又好笑，遂忙又道：

"妈，你若真心爱我的，那么我们得从长计议，岂可贪一时之欢娱而不顾往后的日子吗？隔壁就是樱桃和麦秋睡着，万一被他们知道了，传到爸的耳中，那我们还有脸再做人了吗？"

"那么你的意思预备怎么样呢？"

楚云听他说隔壁房中有樱桃、麦秋的话，她心中一惊，欲念就消去了大半，秋波逗了他一瞥哀怨的目光，低低地问他。雨田挣脱了她的手，又走到桌子旁去坐下了，微蹙了眉尖，做个沉思的神气，说道：

"我们总要做一对天长地久的夫妇才好，不过你又舍不得放弃了爸爸。"

"雨田，你这话可真心的吗？只要你果然有心和我做一对天长地久的夫妇，我无论牺牲到如何地步，我也甘心情愿的。"

楚云对于他这两句话，不免感到了意外的惊喜，遂笑盈盈地又挨近到雨田身旁，一屁股坐到雨田的怀中去，挽住了他的脖子，也很认真地说。雨田知道她这个举动是正切合她从前堂子里的身份，遂也不再拘束，姑且把她当作一个妓女看待，遂笑道：

"我的话当然也是真心的，楚云，我不再喊你妈了。"

"雨田，我亲爱的，你还要喊我妈，那可不是活活地折死了我？你就

474

喊我一声妹妹得了。"

楚云听他这么说，不禁心花怒放，只觉甜蜜无比，遂低下头去，在雨田颊上连连地吻香，一面把秋波脉脉地瞟，一面娇靥益发绯红起来，得意地咻咻地笑。雨田见她骚形怪状，这样的浪漫，觉得墨园将来难免要受她的亏。承蒙墨园待我一片厚谊高情，我也无以为报，在我临别之前，何不给他除去了这个害人的妖精呢？这样我也可说是给小红、春权报了仇。雨田想到这里，他心中却动了杀机，但是思维再三，雨田到底是个忠厚的人，他觉得楚云的罪恶虽然是杀不可赦，但叫我去杀害一个人，我心头总觉得不忍。何不如此如此，那么也可以出了我心头一口怨气，至于她以后的命运，我是不闻不问了。雨田想定主意，遂望了楚云一眼，说道：

"楚云，你既然肯放弃爸爸的爱，那么我们就一块儿卷逃了吧，不知你有这个胆量吗？"

"哼！为什么没有这个胆量？雨田，说走就走，我们今夜就走好吗？"

楚云听他这么问，遂冷笑了一声，一面说，一面站起身子，表示她是有这一份决心的样子。雨田想不到她竟会这么爽快，遂故意逗她一句，笑道：

"爸爸待你这么恩爱，你难道就忍心抛他走了吗？"

"他待我也无非是物质上好罢了，可是我精神上和肉体上也够痛苦的了。雨田，我不是已经跟你说过吗？只要你真心地爱我，我无论牺牲到怎么的地步，我也甘心情愿的。你现在对我再说这一句话，叫我听了心中难受。"

楚云听了这两句话，她把娇躯又投到雨田的怀中来，秋波盈盈地向他逗了一瞥哀怨的目光，却欲潸泪的神气。雨田听了，心中暗想：这就是老夫少妾的结局了，遂拍着她的身子，故意向她温存了一会儿，说道：

"你别伤心，我原和你说着玩的。不过今天来不及，明天下午吃过饭，你可以整理一些衣服，先动身到上海开大东旅社等着我，我设法在县政府里卷了一票公款，随后也到上海来找你，这样我们不是可以做一对天长地久的夫妻了吗？"

"雨田，你真想得好办法啊！我心中太欢喜太感激你了！"

楚云听了雨田这些话，方才破涕为笑。她猛可抱住雨田的颈项，小嘴凑到雨田的唇边，接了一个紧紧的长吻。雨田几乎被她吻得透不过气来，遂推开她的身子说道：

"楚云，我们一言为定，那么此刻你且回房里去吧。回头爸爸醒来找不了你，岂不要疑心了吗？"

雨田一面说，一面拉了她的身子，已向房门外走。楚云走到房门口的时候，猛可回身抱住了雨田，又热吻了一会儿，并且说道：

"我在上海准定开大东旅社，卡子上写'林雨云'三个字，你记住了，切不要忘怀了。"

"我知道，那么你准定午饭后动身走好了。不过你走了之后，要留张字条给爸爸，写明是我带了你一同走的，这样一来，爸爸是爱名誉的人，他就不会追究下去了。"

雨田点了点头，一面又向她低低地关照。楚云暗想：这办法也很好。于是和雨田握了一阵手方才自回上房里去了。雨田见她中了自己的计谋，心里好不欢喜，他只觉得无限痛快，遂脱衣就寝了。第二天早晨，匆匆地起身，樱桃服侍他梳洗完毕，吃过点心，他便上县政府里办公去。

下午两点钟的光景，雨田在县政府里碰见了墨园，遂向他说道：

"爸爸，我此刻和你回家里去一次，恐怕家中一定发生了变故哩！"

"什么？你这话打哪儿说起的？"

"不要管它，我们且到了家里，再做道理。"

雨田见墨园惊异的样子，遂笑了一笑回答，一面拉了墨园的手，匆匆地出了办公室，坐车回家来了。两人先到了上房，高妈一见了墨园，就告诉道：

"老爷，太太吃过午饭提了一只皮箱出去了，她还留一张字条给我，说老爷回来，交给老爷好了。"

高妈一面告诉，一面把梳妆台上那张字条交到墨园的手里。墨园听了，心中好生奇怪，遂连忙把字条展开，只见写了几行钢笔字，遂低低念道：

　　墨园，你是一个五十多岁的男子，但我还只是一个二十有零的少妇，这原不是一头美满的配偶。现在我爱上了雨田，而雨田也爱上了我，所以我们双双地已做情奔侣了。想你是一个明亮的人，你一定能成全我们一对的吧！祝你快乐！

楚云临别留字

即日

墨园瞧毕这张字条，两手气得瑟瑟地发抖。但当他抬头瞥见雨田还站在自己的面前，一时真弄得丈二和尚摸不着头脑了，望着雨田愕住了一会儿，立刻把信笺又递了过来，向雨田说道：

"雨田，你瞧瞧这张字条吧，这到底是怎么的一回事呀？"

雨田接过字条，瞧了一遍，这就扑哧的一声，弯了腰，哈哈地大笑起来。墨园被他这么地一笑，愈加莫名其妙，遂急急地问道：

"雨田，你别这么地大笑，你到底怎么啦？快些详详细细地告诉我知道吧！"

"爸爸，事情既到了这个地步，我就不得不向你详细地告诉一遍。你知道小红和春权的死到底是谁相害的？原来就是这个不要脸的楚云呀！"

雨田这才停止了笑，向他正经地告诉着。不过听到墨园的耳中，心里还是莫名其妙，目定口呆地愕住了，急急地又问道：

"雨田，我太不明白了，这到底是怎么的一回事？小红是楚云害死的，这倒说不定，至于春权的死，如何也是楚云相害的？这我实在太不明白了。"

"在当初我也不知道，后来春权自己曾经发过疯，把心病话念了出来。我听了心里奇怪，遂问樱桃，樱桃告诉了我，我才明白都是楚云搬弄是非，以致酿成了这个大惨剧。唉！这真是前生的冤孽哩！"

雨田说到这里，深深地叹了一口气，于是把春权疑自己爱小红，楚云劝春权害小红，后来春权因跌成疯，患病身亡的话，都向墨园诉说了一遍，并且说道：

"爸爸，你想，照这么说来，她们两人的死，不都是楚云相害的吗？"

墨园听了，方才明白了一些，遂顿足连连叹息，说春权糊涂，如何忍心下此毒手，无怪她自己也短命而死了。这真是前生的冤孽，会出在我的家里，不幸，不幸，不幸极了！但他想到楚云这张留字中说和雨田一同情奔的话，又感到不胜骇异，忙向雨田问道：

"那么楚云这张字条中的话，又是怎么的一回事呀？"

雨田听他问到这一件事情，他表示无限心痛，长叹了一声，说道：

"爸爸，说来你也许会不相信，事情是这样的……"

说到这里，又把昨夜的经过情形向墨园诉说一遍，接着又很愤怒地说道：

"当时我心中有许多的考虑，我想把她杀死，报了小红、春权的大仇，但我又觉得杀人到底是件犯法的事情，我不愿这么干。于是我又想留书出走，不过我觉得这样是太便宜了楚云，而且我虽一走了事，将来爸爸说不定也会死在她的手中，我心里又觉得不忍。再三细想，所以我想出这个办法，故意和她相约情奔，叫她在上海大东旅社等着我，说我卷了一笔公款后会到上海去找她的。但我又怕爸爸会不相信有这一回事，所以我叫她留一张字条给爸爸，意思是爸爸爱名誉的人，见了这字条之后，也就不会追究了。楚云听我这么说，信以为真，果然她照样地办了，但她哪里知道是中了我的圈套。爸爸，我觉得非常痛快，因为我给爸爸是除去了一个大害，将来我走之后，爸爸也再不会受她的亏了。"

雨田一口气说到这里，脸上含了笑容，表示非常喜悦的样子。墨园听完了他的告诉，心中这才有了一个恍然大悟，一时里只觉甜酸苦辣的滋味充满了心头，把桌子恨恨地一拍，连喊："可杀，可杀！"一面又向雨田十分感激地道：

"雨田，你这么顾全我，我实在太感激你了。"

"爸爸，你不要这样说，我蒙爸爸这么厚爱，实在无恩可报，心里非常难受，所可惜的是春权不幸早亡罢了。"

雨田言念及此，不觉凄然泪下。墨园听了，默然良久，摇了摇头，长叹一声，忽然捶胸大哭不已。雨田心中倒不解他何意，遂含泪劝道：

"爸爸，事到如此，你也不用悲痛伤心了，身子保重要紧。"

"我岂是为了楚云卷逃而伤心吗？唉！因我一念之错，把楚云娶作续弦，以致杀了小红、春权两个人，酿成辛家的惨剧，皆我一人之恩恶。说起来都是惊鸿死坏了，她一死之后，我家从此衰败了。"

墨园一面说着，一面又捶胸痛哭不已。雨田知道他是表示悔恨的意思，叹了一声，也泪下如雨，过一会儿，方拭去泪痕，向墨园说道：

"爸爸，你且别哭，先检点一下首饰，楚云拿去了多少东西？"

墨园被雨田提醒，遂停止哭泣，走到梳妆台旁，打开八宝箱来瞧，见两枚钻戒、三副珍珠，并钞票二千元，都不翼而飞，这就向雨田埋怨道：

"雨田，你也糊涂，既然知道了这一回事，你不是该叫我预早防备吗？而且我还可以把她重重办一下呢！"

"爸爸，我以为她肯脱离了你，这已经是你的大幸了。否则，恐怕你这一份家产都是她所有的了。"

雨田听墨园倒又肉痛起这一些饰物来，遂望着他笑嘻嘻地说。墨园听他言在意外，一时想到楚云今日会肯跟雨田逃走，他日必定会跟别人逃走，肯逃走还是小事，把我一下子害死，她就成了辛家的主了。想到这里，把雨田更感激得无可形容，遂恨恨地道：

"无耻贱人，真是杀不可赦！我想此刻追到上海，报了捕房，不是还可以上大东旅社去捉获她的吗？"

"虽然可以，不过我的意思，还是放她一条生路的好。而且爸爸自己的名誉，也要顾全一些的呀。"

雨田摇了摇头，却又向他低低地劝解。墨园听了，觉得这话不错，因此也只有暗暗发恨而已，忽然他又想到了什么似的，对雨田说道：

"雨田，你刚才说你将来走后，你要走到什么地方去呀？"

"爸爸，春权死后，我就觉得万念俱灰，尤其一个人独对孤灯、形单影只的时候，想到春权在日的情形，更叫我难受得不能一日居。所以我的意思，欲上北平去找石秋，得能够也可以为国家去出一些力，虽醉卧沙场，我也很安慰的了。"

雨田听他这么问，遂把自己意思说了上去。墨园为雨田身世着想，忍不住也暗暗地落了一会儿泪，明知劝留不住，遂望了他一眼，凄然问道：

"那么你预备什么日子动身？"

"我想明天早车就走，至于县政府内一职，请爸爸给我代为辞了。"

雨田听问，低低地回答。墨园没有说什么，良久，方向他叮嘱了一会儿。雨田小心答应，遂自回房来了。

当晚，雨田整理皮箱，把春权一张小照也放在里面，留作纪念。樱桃进房见了，心中好生奇怪，遂走到雨田的身旁，低低地问道：

"姑爷，怎么整理衣箱？难道预备到什么地方去了吗？"

"是的，我明天动身北上找石秋去，也想为国出一些力。"

雨田回过身来，望着樱桃颦锁眉尖的脸，低低地告诉。樱桃听了这个消息，自己也不明白为什么要这么悲酸，轻轻地叹了一口气，大有凄然泪下的神情。雨田因为这半个月来和樱桃的相聚，觉得樱桃也不是一个普通的丫鬟可比。今日见她对自己有依恋之情，心中不免也由怜生爱起来，遂握住她的手，温和地抚摸了一会儿，低低地道：

"樱桃，你虽然是个丫鬟，但我觉得你不是个平凡的姑娘，将来你一定有很好的前途。我在临走之前也没有什么话可以对你说，只希望你洁身自爱，永远健康吧！"

樱桃本来还忍熬住眼泪，如今被雨田这么一说，她的眼泪滚滚地掉了下来，不过她又觉得不好意思，立刻拿手背擦干了眼泪。频频地点了点头，说道：

"多谢姑爷，我也祈祷着姑爷永远健康……"

樱桃说到这里，喉间已经哽咽住了。她忽然背过身子去，悄悄地走到梳妆台旁去了。雨田知道她是不给我瞧到她淌泪的意思，一时感到她的可怜，但他不愿再坠入爱的圈子里去烦恼，终于硬了心肠，不和樱桃再说一句含有感情作用的话。

次日，雨田别了墨园，匆匆地上火车站去。樱桃却一定要送他一程，雨田心头因为太感动的缘故，所以在火车将开之际，握了她的手，低低说道：

"樱桃，你的情分我很感激，假使我有回来的日子，总不忘记你的。"

"姑爷，我等待着你回来，永远地服侍你。"

樱桃听了这个话，一颗芳心在悲酸之中，又有些喜悦的成分，红晕了娇靥，情不自禁地回答了这两句话。但这个当儿，火车已隆隆地开去了。樱桃望着远去了的火车模糊的影子，她眼角旁忍不住涌现了晶莹莹的一颗泪。因了两人分别时有着这几句话，这就在后面又引出许多可歌可泣的故事来。但这故事的展开，是要在《情海归帆》内告诉给阅者诸君知道了。

雨田到了南苑车站，匆匆坐车到司令部，向卫队说明，求见张司令。卫队要了名片，拿着进内，不多一会儿，引雨田入内见司令。维屏向他问明来由，方知是石秋的姊夫，因为要谋个事情做做，所以特地前来求见的。维屏见他一表人才，品貌不凡，心中很是欢喜，遂点头答应，并且说道：

"石秋在前线公务颇为忙碌，今贤侄到来，可前去帮着料理一切。但我近来心绪颇为恶劣，因为小女爱吾病势很重，所以非常烦恼。"

"原来爱妹也生着病吗？现在不知何处？能否给我去望望她？"

"现在可生医院特等二号病房养病，贤侄要去，此刻不妨去一次，我也正欲着人去探望哩！"

"那么小侄就此告别伯父了，回头再来奉告爱妹的病情吧。"

雨田一面说着话，一面已站起身子。维屏点头说好，雨田遂坐车匆匆到可生医院里去，找到特等二号病房，悄悄地推门进内。只见病床上睡着一个脸色苍白的姑娘，想来大概就是爱吾的了。爱吾因为也不认识他，所以望着他怔怔地愕住了一会子。雨田这时已走到她的床前，含了微笑，向她低低地问道：

"这位就是爱吾表妹吗？我是苏雨田，从上海刚到的。"

"哦！你原来就是春权姊夫吗？恕我抱病在身，不能奉迎，姊夫，你请坐吧！"

爱吾听了"苏雨田"三字，这才恍然明白了。在她淡白的脸上也浮现了一丝笑意，向雨田点了点头，表示招呼的意思。雨田见她说话的声音很缓和，而且很低沉，知道她的病确实很危险，一时心中想到了小红和春权，不免也悲哀起来，遂点头说道：

"表妹，你别客气，你病了有多少日子了？"

"唉……两个月了。"

爱吾叹了一口气，伸出两个指头来低低地回答。雨田蹙了眉尖，暗想：有这么许多日子，难道竟没法医治了吗？因此跟了她也叹了一口气。爱吾这时又道：

"姊夫，爸爸好吗？大姊和小红姊也都好吗？"

"爸爸倒好，你大姊……和小红姊……"

雨田回答到这里，便再也说不下去了。他心头是空洞洞的，只觉得像刀在割一般地疼痛，眼眶子里已贮满了晶莹的眼泪了。爱吾似乎瞧出他伤心的样子，这就吃了一惊，急急问道：

"大姊和小红姊怎么啦？你告诉我呀！"

"你不要伤心，你也不要难受，她们都已死了。"

"啊哟！都死了？"

这消息仿佛是个晴天中的霹雳，把爱吾那颗脆弱的芳心震得粉碎了。她猛可地仰起身子，但接着又倒了下去，茫然地说了这一句话，两行热泪已向颊上直淌下来了。雨田走上一步，竭力忍熬住他的伤心，低低地说道：

"表妹，你是有病的人，不能伤心呀！唉，我真懊悔告诉你的了。"

"生非薄命不为花，难道花一般美丽的女子个个都是苦命的吗……姊夫，你告诉我，她们是生什么病死的？我不会伤心的。"

爱吾低低地自语了这两句话，她又回过头去，向雨田泪眼盈盈地问。雨田因为不忍在她芳心中多加重了一层刺激，所以不肯把实情相告，就含糊地回答了两句。爱吾长叹一声，说道：

"我以为自己命苦不幸早夭，谁知小红和春权姊竟已先我而逝矣！'浮生若梦，为欢几何？'像我们已死的人也不过一时之痛苦，只是留下的石秋和姊夫，心头之痛苦将永无穷尽的了……"

爱吾言念及此，泪如雨下。雨田辛酸触鼻，也不禁挥泪如雨，便安慰她说道：

"表妹，你千万别那么说，你的病是会好起来的。最近石秋不知可有信给你吗？"

"自从出发之后，就没有写来过一封信。数月前小红姊屡次来信询问，我知道她心中记挂，曾经把石秋一张小照寄给她，不知她有没收到？不过现在也别谈了，连小红姊自己的人都已不在世间上了……"

爱吾一面回答，一面又淌泪叹息。雨田不敢多伤心，生恐增加她的病体，于是收束泪痕，向她又好好儿安慰一番。就在这个时候，看护小姐来给爱吾喝药水了。

雨田在张司令那儿一住十天，这日，张司令又调军前线，嘱雨田随军同行。出发之前夜，医院来了电话，说爱吾病笃，速来见最后一面。维屏夫妇听了这个消息，遂和雨田驱车来院，三人走进病房，只见爱吾已经奄奄一息。张老太坐到床边，已是哭出声音来。维屏、雨田也挥泪不已，爱吾这时已不会说话，望着三人，唯有淌泪而已。张老太哭道：

"孩子，你竟真的忍心丢着我二老去了吗？"

爱吾听了，摇了摇头，嘴唇掀动了两下，若有说话之意，可是她却没有说了，只有流泪。雨田见她一口气只是不肯咽下，而且望着自己出神，心中沉思，若有所悟，遂忙说道：

"表妹，你不是还有什么话要我传给石秋知道吗？"

"……"

爱吾摇了摇头，她没有说什么。

"那么你的意思，是不是有什么东西交我带给石秋做个纪念吗？"

"……"

爱吾仍旧摇着头，泪水像泉一般地涌上来。

雨田心中明白爱吾并非没有什么话对我说，实在是因为自己口不能言的缘故。他见了爱吾临终的神情，使他又想起了春权临终的一幕，他悲痛极了，他伤心极了，他几乎要哭出声音来了。但是爱吾望着自己兀是出神，雨田灵机一动，遂含泪又道：

"表妹，你放心，我见了石秋，我会安慰他的，他一定不会因你们的死而伤心，因为我知道他的生命、他的一切完全已贡献给国家的了……"

雨田说到这里，声泪俱坠，再也说不下去了。

爱吾对于雨田这几句话，似乎是说到她心眼儿里去了，点了点头，合上了眼皮，很平静地永远地安息了。四周是静悄悄的，只有张老太凄切的呜咽之声在空气中流动。

雨田随军到了前线，那日会见了石秋，石秋心中非常惊异，握住了他的手，急问雨田为何来此。雨田苦笑了一下，和他一同坐下，说道：

"石秋，你不要奇怪，你不要伤心，说起来正是一言难尽。"

"雨田，怎么啦？你快先告诉了我，到底是怎么的一回事？别给我闷着了。"

石秋听他这么地说，顿时心惊肉跳，全身不安起来，但他又竭力镇静了态度，向雨田急急地问。雨田于是含了一眶子辛酸的热泪，把过去的事情从头至尾凄凉地向石秋告诉了一遍。石秋如醉如痴，听完了这些话，身子不禁向后跌了下去。雨田急得连忙把他身子扶住，连声叫喊石秋。石秋站住了身子，他不哭，也不淌泪，更不说话。良久，良久，方才叫了一声"天哪"，不禁扪着嘴大哭。可是既哭出来，他又忍住了。当然，这是因为军队中的缘故。雨田见他一会儿哭，一会儿立刻又扪住嘴，这种情形觉得是再痛苦也不能的了，遂向他说道：

"石秋，我们不要伤心，不要哭，因为这不是哭的时候。爱吾临终的时候，她向我呆呆地望。我对她猜了三次，方才猜到她的意思……"

说到这里，又向石秋告诉了，并接下去说道：

"可知爱吾虽死，她尚且叫你不要为她而伤心。要你继续努力，奋勇前进！那么我们如何可以辜负了她一片热望呢？"

"是的，我们应该听从爱吾的话。不过爱吾也太忍心，为什么不肯给你一些东西带给我留个纪念？"

"不过我明白她的意思，她是生怕你多增加一重伤心，觉得还是少留个痕迹的好。"

"这么说来，难道叫我永远把爱吾和小红遗忘了吗？唉！我想不到我们三个人生生死死地缠绕了一场，到如今还落得这么一个悲惨的结局。"

石秋说完了这几句话，不免又声泪俱坠。雨田听了，回想春权，也泫然泪下。不料正在这个时候，忽然轰隆隆的一个炮声响过云霄，把他们两人从沉痛中惊醒过来，于是急急地奔出营外。只见秋风呼呼，落叶萧萧，烽火连天，炮声震地。石秋、雨田觉得男儿壮志，成仁殉国，小红、爱吾、春权魂灵有知，相会之期亦不远矣！

图书在版编目（CIP）数据

舞宫春艳／冯玉奇著. — 北京：中国文史出版社，
2018.2

（民国通俗小说典藏文库·冯玉奇卷）

ISBN 978 - 7 - 5034 - 9748 - 3

Ⅰ. ①舞… Ⅱ. ①冯… Ⅲ. ①长篇小说 – 中国 – 现代

Ⅳ. ①I246.5

中国版本图书馆 CIP 数据核字（2017）第 278545 号

点　　校：孙　晔　清寒树　旷　野

责任编辑：牟国煜

出版发行：中国文史出版社

网　　址：http://www. chinawenshi. net

社　　址：北京市西城区太平桥大街 23 号　邮编：100811

电　　话：010 - 66173572　66168268　66192736（发行部）

传　　真：010 - 66192703

印　　装：廊坊市海涛印刷有限公司

经　　销：全国新华书店

开　　本：720 × 1020　1/16

印　　张：31　　　　　字数：502 千字

版　　次：2018 年 2 月第 1 版

印　　次：2018 年 2 月第 1 次印刷

定　　价：88.00 元